M.A.Y.A.

Überleben ist alles.

2. Fassung Oktober 2021

Roman von Thilo Nemitz

Gewidmet:

Thorsten, der einst mein Licht war, als alle anderen Lichter ausgingen.

Vanessa, die mir so einen Quatsch hier durchgehen lässt.

Marcus, ohne den ich nie die Ninjas im Garten seiner Oma besiegt hätte.

Stefan (Cirdan), der mich lehrte, dass »4 Bier« eine warme Jacke sind.

Jens (Juan), der mit mir schon in Pubs über den Herrn der Ringe philosophierte, lange bevor es cool wurde.

Roland, dessen Humor mich durch die Schulzeit brachte.

Gabriel, in dessen Hobbit-Höhle ich immer meinen Kater ausschlafen durfte.

Jörg, in dessen Star Wars-Hangar ich sagenhafte Abenteuer mit Nudelauflauf und Paradiescreme erleben durfte.

Karsten, der mich oft mit einer Railgun tötete, aber auch ein Barbarendorf mit mir baute.

Dariusz, der mit mir gegen alle Widerstände Bier braute.

Martina, die Dariusz so viel Quatsch durchgehen lässt.

Und natürlich meinem Sohn! Vielleicht liest er dieses Buch ja eines Tages. Aber besser nicht…

Inhalt

»Waffen können mich nicht verletzen, Feuer kann mich nicht verbrennen, Wasser kann mich nicht befeuchten, Wind kann mich nicht trocknen. Ich bin ewig, alldurchdringend und unwandelbar. Ungeboren, kann ich nie sterben.«

- Bhagavad Gita

(NEIN, nicht Chuck Norris)

Prolog

»Oh, fuck!«

Ich bremste aus vollem Lauf ab und wäre fast in die Tiefe gestürzt. Stattdessen purzelte nur ein wenig Geröll über den Vorsprung, während ich um mein Gleichgewicht kämpfte. Meine Füße balancierten am Rand einer windumtosten Anhöhe, von der aus ich einen fantastischen Blick auf das Land hatte. Vor mir erstreckten sich dunkle Wälder, schroffe Felsen und rauschende Wasserfälle im Zwielicht eines regnerischen Tages. Sonnenstrahlen brachen nur an wenigen Stellen durch die graue Wolkendecke und zauberten verträumte Lichtinseln in das Terrain. *Fast wie eine Ansichtskarte aus Schottland*, dachte ich, während Blut in meinem Mund zusammenfloss. Ich hatte mir wohl vor Anstrengung auf die Zunge gebissen. Der metallische Geschmack und mein wild pochendes Herz erinnerten mich daran, dass ich gerade wirklich Wichtigeres zu tun hatte, als die Aussicht zu genießen. Überleben zum Beispiel.

Panisch drehte ich mich um und versuchte, eine Bewegung im Wald auszumachen. Es war nichts zu sehen, doch ein Heulen und das Knacken von Ästen verrieten, dass die Kreatur mir weiter auf den Fersen war. Ich konnte kaum noch atmen, und salziger Schweiß brannte mir in den Augen. Kurz spielte ich mit dem Gedanken, mich einfach irgendwo zu verstecken und wie ein zitterndes Karnickel in einem Dornenbusch darauf zu warten, dass mein Jäger die Suche aufgab. Doch hier oben gab es außer massiven Baumstämmen nichts, was mir als Versteck hätte dienen können. Den kleinen Beerensträuchern und anderen mickrigen Gebüschen wollte ich mein Leben nicht anvertrauen. *Noch* nicht.

Ich stolperte also wieder los und unterdrückte das Bedürfnis, wie ein Kleinkind loszuheulen. Das war alles ein furchtbarer Alptraum. Doch leider nicht so einer, aus dem ich mich selbst mit einem Schrei wecken konnte. »Pavor Nocturnus« oder »nächtlicher Schrecken« hatte mein Psychologe das damals genannt, als ich ihm von meinen Träumen erzählte, die so furchtbar waren, dass ich schreiend daraus erwachte. Nein, das hier war die Art von Alptraum, aus der es kein Erwachen gab. Schreien half nichts und hätte vermutlich nur noch mehr Monster angelockt.

Mir blieb nichts anderes übrig, als am Rand der Klippe weiter gen Tal zu laufen. So rannte ich im Slalom zwischen den Bäumen her und sprang immer wieder über dicke Wurzeln oder Mulden im Waldboden. Mir war klar, dass ein Sturz meinen Tod bedeuteten konnte. Mit einem verstauchten Knöchel wäre ich eine leichte Beute; leicht zu reißen, wie ein verwundetes Reh. Nein, *wie ein über 30-jähriges, unsportliches, verwundetes Reh*, korrigierte ich mich und verfluchte meinen ungelenkigen und schwerfälligen Körper, den ich mindestens zehn Jahre lang vernachlässigt hatte. Es war fast komisch, dass mich meine Bierplauze nun vielleicht auf diese Weise das Leben kosten würde. Mein Bauchfett würde nicht, wie ich insgeheim manchmal gehofft hatte, meine Herzgefäße verklumpen und mich selig einschlafen lassen, sondern auf dem Grill dieses Monstrums landen, während ich schreiend verblutete.

Ein Grunzen, erschreckend nah und triumphierend, riss mich aus meinen Gedanken. Das Vieh hatte aufgeholt!

Die Angst schnürte mir die Kehle zu und hätte mich unter anderen Umständen sicher in eine Schockstarre versetzt. Doch das Adrenalin, das wild durch meinen Körper gepumpt wurde, ließ meine brennenden Muskeln weiter ihre Arbeit tun. Ich wagte nicht, wertvolle Sekunden für einen Schulterblick zu opfern, doch ich war mir ziemlich sicher, dass mein Verfolger nun wieder Blickkontakt zu mir hatte. Es muss ungefähr in diesem Moment gewesen sein, als sich Szenen aus meiner Kindheit vor meinem geistigen Auge abspielten.

War es dafür nicht noch etwas zu früh?

Während mein treuloser Geist scheinbar damit beschäftigt war, sich noch einmal die herausragenden Szenen meines Loser-Lebens anzuschauen, rannte ich etwas näher an die Böschung zu meiner Rechten. Vielleicht gab es dort eine Möglichkeit, in ein Gewässer zu springen oder hinabzuklettern. Vielleicht würde das grunzende Monster mir nicht in den Abgrund folgen? Vielleicht war dieses Scheusal ja kein guter Kletterer?

Doch zu meiner Enttäuschung bot mir die Klippe nur einen Sprung in eine unkalkulierbare und vermutlich nicht gepolsterte Tiefe an. Die Schmerzen überall in meinem Körper rieten mir, das Angebot anzunehmen und so wenigstens der brutalen Waffe meines Peinigers zu entgehen. Doch mein Selbsterhaltungstrieb ließ mich gnadenlos weiter den Hang hinunter taumeln. Bald würde es vorbei sein, so oder so. Meine Beine waren schwach, meine Lunge brannte und meine Seitenstiche brachten mich um.

Es war soweit.

Mit einem Gefühl unsagbarer Traurigkeit wurde mir klar, dass ich meine Frau und meinen Sohn nie mehr wiedersehen würde. Irgendwo war der Schrei eines Raben zu hören. Sollte dieses Krächzen das Letzte sein, was ich vernahm, bevor ich niedergestreckt wurde?

Dann sah ich diese Umrisse. Immer wieder tauchten sie kurz zwischen den Bäumen in einiger Entfernung auf. Konnte das tatsächlich eine Art Unterschlupf sein? Eine

Hütte, mitten im Wald? Oder bauten mir meine schwindenden Sinne nur eine Fata Morgana aus einem großen Felsen? Ich blinzelte und strengte mich an, durch meine tränenden Augen und den Schleier aus Schmerz hindurch eine Bestätigung von meinem Gehirn zu bekommen. Noch ein paar Schritte weitergetaumelt und …

… ja! Eine verdammte Holzhütte! Ich betete innerhalb von Nanosekunden zu allen mir bekannten Gottheiten aus Religion, Film und Fernsehen, dass sie bewohnt war und Hilfe bedeutete. Mit einer ungeheuren Anstrengung zwang ich meine wunden Lungen dazu, einen schrillen Schrei herauszupressen. Worte konnte ich nicht mehr formen. Panisches Quieken und Stöhnen mussten als Hilferuf reichen.

Das Grunzen meines Verfolgers war nun ganz nah, und ich konnte die stampfenden Schritte seiner seltsamen Huf-Füße hinter mir hören.

Halb um die Hütte herum gab es eine Tür. Ich prallte dagegen und presste damit das letzte bisschen Luft aus meiner Lunge wie aus einem kaputten Blasebalg.

Es war abgeschlossen.

Meine Hoffnung sank wie Atréjus Pferd Artax in den Sümpfen der Traurigkeit.

Ich kratzte meine letzte Energie zusammen, um mit meinen Fäusten auf die Tür einzuhämmern. Doch im Inneren der Hütte rührte sich nichts.

Körperlich und geistig besiegt, drehte ich mich um und sah das Scheusal.

Ich hatte noch nie zuvor ein so hässliches Wesen in freier Wildbahn gesehen: Einen muskulösen Körper in einer Art improvisierten Lederrüstung krönte ein Wildschweinkopf, der mich aus blutunterlaufenen Augen fixierte. Seine Schweinsnase schäumte vor Anstrengung und Gier und wurde von zwei fingerlangen Hauern flankiert, die gelb, abgewetzt und einfach ekelerregend aussahen. Da ich offensichtlich am Ende meiner Kräfte und in einer Sackgasse war, schritt der groteske Schweinemensch nun ganz in Ruhe und genüsslich grunzend auf mich zu. In einer Hand hielt er einen dicken Ast, aus dessen oberen Ende spitze Metallsplitter ragten. Ein furchtbares Folterwerkzeug. Ich konnte und wollte meinem Schicksal nicht in die Augen blicken und ließ mich einfach kraftlos, wie einen nassen Sack, zu Boden fallen. Der heisere Schrei eines Raben verlieh meinem Sturz die nötige dramatische Tiefe.

Ich landete unsanft bäuchlings auf dem Waldboden und hoffte, ich würde vielleicht ohnmächtig vor Angst und Erschöpfung, bevor mir das Monster den Schädel einschlug.

Doch stattdessen hörte ich einen lauten Knall, der schmerzhaft meine Ohren klingen ließ – gefolgt von einem dumpfen Aufprall, nur wenige Meter von mir entfernt. Das erbarmungswürdige Quieken, welches nun die Waldesruhe störte, konnte nur bedeuten, dass irgendetwas den Wildschweinmann von den Hufen geholt hatte. Aus meiner liegenden Position sah ich ein Paar schlanke Lederstiefel, die auf den qualmenden Haufen zugingen, der mein Verfolger gewesen war. Ein Gefühl der Erleichterung und Entspannung durchflutete mich, als hätte ich gerade den besten Joint aus meiner Studienzeit noch einmal geraucht.

Damals, als die Welt noch in Ordnung war.

Wie war ich nur in dieses Schlamassel geraten?

Die Einladung

Irgendwie gehörte ich nicht in diese Welt.

Ich hämmerte gedankenverloren auf der Escape-Taste herum, als ob ich dadurch meinem traurigen Leben hätte entfliehen können. Die Zahlen der Excel-Tabelle hatten schon vor geraumer Zeit begonnen, vor meinen geröteten Augen zu verschwimmen. Ich war zu Tode gelangweilt und müde. Bei so viel belangloser Zombiearbeit konnte selbst der abartig starke Kaffee meines Kollegen aus der IT nicht mehr helfen.

Ich schloss das Dokument, schob die Maus seufzend von mir weg und starrte aus dem Fenster. Auf dem grauen Hinterhofparkplatz standen ein paar Lagerarbeiter rauchend im Kreis und diskutierten lautstark über die Qualitäten verschiedener Fußballspieler.

Unglaublich, aber sogar *das* erschien mir weniger langweilig als die Tabellenkalkulation, mit der ich mich die letzten zwei Tage herumgeschlagen hatte. Obwohl meine Arbeit eigentlich in erster Linie darin bestand, verschiedene Browserfenster mit YouTube-Videos oder albernen Memes schnell genug zu schließen, wenn der Kopf vom Chef plötzlich im Türspalt erschien und sein nerviges »Wie läuft's denn, Männer?« in mein kleines Büro trompetete.

Ja klar, es läuft, Chef! Weißt du auch, was läuft? Die Kotze aus meinem Mundwinkel! Weil ich so viel Abscheu vor diesem menschenverachtenden und seelenlosen Marketing-Mumpitz hochgewürgt habe, dass mein Mund sie nicht mehr halten kann. Ach, und »btw« und »fyi« (beliebte Betreffzeilen von Mails meines Vorgesetzten), *ich KÜNDIGE!*

Wie oft hatte ich schon von dem Moment fantasiert, in dem ich alles hinschmeißen, kündigen und meinem Chef zum Abschied auf den Schreibtisch kacken würde. Einen schönen stattlichen Haufen. Um meine Wertschätzung für das Unternehmen auszudrücken. Doch natürlich fehlten mir der Mut dazu und auch eine handfeste Alternative. Irgendwie musste ich ja die Brötchen verdienen, um meiner Frau Laura und meinem mittlerweile zweijährigen Sohn Connor etwas bieten und unser Haus abbezahlen zu können. Laura ging zwar auch halbtags arbeiten, aber ich wollte keiner dieser Männer sein, die ihren Frauen auf der Tasche lagen, weil sie nichts oder deutlich weniger verdienten. Bisher hatten mich deshalb Stolz und Existenzangst jeden Morgen aus dem Bett und zur Arbeit gepeitscht. Jetzt schon fast vier entnervende Jahre. Eine Zeit, in der meine Lebensfreude langsam verblichen war wie ein zu oft gewaschenes T-Shirt der Heavy Metal Band *Fuck it all*.

Mein Leben war offiziell in einer Sackgasse angekommen. Seit ich das vergleichsweise sorglose Lotterleben eines Studenten gegen einen »soliden« Job im Marketing eingetauscht und mein erstes richtiges Gehalt verdient hatte, waren sehr schnell Wolken vor der Sonne meines Lebens aufgetaucht. Tiefschwarze Regenwolken. Schon zum Einstieg ins Berufsleben hatte mich mein langjähriger Hausarzt mit Antidepressiva und einer Überweisung zum Psychotherapeuten ausgestattet. Ganz so, als wäre er der alte Mann aus dem Nintendo-Klassiker *The Legend of Zelda* gewesen: »It's dangerous to go alone! Take this.«

Doch leider bekam ich kein Schwert gegen Monster, sondern nur Tabletten, um meine inneren Dämonen zu betäuben. Wenn ich im Büro den Blick über die anderen Schreibtischtäter schweifen ließ, war ich mir fast sicher, dass ich nicht der Einzige war, der davon träumte, sich die Krawatte runterzureißen und mit Wackelpudding beschmiert durch die Straßen zu rennen. All diese armen Roboter, die dort saßen und ihre Lebenszeit gegen Geld eintauschten, machten mich noch trauriger, als ich es ohnehin schon war. Die meisten von ihnen verbrachten ihre Woche damit, Dinge zu tun, die ihnen keine Freude machten – um damit das Geld zu verdienen, das nötig war, um weiter Dinge tun zu können, die ihnen keine Freude machten.

Wahnsinn.

Ja, für mich war genau *das* die Definition von purem Wahnsinn.

Lange würde ich diese Farce nicht mehr mitspielen können, ohne den Rest meiner geistigen Gesundheit zu verlieren. Ich hangelte mich ohnehin nur noch an wenigen Halteseilen durch den Büroalltag; immer bis zum nächsten Meeting, für das ich mir genug Ausreden für nicht erreichte Ziele zurechtgelegt haben musste, um nicht gefeuert zu werden. Ironischerweise also, um genau das zu verhindern, wonach ich mich eigentlich sehnte.

Doch bis das passierte, würde ich weiter mein geliebtes »Dreieck« bereisen. Es bestand aus drei Orten im Büro, durch die ich kurz abschalten und wieder etwas ätzende Arbeitszeit totschlagen konnte: die Kaffeeküche, in der man super mit anderen Kollegen über die letzten Netflix-Serien diskutieren konnte, während man apathisch den hundertsten Kaffee aus dem Spender pumpte; das Klo, in dem ich mich einschließen und zu der neuen Praktikantin masturbieren konnte, die blutjung, knapp bekleidet und scheinbar dauerlächelnd durchs Büro schwebte wie ein verirrter Sex-Engel in den Niederhöllen; und natürlich die »Saufkammer«, eine Abstellkammer, von uns so genannt, weil dort ein großer Kühlschrank voll mit Feierabendbier stand.

Im jüngsten Jahr meiner Arbeit war ich dazu übergegangen, schon mittags ein Bier zum Essen zu trinken. Mein Chef nahm dies nur lächelnd und beinahe kumpelhaft zur Kenntnis, da ich mir als Leiter meiner Abteilung immerhin einen gewissen Stand und Vertrauen erarbeitet hatte (wie, war mir allerdings ein Rätsel). Doch schon bald trank ich auch während der Arbeit und versteckte meine Bierflasche hinter einer Topfpflanze oder einem aufrechtstehenden Aktenordner. Leicht angeheitert ließ sich der Quatsch, für den ich bezahlt wurde, einfach leichter ertragen. Bedenklich wurde es, als ich es zur Gewohnheit machte, auch während der Fahrt nach Hause zu trinken. Meine Frau bemerkte es, als ich eines Abends aus dem Wagen stieg und ein paar leere Bierflaschen scheppernd aus der Tür fielen. Sie hatte scheinbar unseren BMW gehört und war mit unserem Sohn auf dem Arm vor die Tür gegangen, um mich zu begrüßen. Ihr Blick sprach Bände. Nach einer hitzigen Diskussion musste ich ihr versprechen, keinen Alkohol mehr zu trinken, während ich von Köln zurück nach Bonn pendelte. Natürlich hatte sie Recht und ich versprach, mich zu bessern. Was nur bedeutete, dass ich mir vornahm, nicht noch einmal so dumm zu sein und Beweisgegenstände rumliegen zu lassen.

Durch den überdurchschnittlichen Bierkonsum, gepaart mit der üblichen Nervennahrung im Büro bestehend aus Muffins, Gummibärchen und anderen Zuckerbomben, nahm parallel zu meiner Motivation auch meine körperliche Gesundheit ab. Zumindest konnte ich mir nicht vorstellen, dass meine Sesselpupser-Wampe zu einer allgemein hohen Lebenserwartung beitrug. Ich würde wahrscheinlich, wie für die meisten Männer üblich, zwischen 40 und 50 einfach einen Hirnschlag oder einen Herzkasper bekommen. Und wofür das alles? Für ein abbezahltes Haus und eine vorzeigbare Karriere nach Strickmuster B? War das wirklich das Ziel meiner Reise? Wieso begaben sich die meisten Menschen überhaupt auf diese Reise? Zu welchem Zweck? Wenn am Ende auf alle das gleiche Schicksal wartet, macht es doch wenig Sinn, darauf zuzuarbeiten, oder?

Während ich so meinen düsteren Gedanken nachhing, schielte ich sehnsüchtig auf die altmodische Uhr an der Wand meines Büros. Noch zwei Stunden bis Feierabend. Ich starrte sie weiter an und versuchte, die Zeiger mit der Kraft meiner Gedanken vorwärts zu drehen. Schon als Kind hatte ich häufig versucht, Gegenstände mit meinem Geist zu bewegen, allerdings stets mit mäßigem Erfolg. Ich war wohl weder als *Jedi* noch als *Rasenmähermann* auf die Welt gekommen. Ich wünschte mir inbrünstig, die Uhr würde einfach zum Leben erwachen, wie es Gegenstände bei *Dr. Snuggels* tun, und mir mit freundlichem Gesicht sagen, dass ich nun gehen darf.

Da passierte es. »PING!«.

Eine neue E-Mail. An meine private E-Mail-Adresse. Ich maximierte das Fenster, das ich in der unteren Taskleiste versteckt hatte und las den Betreff: »Einladung zu VR«. Der Absender lautete lex@satoritech.de. Was ich zunächst sofort als Spam-Mail löschen wollte, entpuppte sich im Vorschaufenster jedoch als ernst gemeinte Einladung eines alten Schulfreundes zu einer Vorführung zum Thema »Virtual Reality«:

Hallo Kai,

alter Tagträumer und Dungeon Master! ;-)

Wie ist es Dir in den letzten Jahren ergangen? Wie geht es Laura?

Du fragst Dich sicherlich, warum ich mich auf diesem Weg melde. Schließlich haben wir ja ewig nichts mehr voneinander gehört und uns durch Alltag und Beruf auseinandergelebt.

Keine Sorge, ich störe auch nicht lange. Ich habe nur eine kleine Überraschung für Dich.

Wie Du vielleicht um ein paar Ecken mitbekommen hast, hat es mich damals in den noch jungen Bereich der Virtual Reality-Anwendungen verschlagen; insbesondere den Spiele-Sektor. Ich bin seitdem viel rumgereist und habe zusammen mit den besten Experten aus aller Welt programmiert. Wahnsinn, was die damals in Japan schon hinter verschlossenen Türen hatten ...

Das soll jetzt aber keine Selbstbeweihräucherung werden, denn ich bin mir sicher, Du könntest mir ebenfalls beneidenswerte Achievements Deines Lebens auflisten. Warst ja auch immer ein kreatives Köpfchen! ;-)

Doch jetzt wird es spannend. Versprochen!

In den letzten drei Jahren habe ich meine eigene Firma gegründet und an meinem Herzensprojekt gearbeitet. Und was ich mit einem internationalen Team von Profis entwickelt habe, wird die Welt der Unterhaltung grundlegend verändern. Gerade Gamer und Fans von Virtual Reality werden aus dem Häuschen sein. Du wirst es kaum glauben.

Nun brauche ich ein paar Freiwillige, die mein Projekt auf Herz und Nieren testen und keine Angst haben, in neues Terrain vorzustoßen. Als ich neulich nach Personen fahndete, die dafür in Frage kämen, stolperte ich bei meiner Internetrecherche auch über Deinen Blog hic-sunt-dracones.net. Tolle Seite! Einmal Realitätsflüchter, immer Realitätsflüchter, was? ;-)

Du schreibst über Fantasy, SciFi, Spiele, Filme und kurzum über alles, was auch die Zielgruppe meiner neuen Entwicklung sein wird. Deshalb, und um der alten Zeiten Willen natürlich, würde ich Dich gerne zu einer privaten Vorführung einladen. Du darfst hinterher natürlich, in vorher festgelegtem Rahmen, Deinen Lesern darüber berichten und den Mund wässrig machen.

Wenn das für Dich interessant klingt, dann gib mir einfach Bescheid. Unser Labor liegt circa zwei Stunden Fahrt von Dir entfernt, etwas abseits, in einem stillgelegten Fabrikgebäude. Weil geheim und so, Du verstehst? ;-)

Sobald Du es einrichten kannst, schicke ich morgens einen Fahrer, der Dich abholen kommt.

Beste Grüße,

Dein Alex Ludwig, alias »Noob Saibot" ;-)

Ich starrte zunächst eine Zeit lang fassungslos auf den Bildschirm. Mein erster Impuls war, die Mail sofort zu löschen, weil sie mich auf eine subtile Art und Weise beleidigte. *Warst ja auch immer ein kreatives Köpfchen!* Was sollte die Verniedlichung? Und überhaupt konnte ich Leute nicht leiden, die so inflationär mit zwinkernden Smileys umgingen. Man wurde einfach das Gefühl nicht los, dass die dämlichen Emoticons nur dazu da waren, einer eigentlich ernst gemeinten Behauptung das Tarnmäntelchen des Ulks umzulegen. Auf diese Weise konnte man in der schönen neuen Internetwelt Leuten an den Karren pinkeln, ohne sofort einen virtuellen Schlag in die Fresse zu bekommen.

Es dauerte ein wenig, bis ich Alex Ludwig überhaupt einordnen konnte. Doch dann dämmerte es.

Natürlich! Der Alex Ludwig.

Noch zu Schulzeiten – es mussten die 90er gewesen sein – gründete ich mit ein paar Freunden eine *Dungeons & Dragons*-Gruppe, in der wir bis weit in meine Studienzeit regelmäßig spielten. Ich war der Spielleiter, auch »Dungeon Master« genannt, und dachte mir regelmäßig haarsträubende Abenteuer für mich und drei meiner Freunde aus. Für uns *Herr der Ringe-*, *Conan-* und Alles-mit-Fantasy-Fans war Pen & Paper-Rollenspiel der Stein der Weisen, um dem Schulalltag, ätzenden Eltern und dem Dauersamenstau der eigenen Pubertät für segensreiche Stunden entfliehen zu können.

Kurz vor dem Abi gesellte sich ein weiterer Spieler zu uns, den ich mehr aus Mitleid in die Gruppe aufnahm: Alex Ludwig oder »Lex«, wie wir ihn nannten. Lex war das Ebenbild des klischeehaften Nerds mit Brille, Pickeln und einem Hang zu T-Shirts mit pseudo-lustigen Sprüchen für Computerfreaks. Er war Vorsitzender der Computer-AG, Vorzeige-Streber und Sportniete ohne Freunde. Das ganze Paket. Eines Tages hatte er uns wohl auf dem Schulhof dabei belauscht, wie wir die Heldentaten unserer letzten Spielrunde Revue passieren ließen.

Mit einem Strohhalm Milch schlürfend, sagte er plötzlich mehr zu sich selbst als zu uns, dass unser Magier mit dem magischen Blitzschlag einfach auf den Fluss, statt auf einen einzelnen Gegner hätte zielen sollen. »So hätte die Elektrizität alle Oger auf einen Schlag erwischt. Willkommen in der Welt der Wissenschaft, ihr Noobs! Haha, nur Spaß!«

Das Eis war gebrochen.

Er mochte auch »Kerker und Drachen«.

Eigentlich wollten wir niemanden mehr in unsere heilige Rollenspielrunde aufnehmen, doch nachdem Lex den Mut zusammengekratzt hatte, danach zu fragen, brachte ich es einfach nicht übers Herz, ihn abzuweisen. Eine Entscheidung, die wir Sitzung für Sitzung bereuen sollten. Lex war beim Pen & Paper fast noch nerviger, als in seiner Alltagsform des besserwissenden Strebers. Natürlich wollte er unbedingt die *eine* Charakterklasse spielen, die wir alle einstimmig ausgeschlossen hatten, weil sie nicht in meine düstere Sword & Sorcery-Welt passte: einen Kung Fu-Mönch. Doch Lex verstand es wie kein anderer, Leute um den Finger zu wickeln, indem er ihnen so lange ein Schnitzel mit Argumenten an die Backe laberte, bis sie zu allem Ja gesagt hätten, nur, um den Blutfluss aus ihren Ohren zu stoppen. Also tippelte bald bar- und leichtfüßig ein glatzköpfiger Mönch namens »Noob Saibot« mit uns in die Schlacht. Den Namen hatte Lex einem Charakter aus *Mortal Kombat* entliehen, einem Konsolen-Prügelspiel, in dem er nervigerweise beinahe unbesiegbar war. Der Mönch kämpfte mit einer Yuèyáchǎn (auch »Mondsichelschaufel« genannt), einer seltsamen Stangenwaffe, die Lex sich wiederum aus *Die 36 Kammern der Shaolin* abgeguckt hatte. Zwischen unseren Kriegern und Zauberkundigen kam uns Noob damals zwar nervig und deplatziert vor, doch durch Lex‘ Art ihn zu spielen und ständig für Konflikte zu sorgen, brachte er eine Dynamik ins Spiel, die zumindest keine Langeweile aufkommen ließ. Er war für unsere Abenteuer ungefähr das, was der Leberfleck an Cindy Crawfords Mund für ihre Karriere war: irgendwie hässlich, doch im Gesamtkontext interessant.

Dann begann das Boot unserer gemeinsamen Abenteuer so langsam ins Wanken zu geraten. Wir alle mussten nach der Schule Wege finden, wie wir das Arbeitsleben aufschieben konnten. Einige flohen vor dem sogenannten »Ernst des

Lebens« in ein beliebiges Studium, während andere erst mal ein soziales Jahr absolvierten. Zwischen Rollstuhlschieben und Urinbeutel wechseln war zumindest immer noch genug Zeit für unsere Ausflüge nach Grimora, der trashigen Fantasywelt im *Conan*-Stil, die ich mir ausgedacht hatte. Ich selbst wählte den Weg in die Geisteswissenschaften der Universität oder, wie es einer meiner Dozenten damals nannte, »den sichersten Weg in die Arbeitslosigkeit«. Es war mir einerlei. Zumindest konnte ich so weiter Bücher lesen und mich in den Gewölben der Bonner Uni wie ein Magier auf der Suche nach dem Elixier des Lebens fühlen.

Lex war der Einzige, der sofort ein Jobangebot hatte, weil er schon zu Schulzeiten besser programmieren konnte als ausgelernte Informatiker. Trotzdem fand er noch die Zeit, mit uns »Studenten-Pack« weiter Würfel zu rollen und Pizza zu bestellen. Sein regelmäßiges Gehalt hatte sogar den Vorteil, dass wir plötzlich Zugriff auf die neuesten Regelwerke, edle Metallwürfel und anderen Schnickschnack hatten.

Eines Tages fragte er, ob er mal eine Arbeitskollegin zu einer Runde D&D mitbringen dürfte. Natürlich wich uns Metal-Shirt-tragenden Kellerkindern mit Bieratem bei seiner Frage die Farbe aus dem Gesicht. Er wollte eine *Frau* mitspielen lassen? Bisher kannten wir die »Weichwesen« größtenteils nur aus meinen Erzählungen. In Grimora waren Frauen entweder großbusige Kellnerinnen in Tavernen, durchtrainierte *Xena*-Kriegerinnen in hautengem Leder oder sexy Magierinnen mit tiefem Ausschnitt. Eine richtige Frau aus Fleisch und Blut mitspielen zu lassen, erschien uns eingefleischten Nerd-Singles als zu gewagt. Doch nachdem Lex jedem sein berühmtes Schnitzel an die Backe argumentiert hatte, willigten wir unter Vorbehalt zu einer Proberunde ein.

Als die Dame durch die Tür meiner Studentenbude trat, blieb uns allen der Atem weg. Die hübsche Brünette, die da in dem wohlgeformten *Blind Guardian*-T-Shirt steckte und mein halb zerfleddertes Kinoplakat von *Armee der Finsternis* begutachtete, war der Beginn einer neuen Quest: der erste Geschlechtsverkehr. So viel war allen sofort klar.

»Das ist Laura«, hatte Lex gesagt, der nervös lächelnd hinter ihr in den Raum getreten war. »Sie würde gerne eine Diebin spielen oder eine Magierin.«

Mein Herz hatte wild geklopft, als sie mit einer melodiösen Stimme hinzufügte: »Oder beides, wenn ihr Klassenkombis zulasst. Auf jeden Fall eine Halbelfe!«

Selbst wenn sie *SpongeBob SquarePants* hätte spielen wollen; unsere Samenleiter wären verständnisvoll gewesen und hätten sich ihren Wünschen untergeordnet. Die halbelfische und magiebegabte Diebin »Vivianis« war niemand anderes als die Frau, die ich nur wenige Jahre später heiratete. In gewisser Weise war sie auch der Ersatz für Lex, der nur wenige Spielabende später unsere D&D-Gruppe für immer verließ. Er behauptete damals, ihm wären geschäftliche Herausforderungen dazwischengekommen, doch wir alle vermuteten einen anderen Grund. Seit klar war, dass Laura und ich einander zugetan waren, sank Lex' Begeisterung für unsere Treffen zusehens. Und als Laura und ich nach einem »Solo-Abenteuer«, zu dem ich sie eingeladen hatte, verkündeten, nun ein Paar zu sein, dauerte Lex' Ausstieg nicht mehr lange. Sein Ausscheiden löste in mir eine Mischung aus Bedauern und Erleichterung aus. Doch Laura stellte sich als passabler Ersatz heraus. Und das nicht nur, weil sie *mich* verzauberte, sondern auch unsere Feinde im Spiel; vorzugsweise in Frösche oder Hühner.

Ich starrte noch eine Weile auf die Signatur der Mail, als ob ich darauf wartete, dass sich noch ein geheimer Textabschnitt ausrollen würde.

Dein Alex Ludwig, alias »Noob Saibot". SMILEY.

Irgendwie war mein Gehirn überfordert. Lex‘ Einladung erschien mir wie die Aufforderung, Charlies Schokoladenfabrik zu besuchen. Es fühlte sich surreal und albern an. Was konnten er und sein Team schon so Außergewöhnliches entwickelt haben, dass es in einem geheimen Labor stationiert war?

Ich beschloss, kurz den Gott zu fragen, dessen Blick Wolken, Schatten, Erde und Fleisch durchbohren konnte: Google. Lex‘ Firma einzugeben brachte jedoch keine Ergebnisse. Es gab zwar eine Handvoll anderer Unternehmen, die sich ebenfalls *Satoritech* nannten und Dienstleistungen oder Produkte anboten, doch nichts mit Virtual Reality. Trotz der Absenderadresse »@satoritech.de«, war unter der URL nur die Platzhalterseite eines Webhosting Providers zu finden. Es gab auch sonst keine passende Domain, noch nicht mal Vermerke auf anderen Webseiten. Mysteriös. Doch schließlich wurde ich im Handelsregister fündig. Dort gab es einen *Satoritech*-Eintrag, unter dem Alex Ludwig und ein gewisser Takeshi Watanabe als Gesellschafter verzeichnet waren. Gut, die ganze Sache war also zumindest kein Hoax.

Lex selbst zu googeln, in sämtlichen Namenskombinationen, mit und ohne *Satoritech*, stellte sich ebenfalls als fruchtlos heraus. Er hatte kaum nennenswerte Fußabdrücke im Netz hinterlassen und besaß keinerlei Social Media-Accounts. Noch nicht mal Facebook! Der Mann hatte wohl keine Zeit für die simplen Freuden Normalsterblicher. Doch im Grunde war ich nicht sonderlich verwundert, da Lex schon immer ein Einzelgänger und Exzentriker gewesen war. Und Veganer.

Ich schloss den Browser, fuhr meinen Rechner herunter und machte mich auf in Richtung Saufkammer. Ich war fest entschlossen, das Büro heute unter dem Vorwand hämmernder Kopfschmerzen vorzeitig zu verlassen und dann mit Bier und lauter Metal-Musik über die Autobahn nach Hause zu brettern. Erst mal saufen und über alles schlafen. Wie immer.

Satoritech

Natürlich beschäftigte mich Lex‘ Einladung so sehr, dass ich ihm noch am selben Abend auf die Mail antwortete und zusagte. Allerdings bat ich ihn, mir die Adresse seiner Firma zu nennen, da ich selbst mit dem Auto kommen wollte. Ich verspürte wenig Lust, mich von einer Limousine abholen und damit die Kluft zwischen Lex‘ beruflichem Erfolg und meinem eigenen noch bodenloser erscheinen zu lassen.

Eigentlich sträubte sich ohnehin einiges in mir dagegen, Alex Ludwig, diesen Schatten aus meiner Vergangenheit, überhaupt wiederzusehen und mit ihm den typischen »Mein-Haus-mein-Auto-mein-Boot-Penisvergleich« zu zelebrieren. Denn scheinbar hatte er seine Leidenschaft zum Beruf gemacht und war darin auch noch überaus erfolgreich.

Und was hatte ich vorzuweisen? Ich quälte mich nun schon seit Jahren in einem bedeutungslosen Marketingjob ab und hatte im Grunde nichts auf die Beine gestellt außer einen kleinen Fan-Blog über Popkultur und Eskapismus. Nein, man konnte wirklich nicht behaupten, dass ich meine Träume lebte. Das achtstündige Hamsterrad, in dem ich fünf Tage die Woche für den Strom meiner Familie schwitzte, ließ am Feierabend nur noch Zeit für Netflix und Bier.

Trotzdem war meine Neugier auf Lex‘ Virtual Reality-»Herzensprojekt« einfach zu groß, um mich von meinem Stolz und anderen kleinkarierten Gefühlsregungen von einer Zusage abbringen zu lassen. Außerdem legten sich fast zwei Liter Bier zärtlich über jede Art von aufkeimendem Zweifel und halfen mir, auf den Senden-Button der Mail zu klicken.

Als ich Laura in mein Vorhaben einweihte, machte sie ein betroffenes Gesicht.

»Lex? *Der* Lex? Der verkopfte IT-Spezialist, der uns damals beim Rollenspiel vorgestellt hat? Aus meiner alten Firma? Und du willst von deinen wenigen Urlaubstagen wirklich *noch* einen opfern, um sein komisches Computerspiel zu testen?«

Ich rollte mit den Augen und nahm mir noch ein Bier aus dem Kühlschrank. »Zur Not melde ich mich einfach krank, mir doch egal. Außerdem geht es doch nur um *einen* Tag. Da werde ich wohl kaum im Büro vermisst. Unzählige andere Marketing-Bluthunde springen gerne für mich ein und sorgen dafür, dass das Work-Buy-Consume-Die-Spiel am Laufen bleibt, von dem sie sich ernähren.«

Jetzt blickte Laura voller Mitgefühl drein und nahm mich in den Arm, während ich versuchte, hinter ihrem Rücken mein Bier zu öffnen.

»Tut mir leid, du kannst natürlich machen was du willst. Und es freut mich, wenn du dich freust.« Sie fuhr mit ihren Fingern durch meine Haare und sah mich an. »Ich hasse es, dich unglücklich zu sehen, Kai. Das geht jetzt schon viel zu lange so. Was nützt uns dein Gehalt, wenn ich dabei *dich* verliere?«

Ich sah sie entgeistert an und wollte mit einer Empörung reagieren, die gespielt gewesen wäre. Doch dann sagte ich einfach: »Wie konnte es jemals soweit kommen, Laura?«

Sie zuckte mit den Schultern und ich blickte zu Boden, wo Connor unter lauten Staubsaugergeräuschen Legosteine umherschob. »Früher war alles so viel einfacher. In meiner Studentenbude brauchten wir zum Glücklichsein nichts außer Tiefkühlpizza, ein paar D&D-Abenteuer und … uns. Ich machte einen Seufzer, der sich gegen Ende in einen blubbernden Rülpser verwandelte. »Versteh mich nicht falsch, Süße, ich liebe dich, und ich liebe unseren Sohn. Nur manchmal fühlt es sich so an, als hätten wir an irgendeiner Stelle im

Dungeon des Lebens eine falsche Abzweigung genommen. Weißt du, was ich meine?«

»Fahr dahin, hab deinen Spaß, und wenn du wiederkommst, ist auch schon fast Wochenende. Vielleicht können wir dann ja mal über Alternativen zu unserem Lebensentwurf nachdenken? Ich könnte zum Beispiel wieder mehr arbeiten gehen, und du könntest nach einem anderen Job Ausschau halten. Wir schaffen das schon irgendwie.«

»Ja, Alternativen«, murmelte ich, küsste Laura und nippte an meinem Bier. »Ich mach mal den kleinen Pupser bettfertig. Ich glaube, ich werde heute selbst auch nicht alt.«

~

Nur wenige Tage später stand ich an unserem altersschwachen BMW und verabschiedete mich von Laura und Connor. Unsere Straße war so früh morgens noch menschenleer, und die Innenraumbeleuchtung des Autos war der einzige Lichtpunkt in der Dunkelheit.

»Fahr bitte vorsichtig«, sagte Laura und zog dem auf ihrem Arm sitzenden Connor die Mütze zurecht. Es war erbärmlich kalt, und herbstliche Windböen bliesen Laura ihre schwarzen Locken ins Gesicht. »Und wenn ich nochmal leere Bierflaschen im Auto finde, haue ich dir unsere größte Bratpfanne auf den Kopf!«

Ich lächelte nur entwaffnend und wollte einsteigen.

»Connor mitfahren!«, rief der Winzling und zeigte aufgeregt auf unser Auto.

»Nein, Papa muss das alleine machen«, entgegnete ich. »Mama bringt dich doch nachher in den Kindergarten.« Ich küsste erst Laura auf die Wange und dann meinen Sohn auf die Stirn. »Papa ist ja heute Abend wieder da.«

»Nein, Connor auch rein«, protestierte mein Thronfolger und versuchte, sich aus dem Griff seiner Mama zu befreien, während seine kleinen Ärmchen in Richtung Wagen fuchtelten.

»Fahr einfach los«, sagte Laura schlaftrunken und mit einer Spur Gereiztheit in der Stimme.

Eigentlich wäre ich an diesem Tag dran gewesen, Connor zum Kindergarten zu bringen und auch wieder abzuholen. Doch für mein Rendezvous mit *Satoritech*, dessen abgelegener Firmensitz mich hin und zurück allein vier Stunden Autofahrt kosten würde, hatte ich mir ja extra einen Tag frei genommen.

Als ich losfuhr, landeten ein paar Regentropfen auf der Windschutzscheibe. Richtig prasselnder Regen hätte mir noch gefehlt, denn ich hasste es ohnehin schon, im Dunkeln zu fahren – so nachtblind wie ich war. Ich schaltete fröstelnd den Arschgrill ein, wie ich die Sitzheizung liebevoll nannte, und fuhr bei nächster Gelegenheit auf die düstere Autobahn. Zwar kroch allmählich das Grau des Morgens über die Felder, doch Nebelschwaden erschwerten die Sicht. Ich musste Richtung Marburg fahren und würde laut Navi in einer Stunde und fünfzig Minuten mein Ziel erreichen. Da der eigentliche Zielort, das mystische Fabrikgebäude von Dr. Frankenstein, jedoch nicht erfasst und nur über ein paar Matschstraßen zu erreichen war, rechnete ich mit etwas über zwei Stunden.

Trotz der langen, regnerischen Fahrt hörte ich keine Musik, weil mir irgendwie nicht danach zumute war. Ich gab mich lediglich meinen Tagträumen hin und versuchte, das Auto auf der nassen Straße zu halten. Der Nebel erinnerte mich an verschiedene Horrorabenteuer, die ich mit meiner alten Rollenspielgruppe in *Ravenloft* erlebt hatte. *Ravenloft* war eine Art Gruselableger von *Dungeons & Dragons*, in dem die Spieler meist von übernatürlichem Nebel in ein Land des Bösen verschleppt wurden. Viele Ausflüge wagten wir jedoch nicht in die »Domain of Dread«, weil den meisten die Sterblichkeit ihrer Charaktere dort zu hoch war.

Nach einer ermüdenden Fahrt durch einen Tunnel aus Zwielicht, Regenschauern und Nebel erreichte ich endlich meine Ausfahrt. Was folgte, war eine nicht minder anstrengende Reise durch den sprichwörtlichen Arsch der Welt. Kleine, vermutlich nach Kuhscheiße stinkende Hundertseelendörfchen mit seltsamen Namen wechselten sich mit kurvigen Waldstücken ab, während Wind und Regen immer stärker wurden. Insgeheim verfluchte ich mich mehr als einmal, Lex‘ Limousinen-Angebot ausgeschlagen zu haben. In meiner Fantasie wäre ich dann Cocktails schlürfend und mit Playmates flirtend unterwegs gewesen. Doch anstatt auf diese Weise entspannt anzukommen, musste ich stolzer Gockel ja lieber selbst fahren und Wind und Wetter trotzen. Ich war, wie so oft in meinem Leben, mal wieder selbst schuld …

Als ich schließlich über unbefestigte Straßen einen bewaldeten Hügel hinauffuhr, konnte mein Navi mir nicht länger helfen. Ein Fragezeichen erschien auf dem Display, während sich das Autosymbol weiter in grünes Niemandsland vorschob. »Hic sunt Dracones« schoss es mir in den Kopf, und ich musste unwillkürlich grinsen.

»Sie haben die Route verlassen, bitte wenden!«, gab die Frau im Navi immer wieder zu bedenken und schien mit jedem Mal verzweifelter zu werden.

Irgendwann riss ich das Navi mit einem Ploppen von der Windschutzscheibe, ertastete mit einer Hand den Aus-Knopf und warf es auf den Beifahrersitz. John Rambo war jetzt auf sich alleine gestellt.

Etliche Schlaglöcher und Riesenpfützen später tauchte zwischen den Bäumen ein hoher Stahlzaun im Licht der Scheinwerfer auf. Der Matschweg endete vor einem Schiebetor, hinter dem ein beleuchtetes Wachhäuschen stand. Darin saß ein Mann vor einem aufgeklappten Laptop und schlürfte ein dampfendes Getränk. Ich fuhr vorsichtig näher und hielt an.

Auf dem gerodeten Gelände jenseits des Zauns zeichneten sich einige hohe Gebäude und Schornsteine gegen den apokalyptischen Himmel ab. Ein Blitz erhellte die Szenerie, als ich oben auf dem Zaun eine Kamera bemerkte, die sich in meine Richtung drehte. Gerade als ich hupen wollte, um auf mich aufmerksam zu machen, schien mich der Wachmann endlich ebenfalls gesehen zu haben.

Das Tor öffnete sich quietschend und der Typ trat sichtlich genervt in den strömenden Regen hinaus. Ich ließ mein Fenster herunter und fuhr neben ihn. Verblüffend, dass der Mann eine Art Uniform und eine Pistole an seinem Gürtel trug, obwohl er offensichtlich kein Polizist war.

»Das hier ist Privatgelände, werden Sie erwartet?« fragte er mit einem nazihaften Ernst in der Stimme, der mir ein wenig lächerlich vorkam.

Ich fragte mich bereits, ob ich im Wald falsch abgebogen und bei einer Militärkaserne gelandet war. »Hallo, ich verkaufe diese tollen Lederjacken!«, rief ich und grinste ihm durch den Regen entgegen.

Sein Gesicht blieb ausdruckslos, während dicke Regentropfen von seiner Mütze abprallten und zu mir ins Auto spritzten.

»Äh, selber kein Gamer, was?«, sagte ich und lächelte verlegen. »Das hier ist doch die Firma *Satoritech*, oder? Alex Ludwig hat mich persönlich eingeladen. Ich habe einen Termin für neun Uhr.«

Für einen kurzen Moment empfand ich eine morbide Befriedigung bei dem Gedanken, dass ich vielleicht für ein Zitat aus einem *LucasArts*-Adventure erschossen werden würde.

Doch dann wurden die Gesichtszüge des Mannes etwas entspannter, während er sagte: »Ah, Herr Winters? Dachte nicht, dass Sie noch kommen. Sie sind fast zwanzig Minuten zu spät. Herr Ludwig hat einen engen Terminplan. Folgen Sie einfach dem Weg und parken Sie irgendwo auf Höhe der anderen Autos. Da ist genug Platz. Ich gebe Bescheid, dass Sie kommen.«

Ohne eine Erwiderung abzuwarten, marschierte er zurück in sein Pförtnerhäuschen, schloss das elektrische Rolltor und wandte sich wieder seinem Laptop zu. Ich betätigte derweil den Fensterheber, um mir nicht weiter in den Innenraum regnen zu lassen und fuhr vorsichtig weiter. Das war ja ein freundlicher Empfang hier auf Nazi-Schloss Brunwald! Ich bereute jetzt schon, dass ich nicht *Indiana Jones* mit Schlapphut und Peitsche, sondern nur ein Nerd mit T-Shirt und Notizblog war. Sonst hätte ich vielleicht schon beim Pförtner eine andere »Gesprächsoption« gewählt.

Indigniert fuhr ich weiter, während hin und wieder Blitze das – für meinen Geschmack – schlecht beleuchtete Gelände erhellten. Dicke Rohrleitungen, gigantische Silos und Tanks verrieten, dass die Anlage früher vielleicht mal eine Chemiefabrik gewesen war. Das im Regen glänzende Stahlgeflecht aus Rohren, Leitern und Stegen wirkte im morgendlichen Regen-Zwielicht wie die perfekte Kulisse für einen Endzeit- oder Science-Fiction-Film. Hier konnte Batman den Joker in ein Säurebecken werfen und für immer entstellen. Hier konnte sich Ripley neben dem T-1.000 in ein Lavabecken stürzen, um ihrem Alien-Nachwuchs den Garaus zu machen. Und hier hatte Firmenchef Alex Ludwig offensichtlich irgendwo die Räumlichkeiten seiner Firma untergebracht. Das wirkte äußerst surreal auf mich.

Nach einer weiteren Kurve gelangte ich ins Zentrum der Anlage. Der erdige Weg verbreiterte sich zu einem großen Platz, auf dessen Mitte jede Menge Autos und ein paar Motorräder parkten. Ich bemitleidete die armen Teufel, die an so einem Tag mit dem Motorrad nach Hause fahren mussten.

Am fernen Ende des Platzes erhob sich ein mehrstöckiger Klinkerbau, dessen riesige Fabrikfenster im Obergeschoss hell erleuchtet waren und den schummrigen Platz überstrahlten wie Kirchenfenster. Ich hielt in der Nähe der eisernen Eingangstür neben einem silbernen Retro-Sportwagen, der verdächtig wie der DeLorean aus *Zurück in die Zukunft* aussah. Grün vor Neid betete ich, dass dies nicht Lex' Firmenwagen war.

Ich nahm einen Knirps aus der Türablage und spannte ihn beim Aussteigen so schnell wie möglich auf. Dann versuchte ich trotz des Sauwetters, mit meinem Handy ein Bild vom DeLorean zu machen. Es wurde Zeit, diesen kuriosen Trip zu dokumentieren. Egal, was mich im Inneren dieser Anlage noch erwartete, in meinem Kopf formte sich bereits ein haarsträubender Artikel für meinen Blog.

Dann hörte ich, wie jemand hinter mir eine Tür öffnete. Ein langer Lichtschein fiel auf den Platz, in dessen Mitte sich ein Schatten bewegte.

»Herr Winters?«

Ich drehte mich schnell um und wischte das vollgeregnete Display meines Handys an meiner Jacke ab, wobei ich versehentlich noch ein Dutzend Fotos machte. Da stand eine gutaussehende Blondine mit aufwändig zu Locken geföhnten Haaren in der Tür. Ihr knallroter Lippenstift setzte sich fast schmerzhaft gegen ihre weiße Bluse und ihren grauen Anzug ab. Sie hatte ein perfektes Business-Lächeln aufgesetzt und trug ein Clipboard unter dem Arm.

»Hallo, Kai Winters mein Name, ich glaube, ich bin ein bisschen zu spät dran«, murmelte ich verlegen, als ich ihr beim Eintreten die Hand reichte und dann ungeschickt versuchte, meinen kleinen Automatikschirm zu schließen. Sie lächelte nur wortlos und ließ mich erstmal vor dem Ekelwetter Zuflucht finden.

Wir standen nun in einem fast taghellen Raum, in dem große Strahler unzählige riesige Bilder anleuchteten. Ich musste breit grinsen, als ich darauf Weltkarten aus verschiedenen Filmen und Spielen erkannte. *Skyrim*, *Westeros*, *Mittelerde*, *Super Mario World* und viele andere, die ich nicht sofort zuordnen konnte. Eine Karte kam mir ganz besonders bekannt vor, doch so sehr ich auch in meiner Erinnerung wühlte, ich konnte sie nicht zuordnen. Sie sah fast aus wie …

»Herr Winters, schön, dass Sie bei uns sind. Mein Name ist Elsa. Ich bin die persönliche Assistentin von Herrn Ludwig«, sagte die Blondine und riss mich damit aus meinen Gedanken.

So aus der Nähe betrachtet verliehen ihr ihre stahlblauen Augen etwas sehr Kühles und Nordisches. Die Art, wie sie »persönliche Assistentin« betont hatte, spulte in meinem Kopf außerdem einen Pornofilm ab, in dem die Kamera das stöhnende Gesicht von Elsa zeigte, während sie von einem unscharfen Umriss im Hintergrund »Doggy Style« rangenommen wurde.

Der Umriss musste wohl Lex sein, doch »unscharf« war für mich das Schlüsselwort, um nicht durch eine alberne Tagfantasie neidisch zu werden. Denn auch, wenn Lex vielleicht einen DeLorean fuhr, war die Wahrscheinlichkeit, dass der schlaksige Brillenträger ohne Kreuz in der Jacke oder Arsch in der Hose seine Sekretärin vögelte, eher gering …

»Die Verspätung ist noch im Rahmen, keine Sorge«, sagte Elsa. »Seien Sie nur so lieb und geben Sie mir Ihre Jacke und bitte alle elektronischen Geräte, besonders Ihr Handy.«

Ich war etwas perplex. »Ja, äh, klar, kein Problem. Alles Top Secret, keine Fotos, nehme ich an?«

»Genau. Herr Ludwig wird Ihnen alles Weitere erklären, inklusive unserer Verschwiegenheitsvereinbarung.« Sie streckte ihre Hand nach meiner Jacke und meinem Handy aus.

Verschwiegenheitsvereinbarung? Hatte Lex in der Mail nicht versprochen, ich dürfte später über meine VR-Erlebnisse berichten? Das war ein wenig seltsam. Ich runzelte die Stirn, während ich ihr meine Jacke reichte. Dann tippte ich Laura so schnell ich konnte noch eine Nachricht, um ihr zu sagen, dass ich ein paar Stunden nicht erreichbar sein würde, schaltete mein Handy aus und legte auch das in Elsas wartende Hand.

Dann gingen wir durch eine Art Metalldetektor, der an die Sicherheitskontrolle am Flughafen erinnerte, wo ein zweiter *Satoritech*-Mitarbeiter mit Uniform und Pistole das Prozedere überwachte.

»Muss ich auch die Schuhe ausziehen und mein Shampoo entsorgen?«, fragte ich sarkastisch lächelnd, während uns der Wachmann durchwinkte.

Doch Elsa lächelte nur als Antwort, allerdings auf eine Weise, die man einem Kleinkind zuteilwerden ließ, welches einen naiven Scherz gemacht hatte.

Im hinteren Teil des Raums gelangten wir schließlich zu einem Aufzug, der, so schäbig und altertümlich wie er aussah, mal eine Art Lastenaufzug gewesen sein musste. Davor stand ein Gorilla im Anzug, der wirkte, als würde er seit seinem dritten Lebensjahr Gewichte stemmen.

»Ist das jetzt der Endgegner, bevor wir endlich in Level zwei dürfen?« fragte ich und grinste Elsa herausfordernd an.

Doch die Sekretärin bedachte mich wieder nur mit ihrem vielsagenden Lächeln und forderte mich mit einer Geste auf, den Aufzug zu betreten.

Ich beschloss, jetzt die Klappe zu halten und Elsa nicht mehr mit Small Talk zu belästigen. Scheinbar wurde sie nur für mitleidiges Lächeln bezahlt.

Als wir nach einer metallisch krächzenden Fahrt oben angekommen waren und sich die Türen quietschend öffneten, war ich erst mal ziemlich baff.

Aus einer perfekt ausgeleuchteten Halle drang mir sanftes Stimmgewirr entgegen. Die hohe Decke wurde von einem Dutzend Säulen getragen, zwischen denen sich jede Menge junge Leute unterschiedlichster Nationalitäten tummelten. Sie saßen mit Laptops, VR-Headsets und anderem Hightech-Spielzeug auf gemütlichen Sitzgruppen, Sitzkissen oder einfach auf dem Boden. Manche Apparate hatte ich vorher noch nie gesehen, noch nicht mal im Internet. Die ganze Szene wirkte wie eine Fachmesse für Virtual Reality und nicht wie ein Büro zum Arbeiten. Am meisten beeindruckte mich ein perfektes 3D-Hologramm, das von irgendwoher unter die Hallendecke projiziert wurde: ein riesiges Auge, das manchmal blinzelte und in dem langsam der Schriftzug »Satoritech« rotierte. Abgefahren.

Elsa führte mich auf eine kleine, mit Ohrensesseln bestückte Empore, die scheinbar für Besucher reserviert war.

»Herr Ludwig ist gleich bei Ihnen. Solange ein heißes Getränk zum Aufwärmen?«, fragte sie und ging zu einer kleinen Küchenzeile hinüber.

»Gerne, einen Kaffee, wenn Sie haben,« antwortete ich.

»Kaffee widerspricht leider der Firmenphilosophie. Aber wir haben exzellenten Tee.«

Ich schaute sie verwirrt an. »Sie wären die erste Firma, die etwas dagegen hat, dass sich ihre Mitarbeiter wachhalten. Aber Tee ist auch okay. Nur bitte nichts mit Früchten. Das ist für mich kein Tee.«

Ich schaute mich weiter um. Lächelnd nahm ich zur Kenntnis, dass der Wartebereich auch über eine kleine Leinwand mit Beamer und einige Next-Generation-Spielkonsolen verfügte. Doch auch hier wunderte ich mich über einige seltsame Geräte bekannter Hersteller, bei denen es sich um bislang unbekannte Prototypen handeln musste. Eine der Konsolen war einfach nur ein großer Würfel mit Verzierungen, die mich irgendwie an die Spielbox aus *Hellraiser* erinnerte. Leider war nichts angeschlossen, und auch der Projektor war aus.

Nicht übel, Lex, nicht übel, sinnierte ich, als plötzlich ein dumpfer Knall ertönte. Elsa schien sich erschrocken zu haben und fluchte leise, während sie versuchte, meine Teetasse auf einem kleinen Tablett zu mir rüber zu balancieren.

Scheinbar kam das Geräusch von einer Doppeltür, die in die Nachbarhalle führte. Ich stand neugierig auf und schielte über die Brüstung der Empore, als es nochmal knallte. Da wurde etwas oder *jemand* von innen gegen die Tür geworfen! Ein paar Asiaten, die sich ganz in der Nähe über einen Laptop gebeugt hatten, drehten sich um und riefen mit geballten Fäusten: »LEX! LEX! LEX! « Ein paar andere Grüppchen stimmten lachend in die Rufe ein.

»Ihr Tee, Herr Winters!«, hörte ich Elsa hinter mir, doch meine Aufmerksamkeit galt dem, was auch immer hinter dieser Tür verborgen lag und scheinbar mit Lex zu tun hatte.

Dann war ein metallisches Klacken zu hören, und die Tür öffnete sich. Hindurch trat eine Art Rugby-Spieler, der eine silberne Rüstung mit Schulterpolstern, Brustpanzer sowie Arm- und Beinschienen trug. Der große Sportler nahm einen blauen Helm ab und zog ein schweißgetränktes Stirnband aus. Aus der Halle hinter ihm drangen Stimmen und etwas, das wie ein Stadionlautsprecher bei einem Eishockeyspiel klang: ICE CREAM! ICE CREAM!

Unmöglich. Diese amerikanische Stimme. Dieses Outfit. Das war doch *Speedball*! *Speedball 2*, um genau zu sein. Ein altes Retro-Game, das ich als Kind auf meinem Amiga 500 gespielt hatte. Bei dem futuristischen Sport versuchten zwei Mannschaften mit einer Metallkugel, bestimmte Trefferflächen auf dem Spielfeld oder das gegnerische Tor zu treffen. *Speedball* war unglaublich brutal, weil die gegnerischen Spieler – ähnlich wie beim Rugby – nach allen Regeln der Kunst zusammengestaucht werden durften. Aber die hatten hier doch keine *Speedball*-Arena. Oder doch?

Der hochgewachsene Spieler lächelte in die Runde und hob dann beschwichtigend die Hand wie ein König, der auf dem Balkon seines Palastes stand. Dann strich er sich mit einer Hand die schweißnassen Haare aus dem Gesicht und schaute in meine Richtung.

»Kai, alter Verbrecher!«

Ich musste die Gesichtsfarbe gewechselt haben, als ich antwortete. »L…Lex!«

Fast hätte ich ihn nicht wiedererkannt. Das war nicht mehr der Nerd-Lex, der mit uns zu Schulzeiten D&D gespielt hatte. Seine Brille war weg, von Pickeln keine Spur, und er sah unglaublich trainiert und breit aus – selbst, wenn ich die Schulterpolster seiner *Speedball*-Rüstung im Geist subtrahierte. Mir waren auch nie seine blauen Augen aufgefallen, die mich nun unter blondierten Haaren anfunkelten.

Lex wandte sich um und schrie in die Nachbarhalle, dass sein Team ohne ihn weitermachen sollte. Zu gerne hätte ich einen Blick auf das Spielfeld geworfen, doch aus meinem Blickwinkel war das leider nicht möglich. Dann schloss er die Tür, und jemand verriegelte sie von der anderen Seite. Ich räusperte mich und zog in einer albernen Übersprungshandlung mein T-Shirt glatt.

»Komm, wir gehen in mein Büro«, rief er.

Ich setzte mich gehorsam in Bewegung.

»Da gibt's auch besseren Tee«, fügte er lächelnd hinzu, als sein Blick auf Elsa fiel, die immer noch mit einer dampfenden Tasse hinter mir stand.

Nach einer kurzen Umarmung folgte ich Lex gehorsam quer durch die Halle zu einer schmalen Eisentreppe, die zu einem kleinen Raum hochführte, von wo aus man durch ein Panoramafenster das ganze Areal im Blick hatte. Als wir eintraten, warf Lex seinen Helm auf ein Bett in der Ecke (*Schlief er auch hier?*) und wartete meine Reaktion ab.

Dieser Mistkerl lebte meinen Traum. Und dazu gehörte auch, in einem Büro zu sitzen, welches ebenso gut als Museum für Popkultur hätte durchgehen können. Fantastische Statuen, Schwerter, Rüstungen und andere Memorabilien aus Filmen und Spielen schmückten Wände und Regale. Einige sahen so authentisch aus, dass ich befürchtete, es könnten Originalrequisiten sein.

Als Lex mir einen futuristisch anmutenden Stuhl vor dem Fenster anbot, nahm ich dankend an. Ich musste mich dringend setzen.

»Tja, also, ich bin von den Socken«, brach ich die Stille meiner eigenen Verwunderung. »Krasser Laden. Wahnsinn, was ihr hier aufgebaut habt.«

Ich blickte in die Halle hinunter und bemerkte das geisterhafte *Satoritech*-Hologramm, welches jetzt fast zum Greifen nah vor mir in der Luft schwebte. Irgendwie wurde ich das Gefühl nicht los, dass mich dieses Auge immer mit seinem Blick durchbohrte, ganz gleich, wo ich mich gerade aufhielt.

»Freut mich, dass du schon von unserer »Creative Lounge« so beeindruckt bist. Dabei hast du noch gar nicht gesehen, worum es hier überhaupt geht.« Lex hatte sich inzwischen seiner Rüstung entledigt und war in eine Art Bademantel geschlüpft. »Sorry für meinen Aufzug, aber ich gehe erst später duschen. Tee?«

»Äh, ja gerne, zweiter Versuch. Sag mal, spielt ihr da unten wirklich *Speedball*? Woraus sind die Rüstungen gemacht?«

»Das ist ein leichtes, aber superhartes Plastik, das auch in der Raumfahrt benutzt wird. Und ja, das ist *Speedball*, dem gleichnamigen Klassiker entlehnt. Du kennst es?«

Die Frage, ob ich dieses Kult-Game kannte, war fast eine Beleidigung. Ich überlegte, wie ich möglichst indigniert, aber trotzdem intelligent antworten konnte. Lex nahm unterdes eine dampfende Glaskaraffe und zwei Teeschälchen vom Tablett eines kleinen Roboters, der sich bei genauerem Hinsehen als R2D2 entpuppte – so wie er auf Jabbas Wüstenschiff in *Return of the Jedi* gedient hatte. Scheinbar hatte jemand den Tee bereits für Lex vorbereitet und auf den *Star Wars*-Droiden gestellt. Klar, wohin auch sonst? Mich wunderte so langsam nichts mehr.

»Mann, klar kenne ich *Speedball*, besonders den zweiten Teil. Ich habe es geliebt! Aber ich nehme mal an, den Warp, die Bumper oder dieses Ding, wo man den Ball glühen lassen konnte, habt ihr weggelassen?«

Nun schien Lex beleidigt zu ein. »Ich mache etwas richtig oder gar nicht. Du würdest dich wundern, was wir alles nachgebaut haben. Natürlich bekommen Spieler keine Punkte für Fouls oder Knochenbrüche, so weit mussten wir es schon an unsere Bedürfnisse anpassen. Aber im Großen und Ganzen ist es authentisches *Speedball*! Nachdem *Jugger* ja fast schon Mainstream geworden ist, wollte ich mir für mein Team etwas Neues ausdenken. Das ist wichtig, Kai. Neue Reize halten meine Kreativköpfe am Laufen und öffnen neue Türen. Geistige Türen.«

Es wunderte mich überhaupt nicht, dass Lex natürlich auch schon *Jugger* gespielt hatte, den martialischen Sport, der aus einem Endzeit-Film mit *Rutger Hauer* stammte.

»Aber lass uns deine und meine kostbare Zeit nicht mit exzentrischem Sport vergeuden«, fügte er schnell hinzu, als ich etwas erwidern wollte. »Das ist alles so nichtig wie Tränen im Regen, mein Bester. Ich werde dir gleich eine Erfahrung ermöglichen, die bislang völlig einzigartig auf diesem Planeten ist. Du wirst etwas erleben, das über virtuelle Realität weit hinausgeht und die Unterhaltungsindustrie für immer neu definieren wird.«

»O…okay«, stammelte ich. »Du hast meine volle Aufmerksamkeit.«

Lex goss uns etwas Tee ein und setzte sich mir gegenüber hin. Durch seine gemeißelten Züge, die blond gefärbten Haare und seine im Gegenlicht blau leuchtenden Kontaktlinsen wirkte er fast wie ein Cyborg. Ihn so verändert zu sehen, fühlte sich surreal an; genau wie das ganze Hightech-Fabrikgebäude, in dem ich gerade saß.

Ich roch am Tee und nahm einen vorsichtigen Schluck. Ein derart samtig weiches Geschmackserlebnis war mir bei grünem Tee so noch nie untergekommen. Dieser duftende Traum von einer Flüssigkeit schmeckte wie Tau auf einer Gebirgswiese, die noch nie zuvor ein Mensch betreten hatte.

»Die Tibetaner nennen den Tee »Blauer Lotus«. Er wird im Himalaya nur auf einem einzigen Feld angebaut. Du trinkst da gerade einen First Flush, der umgerechnet vermutlich zehntausend Euro kostet.«

Fast hätte ich den Tee vor Lachen ausgespuckt, so albern war die Anmaßung. Aber ich fand keine Anzeichen von Humor in Lex' Gesicht.

Ein Klumpen schwerer Stille hing zwischen uns im Raum, und ich räusperte mich hörbar.

Doch dann entgleisten Lex die Gesichtszüge. Er lachte und nahm auch einen Schluck vom blauen Lotus. »Quatsch, ich habe gar nichts dafür bezahlt. Der Bauer ist ein Freund von mir und verkauft den Tee normalerweise nicht. Ich habe ihn mal bei meinen Studien zu halluzinogenen Pflanzen kennen gelernt. Seitdem schickt er mir zur Erntezeit immer etwas. Aber *wenn* er ihn verkaufen würde, wäre er sicher schweineteuer.«

»Wow«, machte ich. »Dann danke für das edle Stöffchen, ich fühle mich schon ganz … geschmeidig und relaxed davon.«

»Ja, er hat eine interessante Wirkung. Ich kann super brainstormen, wenn ich was davon getrunken habe.« Lex lehnte sich nach vorne und legte die Hände so zusammen, wie es Kinder tun, die eine Pistole andeuten wollen. »Jetzt kommen wir aber mal zu dem Grund für deine Einladung. Ich will ehrlich mit dir sein. Du bist aufgrund deiner einzigartigen Persönlichkeitsstruktur ein perfektes Versuchskaninchen, um tief in den Kaninchenbau vorzudringen, den wir M.A.Y.A. getauft haben.«

»Maja? Wie Biene Maja?« fragte ich mit gespielter Heiterkeit. Der Tee war wirklich eine Wonne.

»Eher wie *Mental Activity Yield Apparatus*, kurz M.A.Y.A.«, verbesserte mich Lex. »Die Apparatur ist in vielerlei Hinsicht die Summe all meiner KI-Kenntnisse und Studien, kombiniert mit den neuesten Errungenschaften ganz anderer Fachbereiche wie Medizin, Psychologie und sogar Robotik. Allerdings ist die Methode zum Hochfahren der Simulation minimal invasiv.«

Ich stellte mein Teeschälchen ab und rutschte vor auf die Kante meines Stuhls. »Invasiv?«

»Ja, nichts Wildes, nur ein Tropf, der dich mit Nährstoffen versorgt, während du schläfst.«

»Während ich *schlafe*?« fragte ich unter aufkeimendem Unbehagen. Allein die Vorstellung einer Kanüle am Arm fand ich mehr als befremdlich. Ich hasste bei Arztbesuchen ohnehin jede Art von »Piksen«, egal ob beim Blutabnehmen oder bei einer Impfung.

»Ganz genau. «

»Jetzt mach aber mal halblang, Lex Luthor«, sagte ich mit einem peinlichen Piepsen in der Stimme, weil ich mich ein wenig am Tee verschluckt hatte. »Ich dachte, es geht hier um Virtual Reality und nicht um irgendwelche schamanischen Traumreisen. Also auf sowas hab ich eigentlich weniger Bock.«

»Jetzt warte doch erstmal ab«, sagte Lex in vollkommen ruhigem Tonfall. »Wir gehen gleich einfach runter zu den Pods, und du schaust dir das Ganze an. Ich versichere dir: Das alles hat – wenn überhaupt – nur im allerbesten Sinne etwas mit Traumreisen zu tun. Was wir machen, ist Wissenschaft auf einem neuen Level, keine Esoterik.«

Ich war plötzlich nicht mehr so sicher, ob ich wirklich Lex‘ Versuchskaninchen spielen und einen »neuen Level der Wissenschaft« betreten wollte. »Steht deswegen überall bewaffnetes Sicherheitspersonal rum? Ist das überhaupt alles koscher, was ihr hier macht?«

Lex offenbarte mir dieses mitleidige Lächeln, das er scheinbar auch Elsa beigebracht hatte und goss mir noch etwas Tee nach. »Kai, ich kenne dich von früher. So naiv bist du doch nicht. Was meinst du, was in den Wänden dieser Anlage an finanziellem Wert steht? Was denkst du, was passieren würde, wenn jemand was stehlen würde? Das bezahlt keine Versicherung. Dass du skeptisch bist, ist doch vollkommen normal. Das waren wir alle am Anfang. Doch die M.A.Y.A. hat uns bisher alle noch wieder wohlbehalten zurückgebracht. Du kannst hier bei etwas ganz Großem dabei sein, was dir die Sprache verschlagen wird. Trink noch ein wenig Tee, der beruhigt.«

Der Tee beruhigte tatsächlich. Irgendwie überkam mich plötzlich eine gewisse Bettschwere und ich merkte, wie sich in verschiedenen Teilen meines Körpers die Anspannung löste.

»Letztlich ist es natürlich deine Entscheidung«. Lex hatte sich wieder auf seinem Stuhl zurückgelehnt und zog vielsagend seine Augenbrauen hoch. »Du kannst natürlich jetzt nach Hause fahren, wieder in deinen gewohnten Alltag eintauchen und dich jeden Tag grämen, dass du deine Neugier nicht befriedigt hast. Oder …« Er lehnte sich nach vorne und setzte eine todernste Mine auf. »… ich zeige dir das Wunderland. Shambhala. Die vergessene Welt. Das Land hinter den Spiegeln. Das, was hinter dem Ereignishorizont liegt. Das verdammte Alpha und Omega, Kai! Und ganz nebenbei die Revolution der Spielewelt.«

Zu meiner Verwunderung stand ich bereits, als ich sagte: »Ich glaube, ich habe jetzt genug Tee getrunken. Zeig mir einfach deine Höllenmaschine, und dann entscheide ich.«

~

Lex führte mich durch ein paar Türen und schmale Seitengänge zu einem kleinen Personenaufzug, mit dem wir in den Keller fuhren. Auf dem Weg begegneten wir noch einigen *Satoritech*-Mitarbeitern, die jedoch immer seltener Pistolen, dafür häufiger weiße Kittel trugen. Beinahe erwartete ich, dass wir bald über eine zerfledderte Leiche stolperten, weil die Wissenschaftler mit irgendwas einen »fatalen« Fehler gemacht hatten. Doch glücklicherweise blieben meine von Horrorspielen wie *Doom* oder *Half-Life* inspirierten Fantasien nur Hirngespinste.

Schließlich blickte ich mit Lex und einer wissenschaftlichen Assistentin durch die Sichtscheibe einer breiten Tür. Auf der anderen Seite standen drei ovale Becken, die mit ihren Deckeln wie kleine Raumschiffe oder aufgeklappte Muscheln aussahen. Sie waren in einer Dreiecksformation aufgestellt und über verschiedene Schläuche und Kabel mit einer blinkenden Wand auf der Rückseite des Raumes verbunden.

»Das sind unsere Pods«, sagte Lex stolz. »Etwas vereinfacht ausgedrückt sind das leicht modifizierte Floating Tanks, wie du sie vielleicht im Spa-Bereich deines letzten Hotels gesehen hast.«

Ich hatte ja keine Ahnung, wo Lex so Urlaub machte, doch in den Jugendherbergen, in denen ich mit Laura meist übernachtete, wusste vermutlich niemand, wie man »Spa« überhaupt schrieb.

»Und das blinkende Ding im Hintergrund ist unsere geschätzte M.A.Y.A. Du wirst über ein elektronisches Kopfband in deinem Helm direkt mit der Spielwelt verbunden sein. Lydia zeigt dir eine Umkleide, wo du deine Klamotten lassen und eine Badehose anziehen kannst. Und geh bitte nochmal zur Toilette vorher. Keiner hat hier Lust auf Schweinereien im Pod.«

Lex grinste ein seltsames Haifisch-Lächeln, das mir Schauer über den Rücken laufen ließ.

Ich blickte unentschlossen in den Raum mit den Floating Tanks. Ich hatte schonmal von so was gehört. Darin wurde das eigene Körpergewicht quasi genullt, damit man sich ganz leicht und unbeschwert seinen Gedanken hingeben konnte. Irgendwie hatte ich mir das alles komplett anders vorgestellt. Doch nun war ich hin- und hergerissen zwischen meiner überschäumenden Neugier und etwas, das scheinbar gerade von der Wirkung des Tees eingelullt wurde.

Plötzlich bemerkte ich die Hand der lächelnden Assistentin an meiner Schulter, die mich sanft in Richtung der Umkleide schob. »Kommen Sie, Herr Winters.«

Wenn ich heute daran zurückdenke, habe ich kaum noch Erinnerungen daran, was genau alles passierte, bevor ich mich im vordersten der Pods wiederfand. Ich schwamm fast aufrecht in einer perfekt temperierten Flüssigkeit und schämte mich einer lilafarbenen *Satoritech*-Badehose. Ein fein verkabelter Helm, dessen Visier noch offenstand, passte sich mittels intelligenten Schaumstoffes meinem Kopf an, und ein Schlauch ragte aus meinem Unterarm. Den Piks hatte ich überhaupt nicht gespürt. Glaube ich zumindest. Vermutlich besaß Lydia irgendeine medizinische Ausbildung.

Ebenfalls nur noch nebelhaft erinnere mich daran, dass ich Lex eine NDA, also eine Verschwiegenheitsvereinbarung, unterzeichnen musste, die gleichzeitig noch die Allgemeinen Geschäftsbedingungen, jede Menge juristisches Zeug und, wie Lex abwinkend hinzufügte, noch ein paar andere »unwichtige Standardklauseln« enthielt.

Und dann konnte es losgehen.

Ich war seltsam ruhig und teilnahmslos. Meine schwebende Position im Wasser tat ihr Übriges dazu.

Ein Gedanke schoss in meinen Kopf. »Wie lange wird die Simulation eigentlich dauern? Sonst würde ich gerne Laura Bescheid sagen, dass ich vielleicht später komme.«

»Dein Handy ist oben in einem Sicherheitsschrank eingeschlossen. Ich kümmere mich schon um sie. Aber keine Sorge, so lange wird es nicht dauern.«

Ich weiß noch, dass ich Lex' Wortwahl seltsam fand, aber ich dachte mir nichts weiter dabei.

»Aber kriege ich nicht noch einen Controller in die Hand oder so? Wie steuere ich denn?«

»Controller?« Lex' Frage klang fast wie die eines indignierten Wissenschaftlers, dessen Zeitmaschine gerade als Toaster bezeichnet worden war. »Wo du hingehst, brauchst du keinen Controller.«

Plötzlich schossen immer mehr Gedanken in meinen Kopf und ein mulmiges Gefühl mauserte sich zu handfester Angst. Was tat ich hier überhaupt? Mich überkam das furchtbare Gefühl, mich viel zu wenig über die Funktionsweise dieses Biene Maja-Dings informiert zu haben. Ich schielte nach rechts, wo just in diesem Moment eine grünlich schimmernde Flüssigkeit durch den Schlauch des Tropfs zu meinem Arm kroch. Das sah fast aus wie das Ekelzeug aus *Reanimator* …

»Was pumpt ihr da für einen Kram in mich rein?« fragte ich in einem nervöseren Tonfall, als ich es beabsichtigt hatte. »Ich hoffe mal, das ist das Super-Soldier-Serum für mein Sixpack«, fügte ich mit einem gequälten Grinsen hinzu, um meine Angst zu überspielen.

»Ach, nur vitaminreiche Nährlösung und eine modifizierte Form von Dimethyltryptamin. Keine Sorge, nichts, was dein Körper nicht auch so herstellt …«

Was zum Henker war Dimetral-Kryptonit?

Doch bevor ich weiter protestieren konnte, spürte ich, wie meine Haut zu kribbeln begann und mir die Sinne schwanden. »Zähl mal bis zehn …« hörte ich Lex sagen, dessen Stimme nun schon seltsam tief und entfernt klang, als würde jemand ein Band langsamer ablaufen lassen. »… wie beim Arzt, kurz vor Einsetzen der Narkose, wenn es kein Zurück mehr gibt. Mal sehen, wie weit du kommst!«

Dann verschwamm seine Stimme zu sehr, als dass ich noch einzelne Worte hätte ausmachen können. War da am Ende noch ein Lachen?

Lex, warte mal, ich habe es mir anders überlegt. Lass mich bitte nochmal kurz raus hier. Ich glaube, ich bekomme ein bisschen Schiss oder so. Das war zumindest theoretisch der Satz, den ich gerne gesagt hätte, doch meine Lippen formten nur ein langsam gestöhntes »Leeeex, waaa…« Dann verlor ich das Bewusstsein.

~

Nein, eigentlich verlor ich zu keinem Zeitpunkt das Bewusstsein. Ich verlor es nicht, sondern es ging mit mir auf eine Reise. Und am Anfang dieser Reise war Schwärze. Eine seltsam summende Schwärze. Und das Summen wurde immer lauter. Irgendwann war es ein Dröhnen, das in meinem Schädel widerhallte, als ob ihn jemand in zwei Teile geschnitten hätte und nun als makabre Klangschale benutzte. Dann tauchten die Muster auf. Geometrische Formen in einer schwindelerregenden Anzahl, Verschiedenheit und Komplexität, die sich seltsam ineinander- und übereinanderschoben. Es war fast, als wären sie lebendig. Sie pulsierten, waberten, flossen auseinander, ineinander und gebaren wieder neue Muster. Eine inzestuöse Orgie sich unendlich replizierender Farben und Formen. Das war mehr, als ich ertragen konnte. Mein Geist war dabei die ganze Zeit in einer Art sprachlosem Erstaunen gefangen und versuchte vergeblich zu deuten und einzuordnen, was er sah. Dieser wabernden Masse wohnte eine außerweltliche Schönheit inne, für die es keine Worte gab. Doch genau deshalb wurde meine Angst immer größer. Es gab *tatsächlich* in der menschlichen Sprache *keine Worte* dafür. Ich versuchte krampfhaft, an irgendetwas Halt zu finden in diesem kochenden Chaos, doch es half nichts. Mein Geist rann mir durch meine imaginären Finger wie Wasser durch ein Küchentuch. Ich wollte schreien oder irgendetwas tun, doch ich hatte keinen Körper mehr, mit dem ich das hätte bewerkstelligen können.

Ich hatte Todesangst.

Dann, auf dem Höhepunkt meiner Panik, geschah es. Die verrückten Mandalas fingen an zu rotieren und bildeten eine Art Schlauch. Rückblickend wäre es vielleicht mit dem Strudel zu vergleichen, der über dem Abfluss eines Waschbeckens entsteht, kurz bevor das letzte Wasser abgeflossen ist. Mein Geist wurde stumm schreiend in dieses Wurmloch aus Farben und Formen gesogen und beschleunigte schnell. Der Tunnel erinnerte mich fast – hätte ich denn eindeutige Gedanken fassen können – an den Flug durch einen Wartungstunnel im Todesstern bei *Star Wars*. Bunte Lichter und

Schatten rasten ebenso an mir vorbei wie kantige oder runde Durchgänge, die zur selben Zeit mechanisch und organisch zu sein schienen. Meine Geschwindigkeit erhöhte sich immer weiter, so, als ob ich langsam auf Lichtgeschwindigkeit beschleunigte. War das alles die Einbildung meines Geistes oder flog ich gerade wirklich irgendwohin? Ich konnte es nicht sagen. Ich hatte jeden Sinn für Raum, Zeit oder Realität verloren. Es fühlte sich an, als wäre ich meiner Identität beraubt worden, inklusive meiner Fähigkeit, mich meiner Gedanken zu bedienen. Deshalb konnte ich nichts anderes tun, als mein Kämpfen und Aufbäumen gegen diese Erfahrung einzustellen und es einfach geschehen zu lassen. Und genau in diesem Moment schoss ich auf der anderen Seite des Tunnels hinaus.

Ich war angekommen.

Verbrannte Erde

Allmächtiger!

Das Gefühl war unbeschreiblich.

Wenn es überhaupt ein Gefühl war.

Ich befand mich in einem stark betäubten Zustand, denn ich konnte absolut nichts wahrnehmen. Zumindest keine Geräusche, optischen Eindrücke, Geruch oder Geschmack. Und doch spürte ich voller Zuversicht, dass ich »da« war. In einem konturlosen Nichts. Pures Bewusstsein in einem unendlichen Ozean von leuchtender Dunkelheit, weder schwarz noch weiß, weder hell noch dunkel. Ich war an einem Ort, der keine Farbe hatte, keine Form und keinen Platz im Universum. Es war ein Ort jenseits aller Orte. Hier gab es weniger als »nichts«. Hier war nur »ich«. In einem Ozean aus friedlicher Ruhe.

Doch bevor ich über die Implikationen dieses Eindrucks reflektieren konnte, änderte sich etwas. Das seltsam strahlende Nichts, das ich war, wurde plötzlich von einem zarten Gelbton erfüllt. Kaum merklich erst. Dann immer intensiver, bis sich das Gelb zu einem leuchtenden Orange gemausert hatte. Weitere Sinneseindrücke fluteten das Orange. Als bediente jemand mit Schiebereglern meine Wahrnehmung über ein Kontrollpult. Wärme und Geräusche leisteten nun dem Rot, das eben noch Orange gewesen war, Gesellschaft.

Ich begann, Augenlider zu spüren. Das warme Rot erinnerte mich an die Sonne. Außerdem lag ich auf weichem Untergrund, und meine Hände krallten sich in etwas Faserigem fest. Die Luft um mich war erfüllt von Summen und Surren, wie von Insekten. Es roch süßlich. Sommerlich. Ich atmete tief ein und genoss das Gefühl, wie sich mein Brustkorb dabei hob und senkte.

Ha, ich hatte wieder eine Nase und einen Brustkorb! Ich war unglaublich dankbar für diese Gaben, mit denen ich nun wieder Luft genießen konnte.

Doch da war etwas in dieser Luft, das ich kaum in Worte fassen konnte. Etwas Verheißungsvolles, Exotisches. Etwas … Neues. Ich öffnete vorsichtig die Augen und verlor mich in einem wolkenlosen Blau. Was für ein herrlicher Tag! *Moment mal …*

Mit einem Schlag war alles wieder da. Ich setzte mich vorsichtig auf und blickte benommen umher. Um mich herum sah ich das hohe Gras auf einer Lichtung mitten im Wald. Hinter mir erhob sich eine Felswand, in der ein schwarzer Höhleneingang klaffte.

Was zum Teufel? ... Wie zum Henker?

Meine Verwunderung gestattete es mir noch nicht, einen sinnvollen Gedanken zu fassen. Etwas kitzelte meinen Handrücken. Ich hob meine Hand auf Höhe meiner Nase und starrte mit weit aufgerissenen Augen auf eine daumendicke Raupe, die sich dort behäbig voran wälzte. Fast hätte ich das Insekt vor Schreck von mir geschleudert, wenn die Raupe nicht so atemberaubend schön gewesen wäre. Unter einem Flaum feiner Haare leuchteten mir alle Farben des Regenbogens entgegen. Die Haut des Tiers wirkte transparent, und die Farben schienen fast aus eigener Kraft zu leuchten. So etwas hatte ich noch nie gesehen, noch nicht mal im Discovery Channel. Ich hielt meine Hand vorsichtig an einen großen Farn, damit die bunte Disko-Raupe ihres Weges kriechen konnte. Dann stand ich auf und drehte mich einmal im Kreis. Dem Stand der Sonnen nach zu urteilen, musste es so um die Mittagszeit sein.

Zwei Sonnen.

Eine große und eine kleinere.

Ich blinzelte und ließ die Realisation langsam in mein Hirn einziehen. *Wie auf Tatooine. Da ist wohl jemand Star Wars-Fan, was?*

»WHAT THE FUCK!?« schrie ich über die Lichtung. Irgendwo flatterten ein paar empörte Vögel in die Luft. Wo in aller Welt war ich hier? Hatte ich nicht gerade noch in einem Floating-Tank von *Satoritech* gelegen? Kurz schoss mir der Gedanke durch den Kopf, dass ich bei irgendeiner Comedy-Sendung auf einen komplexen Scherz hereingefallen war. Man hatte mich offensichtlich betäubt, entführt und irgendwo im Gebirge ausgesetzt. Sehr witzig, wirklich. Doch wie hatte es die Special Effects-Crew geschafft, zwei Sonnen am Himmel aufzuhängen? Das war schon sehr »David Copperfield«. Außerdem war es hier offensichtlich Hochsommer und nicht Herbst, wo auch immer »hier« war.

Nein. Ich träumte scheinbar. Einen luziden Traum, der mir absolut real vorkam. Grinsend blickte ich mich weiter um. Diese Perfektion! Mein Grinsen wurde immer breiter, als ich die sanft im Wind wogende Vegetation mit meinen Blicken liebkoste. Konnte das wirklich sein? Mein Gehirn wehrte sich vehement gegen eine Möglichkeit, die mir einfach zu abgefahren erschien. Doch dann gab ich nach. Ich fing an, wie wahnsinnig zu lachen und schrie in den Himmel empor: »Lex, du genialer Irrer hast die scheiß Matrix erschaffen!«

Ich kniete mich hin und streichelte behutsam über das Gras. Wie weich und real sich das anfühlte. Mein Gehirn konnte keinen Unterschied zwischen meiner und dieser Traumwelt erkennen. Ich war wach, obwohl ich schlief! Ich kniff mich selbst in den Handrücken und erhielt den gewohnten Schmerz als Rückmeldung. Fantastisch.

Plötzlich schoss ein Gedanke durch meinen Kopf und ich begann, mich zu untersuchen und abzutasten. Ich hatte dieselben Klamotten an, die ich auch vor Eintritt in diese

Scheinwelt zuletzt getragen hatte. Jeans und ein T-Shirt mit dem dreiköpfigen Affen aus *Monkey Island.* Glücklicherweise nicht nur eine lila Badehose.

Ich fragte mich, ob es auch möglich gewesen wäre, meinen »Avatar« dieser Welt zu verändern. Wieso trug ich nicht eine coole Lederrüstung und Waffen? Oder noch besser: Wieso hatte ich nicht den Körper von *The Rock* aus *Scorpion King*? Das war doch bestimmt möglich. Ich hatte Schmetterlinge im Bauch, als ich gedanklich den Katalog von berauschenden Möglichkeiten durchblätterte. Eine Abenteuerlust überkam mich, wie ich sie noch nie zuvor gespürt hatte. Ich fühlte mich so frei und lebendig wie schon lange nicht mehr.

Mein Blick fiel auf die Höhle hinter mir. Der warme Sommerwind trug mir eine Geruchsnote entgegen, die verbrannt, aber auch irgendwie würzig roch. Ich stapfte ehrfürchtig durch das hohe Gras in Richtung der Höhle, wie magisch angezogen von der gähnenden Öffnung. Weit musste ich nicht gehen, bis die Gebirgswiese abrupt endete und schwarzer Erde Platz machte. In einem beachtlichen Radius um den Höhleneingang war jegliche Vegetation wie weggebrannt. Nein, nicht *wie* weggebrannt. Sie *war* weggebrannt. Meine Nackenhärchen stellten sich auf, und ich bekam eine Gänsehaut.

Du willst mich doch verarschen, Alter, dachte ich, als ich einen vorsichtigen Schritt in den Schatten der Höhle machte. Hier roch es jetzt wirklich intensiv nach verbrannter Erde und nach noch etwas anderem. Wenn die Vermutung nicht so willkürlich und albern gewesen wäre, hätte ich fast gedacht, der Geruch stammte von …

Ein tiefes Grollen drang aus der Höhle. Ich taumelte erschrocken einen Schritt zurück, während mein Herz irritiert pochte. Doch anstatt die Beine in die Hand zu nehmen und das Weite zu suchen, hielt mich eine kindliche Faszination an Ort und Stelle fest. Wie in Trance ging ich zur Höhlenwand und legte eine Hand auf den kühlen Stein. *Noch mal bitte*, sagte eine Stimme in meinem Kopf, die unmöglich meine eigene sein konnte. Und wie bestellt, schwoll das Grollen noch einmal an. Lauter und intensiver diesmal, als hätte ein angehender Sänger endlich gelernt, wie man richtig in den Bauch atmete. Dieses Knurren, das für mich unverkennbar tierischen Ursprungs war, ließ das Gestein der Höhle sanft vibrieren. Es drang in meine Hand, wanderte als eine Spur von Gänsehaut über meinen Arm und erreichte schließlich mein Herz. Meine Augen füllten sich mit Tränen.

»Oh mein Gott«, flüsterte ich, gefangen in einem Sturm widerstreitender Gefühle. Ängstliche Ehrfurcht und anerkennende Liebe brannten in mir wie … Drachenfeuer!

Wenn die Jungs von *Satoritech* zwei Sonnen scheinen lassen konnten, dann konnten sie ALLES erschaffen. Sogar Drachen für eine Fantasywelt.

Am liebsten hätte ich vor Abenteuer- und Sensationslust in die Höhle hineingeschrien, um, was auch immer darin lauerte, heraus ins Tageslicht zu locken, wo ich es bewundern wollte. Doch bevor ich mein ungestümes Schicksal besiegeln konnte, fiel mein Blick auf eine kleine Metallröhre am Boden. Hatte die da eben auch schon gelegen? Ich hob das Behältnis schnell auf, und noch während das Echo des zweiten Grollens langsam verebbte, brachte ich ein wenig Boden zwischen mich und die Wohnstätte. Mit genügend Sicherheitsabstand zur verbrannten Erde setzte ich mich auf einen Baumstumpf, um den Metallbehälter in Ruhe inspizieren zu können. Es war eine Art verzierter Schriftrollenbehälter. Ich erkannte das Auge des *Satoritech*-Logos im Deckel, den ich sofort vorsichtig abschraubte und zu Boden fallen ließ. Ein eng gerolltes Pergament rutschte auf meine Handfläche, als ich die Röhre auf den Kopf stellte. Das Papier war vergilbt und roch nach staubiger Bibliothek. Darauf fand ich eine lange Botschaft, die in makelloser Handschrift mit dunkelroter Tinte geschrieben war. *Fast wie getrocknetes Blut*, dachte ich, als ich anfing zu lesen.

Hallo Kai,

willkommen in Grimora, einer Spielwelt, die genau nach deinem »Dark Fantasy«-Geschmack sein dürfte!

Ich habe mich beim Design des Landes von den Abenteuern inspirieren lassen, die wir vor langer Zeit in deiner Rollenspielrunde erlebt haben. Nicht böse sein, dass ich mir sogar den Namen geborgt habe. Aber Grimora passte einfach perfekt, weil »grim« darin vorkommt. Wenn du es in einem Lexikon nachschlägst, findest du deutsche Entsprechungen wie »düster, grauenvoll, makaber, hart oder unerbittlich«. Besser könnte ich Grimora nicht beschreiben!

Denn du wirst schnell merken, dass deine Sicht von fantastischen Landen und ihren Bewohnern naiv ist und diese bei unmittelbarem Erleben schnell an Romantik und Zauber verliert. Wir Menschen machen so häufig den Fehler, von zwei Seiten einer Münze nur die zu sehen, die uns gerade passt. So ist es leicht, sich eine mittelalterliche Welt vorzustellen, in der es von tapferen Rittern, sagenhaften Burgen und Jungfrauen in Nöten nur so wimmelt, und dabei die Kehrseite der Medaille vollkommen zu vergessen.

Doch du kannst keine Welt erschaffen, in der es Licht ohne Schatten gibt; Gut ohne Böse; Freude ohne Schmerz. Diese scheinbaren Gegensätze gehen Hand in Hand. Sie implizieren einander. Sie sind im Grunde eins.

Und damit wären wir auch schon beim Wesentlichen angekommen, Kai.

Dem Schmerz.

Diese Lektion lehrtest du mich einst höchstpersönlich.

Du zeigtest mir, dass auf jeden Tag irgendwann die Nacht folgen muss. Und dass jedes Hochgefühl von Hoffnung zwangsläufig, früher oder später, durch Verzweiflung abgelöst wird.

Ich kann mir dein fragendes Gesicht jetzt sehr gut vorstellen; als hinge es als Projektion vor mir in der Luft. »Oh nein, was habe ich Lex denn jemals angetan? Was kann er denn nur meinen?«

Verschone mich mit diesem Bullshit. Du hast mir Laura weggenommen!

Sie war die erste und einzige Frau, in die ich mich jemals verliebt habe und in die ich immer noch verliebt bin. Du hast deine Machtposition als Spielleiter unserer ach so freundschaftlichen Runde damals schamlos ausgenutzt, um dich an sie ranzumachen.

Auf der Arbeit hatten sich Laura und ich bereits angenähert. Ich spürte, dass es zwischen uns gefunkt hatte. Sie lachte über meine Witze und schien fähig zu sein, in mein Innerstes zu blicken. Sie war die erste Frau, die mich wegen meiner Intelligenz und meines Wesens wertschätzte. Sie konnte an allen Äußerlichkeiten vorbei direkt in meine Seele sehen. Ich wusste, es war nur eine Frage der Zeit, bis wir ein Paar sein würden.

Glaubst du an Schicksal, Kai? Ich habe daran geglaubt.

Ich war mir sicher, dass Laura das fehlende Puzzlestück in meinem Leben war, das der Kosmos mir nun endlich in den Schoß fallen ließ. Sie war der zweite Teil meines Aurins, mein Licht zum Schatten, mein Yin zum Yang. Ich spürte es auf einer profunden Ebene, tief in meinem Kern.

Es fehlten nur gewisse »Formalitäten«, um ihr Herz endgültig für mich in Flammen aufgehen zu lassen. Die Regeln des Paarungsspiels erforderten gewisse Handlungen von mir als männlichem, dominantem Part. Doch das Balzgehabe – warum soll ich es leugnen – war noch nie mein herausragender Skill. Wie dumm ich war, als ich dachte, unsere kleine Spielrunde wäre der perfekte Ort dafür. Ein ungezwungener Rahmen, um ihr eine weitere Seite von mir zu zeigen und mich ihr auch privat zu nähern. Meine damalige Naivität bringt mich heute fast zum Würgen.

Den Rest der Geschichte muss ich dir nicht erzählen, Zerstörer meines Glücks. Dass ausgerechnet ein Freund mir Laura so perfide und geplant ausspannt, wie du es getan hast, hätte ich nie für möglich gehalten und kann es rückblickend nur als diabolisch bezeichnen. Das hat meinen Glauben an das Gute nachhaltig getrübt und ein tiefes Loch in meine Seele gerissen. Ich konnte diese Wunde niemals heilen und habe in den folgenden Jahren meinen Schmerz in Arbeit ertränkt. Doch wie es sich herausstellt, lohnt es sich immer zu kämpfen und nicht aufzugeben. Dann kommt früher oder später alles von selbst zu dem, der warten kann. Denn die M.A.Y.A. ist nicht nur mein Eintrag in das Geschichtsbuch der Menschheit, sondern auch die perfekte Lösung für mein Problem: dich.

Dir wird auffallen, dass dein Gehirn keinen Unterschied zwischen unserer Welt und Grimora feststellen kann. Wenn dich etwas dort umbringt, stirbst du auch in unserer Welt. Der Körper kann ohne den Geist nicht überleben. Das kennen wir ja schon aus dem Film »Matrix«, nicht wahr? Doch leider bist du nicht Neo. Die Wachowskis hätten dich vielleicht mit Superkräften ausgestattet. Doch in Grimora bist du ein Niemand. So wie auch in unserer Welt. Du bist nur eine Tagträumer-Alkoholiker-Klassenkombination, mit wenig Trefferpunkten und ohne Ausrüstung. Du wirst schnell einer der unzähligen Gefahren von Grimora erliegen.

Oh, ich weiß, was du jetzt denkst. Keine Sorge. Durch meinen kleinen »Zaubertee« hast du recht gedankenlos alles unterschrieben, was ich brauche, um mit sauberer Weste dazustehen, falls dir was passieren sollte. Niemand hat dich gezwungen, eine höchst gefährliche, neue Technologie auszuprobieren und dabei dein Hirn zu grillen wie ein leichtsinniger »Decker« bei Shadowrun.

Als Ehrenmann verspreche ich dir jedoch, dass ich mich hingebungsvoll um Laura und sogar um deinen Sohn kümmern werde. Ich werde Laura in den kommenden Wochen und Monaten trösten und mich somit ganz natürlich erneut in ihrem Herzen positionieren. Es wird den beiden an nichts fehlen, und sind wir mal ehrlich: Als zukünftiger Milliardär kann ich den beiden ohnehin ein Leben bieten, von dem du immer nur träumen konntest. Laura wird mich lieben lernen, und dein Sohn ist noch zu jung, um sich in naher Zukunft an dich zu erinnern. Ich werde dich sehr schnell überschrieben und mich als sein Vater etabliert haben. Ein Jammer nur, dass er deine erbärmlichen Erbanlagen hat. Aber vielleicht finde ich selbst dafür noch eine Lösung. Nichts ist unmöglich.

Doch sieh es mal positiv. Jeder muss irgendwann sterben. Die meisten tun dies auf eine Weise, die eines denkenden Wesens eigentlich unwürdig ist. Sie arbeiten sich tot, sterben als ein Schatten ihrer Selbst in einem Seniorenstift, während sich ihre Kinder schon auf das Erbe freuen, oder siechen nach langer, schmerzhafter und ekelhafter Krankheit dahin. Du hingegen wirst, wenn du es willst, mit einem Knall gehen! Wer bekommt schon die Möglichkeit, in einer fantastischen Welt eine Todesart zu erfahren, die normalen Menschen nicht zugänglich ist? Genieß deine Zeit im Wunderland, Kai. Vielleicht unterschätze ich dich auch, und du bist ein wahrer Survival-Spezialist. So oder so wird es zu Ende sein, wenn unsere hochentwickelte Nährlösung durchgetropft ist und dein Körper langsam verhungert. Das lässt dir circa. eine Woche Zeit, um Grimora unsicher zu machen. Vielleicht etwas länger oder kürzer, abhängig von deinen körperlichen Reserven. Doch ich schätze mal, du wirst keine 24 Stunden überleben.

Das ist sie also nun: deine letzte Münze.

Ein Leben. Und dann heißt es für dich:

Game over.

Als ich das lange Pergament zu Ende gelesen hatte, war mir plötzlich eiskalt und Tränen liefen meine Wangen herab. Manisch flogen meine Augen immer wieder über einzelne

Passagen des Textes und versuchten, den Humor darin zu finden. Das konnte nicht echt sein. Das konnte Lex nicht *ernst* meinen. Mein Geist schwebte zwischen einem Lachanfall und einem Wutausbruch.

Das durfte und konnte nicht wahr sein. Unmöglich. Das war viel zu albern und grotesk. So was passierte in der realen Welt nicht. So was kam höchstens in schlechten Hollywoodfilmen vor.

Ich schaute mich im Wald um. Mir fielen einige Blumen auf, die seltsame Blütenkelche hatten, die ich noch nie zuvor gesehen hatte. Es gab keine Frage, dass Grimora, das Land der zwei Sonnen und seltsamen Blumen, nicht mehr meine Welt war.

Wie zur Untermalung meiner neuen Situation zogen nun dunkle Wolken auf, und eine frische Brise wehte über die Lichtung. In der Ferne war Donnergrollen zu hören.

»Hör zu, Lex!«, rief ich in Ermangelung eines richtigen Gesprächspartners zu den Baumkronen hinauf, »du hattest ja schon immer einen seltsamen Humor, aber das geht für mich deutlich zu weit. Wenn es um Laura und den Kleinen geht, hört es für mich einfach auf. Ich will diese Simulation jetzt sofort verlassen. Falls das wegen des Schlafmittels oder so nicht geht, dann gib mir hier bitte Bescheid, dass das alles nur ein doofer Scherz war.«

Meine Stimme zitterte bei diesen Worten. Ich konnte meine aufkeimende Angst nicht unterdrücken. Da war diese winzige Möglichkeit in meinem Hinterkopf, dass das alles zwar lächerlich, aber dennoch die schockierende Wahrheit war. Es war schon seltsam, wie der menschliche Verstand mit Hiobsbotschaften umging. Anscheinend gab es einen Schutzmechanismus im Gehirn, der sofort verleugnete und wider besseres Wissen zu hoffen wagte.

Ich ging ratlos am Rand der Lichtung entlang und war mir auf unangenehme Weise meines Herzschlags bewusst. Plötzlich verursachte mir diese neue Wirklichkeit Klaustrophobie. Das beschissene Gefühl, aus einem sehr realen Alptraum aufwachen zu wollen, aber nicht zu können, manifestierte sich als großer Kloß in meinem Hals und als Brennen in meinem Kopf. Es gab keinen Zweifel: Eine Panikattacke kündigte sich an. Ich tastete meine Taschen ab, doch mein Portemonnaie mit der Notfalltablette war natürlich nicht darin.

Mein Hirn begann zu rasen, und mein Herz schlug mir bis zum Hals. Ich sank auf die Knie und zwang mich, gleichmäßig zu atmen. Ich hasste Panikattacken so sehr. Als die Welle vorüber geschwappt war und nur etwas kalten Schweiß auf meiner Stirn hinterlassen hatte, stand ich auf und bemerkte, dass ich immer noch das Pergament in der Hand hielt.

Doch ich schätze mal, du wirst keine 24 Stunden überleben, hieß es da.

»DU VERFLUCHTER HURENSOHN!«, schrie ich über die Lichtung, zerknüllte das Pergament und warf es von mir fort.

»Das ist doch alles Schwachsinn! Du bist doch nicht so feige und sperrst mich in deine hinterfotzige Simulation ein, um irgendwelche Programme mein Hirn rösten zu lassen?«

Ungebetene Bilder aus der Vergangenheit tauchten in meiner Erinnerung auf: Lex‘ schüchterne Blicke, wenn er mit Lauras Charakter im Rollenspiel sprach; seine unverhohlen eifersüchtigen Blicke, als es zwischen Laura und mir knisterte; und natürlich sein plötzliches Ausscheiden und komplettes Verschwinden von der Bildfläche. All das passte schon irgendwie zu diesem Alptraum. Ich versuchte erfolglos, den großen Kloß in meinem Hals runterzuschlucken.

Das Donnergrollen in der Ferne wurde lauter, und Wind zerrte an meinem T-Shirt. Ich blickte nach oben, wo sich rabenschwarze Wolken aufgetürmt hatten. Wie theatralisch. Ich wartete darauf, dass sich die ersten Regentropfen mit den Tränen in meinem Gesicht vermischten.

Dann hörte ich das Grunzen.

Ich senkte meinen Blick und suchte den Rand der Lichtung ab, bis ich an einer Silhouette hängen blieb.

Da stand jemand.

Im dunklen Schatten der Bäume lauerte irgendein Wesen, das aufrecht stand, aber Laute von sich gab, die definitiv besser zu einem Wildtier gepasst hätten. Ein kalter Schauer lief über meinen Rücken und mir dämmerte, dass mein wütendes Gebrüll sicher in größerem Umkreis zu hören gewesen war.

Es hatte dieses *Ding* angelockt.

Ich taumelte unwillkürlich ein paar Schritte zurück, als eine Art Schweinemensch in das Zwielicht des Baumkreises trat und mich mit blutunterlaufenen Augen fixierte. Das Vieh war mindestens einen Kopf größer als ich und besaß ein paar haarige, muskelbepackte Arme, die in zuckenden Händen mit schwarzen Fingernägeln endeten. Es blieb auf der Lichtung stehen, so, als wollte es zunächst seine Erscheinung auf mich wirken lassen und sich an meiner Angst laben.

Wahrscheinlich erwartete es, dass ich ein gutes Opfer war und erstmal wegrannte. Doch im LARP, auf irgendwelchen Ruinen in deutschen Wäldern, hatte ich einfach schon zu viele ähnliche Situationen erlebt. Für mich hätte dieser hässliche Handlanger von Shredder, dem Bösewicht der *Turtles*, auch einfach ein breitschultriger Typ in einer echt gut gemachten Gummimaske sein können.

Wie als Antwort und Richtigstellung nahm der Eber-Mann einen scharfkantigen Knüppel von seinem Rücken und stieß ein schrilles, ohrenbetäubendes Quieken aus. Was mir da durch Mark und Bein fuhr, konnte kein *Mensch* aus seinen Lungen pressen. Sofort übernahm ein primitiver Urinstinkt aus der Frühzeit meiner Rasse die Kontrolle über mich. Mein Körper wirbelte herum, und meine Beine rannten mit mir davon.

Faye

Ich hustete und spuckte würdelos ein paar Blätter aus. Die Flucht vor dem blöden Schwein hatte mir alles abverlangt. Am liebsten wäre ich einfach liegen geblieben, um eine Zeit lang in den Waldboden zu schluchzen. Doch da stand eine weibliche Retterin, deren Blick ich fast als Bohren in meinem Rücken spüren konnte. Zumindest war ich mir fast sicher, dass der Besitzer der schlanken, verzierten Stiefel weiblich sein würde. *Oder ein femininer Elf mit Antennenohren, immerhin ist das hier eine Fantasy-Simulation*, schoss es mir durch den Kopf, und ich hätte vielleicht gekichert, wenn meine Situation nicht so grotesk und voller Schmerz gewesen wäre.

Ich rappelte mich mühsam auf und klopfte mir ein wenig Dreck aus der Kleidung, bevor ich ein überraschtes »Shit« zu Protokoll gab.

Das Wetter sah wieder freundlicher aus und vor mir hatte purer Liebreiz Gestalt angenommen:

Eine junge Frau, vielleicht Mitte zwanzig, stand dort in einem Bündel Sonnenstrahlen, als wollte der Himmel sie mir im besten Licht präsentieren. Ihre Haut war so makellos und bleich wie die einer Prinzessin, die noch nie zuvor ihren goldenen Käfig verlassen hatte. Eine feuerrote, leicht wellige Mähne umfloss ihr hübsches Gesicht bis über die Schultern. In ihren hypnotischen Augen, die das grüne Funkeln der Blätter im Sonnenlicht imitierten, konnte man sich verlieren. Sie trug ein schwarzes Lederoutfit, das mit Nieten, Riemen und kleinen Taschen übersät war. Darunter zeichnete sich ein Körper ab, der schlank, aber dennoch voller Rundungen war. Ich glaubte, eine Rockerbraut aus einem Musikvideo vor mir zu haben, die jeden Moment zu melodiösem Power Metal ihre Stimme durch den Wald schallen lassen würde. Ein amüsiertes Schmunzeln umspielte ihre sinnlichen Lippen.

Sie schien auf eine Regung von mir zu warten …

Gott, sie war ein Traum! Ihre Schönheit raubte mir den Atem. Sie war die Art von Frau, die jemand in eine Simulation wie diese hier programmieren würde, um jedem Mann den Kopf zu verdrehen.

In diesem Moment wurde mir klar, dass ich sie, wer weiß wie lange schon, anstarrte. Ich schluckte und versuchte, eine gute Begrüßung zu improvisieren, doch plötzlich hing mir die Sprachlosigkeit wie Sekundenkleber zwischen den Lippen. Mein Gegenüber verlagerte derweil ihr Gewicht von einem Stiefel auf den anderen und ließ ein verständnisvolles Lächeln aufblitzen.

Mir wurde heiß.

Komm schon, du plötzlich wieder pubertierender Trottel, sag was. IRGENDWAS.

»Shit« sagte ich erneut.

Das Lächeln der Schönheit in Leder wurde kurz breiter, bevor es langsam erstarb und einem ernsteren Gesichtsausdruck Platz machte. Dann sagte sie einfach: »Hallo, ich bin Faye. Kennen wir uns?«

Ihre Stimme war melodiös und sinnlich. Natürlich war sie das. Und mir war immer noch seltsam heiß, und ich kam mir immer noch wie ein Trottel vor. Ich beschloss, mich nun am Riemen zu reißen und der Metal-Braut erst mal meinen Dank auszudrücken.

»Danke, dass du mich vor diesem … Ding gerettet hast.« Ich blickte voller Unbehagen zu dem seltsamen Schweinewesen hinüber, das dort regungslos vor sich hin qualmte. »Ist es tot«?

»Mein Blitz hat es voll getroffen. Das steht nicht mehr auf.«

»Wow, okay, der Knall, den ich gehört habe, war ein Blitz? Bist du eine Magierin oder so was?«

»Oder so was«, bestätigte Faye. »Und wer bist du?«

Das war eine gute Frage.

Ein magieloser Normalo ohne Waffen und Skills?

Ja, das traf es ziemlich präzise.

Und mit dieser Erkenntnis war auch der Kloß in meinem Hals wieder da. Während der Flucht vor dem Monster hatte ich gedanklich bereits mit meinem Leben abgeschlossen, doch nun lebte ich und wurde von einem Computerprogramm mit Brüsten gefragt, wer ich war.

»Es spielt eigentlich keine Rolle mehr wer ich bin, da ich bald tot sein werde. Und wenn ich dir jetzt erzähle, wo ich herkomme oder was ich hier mache, wirst du mir ohnehin nicht glauben. Diese ganze Scheiße hier ist ein großer Witz. Irgendwas in mir wartet immer noch darauf, dass ich aus diesem Alptraum wieder aufwache.«

Ich ließ mich auf einen moosigen Felsen plumpsen und schlug die Hände vors Gesicht.

»Vielleicht kann ich dir helfen, aus deinem Alptraum aufzuwachen«, hörte ich Faye hinter der schwarzen Wand meiner Hände sagen. »Dein Name wäre dafür schon mal ein Anfang.«

Ich lachte gequält auf und schlug mir mit den Händen auf die Oberschenkel. Meine Augen füllten sich mit Tränen. »Ich bin Kai. Kai, der Tagträumer. Kai, der Familienvater. Kai, die arme Wurst, die das zweifelhafte Vergnügen hat, dieses geile, aber tödliche Videospiel auszuprobieren.«

Etwas blitzte in Fayes Augen auf. »Freut mich, dich kennen zu lernen, Kai der Tagträumer. Ist Kai eine Abkürzung für irgendwas?«

»Ja, Kai-ne Ahnung, wie es weitergehen soll. Kai-nen Bock auf diese Scheiße hier. Ansonsten einfach nur Kai.«

Zumindest hatte ich meinen Galgenhumor und meinen Zynismus noch. Ich wischte mir die Tränen aus dem Gesicht und stand auf, weil mich mein Selbstmitleid vor dieser Frau plötzlich anekelte.

»Hör mal, Faye, ich weiß nicht, wer oder was du bist. Du kommst mir zumindest absolut real vor, wie eine richtige Frau in meiner Welt. Nur verdammt viel hübscher,« fügte ich hinzu und merkte, dass mich die Aussichtlosigkeit meiner Lage mutiger in der Wortwahl werden ließ. »Ich weiß nicht, ob du programmiert bist, mir zu sagen, was ich hören will, oder ob du vielleicht selbst ein getarntes Monster bist, das mir gleich ein Ende bereiten wird. Nichts von all dem hier gibt Sinn, und ich …«

Weiter kam ich nicht.

Mit einer Geschwindigkeit, die ich ihr nicht zugetraut hätte, packte und schleuderte Faye mich gegen einen Baum. Ihre eben noch sanften Züge hatten sich verfinstert. Mit dem Gebaren einer hübschen, aber strengen Domina presste sie sich gegen mich. Der Duft ihrer Haare und Haut brachte meinen Magen in Aufruhr. Ich war zu perplex, um mich aus ihrem Griff zu befreien.

»Jetzt hör mir mal zu, Kai,« knurrte sie. »Das Volk von Grimora hat lange genug auf ihren Auserwählten gewartet und sie verdienen jemanden, der mehr ist als ein weinerliches Weib. Du wirst dich jetzt zusammenreißen und mit mir kommen. Bald werden noch mehr Grunzer hier sein, um ihren gefallenen Kameraden zu fressen. Dann müssen wir fort sein. Hast du das verstanden?«

Einen Moment lang war ich sprachlos, währenddessen Faye langsam ihren Griff lockerte und ich die Stelle an meinem Rücken ertastete, wo er schmerzhafte Bekanntschaft mit der harten Baumrinde gemacht hatte. So aus der Nähe betrachtet war Faye fast einen Kopf kleiner als ich, aber für ihre Statur ungeheuer stark.

Dann lachte ich prustend los und sah sie mit einer Mischung aus Mitleid und Verachtung an.

»Klar bin ich der Auserwählte, wer sollte ich auch sonst sein? Ich wette, dieses Programm soll seine Spieler motivieren und ihnen eine epische Rolle in dieser Geschichte zuweisen. Lass mich raten: Jeder, der die Welt betritt, ist ein gottverdammter Neo? Und du erzählst jedem dieselbe abgefahrene Kacke, oder? Kai, der Auserwählte. Hat ja auch drei Buchstaben, genau wie Neo. Passt super. Nur leider wird es diesmal anders ablaufen, Schätzchen. Denn der geisteskranke Schöpfer dieser Simulation hat beschlossen, mein Gehirn zu grillen, um mir meine Alte auszuspannen.«

Ich merkte, wie ich wütend und dieser Farce jetzt schon überdrüssig wurde. Meine nächsten Ausführungen schrie ich fast.

»Sehe ich für dich wie ein Auserwählter aus? Wie ein Erlöser? Ich bin ein Freak im T-Shirt.« Ich schob meine Brust vor und klatschte mit beiden Händen auf den verwaschenen Aufdruck. »Dieser dreiköpfige Affe ist keine Gottheit meiner Welt, sondern eine Figur aus einem Spiel wie diesem hier, raffst du das? Ich brauche keine scheiß Auserwählten-Story, bis ich hier den Löffel abgebe.«

Ich wandte mich wieder meinem liebsten Gesprächspartner, den Baumkronen zu.

»Hörst du das, du kranker Freak? Spar dir diese Schmierenkomödie und bring es zu Ende! Oder besser noch: Komm hier rein und mach es selbst, du Feigling! Lex, du krankes Schwein, hab wenigstens die Eier, dich mir selbst zu stellen. Dann zeige ich dir *Speedball*, du arrogantes, selbstverliebtes Arschloch!«

»Bist du jetzt fertig?« sagte eine Stimme hinter mir.

Ich fuhr herum und blickte in Fayes Gesicht, das zu meiner Überraschung wahre Anteilnahme zeigte.

»Ich habe wirklich keine Ahnung, wovon du da redest. Vielleicht hast du dich bei deinem Sturz auch am Kopf verletzt. Du kannst mir gerne später weiter davon erzählen, aber mir *müssen* jetzt hier weg. Wenn wir es vor Sonnenuntergang bis Titanus schaffen, sind wir in Sicherheit.«

Und damit nahm sie einfach meine Hand und rannte los.

Ich stolperte hinter ihr her und versuchte, mich aus ihrem Griff zu befreien. Nach meiner Vermutung war »Titanus« eine Stadt oder zumindest eine befestigte Siedlung mit Stadtmauer. Wie sonst würden die Bewohner dieses Landes nur eine Nacht inmitten von Monstern überleben? Doch ich hielt es, unabhängig von der düsteren Prophezeiung, die ich erhalten hatte, für äußerst fragwürdig, ob ich in meiner Verfassung noch lange würde weiterrennen können.

»Warte!«, rief ich hustend und schaffte es schließlich, meine Hand loszureißen. »Ich bin am Ende. Ich jogge heute zu keiner Stadt mehr. Ob ich von einem Schweinemann erschlagen oder von einem Drachen geröstet werde, ist doch ohnehin egal! Lass mich einfach hier und mach dein Ding. Was auch immer dein Ding hier ist ... Aber für mich ist es irrelevant. Alles eine große Sinnestäuschung.«

Und wieder wurde ich von Fayes blitzschnellen Bewegungen überrumpelt, als sie mir eine schallende Ohrfeige verabreichte.

»Wie fühlt sich diese Sinnestäuschung an?«

Ich hielt mir perplex die Wange, und bevor ich antworten konnte, boxte sie mir in den Magen. Jetzt grinste sie sadistisch.

»Oder diese?«

»Hör damit auf, du bekloppte Hexe«, sagte ich, während ich reflexartig ein paar Schritte zurückwich. Musste ich mich jetzt auch noch erniedrigen lassen, bevor ich den Löffel abgab? Eins war mir plötzlich klar: Das Letzte, was ich in meinem Leben sah, sollten nicht die Fäuste einer attraktiven Frau sein, die mir die Scheiße aus dem Leib prügelten.

»Hör zu,« sagte die sichtlich genervte Frau. »Wo liegt dein Problem? Was hält dich davon ab, jetzt erst mal mit mir die Sicherheit einer Stadt aufzusuchen, anstatt hier in der Wildnis dein Leben aufs Spiel zu setzen?«

Sie legte den Kopf in den Nacken, schloss die Augen und holte, scheinbar um Beherrschung ringend, tief Luft, bevor sie fortfuhr.

»Du glaubst also, dass du bald sterben musst? Nun, wer oder was auch immer geboren wird, teilt diese Angst mit dir.«

»Das ist nicht dasselbe, ich werde sehr bald ...«, wollte ich sie unterbrechen, doch ein Finger, der gebieterisch auf ihre schönen Lippen gelegt wurde, brachte mich zum Schweigen.

»Wie lange du noch zu leben glaubst, spielt doch keine Rolle! Niemand weiß, wann seine Zeit gekommen ist. In Grimora kann dich jemand vergiften, ein Dämon kann dich holen oder ein wütender Bauer kann dich mit einer Mistgabel aufspießen. Jederzeit. Überall. Willst du dich nun deswegen jammernd wie ein Klageweib unter einen Baum legen und auf dein Ende warten? Oder willst du dem Tod ins Gesicht lachen wie einem Henker, der das Beil bei deiner Hinrichtung führt? Lachen ist doch alles, was wir angesichts des sicheren Todes haben! Du selbst bestimmst, was du mit der Zeit anfängst, die dir gegeben ist. Ob das nun einige Tage, Jahre oder Jahrhunderte sind. Wo ist der Unterschied? Am Ende treffen wir uns alle am selben Ort.«

Mein Mund stand offen wie der Lauf einer Pistole, doch die Munition war alle. Ich konnte Faye darauf nichts antworten und schämte mich wegen meiner weinerlichen Tirade. Sie hatte natürlich recht. Was nützte es mir, meine letzten Stunden oder Tage in Selbstmitleid zu versinken, anstatt meinem Schicksal trotzig die Stirn zu bieten? Wieso sollte ich auch nur einen Atemzug in dieser virtuellen Welt weniger genießen als in meiner? Insofern hatte Lex in perfider Weise recht: Ich konnte, wenn ich denn wollte, seine Erfindung zumindest noch so lange auskosten, wie ich es zu Stande brachte.

Es würde das Spiel meines Lebens werden. *Diablo* auf Hardcore. Nur ein Leben. Kein Highscore. Nur das »Hier und Jetzt«. Bis das Licht ausgeht.

Mein Blick fiel auf die rotgelockte Schönheit, die mich erwartungsvoll ansah. Es konnte einen schlimmer treffen in den letzten Momenten seines Lebens.

Bei ihrem Anblick erhellte plötzlich so etwas wie ein Lichtstrahl mein düsteres Gemüt. Ich fühlte mich wie ein Krebskranker, dem für seine letzten Tage eine extrem attraktive Krankenschwester zur Seite gestellt wurde. Plötzlich war mir so klar wie nie zuvor, dass jeder bewusst gelebte Tag unglaublich wertvoll war und in vollen Zügen genossen werden sollte. Ich würde nun mit Faye nach Titanus gehen und mein Ableben so lange hinauszögern, wie es mir nur irgendwie möglich war.

Mit einer Magierin an meiner Seite standen meine Chancen noch nicht mal schlecht.

»Verdammt, lass uns gehen«, sagte ich und wollte einfach losrennen.

»Warte, nicht da lang«, mahnte Faye und zog mich an der Schulter in eine andere Richtung. »Da geht es zu den Diamant-Webern.«

»Klingt doch gut.« Ich lachte. »Derzeit bin ich ziemlich abgebrannt. Mit ein paar Klunkern könnte ich in der nächsten Stadt vernünftige Ausrüstung kaufen.«

Faye sah mich ernst an. »Diamant-Weber sind große Spinnen, die unzerstörbare Netze bauen. Wer unvorsichtig durch ihr Territorium läuft und einen ihrer Fäden übersieht, teilt sich selbst in zwei Hälften. Viel zu gefährlich.«

Beim Gedanken, volle Möhre in einen gigantischen Eierschneider zu laufen, hätte ich fast wieder losgelacht.

Wer zum Henker denkt sich so eine Scheiße aus?

Waldesluft und Rattenduft

Ich konnte es kaum glauben, aber ich lief wirklich weiter. Obwohl mein Körper aufs Schärfste protestierte und mich bat, endlich mit dem Wahnsinn aufzuhören, schien mich irgendein Notstromaggregat mittels einer schmerzhaften Trance auf den Beinen zu halten.

Faye hingegen sprang mühelos durch den Wald. Immer einige Meter vor mir. Nur gelegentlich ließ sie mich kurz aufschließen, um meinen Gesundheitszustand zu inspizieren. Wenn ich zu arg keuchte und mir die Seiten hielt, hatte sie stets einen motivierenden Spruch parat, der meist an meinen Glauben an »ungeahnte Reserven« appellierte.

Überraschenderweise war ihre bloße Anwesenheit schon Ansporn genug, das Letzte aus mir rauszuholen. Es war einfach wunderbar, ihrem feurigen Schopf zu folgen, wie er durch die Schatten des Waldes flog und immer wieder kurz von Sonnenstrahlen zum Lodern gebracht wurde. Diese verlockende Flamme ließ mich zeitweise fast vergessen, dass ich aus dem allerletzten Loch pfiff. Trotzdem musste ich bald vom Joggen zu strammem Marschieren wechseln, damit mich meine Wadenkrämpfe nicht einfach umfallen ließen.

»Ist okay«, sagte Faye, die erneut stehen blieb und auf mich wartete. »Wir haben es bald geschafft. Und so weit werden die Grunzer sich auch nicht von ihrem Herrn entfernen. Wir können nun entspannt gehen.«

»Von ihrem Herrn?«, fragte ich neugierig. »Da oben ist eine Höhle. Wohnt da zufällig dieser *Herr*?«

»Ja, hast du ihn auch gesehen?« Faye berührte mich aufgeregt an der Schulter. »Die Pechschwinge? Sie kreiste über dem höchsten Wipfel, ein paar Stunden bevor ich dich gefunden habe. So ein anmutiges Geschöpf! Doch leider auch niederträchtig und dumm. Für einen Drachen zumindest. Natürlich immer noch intelligenter als die Grunzer.«

»Holy Crap«, entfleuchte es mir; wie so häufig, wenn ich im Internet-Jargon fluchte. »Das Vieh hätte mich aus meinen Socken grillen können. Ich wäre fast in seine Höhle gelaufen!«

»Dann hast du wirklich Glück gehabt. Aber auch ohne den Drachen war es wichtig, dich schnell in der Wildnis zu finden. Außerhalb von Städten kann der Unvorbereitete schnell sein Ende finden. Oder zumindest schneller als in Städten. Oder anders. Sagen wir einfach anders.«

Sie lachte.

Und zu meiner Überraschung lachte ich mit. Ihr Lachen war ansteckend.

»Aber woher wusstest du überhaupt, wo ich … auftauchen würde?«

Fast hätte ich »spawnen« gesagt und Faye mit dem MMO-Vokabular meiner Welt sicherlich noch mehr verwirrt. Mir lief ein kalter Schauer über den Rücken beim Gedanken daran, dass Lex diese Technologie sehr bald einer zahlenden Kundschaft zugänglich machen würde. Und mir wurde fast schlecht, wenn ich mir vorstellte, dass mein Sohn in einer Welt aufwachsen würde, in der die Menschheit sich in hyperrealistischen Matrix-MMOs verlieren konnte. Ich beschloss, jetzt erst mal nicht weiter über die Implikationen nachzudenken und alle düsteren Gedanken zu verdrängen.

»Meine Magie hat mich zu dir geführt, Kai. Du bist der, auf den wir gewartet haben. Ich habe deine Ankunft gespürt wie eine Erschütterung im Gewebe dieser Welt. Es war, als wärst du in ein großes Netz gefallen, das mit allem und jedem verbunden ist.«

»Das klingt sehr nach Jedi-Mystik, wenn du mich fragst«, sagte ich und grinste. Ich war mir durchaus darüber im Klaren, dass ich das würde erklären müssen.

»Jedi Mystik?«, kam die zu erwartende Frage. »Ist das die Magie aus dieser anderen Welt? Bist du ihrer mächtig?«

Ich lachte. »Oh, wie oft habe ich mir das gewünscht. Dinge mit dem Verstand bewegen zu können oder irgendwelche Deppen mit der Macht zu würgen. Aber leider existiert das alles nur in unserer Fantasie. In Filmen und Büchern. Es ist nicht real, verstehst du?«

Faye nickte nachdenklich. »Ich verstehe.«

Die Sonnen von Grimora standen nun schon deutlich tiefer und sorgten für ein verträumtes goldenes Licht zwischen den Bäumen. Wir gingen nebeneinander her und unterhielten uns wie zwei alte Freunde, die sich lange nicht gesehen und viele Neuigkeiten auszutauschen hatten. Es war absolut surreal. Und doch das Realste, was ich seit einer halben Ewigkeit erlebt hatte. Irgendwie schaffte es der Gedanke, dass ich diese Simulation wahrscheinlich nicht lebend verlassen würde, alles viel intensiver und wertvoller zu machen. Ich hatte es noch nie zuvor so sehr genossen, einfach einen Waldspaziergang zu machen. Auch wenn ich mich körperlich dabei wie ein geprügelter Hund fühlte.

Die Sonnenstrahlen zwischen den Ästen, die Geräusche des Waldes um mich herum, die vielen kleinen Details wie fallende Blätter oder Rascheln im Unterholz – all das kam mir absolut magisch vor; glänzend, wie durch die Augen eines Kindes betrachtet. Doch ich war mir ziemlich sicher, dass der Wald, in dem wir uns bewegten, in allen wesentlichen Belangen einem Wald auf der Erde glich. In meiner Welt. Außerhalb dieser Simulation. Was auch immer das bedeutete …

Ich blieb verblüfft stehen.

»Verdammte Scheiße«, brach es aus mir hervor, als hätte ich die ganze Zeit versucht, einen Grashüpfer in meinem Mund zu halten, der nun entkommen war. »Ich bin erst einige Stunden in dieser Welt und schon scheint alles von mir wegzudriften, was ich mal für *real* gehalten habe.«

»Beruhige dich.« Fayes Hand lag auf meiner Schulter, und das intensive Grün ihrer Augen sog meinen Blick in ihre mystischen Tiefen. »Reisen in andere Welten und Daseinsebenen sind keine Spaziergänge. Den ungeschulten Geist können sie verwirren und aus der Bahn werfen. Sogar Wahnsinn und Tod können die Folge sein. Es hat schon seinen Grund, warum Portalmagie und Teleportation nur von den Weisesten und Ältesten praktiziert werden können.«

Ich blickte sie voller Faszination an. Es war schockierend, wie real und absolut überzeugend alles in dieser Welt war. Die Art, wie Faye auf mich einging, war durch nichts vom Habitus eines realen Menschen zu unterscheiden. *Turing-Test bestanden. Cum Laude.*

Doch ich nahm mir vor, mir immer wieder ins Gedächtnis zu rufen, dass das alles hier vom Supercomputer M.A.Y.A. generiert wurde und damit letztlich nicht echt war. Ich hatte das Gefühl, ein geistiges Halteseil zu brauchen, um nicht zu vergessen, wo sich mein Körper gerade wirklich befand und, viel wichtiger, um nicht den Verstand zu verlieren …

Ich lächelte gequält, als ich antwortete. »Das ist so niedlich, wie du das sagst, Faye. Du erinnerst mich an Laura und wie sie früher ihren Pen & Paper-Charakter gespielt hat. Sie konnte sich manchmal so tief in ihre Rolle fallen lassen, dass wirklich epische und fantastische Gespräche dabei herauskamen. Dann war es fast, als hätte sie sich in ihr wirkliches »Ich« verwandelt. Dann konnte sie Dinge sagen, die mir richtige Gänsehaut verursachten. Ach Faye, ich wünschte, ich wäre nicht dazu verurteilt, hier zu krepieren. Ich wünschte, ich könnte diesem Spiel den nötigen Respekt zollen, es ernst nehmen und meine Rolle spielen. Unter anderen Voraussetzungen könnten unsere Avatare hier eine geile Zeit haben … Faye?«

Die rothaarige Schönheit hatte sich abgewandt und blickte mit verschränkten Armen in die Richtung, aus der wir gekommen waren.

»He, sollten wir nicht weitergehen? Wir wollen doch in dieses, wie hieß es noch gleich … Titanus?«

»Liebst du sie? Diese Laura?«

Ich war etwas verblüfft, dass Faye, die ich gerade mal ein paar Stunden kannte, mir so eine Frage stellte.

»Ja, natürlich, sonst hätte ich sie wohl kaum geheiratet und ein Kind mit ihr gezeugt. Was ist das für eine Frage?«

Faye antwortete nicht sofort, und in der entstandenen Stille wurde der Wald mit seinen entfernten Geräuschen immer tiefer und mysteriöser.

»Ach, vergiss es und komm. Die Geschichten aus deiner Welt beginnen mich zu langweilen.«

Jetzt war ich wirklich mehr als verblüfft. War das Wut oder sogar noch etwas anderes in ihrer Stimme?

Sie stürmte an mir vorbei und ich hätte schwören können, dass ich Tränen in ihren Augen glitzern sah. Was war das für ein seltsames Spiel, das sie spielte? Wer dachte sich all die seltsamen Parameter dafür aus?

Ich beschloss, erst mal nicht nachzuhaken und folgte ihr einfach. Auch wenn es gar nicht so leicht war, mit ihrem energischen Gang Schritt zu halten.

Nachdem wir noch circa eine weitere halbe Stunde voran gestapft waren, leider ohne noch ein weiteres Wort zu wechseln, entließ uns der Wald ohne Vorwarnung auf eine Gebirgswiese mit prächtigem Blick auf …

Wo ist die Taste für Screenshots?

… etwas, das ich noch nie zuvor gesehen hatte.

Ein breiter tiefblauer Strom teilte ein idyllisches Tal in zwei Hälften. Auf unserer Seite des Flusses kuschelten sich einige Felder zusammen, auf denen die Schornsteine uriger Bauernhäuser um die Wette qualmten. Im spätnachmittäglichen Sonnenlicht boten die wenigen Bauern, die ihr Vieh zurück in die Scheunen trieben, einen friedlichen Anblick.

Eine hohe, gebogene Steinbrücke auf gewaltigen Pfeilern führte aus dem kleinen Dorf heraus über den Fluss. Am anderen Ufer schlängelte sich der Weg durch einen schmalen Waldgürtel in eine große, mittelalterliche Stadt, die sich an ein Gebirge im Norden schmiegte. Ihre Gebäude und Türme erstreckten sich weit bis in die Berge, wo die Straßen und Wege haarsträubend steil sein mussten. Und ausgerechnet hier, wo jedes Bauvorhaben lebensmüde erschien und Materie kaum noch der Schwerkraft zu trotzen vermochte, überblickte eine gewaltige Trutzburg die Stadt.

All das war beeindruckend und malerisch, doch nichts verlieh dem gesamten Tal Charakter wie der groteske Anblick, den *er* bot.

Mitten aus der Stadt ragten die spitzen Knochen eines gewaltigen Brustkorbs auf wie gebogene und gesplitterte Säulenüberreste eines unheiligen Tempels. Dazu gehörte ohne Zweifel das aufgestellte Knochenbein, das über die Stadtmauer in den Fluss ragte, wo es von einigen Fischerbooten umringt war.

Doch was mir wirklich einen kalten Schauer über den Rücken jagte, war der gigantische Schädel, der uns aus dem Gebirge angrinste. In seinen Augen waren riesige Feuer entzündet, die später mit dem sterbenden Licht der Sonnen, immer prägnanter werden würden. Die Trutzburg nutzte den Schädel als Hauptgebäude und hatte ihn durch neue Mauern und Türme ergänzt. Ich fragte mich, ob die anderen Körperteile des Titanen ebenfalls zwischen den Häusern der Stadt zu finden waren …

»Heiliger Rübezahl, deshalb heißt die Stadt Titanus, oder? Weil da so ein gigantischer Typ umgefallen ist?«

»Ein Titan aus der Frühzeit dieser Welt, ja«, bestätigte Faye, die sich neben mich auf einen Stapel Baumstämme gesetzt hatte. »Niemand weiß, woher er kam oder was ihn ausgerechnet hier niedergestreckt hat, doch seine Präsenz führte zum Bau der ersten Siedlung, später zur Errichtung der Stadt. Über die Jahrhunderte haben sich fanatische Kulte um den Titanen gebildet, und bis zum heutigen Tag kommen Reisende von weit her, um ihn zu berühren und die pseudomagische Kraft seiner versteinerten Knochen für ihre Zwecke zu nutzen.«

»Crazy Shit.«

»Was?« Faye blinzelte mich im Gegenlicht der langsam untergehenden Sonnen besorgt an. »Du redest manchmal wirklich seltsam, und ich verstehe dich nicht.«

»Ja, tut mir leid, ich versuche meinen … wie soll ich es nennen … *Dialekt* zu vermeiden.« Ich blickte wieder fasziniert zur der Totenkopfburg hinüber und fragte mich insgeheim, ob ich vielleicht dort mein virtuelles Ende finden würde. »Wer wohnt denn in Castle Grayskull? Also in der Burg mit dem Schädel des Titanen, meine ich.«

Die Zauberin blickte mich säuerlich an, als hätte ich das falsche Thema angeschnitten. »Nachdem der nachwuchslose König vor einigen Jahren ermordet wurde, hat sich dort Boris, das Oberhaupt der Söldnergilde, mit seinen Mannen breitgemacht. Natürlich hatten weder die Fischer noch die Weber oder Schmiede den Mut, der Kriegergilde diese Stellung streitig zu machen. Noch nicht mal die Arkanisten oder die Gerber, hinter denen sich, was fast jedem Einwohner klar ist, eigentlich die Diebesgilde verbirgt.«

»Lass mich raten«, unterbrach ich Fayes Ausführungen, »dieser Boris ist ein sadistisches, brutales Schwein, das nun mit eiserner Hand über die Stadt regiert und sich alle paar Tage die hübschesten Jungfrauen auf die Burg kommen lässt?« Ich hatte zu viele schlechte Fantasyfilme gesehen, um etwas anderes für möglich zu halten. Zumal Lex zugegeben hatte, die Simulation auf Grundlage meiner düsteren Sword & Sorcery-Rollenspielwelt entwickelt zu haben.

»Schlimmer«, sagte Faye. »Er ist religiös.« Bevor sie fortfuhr, machte sie eine Kunstpause, als ob damit alles gesagt wäre. »Seit Boris im Schloss regiert, nennt sich seine Zunft nur noch *Erben des Titanen*. Gerüchten zufolge soll er in geheimen Kammern unter der Burg alte Schriften gefunden haben, die von einer Auferstehung des Kolosses sprechen.«

Faye schüttelte den Kopf und gab dabei einen erstickten Lacher von sich. »Als ob es irgendwie wünschenswert wäre, dass dieses Monstrum aufwacht und alles mit seinem Arsch einreißt, was die Bewohner mühevoll mit ihren Händen aufgebaut haben …«

Ja, lol … das hat er wohl nicht zu Ende gedacht …

»Seitdem lässt er zu jedem vollen Mond eine Jungfrau auf dem Scheiterhaufen verbrennen. Und zwar genau in der Mitte des Brustkorbs, wo er das einstige Herz des Titanen vermutet.«

»Ich finde, da war meine Version der Geschichte schon ziemlich nah dran«, sagte ich zufrieden, allerdings nicht, ohne die Gänsehaut zu bemerken, die gerade die Härchen an meinen Armen emporstehen ließ.

Faye nickte. »Am besten gehen wir seinen Leuten aus dem Weg, solange wir in Titanus sind. Sie sind leicht zu erkennen an der Tätowierung auf ihrem rechten Handrücken. Ich kenne eine nette kleine Taverne, die einen tollen Ausblick über den Fluss bietet und kaum von Boris‘ Lakaien besucht wird. Dort können wir uns ausruhen, essen, trinken und übernachten. Und wir sind in der Stadt allemal sicherer als hier draußen. Nachts trauen sich die Unholde der Wildnis bis an den Waldrand in der Hoffnung, dass sich jemand nach Sonnenuntergang noch draußen aufhält.«

»Eine schöne Welt ist das«, sagte ich. »Wer nach der Sperrstunde noch draußen ist, wird vermutlich von grotesken Schweinemenschen lebendig gebraten. Also, sofern er nicht bereits auf dem Scheiterhaufen verbrannt wurde. Lass uns gehen!«

Als ich aufstehen wollte, hielt mich Faye zurück. »Bevor wir da reingehen, muss ich dich tarnen. Wenn bestimmte Leute sehen, dass du unter ihnen wandelst, könnte das unnötige Komplikationen hervorrufen.«

Erst wollte ich daraufhin unzählige Fragen stellen, doch ich war so erschöpft, dass ich einfach nur in körperlicher und geistiger Ermattung nickte. »Wie willst du mich denn tarnen?«

»Mit Magie, womit sonst?«

Sie stand auf, ging ein paar Schritte in die kniehohe Wiese hinein und drehte sich lächelnd zu mir um. Dann steckte sie einen Finger in den Mund und biss kräftig zu. Den dicken Blutstropfen, den sie ihrem Finger dadurch entlockte, schmierte sie sich auf die Zunge.

Wie spitz waren bitte ihre Zähne?

Und obgleich ich es schon unglaublich sinnlich fand, wie sie nun an ihrem Finger lutschte, sollte es in wenigen Augenblicken noch weitaus erotischer werden …

Sie kniete sich hin, schloss die Augen und murmelte melodiöse, aber auch düster und bedrohlich klingende Worte. Als sie ihre Augen wieder öffnete, waren sie komplett schwarz wie die Augen eines Dämons bei *Supernatural*. Ein seltsam kränkliches Gefühl begann sich in meiner Magengegend auszubreiten.

Was zum Teufel?

Ich setzte mich mit morbider Faszination auf die Wiese und wartete in ehrfürchtiger Spannung, was als Nächstes geschehen würde.

Ich musste nicht lange warten.

Meine Nackenhaare stellten sich auf, und ich zuckte kurz zusammen, als eine große Ratte durch das Gras gehuscht kam. Sie stellte sich vor Faye auf die Hinterläufe und schien völlig in Trance zu sein. Die dämonenäugige Magierin nahm sie hoch und brach ihr mit einer schnellen Bewegung das Genick.

Das laute Knacken verursachte mir Übelkeit, und ich hielt eine Hand vor den Mund. Das arme Vieh! Am liebsten wäre ich sofort aufgestanden und weggelaufen, doch meine Neugier ließ mich regungslos verharren.

Faye stand nun auf und zog aus einer ihrer vielen Taschen ein kleines silbernes Messer. Damit ritzte sie die Gurgel der Ratte auf (wenigstens benutzte sie dafür nicht ihre Zähne) und setzte sich mit dem blutigen Nager im Schneidersitz vor mich hin.

»Ich male dir jetzt ein paar Runen ins Gesicht, bitte stillhalten. Wenn ich fertig bin und wir in die Stadt gehen, darfst du sie nicht berühren und nicht verwischen, sonst wirkt der Illusionszauber nicht mehr.«

»Alles klar«, sagte ich, aber gar nichts war klar. Ich hatte einen haarigen Kloß im Hals und war so aufgeregt wie damals in der WG eines Freundes, als ich auf die Wirkung meines ersten Joints wartete, nicht sicher, ob ich einen Horrortrip durchleben oder sogar mein Hirn nachhaltig schädigen würde.

Wieder begann Faye mit dem melodiösen Zauber-Singsang, der aus ihrem schönen Mund so lüstern und verrucht klang. Sie tunkte ihren kleinen Finger in die tote Ratte wie in einen Malkasten und bewegte ihn in Richtung meiner Stirn. Ich schloss unwillkürlich die Augen.

Dann spürte ich den noch warmen Lebenssaft der Ratte, als Faye ihn behutsam, fast zärtlich, auf meinem Gesicht verschmierte. Ich kam mir vor wie ein Teenager, der mit Freunden heimlich auf dem Friedhof eine schwarze Messe abhielt.

Das war alles so abgefahren!

Der Geruch der sommerlichen Gräser verband sich mit dem von Fell und Blut. Ich spürte einen kühlen Wind, der langsam aufkam, und im Kontrast dazu die warmen Linien, die Faye in meinem Gesicht hinterließ. Dazu die entfernten Geräusche der Wildnis und Fayes flüsternde Stimme genau vor mir …

Ich konnte es kaum glauben, aber eine gewisse Erregung verschaffte sich in meiner Hose Platz.

Was stimmt nicht mit mir?

Ich würde meine Frau und meinen Sohn wahrscheinlich nie wiedersehen und wurde jetzt *geil?*

Doch glücklicherweise schien Faye genau in diesem Moment das Ritual vollendet zu haben. Als ich die Augen öffnete, stand sie schon wieder auf ihren Füßen und wischte das kleine Messer an einem großen Farn ab.

»Wir können jetzt gehen.«

Ich erhob mich ebenfalls und hätte fast sofort nach dem nassen Gefühl in meinem Gesicht getastet. Doch ein strenger Blick von Faye belehrte mich eines Besseren.

»Fühlt sich an wie immer. Sicher, dass es gewirkt hat? Sollte ich nicht irgendwas gespürt haben? Ein magisches

Kribbeln oder so? Außerdem hatte ich auf Spezialeffekte gehofft wie ein Glitzern in der Luft oder so ein Geräusch wie … boioing?«

Faye seufzte und blickte sich um. Als sie nicht fand, wonach sie suchte, zückte sie noch mal das kleine silberne Messer und reichte es mir. »Spiegel.«

Ich hob das polierte Stück Metall auf Augenhöhe und versuchte, etwas in dem dünnen Streifen zu erkennen.

Fast hätte ich den improvisierten Spiegel vor Überraschung fallen lassen.

Als Erstes fiel mir auf, dass keinerlei Spuren von Blut zu sehen waren. Meine Augenfarbe eine andere … braun statt blau. Auch meine Haarfarbe kam nicht mehr hin. Mein ungestümer schwarzer Haarschopf mit den grauen Ansätzen war blonden Locken gewichen. Außerdem war mein Dreitagebart nun ein frisch polierter Babyarsch. Meine Augen standen dümmlich weit zusammen und ich hatte einen Überbiss, der jeden Kieferchirurgen glücklich gemacht hätte.

»Na vielen Dank, jetzt sehe ich aus wie der letzte Depp.«

Faye zuckte mit den Schultern. »Der Blutspender war nicht gerade ein Wesen reinster Schönheit, das beeinflusst das Ergebnis. Aber spielt das eine Rolle? Niemand wird dich so erkennen. Hauptsache *du* weißt, wer du bist.«

»Ja, ich weiß, wer ich bin«, murmelte ich, fassungslos, dass die ekligen Runen aus Rattenblut tatsächlich eine Wirkung hatten. »Natürlich weiß ich, wer ich bin.«

Titanus

Als wir ins Tal hinabgestiegen waren, ließen wir den erdigen Weg, der sich zwischen den Gehöften entlangschlängelte, links liegen. Faye pflügte stattdessen in gerader Linie durch ein Kornfeld auf die Brücke zu. Die Frau wollte scheinbar keine Zeit verlieren. Und auch ich hatte nichts dagegen, möglichst schnell in der Stadt anzukommen, da mich mittlerweile Durst und Hunger quälten.

Ich wunderte mich, dass ich überhaupt zu diesen Empfindungen fähig war, da mein eigentlicher Körper doch schlief und mit Nährflüssigkeit versorgt wurde.

Na toll, noch eine Todesart, um die ich mich hier kümmern musste: Verhungern und Verdursten.

Und wenn ich so darüber nachdachte, war es schon ziemlich peinlich, in einer Fantasywelt sang- und klanglos in der Wildnis zu verhungern. Da war es schon wesentlich epischer, von einem Drachenodem pulverisiert oder von der Keule eines Riesen auf die Größe einer Briefmarke reduziert zu werden. Und es ging schneller.

Dann waren wir am Fluss angekommen. Die Brücke war sogar noch größer, als sie aus den Bergen ausgesehen hatte. Insgesamt fünf große Bögen überspannten den Strom und stützen das moosige Konstrukt. Auf dem Weg zum Stadttor kamen uns ein paar Bürger, eine Bäuerin, die mich zahnlos anlächelte, und ein Zwerg entgegen.

Ein Zwerg!

Ich war von den Socken. Der kleine, aber unglaublich stämmige Mann war ohne Zweifel ein waschechter Zwerg. Oder das beste Cosplay eines Kleinwüchsigen, das ich je gesehen hatte. Obwohl er eine Glatze hatte, die von seltsamen Flecken übersät war, entschädigte sein langer schwarzer Bart für alle Haarträume, die ein Mann hegen konnte. Er trug eine dreckige Schürze und ein Bündel mit eisernen Rohlingen über der Schulter. Vielleicht war er ein Schmied? Ein angetrunkener Schmied, um genau zu sein, denn er roch stark nach Alkohol.

»Was glotzt du so, dümmlicher Lulatsch?«, spuckte mir der Zwerg entgegen.

Ich konnte seine Beleidigung nur mit einem debilen Lächeln beantworten, während Faye mich weiterschob. Es war schlicht wunderbar und beglückend, einem echten Zwerg zu begegnen. So einem, der den Seiten von *Herr der Ringe* entsprungen sein könnte oder wie ihn die jüngere Generation zumindest aus *World of Warcraft* kannte.

Ich riss an Fayes Arm und versuchte, sie am Weitergehen zu hindern. »Haha, ein echter Zwerg, wie gemalt! Faye, jetzt guck doch mal, wie echt der aussieht.«

»Moment mal, Bürschchen, wen nennst du hier *gemalt*?« Der Zwerg war stehen geblieben und blickte uns grimmig über seine Schulter an.

»Der hatte einen anstrengenden Tag, komm jetzt, Kai, wir müssen weiter«, raunte Faye.

Doch es war zu spät. Der Zwerg ließ sein Bündel scheppernd fallen und stapfte mit mordlustigem Blick auf uns zu. Seine Hand nestelte an seinem breiten Gürtel und schaffte es schließlich, einen kleinen Hammer loszumachen.

»Oh, Scheiße.« Ich hob beschwichtigend die Hände, als sich Faye plötzlich vor mich schob und dem Schmied den Weg verbaute.

»Weißt du, wer ich bin?«, fragte sie ihn in bedrohlichem Tonfall. »Soll heute der letzte Tag sein, an dem du besoffen aus der Taverne kommst? Willst du, dass ich mit meiner Magie deine Eingeweide in Würmer verwandle, die dich von innen auffressen? Sag es nur!«

Der Zwerg war offensichtlich überrascht und musterte Faye eindringlich. Dann schien er sich an irgendetwas zu erinnern, denn sein Gesicht verzog sich zu einer amüsierten Fratze.

»Beim Barte des Ûr! Du bist mir ja eine aufbrausende Tochter der Harpyen! Ich mach doch bloß Witze. Wollte deinem Freund nur mal kurz meinen Hammer auf den Fuß hauen. Aber ich kann es auch lassen. Bin ohnehin spät dran.«

Er nahm mit einer ulkigen Geste seinen langen Bart aus dem Weg und verbeugte sich lachend, bevor er sich eiligen Schrittes davonmachte.

»Du bist diese Welt nicht gewohnt, Kai.« Faye machte ein ernstes Gesicht. »Am besten, du sprichst hier niemanden einfach so an. Schon gar nicht die Kurzen. Mit denen kommt man nur aus, wenn man ihnen dabei Essen und Trinken serviert. Oder eine spannende Geschichte von Untertage zu berichten hat. Oder vom Schlachtfeld.«

Sich also an alle bekannten Klischees hält, dachte ich mir und nickte zustimmend.

Das schien Faye zu reichen, denn sie sagte nichts mehr und wir gingen weiter. Der Zwerg war derweil schon fast am anderen Ende der Brücke angekommen und würdigte uns keines Blickes mehr.

Klischeehaft waren auch die beiden gelangweilten Wachen am Stadttor, die ihre Hellebarden arglos an die Mauer gelehnt hatten und in einen Weitspuck-Wettbewerb vertieft waren. Zum Schutz trugen sie lediglich alberne Topfhelme und verbeulte Brustpanzer. Als wir hineingingen, packte der eine beiläufig seinen Schwanz aus und pinkelte auf den Boden. Er pfiff und schwenkte seinen Strahl, als ob er das neueste Kunststück aus dem hiesigen Zirkus vorführte. Dabei schenkte er Faye sein schönstes Zahnlückenlächeln.

Ich tat es Faye gleich und hielt meinen Blick stur geradeaus gerichtet, während wir sie passierten. Bis ich etwas Nahrhaftes im Bauch und mich auf irgendeiner Pritsche ausgeruht hatte, strebte ich keine Konflikte mehr an. Ich betete, dass die Wache Fayes überirdische Schönheit nicht bemerkte und auf die Idee kam, sie in ein Gespräch zu verwickeln.

Doch der Meisterpinkler beließ es dabei, seinem Kollegen etwas ins Ohr zu flüstern und hinter unserem Rücken in dessen schallendes Gelächter einzustimmen.

Gleich hinter dem Burgtor befand sich ein Markt, auf dem Händler ihre Waren feilboten. Jenseits davon sollte uns ein Gewirr gewundener Straßen und kleiner Plätze erwarten, in dem selbst zu dieser fortgeschrittenen Tageszeit noch immer das Leben geschäftig pulsierte. Ich erschrak, als mich plötzlich etwas aus einem Käfig anschrie, gefolgt von den aufgeregten Ausführungen seines Besitzers:

»Ein echter fliegender Affe aus der Gewitterfestung des wahnsinnigen Toth-Amon! Ein seltenes Exemplar, das viel weniger schlimm stinkt als seine Artgenossen. Und erstaunlich pflegeleicht ist er auch, er frisst einfach alles!«

Ich blickte ungläubig den Affen an, der mich mit gelben Zähnen angrinste. Ein wenig tat er mir leid, denn seine schwarzen Fledermausflügel waren seltsam geknickt in dem vergleichsweise winzigen Käfig.

Ob das wundersame Wesen jedoch stank, hätte ich beim besten Willen nicht sagen können. Die Stadt war auch ohne die Ausdünstungen des magischen Affen ein wahres Orchester der Gerüche. Aus den verschiedensten Richtungen drangen Noten von Kohlenrauch, Pisse, Kot, Alkohol und Schweiß in meine Nase.

Doch zu meiner Überraschung empfand ich diesen Geruchscocktail gar nicht als unangenehm. Er passte einfach zu dieser romantischen Mittelalterstadt, der mangelnden Hygiene und dem allgegenwärtigen Schnattern, Grunzen und Wiehern der Tiere.

In meiner Welt hätte ich für so viel Authentizität sogar Eintritt gezahlt.

Als mein Blick bewundernd über die urigen Fachwerkhäuschen, die windschiefen Türme und die romantischen Brücken und Gassen schweifte, weit über die Dächer, bis hoch zum Gebirge, wo die Stadt sich wie wucherndes Efeu gen Himmel reckte, erstarrte ich jedoch in einer Art ängstlicher Ehrfurcht. Ich hatte die Größe dieser Metropole aus der Ferne vollkommen unterschätzt. Denn auch ohne den gefallenen Riesen, dessen Rippen sich über der Stadtmitte grotesk gegen das Abendrot abzeichneten, wurde *Titanus* seinem Namen mehr als gerecht. Die Stadt war gigantisch.

Als Faye mir einen vielsagenden Blick zuwarf, nickte ich nur, denn ich wusste, was sie mir stumm übermittelt hatte: Wenn wir uns in diesem Chaos verlören, wäre *ich* verloren.

Nicht, dass ich das nicht ohnehin gewesen wäre. Doch mein Ableben hier sollte zumindest für ein episches Replay auf Lex‘ Rechner reichen. Ich hatte wenig Lust, ordinär von Dieben aufgeknüpft und dann in irgendeiner Gosse langsam von Ratten zernagt zu werden. Nein, mein Tod in Grimora sollte wenigstens außerordentlich, wenn nicht legendär sein.

»Wir nisten uns im Schädelkrug ein!«, rief mir Faye über den Trubel hinweg zu. »Die Taverne ist zwar nah an der Burg, wird aber fast nie von Boris‘ Leuten besucht. Gibt dort keine Dirnen und zu wenige Zimmer. Der Wirt ist ein Freund von mir, und man hat einen fantastischen Blick auf den Saphir.«

Sie lächelte. »Saphir heißt der Strom, der die Stadt umfließt«, fügte sie nach einer kurzen Pause hinzu, als sie meinen fragenden Blick registrierte.

Und so bahnten wir uns einen Weg durch das bunte Treiben der Stadt und waren noch eine ganze Weile unterwegs. Immer wieder erhaschte ich in den Reihen der Bevölkerung Blicke auf lange Ohren, monströse Gesichtszüge oder ungewöhnliche Körpergröße. Nur allzu gerne wäre ich jedes Mal näher herangegangen, um meine Neugier zu befriedigen und mir den Vertreter einer fantastischen Rasse aus der Nähe anzuschauen. Doch Faye tat das wahrscheinlich Vernünftigste und zog und schob mich gnadenlos weiter. Die meisten Wesen konnte ich noch nicht mal mit Namen benennen, bis auf einen gelangweilten Elfen, der adlig und arrogant auf einem Balkon am Geländer lehnte und über einen Humpen flüssigen Vergessens hinweg das Treiben der Menge verfolgte, während er hin und wieder die Rüschen seiner Ärmel glattzupfte.

Faye besorgte uns zwei würzige Fleischspieße als Wegzehrung, die anders schmeckten als jedes Tier, das ich bis dato gegessen hatte. Ich wollte jedoch gar nicht wissen, woher das Fleisch stammte und schlang es einfach gierig hinunter. Zum vollkommenen Glück hätte nur noch ein schäumendes Bier zum Nachspülen gefehlt. Doch davon würde es in unserer Unterkunft sicherlich noch genug geben.

Auch wenn ich nichts gegen ein Weg-Bier einzuwenden gehabt hätte. Gelegenheiten zu trinken hätte es bei der unglaublichen Tavernendichte von Titanus mehr als genug gegeben. Der schielende Satyr, die schwankenden Schwestern, Das Loch ohne Boden, der schäumende Seemann, Elf lallende Elfen und unzählige andere Schänken und Bordelle baten uns mit ihren farbenfrohen Schildern einzutreten.

Mir wurde beim Betasten meiner Hosentaschen jedoch schmerzlich bewusst, dass ich in dieser illustren Mittelalterstadt ohne eine einzige Münze Bares umherlief. Ich wusste ja noch nicht mal, mit welcher Währung hier gezahlt wurde.

Ohne meine zauberhafte Begleitung wäre ich also auch in finanzieller Hinsicht schon früh verloren gewesen.

So langsam wurden die Straßen deutlich steiler und immer häufiger von Treppen abgelöst. Umso näher wir dem Gebirge und dem Kopf des Titanen kamen, umso ansehnlicher und besser geschützt sahen die Häuser aus. Dass hier nur die besser betuchten Einwohner der Stadt lebten, leuchtete mir sofort ein. Denn wo Lasttiere oder Karren nicht mehr von Nutzen waren, mussten Bedienstete oder Sklaven ausgeschickt werden, um Vorräte den Berg hochzuschleppen.

Meine schmerzenden Beine begannen gerade wieder zu meckern, als Faye in eine schmale Gasse abbog, an deren Wänden sich fast mannshoch der Müll stapelte. Ich versuchte, mich genau in der Mitte der Straße zu halten, weil ich das ungute Gefühl hatte, dass hier Ratten und Diebe allzu günstige Versteckmöglichkeiten hatten. Wenn ich mich umwandte, konnte ich auf große Teile der Stadt herabblicken, so hoch waren wir bereits im Gebirge.

»Hier ist es«, sagte Faye.

Sie hatte ein moosiges Brett und einigen anderen sperrigen Unrat zur Seite geräumt. Dahinter befand sich eine dunkle Holztür in der Wand. Faye blickte sich verstohlen um. Als sie sich davon überzeugt hatte, dass wir mit ein paar Wäscheleinen, die hoch über unseren Köpfen im Wind baumelten, allein in der Häuserschlucht waren, hämmerte sie mit einer Faust ein Klopfzeichen an die Tür. Als sich auf der anderen Seite nichts regte, wiederholte sie es noch ein paar Mal. Ich versuchte, es mir zu merken. Wofür, wusste ich allerdings nicht, denn ich hoffte, das letzte Mal in dieser Müllschleuse von Straße zu stehen.

Dann erklang ein dumpfes Poltern im Inneren, gefolgt von einem gut hörbaren Fluchen. Die Tür öffnete sich einen Spalt, und ein Gesicht musterte uns aus dem Schatten.

Faye lächelte. »Lässt du eine alte Freundin rein, Ormir?«

Die Tür schwang ganz auf, und das Licht der Abenddämmerung umflutete einen blonden Mann mittleren Alters, der eine extrem dreckige Schürze trug.

»Blutrabe«, sagte der Mann mit dunklem Bass in der Stimme, trat heraus und umarmte Faye.

Seine Arme sahen aus wie Baumstämme. Ich hatte noch nie einen so durchtrainierten Schankwirt gesehen.

»Wo kommst du denn plötzlich her? Ich dachte, du bist zu deinem Zirkel zurückgekehrt, um der Ältesten ihre letzten Geheimnisse zu entlocken? Und wer ist dein Freund?«

Als Faye den Mund öffnete, um zu antworten, winkte er ab. »Ach, kommt erst mal rein, ich muss zurück in die Küche. Es sind schon erste Gäste da, und Wilhelm musste schon jemanden verprügeln.«

Mir brannten unzählige Fragen auf der Zunge, doch ich verkniff sie mir fürs Erste und folgte den beiden durch das, was offensichtlich der geheime Hintereingang des Schädelkrugs war.

Ormir verriegelte die Tür hinter uns mit einem massiven Balken und führte uns in ein Hinterzimmer. Der Raum schien in erster Linie eine Vorratskammer zu sein, obwohl neben Fässern und Kisten auch ein Bett darinstand. Die einzige Lichtquelle war eine Öllampe, die auf einem der Fässer stand.

»Können wir heute Nacht hierbleiben und dein Spezialzimmer haben?«, fragte Faye, die sich auf die Kante des Bettes gesetzt hatte. »Wir müssen dringend wieder zu Kräften kommen und wollen morgen wieder abreisen.«

Ormir kratzte sich an seinem Dreitagebart. Die Bewegung reichte aus, um seinen Bizeps gefährlich anschwellen zu lassen. »Ja klar, warum nicht? Der Raum ist frei. Ich nutze ihn zurzeit selbst, aber ihr könnt ihn natürlich für heute Nacht haben. Ihr seid doch nicht in Schwierigkeiten, oder? Ich will nur wissen, ob ich Sicherheitsvorkehrungen treffen muss.«

»Noch nicht«, sagte Faye, »und das soll auch so bleiben. Umso weniger du weißt, desto besser, Ormir. Ich kann nur so viel verraten: Arnulf hier ist wichtiger als er aussieht, und ich muss ihn weiter nach Westen bringen.«

Ich nickte etwas verwirrt und reichte dem Schwarzenegger der Schankwirte meine Hand zum Gruß. »Danke, dass wir hier unterkommen können. Tolle Muskeln übrigens. Ich dachte immer, alle Wirte wären bierbäuchige, alte Männer.«

Ormir lachte. »Nur die dummen oder die toten. Ich muss mich schon fit halten, um jeden Abend besoffene Randalierer oder Streithähne vor die Tür werfen zu können. Und wenn das Personal mal knapp wird, muss ich alle Fässer und Kisten alleine schleppen. Ein Wirt ohne Muskeln tut mir leid.«

Eine bestechende Logik. Ich war mir sicher, dass allein Ormirs Silhouette ausreichte, um die meisten unangenehmen Gäste nicht auf falsche Gedanken kommen zu lassen.

»Aber Ormir ist nicht nur stark, sondern auch schlau«, ergänzte Faye lächelnd. »Auf dem Schlachtfeld der Teufelsklamm wären seine Muskeln zwar mehr von Nutzen als hinter der Theke des Schädelkrugs, doch so lebt er länger und kann sich mit Wilhelm vergnügen.«

»Ja klar, mega schlau«, stimmte ich zu, während ich mich neben Faye aufs Bett setzte. »Ich habe damals auch lieber als Zivi gesoffen, als mich beim Bund durch den Dreck hetzen zu lassen. Wer ist denn dieser Wilhelm?«

Faye legte mir eine Hand auf mein Knie, als ob ich nun erst mal genug Fragen gestellt hätte, und sagte: »Wilhelm und Ormir betreiben diese Taverne gemeinsam. Sie haben sie damals zusammengekauft und in den *Schädelkrug* umbenannt. Der Name spielt auf die Tatsache an, dass hier aus echten Schädeln getrunken wird, die noch aus Wilhelms Zeit als Monsterjäger stammen. Wilhelm ist Halbork, musst du wissen. Die Sache mit den Schädeln ist ein Stück Familientradition für ihn. Trainiert ihr noch zusammen, Ormir?«

»Mit wem sollte ich sonst Gewichte stemmen?« Der Wirt hatte vor Verwunderung seine Augenbrauen hochgezogenen. »Es gibt keinen besseren Ansporn als beim Training den überlegenen Körperbau so eines Halbblutes vor Augen zu haben. Manchmal hasse ich ihn jedoch dafür, dass er so schnell Muskelmasse aufbaut.«

Klirren und ein Schrei waren zu hören.

»Also, seid mir nicht böse, aber ich muss wieder in den Schankraum. Ich lasse Lydia den Waschzuber füllen und bringe euch Essen und Trinken. Du kennst ja den Weg. Schließt ruhig die Tür hinter euch ab, ich melde mich schon. Vielleicht können wir morgen früh noch reden. Also falls du dich nicht wieder plötzlich in Luft auflöst, Faye, so wie sonst immer.«

Faye wollte protestieren, aber Ormir lächelte nur entwaffnend und verschwand in die Dunkelheit des Ganges hinter ihm.

Honigbier und Hoffnung

Nur wenig später lag ich im lauwarmen Wasser eines großen, urigen Waschzubers. Ich sinnierte über die winzigen Staubteilchen, die in dem orangenen Lichtstrahl schwebten, der durch ein kleines rundes Fenster auf meine geschundenen Füße fiel. Dort lachten mir Blasen an den Zehen und wunde Fersen entgegen. Ich war mir ziemlich sicher, dass ich in meinem ganzen Leben noch nie so viel an einem einzigen Tag gelaufen war. Aber in gewisser Weise fühlte sich dieser ermattete und verwundete Zustand himmlisch an.

Da weiß man, was man getan hat, hatte mein Vater zu seinen Lebzeiten immer gesagt, wenn ich mit blutigen Knien oder Muskelkater vom Spielen nach Hause kam. Er gehörte noch zur alten Schule einer Generation, die ohne Computer, Internet und Handys aufgewachsen war. Für ihn war ein Mann kein blasser Nerd, der den ganzen Tag in Kauerhaltung vor einem flimmernden Bildschirm klebte, sondern ein Eroberer, ein Macher, jemand, der rausging, um für seine Familie zu jagen und zu töten. Er würde sich in der heutigen Welt wohl kaum noch zurechtfinden. Ironischerweise würde er sich in Grimora jedoch weitaus besser anstellen als ich.

Seufzend nahm ich meine Füße vom Rand und tauchte einmal ganz im Zuber unter. Faye hatte mir erlaubt, mich gründlich zu waschen und auch die Runen in meinem Gesicht zu entfernen. Anscheinend würden wir heute Abend keinen wichtigen Personen mehr begegnen. Insgeheim fragte ich mich jedoch, was passieren würde, wenn ich die Stufen zum Schankraum hinunterlief und mich der anwesenden Gemeinde präsentierte. Hatte Faye sich die Geschichte nur ausgedacht oder würden die Leute vor ihrem »Auserwählten«

auf die Knie fallen? Wussten überhaupt alle, wie dieser Auserwählte aussah?

Das kühler werdende Wasser war eine Wohltat in meinem Gesicht.

Beim Auftauchen musste ich grinsen, als mein Blick auf meine ausgelatschten Turnschuhe fiel, die ich neben mir auf einen Holzstuhl gestellt hatte. Nicht gerade mittelalterübliches Schuhwerk. Doch in einem Land der Monster und Magie hatten die Leute wohl Besseres zu tun, als einen Reisenden auf seine exotischen Gummitreter anzusprechen. Oder sein Monkey Island-T-Shirt.

In dem Dachkämmerlein befanden sich außer dem Waschzuber und dem Stuhl nur noch ein Spiegel und ein klobiger Holzschrank. Faye hatte in Letzterem rumgewühlt und mir eine Gugel herausgelegt. Mit der Kapuze des schwarzen Überwurfs konnte ich mich auch ohne Magie ein wenig tarnen. Außerdem hatte sie aus einem doppelten Boden des Schranks einen Gürtel mit Dolch sowie einen kleinen Beutel mit Münzen zu Tage befördert.

»Nicht viel, aber wenigstens etwas, bis wir uns bessere Ausrüstung besorgt haben«, hatte sie versprochen.

Ich kam mir vor wie ein Erste-Stufe-Charakter im Tutorial des neusten Fantasy-Rollenspiels für den PC. Kaum Trefferpunkte, eine Haube als Rüstung und ein Messer als Waffe. Großartig. Ich fürchtete nur, dass mir Grimora keine meiner Stufe und Ausrüstung angemessenen »Aufwärm-Gegner« schicken würde.

Nachdem ich mich abgetrocknet und wieder angezogen hatte, schlich ich durch den kleinen Flur der Dachetage zu dem Zimmer, das uns Ormir zur Verfügung gestellt hatte. Mit zwei Betten, jeder Menge Teppiche, Kissen und anderen Annehmlichkeiten war es sehr gemütlich eingerichtet. Doch was den Raum mit den Dachschrägen wahrhaft königlich machte, war der überdachte Balkon, der eine grandiose Aussicht nach Westen bot.

Als ich in die frische Abendluft hinaustrat, fiel mein Blick auf einen kleinen Tisch, der zwischen zwei gemütlichen Sesseln stand. Darauf hatte uns Lydia, eine hagere und bleichgesichtige Angestellte von Ormir, eine große Platte mit dampfendem Fleisch, Brot und Obst platziert. Das Essen wurde flankiert von den grauenhaftesten Trinkhumpen, die ich je gesehen hatte. Die grinsenden Schädel, die vielleicht mal die Hälse von Goblins oder ähnlichen Humanoiden geziert hatten, waren handwerklich geschickt mit Ton zu Trinkgefäßen verschmolzen worden. Einen der makabren Becher zierte eine prächtige Schaumkrone, während der andere schon halb leergetrunken war.

Ich blickte mich um, doch keine Spur von Faye. Ich setzte mich erst mal hin und nahm vorsichtig mit beiden Händen den süßlich duftenden Krug auf meinen Schoß. Nach einem ersten Probeschluck, der das Getränk als köstliches Honigbier auswies, trank ich den Krug gierig fast leer. Dann lehnte ich mich zufrieden zurück und genoss einfach die Aussicht. Die Taverne war am westlichen Stadtrand, nah an der Stadtmauer gelegen, und blickte über wenige Gebäude direkt auf die Wildnis und das Gebirge am Horizont.

Als mein Blick sehnsüchtig die Konturen des im Sonnenuntergang leuchtenden Flusses entlangfuhr, huschte Faye barfuß an mir vorbei und nahm im zweiten Sessel Platz. Sie zog ihre nackten Beine auf die Sitzfläche und nahm ihren noch halb vollen Krug vom Tisch. Mir wurde trotz des kühlen Bieres heiß …

Sie hatte sich aus ihrer schwarzen Lederrüstung geschält und trug nur noch luftige Unterkleidung. Über einer kniefreien braunen Stoffhose zierte sie eine weiße Seidentunika, die selbstverständlich weit ausgeschnitten und so geschnürt war, dass sie mit ihren Reizen spielen konnte. Eine silberne Kette endete in einem Anhänger, der einen Vogel im Profil darstellte. Das Feuer der sterbenden Sonnen ließ kurz den roten Edelstein aufblitzen, der als sein Auge diente.

Ich schluckte. »Eine schöne Kette trägst du da«, sagte ich, bereits leicht angesäuselt durch das Metbier, während ich ihr Dekolleté nach unten zu Ende dachte.

»Danke. Aber Finger weg«, sagte Faye grinsend und leerte ihren Krug in einem langen, geräuschvollen Zug. Dann rülpste sie so laut, dass sich über uns ein paar Vögel irritiert vom Dach stürzten und schnatternd durch die Häuserschlucht davon segelten.

Wir beide lachten darüber wie zwei pubertierende Teenager, und ich bemerkte eine Gefühlsregung in mir, die ich schon lange nicht mehr erlebt hatte. Es dauerte einen Moment, bis ich sie einordnen konnte. Doch dann dämmerte mir die Gefahr. Ich musste aufpassen. Fayes kumpelhafte und alberne Art war genau das, was vor Jahren meine Liebe zu Laura entfacht hatte. Ich konnte mich wohl kaum in ein Computerprogramm verknallen. Oder konnte ich?

Ich blickte über den Rand meines Krugs zu der Frau in Unterwäsche herüber, deren rote Locken sanft vom Wind bewegt wurden. Wenn ich diese Welt nicht lebend verlassen würde, was gab es dann noch, worum ich mir Gedanken, geschweige denn, Sorgen machen musste? Spielte es eine Rolle, ob ich Gefühle für Faye entwickelte? Oder gar mit ihr intim wurde? Würde ich das, was zwischen Laura und mir war, damit verraten? Und selbst, wenn ich lebend aus Grimora zurückkehren könnte – wäre Sex mit einem Hirngespinst verwerflich? Wäre es wirklich gleichbedeutend mit einem Betrug in der »echten Welt«, wenn »echt« durch die M.A.Y.A. ein relatives Konzept geworden war?

Mein Geist drehte sich schwindelerregend im Kreis, und ich war mir nicht mehr sicher, wie viel Schuld das Metbier daran trug. Ich versuchte, schnell von diesem Gedankenzug auf einen neuen herüberzuspringen, bevor ich in einen Tunnel fuhr, aus dem es kein Zurück mehr gab.

Ich trank meinen Krug ebenfalls aus und stellte ihn mit einem dumpfen Knall auf dem Tisch ab, energischer, als ich es beabsichtigt hatte. »Gibt's noch mehr davon?«

»Natürlich, aber wir dürfen nicht übertreiben. Wir sollten morgen bei Sonnenaufgang schon unterwegs sein, und ein Kater ist dabei eher hinderlich.«

»Bullshit«, sagte ich und lachte. »Ich will mich heute Abend betrinken, als gäbe es kein Morgen! Meine Tage hier sind doch ohnehin gezählt. Sorry, wenn ich da deiner Auserwählten-Quest ein anständiges Besäufnis vorziehe. Das sollte wohl meine Wahl sein. Deswegen will ich mir heute einen Kater antrinken, der dem Reittier von He-Man Konkurrenz macht. So gewaltig muss der sein! Und frag jetzt nicht, wer He-Man ist. Das ist ein großer Held aus meiner Welt, zu dem alle in Ehrfurcht aufblicken. He-Man würde jetzt dasselbe tun.«

Jetzt sah Faye plötzlich nicht mehr so ausgelassen und fröhlich aus wie noch einige Augenblicke zuvor. Sie hatte sich aufrecht hingesetzt und ihre Haare einmal mit beiden Händen nach hinten gestrichen.

»Kai, jetzt hör mir mal zu. Es ist nichts dagegen einzuwenden, dass wir uns hier ausruhen und ein oder zwei Krüge Honigbier trinken. Aber wir müssen morgen bei Kräften *und* bei Sinnen sein. Meine Magie kann uns vor einigen Gefahren beschützen, aber lange nicht vor allen. Ich brauche deine Mithilfe. Bitte!«

So langsam kochte in mir wieder die Galle hoch. Ich konnte ja Respekt für diese Welt und ihre Bewohner aufbringen und wer auch immer die KI dazu geschrieben hatte, würde den Nobelpreis bekommen; wenn auch nicht den für Frieden. Doch ich wollte mir meine letzten Tage oder Stunden so gestalten, wie ich es für richtig hielt und nicht so, wie es sich eine rothaarige Hexe in den Kopf gesetzt hatte.

»Faye, bitte ruiniere uns jetzt doch nicht den Abend. Ich bin einfach nicht dein Auserwählter, sondern jemand, dessen Gehirn in einer anderen Welt in einem Wasserbecken schwimmt. Wenn der »Herr« dieser anderen Welt es so will, dann kippe ich hier einfach aus den Latschen und gebe den Löffel ab. Verstehst du? Es gibt keinen Ausweg für mich. Es ist vorprogrammiert … vorherbestimmt würdet ihr hier vermutlich dazu sagen.«

»Du irrst dich.«

Faye war aufgestanden und lehnte rücklinks an der Brüstung des Balkons. Ihre rote Mähne ging fast nahtlos in die Abendröte über, als sie mich mit ihren funkelnden Smaragdaugen musterte. Erst jetzt fiel mir der rötliche Mond auf, der langsam am Firmament an Strahlkraft gewann. Natürlich war er rot, um Grimora nachts in den schauerlichen und blutrünstigen Alptraum zu verwandeln, das es war.

»Wenn du nur wüsstest, wie sehr du dich in allem täuschst. Du bist nun in einer Welt mit anderen Regeln. Du musst dich diesen Regeln beugen. Doch darin könnte auch ein Ausweg für dich liegen.«

Ich lachte und schielte sehnsüchtig zum Grund meines leeren Kruges hinunter. »Und was im Namen des heiligen Gygax, sollte das für ein Ausweg sein?«

»Magie.«

»Ich glaube nicht an Magie.«

»Das ist der Magie gleichgültig. Dein Glaube ist für ihr Funktionieren unerheblich.«

Seufzend stand ich auf und stellte mich neben Faye ans Geländer des Balkons. Ich genoss den Anblick der Stadt, in der nun immer mehr Laternen und Feuer entzündet wurden, um der hereinkriechenden Dunkelheit Einhalt zu gebieten.

»Auch wenn ich Magie hier mit meinen eigenen Augen gesehen habe, so ist sie in meiner Welt nur ein Special Effect, eine Art Zaubertrick, der keine reale Auswirkung hat.«

»Ja, aber du *bist* nicht in deiner Welt. Wie oft muss ich es dir noch in den Schädel prügeln?« Fayes Stimme hatte einen bedrohlichen Unterton angenommen, und sie zischte die Worte fast wie eine Schlange. »Ich selbst bin doch bereits in andere Welten und Dimensionen gereist! Es gibt Magie, die mächtig genug ist, die Grenzen dieser Welt zu durchbrechen. Glaube mir, Magie hat keine Grenzen, weil gerade *das* ihre Natur ist.«

Ich grübelte darüber nach und war verblüfft über eine leichte Verwirrung, die sich meines Geistes bemächtigen wollte. Doch dann lächelte ich über den »Mindfuck« und schüttelte den Kopf.

Wenn Faye in dieser Welt mit Magie eine Art magisches Portal öffnen könnte, dann würde es vielleicht wirklich in eine andere Welt führen. Doch diese Welt wäre dann ebenfalls auf der Festplatte der M.A.Y.A.-Engine und hätte mich keinen Schritt näher an meine Welt gebracht. Oder die mangelnde Rechenkapazität der M.A.Y.A. würde einen 404 produzieren wie bei einer Internetseite, die nicht gefunden werden konnte. Was das für eine Ironie wäre! Getötet durch einen 404. Das hatte ich im Büro schon öfter befürchtet. Und was das für eine dämliche Todesanzeige in der Zeitung wäre …

Unterdes fuhr Faye fort: »Ich sehe es in deinem Blick. Du kannst oder willst mir nicht glauben. Aber was, wenn dich Magie doch wieder in deine Welt zurückbringen kann? Selbst wenn die Magie in deiner Welt aufhört zu funktionieren, so kann sie doch einen Tunnel dahin öffnen. In Wolkenheim, der größten Bibliothek von Grimora, existiert sogar ein Buch, in denen Welten ohne Magie gelistet sind. Kein Magier wäre lebensmüde genug, in eine Dimension zu reisen, aus der es ohne Magie keine Wiederkehr geben kann.

Jetzt sah ich Faye einfach nur ratlos an. Diese Frau, die gar nicht existieren dürfte. Diesen menschlichen Umriss in meinem Geist, der redete und atmete und mich von irgendwelchen Weisheiten überzeugen wollte.

»Du wirst es nicht rausfinden, wenn du es nicht versuchst, Kai.«

»Okay«, sagte ich einfach. »Worauf wartest du dann noch? Hilf mir! Öffne ein Portal oder benutze sonst wie deine Magie, um mich in meine Welt zurückzuschicken. Na los!«

»Das kann ich leider nicht.«

»Nein, wirklich? Wer hätte das gedacht?« Ich lächelte gequält und fing sinnlos an, unser Zimmer nach mehr Honigbier zu durchsuchen.

»Aber es gibt jemanden, der es kann. Nur einer in ganz Grimora beherrscht so mächtige Magie. Wenn wir die richtigen Transportmittel auftreiben, ist sein Turm nur wenige Tagesreisen von hier entfernt.«

Ich wusste nicht, wie mir geschah, aber trotz aller Zweifel keimte tatsächlich plötzlich so etwas wie Hoffnung in mir auf. Ein scheues Sehnen. Nach Laura und Connor. Nach meiner Welt. Ich gähnte herzhaft und blickte sehnsüchtig zu einem der beiden Betten im Raum. Als ich mich probeweise hinsetzte, befand ich es für überraschend weich und gemütlich. Faye setzte sich auf der gegenüberliegenden Seite des Raums auf das andere Bett.

»Schlaf eine Nacht darüber. Ruh dich aus. Morgen rüsten wir uns neu aus und machen uns auf den Weg zum Erzmagier. Wenn dir jemand helfen kann, dann er. Meine Aufgabe wird sein, dich auf dem Weg zu beschützen.«

Ich runzelte die Stirn und sah Faye ungläubig an. »Ach, wirklich? Ist das jetzt deine neue Quest? Eben war ich noch der Auserwählte und jetzt willst du mir plötzlich helfen, den Chef für Astralreisen zu finden, damit ich ein Ticket nach Hause lösen kann? Und wieso zum Henker muss ich in einer Taverne auf dem Trockenen sitzen und Durst leiden?«

Wie als Antwort klopfte es zaghaft an der Tür, und Lydia war auf der anderen Seite zu hören. Ihre ohnehin schon mickrige Stimme war dumpf und nicht viel lauter als das Piepsen einer Ratte im Gebälk des Daches.

»Hallo? Ich will nicht stören, aber Ormir schickt mich, um nach euch zu sehen. Ich habe noch mehr Bier mitgebracht.«

Faye stand schnell auf, nahm einen großen Krug zum Nachfüllen unserer Becher entgegen und wimmelte Lydia schnell wieder ab. Zeitgleich wurde mir bewusst, dass meine magische Tarnung ja im Badewasser schwamm, und so blieb ich artig auf dem Bett sitzen, bis Faye die Tür wieder verriegelt hatte.

Dann stand ich auf und holte unsere Schädelbecher. »Wo waren wir? Ach ja, deine Glaubwürdigkeit war gerade den Bach runtergegangen.« Ich schenkte uns beiden nach und reichte Faye ihren Becher.

Doch die Magierin schob ihn wütend beiseite. »Mir ist egal, was du von meiner Glaubwürdigkeit hältst. Ich habe lediglich Vertrauen in die Vorsehung. Ich bin mir sicher, dass sie auf die eine oder andere Weise ihre Erfüllung finden wird.

Bis wir beim Turm angekommen sind, wird noch einige Zeit vergehen, und dein Schicksal wird besiegelt werden, ob du es willst oder nicht. Meine Aufgabe ist nur, dafür zu sorgen, dass du bis dahin überlebst.«

Draußen waren die Sonnen mittlerweile hinter den Bergen verschwunden und ein Meer von Sternen begann um den Blutmond zu funkeln. Doch anstatt dies auch nur eines Blickes zu würdigen, schloss Faye mit hastigen Bewegungen die hölzerne Doppeltür, die auf den Balkon führte und sicherte diese zusätzlich mit einem Riegel. Was auch immer ich mir insgeheim vorgestellt hatte, das zwischen der hübschen Hexe und mir in dieser Nacht noch hätte passieren können – zur Not mit Hilfe einiger Liter Honigbier – hatte ich wohl gerade im Keim erstickt.

Ich stellte unsere Krüge auf einem kleinen Beistelltisch ab und setzte mich wieder auf mein Bett. »Hör zu, es tut mir leid. Ich bin scheinbar immer noch vollkommen mit dieser Situation überfordert. Heute Morgen bin ich noch in meiner Welt aufgewacht, und jetzt gehe ich in einer Welt zu Bett, die ich vorher nur aus fantastischen Geschichten kannte. Hinzu kommt, dass ich nicht freiwillig hier bin, sondern hierher verbannt wurde mit der Ansage, dass ich hier meinen Tod finden werde.«

Ich bemerkte, wie bei den letzten Worten meine Stimme brach. Ich wollte mir vor Faye nicht schon wieder eine Blöße geben, doch ich konnte den Kloß in meinem Hals nicht länger ignorieren. Mein Blick verschwamm, als dicke Tränen über meine Wangen flossen.

Ich sagte nichts mehr, schloss die Augen und starrte auf den bunten Teppich zu meinen Füßen. »Verfluchte Scheiße, ich ... Gott, wie peinlich … jetzt weine ich hier vor dir wie …«

Plötzlich fühlte ich Fayes Hände an meinen Wangen. Sie hatte sich vor mich hingekniet und zwang mich, ihr in die Augen zu schauen. Es war berauschend, ihr Gesicht so nah vor meinem zu spüren. Ihren Atem, ihren Körpergeruch, ihre warmen Hände, über die meine kalten Tränen flossen.

»Deine Tränen sind nicht peinlich, sondern wunderschön. Sie sind das Wahrhaftigste, was du mir bis jetzt von dir offenbart hast. Alles andere waren nur Geschichten und Ängste, die dein Geist dir eingeredet hat. Wusstest du, dass Tränen, die aus echten Gefühlen geflossen sind, zu mächtigen Zaubertränken gemischt werden können? Ihre unverfälschte und elementare Natur macht sie zum quasimagischen Trägermedium.«

Ich konnte nichts darauf antworten, weil ich mich im intensiven Grün ihrer reptilienhaften Augen verloren hatte. Ich fühlte mich wie in Trance, wie eine Maus vor einer gefährlichen Kobra. Und gleichzeitig war dieser Blick, ihre Stimme, ihr ganzes Wesen so seltsam vertraut. Als würde ich sie nicht erst seit einem Tag, sondern schon eine halbe Ewigkeit kennen.

»Jetzt hör mir mal zu. Ich sage das jetzt zum letzten Mal. Du wirst hier nicht sterben. Es ist unmöglich, weil eine jahrhundertealte Prophezeiung das Gegenteil behauptet. *Und* es ist unmöglich, weil *ich* auf dich aufpasse. Und ich kann immerhin fliegen, Blitze schießen und andere magische Tricks, die den stärksten Mann vor Angst in die Hose scheißen lassen!«

Stille. Dann prusteten wir beide los und kamen aus dem Lachen kaum noch heraus.

Das war so befreiend.

Als wir uns wieder gefangen hatten, platzierte Faye einen der makabren Schädelkrüge auf meinem Schoss und stieß mit ihrem so hart dagegen, dass etwas vom Inhalt auf meine Hose schwappte.

»Auf uns und das Abenteuer, das morgen beginnt! Mit der unvergleichlichen, mystischen und legendären Faye …« Sie warf bei diesen Worten ihren Kopf in den Nacken und kostete kurz den Moment aus. Dann fügte sie hinzu: »Und mit dir!«

Wieder lachten wir.

»Prost«, sagte ich und trank.

~

Wenig später lagen wir beide trunken auf unseren Betten. Ich starrte in der Dunkelheit an die Decke und war ganz schön blau. Und das, obwohl wir uns noch über die Schlachtplatte hergemacht und diese bis auf die letzte Zierde-Weintraube leergefegt hatten. Ich vermutete, dass die Größe so eines Schädelkrugs mit einer bayerischen Maß vergleichbar war. Also hatte ich zwei Liter Honigbier getrunken, was in meiner Welt vier Null-Fünf-Flaschen entsprach. Ich wurde definitiv zu alt für die Scheiße.

Plötzlich schoss mir etwas durch den Kopf. »Faye, schläfst du schon?«

»Wie könnte ich? Ich liege mit dem Auserwählten im selben Zimmer. Das ist viel zu aufregend.« Das folgende Kichern relativierte ihre Worte.

»Ormir hat dich Blutrabe genannt. Ist das eine Art Spitzname?«

»Ja, und jetzt schlaf. Bis morgen früh.«

»Ach komm schon.«

Ich drehte mich auf die Seite und starrte in die Dunkelheit, wo ich Faye auf ihrem Bett vermutete. Unter uns war immer noch der entfernte Tumult des Schankraums zu hören: Musik, Klirren, Poltern und gelegentliche Schreie.

»Ich finde deinen richtigen Namen sehr schön. Deshalb bin ich neugierig, wieso dich jemand stattdessen Blutrabe nennen sollte. Ich bin der Auserwählte, *mir* kannst du es doch sagen.«

Ich hörte ein Seufzen aus ihrer Richtung.

»Na schön. Der Name ist schon sehr alt. Viele denken, er sei eine Anspielung auf meine Haarfarbe und meinen Hang zu schwarzer Kleidung. Einige wissen, dass es mit meiner Rabenverwandlung zu tun hat. Und nur wenige kennen den Zusammenhang des Namens mit der Art von Magie, die ich praktiziere. Doch nur ich allein kenne die ursprüngliche Bedeutung und die Person, die ihn mir einst gab.«

»Klingt ziemlich einleuchtend für mich. Draußen vor der Stadt hast du mir Runen aus Blut ins Gesicht gemalt. Und als ich vor dem Grunzer oder wie du ihn nanntest, geflohen bin, habe ich einen Raben über mir gehört. Das warst du, oder? Wie sonst solltest du so schnell in den Bergen zu mir gelangt sein? Und lass mich raten, die Kette um deinen Hals ist magisch oder zumindest eine Art Zauberfokus, der dir bei der Verwandlung hilft? Richtig?«

»Du bist ja ein ganz schlaues Bürschchen. Und jetzt versuch endlich, noch etwas Schlaf zu finden. Wir werden mit den ersten Sonnenstrahlen aufstehen und haben viel zu tun. Außerdem muss ich noch beim Händler meines Vertrauens vorbeischauen und einige Goldmünzen in magische Hilfsmittel investieren.«

Ich grinste vor Aufregung in die Dunkelheit hinein. In meiner Fantasie würden wir am nächsten Tag einen typischen NPC-Händler besuchen, wie ich ihn aus unzähligen Fantasy-Rollenspielen kannte, on- oder offline. Ich sah uns

Waukeens Promenade entlangmarschieren, um im Adventurer Mart von *Baldur's Gate 2* einkaufen zu gehen. Ich hoffte nur, Faye war finanziell liquide genug, um uns beide von Kopf bis Fuß in potente Magie zu kleiden. Wenn ich da rauskam, wollte ich im Dunkeln leuchten und sogar meine Unterhose sollte mindestens einen »+1-Bonus« haben.

Natürlich würden meine naiven, romantischen Vorstellungen nur wenige Stunden später bitter enttäuscht werden. Aber das wusste ich noch nicht, als ich mich glücklich wie ein kleiner Junge vor Heiligabend und von kindischer, neuer Hoffnung beseelt, zur Seite drehte und ohne ein weiteres Wort vom Honigbier ins Land der Träume entführt wurde.

Katzen auf dem heißen Blechdach

Im Dachbodenzimmer des Schädelkrugs aufzuwachen war, gelinde ausgedrückt, verstörend. Und das auf gleich mehreren Ebenen.

Ich hatte von der Arbeit geträumt. Mein Chef wollte mich sehen, und ich war gehorsam von meinem Büro den langen Gang hinunter gedackelt, um an dessen Ende zum Zimmer der Geschäftsführung zu gelangen. Als ich eintrat, stand mein Geldgeber am Fenster und blies gerade einen wahren Odem aus Zigarettenrauch in die kühle Herbstluft hinaus. Ich klopfte an den Türrahmen und hustete gleichzeitig, um auf meine entbehrliche Anwesenheit hinzuweisen. Das nötigte den CEO des Unternehmens, den erst halb gerauchten Glimmstängel lässig rauszuschnippen und das Fenster wieder zu schließen.

»Ah, Kai, komm rein und setz dich bitte. Wir müssen mal über deine Leistungen in der letzten Zeit sprechen.«

Eine prickelnde Welle Existenzangst schwappte kurz über mich hinweg und floss über meinen Rücken bis zum alarmierten Steißbein hinunter. Ich schluckte und versuchte, die Maske des routinierten Marketing-Managers aufzusetzen.

»Meine Leistungen?« fragte ich künstlich lachend, als ich Platz nahm. »Fühlst du dich durch sie bedroht? Keine Angst, ich will deinen Posten nicht.«

Herr Dr. Hartmann oder »Uwe«, wie ich ihn nennen durfte, lächelte voller Unbehagen über meinen Galgenhumor, als er sich auf der anderen Seite des Schreibtischs mit den Händen aufstützte, und seufzte. Die Regale voller Aktenordner, die hinter ihm aufragten und ihn auch an den Seiten flankierten, verliehen ihm die Aura des absolut seriösen

Geschäftsmannes. In den sorgsam abgehefteten und zusammengepferchten Blättersammlungen waren neben Quittungen, Verträgen und spannenden Excel-Tabellen auch Namen, Gehaltsklassen und Schicksale verzeichnet.

Nun lehnte sich der düstere Avatar der Business-Welt bedeutsam nach vorne und richtete ein ernstes Wort an mich. »Ich hatte gehofft, dass es nie so weit kommen würde, weil ich dich mag. Doch Sympathie allein bezahlt keine Gehälter und hält auch den Kahn hier auf Dauer nicht am Schwimmen. Wenn ich mir die Konten so anschaue, die du verwaltest, dann könnte ich das Budget auch meiner Oma zum Heizen ihres Kamins geben. Was ist los, Kai? Was stimmt in letzter Zeit bei dir nicht? Hast du private Probleme? Kann *ich* irgendwas tun? Ich kenne dich doch. Du bist doch nicht jemand, der die Dinge schleifen lässt. Das bist doch nicht *du*.«

Meine spontane Antwort auf seine Tirade überraschte mich selbst.

»Du alberner Business-Kasper hast doch keine Ahnung, wer ich bin«, presste ich zwischen meinen Lippen hervor. Eine plötzliche Welle von Abscheu und Hass brandete aus meiner Magengegend nach oben und schoss mir in Kopf und Arme. »Du hast doch keine Ahnung, mit wem du es zu tun hast!«

Meine Hände liefen schwarz an und begannen mit besorgniserregender Geschwindigkeit, zu langen Tentakeln zu wachsen. Bei ihrem Anblick zuckte mein Gegenüber wie von der Tarantel gestochen zurück und taumelte gegen die Wand aus Akten. Uwes Augen waren schreckgeweitet, sein Gesicht eine Maske des blanken Horrors.

Nichts, weder seine akademische Ausbildung noch seine Disziplin, mit der er sich die Position des leitenden Anzugs im Unternehmen erarbeitet hatte, noch alles, was er bis zu diesem Tag über die Welt gelernt hatte, konnte ihn auf diese Situation vorbereiten.

Doch fernab jeglicher Gedanken, irgendwo in der staubigen Dunkelheit seiner selbst, erwachte ein uralter Instinkt zum Leben. Sein Körper schwankte kurz zwischen Fight or Flight und entschied sich dann für Letzteres.

Als er am Schreibtisch vorbei aus dem Raum rennen wollte, wickelte sich mein rechter Tentakel blitzschnell um seine Taille, schneller als jede Würgeschlange, und hob ihn über dem Schreibtisch horizontal in die Luft. Dort hing er mit baumelnder Krawatte, und ruderte sinnlos mit Armen und Beinen in der Luft wie ein Insekt, das von einer Pinzette gehalten wurde.

Ich zog den Tentakel enger um seine Hüfte. Der langgezogene Schrei, den ich ihm damit entlockte, klang heiser und verzweifelt. Mein linker Tentakel beendete ihn, indem er Uwes Kopf vom Rumpf trennte wie ein Radieschen vom restlichen Grünzeug. *Krack.*

Blut spritzte auf Unterlagen und einen digitalen Bilderrahmen, auf dem Uwes Musterfamilie ihm gerade von einem Urlaubsfoto zuwinkte. Es war ein Urlaub ohne ihn gewesen, den er zwar finanziert, aber für seine Karriere selbst ausgelassen hatte. Nun würden seine Frau und seine Kinder noch häufiger ohne ihn verreisen müssen. Ich grinste zufrieden, während meine lange Monsterzunge das Blut vom Bilderrahmen leckte.

Der gellende Schrei, der darauf folgte, war mein eigener.

Ich schreckte aus dem Traum hoch und wäre fast mit meinem Kopf gegen den von Faye geknallt, die über mich gebeugt war und nun versuchte, mich zu beruhigen.

»Kai! Komm zu dir, das war nur ein Traum. Wir sind immer noch hier bei meinem Freund Ormir. In Sicherheit.«

»Scheiße«, entgegnete ich und blickte mich kurz im Raum um. Faye war komplett angezogen und hatte uns sogar schon Frühstück besorgt. »Es ist verdammt verwirrend, von einem Traum in den nächsten aufzuwachen. Da fragt man sich, wie viele *Inception*-Traum-Level man eigentlich noch von der wahren Realität entfernt ist. Und ob es die überhaupt gibt.«

Faye sah mich entgeistert an. »Realität ist ein relatives Konzept. Sie ist immer dort, wo *du* bist. Jetzt ist Grimora und deine Reise zum Turm des Erzmagiers deine Realität. Und deine Zeit läuft ab. Also zieh dich an und komm.«

Ich schüttelte die Müdigkeit aus den Knochen und setzte mich auf. Ich war wirklich in Grimora. Es war kein Traum gewesen.

Die hölzerne Flügeltür zum Balkon stand offen und ließ frische Morgenluft herein. Sie roch belebend kühl und verheißungsvoll. Überhaupt nicht nach den Hinterlassenschaften von Tieren und anderen Ausdünstungen wie am Tag zuvor. Als hätte über Nacht ein gewaltiger Wind jeglichen Müll und Gestank aus den Straßen geweht.

Ich zog mir meine Klamotten an, die mir Faye schon griffbereit hingelegt hatte, inklusive des Gürtels mit dem kläglichen Messer daran. Dann aßen wir eine Art Haferschleim mit Früchten und tranken etwas Wasser.

Faye war vor mir fertig und schritt ungeduldig auf den Balkon hinaus. »Ich habe mir eine besondere Route ausgedacht, die uns von Hauptstraßen fernhält und uns auf schnellstem Weg zu Alanons Laden bringt. Wie gut kannst du klettern und springen?«

»Nicht heldenhaft«, murmelte ich undeutlich, da ich mir gerade eine Handvoll Beeren in den Mund gestopft hatte. »Was sind das für Dinger? Die schmecken ja Hammer.« Ich zeigte auf meinen Mund und angelte die letzten von ihnen aus einer Holzschüssel, die wie ein Blütenkelch geschnitzt war.

»Wie ein Hammer? Ein seltsamer Vergleich. Die Beeren werden Salamander-Augen genannt. Wenn du sie gegen eine Lichtquelle hältst, kannst du den dunklen Kern in der Mitte sehen, der aber weich und essbar ist. Erinnert an Augäpfel. Aber jetzt ist keine Naturlehrstunde, sondern Aufbruch. Binde deine Schuhriemen richtig fest, sonst wird das ein kurzer Ausflug.«

Ich blickte nach unten und betrachtete die dreckigen Schnürsenkel meiner ausgelatschten Turnschuhe, die ich eilig und schludrig gebunden hatte. Ich band sie noch einmal doppelt fest und wollte dann in Richtung Tür gehen. Doch Faye pfiff mich zurück und zeigte auf die äußere Hauswand.

»Wir gehen hier lang.«

Ich trat raus zu ihr auf den Balkon.

Im Gemäuer befanden sich, kaum sichtbar, Fugen, die als Stufen aufs Dach genutzt werden konnten. Faye kletterte voraus und reichte mir eine Hand. Beim Blick in die Gasse unter uns zog sich mein Magen zusammen. Ich hatte zwar keine *richtige* Höhenangst, doch einen gesunden Respekt vor einem Fall auf die Pflastersteine. Ein großer Vogel auf dem gegenüberliegenden Dach krächzte höhnisch zu uns herüber. Das Vieh war fast so groß wie ein Adler. Was hier am Fuß des Gebirges wohl nicht ungewöhnlich war.

Ja, DU hast es gut, du Penner, dachte ich, als mich im selben Moment die Erkenntnis wie ein Schlag traf: Niemand musste hier halsbrecherisch klettern oder unsanfte Bekanntschaft mit steinhartem Boden machen.

»Warte mal ne Sekunde, Bibi Blocksberg. Ich bin doch nicht bescheuert und mache denselben Fehler wie die Hobbits! Du kommst jetzt sofort runter, verwandelst mich mit deiner Magie in einen Vogel, benutzt selbst dein Rabenamulett, und wir fliegen zum Turm rüber. Einfach so. Zack. Abflug. Alles andere wäre wohl nur lebensmüde und albern, oder?«

Faye rollte mit den Augen und atmete genervt aus. Einen Augenblick schaute sie in die Morgendämmerung am Horizont und schien über meine Worte nachzudenken. Dann ließ sie meinen Traum vom Fliegen zerplatzen wie eine hauchdünne Seifenblase.

»Weißt du was, Kai? Das könnte ich sogar. Seit ich das Amulett besitze, habe ich mich eingehend mit der Disziplin der Metamorphose beschäftigt. Und weißt du, was ich dabei als Erstes gelernt habe? Dass man die Finger davon lassen sollte, wenn einem das Leben lieb ist. Kannst du dir vorstellen, was mit deinem Körper passiert, wenn ich dich in einen Vogel verwandle? Und was mit deinem Geist passiert? Wie oft warst du schon ein Vogel? Glaubst du, du könntest den körperlichen Schock ertragen, ohne dabei deine geistige Gesundheit zu verlieren? Es verlangt jahrelange Meditation und Vorbereitung, damit dein Geist einen neuen Körper akzeptieren kann. Also, wenn du nicht vorhast am Schock zu sterben oder wenigstens wahnsinnig zu werden, schlage ich vor, dass du mir einfach in allen magischen Belangen vertraust und deinen Hintern jetzt auf dieses Dach beförderst.«

Ja, schade aber auch. Leider machten Fayes Ausführungen absolut Sinn. Und ich konnte mir beim besten Willen nicht vorstellen, jetzt noch den Mut aufzubringen, mich von ihr verwandeln zu lassen. Auf den Dächern ein wenig *Assassins Creed* zu spielen, erschien mir dagegen schon machbarer. Trotzdem regten sich immer noch Ausflüchte in mir, die ich gerne noch loswerden wollte.

»Okay, verstanden. Aber wieso können wir nicht einfach aus der Tür marschieren wie nicht-behämmerte Leute auch?

Außerdem sollten wir uns noch bei Ormir bedanken und … hast du ihn überhaupt schon bezahlt?«

»Nicht so laut«, zischte Faye, »ich muss bei Ormir nie zahlen. Er verdankt mir sein Leben. Aber das ist eine Geschichte für einen anderen Tag. Unten wartet ein Hinterhalt. Ich war schon unten, als du noch selig geschlummert hast. Im Schankraum sitzen sechs schwerbewaffnete Söldner von Boris. Keine Spur von Ormir.«

»Was? Wie kann das sein? Ich dachte, niemand weiß, dass wir hier sind? Oder glaubst du, Ormir hat uns verraten?«

Faye schüttelte den Kopf. Das Licht der Morgendämmerung ließ die Nieten an ihrem schwarzen Lederanzug aufblitzen. »Nein, er ist loyal. Ich hoffe nur, ihm ist nichts passiert. Komm jetzt, verdammt.«

»Aber ich war doch durch deine Magie getarnt! Wieso sollte *irgendjemand* etwas von uns wollen?«

Fayes Gesicht verzog sich zu einer entschuldigenden Miene. »Ich fürchte, die wollen nichts von dir, sondern sind auf der Suche nach einem gewissen »Blutraben«. Ich hätte es besser wissen und mich selbst auch tarnen sollen. Meine dämliche Eitelkeit bringt mich noch mal ins Grab. Jetzt klettere bitte einfach mit mir aufs Dach, bevor die auf die Idee kommen, doch mal nach uns zu schauen.«

Mit mehr als einem mulmigen Gefühl kletterte ich über das Balkongeländer an die Wand und versuchte, in den Fugen sicheren Halt zu finden. Unsere Reise hatte gerade erst begonnen, und mein Arsch ging mir jetzt schon auf Grundeis. Wichtiger jedoch war, dass er nicht Bekanntschaft mit dem harten Stein in mindestens zehn Metern Tiefe machte. Doch mit Fayes Hilfe schaffte ich es, mich über die Kante aufs Dach zu wälzen. Zur Sicherheit hielt sie mich an meinem Gürtel fest, und ich kam mir vor wie das, was ich auch war: eine unsportliche Wurst.

Ich rappelte mich auf, ging auf der Schräge schnell ein paar Schritte von der Kante weg und blickte mich im rosa-orangefarbenen Licht der aufgehenden Sonnen um. Ein fabelhafter Anblick. Von oben wirkte Titanus wie ein Abenteuerspielplatz für große Kinder oder ein Traum für Parcoursläufer. Aus einem Meer der unterschiedlichsten Dachformen ragten Schornsteine, kleine Türme, Zinnen, Wasserspeier, eiserne Gitter, Fahnen, Kuppeln oder die Pflanzen von Dachgärten auf. Und die versteinerten Rippen des Titanen natürlich. Ein geübter Dieb konnte sich hier bestimmt schneller fortbewegen als jede Miliz in den Straßen und über achtlos offen gelassene Fenster und Luken einige Bewohner der Stadt um ein wenig unnützen, aber wertvollen Ballast erleichtern. Vorausgesetzt, er hatte eine Karte von dieser »Etage« der Stadt im Kopf und wusste, wie er sich auf den verschiedenen Dacharten am besten fortbewegen konnte. Dächer aus Stein, Tonziegeln oder Holzschindeln boten sicher anderen Halt und Stabilität als solche aus Lehm, Reet oder Stroh, in die man einbrechen konnte, wenn man einen Verbindungsbalken verfehlte. Ich war fasziniert von der Vielfalt, von der ich umgeben war. Von hier oben, beinahe aus der Vogelperspektive, sah die Stadt so vollkommen anders aus.

Eine Welle von Abenteuerlust durchflutete mich, die mich an meine Kindheit erinnerte: an verbotene Ausflüge über Mauern, Zäune und Vordächer. Über Nachbargrundstücke. Durch fremde Gärten. Kletternd, durch Nuss- und Kirschbäume. Über Felder und Wiesen, durch Hecken und Büsche.

Dabei pflückten wir wilde Brombeeren. Fingen ulkige Eidechsen. Aßen Kekse im Baumhaus.

Der Geschmack von Freiheit.

Wind im Kornfeld.

Blumenduft.

Ewige Sommer.

Shit.

Warum sollte irgendein menschliches Wesen jemals diese simple Schönheit gegen einen Anzug und eine Aktentasche eintauschen?

Ich drehte mich im Kreis und bewunderte die fantastische Skyline, bis ich Fayes Blick begegnete.

Sie lächelte. »Da ist etwas in dir aufgeflammt. Ich konnte es in deinen Augen sehen. Etwas erwacht gerade, das dir hier noch sehr nützlich sein wird.«

»Okay, keine Ahnung, was du meinst, aber ich bin bereit für den Höllenritt über die Dächer. Ich hoffe, es wird nicht mein letzter sein«, sagte ich, während ich noch ein letztes Mal meine Schuhe und Ausrüstung kontrollierte.

Dann hörten wir die Stimmen.

Zwei Männer unterhielten sich unter uns. Ich erschrak, als einer der beiden gut hörbar sagte: »Unser Mann in der Gasse hätte sie erwischt, wenn sie runtergeklettert wären, und … warte, schau mal hier, die sind übers Dach getürmt!«

Mehr mussten wir nicht hören.

»Bleib dicht hinter mir«, flüsterte Faye und rannte geduckt auf ein angrenzendes Dach zu.

Ich folgte auf dem Fuße und spürte, wie mein ganzer Körper vor Adrenalin nur so prickelte. Und da war auch noch etwas anderes. Eine warme Welle von Energie breitete sich langsam von meinem Magen aus und kroch in meine Gliedmaßen. Die Salamander-Augen schienen ein wahres »Buff Food« zu sein, denn ich fühlte mich plötzlich stark und allem gewachsen. Ich nahm mir vor, Faye später noch danach zu fragen und konzentrierte mich fürs Erste darauf, sicher einen Fuß vor den anderen zu setzen.

Eine Handvoll sich glücklicherweise berührender Dächer später näherten wir uns dem ersten Abgrund. Faye sprang ohne zu zögern aufs Nachbardach, doch ich bremste ab und blickte mich um. Zwei Gestalten standen dort, wo ich eben noch die Aussicht genossen hatte. Die beiden mustergültigen Schläger steckten allerdings in so klobigen Rüstungen, dass sie mit unserer Verfolgung auf den Dächern ein großes Wagnis eingehen würden. Doch wahre Erleichterung wollte das nicht in mir auslösen. Zumal einer von ihnen gerade eine Armbrust vom Rücken nahm, während der andere etwas zur Straße runterbrüllte.

»Oh fuck.« Mein Magen drehte sich um, und mein Körper beglückte mich mit einem kräftigen Schuss Adrenalin.

Mit pochenden Schläfen lugte ich vorsichtig über die Kante und sah, dass es nur eine schmale Lücke zwischen den Gebäuden war, die ich mühelos überspringen konnte. Unten auf der Straße kippte gerade jemand seinen Nachttopf aus dem Fenster und scheuchte damit eine Katze auf. Ein weiterer Schulterblick verriet mir, dass der glatzköpfige Söldner mit Brustpanzer und Dreitagebart nun den Abzugshahn spannte.

Ich nahm Anlauf und sprang.

Ohne Probleme landete ich auf dem Giebel des nächsten Daches, an dessen Ende Faye stehen geblieben war. Sie kam mit besorgter Miene auf mich zu. »Nicht stehen bleiben, Kai. Wenn du vor jedem Sprung zögerst, wirst du immer ängstlicher. Denk nicht so viel nach und mach es einfach.«

Dann weiteten sich plötzlich ihre Augen.

Sie packte mich und zog mich mit sich zu Boden hinter einen großen Schornstein. Nur einen Augenblick später pfiff ein Armbrustbolzen über uns durch die Luft, der den imaginären Kai, der da vor meinem geistigen Auge noch stand, genau in den Hinterkopf getroffen hätte.

Ein kalter Schauer lief mir über den Rücken und ließ mein Herz noch wilder pochen. »Was ist das denn für ein scheiß Robin Hood? Der hätte mit dem ersten Schuss getroffen!«

Faye lachte höhnisch. »Keine Kunst. Das ist eben das Gefährliche an Armbrüsten: Jeder Trottel kann damit schießen.« Dann krabbelte sie wie eine Katze auf allen Vieren um die Ecke und schob vorsichtig ihren Kopf vor. »Okay, der mit der Armbrust muss weg.«

Mit Zeige- und Mittelfinger fischte sie aus einer der vielen Taschen ihres Lederoutfits einen Kristall, der wie ein kleiner Glassplitter aussah. »Mein letzter Blitzschlag. Nachschub gibt es hoffentlich bei Alanon. Achtung, jetzt wird es laut. Sobald ich ihn erledigt habe, müssen wir uns wirklich beeilen. Denn dann wissen spätestens alle, wo wir zu finden sind.«

Obwohl ich mit einer aufkeimenden Panikattacke zu kämpfen hatte, nahm ich all meinen Mut zusammen und blickte, so tief auf den Boden gedrückt wie möglich, auf der anderen Seite des Schornsteins um die Ecke. Der Söldner hatte bereits die Armbrust neu gespannt und war gerade dabei, einen weiteren Bolzen aufzulegen. Sein Kompagnon schien es weniger eilig zu haben, denn er wartete hinter dem Schützen, reckte seinen Hals über dessen Schulter und leckte sich aufgeregt die Lippen. Doch als der Schütze die Armbrust eilig hochriss, um zu zielen, bereitete Faye ihm ein jähes Ende.

Sie tauchte plötzlich über dem Schornstein auf, warf den Kristall in die Höhe und schrie ein Kommandowort, das so zungenbrecherisch-exotisch wie gebieterisch klang; genauso wie ich mir einen Fluch aus der Sprache von Luftelementaren oder Djinn vorstellte. Hätte ich es aufschreiben müssen, wäre so etwas wie »Szakszarh!« dabei herausgekommen.

Das Ergebnis war spektakulär. In der Luft verwandelte sich der Kristall mit einem lauten Knall in einen Lichtblitz, den ich noch für den Rest des Tages auf meiner Netzhaut haben sollte. In Gedanken verfluchte ich Faye. Neben »Achtung, jetzt wird es laut«, wäre ein »Augen zu« als Warnung auch noch ganz nett gewesen. Dann wäre mir zudem das Drama des verkohlten Mannes erspart geblieben, welches nicht nur für den Rest des Tages, sondern für immer auf meiner Netzhaut eingebrannt sein sollte.

Der Blitz schlug in seiner Brust ein und holte ihn von den Füßen. Dabei krampfte seine Hand am Abzug und schoss den Bolzen in die Wolken. Er selbst landete qualmend auf der Dachschräge und blieb dort auf dem Rücken liegen. Der Hüne von Mann war in seiner dicken Lederrüstung jedoch zu schwer, um vom Dach zu rollen.

In Filmen, die ich gesehen hatte, flogen die Leichen nach schweren Treffern oder Explosionen immer so günstig aus dem Bild, dass man nicht durch den Anblick ihres grausam verstümmelten Körpers belästigt wurde. Hier war es anders. Scheinbar lebte der Mann noch und begann nun, schmerzgequälte Laute in die Stille des noch jungen Morgens zu jammern. Der andere Krieger blickte Faye fassungslos an. Kurz fiel sein Blick auf die fallengelassene Armbrust, doch dann wandte er sich um und rannte davon.

Seine eigene Haut zu retten schien ihm wichtiger, als dem Gefallenen zu helfen oder selbst die Armbrust zu bedienen. Ich konnte es ihm nicht verdenken. Ich würde mich der rothaarigen Hexe und ihren verheerenden Elektroschocks auch nicht in den Weg stellen wollen.

»Und jetzt weg hier!« rief Faye und schlug mir zur Untermauerung ihres Kommandos auf die Schulter.

Ich schluckte und konnte meinen Blick nicht von dem Söldner abwenden, der nun mit beiden Händen sein verschmortes Gesicht hielt und den Schmerz hinausschrie.

»Aber was ist mit dem Typen? Der lebt noch und windet sich vor Schmerzen. Vielleicht können wir zumindest mal gucken, ob er …«

»Komm jetzt!«, fauchte mich Faye an und zog mich mit Gewalt auf die Füße. »Er wollte dir einen Bolzen durch den Kopf jagen. Wäre es dir lieber, er stünde noch und würde weiter auf uns schießen?«

Natürlich war das keine Diskussion wert. Oder etwa doch? War es wirklich nötig, mit Faye über Leichen zu gehen, wenn mein Avatar in dieser Welt ohnehin bald »deaktiviert« würde? Der Mann mit der Armbrust hatte immerhin noch ein Leben hier. Zwar ein gefährliches, aber theoretisch konnte er noch viele Jahre vor sich haben.

Doch dann bemerkte ich, wie lächerlich dieser Gedanke war. Ein Leben? Dieser *Mann*? Er war doch nur ein Programm dieses Spiels! Bevor ich Kopfschmerzen bekommen konnte, schaltete ich meine Schuldgefühle und sicherheitshalber auch alle anderen Gedanken aus und versuchte, einfach nur mit Faye Schritt zu halten, die bereits mit kleinen flinken Schritten über einen Torbogen davonlief.

So rannten wir, sprangen über kleinere und größere Schluchten, kletterten, rutschten und balancierten unseren Weg in Richtung eines mystischen Ladens. Nach einiger Zeit hatte ich den Dreh raus und wurde wagemutiger. Zwar stolperte ich ein paar Mal und geriet ins Rutschen, doch nichts war so dramatisch, als dass es unseren Lauf hätte stoppen können. Ich fragte mich, ob der Saft der Beeren mich zusätzlich beflügelte?

Nach einiger Zeit klebte Stroh an meiner Kleidung, sie war teilweise nass und ich spuckte hin und wieder ein paar

Hühnerfedern aus. Außerdem roch mein linker Arm nach Erbrochenem und ich fragte mich, wo ich mir den schmerzenden Kratzer an der Stirn zugezogen hatte. Doch an dieser Stelle zu erzählen, welche wundersamen und geradezu absurden Dinge einem auf den Dächern einer Stadt passieren können, würde den Rahmen dieser Geschichte sprengen.

Es sei nur angemerkt, dass es für alle Beteiligten peinlich und irritierend sein kann, wenn zwei Flüchtende durch ein offenes Fenster in ein Schlafzimmer hechten, in dem gerade der Akt der Fortpflanzung vollzogen wird, eilig durch die gegenüberliegende Tür und eine Treppe hinaufstolpern und durch ein weiteres Fenster wieder verschwinden. Besonders, wenn es sich bei den Kopulierenden um einen stämmigen Bauernburschen und zwei teuflisch-gehörnte Gespielinnen handelt, die auf ihm reiten und ihn gleichzeitig mit ihren Pfeilschwänzen ohrfeigen. Doch das war bei weitem nicht das Seltsamste, was ich in Grimora noch zu Gesicht bekommen sollte.

Nachdem wir schließlich auf dem Dach eines Tempels um eine Dachpagode mit grinsenden Wasserspeiern gebogen waren, von denen mich jeder einzelne mit seiner Fratze zu verhöhnen schien, zeigte Faye nach oben. Sie schien das Dach eines besonders hohen Gebäudes zu meinen, dessen Wände dicht mit einer Art großblättrigem Efeu zugewachsen waren.

»Da rauf? Warum? Da ist doch nicht der Laden?«

»Doch.« Faye ging zur Wand und durchsuchte den Efeu. Es dauerte nicht lange, bis sie etwas gefunden hatte. »Ha, hier ist sie. Man muss schon wissen, dass sie hier ist und wo man suchen muss.« Faye zog eine Strickleiter aus dem Gestrüpp hervor.

»Geil! Gut versteckt, lass mich zuerst« sagte ich übereifrig und wunderte mich, dass ich nach all dem Laufen und Springen immer noch kaum müde war. Teuflische Beeren.

Faye hielt mich zurück. »Ich gehe lieber vor. Es wird ein schöner Tag und Alanons Schoßtier könnte sich da oben bereits sonnen. Besser, wenn sie mich zuerst sieht. Mich kennt sie.«

»Sie?«

Ich sparte mir weitere Diskussionen und kletterte einfach hinter Faye durch die grüne Wand aus Blättern und jeder Menge kleiner Insekten, die mir ins Gesicht flogen. Der Aufstieg dauerte ungewöhnlich lange, und ich fragte mich schon, ob ich wie Hans an der Bohnenranke bald durch die Wolkendecke brechen und das Schloss der Wolkenriesen sehen würde.

Als ich mich endlich hinter der Magierin über die Dachkante zog, schwitzte ich und blickte auf blutige Striemen an meinen Händen. Der blöde Efeu hatte wohl Dornen. Ich blinzelte gegen das Licht der beiden Sonnen von Grimora, deren größerer Feuerball sich nun schon ein gutes Stück über die Baumwipfel erhoben hatte. Obwohl wir uns bereits wieder auf dem niedrigsten Level der Stadt befanden, bot sich von hier oben ein fantastischer Ausblick. Nur wenige Türme und die gotischen Zacken einer Kathedrale ragten fast so hoch hinauf wie dieses Gebäude.

Zu meiner Überraschung war das Spitzdach, das von unten zu sehen gewesen war, nun verschwunden. Stattdessen stand ich auf einem flachen Steindach, das in gleichen Teilen mit Moos, Gräsern und, falls ich das richtig deutete, Vogelscheiße bedeckt war. In der Mitte des Daches stand ein kleines fensterloses Steinhäuschen, kaum größer als das Kassenhäuschen einer Attraktion auf dem Rummelplatz. Wie war das möglich? Eine optische Täuschung? Magie? Vermutlich beides: eine Illusion.

Daneben war irgendein kantiges Konstrukt unter einer Plane verborgen, die aus vielen verschiedenfarbigen Teilen zusammengenäht worden war. Etwas räkelte sich auf dieser Plane und Faye spielte damit.

»Schau her Kai, ich will dir Aurora vorstellen.«

Ein seltsames Fauchen war zu hören. Wie das Brüllen eines Drachen, aber auf die Lautstärke einer Katze reduziert. Als Faye einen Schritt zur Seite machte, sah ich das geflügelte Wesen.

»Aurora ist eine Freundin von Alanon und ihres Zeichens eine Wyvern. Sie gehört zu den seltenen Sumpf-Wyvern, die nicht viel größer werden als ein Wolf. Doch lass dich von ihrer Größe nicht täuschen, sie ist flink und hat messerscharfe Krallen. Das Gift ihres Stachels tötet zwar höchstens Nagetiere oder große Insekten, doch einen Menschen kann sie für Stunden lähmen und bewegungsunfähig machen.«

So was schaffte in meiner Welt nur Schlagermusik.

Ich schluckte und versuchte, mir mein profundes Unbehagen nicht anmerken zu lassen. »Wer ist denn so bekloppt, sich sowas als Haustier zu halten? Ist das überhaupt artgerecht? Und ich dachte schon, Leute mit Schlangen oder Taranteln hätten nicht mehr alle Tasten am Piano.«

Faye lachte. »Deine Sprache ist so merkwürdig. Aber was Aurora betrifft, kann ich dich beruhigen. Sie kann zwar nicht sprechen, ist aber sehr intelligent. Ich habe dich bereits als einen Freund vorgestellt. Sie wird dir nichts tun.«

»Also, wo ist dein alter Herr?«, fragte Faye lieblich lächelnd, während sie Aurora an ihrem weichen Hals kraulte. Der Miniaturdrache war komplett in kleine tannengrüne Schuppen gekleidet, bis auf zwei Stellen: seine Flügel und seine Kehle. Aurora musste Faye wirklich vertrauen, wenn sie ihr erlaubte, sie dort mit ihren langen Fingernägeln zu kitzeln.

Wie als Antwort auf Fayes Frage öffnete sich langsam und quietschend die Tür des kleinen Steinwürfels. Aus den Schatten hinter der Tür schob sich ein alter Mann, der fast wie eine Kopie von Pai Mei, dem grausamen Lehrmeister aus *Kill Bill*, aussah. Nur weniger asiatisch. Und seine grotesk langen Augenbrauen und Barthaare waren auch noch nicht komplett weiß wie die des Kung Fu-Meisters. Einige Strähnen von Schwarz und Grau hielten sich noch beharrlich in seiner Mähne.

Als sein Blick erst auf mein erstauntes Gesicht und dann auf Fayes Lächeln fiel, zog er die Augenbrauen so albern weit hoch, dass er fast wie ein lebender Cartoon aussah.

»Da bist du ja endlich, Hexe. Und ich sehe, dass du ihn gefunden hast.«

Der kleine Horrorladen

Eine Spur von Überraschung huschte über Fayes Gesicht, bevor sie wieder breit lächelte und mir bedeutete näherzutreten. »Alanon Zerth! Ich freue mich wirklich sehr, Euch wiederzusehen. Natürlich wusstet Ihr, dass ich kommen würde und auch mit wem. Manchmal vergesse ich, dass Ihr mehr seid als nur ein Kuriositätenhändler.«

Alanon grunzte seine Zustimmung und wurde damit dem Bild vom stoischen Lehrmeister aus Asien wieder ein wenig ähnlicher. Nun fühlte ich mich genötigt, ebenfalls etwas zu sagen.

»Seid gegrüßt, verehrter Alanon. Mein Name ist Kai, und ich würde gerne den Mogwai reklamieren, den ich in Ihrem Online-Shop gekauft habe. Haben Sie eigentlich die leiseste Ahnung was passiert, wenn man versucht, ihn zu baden oder nach Mitternacht zu füttern?«

Ich wusste nicht, warum ich dem alten Mann das erzählte. Vermutlich war ich davon genervt, dass hier scheinbar immer alle ganz genau über alles Bescheid wussten, nur ich mir immer wie das dritte Rad am Wagen vorkommen musste.

Alanon schwieg und starrte mich unter seinen Fuchur-Augenbrauen an. Dann blickte er kurz zu Faye und wieder zurück zu mir. Und dann lachte er laut los.

Als er sich hustend wieder gefangen hatte, sagte er: »Vollkommen verrückt. Er ist der Richtige. Willkommen, Kai mit dem Mogwai.«

Ich ging vorsichtig auf den Alten zu und reichte ihm die Hand. Als er sie schüttelte, blickte ich mich um und fragte ihn etwas, das mir seit der Ankunft auf dem Dach unter den Nägeln brannte: »Sagt mir bitte, geschätzter Alanon, was nützt ein Laden, den niemand findet, um etwas zu kaufen?

Ich könnte mir vorstellen, dass die Laufkundschaft hier oben ziemlich überschaubar ist. Außer Tauben, Ninjas oder der GEZ findet einen hier doch niemand.«

Alanon zog wieder seine Augenbrauen so hoch, dass ich fürchtete, sie würden sich losreißen und davonfliegen. Dann sagte er mit besonnener Stimme, die geschmeidig und kraftvoll wie ein Gebirgsstrom war: »Keine der von dir genannten Dinge oder Personen sind mir jemals begegnet, doch ich kann dir versichern, dass dieser Laden hier bestens erreichbar ist. Allerdings nur von Kunden, mit denen es sich überhaupt lohnt, über Geschäfte zu sprechen.«

»Das ehrt uns sehr, Alanon« unterbrach ihn Faye, die einen besorgten Blick in den oberen Teil der Stadt warf.

In den Straßen reflektierten ein paar Dutzend silberne Rüstungen die ersten Sonnenstrahlen dieses schönen Morgens. Sie bewegten sich rasselnd und scheppernd näher.

»Wie wäre es, wenn wir uns drinnen weiter unterhielten? ich glaube, wir sind ein wenig in Eile.«

Daraufhin drehte sich Alanon einfach um und ging hinein. Wir folgten ihm. Gerade als Faye die Tür hinter uns schloss, war ein dunkles Horn in den Bergen zu hören, das durch ganz Titanus schallte.

Faye machte ein Gesicht, als hätte ihr das Horn körperliche Schmerzen verursacht. »Großartig, Boris hat gerade den Ausnahmezustand ausrufen und die Stadttore schließen lassen. Und wenn er gute Berater hat, wird er jede Menge Bogenschützen aufstellen lassen.«

»Yep, that escalated quickly«, sagte ich und erntete von Faye einen weiteren ihrer Bitte-hör-auf-mit-deinem-seltsamen-Kauderwelsch-Blicke.

Und dann war ich erst mal baff. Natürlich hätte ich mir auch denken können, dass Alanons Laden nicht nur so groß wie eine Besenkammer war. Doch das erste Mal ein waschechtes Taschenuniversum zu betreten, bescherte mir Gänsehaut am ganzen Körper. Ich muss einen ähnlichen Laut von mir gegeben haben wie ein kleines Kind, dem das erste Mal ein klarer Sternenhimmel gezeigt wird. Oder ein gigantischer Süßigkeitenladen.

Faye lächelte. »Ich beneide dich darum, dass du das hier jetzt das erste Mal sehen darfst.«

Wir standen in einer Art gewaltigen Bibliothek, deren Decke eine Kuppel aus buntem Glas bildete. Das hereinfallende Licht verwandelte den gesamten Raum in ein einziges wahnwitziges Aquarell. Überall standen Regale, die jedoch nicht nur mit Büchern, sondern auch mit Plunder und Krimskrams jeglicher Art überquollen.

Da gab es Gläser mit leuchtendem, blubberndem, manchmal lebendem Inhalt, alte Rüstungen, wackelnde Käfige, mysteriöse Buchbände, verzierte Kisten, verwunschene Lampen und glitzernden Tand. Wendeltreppen führten auf Balkone und Stege, auf denen sich ebenfalls die Kuriositäten nur so türmten. Jetzt fehlte eigentlich nur noch, dass ich über das Skelett einer Putzkraft stolperte, die sich im Angesicht eines solchen Chaos das Leben genommen hatte. Ich würde ihr den Staubwedel aus der mumifizierten Hand nehmen und wie das Schwert eines gefallenen Ritters ehrfürchtig auf die Brust legen …

»Alanon benutzt die Magie dieses Ortes, um seinen Laden wie die Bibliothek in Wolkenheim aussehen zu lassen. Eine gute Wahl, finde ich. Besonders, weil er den Platz dringend braucht.«

Wir gingen gemeinsam durch den Irrgarten von Regalen ins Zentrum des Ladens, wo sich eine gemütliche Sitzlandschaft befand, die mich mit ihren verzierten Armlehnen, Liegeflächen und Kissen an das Mobiliar eines Harems aus Tausendundeiner Nacht erinnerte. Aurora hüpfte fauchend an uns vorbei und machte es sich auf einem besonders großen Kissen bequem, wo sie sich wie eine Katze zusammenrollte. Scheinbar ihr Lieblingsplatz.

Als wir alle saßen – ich so weit entfernt vom Giftstachel des Minidrachen wie möglich –, blickte Alanon in die Runde.

»Wie kann ich euch weiterhelfen, Freunde? Erst mal einen guten Tee?«

»NOPE!«, platzte es aus mir heraus. »Als ich das letzte Mal einen Tee hatte, ging es danach steil bergab. Ich nehme ein Bier …«

»Wir würden sehr gerne einen Tee trinken, Alanon, aber wir haben nicht viel Zeit«, sagte Faye, die mich einfach zu ignorieren schien. »Habt Ihr die Dinge, die ich für gewöhnlich bei Euch bestelle?«

»Natürlich, ein halbes Jahrhundert war ausreichend, um alles zu bekommen«, sagte der alte Mann, krempelte die Ärmel seines Gewandes hoch und klatschte zweimal kurz in die Hände.

Ich hatte keine Zeit, mich nach dem Sinn seiner seltsamen Antwort zu erkundigen, da meine Aufmerksamkeit nun einem Bücherregal neben uns galt.

Ein kleiner Junge mit spitzbübischem Gesicht, der wie der *Dieb von Bagdad* gekleidet war, erschien dort plötzlich und verneigte sich mit den Worten: »Sofort, Meister!«

Ich hatte ihn beim Reinkommen gar nicht wahrgenommen. Er musste so reglos vor dem Regal mit all dem Krempel gestanden haben, dass er, fast wie ein Chamäleon, damit verschmolzen war. Nun zog er an einem Buch, wodurch sich das Nachbarregal einfach auflöste und den Blick in einen beleuchteten Raum freigab.

Ich stand irritiert auf und ging hinter die Regalwand, in deren Mitte sich das Portal geöffnet hatte. Da war nichts. Ich wedelte albern mit meinen Armen durch die Luft, wo sich, nach architektonischer Logik, der Raum hinter dem Regal hätte erstrecken müssen. Nichts. Von hier blickte ich lediglich auf die Rückseite eines Bücherregals. Faszinierend. Wenn ich richtig mitgezählt hatte, war das ein Taschenuniversum *in* einem Taschenuniversum. Mein altes Spielleiterhandbuch von *Dungeons & Dragons* hatte also Unrecht. Zwei so verbundene extradimensionale Räume erzeugten kein schwarzes Loch, das alles und jeden verschluckte. Zumindest noch nicht …

»Kai, was machst du da? Nichts anfassen! Komm bitte zurück und setz dich hin.« Fayes Stimme klang wie die einer Mutter, die ihr neugieriges Kind zurückpfiff, bevor es etwas kaputtmachen oder sich verletzen konnte.

Ich grinste und tat, wie mir geheißen, da ich weder Faye noch unseren Gastgeber auf die Palme bringen wollte. Besonders, weil sich herausstellte, dass letzterer wirklich abgefahrenen Scheiß besorgen konnte.

Aziz, so der Name des ehemaligen Straßenkindes, welches bei Alanon Zuflucht gefunden hatte, kam bald mit einem Fellbündel zurück, welches er aufschnürte und vor Faye auf dem Tisch ausrollte. Dann verbeugte er sich, ging erneut und kam bald mit einem Tablett zurück, auf dem Tee, Wasser und, zu meiner Überraschung, tatsächlich ein Krug mit Bier standen.

Ich trank das würzige Gebräu, das mich an ein kräftiges I.P.A. erinnerte, mit Genuss, während ich mit Staunen zur Kenntnis nahm, was Faye alles auf dem ausgerollten Fell begutachtete und dann in ihren Taschen verstaute.

Neben einem Haufen kleiner Kristalle, die scheinbar von irgendeiner Hochebene im »Scherbengebirge« stammten, zahlte sie auch gutes Gold für andere Materialien, von denen ich noch nie zuvor gehört hatte. Am meisten verstörten mich jedoch die Phiolen mit dunkelrotem Saft, die sie für ihre Blutmagie benutzen wollte. Darunter auch Vampirblut für besonders potente Zauber.

Beim Gedanken daran, dass Blutsauger wie *Dracula* oder *Nosferatu* in dieser Welt wirklich existierten, lief mir ein eisiger Schauer über den Rücken. Außerdem warf diese Tatsache, wie alles in dieser Simulation, unangenehme Fragen auf. Konnte mich ein Vampir in Grimora beißen und ebenfalls in einen Untoten verwandeln? Würde ich dann übersinnliche Kräfte bekommen, mich aber gleichzeitig nach Blut verzehren? Und wenn ich dann untot war, also nicht mehr auf herkömmliche Weise »sterben« konnte, und mein Geist diese Realität akzeptierte, war ich dann gerettet? Oder würde ich trotzdem plötzlich aufhören zu existieren, wenn mein Körper in der Badewanne bei *Satoritech* verstarb?

Ich beschloss, dass das jetzt erst mal zu viel Mindfuck auf einmal war und widmete meine Aufmerksamkeit lieber dem, was Aziz gerade auf einem hölzernen Rollwagen reinfuhr: etwas Längliches, in ein Tuch gewickeltes; eine Rüstung aus dunklen Schuppen und ein von roten Edelsteinen nur so blitzender Gürtel, der zu einer Schnecke aufgerollt war.

Ich schritt neugierig näher, blieb dann jedoch wie angewurzelt stehen. Plötzlich hatte ich etwas Rauchiges in der Nase und Kupfergeschmack auf der Zunge. Hinzu gesellten sich ein Kloß im Hals und weiche Knie. Irgendwie wusste ich instinktiv, dass diese Gegenstände allesamt alt, mysteriös und *verboten* waren.

Alanon stellte seine Teetasse ab und machte eine präsentierende Geste in Richtung der Artefakte. »Das ist alles, was meine Kontakte im Lauf der Jahre im ganzen Land sammeln und lebendig bei mir abliefern konnten. Die Schlangenrüstung von Amonraki, Lumis Gürtel und das Schwert Niniàch.«

Letzteres bedeutete in der Sprache irgendeines östlichen Steppenvolks »Bluter«, wie mich Faye in Kenntnis setzte. Ich war mir nun sicher, dass es sich um die magischen Gegenstände handelte, von denen ich schon fantasiert und geträumt hatte.

»Ihr könnt sie haben und euch auf eurer bevorstehenden Reise zu Nutze machen. Aber du kennst ihren Preis, Faye.«

Mein innerer Gierschlund war aus dem Häuschen. »Haben wir so viel Geld, Faye? Ich meine, für alle drei? Das wäre doch perfekt, um mich auszurüsten. Dann wäre ich keine wandelnde Zielscheibe mehr, sondern könnte mich auch mal selbst verteidigen!« Ich war so aufgeregt wie an einem lange vergangenen Weihnachten, als ich neue Videospiele für mein *Sega Mega Drive* aus Geschenkpapier befreite. Ich hatte regelrecht Schmetterlinge im Bauch.

»Er meint nicht den Preis in Gold«, sagte Faye und warf mir einen bedauernden Blick zu. »Der Preis, den die meisten für diese Gegenstände zahlen, ist ihr Leben. Ich glaube, bester Alanon, wir werden uns lieber nur auf die Gaben verlassen, die uns jeweils vom Universum in die Wiege gelegt wurden.«

»WAS?!«, rief ich lauter, als ich es beabsichtigt hatte. »Ich segne bald vielleicht sowieso das Zeitliche, und du willst mir diesen Spaß nicht gönnen? Noch nicht mal die Rüstung, die zumindest mal einen verirrten Pfeil aufhalten könnte? Du machst Witze. Haha, und ich wäre fast darauf reingefallen.«

Fayes Miene blieb unbeeindruckt. Sie antwortete ruhig und sachlich. »Die Schlangenrüstung wird beim Anlegen ein

Teil von dir. Umso länger du sie trägst, desto mehr verschmilzt sie mit dir, bis du sie gar nicht mehr ausziehen kannst … oder willst. Angeblich bekommt der Träger auch furchtbare Alpträume, die ihm Bilder aus dem Land der großen Schlange zeigen. Bilder, die Menschen nicht begreifen können. Fremdartige Bilder, für die es in unserer Sprache keine Worte gibt.«

»Okay, klar, lassen wir die Rüstung eben hier.« Alptraumhaft war meine Situation auch so schon genug. Da konnte ich auf die Schlangenlederjacke als Ausdruck meiner Individualität gerne verzichten. »Dann hilf mir mal gerade, den Gürtel anzuziehen und das Schwert gegen meinen albernen Dolch auszutauschen.«

Faye schüttelte den Kopf.

Ich seufzte. Natürlich schüttelte diese kolossale Spaßbreme den Kopf.

»Begreif doch bitte, dass Magie kein Spiel ist. Weißt du, wo dieser Gürtel meistens gefunden wird? An einer Leiche. Lumi, die Kriegerin, die sich einst den Gürtel anfertigen ließ, um bei einem Turnier ihren männlichen Mitstreitern in schierer Körperkraft nicht nur ebenbürtig, sondern überlegen zu sein, zahlte den Preis als Erste. Unzählige Besitzer folgten ihr in den Tod. Alle berauscht von der Macht, die sie nicht richtig kontrollieren konnten. Du gewöhnst dich einfach zu schnell daran, Felsen hochheben und Oger im Armdrücken besiegen zu können. Du wirst körperlich und psychisch abhängig davon. Doch falls dir der Gürtel mal gestohlen wird oder du eines Morgens nach dem Waschen vergisst ihn anzulegen, kann ein einfacher Akt der Selbstüberschätzung schon dein Ende sein.«

»Knaller, du klingst wie meine Mutter. Ich fasse es nicht. Wozu gibt es denn diese magischen Gegenstände, wenn sie niemand benutzen darf? Und was ist mit der Klinge? Wo ist da der Haken? Die ist bestimmt verflucht, oder?«

»Ja.« Faye sah Alanon hilfesuchend an.

Der weißhaarige Meister zuckte nur mit den Schultern und sagte: »Bist du überhaupt ein Schwertkämpfer, Kai mit dem Mogwai? Ein Tor mit einem magischen Schwert ist immer noch ein Tor. Wenn du ein wahrer Krieger bist, dann ist auch ein Besen eine gefährliche Waffe in deinen Händen.«

Ich war mir nicht sicher, ob ich mir jetzt so einen Mr. Miyagi-Quatsch aus *Karate Kid* anhören wollte, bei allem Respekt. Deshalb nahm ich all meinen Mut zusammen und bemächtigte mich einfach des Gürtels. Ich hob ihn an einem Ende hoch, damit er sich ausrollen konnte.

Aus dem schwarzen Leder blickten mich mindestens zwei Dutzend Rubine wie feurige Augen an. In jedem von ihnen sprühte und loderte eine gezähmte Macht, so, als würde ich durch kleine Wahrsagerkugeln lavaspuckende Vulkane betrachten. In den beiden größten Steinen war der Effekt so hypnotisch, dass mir ganz schwindelig wurde.

Ich hielt ihn mir an und hörte Faye leise kichern.

»Der würde super zu einem Abendkleid von mir passen, welches ich noch irgendwo in einem Schrank hängen habe.«

Vermutlich errötete ich etwas, als mir klar wurde, dass Lumis Gürtel nicht nur magisch, sondern unter Frauen auch ein feminines Schmuckstück der Extraklasse war. Ein wenig »tuntig« würde das schon an mir aussehen. Aber der Gedanke, Leute am Hosenbund greifen und aus dem Fenster schmeißen zu können, erschien mir einfach zu verlockend. Außerdem würde er meine Überlebenschancen in Grimora sicherlich um ein Vielfaches erhöhen. Fayes Bedenken als Magie-Expertin wusste ich ja durchaus zu schätzen, aber ich hatte nichts zu verlieren. Außerdem: Ich – so stark wie zehn Elefanten, was konnte da schon schiefgehen?

Trotzdem legte ich den Gürtel zunächst über meine Sessellehne und setzte mich wieder hin. Vielleicht war es doch schlauer, den Elefanten nicht hier im Porzellanladen von der Leine zu lassen, sondern draußen, wo man uns ans Leder wollte.

Alanon runzelte die Stirn, als er den Gürtel neben mir betrachtete. Dabei sah er aus wie ein Großvater, der das erste Mal die neue Motocross-Maschine seines zierlichen Enkels in Augenschein nahm. Dann wandte er sich an Faye, die gerade einige Edelsteine aus einem Beutel in ihre Handfläche gleiten ließ.

»Mich dafür zu kompensieren ist nicht nötig und durch Gold und Reichtümer auch kaum möglich. Deshalb leihe ich ihn euch, bis ihr ihn nicht mehr benötigt. Oder sein Träger über ihn hinausgewachsen ist.«

Ja ja, blabla. Er würde ihn wiederbekommen, wenn ich mich genug als Herkules aufgespielt und genug Monsterfressen eingeschlagen hatte.

Dann wollte er einen weiteren Schluck aus seiner Teetasse nehmen, stoppte jedoch kurz vor seinen Lippen. »Ach, noch etwas. Lennox ist hier.«

Die bloße Erwähnung dieses Namens ließ Faye von ihrer Couch aufspringen. Sie strahlte wie ein Honigkuchenpferd. Was für ein Lächeln … »Ich wusste es! Ich habe es gespürt, aber ich war mir nicht sicher. Wo ist er?«

Alanon deutete auf den Boden. »Er absolviert die Fallenkammer im Übungskeller. Ich schicke Aziz, ihn zu holen.«

Faye biss sich auf die Lippe und blickte nervös in meine Richtung. »Nein, schon gut, ich werde ihn selber holen. Kai, wir haben großes Glück. Das Schicksal schickt uns Verstärkung!«

»Oh ja, na klar, *was* für ein Zufall«, nörgelte ich vor mich hin. Irgendwie war ich nicht sonderlich davon begeistert, unsere *Heldentruppe* durch ein weiteres männliches Mitglied zu erweitern. Vielleicht war es die Art, wie Faye reagierte und sich so uferlos freute.

Als sie flinken Schrittes davongeeilt war, beschloss ich, die Zeit zu nutzen, um etwas Alanons Weisheit zu testen. Der Greis hatte sich Aurora auf den Schoß gesetzt und streichelte mit einem Finger ihren Hals.

»Wisst Ihr, Alanon, ich habe mal in einem Buch für angehende Magier gelesen, dass man niemals einen extradimensionalen Raum in einem bereits bestehenden extradimensionalen Raum erschaffen sollte. Angeblich soll es dann zu schwarzen Löchern, Rissen im Raum-Zeit-Kontinuum oder schlimmeren Katastrophen kommen. Was ist Eure Meinung dazu als Merlin dieser Welt?«

Ich war mir nicht sicher, ob meine Frage intelligent war oder nicht, aber sie schien auf jeden Fall amüsant zu sein, denn Alanon lächelte.

»Löcher in der Wirklichkeit?«, fragte er, während seine Augenbrauen schon wieder in ungeahnte Höhen abhoben. »Und wohin sollten diese Löcher führen? *Raus* aus der Wirklichkeit? Es gibt nur eine Wirklichkeit, und die ist endlos. Sie hat keine Schranken oder Grenzen. Jeder Übergang in eine andere Welt findet innerhalb derselben Wirklichkeit statt. Du kannst unendlich viele Taschen in derselben Tasche öffnen. Für die Magie, die dazu notwendig ist, ist ein Limit nur ein Konzept wie jedes andere auch. Ein Konzept *in* der Wirklichkeit. Du weißt das besser als jeder andere. Erforsche deine Gefühle.«

Jetzt lächelte er wieder. Ich war einfach nur verwirrt und hörte weiter zu.

»Die Legende von instabilen oder gefährlichen Taschendimensionen wurde einst von einem mächtigen Magier in die Welt gesetzt, der sich in seinem eigenen Labyrinth von Dimensionen verlaufen hatte. Er wusste irgendwann nicht mehr, welche die Ebene war, von der aus er einmal gestartet war. Als er schließlich glaubte, seine eigene Ebene wiedergefunden zu haben, streute er mit all seinen Mitteln Gerüchte über Explosionen und magische Wurmlöcher, die alles und jeden verschlingen. Er wollte andere davor bewahren, zu tief in die unendlichen Zwischenräume der Wirklichkeit vorzudringen und sich wie er, zu verirren. Was besonders ärgerlich sein kann, wenn man in seiner Heimat-Dimension den Ofen angelassen hat.«

Nun lächelte Alanon nicht mehr. Wenn es um Backen und Kochen ging, schien er keinen Spaß zu verstehen.

»Witzige Geschichte. Über diese Wirklichkeits-Kiste muss ich mal in Ruhe nachdenken«, sagte ich und schlürfte den Rest Bier aus meinem Krug.

Dann folgte eine gefühlte Ewigkeit von unangenehmer Stille zwischen Alanon und mir, die nur gelegentlich von Auroras Fauchen und undefinierbaren Geräuschen aus den Tiefen der Kuriositätensammlung unterbrochen wurde. Ich sagte hin und wieder Dinge wie »krasser Kram« oder »hier würde ich nie was wiederfinden«, allerdings mehr zu mir selbst als zu Alanon.

Dann endlich tauchte Faye wieder auf und zog einen gutaussehenden jungen Mann um die Ecke.

Wieso waren die beiden so verschwitzt? Irgendwie hoffte ich, dass die Antwort darin bestand, dass sie noch eine Extrarunde in diesem Fallen-Parcours gedreht hatten.

Denn der Typ, den Faye mitgebracht hatte, war mit seinem Gangsterbart und der Haarpracht eine Mischung aus D'Artagnan und Samson. Er trug ein weißes Leinenhemd, das eine muskulöse, haarlose Brust offenbarte und an den Ärmeln in vornehmen Rüschen endete; darüber hellbraune Lederkleidung, die oft gebürstet und geflickt war. Jede Menge Ringe an den Fingern, Ohrringe und ein paar Dolche, zu denen sich in jeder Flughafenkontrolle vermutlich noch eine Menge versteckter Waffen gesellen würden. Ein klassischer Rogue. Wie ein Einbrecher oder Assassine wirkte er jedoch nicht, eher wie ein Scharlatan, Glücksritter und Frauenheld. Fantastisch.

Nicht, dass ich potthässlich gewesen wäre, doch ein Mann konnte nicht anders, als sich in Lennox‘ Gegenwart bedroht zu fühlen. Ich musste mich extrem zusammenreißen, dieses Buch nicht nach dem Einband zu beurteilen und den charismatischen Bastard jetzt schon in meine Hass-Schublade zu stecken.

Und zu allem Überfluss packte der Seiltänzer jetzt auch noch sein bestes Zahnpastalächeln aus und ging mit schnellen Schritten auf mich zu. Seine Augen waren vom tiefsten Blau, das ich je gesehen hatte. Nein Grün. Als er vor mir stand, wirkte es eher wie ein Braun mit grünlichem Stich. Was war mit den Augen dieses Typen los?

»Hallo Kai, es freut mich, dich *endlich* kennen zu lernen«, sagte er mit einer viel weicheren Stimme, als ich es vermutet hätte und reichte mir die Hand.

Vermutlich konnte die Sau auch noch singen. Ich wünschte, ich hätte schon den Stärkegürtel angehabt, um ihm seine Gitarrenhand zerquetschen zu können.

Als ich ihm die Hand reichte, schüttelte er sie mit festem Griff. Seine orangenen Augen glitzerten.

Dann zog er mich mit einem Ruck zu sich heran und drückte mich wie einen verloren geglaubten Bruder. Ich klopfte ihm zögernd auf den Rücken und blickte verwundert über seine Schulter zu Faye, die ebenfalls große Augen machte und fragend die Schultern hochzog.

Als ich mich endlich wieder aus Lennox‘ Umarmung gelöst hatte, war ich verblüfft. Tränen standen in seinen lilablauen Augen. Unverhohlen und glänzend. Er blinzelte sie weg, wischte sich schnell einmal mit dem Ärmel durchs Gesicht und drehte sich zu den anderen um.

»So sieht man sich also wieder«, sagte er. »Faye. Meine Wenigkeit. Und Kai. Der Auserwählte.«

Damit drehte er sich wieder zu mir rum, gerade rechtzeitig, um zu sehen, wie ich mit meinen langweiligen einfarbigen Augen rollte.

»Echt jetzt? Die Auserwählten-Kiste ist noch am Start? Faye, ich hoffe, du hast ihm gesagt, dass du mich nur schnellstmöglich zur *Enterprise* begleitest, damit mich euer geiler Erzmagier nach Hause beamen kann?«

»Keine Sorge, er weiß über alles Bescheid«, beschwichtigte mich Faye und fügte düster hinzu: »Er weiß sogar noch mehr. Darum ist er nämlich hier. Sag es ihm bitte, Lennox.«

Der Dieb mit den seltsamen Augen blickte mich ernst an. »Als du nach Grimora gekommen bist, ist noch jemand aufgetaucht. Jemand, der lange Zeit geschlafen hat, ist erwacht.«

Ich grinste. »Dornröschen? Na, ich denke, mit diesem magischen Gürtel kann ich der Braut eine Ohrfeige verpassen, dass sie mit einem Rückwärtssalto zurück in ihr Bettchen fliegt.«

Lennox sah verwirrt aus.

Faye brachte ihn wieder auf Spur: »Er redet ununterbrochen so komisches Zeug. Das muss alles mit dieser anderen Dimension zu tun haben, aus der er kommt. Rede einfach weiter.«

Sein Blick schweifte in die Ferne, als er fortfuhr. »Nordöstlich, weit hinter dem zentralen Gebirgsmassiv, den Drachensäulen, wurde eine gewaltige Energieentladung gesichtet. Eine grünliche Lichtsäule, die mit einem Knall in den Himmel schoss und dann langsam verblasste. Das Echo des Knalls soll noch bis Paladium zu hören gewesen sein.

Fayes Alabasterhaut schien um ihre Nase noch ein wenig bleicher geworden zu sein. Alanon hingegen nickte nur, während er mit den Fingerspitzen seinen Kinnbart kämmte. Ich hörte eher gelangweilt zu und fing an, mir den Gürtel anzulegen.

»Verlässlichen Berichten zufolge war Zendars Turm die Quelle der Entladung.«

Jetzt hatte sich ein ehrfürchtiges Schweigen im Raum breitgemacht, das nur noch vom klackernden Geräusch meines neuen Supergürtels gestört wurde. Wie funktionierte nur der Mechanismus dieser dämlichen Gürtelschnalle?

»Zendar?«, fragte ich beiläufig in die Runde. »Das klingt gar nicht böse oder so. Ich meine, da ist *Zen* drin, falls das hier irgendeine Bedeutung hat. Vielleicht ist das ein ganz gechillter Typ. Also *cool* meine ich damit. Und mit *cool* meine ich *relaxt*. Äh, und mit *relaxt* meine ich entspannt. Junge, es ist echt nicht leicht, sich mit euch normal zu unterhalten.«

»Entspannt könnte man seine Todesstarre auch nennen«, sagte Lennox lachend, dem Aziz gerade einen großen Krug Wasser reichte. »Doch deine Ankunft hier in Grimora hat scheinbar dazu geführt, dass er seine Stasis beenden konnte. Die Uhr tickt.«

Ich war mir nicht ganz sicher, was ich mit dieser Information anfangen sollte, aber Lennox' Geschichte klang wie ein klischeehaftes 0815-Sauron-ist-zurück-Skript. Ich hatte wenig Lust, noch weiter in die Dramaturgie dieser Welt hineingezogen zu werden. Alles, was mich interessierte, war die hauchdünne Chance, diesen Magierturm zu erreichen und mit Hilfe des Erzmagiers aus dieser Simulation auszubrechen. Einmal aufgewacht, würde ich keinen magischen Gürtel brauchen, um Lex die Gurgel umzudrehen. Allein dieser Gedanke gab mir die Kraft, nach dem letzten Strohhalm zu greifen.

Ich stand auf und stellte mich möglichst gerade hin, um den Gürtel besser anlegen zu können. Und endlich hatte ich den Kniff mit dem Schließmechanismus raus. Die beiden runden Teile der Gürtelschnalle mussten mit einer Vierteldrehung gegeneinander gedreht werden. Ich lächelte, als ein sattes, metallisches Klacken verriet, dass der Rubiks Cube endlich korrekt eingerastet war. Doch mein Lächeln verwandelte sich sofort in eine Grimasse des Schmerzes.

Die Edelsteine des Gürtels strahlten, als eine feurige Woge durch meinen Körper schwappte. Das Brennen begann im Steißbein, breitete sich sofort in Magen und Rücken aus und schoss mir schließlich in Arme und Beine – als ob es wie das Wasser eines Springbrunnens, aus meinen Fingern spritzen wollte.

Ich sank benommen auf die Knie und kotzte das I.P.A auf den Fußboden.

»Aziz! Lappen!«, hörte ich Alanon rufen.

Der wettergegerbte Junge ließ sich nicht zweimal bitten und rannte sofort in den extra-extra-dimensionalen Raum zwischen den Regalen. Dann waren auch schon Lennox und Faye an meiner Seite und halfen mir wieder auf die Beine.

»Du bist die Magie nicht gewöhnt«, sagte Faye, »die Kraft eines Vulkanriesen wurde in die Rubine gebannt. Der magische Gürtel stellt nun eine Brücke her, zwischen dir und dem Riesen, der seine Stärke für die Magie gab.«

Ich stand wieder aufrecht, doch mein Kopf raste immer noch. Das Blut rauschte mir in den Ohren, und ich fühlte ein rastloses Brennen in meinen Muskeln. So, als ob ich literweise Kaffee und Energiedrinks in mich reingekippt hätte. Mein ganzer Körper schrie danach, sich austoben und die Energie loswerden zu dürfen. So musste sich Superman fühlen, wenn gerade keine Superschurken zum Verprügeln in der Nähe waren und er Angst haben musste, bei der nächsten Bewegung seine Umwelt wie Pappe zu zerfetzen.

»Heiliger Popeye, ich fühle mich, als ob ich Bäume ausreißen könnte. Im wahrsten Sinne des Wortes.«

Lennox nickte und zwirbelte nachdenklich seinen Ziegenbart zwischen den Fingern. »Das kommt hin. Ich habe die Riesen aus dem Süden bereits Bäume entwurzeln sehen, als sie die große Palisade errichteten.«

Ich blickte mich agitiert um. Hier musste es doch irgendetwas geben, an dem ich meine neue Kraft gefahrlos testen konnte. Und tatsächlich stand gar nicht weit von mir entfernt ein massiver, verzierter Steinkrug mit Deckel, der mich um einen Kopf überragte. Ich war mir absolut sicher, dass ich dieses Monstrum, das wie eine Urne für Riesen aussah, unter normalen Umständen noch nicht mal über den Boden hätte ziehen können. Ich stapfte entschlossen darauf zu, während ich meine Hände immer wieder reflexartig zu Fäusten ballte.

»Warte!«, rief Faye, »fass besser nichts an!«

Doch ich war schon bei der wuchtigen Riesenvase angekommen. Ich fühlte mich so stark und energiegeladen wie noch nie zuvor und hatte keine Lust, mich ständig von der rothaarigen Zauberin bevormunden zu lassen. Es war an der Zeit, ihr mal zu zeigen, dass ich auch selbst Entscheidungen treffen und eigenverantwortlich handeln konnte.

Doch um ehrlich zu sein weiß ich nicht wirklich, was damals – neben der ungezügelten Kraft der Vulkanriesen – in mich gefahren war. Später wollte ich die gesamte Schuld auf die Magie und ihre Unberechenbarkeit schieben. Rückblickend ist es jedoch wahrscheinlicher, dass ich mich einfach vor Faye aufplustern und neben dem galanten Lennox als Alphatier dastehen wollte. Ich war ein Depp. Ein Depp mit Superkräften. Ein Superdepp.

Als ich den Krug packte, um ihn probeweise hochzuheben, zerbrach er unter meiner Umarmung wie hauchdünnes Glas. Dicke Scherben krachten zu Boden, und ich erschrak.

Jedoch nicht wegen der Scherben, sondern weil ich scheinbar etwas befreit hatte, was am Boden der seltsamen Steinvase zusammengerollt gewesen war. Nun erhob sich aus der Mitte eines nass glänzenden Knäuels ein scheußliches Haupt, das aber nicht der Kopf einer Schlange war. Was da über mir in der Luft hing, verursachte mir Übelkeit.

Schwarze Haare klebten in langen Strähnen im Gesicht einer alten Frau. Ihre Haut war bleich und fleckig, und ihre blutunterlaufenden Augen waren abstoßend weiß. Zuerst dachte ich, sie hätte keine Pupillen, doch dann drehten sich ihre Augäpfel und offenbarten eine rote Iris, die mich hasserfüllt anstarrte. Ihr Mund öffnete sich gequält und verströmte einen fauligen Gestank, an dem ihre schwarzen scharfkantigen Zahnstümpfe sicher nicht unschuldig waren. Als sie mich empört anfauchte, flatterte eine grüne Zunge in ihrem Rachen.

»Die Naga ist frei!«, hörte ich den kleinen Aziz kreischen, während ich versuchte, die Kontrolle über meine versteinerten Gliedmaßen wiederzuerlangen.

Beim Anblick dieser abstoßenden Kreatur wurde ich von einem Grauen erfüllt, wie ich es nie zuvor erlebt hatte. Nachdem ich schon so viel Sonderbares bei meinem unfreiwilligen Trip nach Grimora gesehen hatte, hätte ich gewettet, dass ich durch nichts mehr fundamental aus der Ruhe zu bringen war. Doch das hier war etwas anderes. Kein Horrorfilm mit noch so realistischen Spezialeffekten hätte mich auf dieses alptraumhafte Monster vorbereiten können.

Trotz der in mir lodernden Kraft klebte ich vor Angst an Ort und Stelle fest wie eine Fliege an Klebstoff.

Dann ging alles sehr schnell.

Die Naga schoss kreischend mit ihrem Kopf herab und rauschte an mir vorbei. Doch ich musste mich nicht umdrehen, um zu sehen, wohin sie sich schlängelte, da sie schon wieder vor mir war. Und wieder. Und wieder! Sie umwickelte mich!

Endlich erlaubte mir mein Überlebensinstinkt, die Benommenheit abzuschütteln – doch es war zu spät. Ich war bis zu den Schultern in den muskulösen Körper der Schlange eingewickelt und schrie.

Dann kam ein Schatten über das Regal geflogen. Lennox landete in den Scherben des Kruges und rammte einen langen Dolch in den Schwanz der Naga. Schwarzes Blut spritzte empor und der Hexenkopf der Kreatur gab einen heiseren Schrei von sich, der mir – so nah wie der grässliche Mund gerade meinen Ohren war – durch Mark und Bein fuhr.

Gleichzeitig hörte ich Faye hinter mir ihre düster-melodiösen Zauberformeln murmeln. Ich hoffte nur, sie würde keinen Angriffszauber einsetzen, von dem ich die kollateralen Auswirkungen ebenfalls zu spüren bekäme.

Wenigstens konnte ich mich trotz des engen Schlangenkorsetts noch ein wenig bewegen und bekam genügend Luft. Wahrscheinlich hätte mich die Naga schon zu Püree gequetscht, wenn mich der magische Gürtel nicht so unglaublich zäh gemacht hätte. Als ich meine Arme probeweise anhob, konnte ich ihren Körper sogar dehnen wie elastische Gummireifen. Doch leider zog sich mein tödlicher Kokon immer wieder eng zusammen, sobald ich mir etwas Raum zum Manövrieren erkämpft hatte. Es war ein sinnloser

Kampf gegen einen Gegner, der sich an mich anpasste wie ein Gummihandschuh.

»Sie widersteht meiner Magie!«, rief Faye hinter mir.

Na großartig.

In einem Raum mit einer Hexe und einer Art asiatischem Dumbledore hatte ich ausgerechnet ein magieresistentes Wesen befreit. Die Ironie der Situation hatte jedoch nichts Amüsantes, da mir gerade vor Angst fast schwarz vor Augen wurde.

Derweil hatte Lennox zig Mal in das peitschende Schwanzende der Naga eingestochen und das scheinbar oft und schmerzhaft genug, dass sie nun von mir abließ und sich fauchend zu dem Mann mit dem Filetiermesser umwandte. Lennox wich instinktiv zurück und wäre dabei fast in der schwarzen Pfütze aus glitschigem Naga-Blut ausgerutscht. Nun fuchtelte er wild mit seiner Waffe herum, um die Schlange auf Abstand zu halten.

Doch scheinbar hatte die Naga wenig Lust, sich mit Lennox' Dolch zu beschäftigen. Sie tauchte zur Seite weg und schlängelte mit beunruhigender Geschwindigkeit davon. Ich schätzte ihren Anakonda-Körper, der dicker war als einer meiner Oberschenkel, auf mindestens fünf Meter Länge. Lennox versuchte noch, das entfleuchende Schwanzende mit seinem Dolch am Boden festzunageln, verfehlte jedoch.

Zu meiner Ernüchterung war offensichtlich, dass Stärke in diesem Kampf kaum von Nutzen war. Hier brauchte es Schnelligkeit, Geschick und Intelligenz. Und vermutlich eine große Portion Mut, gepaart mit Glück.

Auf der anderen Seite der Regale war ein Schrei von Aziz zu hören. *Oh nein.* Ich rannte mit Faye zurück zur Sitzgruppe, als wir lautes Poltern und Scheppern hörten. Es war das ohrenbetäubende Krachen von umfallenden Regalen.

Da stand der kleine Aziz mit dem verfluchten Schwert in der Hand und stach unbeholfen auf die Naga ein, während er versuchte, nicht über umherrollende Behälter und anderen Unrat zu stolpern. Bisher schien er jedoch wenig erfolgreich gewesen zu sein, denn die Klinge von »Bluter« glänzte immer noch in frisch geputztem Silber. Wenigstens schien die Naga einen gewissen Respekt vor dem Schwert zu haben, denn sie verhielt sich so vorsichtig wie eine zischende Kobra, die versuchte, einen Igel zu verwunden. Dabei peitschte sie wütend mit ihrem restlichen Körper umher und zerstörte immer mehr der kostbaren Einrichtung. Ich wollte mir gar nicht ausmalen, welche magischen Mienen hier noch in den Regalen nur darauf warteten, durch Kollateralschäden ausgelöst zu werden.

Scheinbar versuchte Aziz Zeit zu gewinnen, denn er blickte immer wieder ängstlich zu dem leuchtenden Portal hinüber, aus dem er uns Getränke, Artefakte und einen Lappen für meine Kotze gebracht hatte. Von Alanon war keine Spur zu sehen.

Ein Rabe tauchte über dem Kopf der Naga auf, wo er wild flatternd und kreischend enge Kreise flog. Faye versuchte, die Naga von Aziz abzulenken. Auch Lennox, der hinter einem umgestürzten Regal hervorsprang, stach jetzt wieder auf die Schlange ein.

Vom Heldenmut der drei angespornt, zog ich den Dolch aus meinem Gürtel und hieb ebenfalls nach dem peitschenden Tentakel. Und tatsächlich schaffte ich es nach wildem Taumeln und mehreren Anläufen, meinen Dolch wenigstens einmal tief im Körper des Schlangenmonsters zu versenken. Durch den Gürtel fühlte es sich an, als hätte ich ein heißes Messer in Butter gesteckt. Diese Wunde war definitiv größer als die kleinen Schnitzer, mit denen Lennox den Körper der Naga bisher verziert hatte.

Sie schrie im selben Moment auf, als Alanon im Portal auftauchte und mit einem Arm eine Art bunten Kristallwürfel emporhielt.

»Meister!«, rief Aziz erleichtert und blickte kurz in Richtung seines Lehrers, wobei er die Spitze seines Schwertes erschöpft ein wenig sinken ließ.

Die kurze Unaufmerksamkeit reichte der Naga leider völlig aus.

Ihr Kopf schnellte vor und biss Aziz in den Hals. Bei dem Anblick zuckte ich unwillkürlich zusammen und konnte die ekelerregenden Zähne der Kreatur beinahe ebenfalls spüren.

»Nein!«, schrie Alanon und Donner grollte in seiner Stimme.

Ich sah Wut und Verzweiflung in seinen Augen aufblitzen. Er zögerte kurz, so, als würde er auf einen noch günstigeren Moment warten, und warf dann den bunten Würfel vor der Naga auf den Boden.

Es klang, als wäre ein zartes Weinglas zersplittert, als sich einen Wimpernschlag später ein schimmernder Energiekäfig um die Naga materialisierte. Dessen Abmessungen waren jedoch begrenzt und durchschnitten Hindernisse wie das schärfste Beil eines Sternekochs. Ein Sessel brach in der Mitte auseinander, und ein guter Meter Naga-Schwanz rollte sauber abgetrennt vor meine Füße. Dort krampfte er vor sich hin wie ein epileptischer Regenwurm. Alle anderen, insbesondere Aziz, waren der scharfen Zensur der magischen Barriere um Haaresbreite entkommen. Allerdings war Lennox nun mit der vor Schmerzen halb wahnsinnigen Naga eingesperrt. Der Frauenkopf beachtete ihn jedoch nicht, sondern schrie dem in sich zusammen gesunkenen Aziz auf der anderen Seite des Kraftfeldes seinen Hass entgegen.

Diese kurze Unaufmerksamkeit des Monsters reichte Lennox völlig aus.

Er riss den Kopf der Naga ruckartig an den Haaren nach hinten und schlitzte mit einem langen Dolch die Kehle auf. Ein hinterhältiger Angriff aus dem Bilderbuch. Der Schlangendämon sackte gurgelnd in sich zusammen, während er theatralisch Schwalle von Blut an die Innenwände des Energiekäfigs spuckte. Lennox sprang sofort über die Leiche der Naga hinweg und presste sich gegen die pulsierende Wand aus schwarzem Blut und Magie in dem sinnlosen Versuch, zu dem Gefallenen zu gelangen.

Der Junge lag bewusstlos auf dem Rücken, das Schwert zu seinen Füßen. In einer blitzschnellen Metamorphose, die sich mit Worten kaum beschreiben und meinen Kopf schmerzen ließ, verwandelte sich Faye in ihre menschliche Gestalt zurück und kniete neben Aziz. Auch Alanon war nun hinzugeilt. Lennox konnte in seinem Käfig nur zusehen, während Faye den Kopf des Kleinen stützte und Alanon geschäftig über ihn gebeugt war.

Ich stand wie erstarrt an Ort und Stelle und kämpfte mit einem Gefühl der Trauer, das sich hinter meinen Augen ausbreitete wie dicke schwarze Tinte. Ich musste an meinen eigenen Sohn denken und merkte, wie mir Tränen in die Augen schossen.

Einer nach dem anderen blickten sie traurig zu mir herüber. Erst Faye, dann Lennox und zum Schluss Alanon. In ihren Blicken lag keine Wut, nur Erschöpfung und Trauer.

Ich öffnete wortlos meinen magischen Gürtel und ließ ihn scheppernd zu Boden fallen.

~

Ich wusste nicht, ob diese Welt real war. Ich wusste auch nicht, ob die Grimoraner nur hoch intelligenter Computercode oder in gewisser Weise echte Wesen waren. Ich wusste nur, dass sie in *meinem* subjektiven Erleben genauso real waren wie meine Frau Laura und mein Sohn Connor; genauso real wie das kolossal schlechte Gewissen und die Trauer, die ich spürte, nun, da Aziz‘ Leben auf dem Spiel stand.

Zum Glück stellte sich heraus, dass der ehemalige Straßenjunge und gelehrige Schüler des alten Magiers noch am Leben war. Er war bei Bewusstsein, aber seine Atmung war flach, und dicke Schweißtropfen standen auf seiner Stirn. Er hatte kaum Blut verloren, doch an der Stelle zwischen Hals und Schulter, wo ihn die Naga gebissen hatte, befand sich nun ein diffuser Schatten, der langsam wuchs wie ein Fleck frischer Tinte in Stoff.

Etwas im Speichel der Naga sorgte für einen nekrotischen Verfallsprozess. Alanon reagierte sofort und rührte ein Gegenmittel an. Ich war hinterher überrascht, wie flink und wendig der alte Mann in den Schluchten seines Kuriositätenkabinetts umhergeeilt war, alles zusammengetragen und zu einer Kräuterpaste gestampft hatte. Zeit war ein kritischer Faktor, und es gab keinen zweiten Aziz, den er hätte rufen können. Und da sich von uns niemand in dem Labyrinth aus Regalen, Gängen und Treppen auskannte, konnten wir nur beruhigend auf Aziz einreden, bis Alanon seine Wunde mit den Heilkräutern bandagiert hatte.

Lennox hatte den Jungen nun auf die einzig noch intakte Couch gelegt, und Faye hielt seine Hand. Aziz bemühte sich, ruhig zu atmen und lächelte sogar. Der Junge war so tapfer, dass ich mich unfassbar mies fühlte.

»Das alles tut mir so unglaublich leid«, sagte ich gequält. »Ich hätte nie gedacht, dass hier mitten in der Sammlung ein so gefährliches Wesen aufbewahrt wird. Rechnet ihr denn nicht mit Verrückten wie mir, die einfach mal einen neugierigen Blick in diese Urne werfen?«

Alanon sah mich ausdruckslos an. Er schien wieder so gelassen zu sein als wäre nie etwas vorgefallen. Dann sagte er: »Irre sind für gewöhnlich nicht stark genug, den Kallianischen Sarkophag zu öffnen, geschweige denn zu zerstören – ganz gleich, wie irre sie sind. Es gab bisher keinen Grund, ihn an einen anderen Ort zu stellen. Nichts ist irgendwo besser verborgen als im Offensichtlichen. Aber gräme dich nicht, Kai mit dem Mogwai. Alles ist genauso gekommen, wie es kommen musste.«

Dem konnte ich nicht guten Gewissens zustimmen. Beim Anblick von Aziz‘ bleichem Gesicht und seiner bandagierten Wunde hätte ich mich am liebsten selbst geohrfeigt. Es wurde Zeit, dass ich dieses Spiel hier ernst nahm und nicht leichtfertig mit dem Leben meiner Freunde und Verbündeten spielte. Ganz gleich, ob sie nun echt oder nur Produkte meiner Fantasie waren. Ich konnte den Unterschied ohnehin nicht mehr feststellen. Vielleicht gab es ihn gar nicht.

Ich trat auf Aziz zu und nahm seine Hand. »Wenn ich irgendwas tun kann, dann sagt es mir bitte. Ich bin bereit, für meinen ungestümen Leichtsinn zu bezahlen. Ich fühle mich gedemütigt von deinem Heldenmut. In meiner Welt ziehen Kinder die Decke über den Kopf, wenn sie auch nur ein winziges Monster unter ihrem Bett vermuten. Doch du hast es fast geschafft, ein Monster zu erschlagen, das noch nicht mal unter einem Bett Platz gefunden hätte.«

»Aziz hätte die Naga mit Niniàch problemlos töten können«, warf Faye ein.

»Äh, wie bitte?« Ich war perplex.

»Er wollte nur nicht. Er hat unter Aufwendung seiner gesamten Willenskraft versucht, nicht direkt anzugreifen, sondern die Naga nur auf Abstand zu halten. Er wusste: Hätte er sie nur einmal geritzt und das Schwert auch nur einen winzigen Tropfen ihres Blutes kosten lassen, wäre er verloren gewesen; verflucht, immer und immer wieder den Durst der Klinge zu stillen. Tagein, tagaus. Bis ihm nach einer langen Reihe von Morden endlich ein ausreichend starker Gegner Erlösung durch Tod geschenkt hätte.«

Ich hätte fast laut losgelacht, so grotesk war meine Situation. Durch diese Erläuterung des Geschehenen kam ich mir nun endgültig wie ein Neandertaler unter Erleuchteten vor. Ein kleiner Junge trotzte der Magie eines uralten magischen Artefakts, während ich mit meinem magisch verstärkten Arsch einriss, was andere mühsam aufgebaut hatten. So langsam hätte allen Anwesenden das Licht aufgehen müssen, dass ich nicht ihr Auserwählter war.

Doch ich hatte die Nase voll. So konnte und sollte es nicht weitergehen. Niemand in Grimora sollte nochmal wegen mir oder meiner Fahrlässigkeit zu Schaden kommen. So konnte ich zumindest den wenigen Tagen, die ich noch in dieser Welt hatte, einen scheuen Lichtschein von Bedeutung verleihen.

»Du kannst nichts für Aziz tun«, sagte Alanon. »Er muss sich ausruhen und regelmäßig neue Bandagen mit Devawurz bekommen. Nur so hat er eine Chance, seinen Arm zu behalten. Im besten Fall behält er nur einen hässlichen dunklen Fleck zurück.«

Aziz rang sich ein schiefes Lächeln ab. »Mach dir keine Sorgen, Kai. Ich komme schon wieder in Ordnung. Ich habe von Meister Zerth gelernt, dass nichts ohne Grund geschieht. Ich bin froh und stolz, eine so wichtige Rolle in deiner Geschichte zu spielen.«

Das war so dermaßen lächerlich. Aber dieser Junge schien es ernst zu meinen. Mitgefühl ließ schon wieder eine Träne meine Wange herunterkullern, die ich schnell wegwischte.

»Worauf warten wir dann noch?!«, rief ich lauter als geplant. Ich hatte plötzlich das dringende Bedürfnis, diesen Ort der Schande möglichst schnell zu verlassen. Die umgekippten Regale, die ausgelaufenen Flüssigkeiten und die Leiche der Naga erfüllten mich mit Scham und Abscheu.

»Wir müssen hier doch nicht aufräumen und alles wieder aufstellen, oder? Für solche Fälle hat Alanon doch bestimmt eine Art Reparatur-Zauber?« Ich zeigte auf eine eingestürzte Bücherwand und ließ meinen Zeigefinger wie einen Zauberstab kreisen. »Erecto Regalis?«

Wie ein Blatt im Wind

Glücklicherweise waren sich alle einig, dass meine Mission, den Turm des Erzmagiers und damit einen möglichen Ausstieg aus Grimora zu erreichen, größere Priorität hatte als den Wischmopp zu schwingen.

Ich investierte jedoch noch ein wenig Zeit darin, verschiedene nicht-magische Waffen aus Alanons Sammlung zu testen und mir für die Reise probeweise umzuhängen. Leider stellte sich heraus, dass sämtliche Schwerter, Äxte, Bögen und Armbrüste für einen untrainierten Computer-Nerd wie mich schlicht zu schwer oder zu sperrig für den Transport waren. Und nachdem ich zuletzt ein Langschwert wenig behände zum Angriff über meinen Kopf erhoben hatte, waren meine Arme bereits so schlapp, dass ich mir eingestehen musste, dass ich mit meinem Dolch tatsächlich am besten beraten war.

»Ein Dolch ist all diesen Waffen überlegen«, sagte Alanon, als er meine enttäuschte Miene sah. »Er kann am Körper versteckt werden, ein geübter Kämpfer kann ihn als Wurfwaffe benutzen, und er tötet im Nahkampf genau wie alle anderen Waffen auch. Und letztlich entscheidet doch nur eins über den Ausgang eines Kampfes …« Alanon tippte sich mit einer Hand an die Stirn und klopfte dann mit der anderen Hand gegen seine Brust.

»Ja, schon klar,« entgegnete ich leicht genervt. »Verstand und Herz«. Was war los mit diesem Mann? Der hatte vom Architekten dieser Matrix wohl das Pathos-Upgrade 2.0 bekommen.

Ich war mir allerdings nicht sicher, ob mich diese pauschalen Kalenderspruch-Weisheiten im Zweifelsfall vor der herabsausenden Axt eines stämmigen Kriegers bewahren würden.

»Du verstehst nicht, Kai mit dem Mogwai«, sagte der alte Mann und trat auf mich zu.

Bevor ich irgendwas entgegnen konnte, legte Alanon mir eine Hand auf die Stirn. Ich schloss unwillkürlich die Augen und öffnete den Mund, um etwas zu sagen, doch plötzlich waren keine Gedanken mehr da, die ich hätte in Worte formen können. Seine warme Hand auf meiner Stirn verlangte meinem Geist jegliche Aufmerksamkeit ab.

Mein Kopf war leer.

Als hätte Alanon einen von Unwetter aufgewühlten Ozean beruhigt und in eine leuchtende Scheibe verwandelt. Das fühlte sich so gut an. So tief. Voller gezähmter Monster, die nun unter der leuchtenden Oberfläche erstarrt waren wie in einem Eisblock. Meine Angst, in Grimora zu sterben war wie weggeblasen. Ich war eins mit Alanons Hand und nichts anderes existierte in diesem Moment. Unglaublicher Frieden.

Dann legte der alte Zauberer seine linke Hand auf mein Herz, und ich stöhnte vor Überraschung. In der Abwesenheit meiner Gedanken nahm ich das Organ, das unermüdlich Blut durch meinen Körper pumpte, anders wahr als jemals zuvor. Es pochte zwar verhältnismäßig ruhig, doch jeder Schlag schien den ganzen Kosmos zu erschütterten. Vor meinem geistigen Auge leuchtete eine strahlende Sonne in meiner Brust, die mit jedem Pulsieren eine Energiewelle in die Dunkelheit aussandte. Dort, im Namenlosen, erleuchtete jede Welle ein feines Gespinst aus untereinander verbundenen Fäden. Die Knotenpunkte glitzerten dabei wie unzählige Tautropfen in einem unendlichen Spinnennetz. Die fremdartige Schönheit dieses Eindrucks brannte sich tief in meine Seele und machte mich vollkommen sprachlos.

Schließlich öffnete ich die Augen wieder und blickte in die Runde. Da standen Alanon, Faye und Lennox und starrten mich erwartungsvoll an. Letzterer hatte einen Lederrucksack mit Proviant in der Hand. Wir waren scheinbar abreisebereit. Wie lange hatte ich denn hier regungslos herumgestanden?

Ich räusperte mich und blickte Alanon in die Augen, der wie immer stoisch und unergründlich dreinblickte. Ich war mir nicht sicher, was mir dieser Ausflug in meine Innenwelt sagen sollte, doch ich fühlte mich seltsam beruhigt und beflügelt zugleich.

»Ich danke euch, Meister«. Ich war perplex, wie selbstverständlich mir diese Worte über die Lippen kamen.

Dann war es Zeit zu gehen. Wir verabschiedeten uns von Aziz und ließen uns von Alanon durch das Labyrinth seines Ladens zurück zur Ausgangstür führen. Während ich hinter dem mysteriösen Lehrmeister hertrottete und versuchte, die verstörenden Bilder vom Kampf gegen die Naga auszublenden, die meinen Geist immer noch heimsuchten wie ein Bienenschwarm eine nektartriefende Blüte, hörte ich Faye und Alanon leise hinter mir murmeln. Sie versuchten, ihre Stimmen bewusst gedämpft zu halten und lächelten entwaffnend, wenn ich mich fragend zu ihnen umwandte. Nur einmal konnte ich etwas aufschnappen, weil Faye etwas vermeintlich Lustiges gesagt hatte, das Lennox zum Lachen brachte.

»Ist nicht dein Ernst?«, prustete er. »Eine Pechschwinge? Die hätte Cass zum Frühstück verspeist! «

»Toll Faye, erzählst du wieder die Geschichte, wie ich bei meiner Ankunft fast in das offenstehende Maul eines Drachen spaziert wäre? Muss ja voll witzig sein die Vorstellung, dass euer *Auserwählter* da fast den Löffel abgegeben hätte, ohne auch nur eine Katze vom Baum gerettet zu haben. Und wer ist Cass …?«

Als Lennox antworten wollte, landete Fayes Hand mit einem Klatschen auf seinem Mund.

»Aber er hat doch gefragt …«, nuschelte Lennox durch Fayes Hand hindurch.

»Ich sagte dir doch, dass Kai nichts von der Geschichte um den Auserwählten hören will.« Die Magierin hatte einen vielsagenden Gesichtsausdruck aufgesetzt. »Wir werden ihn zu seinem Schicksal begleiten. *Egal,* wo es auf ihn warten mag. Und *ohne* ihn dabei mit Details zu überfordern.«

»Es wartet beim Turm eures erlauchten Erzmagiers, sonst nirgends«, sagte ich leicht genervt.

Entweder der Merlin dieses Landes war meine Fahrkarte nach Hause oder die Organe von Einmachglas-Kai würden irgendwann ihr Haltbarkeitsdatum überschreiten. Verblüffend, wie sehr ich mich in Gedanken schon von meinem eigentlichen Körper im Floating Tank bei *Satoritech* distanziert hatte. Und das, obwohl mein Avatar in Grimora ständig Gefahren ausgesetzt war, die die Lebenserwartung meines richtigen Körpers dagegen fast paradiesisch erscheinen ließen. Doch der schwamm ohne einen angeschlossenen Geist hilflos im Wasser wie eine Gewürzgurke.

Als wir endlich wieder auf das Vordach hinaustraten, hatten die beiden Sonnen bereits einen weiten Weg über das Firmament zurückgelegt. Es wurde Zeit, die Stadt zu verlassen, um nicht irgendwo in der Wildnis von der Dunkelheit überrascht zu werden. Oder von den Monstern, die diese Dunkelheit zum Jagen nutzten.

»Boris war fleißig, während wir unser Teekränzchen gehalten haben«. Lennox, der gefährlich nah an der Dachkante stand, zeigte auf die verschiedenen Wachtürme, deren Wimpel stolz im Wind flatterten.

»Das war zu erwarten«, sagte Faye ruhig. »Die Tore sind verbarrikadiert, Bogenschützen stehen sich auf den Türmen die Beine in den Bauch, und die Straßen wimmeln nur so von Boris‘ Schlägern. Einfach rauszumarschieren kommt also nicht in Frage«. Sie seufzte. »Am meisten Lust hätte ich, einfach in Alanons Laden Bücher zu lesen, bis sich hier draußen alle zu Tode gelangweilt haben und Boris vor Wut in Flammen aufgegangen ist. Doch leider möchte Kai keine Zeit verlieren, und wir sind zum Handeln gezwungen. Ich fürchte nur, dass mein Kopfgeld in dieser Stadt so hoch ist, dass …«

Ein ohrenbetäubendes Knistern ließ Faye innehalten. Es klang fast so, als würde jemand versuchen, bei einem uralten Radio einen Sender einzustellen. Genau über den gigantischen Rippen des Titanen war eine von Blitzen umgebene Kugel erschienen, in deren Mitte bunte Farben tanzten. Schließlich verdichtete sich das Knistern zu einer Stimme. Sie gehörte zum Mund eines vernarbten Glatzkopfes, der in der Kugel Gestalt angenommen hatte. Eine gefährliche Augenklappe und ein Mund, der für immer zu einem sadistischen Grinsen erstarrt war, ließen keine Zweifel aufkommen, dass Söldnerchef Boris persönlich eine Ansprache hielt.

»Bürger von Titanus! Die gefährliche Hexe mit dem Namen Blutrabe ist noch immer auf freiem Fuße. Solange sie nicht in meinem Gewahrsam ist, kann ich nicht für euer aller Wohlergehen Sorge tragen. Die Tore bleiben deshalb bis auf Weiteres geschlossen, und es ist äußerste Vorsicht geboten. Wenn ihr sie seht oder wisst, wo sie sich versteckt, dann informiert sofort die Wache. Handelt auf keinen Fall eigenmächtig! Mit ihrer schwarzen Magie kann sie euren Geist verwirren und euch zu Mitschuldigen machen. Sie ist außerdem fähig, ihre Gestalt zu verändern und das Wetter zu beeinflussen. Damit diese Gefahr ein für alle Mal aus der Stadt und aus ganz Grimora entfernt werden kann, erhöhe ich die Belohnung auf 1.000 Goldstücke. Ihr wisst, dass meine Güte und Gnade keine Grenzen kennen. Wer sich jedoch mit der

Hexe verbündet, ihr Unterschlupf gewährt oder ihr auch nur im Geringsten Hilfe zuteilwerden lässt, wird mit Qualen bestraft, die einen Tod in der Arena dagegen wie eine süße …«

Bei Boris' letzten Worten hatte seine Stimme wieder zu knistern begonnen, und das schwebende Haupt wurde zusehens transparenter.

Eine etwas leisere Stimme krächzte etwas im Hintergrund, das Faye breit grinsen ließ.

»Herr, ich kann die … nicht mehr… aufrechterhalten. Ich … Entschuldigung.«

»Blutige Amateure«, sagte Faye lachend, »es ist schwer, gute Leute zu finden.«

»*Low battery* nennt man das in meiner Welt«, fügte ich amüsiert hinzu.

Doch so witzig dieser verfrühte Verbindungsabbruch auch war, Boris hatte alles Wesentliche mitgeteilt. Ich hatte wenig Lust, dem selbsternannten Söldnerfürsten über den Weg zu laufen, geschweige denn, in einem seiner Kerker auf mein Ableben zu warten.

»Also, was schlagt ihr vor? Kann uns jemand unsichtbar machen oder müssen wir durch eure ohne Zweifel wunderbar duftende Kanalisation aus der Stadt kriechen?«

»Unsichtbarkeit kommt leider nicht infrage. Noch nicht mal Meister Alanon könnte uns für so viele Augenpaare unsichtbar machen«, sagte Faye. Sie schüttelte bedauernd ihren Kopf und dachte angestrengt nach. Als sie meinen verwirrten Gesichtsausdruck sah, ließ sie sich zu etwas Nachhilfeunterricht herab: »Unsichtbarkeit zählt zu den Illusionszaubern. Sehr anspruchsvoll. Ein Gelingen hängt von der Anzahl und Geistesstärke der Beobachter ab. Unter diesen Umständen fast unmöglich.«

Ich prustete verächtlich. »Na ja, in meiner Welt gibt es einen Halbwüchsigen, der dazu nur einen Ring anziehen muss.

Benutzt er meistens, um von Partys zu verschwinden, wenn er zu viel gesoffen hat.«

Lennox grinste breit, während Faye offen lachte. »Das kann aber höchstens eine Gutenachtgeschichte für eure Kinder sein. Denn einen festen Körper kann niemand einfach so verschwinden lassen ohne ihn, nun ja, wirklich verschwinden zu lassen. Magie kann Materie neu anordnen, vergrößern, verkleinern, räumlich verschieben oder sogar komplett zersetzen. Doch etwas verschwinden zu lassen, das eigentlich da ist, beruht auf der ältesten Form von Magie, die es gibt: der Täuschung. Denkbar wäre höchstens eine Art Tarnung, wie sie einige Tiere oder magische Wesen beherrschen.«

»Dann was?«, fragte ich, im wahrsten Sinne des Wortes desillusioniert, wie immer, wenn die Sprache auf Magie kam. »Kanaldeckel finden und auf *Ninja Turtles* machen?«

Ich konnte mir wirklich Angenehmeres vorstellen, als durch das aller Wahrscheinlichkeit nach dunkle und beklemmende Mief-Moria der Abflusskanäle zu waten. Und wenn Grimora sich auch nur eine hauchdünne Scheibe vom Klischeekuchen der Fantasywelten abgeschnitten hatte, würden die Tunnel nur so vor Werratten, Riesenspinnen und lebenden Schleimen wimmeln. Ekelhaft.

»Auf jedem Eingang zur Unterstadt werden Boris‘ Schläger sitzen wie Schmeißfliegen auf Hydra-Kot. Nein, da habe ich eine bessere Idee.«

Ich wirbelte herum zu Alanon, der immer noch mit wehendem Bart im Türrahmen seines Zauberladens stand wie eine Vogelscheuche auf Abwegen. Ich hatte schon fast vergessen, dass er immer noch bei uns war.

Der mystische Greis deutete in Richtung der Flickenplane, auf der Wyvern Aurora bei unserer Ankunft Sonne getankt hatte. Ich half Faye und Lennox dabei, die Plane vorsichtig zur Seite zu schlagen und hätte dann fast laut losgelacht.

Es kamen verschieden große Kisten zum Vorschein, auf denen einige Werkzeuge und Materialien lagen. Doch mein Hauptaugenmerk galt zwei großen Flügeln, die durch ein Ledergeschirr aus Schlaufen und Schnallen verbunden waren. Die mannsgroßen Flügel sahen aus wie etwas, das Leonardo da Vinci in eines seiner Skizzenbücher gemalt hätte. Sie glänzten im Sonnenlicht und wirkten meisterhaft gefertigt, perfekt geometrisch, die nach außen kleiner werdenden Flügelsegmente millimetergenau am goldenen Schnitt ausgerichtet. Ein Wunder der Handwerkskunst. Ich fragte mich, ob auch Magie im Spiel gewesen war.

»Das könnt ihr so was von vergessen«, sagte ich sofort und lachte noch einmal künstlich und laut, um jeglichen Einwand der anderen im Keim zu ersticken.

Doch Alanon ignorierte mich einfach. »Alle Puzzleteile fallen im richtigen Moment zusammen. Aziz' Abschlussarbeit für die Aufnahme bei der Konstrukteurs-Gilde ist erst vor wenigen Tagen fertig geworden. Ein kleines Meisterwerk aus Harpyien-Knochen, Feen-Glas und Mithril-Schrauben. Er wäre sicher stolz, wenn der Jungfernflug seiner Flügel einem von euch zur Flucht verhelfen könnte.«

Ich war von den Socken. »*Das* hat Aziz gebaut? Und ihr wollt allen Ernstes, dass ich mir ein Kinderspielzeug auf den Rücken schnalle und damit vom höchsten Dach der Stadt springe? Ihr seid ja noch gestörter als ich dachte. Außerdem kann sich nur einer von uns in einen Raben verwandeln. Lennox kann ja auch James Bond spielen und vom Dach springen. Ich lasse ihm gerne den Vortritt!«

Faye ging auf mich zu, legte ihre Hände auf meine Schultern und sah mir tief in die Augen. Und obwohl ich mich sofort wegdrehen und wie ein bockiges Kind möglichst viel Raum zwischen mich und die Selbstmord-Flügel bringen wollte, ließ ich es einfach geschehen. Der Zauberin mit der roten Lockenmähne so nah zu sein, war einfach zu betörend. Ein Gefühl warmer Erregung schoss durch mich hindurch, als ihre grün lodernden Augen den Kontaktkreis mit meinem Herzen schlossen. Und noch mit etwas anderem.

»Du kannst das. Vertrau mir. Du bist heute schon mit mir über so viele Abgründe gesprungen. Über die letzten Häuserschluchten bis zur Burgmauer hinweg zu gleiten wird ein Kinderspiel dagegen.«

»Ich werde sang- und klanglos abstürzen«, sagte ich mit einer Bestürzung, die ich nicht spielen musste. »Ich habe so was noch nie gemacht, ich habe eine scheiß Angst davor, und wir wissen noch nicht mal, ob die Dinger überhaupt was taugen.«

Ich ging einen Schritt zurück und löste mich damit aus Fayes Griff. Dann tippelte ich so nah an den Rand des Daches, wie es meine Angst zuließ und sah hinab in die Straßenschluchten dieser fantastischen Stadt. Der Turm mit Alanons Laden auf der Spitze war so hoch, dass die nächsten Dächer erst etliche Meter unter uns aufragten. Ich versuchte einen Punkt an der Burgmauer zu fixieren, der meiner Ansicht nach die kürzeste Luftlinie mit mir bildete. Tatsächlich sah es gar nicht so weit aus, doch ich konnte überhaupt nicht einschätzen, wie schnell jemand im Gleitflug sinken und gegen ein Hindernis prallen würde.

»Nope«, sagte ich entschieden und drehte mich zu den anderen um. »Das ist zu weit. Selbst wenn ich es wirklich schaffen sollte, bis zur Burgmauer zu gleiten, dann klatsche ich höchstwahrscheinlich wie ein überdimensionales Insekt dagegen. Oder ich reiße mir an den Zinnen den Sack ab, gerate ins Trudeln und stürze hinter der Mauer in den Tod. Ich mach das nicht. Das kann nicht euer Ernst sein. Das ist bekloppt.«

»Ich helfe dir mit meiner Magie«, sagte Faye nach kurzem Schweigen, das nur vom entfernten Gemurmel der Stadt unter uns erfüllt war.

»Selbst wenn«, sagte ich mit gequälter Miene, »für die Bogenschützen der beiden Türme da bin ich doch eine perfekte Zielscheibe. Die haben mich doch im Nullkommanichts durchbohrt oder einen meiner Flügel beschädigt.«

»Um die Bogenschützen und auch alle anderen Fernkämpfer kümmere ich mich!«, rief Alanon, der bereits begonnen hatte, Aziz' Abschlussarbeit einsatzbereit zu machen.

Lennox half ihm, das Flügelpaar so auf eine Kiste zu heben, dass sich jemand davorstellen und das Geschirr wie eine Jacke anziehen konnte.

Ich war sprachlos.

Die drei Stooges schienen es wirklich ernst zu meinen. Sie hielten es für eine astreine Idee, ihren Auserwählten wie einen Papierflieger über die Stadtmauer zu werfen und dann die Daumen zu drücken, dass er auf der anderen Seite irgendwie runterkam.

Mir wurde schlecht.

Ich fühlte mich wie damals vor meinem ersten Sprung vom Zehnmeterbrett im Freibad. Nur schlimmer. Ich konnte fast die Stimmen meiner Freunde hören, die mich anfeuerten und mir so hilfreiche Manöver wie »Seemannsköpper«, »Arschbombe« oder »Entchen« ans Herz legten. Doch noch viel schlimmer als die Rufe meiner Freunde waren die Blicke der Mädchen. Wie sie da kichernd standen. In ihren niedlichen Badeanzügen. Manche dieser Sirenen schon so weit entwickelt, dass wir beim Schwimmen aufpassen mussten, sie nicht versehentlich mit unseren Holzpflöcken zu pfählen. Vor *ihnen* galt es jetzt, nicht das Gesicht zu verlieren. Dieses Männlichkeitsritual kannte keine zweiten Sieger. Wie jung und naiv ich damals war. Und doch hatte die Angst vor Blamage letztlich geholfen, dass ich mich zu einem wackeligen Fußsprung zwingen konnte. Was natürlich zur Folge hatte, dass ich nach dem schiefen Aufprall auf das betonharte Wasser eine gute Woche vor Schmerz kaum laufen konnte. Aber das war es natürlich wert gewesen. Das Gesicht zu verlieren war als Teenager deutlich schmerzhafter.

Mich nun wie ein behämmerter Ikarus von einem hohen Turm zu werfen, an dessen Fuße nicht Wasser, sondern der sichere Tod wartete, war jedoch ein komplett anderes Paar Schuhe.

»Okay, ihr glaubt also alle, dass Aziz eine Art Wunderkind ist und dass mich diese selbstgebastelten Flügel mit Hilfe von Fayes Magie lebendig über die Stadtmauern tragen werden?«

»Natürlich«, sagte Lennox sofort und ging lächelnd an den Rand des Flachdaches. Er sah in die Tiefe. Mit seiner schnittigen Lederkleidung und der wehenden Föhnfrisur wirkte er wie ein Piratenkapitän an der Reling seines Schiffes. »Doch viel wichtiger ist, dass *du* es glaubst.« Seine Augen leuchteten golden auf, als er zu meinem Entsetzen einen Schritt über den Rand ins Nichts machte. »Wir sehen uns draußen«, konnte er gerade noch sagen, bevor er verschwunden war.

Etwas wie Fremdscham, aber aus prickelnder Angst bestehend, schoss durch meinen Körper. Mit pochendem Herzen und einem ungläubigen Keuchen warf ich mich an der Dachkante auf den Bauch und sah hinab.

Lennox war bereits etliche Meter in die Tiefe gefallen und auf einem abschüssigen Vordach gelandet. Auf diesem schlitterte er nun, halb auf der Seite liegend, hinab, auf den nächsten Abgrund zu. Kurz vor der Kante stieß er sich kräftig ab und flog wie Superman auf das gegenüberliegende Gebäude zu. Dort bekam er einen Fahnenmast zu greifen, den er dazu nutzte, sich wie ein Trapezkünstler empor und auf das angrenzende Dach zu schwingen. Eine Weile konnte ich ihn noch sehen, wie er mühelos über Schornsteine, Dachkanten und andere Hindernisse hinwegsprang wie ein Panther auf vier kraftvollen Pfoten.

Dieser Mann brauchte keine Flügel.

Er hatte ein so tiefes Vertrauen in seine Fähigkeiten und in das Schicksal, dass es beinahe schien, als würde die Welt mit ihm kooperieren. Die Art, wie sich ihm die Wipfel der Stadt offerierten und ihn zur Stadtmauer trugen wie Wellen ein kleines Boot, machte mir augenscheinlich, was Leichtigkeit war. Wie das Leben für jemanden sein konnte, der absolut frei ist, niemandem gehorcht und das Leben immer so nimmt, wie es kommt. Mir wurde klar, was es bedeutete, wahrhaft furchtlos zu sein. Und mir wurde schmerzlich bewusst, dass ich nie so sein würde. Zu viel Ballast drückte meinen Heldenmut zu Boden, selbst jetzt, da mein Leben an einem seidenen Faden hing und ich entweder abstürzen, später von einem wilden Monster gefressen oder in einem Floating Tank verhungern würde.

»Ich brauche noch ein Bier!«, herrschte ich die verbleibenden Personen auf dem Dach an. »Und deine Magie, Zauberin.«

Einmal mehr machte mich die Konfrontation mit meinem baldigen Ableben dreister in meiner Wortwahl, und ich biss mir verschämt auf die Unterlippe. Doch Faye und Alanon lächelten nur.

Dann ging alles viel schneller als mir lieb war. Das Bier, das Alanon mir reichte als wäre es das Normalste auf der Welt, immer ein schäumendes Bier zur Hand zu haben, kippte ich in einem Zug hinunter, rülpste zwischen zusammengepressten Zähnen und ließ mir von Alanon und Faye die Flügel anlegen.

Als ich schließlich das fest verwobene Geschirr anhatte und ein paar Schritte tat, war ich verblüfft, wie leicht sich der Flugapparat auf meinem Rücken anfühlte. Er war an Schultern, Hüfte, Oberschenkeln und Knöcheln mit mir verbunden und saß durch die verstellbaren Riemen wie angegossen. Ich zog probeweise an den Griffen der Flügel, die ich auf diese Weise zusammenfalten und spreizen konnte. Die Bewegung fühlte sich auf fast beruhigende Weise natürlich an.

»Falls ich abschmiere sagt Aziz, dass er das mutigste und begabteste kleine Schlitzohr ist, das ich je kennen lernen durfte.«

Doch meine Helfer ignorierten mich und erledigten gewissenhaft die letzten Vorbereitungen. Während Faye hinter mir stand und ihre Hände magisch-murmelnd über meine Flügel gleiten ließ, zurrte Alanon noch einmal die Gurte an meinen Schultern fest. Dann holte er einige kleine Gegenstände aus seinem Gewand; darunter ein schmales Tongefäß, das wie ein Mensch geformt war. Er schraubte den Kopf des Tonmännchens ab und goss murmelnd den Inhalt verschiedener Phiolen und Säckchen hinein.

»Schattenhomunkulus?«, fragte Faye neugierig.

»Schattenhomunkulus«, bestätigte Alanon. Dürfte ich dich bitten, etwas deines potenten Blutes beizusteuern?«

»Mit Vergnügen«, sagte Faye lächelnd und pikste ohne zu zögern mit einem schlanken Messer aus ihrem Stiefel ein Loch in ihren Finger. Sie presste einen sauerkirschroten Blutstropfen hervor und ließ ihn in Alanons Tonfigur fallen. Dieser schüttelte daraufhin das Gefäß und sprach ein wenig Kauderwelsch, um den Zauber zu vollenden.

»Haltet euch jetzt bereit. Sobald das Trugbild zum Leben erwacht, dürft ihr nicht zögern. Es war schön, euch zu sehen, Faye und Kai. Gute Reise.«

Der schreckliche Moment war also gekommen. Ich konnte nicht glauben, dass ich wirklich vorhatte, mit ein paar Flügeln von einem Turm in ein gähnendes Nichts zu springen.

»Ich werde die ganze Zeit in deiner Nähe sein«, flüsterte die Magierin in mein Ohr. Habe Mut und Vertrauen. Nimm ein wenig Anlauf und spring. Dann halte die Flügel ausgebreitet, und mach dich steif wie ein Brett. Meine Magie hilft, dich zu stabilisieren. Mach es ganz intuitiv. Und schau am besten nicht nach unten, sondern nur auf die Burgmauer vor dir. Du wirst sie schneller erreicht haben als du denkst.«

Klar, ich war mir sicher, es würde ein Kinderspiel werden. Warum konnte *sie* nicht Batwoman spielen und mir stattdessen das magische Rabenamulett geben?

Alanon rief nun laute Befehlsworte über das Dach. Ich konnte natürlich nichts verstehen, aber diesmal klang es irgendwie arabisch. Seine Arme waren zum Himmel emporgestreckt, während ein aufbrausender Wind an seinem Gewand zerrte und seinen Bart wild flattern ließ. Auf dem Höhepunkt seiner Beschwörung warf er die Tonphiole hoch in die Luft, woraufhin sie von einem heftigen Windstoß erfasst und weit über die Stadt geschleudert wurde. Wenn ich es richtig eingeschätzt hatte, würde sie irgendwo auf dem Marktplatz in der Nähe des Haupttors herunterfallen.

Zunächst geschah jedoch gar nichts.

Ich stellte mich mit ausgebreiteten Flügeln an die Kante und wartete auf irgendein Signal. Mein Herz rutschte mir in die Hose, als eine Windböe gegen meine Flügel blies und mich fast zu früh über die Kante befördert hätte. Das Bier, der Gedanke an Fayes Magie und die Tatsache, dass sich der Flügelanzug so seltsam vertraut anfühlte, halfen ein wenig, meine Zweifel in Zuversicht umzuwandeln. So ungefähr zu zehn Prozent. Der Rest meines Körpers bestand immer noch zu neunzig Prozent aus überschäumender Angst und Aufregung. Ich wunderte mich, dass nicht eine meiner geliebten Panikattacken über mich hereinbrach wie eine unheilvolle Welle. Und dann wurde mir klar, dass das schon längst passiert war. Ich schwamm schon mitten *in* der Welle, und meine Luft wurde knapp. Es war mir nur nicht aufgefallen, weil meine körperlichen Symptome ausnahmsweise mal zu den haarsträubenden Begebenheiten der Situation passten.

Ich bemühte mich, ruhig zu atmen und einfach loszulassen. *Das ist alles nicht echt. Denk dran, das ist alles nur ein Programm in deinem Kopf.* Im Übrigen hatte ich ohnehin nichts zu verlieren.

Dann hörten wir es.

Schreie. Tumult.

Ich blickte in Richtung Haupttor, wo sich ein großes Wesen über die Dächer der Stadt erhob. Trotz allem, was ich bisher in diesem magischen Land gesehen hatte, traute ich meinen Augen nicht. Es war eine gigantische Frau, die rasch immer größer wurde, während zerstörte Marktstände und eingerissene Fassaden von ihr abfielen wie zu klein gewordene Rüstungsteile. Dabei war Kleidung genau das, was sie am dringendsten gebraucht hätte, denn sie war splitternackt! Und es war Faye! Zumindest sah der blasshäutige Titan mit der roten Lockenpracht ihr zum Verwechseln ähnlich. Es war schwer zu sagen, weil der kolossale Maßstab alles irgendwie verfremdete.

»Na also«, sagte Faye mit zufriedener Stimme, »so kommt Boris doch noch zu seinem auferstandenen Titanen. Nette Effekte! Sie scheint sogar Schaden anzurichten.«

»Meine Illusionen werden besser, umso häufiger ich sie beschwöre«, entgegnete Alanon mit der üblichen Gelassenheit in der Stimme.

Ich sah weiter wie hypnotisiert zu der 30-Meter-Frau, an der wirklich alles gigantisch war. Wären sie echt gewesen, hätten allein ihre Brüste die Stadtmauern einreißen und uns den Weg in die Freiheit ebnen können. Nun regneten Salven schwarzer Pfeile aus den beiden Wachtürmen, während hinter uns das Horn der Stadt geblasen wurde. Doch der erotische Behemoth schüttelte als Antwort nur lachend sein titanisches Haupt, was seine purpurroten Haarsträhnen wie die Fangarme eines Kraken umherschleudern und Turmspitzen einreißen ließ. Ihre Stimme klang dabei so dunkel und monströs, dass sie so gar nicht zu dem Rest ihrer betörenden Erscheinung passen wollte.

»LOS!«

Die noch angezogene Miniaturausgabe der Zauberin erinnerte mich daran, dass Alanon die entblößten Fleischberge nicht zu unserem Vergnügen, sondern zur Ablenkung beschworen hatte. Und es schien zu wirken. Die Bemühungen der Soldaten konzertierten sich auf die legendäre Zauberin »Blutrabe«, die sich offenbar in einen nackten Titanen verwandeln konnte. Die kürzeste Luftlinie zur Stadtmauer, vorbei am rechten der beiden Wachtürme, war also theoretisch frei.

Ich holte tief Luft und rief mir Fayes Magie in Erinnerung. Wenn sie mich magisch tarnen und verdammte Blitze schießen konnte, würde ihre Magie doch sicher auch meine Flügel stabilisieren können. Kein Ding. Ich musste nur Vertrauen haben. Ja, es war ein Sprung des Vertrauens. Und wenn das die einzige Möglichkeit war, meinen Plan, aus dieser Simulation zu entkommen und Lex in die Eier zu treten in die Tat umzusetzen, dann …

»Scheiße! Fuck! Fuck! Scheiße! FUCK!«, fluchte ich dem Luftraum über Titanus entgegen.

Dann blickte ich nach unten, um nicht die Dachkante zu verfehlen, machte drei schnelle Schritte und sprang.

Eine Schockwelle aus Adrenalin durchflutete mich. Genau wie damals beim Sprung im Freibad. Dann versuchte ich, den Blick auf mein Ziel zu richten und tat einfach so, als wäre ich der Mann aus der 80er-Jahre-Cliff-Reklame. Ich streckte die Arme aus und bot den Winden meine herausgestreckte Brust an.

Als sich die Luft unter meine Flügel hob, zerrte sofort jeder Riemen des Flugapparats an meinem Körper. Meine Hände verkrampften sich um die Haltegriffe, mit denen ich die Flügel gespreizt zu halten versuchte.

Alter Falter!

Ich wusste sofort, dass ich diese Belastung nicht lange aushalten würde. Mein Herz raste so schnell, dass ich Angst hatte, ohnmächtig zu werden. Doch glücklicherweise glitt ich viel schneller über die Häuser dahin, als ich gedacht hätte. Ich war verwundert, dass mich die Flügel so gut in der Luft hielten und ich noch nicht unkontrolliert in eine Häuserschlucht trudelte. Trotzdem hatte ich panische Angst, dass jederzeit eine leichte Turbulenz an ihnen rütteln und mich doch noch zum Abschmieren bringen könnte.

Doch noch bevor ich mir verstärkt darüber Sorgen machen konnte, raste schon die mit rostigen Spitzen verzierte Burgmauer unter mir hinweg und wurde durch einen großen Acker abgelöst.

Erleichterung wollte mir dieses Etappenziel jedoch nicht gewähren, da ich ein ganz neues Problem hatte. Ich war noch viel zu hoch! Ich fürchtete, das Ende dieses Ackers viel zu schnell zu erreichen und im Wald dahinter schmerzhafte Bekanntschaft mit einem Baumstamm zu machen. Oder, was noch viel schlimmer war: Was, wenn ich über die Bäume hinweg bis in die Fluten des Saphirs flog, wo ich in meiner geflügelten Zwangsjacke zweifelsohne wie eine traurige Riesenmotte absaufen würde?

Ich blickte panisch umher, während hinter mir immer noch die Geräuschkulisse aus einem Godzilla-Film tobte. Da gab es ein Bauernhaus mit einem Strohdach, das sicherlich viel zu hart war, um mich zu bremsen, und einen trüben Tümpel, an dem ein paar Kühe ihren Durst stillten. Doch ich wagte es nicht, mein Körpergewicht in irgendeine Richtung zu verlagern. Ich hätte einen Kreis fliegen müssen, um über dem Acker zu bleiben, doch die Angst, dabei ins Trudeln zu geraten und abzustürzen ließ mich weiterhin wie ein steifes Brett im Geschirr des Anzugs hängen. Ich hatte genug damit zu tun, ungewollte Seitwärtsbewegungen durch den Wind auszugleichen und meinen Geradeausflug stabil zu halten.

Da drang ein lautes Krähen an mein Ohr, das zu einer aufgeregten Frauenstimme wurde. »Du musst sinken!«

Ich keuchte und hätte vor Schreck fast die Griffe der Flügel losgelassen, als Faye wie aus dem Nichts auf mich prallte und auf meinem Rücken mitflog wie ein Stuntman auf einem Autodach.

»Wir stürzen ab!«, schrie ich überflüssigerweise, als wir wie ein nass gewordener Papierflieger zu Boden sanken.

Ich weiß nicht, ob es pures Glück oder Berechnung der Hexe war, doch kurz vor dem Aufprall sprang sie ab und wurde wieder zu einem Raben, während ich, vom Ballast befreit, noch ein kleines Stück glitt und dann spritzend und unter dem empörten Muhen der Kühe bäuchlings im Tümpel aufsetzte.

Trotz des Wassers war die Landung hart, und ich schluckte jede Menge übelschmeckendes Teichwasser. Wenigstens war das ruhende Gewässer nicht sonderlich tief, so dass ich stehen und mit meinem Kinn über der Wasseroberfläche Luft holen konnte. Mir tat alles weh, und ich spuckte angeekelt irgendetwas Schmieriges aus.

Und dann lachte ich.

Es brach aus mir heraus wie ein Orgasmus, den ich nicht mehr zurückhalten konnte. Ich hatte zuvor noch nie vor Erleichterung und Dankbarkeit gelacht. Ein unglaubliches Gefühl. Ich schlug jauchzend mit den Händen aufs Wasser und konnte nicht glauben, dass ich wirklich wieder heil am Boden war.

Als ich mich wieder ein wenig gefangen hatte, begann ich, die Riemen des Fluggeräts zu lösen. Hinter der Burgmauer konnte ich immer noch das dämonische Lachen der Riesenfrau hören, gepaart mit anderem Krach, den ich nicht identifizieren konnte.

Die unsanfte Landung in dieser Kuhtränke würde ich sicherlich noch Tage in den Knochen haben, wenn ich mir nicht sogar etwas geprellt oder verstaucht hatte. Noch konnte ich darüber kein Urteil fällen, da das kalte Wasser meinen ganzen Körper angenehm kühlte.

Beim Lösen der letzten Schnallen am Oberkörper wurde mir klar, dass ich Hilfe brauchen würde, um Aziz‘ Selbstmordflügel von meinen Füßen und Beinen loszubinden. Denn das Wasser stand mir ja sprichwörtlich bis zum Hals. Vielleicht konnten mir diese humanoid-geformte Reflektionen im Wasser dabei zur Hand gehen? Ich blickte nach oben und sah in das Gesicht eines mit Strohhut und Mistgabel bewaffneten Bauernjungen. Er starrte mich mit offenem Mund an und machte dabei dem dümmlichen Gesichtsausdruck seiner Kühe Konkurrenz.

»Hi, ich brauche Hilfe. Ich kann mit diesem Apparat auf meinem Rücken nicht zum Ufer schwimmen.«

Der Junge nahm den Hut ab und schien nachzudenken. Der Schnellste im Schalten war er auf jeden Fall nicht. Deswegen reagierte er auch zu langsam, als aus einem Krähen neben ihm eine schlanke Frau wurde, die ihm ein Messer an die Gurgel hielt.

Jetzt hatte sein Gesichtsausdruck von nachdenklicher Verblüffung zu überraschter Panik gewechselt. Er öffnete den Mund zum Schreien, als Faye ihr Messer mit Nachdruck gegen seine Kehle presste und ihn mit einem Zischen zur Ruhe mahnte.

Anscheinend hatte sie jedoch keine Zeit für weitere Erklärungen, denn sie legte ihre andere Hand auf seine Schläfe und sagte ein kurzes Befehlswort. Der Junge sackte sofort in sich zusammen wie ein nasses Bettlaken, das von der Leine gerutscht war, und blieb in einer unbequem aussehenden Position mit dem Gesicht im Wasser liegen. Faye kniete sich hin und drehte seinen Kopf zur Seite, damit er atmen konnte.

»Wow! Was war das denn? Hättest du das nicht auch bei allen Wachen der Stadt und Boris‘ Schlägern machen können?«

Faye lächelte. »Dieses alte Wort zeigt nur bei den simpelsten Geistern Wirkung. Hätte es nicht geklappt, hätte ich ihn bewusstlos geschlagen. Wir haben keine Zeit für so einen Quatsch. Spätestens, wenn ihm klar geworden wäre, wer ich bin, hätte er um Hilfe gerufen. Lennox holt dich aus dem Wasser und dann nichts wie weg.«

»Lennox …?«, begann ich, als ein Platschen hinter mir verriet, dass etwas oder jemand zu mir in den Teich gesprungen war.

Tatsächlich. Mit athletischen, schnellen Kraulbewegungen war der Superman der Dächer bei mir und betastete mich besorgt.

»Du Teufelskerl! Ich wäre nie im Leben freiwillig mit diesen Dingern geflogen, alle Achtung. Bis du okay?«

Ich lachte über seinen offensichtlichen Witz und nickte. »Ja, ich, äh, glaube schon, ich kann alles bewegen. Zumindest soweit ich das hier im Wasser beurteilen kann. Ohne Fayes Magie wäre ich sicher nicht heil über die Burgmauer geflogen.«

»Doch«, sagte Faye vom Ufer, die gerade die Taschen des Bauernjungen durchsuchte.

»Was?« Ich versuchte, nicht zu lachen, als Lennox unter Wasser die Schnallen des Flugapparats löste und dabei mit spitzen Fingern an meinen empfindlichen Knöcheln fuhrwerkte.

»Es war keine Magie im Spiel. Höchstens die seltsame Zauberkraft eines Mannes, der nichts zu verlieren hat und glaubt, dass er es schaffen kann.«

In der Ferne hatte das Grölen der Riesen-Marshmallow-Frau aufgehört. Die Illusion schien sich verflüchtigt zu haben. Oder ein paar mittelalterliche Ghostbusters hatten sie in eine Falle gesperrt.

»Das glaube ich dir nicht.« Ich rieb noch etwas Algenschleim von meiner Wange und spuckte verächtlich aus. »Klar war da Magie im Spiel. Ich bin kein Experte in Aerodynamik, aber ich kenne Gleitschirme und andere Fluggeräte aus meiner Welt. Solche Flügel, selbst wenn sie so perfekt zusammengebaut aussehen wie diese hier, lassen einen ausgewachsenen Mann nicht so weit fliegen. Wenn überhaupt. Außerdem hättest du dann ja willentlich euren Auserwählten in den beinahe sicheren Tod geschickt. Du *hast* mir geholfen, ganz sicher.«

»Ja, ich habe dir geholfen. Aber nicht durch Blutmagie, sondern indem ich dir die gedankliche Erlaubnis erteilt habe, an das Gelingen der Aktion zu glauben. Und wie du siehst, hat es funktioniert. Du tätest besser daran, an deine eigenen mentalen Fähigkeiten zu glauben. Sie sind das Einzige, was du hast. Was du jemals hattest. Alles andere sind nur Schattenspiele und Trugbilder.«

»Haha, Bullshit! Was, wenn ich abgestürzt wäre? Was wäre dann mit deiner tollen Theorie?« Ich bemerkte, dass der fingerfertige Überlebenskünstler gerade die letzte Schnalle meines Flügelkorsetts aufgezurrt hatte und schwamm vorsichtig zum Ufer.

Faye reichte mir die Hand und zog mich aus dem Wasser. Lennox rollte sich ebenfalls ans Ufer und begann, seine Kleidung auszuwringen.

»Du bist aber nicht abgestürzt, oder? Was spielt deine Frage also für eine Rolle? Malst du dir immer alle schrecklichen Dinge aus, die passiert sein *könnten*? Du bist jetzt hier, unversehrt, außerhalb der Burgmauer. Welchen Vorteil erhoffst du dir davon, in Erinnerungen zu schwelgen, die nie wahr geworden sind?« Faye öffnete eine kleine Holzdose, die der Bauernjunge in der Tasche gehabt hatte, und ließ daraus kopfschüttelnd ein paar Regenwürmer auf die Wiese fallen.

Ich überlegte noch, wie ich der Hexe meine Empörung über ihren Vertrauensmissbrauch entgegenschreien konnte, als Lennox mir zuvorkam und zum Aufbruch mahnte.

»Kommt, wir verschwinden durch den Wald. Die meisten Bauern sind zum Haupttor gerannt, um zu sehen, was das für ein Gebrüll ist. Doch wenn sie merken, dass das Tor geschlossen ist und sie nichts sehen können, werden sie zurück in ihre Gehöfte wandern. Dann wird uns irgendjemand verraten. Wenn das nicht schon lange geschehen ist. Deswegen dürfen wir nicht verharren, Gefährten!«

»*Deswegen dürfen wir nicht verharren, Gefährten*«, äffte ich Lennox nach, während ich das Wasser aus meinen Turnschuhen kippte. »Wer schreibt deine Dialoge, Alter? Wer redet so?«

Ich blickte in Lennox' violette Augen und sah darin neben Verwirrung auch Enttäuschung.

»Beachte ihn nicht, das wird wieder besser«, warf Faye ein, die besorgt ihren Blick an der Stadtmauer entlangwandern ließ.

Ich nahm von ihr meinen Rucksack entgegen und sagte: »Tut mir leid, Lennox.« Es wurde wirklich allerhöchste Zeit, dass ich dieses Spiel ernst nahm und es mir nicht mit meinen Verbündeten verscherzte. War die Lektion mit Aziz und der Naga wirklich noch nicht genug gewesen? Ich ohrfeigte mich gedanklich selbst und fügte hinzu: »Ich habe immer noch einen Jetlag von meiner Reise in eure Dimension. Beachtet mich einfach nicht, wenn ich Quatsch rede, okay?«

Lennox grinste nur schräg und schlug mir freundschaftlich gegen die Schulter. Als wir uns Richtung Wald auf den Weg machten, stoppte ich kurz und sah zum Teich zurück, wo Aziz‘ schillernde Kunstfertigkeit auf der Wasseroberfläche schwamm.

»Sollen wir die nicht irgendwo verstecken? Wenn die jemand findet, ist Aziz‘ Arbeit für die Katz.«

Ich war immer noch wie vor den Kopf gestoßen, dass diese Schwingen aus fantastischen Materialien wirklich mich und meine Bierwampe in der Luft halten konnten. Ob man das perfekte Design der Flügel von Grimora in meine Welt übertragen und so den Gleitschirmsport revolutionieren konnte? Würde das funktionieren oder bildete ich mir die handwerkliche Perfektion nur ein? Wie oft war mir schon etwas in einem Traum absolut schlüssig und logisch vorgekommen, was sich nach dem Aufwachen jedoch als ziemlicher Humbug entpuppte. Allerdings hatte ich auch noch nie einen so realistischen Traum gehabt …

Lennox und Faye rissen mich aus meinen Gedanken, als sie fast lippensynchron »Keine Zeit!« riefen und mich vorwärtsdrängten.

Und sie hatten Recht. Wir sollten unser Glück nicht noch mehr herausfordern. Dass wir ungesehen über die Burgmauer türmen konnten, vorbei an all den Wachen und Bogenschützen, war so unwahrscheinlich wie ein beliebiger Stunt aus einem *James Bond*-Film.

Beinahe musste ich lachen. Wenn in der Kaserne von Titanus die Frauenquote gestimmt hätte, würde Boris uns jetzt vermutlich sardonisch grinsend in einem Kerker der Schädelburg foltern. Denn *weibliche* Bogenschützen hätten vielleicht darauf achtgegeben, ob sich neben den Riesenhupen der Superhexe noch etwas anderes im Luftraum über Titanus befand.

Doch das Grinsen erstarb sehr schnell auf meinen Lippen, als meine Glieder anfingen, Schmerz- und Erschöpfungssignale zu senden.

»Wieso müssen wir eigentlich immer laufen? Gibt es keine Pferde in Grimora? Oder andere Fortbewegungsmittel?«

Als mich meine Gefährten irritiert ansahen, fiel mir ein, dass ich mir die Frage vermutlich selbst beantworten konnte. Wenn Lex Grimora der Rollenspielwelt nachempfunden hatte, die ich mir einst selbst ausgedacht hatte, dann gab es kaum Reittiere, die über einen Esel hinausragten. Pferde waren zu teuer für Normalsterbliche und befanden sich höchstens im Besitz von namhaften Rittern oder Königen. Deutlich einfacher zu ergattern waren die feuerspuckenden Reitsaurier aus den Dschungeln des Südens. Doch die waren so günstig, wie sie bockig waren. Wer seine »Reiten-Probe« versemmelte, konnte auch schon mal im Magen statt auf dem Sattel seines »Mopeds« landen …

Ich seufzte. Wieso musste ich auch nur so ein unverbesserlicher *Golden Axe*-Fan sein? Meine Liebe zu Spielautomaten der 80er manifestierte sich hier nur in unnötigen Hindernissen.

»Ein Pferd?« Faye grinste. »Das hätten wir stehlen müssen. Und dann was? Wolltest du damit über die Zinnen fliegen?« Sie spielte am Anhänger ihrer magischen Kette und blickte sehnsüchtig nach oben. »Drachen sind das schnellste Fortbewegungsmittel. Aber in der Nähe von Städten wirst du selten welche finden. Außerdem müssen sie guter Gesinnung sein, was leider überaus selten ist.«

Als ich genervt mit den Augen rollte, fügte Lennox hinzu: »Wenn wir Glück haben, können wir bald einen großen Teil des Weges mit dem Boot fahren. Dazu müssen wir jedoch erstmal genug Boden zwischen uns und die Stadt bringen. Ich ahne, dass bald Soldaten ausschwärmen und insbesondere das Flussufer nach uns absuchen werden. Wenn wir uns nah am Gebirge im Wald halten, dann sollten wir sie ohne Probleme abhängen können.«

Das klang doch ausnahmsweise mal nach Entspannung.

»Och ja, Bötchen fahren fände ich zur Abwechslung mal ganz nett«, sagte ich und sah mich schon in einer Hängematte liegen, in einem vor Schinken und Bier nur so überquellenden Laderaum. »Ich habe übrigens Hunger«.

Hadōken!

Wir mussten also »nur« einen kleinen Waldspaziergang machen und dann runter zum Ufer des Saphirs. Nach unserer Flucht aus Titanus erschien mir das als durchaus zu bewältigende Quest. Doch in Grimora ging man nicht einfach so zu einem Fluss. Das hätte mir mittlerweile klar sein können.

Erst mal mussten wir ein gutes Stück durch den »Laurer«. So hieß der Wald, der den Saphir nahezu lückenlos ummantelte und sich bis in den Osten zu den Drachensäulen erstreckte. Letzteres Gebirgsmassiv teilte die Insel Grimora in zwei Teile. Dass es sich bei Grimora um eine gigantische Insel handelte, hatte ich beiläufig in einem Gespräch mit Lennox erfahren, der sich scheinbar überall auskannte wie in seiner Hosentasche.

Doch nicht nur die Insel hieß Grimora, sondern die ganze bekannte »Welt«. Denn was sich jenseits des Meeres befand, vermochte mir weder Lennox noch Faye zu sagen. Augenscheinlich gab es keine anderen Kontinente, und Grimora schwamm in einer unendlichen Wassermasse. Kein Schiff, das versucht hatte fremde Gestade zu finden, war jemals zurückgekehrt.

Selbst Zauberer und Hexen konnten kein neues Festland erspähen. Ihre Glaskugeln, Spiegel oder verzauberten Waschzuber zeigten jenseits von Grimora immer nur das uferlose Meer. Ohne eine klare Vorstellung von einem Zielort konnte auch nicht teleportiert werden. Entsprechende Versuche, neue Länder und Städte einfach mit Fantasie zu visualisieren und blind zu teleportieren hatten stets feucht geendet, manchmal sogar mit dem unrühmlichen Tod durch Ertrinken. Flugzauber und andere Bewegungsmagie verebbten, bevor ein Arkanist wieder festen Boden unter den Füßen hatte. Einen Boden, den es aller Wahrscheinlichkeit nach ohnehin nicht gab.

Zudem hielten Geschichten von riesigen Seemonstern, tödlichen Strudeln und anderem Seemannsgarn die meisten Kapitäne ohnehin davon ab, sich als Kolumbus aufzuspielen. Die Grimoraner hatten viele passende Namen für das große Unbekannte jenseits des wässrigen Horizonts: »der dunkle Abgrund«, »Fluch des Fischgotts« oder »das Weltenwasser«. Mir war es egal, welche Story sich diese Insel-Honks dazu ausgedacht hatten, ich nannte das schlicht »Levelgrenze«.

Es leuchtete mir ein, dass die Serverfarm von *Satoritech* vermutlich nicht unendlich viel Rechenpower für gigantische, in Echtzeit gerenderte und mit komplexer KI vollgestopfte Kontinente bereitstellen konnte. Da war es einfacher, einen großen Ring aus Riesenkraken und Leviathanen um die Insel rotieren zu lassen wie Moleküle um einen Atomkern. Eine Lektion, die ich irgendwann im Computerspiel *Gothic II* gelernt hatte, als ich meinen Erkundungsdrang nicht zügeln konnte und beim Hinausschwimmen zum Rand der Spielwelt von einer Zwischensequenz in Form eines Seeungeheuers verschluckt wurde. Das war zwar überraschend und ärgerlich – keine Ahnung, wie lange ich vorher nicht abgespeichert hatte – aber auch glaubwürdiger als die blau gemalte Wand in der *Truman Show*.

Doch das Meer mit seinen Geheimnissen war gerade nicht unser Problem. Jetzt lag erst mal der Wald namens »Laurer« wie ein atmendes Untier vor uns. Sein Gespinst aus Ästen und Farnen wogte rhythmisch im Wind und aus seinen Tiefen war das Knacken uralter Baumriesen zu hören. Außerhalb der Stadtmauern gab es als Puffer zwischen der sogenannten Zivilisation und der Wildnis nur einen schmalen Gürtel von Obstbäumen, Büschen und kleinen Plantagen. Dahinter begann sofort urwaldartiges Dickicht, in dem das

Vorankommen durch Dornenbüsche, Felsen oder kleine Tümpel anspruchsvoll war. Ständig mussten wir Umwege laufen, klettern und hin und wieder sogar auf alle Viere runter.

Doch damit nicht genug.

Grimora hatte natürlich auch noch Gelände-Eigenheiten zu bieten, mit denen nur fantastische Lande dienen konnten. Ohne meine einheimischen Fährtensucher Faye und Lennox, die mir ständig die Flora und Fauna vor meiner Nase erklärten, wäre ich nie und nimmer am Fluss angekommen. Ich hätte die giftigen Sporen seltsamer Riesenpilze eingeatmet, wäre über die Eisrunen-Fallen magiebegabter Jäger gelaufen oder hätte versucht, eine dieser seltsamen Baumkatzen zu streicheln, von denen mir Faye versicherte, dass sie *absolut tödlich* waren. Niedliche Katzen, die niemand streicheln durfte? Das war selbst für Grimora zu düster. So was verdiente eher einen eigenen Ring in Dantes Hölle. Mir blieb nur zu hoffen, dass sich Lennox und Faye mit den Katzen ein Späßchen auf meine Kosten erlauben wollten.

Als wir an einer überwucherten Statue vorbeikamen, die schräg aus den Büschen ragte, blieb ich schnaufend stehen. Ich hatte immer noch anständigen Muskelkater von meinem ersten Tag in Grimora. Hinzu kamen ganz neue Wehwehchen durch meinen Jungfernflug über die Stadtmauer, und die sommerliche Wärme ließ mich trotz des Schattens der Bäume kleine Bäche schwitzen.

»Mal kurz was trinken«, sagte ich und begann, den Wasserschlauch am Proviantrucksack loszubinden, den Faye auf dem Rücken trug. Ich hatte ein schlechtes Gewissen, da ich bisher als Einziger für das Mampfen unserer Vorräte und das Wegsaufen des Wassers verantwortlich war.

»Okay, aber nur eine kurze Rast«, sagte Lennox, der die Spitze unserer Kolonne bildete und nun stehen geblieben war. Sein ehemals strahlendes Rüschenhemd war trotz des Tauchgangs im Tümpel vor der Stadt immer noch schwarz gesprenkelt vom Naga-Blut. Er sprang auf einen schmalen Felsen und balancierte dort, um Ausschau zu halten. Scheinbar vermisste er schon jetzt die schmalen Fenstersimse und Dachfirste von Titanus. »Ich rieche schon den Fisch, wir sind bald da«, sagte er mit der Nase im Wind.

Als ich trank, stupste mich Faye von hinten an und streckte ihren Arm nach dem Wasser aus. Sie wirkte nicht sonderlich angestrengt und nur eine einzige Haarsträhne, die an ihrer Stirn klebte, zeugte davon, dass wir uns durch das schwüle Unterholz kämpften.

»Pssssst, hört ihr das?«, flüsterte Lennox, der eine Hand hochhielt und verstohlen über ein paar Büsche spähte.

Ich unterdrückte das Bedürfnis, als Antwort darauf laut zu rülpsen. Ich hatte gerade ziemlich hastig fast die Hälfte unseres Wasservorrats runtergekippt und fühlte mich im Stande, eine Art Boromirs Horn durch den Wald schallen zu lassen. Doch ich kontrollierte den Schalk in meinem Nacken.

Stattdessen folgten wir Lennox auf sein Zeichen hin geduckt durch den Wald bis zu einer kleinen Lichtung. Der Dieb hatte gute Ohren! Da zeichneten sich zwei Gestalten durch das Unterholz ab, die sich aufgeregt unterhielten. Für Faye und mich hatte der Wald ihre Stimmen verschluckt. Wir taten es Lennox gleich und gingen hinter einem dichten Farngewächs in die Hocke. Was ich dann hörte und sah, ließ mein Herz aufgeregt pochen.

»Verdammt, Stephanie, jetzt krieg dich mal wieder ein. Es ist nur ein Spiel. Die Kreatur, die du mit deinem Bogen getroffen hast, besteht aus Einsen und Nullen. Nicht aus Fleisch und Blut. So ein Wesen gibt es doch bei uns gar nicht! Oder hast du so was schon mal in unserem Stadtwald gesehen?

Oder auch nur im Fernsehen? Verdammt, Steph, es ist eine Simulation, egal wie echt es dir vorkommt!«

Die Stimme gehörte einem jungen Mann, den ich auf Mitte zwanzig schätzte. Mit seiner dunklen Kleidung und langen blonden Haaren erinnerte er mich fast ein wenig an Julian Sands aus *Warlock*. Er redete auf eine Bogenschützin ein, die unter ihm auf einem Baumstumpf saß. Die Frau, die durch ihre Frisur und ihr Outfit an eine elfische Bogenschützin gemahnte, blickte zweifelnd auf einen Bogen, der zu ihren Füßen lag. Nun stellte Warlock einen Stiefel auf den Baumstumpf und klopfte ihr auf den Rücken.

»Komm jetzt, lass uns einfach Spaß haben. Ich will zumindest noch die Stadt sehen, bevor unsere Zeit abläuft.«

Die Fernkampf-Stephanie hob ihren Bogen auf und sah ihrem Begleiter mit einem verschmitzten Lächeln in die Augen. »Und du bist dir sicher, dass uns hier nichts passieren kann, Tim?«

»Mir sowieso nicht!«, grunzte Tim und ballte seine Fäuste auf eine Weise, als wäre er Son-Goku von *Dragonball*. »Außerdem haben die uns doch alles genau erklärt. Wenn du stirbst, wirst du einfach nur ausgeloggt.«

Ausgeloggt. Das war mein Stichwort. Ich konnte nicht glauben, was ich gerade gehört hatte. Die beiden Pappnasen waren vielleicht meine Rettung. Ich stand auf und wollte hinaus auf die Lichtung gehen, als mich Lennox und Faye fast gleichzeitig zurückhielten.

»Stopp! Was hast du vor?«, raunte Faye hinter vorgehaltener Hand.

»Lass mich los, die beiden kommen aus meiner Welt und sind vielleicht meine Fahrkarte nach Hause. Ich muss mit ihnen reden und hoffen, dass sie mir meine Geschichte glauben.«

Nun flüsterte Lennox erregt von der anderen Seite auf mich ein. »Nein, Mann, das ist eine Falle. Ich rieche Zendars Schergen tausend Klafter gegen den Wind. Sie wollen dich locken. Was auch immer du glaubst zu sehen ist eine Illusion. Zendar ist ein Meister der Täuschung. Das hier trägt seine Unterschrift und sein Siegel wie nichts anderes.«

Ich hatte genug gehört von diesem Quatsch. »Hey, ihr da, hier rüber!«, rief ich, so laut ich konnte, was Faye und Lennox Flüche entlockte.

Es tat mir ja leid, dass ich die Ziele und Parameter meiner treuen Begleiter-Programme durcheinanderbringen musste, aber es war Zeit, die epische Quest abzukürzen und die letzte Tankstelle vor der Autobahn zu nehmen.

Tim und Stephanie blickten alarmiert in unsere Richtung. Als wir zu dritt auf die Lichtung traten, veränderte sich der Gesichtsausdruck der beiden Grimora-Besucher von überrascht zu amüsiert.

»Wen haben wir denn hier, Honey Bunny?«, fragte Tim grinsend, als er langsam ein paar Schritte näher kam.

Stephanie zog aufgeregt einen Pfeil aus ihrem Hüftköcher und versuchte ungeschickt, einen Pfeil mit ihrem Bogen zu kombinieren.

Ich hob beschwichtigend meine Hände. Faye und Lennox blieben dicht bei mir. Irgendwas an ihrer Körperhaltung sagte mir, dass sie gespannt waren wie Flitzebögen.

»Timeout!«, rief ich und machte das entsprechende Handzeichen. »Nicht schießen, ich bin auch ein Spieler! Einer von euch! Kann ich bitte kurz mit euch reden?« Ich bemerkte wie meine Stimme vor Aufregung bebte, aber ich versuchte, mir nichts anmerken zu lassen.

Wenn ich es richtig anstellte, dann konnten die beiden vielleicht ausloggen und Hilfe holen. Oder zumindest Laura und der Polizei weitergeben, was hier geschehen war. So könnte ich wenigstens meine Familie, insbesondere meinen unschuldigen Sohn schützen, und vielleicht sogar Lex hinter Gitter bringen. Kleine Gedankenblitze am Rande, wie zum Beispiel solche, die mir nahelegten, die beiden nicht auch noch mit hineinzuziehen und damit ebenfalls in Gefahr zu bringen, schob ich sofort zur Seite. Hier ging es um mich und meine Familie. Und um Rache. Das hier war Krieg. Und da galten logischerweise andere Regeln.

»Seid gegrüßt, Wanderer«, sagte Tim, während er grinsend seine Ärmel hochkrempelte. »Mein Name ist Sauron, der Schreckliche. Ich bin der dunkle Hexenmeister von äh … vom flammenden Berg! Das hier ist … äh … Bullseye, mein erster Commander. Geschwind! Sagt mir Euren Namen und Euer Ansinnen und verratet mir auch, wer Eure Handlanger sind. Sagt es sogleich! Oder meine Flammen werden Euch verzehren, und die Pfeile meiner Gefährtin werden ein Sieb aus Euch machen!«

»Ein Sieb!«, bestätigte Bullseye fröhlich aus dem Hintergrund, die sich nun auf den Baumstumpf gestellt und endlich einen wackeligen Pfeil auf der Sehne positioniert hatte.

Ich war wie versteinert. Irgendwo in meinem Kopf, in einem ruhigen Kämmerlein, prustete ich los vor Lachen und schlug mir auf die Schenkel. Doch das hier war nicht witzig. Es hing zu viel davon ab, dass diese beiden Witzfiguren kooperierten.

Ich rang mir ein Lachen ab, um den albernen Rollenspielversuch von Blondie im Keim zu ersticken. Doch ich bin mir fast sicher, dass mein Lachen dabei so authentisch geklungen haben muss wie ein getipptes »lol« nach einem schlechten Witz im Chat auf der Arbeit.

»Hahaha! Hört mal bitte kurz zu, okay? Lasst uns mal kurz »Out Time« reden, ja?«

Irgendwo hinter mir hörte ich Faye leise etwas murmeln und hoffte inständig, dass sie mir nicht in die Parade fuhr.

Ich verhärtete meine Miene zu todernst, als ich weitersprach: »Das ist lebenswichtig. Sorry, dass ich euer Spielerlebnis jetzt stören muss, aber ihr seid vermutlich in großer Gefahr. Genau wie ich. In *echter* Gefahr. Der Typ, der euch hier reingebracht hat ist …«

»Hadōken!«

Mit diesem Schrei schnitt der blonde Tim meine Ausführungen einfach ab. Doch ich hatte keine Nanosekunde Zeit, mich über seinen *Street Fighter*-Move lustig zu machen. Denn als Tim dabei seine Hände ruckartig nach vorne ausstreckte, löste sich zu meinem Schock ein blau züngelnder Feuerball aus seinen Handflächen und raste auf uns zu.

Ich konnte vor ungläubigem Schreck kaum reagieren, doch schaffte es zumindest noch, mich zu Boden fallen zu lassen. Dabei sank ich halb und halb wurde ich von Lennox gezogen, der deutlich schnellere Reflexe hatte als ich.

Das blaue Geschoss raste über unseren Köpfen in die Botanik, wo es Blätter und Äste wie Schaumstoff zerfetzte. Zwar ging von diesem »Energieball« keine Hitze aus, doch er sorgte für einen Streuschuss kleiner Holzsplitter, von denen mich einige schmerzhaft an Kopf und Armen trafen. Ich rollte mich schmerzverzerrt zur Seite und begann, mich wieder hochzurappeln. Warmes Blut lief meine Wangen herab.

Unterdes hatte Faye scheinbar einen Zauber vollendet. Denn nun schwoll ihr Gemurmel zu einem lauten Fluch an. Ihre Augen waren wieder so schwarz wie kleine Opale, als sie ein kleines Fläschchen mit Blut auf die Bogenschützin warf. Stephanie war gerade dabei, ihren Bogen zu spannen, als sie das Fläschchen am Oberkörper traf und zersplitterte. Sofort wurde sie von einer grünlichen Flammenwolke eingehüllt und verschwand.

Sie war einfach fort, noch nicht mal eine verbrannte Leiche fiel zu Boden. Doch weitaus beunruhigender war, dass die Flammenwolke sich kurz bis zum blonden Tim ausgebreitet, ihn aber unversehrt gelassen hatte. Das grüne Feuer hatte eine unsichtbare Kugel um Tim eingehüllt, die kurz golden aufflackerte wie der getroffene Schutzschild eines Raumschiffs.

Tim wandte sich mit offenem Mund zu seiner Begleiterin um, die sich in der grünen Feuersbrunst restlos aufgelöst hatte. »Steph …! Nein! Ihr … Bastarde!«

Als er sich hasserfüllt Faye zuwandte, strahlte weißes Licht in seinen Augen. Mit seinen Händen, die er wie Krallen übereinander hielt, sammelte er erneut blaues Street Fighter-Chi. Der nächste Hadōken würde größer ausfallen. Es war surreal.

Doch bevor er ihn auf Faye schießen konnte, flackerte wieder sein goldener Schutzschild auf. Wieder und wieder – nämlich jedes Mal, wenn Lennox versuchte, dem wahnsinnigen Tim einen seiner beiden Dolche in die Seite zu rammen. Der Dieb war scheinbar nicht untätig gewesen und hatte die kurze Ablenkung genutzt, um sich aus einer anderen Himmelsrichtung zu nähern. Nun machte er große Augen, als ihm die Nutzlosigkeit seiner Attacken bewusstwurde.

»Meine Waffen richten nichts aus!«, rief er genau in dem Moment, als Tim seinen nächsten Energiestoß auf ihn umlenkte.

»Hadōken!«

Mit unglaublichen Reflexen, die mir übermenschlich vorkamen, vollführte Lennox eine Seitwärtsrolle, um der Energiekugel zu entgehen. Das Geschoss explodierte auf dem Boden und ließ Erde auf uns niederregnen. Die Schockwelle reichte jedoch, um den purzelnden Lennox wie eine Kanonenkugel in die Büsche zu schießen und Tim selbst von den Füßen zu holen.

»Der miese Cheater hat God Mode an! Lauft! Er ist unverwundbar!«, schrie ich über die Lichtung.

Testete Lex jetzt etwa schon Pay to Win-Modelle, mit denen sich bestimmte Spieler in Grimora unbesiegbar machen konnten? Und war der geistig umnachtete *Warlock*-Verschnitt wirklich unbesiegbar? Lange würden wir seinen Angriffen auf jeden Fall nicht mehr schadlos entgehen können. Mit seiner goldenen Cheater-Aura konnten wir es auf jeden Fall nicht aufnehmen.

Während Tim benommen seinen Kopf schüttelte und sich wieder aufsetzte, rannte ich in Richtung der Büsche, in die Lennox geflogen war. Faye folgte mir auf dem Fuße. Ihre Augen waren wieder grün. Sie hatte ihren Hexen-Angriffsmodus offensichtlich wieder verlassen und war zur Flucht bereit.

»Hör auf mit der Scheiße, Tim, ich will doch nur reden!«, rief ich beim Wegrennen über meine Schulter, ohne jedoch auch nur einen Schritt langsamer zu werden.

Doch der bekloppte Player Killer schien wie von Sinnen zu sein. Der Realismusgrad der Simulation hatte ihm wohl komplett die Sicherung rausfliegen lassen. Vielleicht konnte oder wollte er auch nicht glauben, dass ich ebenfalls ein richtiger Mensch war? Doch warum sollte ich genau das behaupten, wenn es nicht der Fall war?

Es spielte keine Rolle. Ein weiteres zorniges »Hadōken!« resultierte in einem geborstenen Baum zu unserer Linken. Ich riss beim Rennen meinen Arm hoch, um mein Gesicht vor den blau leuchtenden Splittern zu schützen. Fast wären wir über Lennox gestolpert, der mit einem verstrubbelten Kopf voll Dreck und Blätter vor uns aus dem Gestrüpp auftauchte und »Zum Fluss!« schrie. »Er ist nicht mehr weit!«

So rannten wir Hals über Kopf taumelnd durch den dichten Wald; nur weg von Tim und seiner überlegenen Artillerie. Lennox lief an der Spitze, gefolgt von mir und, am Ende des Zuges, Faye. Auf diese Weise wurde ich vom flinken Dieb gezogen, da ich versuchen musste, Schritt zu halten, und von Faye geschoben, wenn ich zu langsam wurde. Es war eigentlich nur eine Frage der Zeit, wann ich einen Fehler machen und der Länge nach hinschlagen würde. Aber das durfte nicht passieren.

Weitere Explosionen, von denen wir die Druckwellen noch in unseren Rücken spüren konnten, zerfetzen die Vegetation hinter uns: »Hadōken! Hadōken! Hadooooooōken!«

Vollkommen over-powered! Wieso hatte dieser Mist keinen Cooldown? So musste sich der arme *Predator* gefühlt haben, als hinter ihm der Dschungel mit einer Minigun eingeebnet wurde. Ich betete zu Murphy, Loki und allen Schabernack-Göttern, die mir bekannt waren, dass sich Tim beim Laufen und Schießen versehentlich selbst in die Luft sprengte.

Doch natürlich passierte das nicht. Im Gegenteil. Er holte auf, weil ihm seine Pfuscher-Magie eine Schneise durch den Wald sprengte.

»Ich werde euch mit meiner Macht zermalmen wie Ameisen, ihr Hundesöhne! Ihr werdet für den Tod von Bullseye bezahlen! Bleibt stehen! Ich töte euch!«

Ein verlockendes Angebot, doch wir rannten lieber weiter um unser Leben. Fast hätten wir Lennox‘ Stimme über dem Crescendo von explodierendem Wald nicht gehört, als er rief: »Der Schwalbenturm, Faye! Erinnerst du dich?«

»Ja …!«, schrie die Hexe nach einer kurzen Denkpause zurück.

Ich hatte keine Ahnung, wovon die beiden redeten, aber ihr Insiderwissen hatte zur Folge, dass Lennox plötzlich nach rechts ausbrach, mit einer unglaublichen Fußarbeit über ein paar Felsen davonsprang und wir getrennter Wege liefen. Als ich verwirrt langsamer wurde, rannte Faye an mir vorbei und rief: »Mir nach, Kai«!

Ich beschleunigte meine Schritte wieder, merkte jedoch, dass meine Reserven so langsam zur Neige gingen. Mein Brustkorb fühlte sich viel zu eng an für meine Atembewegungen und meine Oberschenkel brannten vor Empörung. Dazu die kaum verheilten Blasen an den Füßen …

»Ich kann kaum noch, was können wir tun?!«, rief ich, während mir von vorne kleine Äste ins Gesicht peitschten und ich von hinten immer wieder von kleinen Erdklumpen und anderen Geschossen malträtiert wurde.

Doch anstatt auf mich einzugehen oder ihre Magie einzusetzen, hatte Faye scheinbar die geniale Idee, unseren Verfolger auch noch zu reizen. Ich traute meinen Ohren nicht, als sie rief: »Komm her zu mir, du Möchtegern-Zauberer! Wenn du mich fängst, darfst du mich ficken!«, rief sie so laut sie konnte.

Hatte sie wirklich das F-Wort gesagt?

Ja, scheinbar hatte sie das, und Tim hatte es auch gehört, denn nun ejakulierte er einen wahren Strom von Energiebällen durch den Wald. Salven von Steinen, geborstenen Ästen, Moos und kreischenden Nagetieren flogen uns um die Ohren und ich befürchtete, dass unser Ende bald gekommen sein würde.

Dann wurde der Wald endlich lichter, und wir rannten hinaus auf eine Heide, die das hohe Ufer des Saphirs bildete. Der Wind zerzauste hier hohe Gräser und Wildblumen. Einige Felsen ragten aus dem Grün empor.

Faye rannte an der Kante der Böschung entlang und ich versuchte, Schritt zu halten. Ich keuchte und blickte auf Stromschnellen hinab, in deren Wassernebel Sonnenlicht glitzerte. Auch wenn wir es tatsächlich bis zum Wasser geschafft hatten, würde mir sehr bald die Puste ausgehen, und dann wäre ich geliefert. Außerdem war weit und breit kein Anlegesteg zu sehen. Vermutlich waren wir durch unsere Flucht weit vom eigentlichen Pfad abgekommen. Ich versuchte, nicht über einen der Felsen zu stolpern und blickte hinter mich.

»Hadōken! HARHARHAR!«

Von einer blauen Druckwelle entwurzelte Bäumchen und Sträucher flogen aus dem Wald, gefolgt von Tim, der mit Wahnsinn in den Augen in die Heide taumelte. Sein Schutzschild flackerte wild von den Schrapnellen der Explosionen, die ihm selbst um die Ohren flogen.

Ein Schwall heißer Panik durchströmte mich und ich verbuchte, dass mir mein pochendes Herz langsam schwarz vor Augen werden ließ. »Faye, er hat uns gleich«, keuchte ich unnötigerweise, denn die Magierin war stehengeblieben und sah es selbst.

Sie war dabei, Schnallen an ihrem Oberkörper zu lösen und öffnete ihre Jacke. »Du hast gewonnen, Tim!«, rief Faye unserem Verfolger entgegen. »Jetzt kannst du mich haben. Versprochen ist versprochen.«

Sie ergriff den Kragen ihrer Schnürbluse mit beiden Händen und riss den Stoff mit einem kräftigen Ruck entzwei. Das feine Gewebe hing in Fetzen herunter und offenbarte ihre nackten Brüste.

Ich konnte es nicht sehen, weil ich mich hinter sie an den Rand der Uferböschung gestellt hatte, um im Notfall springen zu können. Doch was auch immer Tim zu sehen bekam, ließ ihn von Rennen zu Gehen wechseln und dümmlich grinsen. Faye strich sich mit beiden Händen die rote Mähne aus dem Gesicht und schob damit ihren Oberkörper nach vorne.

»Worauf wartet Ihr, mächtiger Zauberer? Das Brennen zwischen meinen Schenkeln wird nicht der Wind löschen können. Fickt mich durch, wie es noch keiner getan hat. Oder sind Eure Feuerbälle das Einzige, was Frauen explodieren lassen kann?«

Tim kam nun nur noch mit ganz kleinen Schritten näher. Das debile Grinsen war in seinem Gesicht festgefroren wie bei einem Teenager, der das erste Mal eine nackte Frau sieht, die nicht seine Mutter ist. Seine Augen leuchteten nicht mehr, und die Energieentladungen um seine Hände erstarben. Die Sonnen standen hoch am Himmel, und der Hulk hatte sich beruhigt. Zumindest vorerst. Doch zu meiner Bestürzung sah ich eine neue Art von Eskalation in seinen Augen aufleuchten.

»So ist es recht, meine kleine Dirne«, stammelte er, und ich konnte sehen, wie er überflüssigen Speichel herunterschluckte. »Ich werde dich nun in all deine Löcher ficken, und du wirst mir zu Diensten sein, nicht wahr?« Seine Frage ließ vermuten, dass er sein Glück selbst noch nicht völlig fassen konnte. »Und dein Gefährte wird uns dabei zusehen. Das ist eine gerechte Strafe für euren armseligen Versuch, mir zu entkommen. Keiner von euch kann etwas gegen mich ausrichten. Ein mächtiger Zauber schützt mich. Der Gott dieser Welt hat mich mit seiner Magie unverwundbar gemacht. Also tut, was auch immer ich euch befehle. Und vielleicht lasse ich euch am Leben.«

Meine Gedanken rasten. Wie konnte ich diesen Wahnsinn noch stoppen? Tim ging wie hypnotisiert auf Faye zu und leckte sich aufgeregt die Lippen.

»Oh ja, nehmt mich richtig durch, mein dunkler Fürst«, raunte Faye, und ich war erstaunt, wie aufrichtig lüstern ihre Worte klangen.

Wäre die Situation nicht so absurd und bedrohlich gewesen, wäre ich vermutlich selbst davon geil geworden. Faye presste stöhnend ihre Brüste zusammen und präsentierte sie dem sabbernden Warlock, der die Hände ausstreckte und mit einem letzten beherzten Schritt an sie herantrat.

Der Aufprall war unglaublich hart.

Lennox' Körper krachte in vollem Lauf gegen Tim und beförderte ihn sauber über die Kante der Böschung. Der erotisierte Blondschopf konnte nicht mal schreien, weil ihm die Luft aus den Lungen gepresst worden war. Er landete mit einem dumpfen Platschen im Wasser und wurde sofort von den Stromschnellen davon gespült. Er schrie nicht und er zeterte nicht; er war vollkommen damit beschäftigt, seinen Kopf über Wasser zu halten, um nicht zu ertrinken. Man konnte sehen, wie er mit seiner vollgesaugten Kleidung und der Macht des Saphirs zu kämpfen hatte.

Mir entfuhr ein erleichtertes Lachen. »Gute Reise, du Vollpfosten!«, schrie ich über das Rauschen des Flusses hinweg.

Ich fragte mich, wieso ihn sein Schutzschild nicht vor der menschlichen Ramme geschützt hatte. Vielleicht wurde direkter Körperkontakt nicht als Angriff gewertet, damit der Spieler überhaupt von anderen Wesen in Grimora berührt werden konnte – insbesondere, wenn es dabei um unanständige Berührungen ging, wie Tim sie sich von Faye erhofft hatte. Vielleicht hatte er sogar selbst seinen Schutzschild deaktiviert, um Faye körperlich näherkommen zu können? Was für eine Ironie. Ich musste grinsen. Es war schon immer gefährlich, für eine schöne Frau die persönlichen Schutzschilde runterzufahren …

»Das sollte den Hitzkopf erst mal abkühlen«, stöhnte Lennox, der am Rand der Böschung lag und sich die schmerzende Flanke hielt.

Ich ging sofort zu ihm und reichte ihm die Hand zum Aufstehen. »Woher wusstest du, dass sein Schutzschild deinen Körper nicht als Waffe registrieren würde?«

»Ich wusste es nicht. Aber hättest du eine bessere Idee gehabt?«

»Nein«, sagte ich lächelnd und blickte zum Horizont, wo der Saphir wieder breiter wurde und eine Kurve machte. »Den sind wir erst mal los. Fragt sich nur, wie lange.«

Faye trat neben mich und suchte den Fluss nach einem Zeichen ihres dunklen Fürsten ab. Ihre Jacke stand offen und ich konnte meinen Blick nicht schnell genug abwenden. Zwar wurden ihre Brustwarzen bedeckt, doch der Rest der kurvigen Alabaster-Landschaft leuchtete mir makellos und wunderschön entgegen. Das Rabenamulett funkelte.

Faye grinste mich neckisch von der Seite an und schloss die Jacke. »Wärst wohl gerne an seiner Stelle gewesen, was?« Sie pustete sich eine rote Strähne aus dem Gesicht.

»Ich müsste lügen …« Ich bemühte mich, nicht zu erröten, doch die Wärme, die mir ins Gesicht schoss, war ein klares Indiz dafür, dass ich damit nicht sehr erfolgreich war.

»Kai hat recht«, sagte Lennox, dessen Augen gerade neongelb waren. »Wir wissen nicht, wo er ans Ufer gespült wird und wie schnell wir ihm wiederbegegnen könnten. Wir machen eine kurze Pause, um zu verschnaufen, aber dann geht es im Eilschritt weiter. Wenn ich es richtig sehe, müssen wir gar nicht so weit zurückgehen. Der Steinkreis auf dem Hügel dort hinten kommt mir bekannt vor. Die *Dagon* müsste ganz in der Nähe angetaut sein. Wenn sie nicht unterwegs ist. Dann haben wir Pech …«

Ich blickte angestrengt den Saphir hinauf, konnte aber beim besten Willen nichts erkennen. Lennox‘ seltsame Chamäleon-Augen machten wohl denen eines Adlers Konkurrenz.

Wir aßen schnell ein wenig des verbliebenen Fladenbrots, ein paar Trockenfrüchte und spülten alles mit dem letzten Wasser herunter. Ich begutachtete meine zerschlissene Hose, die nun einige Risse und Löcher aufwies. Mein ganzer Körper brannte und zwackte an verschiedenen Stellen. Insbesondere am Kopf, den Faye mit einem weißen Tuch abtupfte, das schnell komplett blutgetränkt war. Sie murmelte ein paar Worte und strich über die größte Wunde an meiner Wange, die daraufhin abrupt zu bluten aufhörte. Als ich die wie verrückt juckende Stelle betastete, hatte sich der Riss schon von alleine geschlossen. Faye zwinkerte mir gönnerhaft zu.

Dann brachen wir wieder auf und gingen dicht am Ufer entlang zurück in Richtung Titanus. Offensichtlich hatten wir den Anlegesteg des Bootes durch unsere wilde Flucht verpasst. Ich blickte nach jedem nennenswerten Stück Boden, das wir gutgemacht hatten, gehetzt hinter uns, weil ich befürchtete, der wahnsinnige Tim könnte sich aus den Fluten erheben und uns diesmal mit seinen Energiegeschossen pulverisieren. Doch der Fluss war auf unserer Seite. Seine starke Strömung schien den Irren weit von uns fortgetragen zu haben. Vielleicht war er sogar ertrunken?

Meine Gedanken kreisten. Tims unbeholfene Gefährtin war nach Fayes grünem Feuerball einfach so verschwunden, sprich, vermutlich ausgeloggt worden. Vielleicht konnte ich durch meinen Tod ja doch aus der Simulation entkommen? Oder hatte Lex dem einen Riegel vorgeschoben? Er hatte nur gesagt, dass es wie im Film *Matrix* sei: dass der Körper nicht leben könne, wenn der Geist sich für »tot« hielt. Dann wäre es lediglich eine Frage der persönlichen Überzeugung und das Wissen, dass in der Simulation nichts passieren kann. Doch dann hätte es sicher schon Tote in Lex‘ Team gegeben und auch Bullseye könnte nun theoretisch leblos in ihrem Floating Tank schwimmen. Besonders, weil sich schon kleinste Verletzungen äußerst real anfühlten und eine derartige Überzeugung schwierig machten. Nein, es musste irgendeine Einstellung im Programm geben, die Schmerzen und tödliche Unfälle verhinderte. So wie Lex bei Tim ja scheinbar auch eine Art »Charakterklasse« hinzufügen konnte. Und ich befürchtete, dass da, wo er Tim den »Magier mit Street Fighter-Feuerbällen« gegönnt hatte, bei mir »Kanonenfutter« angehakt war.

Plötzlich kam mir ein Gedanke. Ich konnte doch theoretisch einfach ausprobieren, ob in diesem Land Programme oder die Macht der Überzeugung das Sagen hatten. Immerhin war das doch alles nur in meinem Kopf!

Ich blieb stehen und postierte mich vor einer Art großen Sonnenblume. »Bleibt stehen, ich muss mal kurz was ausprobieren.«

Lennox und Faye wandten sich mit einer Mischung aus Neugier und Verärgerung auf ihren Gesichtern zu mir um.

»Hier kannst du wenigstens nichts kaputtmachen«, sagte Faye und verschränkte abwartend die Arme.

Ich atmete ein paar Mal tief über die Nase ein und langsam über den Mund wieder aus. Dabei visualisierte ich so lange das Ergebnis, bis ich klar vor Augen hatte, was passieren sollte. Ich betete, dass es klappte. Ich war bereit. Ich schrie.

Die Dagon

Die große Blume war zerfetzt. Komplett zerstört. Atomisiert. Und nicht nur das. Eine Schockwelle der Zerstörung hatte den halben Abhang mit in den Fluss gerissen. Faye und Lennox lagen auf dem Rücken. Die Macht meines *Skyrim*-Drachen-Schreis hatte die beiden sauber von den Füßen geholt. Wahnsinn. *Fus Ro Dah*, Baby!

So zumindest hatte ich es mir ausgemalt. Doch das Ergebnis meines Ausbruchs war mehr als ernüchternd. Mein heiserer Schrei hatte die seltsame Sonnenblume leider nicht entwurzelt und unter dem Applaus meiner Gefährten in den Fluss fliegen lassen. Sie hatte höchstens leicht mit dem Kopf geschaukelt und selbst diese kaum merkliche Bewegung ging wahrscheinlich eher auf das Konto des Windes.

Ich räusperte mich und schnippte mit dem Finger gegen den Kopf der Blume.

So einfach war das wohl doch nicht. Es gab immer noch einen Unterschied zwischen der Welt in meinem Kopf und meiner Außenwelt. »Okay, ich schätze, es war einen Versuch wert. Wir können weitergehen.«

Ich riss mich zusammen, um mir meine Enttäuschung nicht anmerken zu lassen, doch Lennox sah mich mit großen Augen an.

»Das war gar nicht schlecht! Ich konnte die Entschlossenheit in deinen Augen sehen, als du …«

Faye fasste ihn am Arm und lächelte künstlich. »Lass gut sein, Lennox, wir müssen weiter.«

So stapften wir eine Weile einfach schweigend durch die hohen Gräser der Uferböschung. Mir war heiß, und ich schielte immer wieder sehnsüchtig auf die weißen Schaumkronen des breiten Flusses. Wie gerne hätte ich mich kurz ein wenig erfrischt und mir das zweifellos arschkalte Wasser ins Gesicht gespritzt.

Doch wir hatten keine Zeit. Lex hatte dafür Sorge getragen, dass in meiner Sanduhr nur noch wenige Körner am schmalen Durchgang zum unteren Glaskolben anstanden. Deshalb verkniff ich mir die Äußerung jeglicher Bedürfnisse und versuchte, auch das Brennen der wunden Stellen in meinen Turnschuhen zu ignorieren. Falls ich am Ende des Tages noch lebte, würde ich eine entzückende Familie von Blasen an meinen Zehen und Fersen begrüßen dürfen. Doch ich hoffte, dass diese, wie zuvor die klaffende Wunde in meiner Wange, kein Problem für Fayes heilende Blutmagie sein würden.

Zumindest lenkten mich Hitze und Schmerzen von meinem destruktiven Gedankenkarussell ab. Was würde mit Laura und Connor geschehen? Wie wahrscheinlich war es, dass mir der tolle Erzmagier dieses Landes helfen konnte aufzuwachen? Und wie weit würden wir noch reisen müssen? Ich versuchte, diese Gedankengänge nicht zu verfolgen und konzentrierte mich lieber auf das Hier und Jetzt. Faye hatte nach meinem Sprung über die Burgmauer recht gehabt. Was würde es mir nützen, jetzt über ungelegten Eiern zu brüten?

Ich setzte also einfach einen brennenden Fuß vor den anderen und ließ die üppige Pflanzenwelt von Grimora auf mich wirken. Wie schön das alles hätte sein können, wenn ich nicht als Todeskandidat gebrandmarkt gewesen wäre.

Schließlich gelangten wir zu ein paar moosbewachsenen Felsen, die uns den Weg abschnitten und auch den Blick auf den weiteren Verlauf des Saphirs verwehrten. Lennox führte uns jedoch zielsicher zu einer natürlichen Unterführung, die durch zwei enorme, ineinander verkeilte Steinplatten gebildet wurde. Wir blieben stehen, und ich spähte in den düsteren

Gang. Das waren schätzungsweise dreißig, wenn nicht vierzig Meter, die wir unter tonnenschwerem Stein durchgehen mussten. Wenigstens ließ der starke Bewuchs darauf deuten, dass der Durchgang nun schon länger der Schwerkraft standgehalten hatte. Trotzdem bemerkte ich ein klammes Gefühl von Klaustrophobie in meiner Magengegend, als wir uns im Gänsemarsch hintereinander in den Gang zwängten.

Einfach atmen und durch, es gab schon weitaus Schlimmeres auf meiner Reise.

Der Geruch von feuchter Erde und Laub erfüllte den Tunnel und erinnerte mich an einen regnerischen Tag auf dem Friedhof. Glücklicherweise hatten wir recht schnell die Hälfte geschafft.

Doch dann beschleunigte sich mein Puls unangenehm, als ein Schatten vor dem Ende des Durchgangs auftauchte. Die Silhouette einer Person schob sich in den Gang und rief etwas in einer Sprache, die es auf der Erde nicht gab. Sie klang melodisch, aber auch forsch, beinahe wie Japanisch. Lennox blieb stehen und bedeutete uns mit gehobener Hand, es ihm gleichzutun. Ich war beim Auftauchen des Schattens ohnehin schon zur Salzsäule erstarrt und wandte mich nun vorsichtig zu Faye um, die in der Dunkelheit einen kleinen glitzernden Gegenstand aus ihrer Jacke zog. Ich schüttelte den Kopf und formte ein übertriebenes »Nein« mit meinen Lippen. Wollte diese Frau denn jedes Hindernis gleich mit hundert Millionen Volt aus den Latschen brennen?

Zu meiner Überraschung antwortete Lennox fließend in derselben Sprache und unterhielt sich kurz mit dem ominösen Schatten. Als er dabei auf uns deutete, wurde unser Gegenüber jedoch unvermittelt aggressiv und schien seine Worte nun verächtlich auszuspucken. Lennox fuhr mit beschwichtigender Stimme fort, während von rechts und links zwei weitere Umrisse vor den Tunnelausgang glitten.

Das Knarzen von Bogensehnen ließ mir das Blut in den Adern gefrieren. Ich blickte erneut zurück. Wir waren schon zu weit gekommen. An Rückzug unter Pfeilbeschuss war in diesem schmalen Todestunnel nicht zu denken. Ich machte mich mit klopfendem Herzen bereit, auf den Boden zu hechten, damit Faye freie Schussbahn hatte. *Hundert Millionen Volt, ihr Arschkekse.*

Doch noch war es nicht soweit. Lennox, der in einer entwaffnenden Geste die Hände gehoben hatte, fuhr nun mit einer Hand ganz behutsam in seine Weste und offenbarte eine kleine Flasche. Er rief etwas in einem neckischen Tonfall und schüttelte die Flasche über seinem Kopf. Keiner der drei Schatten reagierte. Die Luft wurde dick und stickig im Tunnel. Schweißtropfen liefen mir über die Wangen und den Nacken hinunter.

Lennox schüttelte noch einmal die Flasche und lachte aufmunternd. Dann fügte er in unserer Sprache hinzu: »Kommt schon, ich weiß, dass euch euer feines Gehör verrät, dass die Flasche noch mehr als halb voll ist. Wir teilen!«

»Onnagi«, sagte der mittlere Schatten und lachte. »Du hast Eier, das gefällt mir.«

Die beiden ihn flankierenden Schatten entspannten ihre Bogensehnen und wichen ein wenig zurück.

»Und du hast Zwergenschnaps, das gefällt mir noch besser.«

Faye atmete hinter mir erleichtert auf und ich klopfte Lennox anerkennend auf die Schulter. Und wieder hatte Alkohol zwischen fremden Völkern die Brücke geschlagen. Es war herzerwärmend.

Wenig später durften wir den engen Tunnel verlassen, und Lennox stellte uns die Nay'Elir vor, klan- und hauslose Elfen, die sich als Schmuggler und Söldner durchschlugen.

Ihr Anführer – zumindest nahm ich an, dass er eine ähnliche Stellung unter den dreien innehatte, da er wie selbstverständlich als Erster den Zwergenschnaps von Lennox entgegennahm – hieß Yurimo und wirkte gefährlich. Seine langen schwarzen Haare waren über seinem linken Ohr wegrasiert, wo sich ein dunkelrotes Tattoo verzweigte wie Adern unter der Haut. Man hätte es fast für eine Verletzung halten können, wenn sich die Linien nicht so kunstfertig über seine Wange zum Hals hinuntergeschlängelt hätten. Seine Augen waren ebenso pechschwarz wie seine Haare und verursachten mir Gänsehaut. Der schlecht rasierte Mann, der einen halben Kopf kleiner als ich und in eine bequem aussehende Lederrüstung gekleidet war, sah überhaupt nicht aus wie ein Elf – hätte das spitze Ohr an der kahlrasierten Stelle seines Kopfes ihn nicht verraten.

Auch die beiden anderen Bogenschützen waren nicht das, was sich der romantische Tolkien-Fan in mir gewünscht hätte. Die beiden Elfinnen Annoki und Kaia sahen mit ihren dunklen Augen und spitzen Ohren eher wie Fledermaus-Hybriden denn Elfen aus. Sie waren ebenfalls mit mystischen Symbolen übersäht, die wirkten, als wären sie mit feinen Messern in die Haut geritzt worden und dann zu pittoresken Narben verheilt. Wenn ich mir von Grimora hübsche und edle Elfinnen vom Arwen- oder Tauriel-Kaliber erhofft hatte, wurde ich nun auf den dreckigen und beinahe hässlichen Boden der Tatsachen zurückgeholt.

Es zählte jedoch nur, dass sie niemanden von uns erschossen hatten und nun bereit waren, uns zu ihrem Anführer zu bringen. Yurimo wollte uns begleiten, während Annoki und Kaia weiter auf ihrem Posten bleiben sollten. Als sich der genüsslich schmatzende Elf weigerte, den Flachmann mit dem Hochprozentigen ebenfalls zurückzulassen, bombardierten die beiden Elfinnen ihn lautstark in den melodiösen Beleidigungen ihrer Sprache. Doch als er sie kurz auf ihre Pflichten aufmerksam gemacht hatte, fügten sich die Fledermaus-Bräute schmollend in ihr Schicksal.

»Die beiden haben auch ohne den Schnaps genug Möglichkeiten, sich zu vergnügen«, sagte Yurimo, als er uns ein Stück des schmalen Pfades entlanggeführt hatte. Er nickte mit dem Kopf in die Richtung, aus der wir gekommen waren, während so etwas wie ein Lächeln seine fleckigen Lippen umspielte.

Wenn ich es durch die Zweige richtig sah, waren die beiden Elfinnen in einem leidenschaftlichen Kuss versunken, während sich eine von ihnen bereits ihrer Rüstung entledigt hatte. Als Kaya sich an Annokis Hals zu schaffen machte, war ich jedoch nicht mehr sicher, ob sie sich küssten oder einander Blut abzapften.

Faye lächelte und sah mich an, als wollte sie meine Reaktion testen, während Lennox die Gelegenheit nutzte, Yurimo den Flachmann aus der Hand zu nehmen.

»Schade, dass wir keine Zeit für Gruppensex mit Killerelfen haben, aber gut für die beiden.« Dann stapfte ich demonstrativ weiter den Pfad hinunter, der unter den gewaltigen Wurzeln eines knorrigen Baumes hindurchführte.

Yurimo lachte amüsiert und führte uns weiter in Richtung des kleinen Sees, in den der Saphir hier mit einem Nebenarm mündete.

Ich konnte ein Dutzend von Grünspan befallene Holzhütten erspähen, die rings um den kleinen See drapiert waren. Einige von ihnen besaßen Holzstege mit Ruderbooten und Gerüste mit aufgehängten Fischernetzen. Auf der gegenüberliegenden Uferseite war ein kleines Segelboot angetaut, dessen rote Segel gerefft waren. Scheinbar hatten wir Glück. Das musste die *Dagon* sein!

Als wir schließlich am Ufer des Sees angelangt waren, drehte ich mich im Kreis. Hohe Felsen und massive Bäume sowie ein dreckiger Palisadenzaun schlossen den kleinen Weiler von allen Seiten ein. Diese Hindernisse machten den Ort mutmaßlich zu einem optimalen Umschlagsplatz für verbotene Geschäfte und andere Verbrechen, die niemand sehen sollte. Es stank erbärmlich nach verrottendem Fisch und abgestandenem Wasser. Vielleicht einer der Gründe, warum nur wenige Gestalten über die erdigen Pfade zwischen den Hütten schlichen und sich hin und wieder verstohlen umsahen.

Eine alte Frau mit einem Korb kniete auf dem Boden und kratzte gelbes Moos von einem Felsen. Das zahnlose Lächeln in ihrem Warzengesicht galt wohl uns. Sie sah definitiv so aus als hätte sie später noch einen Termin mit zwei Lebkuchen mümmelnden Kindern und einem Ofenfeuer. Gänsehaut kroch meinen Rücken hinauf, während Lennox entspannt ausatmete und sich sichtlich wohl fühlte. Faye blickte in erster Linie wachsam umher, während sie äußerst talentiert einen Blitzkristall durch ihre Finger wandern ließ.

Ruhig, Rote ... brrrrrr ...

Ich zuckte kurz zusammen, als ich in das knöcherne Maul einer Riesenschlange starrte. Die meterlange, stachelige Wirbelsäule, aus der sie bestand, war wie eine Weihnachtsgirlande über der Tür der »Glücklichen Anakonda« drapiert. Natürlich war von gerade mal einer Handvoll Hütten eine nur zum Saufen da. Meine Verwunderung über die Taverne am Arsch der Welt hielt sich jedoch in Grenzen. In einem grausamen Land wie Grimora musste selbstverständlich selbst im hinterletzten Winkel immer die Möglichkeit bestehen, jedwede Art von Schmerz im Suff ertränken zu können.

Die Saufhütte stand zur Hälfte auf Stelzen im Wasser (praktisch, um nicht zahlungswillige Kunden sofort durchs

Fenster zu entsorgen) und war ringsum mit Tierskeletten geschmückt. Als mich Faye weiter in Richtung unseres Ziels drängte, konnte ich aus einiger Entfernung sehen, dass selbst auf dem Dach der Taverne der offene Kiefer eines krokodilartigen Reptils gähnte. Man konnte mich zwar als Freund uriger und besonderer Spelunken bezeichnen, aber diese Knochenkneipe mit ihrer Zurschaustellung gefährlicher, teils fantastischer Wasserwesen bescherte mir in erster Linie Unbehagen. Wir hatten ohnehin keine Zeit, das Etablissement zum Befeuchten unserer Kiemen zu benutzen – auch wenn unser Zwergenschnaps dank Yurimo gerade gefährlich zur Neige ging.

Ein letzter Blick auf die Knochenanakonda genügte und ich beschloss, zukünftig jede größere Wasserfläche in diesem Alptraumland großräumig zu meiden. Besonders durch dieses trübe Seewasser wurde mir mulmig zumute. Ich wollte gar nicht wissen, welche Wasserbewohner hier die Fähigkeit besaßen, einen leckeren Schwimmer in Sekunden abzunagen oder gleich in einem Stück zu verschlingen …

Schließlich standen wir vor dem Boot unseres Verlangens, das mit Schnitzereien und bunten Farben verziert war. Die ganze Bauweise und die roten Segel erinnerten stark an eine asiatische Dschunke. Sie wurde von den gemächlichen Wellen auf dem See kaum bewegt und hätte ohne Masten und Segel auch für ein weiteres Gebäude gehalten werden können – *fast wie eine weitere Taverne*, wie ich mit einem Blick auf die bunten Fenster im Heck feststellte.

Das Boot war deutlich größer als irgendein Fischkutter, aber auch bedeutend kleiner als die Black Pearl von Käpt'n Jack Sparrow. Es schien auf jeden Fall genug Platz für einige Passagiere und kistenweise Schmuggelware zu besitzen. Auf dem kleinen Steg wurden wir von zwei weiteren Tattoo-Elfen empfangen, die jedoch sofort aus dem Weg gingen, als ihnen Yurimo seine Autorität entgegenrülpste. Erst jetzt sah ich den Schatten, der an der Reling stand und eine kleine Pfeife rauchte.

Hinter der Rauchwolke, deren angenehm würziger Duft zu uns herunterwehte, verbarg sich ein weiteres Elfengesicht mit wallender schwarzer Mähne und stechend blauen Augen. Doch nicht nur seine Augenfarbe hob ihn vom Rest seiner Mannschaft ab. Mit seinem Samtmantel aus lilafarbenem und dunkelgrünem Stoff, goldenen Knöpfen und Rüschenhemd sah er aus wie ein gelangweilter Libertin am Hof eines barocken Fürsten. Vor uns stand der Anführer und Kapitän des Bootes, keine Frage. Die Art, wie er tiefenentspannt und selbstgefällig an seiner Pfeife zog, erstickte jeden Zweifel im Keim. Mal ganz davon abgesehen, dass er keinen adeligen Finger rührte, während seine Handlanger schwere Kisten und Fässer von Bord schleppten.

»Kapitän Chaion«, stellte Yurimo vor, der schon Schwierigkeiten hatte, nicht zu lallen.

Ich fragte mich, ob der Zwergenschnaps so potent war oder er schon vor unserem Besuch getankt hatte. Schwach war Lennox‘ Gesöff auf jeden Fall nicht, denn selbst nach nur einem winzigen Probeschluck brannten mir schon ein paar Kokosnüsse an der Palme …

»Das sind Lennay, Fox und Kai. Sie sagen, dass sie dringend eine Mitfahr…verlegenheit brauchen.«

Faye ignorierte Yurimos Unfähigkeit, sich drei Namen zu merken und ergriff das Wort. »Ich bin »Blutrabe«, du hast bestimmt schon von mir gehört. Ich bin eine Geächtete, eine Freie, so wie du. Dasselbe gilt für meine Gefährten. Es ist von höchster Dringlichkeit, dass wir sofort ablegen und mindestens bis Darkon segeln. Ich habe Gold, wertvolle Substanzen und andere Möglichkeiten, dich dafür zu entlohnen.«

Wieso musste ich bei *anderen Möglichkeiten* gleich an was Schmutziges denken? Sicher meinte Faye ihre Magie, nützliches Wissen oder einen Gefallen in der Zukunft.

Hinter uns knarrte der Steg, als vier Elfen etwas an Bord schleppten, das mit ziemlicher Sicherheit ein Sarg war.

Käpt'n Chaion lehnte sich an der Reling nach vorne und sagte mit rauchiger Stimme: »Selbst, wenn ich euch mitnehmen wollte, könnte ich es nicht. Wir müssen noch auf eine Lieferung aus Titanus warten. Die *Dagon* wird frühestens morgen ablegen. Vielleicht auch erst am Tag danach.«

»Oh, eine Lieferung aus Titanus wird kommen, das kann ich dir versichern«, sagte Faye und lachte. »Sie besteht aus Boris' schwer gerüsteten Kriegern mit Armbrüsten und vermutlich einigen Nekromanten, die mit ihrer Magie Haut verfaulen lassen können. Wäre schade um deine Tattoo-Kunst. Aber vermutlich fahren sie noch schwerere Geschütze auf, um mich und meine Freunde einzufangen. Das könnte hässlich werden für die verträumten Hütten dieses stinkenden Lochs. Und ich bin mir sicher, dass sie auch dein Schiff durchsuchen werden, wenn sie einmal hier sind. Boris ist kein Kostverächter, wenn es um exotische Rauschmittel wie Zyrn-Blatt geht. Das ist es doch, was ich da rieche, oder?«

Chaion zog noch einmal an seiner Pfeife, spie eine besonders beeindruckende Wolke aus und lachte dann amüsiert in diese hinein. »Das ist richtig, Feuerschopf. Bestes Zyrn-Blatt. Ich frage mich, was du getan hast, dass der arrogante Bastard so eine Kavallerie schicken will? Doch ich bin mir sicher, dass ich für seine Söldner keine Pfeile vergeuden muss. Weißt du, ich habe ein Abkommen mit Boris. Ich darf hier schon länger anlegen und meinen Geschäften nachgehen – für eine kleine Aufmerksamkeit. Meine Leute bringen gerade seinen Anteil an Land.«

Der elfische Kapitän mit den glänzenden Augen setzte eine entschuldigende Miene auf. »Jetzt schau mich nicht so an, Blutrabe. Man muss seine Segel immer nach dem Wind setzen, wenn man vorankommen und von politischen Stürmen unversehrt bleiben möchte. Und nun sehe ich noch dazu eine Gelegenheit, eine fette Belohnung für euch einzustreichen oder zumindest Boris‘ Wohlwollen für die nächste Zeit zu sichern. Bitte nehmt das nicht persönlich. Ich bin Geschäftsmann.«

Beinahe schneller, als er das Signal geben konnte, tauchten Bögen überall auf dem Schiff auf. Selbst die Träger hatten blitzschnell ihre Ladung abgesetzt und tödlich aussehende Kurzschwerter gezogen.

Mein Magen krampfte vor Angst zusammen, als wir unsere Hände hoben. Das war schnell eskaliert.

»Chaion, bitte mach jetzt keinen Fehler! Weißt du, wer das ist?!«, rief Lennox bestürzt und nickte in meine Richtung. »Er ist der Auserwählte, der Zendar vernichten und Grimora unbeschadet ins nächste Zeitalter führen kann. Sag mir nicht, dass ihr Zendars Rückkehr unter Deck verpennt habt! Der Knall? Die Lichtsäule? Die toten Vögel? Die Unwetter über der Hauptstadt? All die Zeichen?«

Trotz der tödlichen Bedrohung und einem Meer aus Todesangst, in dem ich schwamm, stöhnte ich innerlich, als der D'Artagnan unseres Trüppchens schon wieder die Auserwählten-Nummer hervorkramte.

Chaion hustete und reichte seine Pfeife jemandem, der hinter ihm stand.

»Natürlich haben wir das mitbekommen. Als sich die Energie im Osten entlud, brandete eine Schockwelle durch den Saphir, die unser Boot fast hätte kentern lassen. Seitdem tummeln sich mehr Monster in den Wellen als jemals zuvor.

Es vergeht kein Tag, an dem mein Harpunier nicht irgendeine groteske Bestie aus den Fluten fischt und aufs Deck wirft.«

Er leckte sich über die Lippen und verzog dann angeekelt das Gesicht, als ob er sich gerade an den Geschmack eines abgelaufenen Sushi-Röllchens erinnert hätte.

»Wenigstens haben diese Viecher einen extrem hohen Marktwert. Ihre Körperteile lassen sich hervorragend an Alchimisten, Zauberer, Apotheker und andere Quacksalber verkaufen.«

Er straffte seine Jacke und strich die Rüschen seiner Ärmel glatt.

»Was jedoch euren Auserwählten anbelangt … Ich kenne die Gerüchte über den mächtigen Erlöser, der uns am Tag von Zendars Rückkehr zur Seite stehen soll. Doch ich habe ihn nie zuvor gesehen und verlasse mich nicht auf Beschreibungen, die über unzählige Lippen in genauso viele schlecht geputzte Ohren gewandert sind. Ich sehe hier nur einen albern gekleideten Mann mit stark geweiteten Pupillen. Entweder er ist berauscht oder er hat Angst. Das ist ganz sicher nicht der Auserwählte. Wenn es ihn überhaupt gibt.«

In diesem Moment dämmerte es mir. Es spielte keine Rolle, ob *ich* glaubte, dass ich der Auserwählte war. Aber mein Leben hing davon ab, dass es Chaion und seine Truppe von opportunistischen Schmugglern glaubten. Ich bezweifelte stark, dass Faye einen Zauber aus dem Ärmel schütteln konnte, der ein Dutzend Fernkämpfer gleichzeitig unschädlich machte. Auch der flinke Lennox konnte sich bestenfalls noch ins Wasser stürzen, um seine eigene Haut zu retten. Um uns herum funkelten einfach zu viele Pfeilspitzen – auf unsere Köpfe und Herzen gezielt von den ruhigen Händen einer Rasse, die legendär im Umgang mit Bögen war.

Und was, wenn wir uns einfach ergaben? Nein, das war keine Option. Auch wenn Faye sicherlich überdramatisiert hatte, klang es wenig erbaulich, von durchgeknallten Nekromanten mit dem magischen Äquivalent von Kneifzange und Lötkolben bearbeitet zu werden. Im Verließ dieser Schädelburg. Bei Kerzenschein und Boris' Gelächter. Nein danke. Dagegen erschien ein Pfeil durchs Herz doch ganz annehmbar …

Da ohnehin mein Leben am seidenen Pfaden hing, konnte ich zumindest mal versuchen, der Auserwählte zu sein, den sich meine Gefährten so sehnlich wünschten. Doch in meinem Kopf herrschte ein von Adrenalin und anderen Chemikalien verursachtes Chaos aus Angst und Zweifeln. Keine Chance, einen klaren Gedanken zu fassen. Selbst meine jahrelange Erfahrung als Spielleiter bei *Dungeons & Dragons* ließ mich nun im Stich. Mein Improvisationstalent schwieg wie ein Grab.

FUCK, komm schon.

Ich atmete tief ein und bemühte mich, meiner Angst und meinen düsteren Gedanken keine Aufmerksamkeit zu schenken. Ich musste jetzt den Sturm in meinem Kopf ignorieren und offen sein für Hilfe aus meinem Unterbewusstsein.

Use the force, Luke.

Alanon …

Ich wünschte, der alte Magier wäre hier und würde mir erneut seine heilenden Hände auf Kopf und Herz legen. Doch bemerkenswerterweise half bereits die Erinnerung daran, mich in eine ähnliche Trance zu versetzen. Und so stieg schließlich aus der tiefen Stille meines Unterbewusstseins ein kleiner Lichtschein auf, der sich zu einer wahnwitzigen Idee aufblähte. Ich räusperte mich.

»Verehrter Chaion, dürfte ich sprechen, bevor du einen Fehler machst, den du den Rest deines langen Elfenlebens bereuen würdest?«

Der Kapitän der Dagon sah mich überrascht an. Dann sagte er mit schlecht verhohlenem Hohn in der Stimme: »Oh, Ihre Durchlaucht vermag selbst Worte zu formen. Lasst uns hören, was der sogenannte Auserwählte hervorzubringen hat. Aber beeilen soll Er sich, denn ich möchte den Effekt des Zyrn-Blattes gerne beim Träumen in meiner Kabine genießen und nicht bei dem verzweifelten Geschwätz eines Knollenohrs.«

Es kostete mich den Rest meiner Willenskraft, die auf uns gerichteten Mordwerkzeuge zu ignorieren und dem seltsamen Fluss der Inspiration das Schleusentor zu öffnen.

»Höre, Elf … Kapitän … und Schmuggler verbotener Substanzen. Hör genau her. Hör zu, wie du noch nie in deinem langen Leben zugehört hast. Ich *bin* der Auserwählte, inkarniert in Fleisch und Blut. Ich komme aus einer Galaxie weit, weit entfernt von dieser. Ich habe Dinge gesehen, die ihr Seefahrer niemals glauben würdet und die kein Grimoraner jemals begreifen könnte. Gigantische Schiffe, die brannten, in den unendlichen Weiten des Alls, draußen vor der Schulter des Orion. Nicht aus Holz oder Magie, sondern aus Superstahl und Nano-Bots. Und ich habe C-Beams gesehen, glitzernd im Dunkeln, nahe dem Tannhäuser Tor, wo ich zum Zentrum des Todessterns vordrang und ihn mit einer Kraft von über 9.000 Sonnen zum Explodieren brachte.

Du musst nicht begreifen, was diese Dinge bedeuten, du solltest dir nur eine Frage stellen: Kann ich es mir leisten, diesen Avatar für das Licht aufzuhalten? Selbst wenn nur eine winzige Chance besteht, dass er die Wahrheit sagt und sich im richtigen Moment von einer sanften Brise in einen Wirbelwind der gerechten Zerstörung verwandeln wird?

Du hast selbst die Zeichen für die Ankunft des dunklen Herrschers gesehen. Und doch kümmern dich dein Reichtum und dein Verdienst mehr als ein freies Leben? Sag mir

Chaion, wie wird der Wein dir munden, den Zendar dir einschenkt für deine unfreiwillige Komplizenschaft bei der Unterjochung der freien Welt? Wie wird die Nahrung dich laben, die aus Blut und Fleisch von Zendars Sklaven geformt ist? Wie wirst du die Luft des Landes atmen, die so schwanger ist von Schreien, Feuer und Rauch?

Wie du dich auch entscheiden magst – in wenigen Tagen wirst du die Früchte ernten. Dann gehst du entweder in die Geschichte von Grimora ein als der arrogante Elf, der den Auserwählten nicht erkannte, als er in seiner menschlichen Form vor ihm stand. *Oder* als der legendäre Kapitän, der seinen festen Platz hat in den Geschichtsbüchern, die von den freien Völkern bis in alle Ewigkeit zitiert und besungen werden sollen.

Bist du bereit, deinen Part zu spielen in dieser Geschichte? Ich bin es.

Ich werde nicht schweigend und tatenlos in die Dunkelheit gehen. Stattdessen werde ich dieses Boot besteigen, den Fluss hinauffahren und diesem Zendar-Motherfucker so hart in den Arsch treten, dass ihm die Flammen aus dem Kragen seiner unheiligen Kutte schlagen.«

Nach diesem Wortschwall musste ich kurz Luft holen und nutzte die Zeit, um Chaions Crew in Augenschein zu nehmen.

»Und was ist mit euch? Seht ihr in mir auch nur eine Geisel zur Auslieferung an Boris, diesen Anbeter von Geistern, Dämonen und allem, was unheilig ist? Ihr, die ihr aus Licht, Leben und Magie geboren wurdet?

Ihr lebt als freie Elfen, frei euer Schicksal zu schmieden, wie immer es euch beliebt. Doch was werdet ihr mit eurer Freiheit tun? Was wird sie wert sein unter dem, der die Schatten befiehlt? Ihr könnt mit mir gegen ihn kämpfen und vielleicht sterben oder ihr könnt weglaufen und leben. Für eine kurze Weile zumindest. Doch wenn ihr eines fernen Tages im Sterben liegt, auf der Bettstadt in einem Land, das nicht mehr eures ist, oder im Kerker einer Folterkammer des dunklen Herrschers, würdet ihr nicht jeden Tag, jede Minute, jede Sekunde, die hinter euch liegt, eintauschen gegen eine einzige Chance, zu diesem Moment hier auf dem Steg am Ufer des Saphirs, zu dieser schicksalsschweren Stunde zurückzukehren und mit mir Zendar die Stirn zu bieten?

Ja, hört auf euren Kapitän, der euch Drogen, Wein und Weiber bietet, bis Zendar euch aus eurem Traum erweckt. Oder findet die uralte Stärke eures Volkes tief in eurem Inneren und führt sie als vernichtende Waffe an meiner Seite.«

Ich war selbst verblüfft über diesen Strom von Filmzitaten und Pathos, der da gerade aus mir herausgeflossen war. Mein Mund hatte wie von selbst geredet, und ich konnte nur zuschauen, wie die Welle aus Worten alle Dämme brach. Ob die süßen Wolken des Zyrn-Blatts etwas mit meiner spontanen Redseligkeit zu tun gehabt hatten? Es spielte keine Rolle, denn noch war ich von bedrückender Stille umgeben. Irgendwo knarzte eine Bogensehne, die gespannt wurde.

Chaion hatte meine Wortlawine stoisch über sich ergehen lassen und blickte mich betroffen an. Seine Augen glänzten noch mehr als zuvor, so, als ob sie jeden Moment den Ballast von Tränen loswerden müssten.

Dann brachen auch seine Dämme. Ein Gelächter platzte aus ihm heraus, dass ich erschrocken zusammenfuhr. Er prustete, klatschte in die Hände und rief zu uns herunter: »Was für ein Schwachsinn! Bei den Wahnsinnigen der Affenzitadelle, so was habe ich noch nicht gehört.«

Als er sich wieder etwas gefangen hatte, lächelte er versöhnlich, bedeutete seinen Leuten, die Waffen runterzunehmen und machte eine einladende Geste in Richtung seines Schiffes. »Komm an Bord, du Wirrkopf, es ist mir eine Ehre.

Wenn wir Elfen eins mehr lieben als Schätze und Drogen, dann ist es eine gute Geschichte. Erzähl mir mehr davon und verdiene dir damit den Aufenthalt auf der *Dagon*.«

»Hab Dank, Chaion, für deine Großzügigkeit und deine Weisheit. Und deinen Humor.« Ich sah kurz zu Lennox und Faye, auf deren Gesichtern ungläubiges Lächeln festgefroren war und fügte hinzu: »Jo, können wir dann? Oder wollt ihr hier Wurzeln schlagen, ihr Clowns?«

Durchflutet von der Erleichterung, dem Tod noch einmal eine Nase gedreht zu haben, konnte ich mir die Bemerkung nicht verkneifen.

Wir betraten die knackenden Planken der *Dagon*, während Chaion Kommandos brüllte. Zu meiner Verblüffung pfiff er sofort seine Leute zusammen, ließ die restlichen Vorräte an Bord bringen und die Taue lösen.

Und wie sich herausstellte, keine Sekunde zu früh!

Am anderen Ende des Dorfes war eine gewisse Unruhe ausgebrochen. Rufe waren zu hören, und durch die Ritzen des Palisadenzauns waren mehrere große Umrisse zu sehen, vermutlich Pferde. Eine der gelangweilten Wachen erklomm einen schmalen Laufsteg, um zu sehen, wer da forsch um Einlass bat. Er bewegte sich betont langsam, so, als wolle er darauf aufmerksam machen, dass seine angeschimmelte Blechrüstung schwerer war als sie aussah. Wir mussten dringend ablegen.

»Verdammter Bastard!«, rief Faye. »Chaion! Boris' Schergen sind hier, los jetzt!«

Mir rutschte das Herz in die Hose. Wir konnten unmöglich die Segel hissen und auch nur das Ufer verlassen, bevor unsere Verfolger den Steg erreicht hatten. Alle rannten aufgeregt umher, nur ich stand wie angewurzelt an der Reling und blickte gebannt auf das Tor im Palisadenzaun, darauf gefasst, dass sich berittene Krieger oder Schlimmeres hindurchzwängten.

»Buckster! Kwikwek! Der Wasserantrieb! Sofort!«, brüllte unser elfischer Kapitän und machte sich an einem seltsamen Holzkonstrukt zu schaffen, das hinter dem Hauptmast aus dem Deck ragte wie ein großer Waschzuber. Er warf einen Deckel zur Seite und betätigte eine Pumpe, die am hinteren Teil angebracht war.

Das Pumpen schien sehr große Kraft zu erfordern, denn ihm entgleisten vor Anstrengung die feinen Gesichtszüge, die er seinen Fledermauselfen-Freunden voraushatte. Gerade als ich ihm zur Hilfe eilen wollte, landete mit einem lauten Bums das stämmigste Crew-Mitglied hinter ihm. Ich konnte nur vermuten, dass es sich bei dem hellgrünen und halb nackten Muskelberg (er trug nichts außer einer wadenfreien Hose und wilden Tätowierungen) um einen Halb-Ork handelte. Unter einer warzigen Glatze bewegten sich milchig-gelbe Augen, und spitze Eckzähne ragten aus seinem Unterkiefer. Das Monster drängte den Kapitän zur Seite und pumpte so schnell, dass sich seine Armmuskeln in einem hypnotischen Muster bewegten.

Als Chaion sah, dass ich einen respektvollen Abstand hielt, lachte er und sagte: »Keine Angst, das ist nur Kwikwek, mein Harpunier. Seine ordinäre Kraft prädestiniert ihn für solche Momente. Er tut dir nichts.« Dann wandte er sich um und schrie: »Buckster, verdammt noch mal, wo steckst …!«

Chaion verstummte und zuckte kaum merklich zusammen, als eine hagere Gestalt hinter dem Mast hervortrat und sich genervt die Schuhe abstreifte. »Du musst hier nicht so rumschreien, oh Käpt'n, mein Käpt'n, ich bin doch zur Stelle.«

Ich konnte nicht erkennen, ob Buckster ein Mensch war, da seine Ohren von langen schwarzen Haaren verdeckt waren, die glänzend und ziemlich ungepflegt aussahen. Seine dunkelbraune Robe wurde von einem engen Gürtel zusammengehalten, den einige dicke, intensiv blaue Lapislazuli schmückten. Sein Edelstein-Fetischismus setzte sich an den Schultern seines Gewandes sowie an seinen Armschienen und seinem Stirnreif fort. Nun hob der Esoteriker indigniert seine Robe an und nahm in der Waschzuber-Konstruktion Platz. Deren Fußraum war dank Kwikweks energischem Pumpen nun mit Wasser gefüllt.

Lennox schrie, als das Tor des Palisadenzauns mit einem ohrenbetäubenden Knall zersplitterte. »Sie kommen!«

Mir wurde heiß und kalt zugleich, als düstere Ritter in dämonischen Plattenpanzern in den Weiler galoppierten.

Ihr Anführer öffnete das Visier seines Schädelhelms, zeigte auf unser Schiff und brüllte: »Aufhalten!«

Ich taumelte beim Anblick dieser Todesritter ein paar Schritte zurück und dann sofort ein paar Schritte zur Seite, als sich das Schiff mit einem Ruck in Bewegung setzte. Verdutzt sah ich dabei zu, wie sich das Ufer rasch von uns entfernte, während die *Dagon* wie ein Motorboot auf den Saphir hinausfuhr. Doch anstatt eines Außenborders erfüllte die Stimme von Buckster die Luft, der mit geschlossenen Augen vor sich hinmurmelte wie ein Besessener.

»Wahnsinn!«, rief ich vor lauter Erleichterung und sah Chaion an, der neben mir stand. »Äh, musst du nicht ans Steuerrad oder so?«

»Verdammung«, entgegnete der Elf mit den blauen Augen. »Jetzt kennt Boris meinen Notfallantrieb. Den wollte ich eigentlich vor ihm geheim halten.«

»Das tut mir sehr leid, Eure Verstohlenheit, aber ich bin mir sicher, dass es für einen guten Zweck ist.« Unser Überleben war zumindest der beste Zweck, der mir spontan dazu einfiel. »Ist Buckster eine Art Schiffsmagier? Wie lange kann er das Schiff auf diese Art bewegen?«

»Er bewegt nicht das Schiff«, sagte Chaion. »Er bewegt das Wasser um das Schiff. Er ist Wasser-Elementarist.«

»Cool, er ist sozusagen eure …« ich stockte.

Warp-Gondel wollte ich sagen, doch ich bezweifelte, dass Chaion bisher viele Star Trek-Folgen gesehen hatte.

»… Trumpfkarte, wenn ihr mal schnell fliehen müsst. Wie jetzt … Sehr praktisch.«

Die *Dagon* war bereits auf den Saphir abgebogen, als sich das Pferd des Anführers auf dem Steg des kleinen Sees theatralisch aufbäumte und seinen unheimlichen Reiter fast abgeworfen hätte.

Ich konnte den Hass der Männer beinahe spüren, als sie dort standen, ihre Pferde vor der Wasserfront zügelten und einfach gar nichts tun konnten. Selbst Angriffe mit ihren Armbrüsten wären nur Munitionsverschwendung gewesen, so rasch, wie sich das Schiff absetzte, nun auch noch unterstützt durch die Strömung des Flusses.

»Komm, Auserwählter«, sagte Chaion zufrieden, »ich zeige dir das Schiff.«

Der Feind meines Feindes

Nachdem die *Dagon* einige Biegungen des Saphirs hinter sich gebracht hatte und die Flussmündung mit Boris‘ Rittern außer Sicht war, verlangsamte sich unsere Fahrt zu einem gemächlichen Dahingleiten. Buckster hielt sich die Schläfen, als er sichtlich geschwächt aus der Zuber-Konstruktion stieg. Kwikwek half ihm dabei. Dann wurden die Segel gehisst und der Wasser-Elementarist durfte sich erholen.

Dann blieben Lennox und Faye an Deck, während ich von Chaion in die Eingeweide des Schiffs entführt wurde. Es war verblüffend. Eben noch wollte mich der ruchlose Schmuggler-Kapitän von seiner Crew hinrichten lassen, und im nächsten Moment zeigte er mir seinen Kahn, als ob ich ein alter Kumpel wäre. Mir sollte es recht sein. Es würde für meinen Avatar noch genug andere Gelegenheiten geben, gelöscht zu werden.

Die *Dagon* war nicht übermäßig groß, doch es brauchte seine Zeit, auch die letzte Ecke des Schiffes mit den darin baumelnden Hängematten zu begutachten. Neben Chaions Reich, eine Kapitänskajüte, die mit ihrem verschwenderischen Luxus und dekadenten Annehmlichkeiten eines Königs würdig war, fanden sich die typischen Räumlichkeiten eines schwimmenden Zuhauses: Mannschaftsquartiere, eine Bordküche und sogar eine Art Scheißhaus. Doch an Bord eines Schmugglerschiffs war der Laderaum mit all seinen exotischen Waren, geheimen Luken und doppelten Böden natürlich der aufregendste Ort. Und der bedrohlichste.

Ich hing an Chaions Lippen wie ein Enkel an denen seines Märchenonkels, als er mir von seinen Waren erzählte; von ihrer Seltenheit, ihrem Wert und den teilweise haarsträubenden Geschichten, wie er und seine Crew sie bekommen hatten.

Da gab es Truhen mit feinster Seide aus irgendeinem südlichen Königreich, dessen Namen ich mir nicht merken konnte. Felle der wolfsartigen »Winterschrecken« aus dem Norden. Kisten mit magischen und pseudomagischen Tränken. Fässer jeder Größe mit Alkohol jeder Stärke. Teppiche, in denen seltene Elfenklingen eingewickelt waren, Sprengstoff, Medizin und süßsaure Gurken aus der Hauptstadt. Auf Letztere bekam Chaion immer Heißhunger, nachdem er ausreichend Zyrn-Blatt, Goldstaub oder gestampften Teufelshuf geraucht hatte. Sämtliche Drogen waren selbstredend in hohlen Balken, Fußbodenritzen und manchmal sogar in den Hintern der Mannschaft versteckt.

Darüber lachten Chaion und ich ausgiebig, bis der Kapitän plötzlich nachdenklich und still wurde. Vermutlich, weil er schon einmal mit gutem Beispiel vorangehen musste?

Schließlich waren wir am Ende eines langen Ganges, von dem rechts und links Türen zu Frachträumen abführten, in einem kleinen Raum im hintersten und untersten Teil des Schiffes angelangt. An der Rückwand lagen einige dicke, aufgerollte Taue und graue Säcke. Davor stand in der Mitte des Raumes ein großer Eisenkasten von der Größe einer Überseekiste. Dicke Seile waren über das schwarze Eisen gespannt und am Boden befestigt. Vermutlich, damit der Kasten bei starkem Wellengang nicht verrutschte. An der Vorderseite befand sich eine Art Klappe, die hochgeschoben werden konnte und durch einen Eisenbolzen gesichert war.

Der Raum hatte zunächst in Dunkelheit gelegen, bis Chaion eine Öllampe entzündete. Doch trotz des Feuerscheins suppte eine Aura der Dunkelheit aus den Luftschlitzen des Kastens wie lebende Schatten, die vorankrochen, bevor sie vom Licht zersetzt wurden. So was hatte ich noch nicht gesehen. Ich bekam sofort Gänsehaut und blieb am Eingang des Raumes stehen. Was auch immer in dieser Kiste war, verursachte mir Übelkeit und Schweißausbrüche. Ich fürchtete mich fast vor der Erklärung, die Chaion unweigerlich dazu liefern würde.

»Dein Würgereiz ist normal«, begann der Käpt'n, der den Kasten stirnrunzelnd betrachtete. »Ein gutes Warnsignal, wenn eins dieser verfluchten Viecher in der Nähe ist.«

Er schritt einmal um den Kasten herum. »Hey, warum so ruhig da drin? Wir haben Besuch! Zeig dich mal von deiner schlechtesten Seite, du Missgeburt! Oder bist du doch verhungert? Ich dachte, deine Art könnte durch Hunger nicht sterben? Tot nützt du mir nichts, hörst du?«

Chaion trat mit einer Stiefelspitze gegen den Kasten, der daraufhin sofort zu furchtbarem Leben erwachte.

Etwas darin sprang wie wildgeworden auf und ab und brachte den Boden unter unseren Füßen zum Beben. Ich war dankbar für jedes Tau, das den Kasten am Boden hielt. Dazu bellte, jaulte und knurrte das Ding wie ein tollwütiger Rottweiler auf Speed. Was auch immer darin eingesperrt war, würde sich durch nichts und niemanden beruhigen lassen. Außer vielleicht durch eine Silberkugel zwischen die Augen. Im *Jurassic Park* vor einem Raptoren-Käfig zu stehen, hätte mir trotz des Größenunterschiedes nicht mehr Unbehagen bescheren können.

»Na also, Boris, geht doch«. Chaion sah mich grinsend an. »Wir haben ihn Boris genannt, gut oder? Weil er höllisch stinkt, frisst wie zehn Elfen und am ganzen Körper behaart ist.«

»OMG, was in den neun Höllen ist das?«, fragte ich mit belegter Stimme, während ich nervös am Griff meines Dolches herumfummelte. Dieses Buttermesser würde mir gegen die Bestie im Käfig so viel nützen wie eine Gabel beim Suppelöffeln.

»Das, mein Freund, ist mein vorläufiger Ruhestand. Das Gefährlichste und damit auch Wertvollste, das wir jemals gefangen haben. Eine Ein-Mann-Armee. Eine Explosion in den Reihen der Feinde. Ein alles in seinem Weg zerreißender Schlundhund!«

Chaion machte eine theatralische Pause. Da ich nicht antwortete und nichts tat, außer kreidebleich zu sein, fuhr er fort: »So genannt durch seinen Ursprung, die Todesklamm. Vermutlich hast du schon vom Riss im Tal der Zwerge gehört, aus dem hin und wieder Dämonen und Scheusale in unsere Welt gelangen? Dieser höllische Schlund spuckt unter anderem schwarze zottelige Hunde aus wie diesen hier. Sie fressen nicht aus Hunger, sondern aus Spaß am Töten. Die Zwerge nähern sich ihnen nur mit bis zum Hals geschlossenen Rüstungen, um ihre Kehlen zu schützen. Ein Schlundhund ist nicht unverwundbar, aber verdammt schnell und effektiv. Seine Zähne mahlen unentwegt in seinem schleimigen Kiefer, um ihre Schärfe zu behalten. Ich habe oben in meiner Kajüte einen Dolch versteckt, der aus dem Eckzahn eines besonders großen Exemplars gefertigt ist. Ich benutze ihn nicht mehr, weil ich mich ständig daran verletzt habe.«

»Unheilige Scheiße!« Ich ging ein paar Schritte zurück in den Gang und hob meine Hände in einer abwehrenden Geste. »Das kann nicht dein Ernst sein, Chaion. Verbotene Waren wie Alkohol oder Drogen kann ich ja noch verstehen. Aber Waffenhandel? Und dazu noch eine unberechenbare und grauenvolle Waffe wie dieses Scheusal? Hast du denn gar kein Gewissen?«

Das Gewinnerlächeln auf Chaions Lippen war verschwunden. Für ein paar unangenehme Sekunden schwebte sein Gesicht stumm im Schein der Öllampe, nur untermalt vom Toben und Knurren des Dämonenhundes. Ich schluckte und fragte mich, ob ich zu weit gegangen war. Immerhin war ich zu Gast auf Chaions Schiff. Und egal, wie freundschaftlich er sich in der letzten Stunde gegeben hatte – kurz zuvor wollte er mich noch töten lassen, und es gab außer meinen Lügengeschichten wenig, was ihn davon abhalten könnte, dieses Vorhaben wieder in Betracht zu ziehen.

Ich stotterte. »Verzeih, wenn ich da so direkt bin, Käpt'n, es ist nur …«

Doch glücklicherweise lächelte Chaion nun wieder. »Nur ein wahrer Auserwählter würde so einen moralischen Quatsch reden, oder?« Er ging lachend an mir vorbei und schlug mir auf die Schulter. »Komm mal mit, ich habe hier etwas, das deine Stimmung wieder aufhellen wird. Und nur damit das klar ist: Wir würden den Schlundhund nur an jemanden verkaufen, der ihn auf noch größere Scheusale loslässt. Nicht, dass ich mich vor dir rechtfertigen müsste, aber ich dachte, dass das klar wäre.«

Die Bemerkung, dass es recht arrogant wäre, sich ein Urteil darüber zu erlauben, welche Partei eines Konflikts die größeren Scheusale in ihren Reihen aufwies, verkniff ich mir lieber und folgte ihm.

Unter der Treppe nach oben befand sich eine schwer aussehende Kiste, die Chaion scheppernd zur Seite wuchtete. Darunter öffnete er über einen Kippmechanismus eine geheime Klappe im Boden, dessen unsichtbare Umrisse vermutlich nicht mal ein Meisterdieb entdeckt hätte. Aus dem Hohlraum förderte er eine weitere, aber deutlich kleinere Kiste zu Tage, die er mit einem Schlüssel aus seiner Jacke öffnete. Darin befand sich ein transparentes Bündel, in das etwas eingewickelt war.

Chaion nahm es behutsam heraus und sah mich dann durchdringend an. »Du hast heute wirklich verworrenes Zeug geredet, um deine Haut zu retten. Doch ein innerer Instinkt sagt mir, dass das Erscheinen so eines Wirrkopfes und das Wiedererwachen von Zendar tatsächlich irgendwie zusammenhängen könnten. Manche Dinge lassen sich nicht mit dem Geist erfassen, sondern müssen von einer größeren Intelligenz entschieden werden. Ich vertraue auf die Weisheit des kosmischen Geschichtenerzählers. Ihr Menschen würdet das vielleicht Intuition oder Bauchgefühl nennen. Daher möchte ich dir das hier schenken.«

Er reichte mir das Bündel, welches ich ehrfürchtig entgegennahm. Das Material fühlte sich kühl und glatt an, beinahe wie Glas. Als ich es vorsichtig auseinandergefaltet hatte, rollte eine kleine Glasphiole mit Korken in meine Hand. Ich ließ die Verpackung fallen und begutachtete fasziniert die farblose Flüssigkeit, die in dem Fläschchen sanft leuchtete. Das war aufregend.

»Ein magischer Trank? Für mich? Lass mich raten, der soll mir ein Licht sein, wenn alle anderen Lichter ausgehen?«

»Sehr poetisch.« Der Elf nickte anerkennend. »Doch beschreibt das die Wirkung des Trankes nur im übertragenen Sinne. Es ist ein mächtiger Heiltrank.«

Jetzt war ich irgendwie enttäuscht. Fliegen, Unsichtbarkeit, multiple Orgasmen für den Mann – alles wäre besser gewesen als ein Heiltrank. Für meine Begriffe hatte die Scheiße längst den Ventilator getroffen, wenn ich gezwungen war, einen *mächtigen* Heiltrank zu schlucken. Ich hatte eigentlich nicht, vor mich so legendär zu zerlegen, dass das nötig war. Doch die Geste zählte, und eine kleine Lebensversicherung war das Fläschchen allemal.

»Ich danke dir, Chaion. Für dein Vertrauen. Und deine unverhoffte Freundschaft. Denn ist es nicht letztlich Freundschaft, die wertvoller ist als …«

»Beim Arsche des Wielar, elfischer Gott der Schmiedekunst, scheiß auf den Trank!« Chaion hob mit einer fließenden Bewegung das fallengelassene Bündel auf und entfaltete es im Licht. »Das hier ist ein kleines Königreich wert!«

Es war ein Hemd! Die feinen Fasern und Linien glitzerten und brachen das Licht wie Myriaden kleiner Kristalle.

Ich zog meinen Kapuzenüberwurf aus und streifte das kühle Shirt über. Es war an den richtigen Stellen elastisch und passte wie angegossen. Das Gewicht war mit einem wassergetränkten T-Shirt zu vergleichen. Endlich besonderes Equipment, das ich gefahrlos tragen durfte.

»Geil, ist das Mithril? Von den Zwergen geschmiedet? Ich fühle mich wie Frodo …«

Chaion schnaubte verächtlich. »Zwergenschrott? Viel besser: Das ist von Hochelfen verarbeitete Spinnenseide der Diamantweber. Noch leichter als Mithril, aber mindestens genauso stabil. Es gibt in ganz Grimora nur eine Handvoll davon. Viele Abenteurer starben, damit *du* das nun tragen kannst.«

Und damit zog er blitzschnell sein schlankes Schwert und stieß mir die scharfe Spitze in die Brust. Ich keuchte und taumelte rückwärts gegen die Bordwand, wo ich mich in einem Fischernetz verhedderte. Chaion lachte grölend, als ich mich befreite und die schmerzende Stelle an meiner Brust betastete. Das würde einen feinen blauen Fleck geben. Doch außer der Wucht war nichts von der schlanken Elfenklinge durch die Rüstung gedrungen. Und selbst diese Wucht wurde deutlich abgemildert.

»Danke für diese Entjungferung, Chaion. Das Geflecht scheint seinem Ruf gerecht zu werden.«

Ich strich über das seltsame Material. *Diamantweber.* Faye hatte mir bei unserer ersten Begegnung von den großen Spinnen erzählt, die unzerstörbare Netze bauten. Es lief mir beim Gedanken an den Produktionsvorgang der Spinnfäden kalt den Rücken runter, aber das war natürlich kein Grund, die weiche Spinnenrüstung jemals wieder auszuziehen. Allerdings brannte mir eine Frage unter den Nägeln, die mich in fantastischen Geschichten beim Thema »Quest-Belohnungen« schon immer beschäftigt hatte.

»Ich möchte nicht undankbar erscheinen, im Gegenteil, ich danke dir vielmals für dieses kostbare Geschenk, doch … wieso trägst du es nicht selbst?«

Wieder sah mich Chaion mit diesem durchdringenden Blick an, als er antwortete: »Glaubst du, ich wäre in dieser Welt über 800 Jahre alt geworden, wenn ich auf so ein Ding angewiesen wäre?«

Eine bestechende Logik. Ich fragte mich, was alles hinter der simplen Fassade dieses elfischen Libertins schlummerte, von dem ich nichts wusste. Doch ein Blick in die Untiefen seiner königsblauen Augen reichte, um mir einen wohligen Schauer elfischer Lebensweisheit über den Rücken zu jagen.

»Außerdem schützt es nur den Torso. Käme meine Mannschaft auf die dumme Idee zu meutern, würden sie mit tödlicher Präzision auf meinen Kopf schießen.«

Auch dieser Logik konnte ich nicht widersprechen. Dieses seltene Kleidungsstück vermochte schlimme Verletzungen zu verhindern, doch ich konnte noch immer verstümmelt, zermalmt, geblendet, vergiftet, erstickt und auf genügend andere Weisen kampfunfähig gemacht oder getötet werden. Eigentlich hatte dieses Spinnenhemd meine Überlebenschancen nur minimal verbessert. Aber ich nahm, was ich kriegen konnte.

War das Donner in der Ferne?

»Ein Sturm zieht auf«, bestätigte Chaion meinen Gedanken und schwang sich elegant auf die Treppe nach oben. »Ich hoffe, wir schaffen es bis Darkon, bevor es richtig losgeht.«

Ich verstaute den Heiltrank in meiner Hosentasche, zog mein Kapuzenwams über meine neue Frodo-Rüstung und folgte ihm. Als wir den Bauch des Schiffes verließen, empfing uns ein kühler Wind, der die Segel zum Schlackern brachte. Chaion brüllte ein paar Kommandos übers Deck und löste einen gelangweilt dreinblickenden Elfen am Steuerrad ab.

Ich ließ derweil meinen Blick über die farbenfrohe Dschunke schweifen. Lennox war nirgendwo zu entdecken. Vermutlich turnte er durch die Takelage oder hatte sich in eine der Hängematten unter Deck plumpsen lassen. Bei dem Gedanken daran merkte ich, wie sehr auch mein Körper nach Ruhe verlangte. Auch Faye war nirgends zu entdecken, bis mich eine Hand an meiner Schulter zusammenfahren ließ.

»Schleich dich doch nicht so an! Sonst kratze ich hier noch an einem Herzfiffi ab.«

Die Zauberin grinste mich schadenfreudig an und überreichte mir ein gräuliches Stück Trockenfisch. Als ich daran roch und die Nase rümpfte, steckte sie sich ein eigenes Stück in den Mund und kaute gierig.

»Los iss, wir müssen bei Kräften bleiben«, sagte sie mit vollem Mund. »Das war neben dem ganzen elfischen Zuckerzeug das Nahrhafteste, was die Bordküche hergab. Neben Gurken, die aber echt eklig schmecken.«

Der Fisch hingegen schmeckte trotz seines reiferen Geruchs gar nicht übel. Aber vielleicht war auch nur Hunger der beste Koch. Faye hatte außerdem noch etwas Kartoffelbrot besorgt und eine Flasche Elfenwein. Sie zeigte mir verstohlen den Flaschenhals in der Innentasche ihrer Lederjacke und ich hoffe inständig, dass wir deswegen nicht noch Schwierigkeiten kriegen würden. Trotzdem konnte ich es kaum abwarten, das edle Tröpfchen zu probieren. Zumindest hoffte ich, dass die Elfen beim Keltern von Wein genauso meisterhaft waren wie beim Häkeln sündhaft teurer Spinnenseide.

Wir setzten uns mit dem Picknick an einen Holztisch im Mannschaftsquartier, wo Lennox in einer Hängematte lautstark vor sich hin schnarchte. Damit machte er Yurimo Konkurrenz, der etwas weiter hinten lag und mit ihm um die Wette sägte. Zwischen den beiden saß ein weiterer tätowierter Elf auf einer Schlafstatt aus Säcken, der mit der Pflege seiner Waffen beschäftigt war. Er sah nur einmal kurz auf, als wir hereinkamen und würdigte uns dann keines Blickes mehr. In seinen Augen war unverhohlene Missgunst zu lesen, und ich war mir sicher, dass die wenigsten Elfen an Bord Chaions Entscheidung, uns mitzunehmen wirklich euphorisch beipflichteten. Aber das spielte keine Rolle. Hauptsache, die langlebigen Scharfschützen hatten nicht akut das Bedürfnis, uns umzubringen.

Ich sah beim Essen aus dem Fenster auf den dunklen Streifen Wald, der an der fernen Uferböschung vorbeizog. So langsam näherten wir uns den Abendstunden, und die Wipfel der Bäume wurden von immer stärkeren Windböen geschüttelt.

»Wo fahren wir eigentlich genau hin? Chaion erwähnte einen Ort namens Darkon …« Ich blickte zu Faye, die mir gegenübersaß und mich anscheinend die ganze Zeit angestarrt hatte.

Die Art, wie sie das Salz des gepökelten Fischs von ihren Fingern leckte, bevor sie antwortete, war besorgniserregend erotisch. Bilder von Laura und meinem Sohn schoben sich vor mein inneres Auge und beschworen Schuldgefühle herauf. Es war sinnlos, sich noch länger etwas vorzumachen: Ich hatte mich ein wenig in Faye verknallt. Vielleicht sogar mehr, als ich es mir eingestehen wollte. Das Blut welchen Mannes würde bei ihr nicht in Wallung geraten? Diese Anziehungskraft war schlicht und ergreifend eine Frage von Ästhetik, Biologie und, na gut, auch von persönlicher Präferenz. Faye war unglaublich hübsch, sexy und mit ihrer Magie auch noch wahnsinnig mysteriös. Ich konnte es kaum vermeiden, bei ihrem Anblick auf sinnliche Gedankenreisen zu gehen, die meist mit FSK18-Inhalten endeten.

Ein lautes Ploppen riss mich aus meiner Trance.

»Hörst du mir überhaupt zu?«

Faye hatte den Elfenwein entkorkt. Die Glasflasche hatte kein Etikett, war aber durch beeindruckende Glasbläserkunst wie ein schlanker Frauenkörper geformt. Nun goss sie die schillernde Flüssigkeit in zwei Becher aus hartem Material; ich vermutete Knochen oder Horn.

»Also noch mal: Wir kommen mitten in der Nacht in Darkon an. Das ist eine Stadt direkt am Saphir. Ein nebliges Drecksloch leider. Dort suchen wir uns einen Unterschlupf für die Nacht oder besser ein Versteck, denn ich weiß nicht, ob Boris nicht ein paar Reiter nach Darkon schickt, weil er genau das vermutet. Aber viel weiter wird er seinen Söldnern die Leine nicht lassen.«

Sie schob mir meinen Becher zu, als ob er der heilige Gral aus *Indiana Jones 3* wäre, aber der *richtige* Gral. Ich war zum Bersten gespannt auf den Geschmack und schnalzte mit der Zunge.

»Morgen früh schlagen wir uns zur Höllenklamm durch und können mit etwas Glück bei den Zwergen übernachten. Und dann ist die Ebene der Todesgefahr auch schon in greifbarer Nähe. Sie hob ihren Becher. Auf uns! Und das Ziel unsere Reise!«

Ich machte mir gar nicht erst die Mühe, auf die wenig ermunternden Namen dieser Orte einzugehen. Darum sollte sich Future-Kai Sorgen machen. Stattdessen stießen wir nun endlich an – vorsichtig, um auch nicht einen Tropfen des kostbaren Elfenweins zu verschütten. Mein Respekt vor dem Gesöff, das ich nur aus Legenden und Rollenspielregelwerken kannte, war immens. Vermutlich war das Zeug ein paar hundert Jahre gereift und lächerlich teuer. Deshalb hielt ich inne und beobachtete erst mal, wie Faye trank, um es ihr nachzumachen.

Sie nahm zunächst nur einen kleinen Schluck und behielt ihn mit geschlossenen Augen im Mund. Dann schluckte sie ihn hinunter und leckte sich einen Tropfen von der Unterlippe, der dort haften geblieben war. Ein leidenschaftliches Stöhnen entfuhr ihr, und sie biss sich vor Lust auf die Unterlippe. Ihr perfektes weißes Lächeln hatte bemerkenswert ausgeprägte Eckzähne. Sie stöhnte noch einmal und leckte sich erneut die Lippen, diesmal gründlicher, so, als ob sie jemand mit Honig bestrichen hätte.

Was war das, flüssiger Porno?

Entweder das, oder Faye versuchte mir zu zeigen, welches Gesicht sie beim Liebesspiel machen würde. Langsam öffneten sich ihre Augen. Ein verträumter Ausdruck lag darin, als hätte sie sich gerade an etwas Wunderschönes erinnert. Der Becher schwebte erneut zu ihren Lippen, als sie innehielt.

»Warum trinkst du nicht?«

»Das ist mein erstes Mal«, stammelte ich.

Mein Herz schlug mir nun bis zum Hals. Ich war mir nicht mehr sicher, ob es die Vorfreude auf den Wein oder Fayes nächstes Stöhnen war.

Die Hexe lächelte. »Das ist ja das Schöne am Elfenwein. Es ist immer wie das erste Mal.«

Wie der Möchtegern-Weinkenner, der ich war, schwenkte ich ihn erstmal vorsichtig im Becher und schnupperte daran. Was mir da in die Nase stieg, war mit Worten nur schwer zu beschreiben. Süßer Sommer, Liebe und Lust aus vergorenen Beeren, Honig und Kräutern. Der süßliche Duft wanderte bis in meinen Kopf und machte mich auf eine fast beunruhigende Weise glücklich, sorglos und … auch ein wenig … geil.

Als ich schließlich trank, wurde mir klar, dass dieser Wein für Unsterbliche gemacht wurde, deren feine Sinne durch Jahrhunderte des Genusses von allem anderen gelangweilt waren. Eine Menschenzunge hatte inmitten dieses Elixiers nichts verloren. Und doch genoss ich das Privileg, flüssigen Sonnenschein zu trinken, der meine Zunge und meinen Mundraum so sanft liebkoste wie der scheue Zungenkuss einer Nymphe. Ich konnte den Geschmack nicht beschreiben, doch ich war mir sicher: So schmeckte Ambrosia.

Faye materialisierte sich wieder in meinem Blickfeld. Ich hatte gar nicht gemerkt, dass ich die Augen geschlossen hatte. Als Faye meine Wange berührte, zuckte ich verwirrt zurück. Eine Träne glitzerte an ihrem Finger. Hatte ich vor Ekstase und Glück geweint?

»Ich sehe, das war dein *erstes*, erstes Mal.«

Faye trank wieder, und ich tat es ihr gleich. Dieser flüssige Balsam für Körper und Seele war sicher hochgradig süchtig machend. Ich fühlte mich nach nur wenigen Schlucken schon so bezirzt von den Sirenen dieses Getränks, dass ich an nichts anderes mehr denken konnte. Grimora war meine *Brave New World* und der Elfenwein war das Soma, das ich ab sofort dringend brauchte, um glücklich zu sein. Wie sollte ich jemals noch etwas anderes trinken? Ich schielte eifersüchtig auf die Flasche, die Faye mit einer Hand umschlossen hielt. Sie schien meine Gedanken gelesen zu haben.

»Keine Sorge, nach dem Rausch wirst du dich kaum noch an den Effekt erinnern können. Und spätestens morgen wird es nur noch eine entfernte, abstrakte Erinnerung sein, ohne jegliche Anziehungskraft. Der Geist Sterblicher vermag an den Sinneseindrücken nicht lange festzuhalten. Glücklicherweise. Es gibt jetzt für jeden noch *einen* Becher und der Rest ist für Lennox, okay?«

Nicht okay.

Das war die Definition von »nicht okay«. Aber ich riss mich am Riemen und verbiss mir den Kommentar. Stattdessen versuchte ich, den nächsten Becher zu genießen, anstatt ihn gierig runter zu schütten. Ich war einmal mehr vollkommen von der Rolle, was diese Welt für Wunder bereithielt. Es gab in keinem Land der Erde einen Wein, der diesem hier das Wasser reichen konnte. Wie war das überhaupt möglich? Wie konnte mir diese Computersimulation Sinnesfreuden bescheren, die eigentlich unmöglich oder zumindest in der echten Welt noch nicht erforscht waren?

Wenn das hier eine Simulation war …

Ich war mir schon länger nicht mehr sicher. Sicher war nur, dass Lex mit seiner Erfindung für den nächsten großen Supergau der Menschheit gesorgt hatte. Krankenhäuser und Praxen von Psychotherapeuten würden überlaufen mit Menschen, die nur noch die verbesserte Realität der M.A.Y.A. akzeptierten. Das war die digitale Apokalypse. Ich seufzte und versuchte, mich nur auf den köstlichen Elfenwein zu konzentrieren. Was nicht schwer war, da er mein Hirn schon bald in die flauschig weichen Laken süßer Trunkenheit wickelte.

Während draußen vom Wind empor gepeitschte Schaumkronen über den Saphir tanzten und die Flammen in den Lampen des Schiffes im Takt dazu flackerten, unterhielten sich Faye und ich über alle möglichen Themen. Mal wieder so, als ob sie eine hübsche Kommilitonin aus Uni-Zeiten gewesen wäre, die ich ewig nicht gesehen und mit der ich so viele Neuigkeiten auszutauschen hatte.

Und wie so häufig, wenn ich anderen unter dem Einfluss von Alkohol mein Herz ausschüttete, holten mich verschiedene Minderwertigkeitskomplexe ein; konstruierte Unzulänglichkeiten, die die Welt mir durch Erziehung, Schule und gesellschaftliche Erwartungen einprogrammiert hatte.

»In meiner Welt bin ich nur ein weiteres kleines Rad im Getriebe der Welt.« Ich bohrte nachdenklich mit dem Messer aus meinem Gürtel kleine Kerben in den Tisch. »Ist letztlich egal, ob ich hier in Grimora draufgehe oder nicht. Ich bin entbehrlich.«

»Du bist nicht entbehrlich.« Faye sah mich durchdringend an. Einige rote Haarsträhnen hingen ihr ins Gesicht. Im fahlen Licht des heraufziehenden Unwetters sahen sie fast wie Blutspuren auf ihrer weißen Haut aus.

»Du bist alles andere als entbehrlich, Kai. Und damit meine ich nicht nur deine besondere Rolle in Grimora. Du sagst es doch selbst: Du bist ein Rad im Getriebe der Welt. Was glaubst du, was mit dem Getriebe passiert, wenn ein noch so kleines Rad daraus entfernt wird? Nichts und niemand ist überflüssig. Alles hat seinen Platz. Alles hängt zusammen wie in einer gigantischen Maschine. Weil Realität so funktioniert. Bei den Hohepriestern des weißen und des schwarzen Turms in Wolkenheim! Wissen die Gelehrten in deiner Welt denn gar nichts?«

»Zumindest nicht, wie man so einen Porno-Wein herstellt«, sagte ich und grinste besoffen.

Faye hatte gut daran getan, den Rest des Feenwassers für Lennox zu reservieren.

Dann hörten wir den Knall der magischen Entladung.

Spürten ihn bis in unsere Eingeweide.

Ein dumpfer Schlag, als ob in einem Nachbarland ein großes Kraftwerk explodiert wäre.

»Oh nein.« Faye stand auf und reckte ihren Kopf aus dem Fenster. Die Windböen rissen sofort gierig an ihren roten Locken.

Lennox war aufgewacht und hatte sich mit besorgtem Blick aufgerichtet. Yurimo hatte immerhin mit dem Schnarchen aufgehört und stöhnte genervt.

»Oh, Hydrascheiße!«, fluchte Faye. »Sich unkontrolliert verdoppelnde Scheiße einer faltigen Hydramutter, festhalten!«

Ich quetschte meinen Kopf neben ihr aus dem Bullauge und sah es: Eine grünliche geisterhafte Schockwelle raste über die Wipfel und brandete durch den Fluss. Als sie uns erreichte, machte die *Dagon* einen spürbaren Satz auf dem Wasser und ließ überall auf dem Schiff lose Gegenstände scheppern. Die drittelvolle Flasche mit Elfenwein rollte auf die Tischkante zu. Trotz meiner Trunkenheit sprang ich geistesgegenwärtig hin und fing sie auf, als sie über den Rand fiel. Wow, ich war *wirklich* nicht entbehrlich ...

Dann brach die Hölle los.

Eine Hölle, die ich durch einen Schleier von Trunkenheit, Adrenalin und Unglauben wahrnahm.

Es donnerte, und an Deck waren Schreie zu hören.

Wir rannten raus und wurden von einer grauen windigen Apokalypse aus Regen und Krallen erwartet.

Diese »Dinger« waren überall!

Sie zogen sich mit ihren Krallenhänden über den Bootsrand und landeten mit einem Klatschen ihrer seltsamen Flossenfüße auf den Holzplanken der *Dagon*. Ihre vom Wasser glänzenden Köpfe hatten klaffende Mäuler und emotionslose gelbe Fischaugen. Sie stolperten über das schwankende Deck und versuchten, ihre Krallenhände in Elfenfleisch zu schlagen.

Attack of the Piranha People!

Was eigentlich nur der Titel eines trashigen Groschenromans hätte sein sollen, sorgte nun für absolut reales Chaos auf dem Schiff.

Anscheinend war der Großteil der Elfen in die Takelage geklettert, denn es regnete allerorts Pfeile, die das Deck mit den zuckenden Körpern dieser abscheulichen Fischmonster pflasterten. Doch immer mehr Ungeheuer sprangen aus den wütenden Wogen des Flusses auf unser Schiff und verwickelten nun die ersten Elfen in Nahkämpfe.

Auch meine Mitstreiter hatten sich bereits ins Kampfgetümmel geworfen. Lennox verwandelte sich in einen flinken Wirbelwind aus Klingen, während Faye ihre Blutmagie wirkte: Neben den Blitzen, die am Himmel zuckten, gab es nun noch ein zweites Gewitter an Deck. Ich hingegen stand einfach fassungslos im Türrahmen zu den Mannschaftsquartieren und war kurz davor, vor Angst zu kotzen.

Diese aufrecht gehenden Piranha-Menschen zu sehen, versetzte mich ungefähr so in Panik, als ob eine Horde wilder Tiger an Deck herumgelaufen wäre. Ich war verblüfft, wie klar ich trotz dieser grotesken Situation immer noch denken konnte. Insofern hatte H. P. Lovecraft unrecht gehabt: Im Angesicht des Unfassbaren wurde man nicht wahnsinnig. Der Anblick dieser Schrecken aus dem Saphir war nicht grotesker als der einer Giraffe. Genau genommen waren Giraffen, also Leoparden-Elch-Kamele mit zwei Meter langen Hälsen, noch viel absurder als die Fischmenschen. Spätestens nach der abscheulichen Naga wirkten die fiesen Fischfressen nur noch wie ein weiterer Special Effect auf mich. Es war alles nur eine Frage der Gewohnheit. So etwas wie »normal« existierte gar nicht. Die Realisation dieser Wahrheit ließ mich jedoch so kalt wie der Regen in meinem Gesicht.

Anstatt mich philosophisch zu stimmen, hätte ich mir vom Elfenwein eher eine Portion Todesverachtung und Heldenmut gewünscht. Denn wenn ich auf den albernen Dolch in meiner Hand starrte, überkamen mich heftige Zweifel, ob ich meinen Gefährten irgendwie nützlich sein konnte.

Eine Blutfontäne spritzte ganz in meiner Nähe in die Höhe. So, als ob jemand einen makabren Champagner geöffnet hätte. Ich konnte gegen den strömenden Regen den Umriss von Chaion ausmachen, der zu meiner Rechten eine Fischgurgel aufgeschlitzte hatte. Sein Säbel triefte nur so vom schwarzen Blut der Angreifer. Als er mich ansah, fuchtelte ich albern mit meinem Dolch in der Luft herum, um den Anschein zu erwecken, ich würde den Eingang ins Schiff verteidigen. Ich schämte mich für meine Angst und meine Feigheit und war bereit, vom Kapitän dafür gerügt zu werden.

Doch Chaion rannte weiter und erstach zwei andere Piranha-Menschen, die gerade dabei waren, sein Schiff zu entern. Ein weiterer kletterte hinter ihm an Bord und streckte seine Krallen nach ihm aus. Chaion sah ihn nicht.

Instinktiv riss ich meinen Dolch in die Höhe und warf ihn auf das Monster – so stark ich es wagte, um nicht versehentlich den Käpt'n zu treffen.

Headshot!

Ich traf genau den Kopf, allerdings nur mit einer flachen Seite des Dolches. Mein alberner Apfelschäler prallte ab und flog über Bord. Immerhin hatte ich das Fischwesen kurz abgelenkt, denn es wirbelte herum und hielt sich ein Auge.

»Hinter dir, Chaion!«, brüllte ich so laut ich konnte gegen den Sturm an. Mehr, um mich selbst zu schützen, falls das

Vieh sich entschließen sollte, den mutigen Auserwählten anzugreifen.

Doch etwas ganz anderes passierte. Der Regen um den Piranha-Mann verdichtete sich rasend schnell zu einer großen Wasserkugel, die ihn einschloss und verdutzt schweben ließ. Doch bevor er einfach herausschwimmen konnte, wurde er von einer unsichtbaren Kraft mitsamt seines neuen Aquariums in den Fluss geschleudert. *Buckster*!

Der Wasser-Elementarist stand wild murmelnd über mir an der Reling des oberen Decks und nutzte das Unwetter gewinnbringend für seine Art der Magie. Zumindest machte er gegen Gegner, die genau aus seinem Element stammten, das Beste daraus.

Leider verletzte seine Wasserkontrolle die Angreifer nicht, sondern konnte sie nur etwas irritieren oder verlangsamen. Ein Elementarist eines anderen Elements wäre sicher nützlicher gewesen. Feuer zum Beispiel.

Doch dann ergab sich eine für die Fischmonster fatale Synergie. Buckster umgab das Schiff mit einem Ring aus Wasser, durch den die Piranhas erst hindurchmussten, um an Deck zu gelangen. So wurden sie verlangsamt und oft schon von Klingen oder Pfeilen durchbohrt, bevor sie es überhaupt an Deck geschafft hatten.

Der Clou waren allerdings Fayes geistesgegenwärtig geschleuderte Blitze: Immer, wenn sich genug frisches Sushi im Wasserring befand, jagte Faye ein paar Millionen Volt hinein. Die geifernden Flussmonster zuckten und bissen sich die eigenen Zungen ab, bevor sie schlapp zurück in den Fluss fielen. Es war ein unglaubliches Schauspiel. Genauso unglaublich wie die Tatsache, dass immer noch mehr von ihnen aus dem Fluss sprangen. Sicherlich würden bald Fayes Kristalle, Bucksters Kräfte und die Pfeile der Elfen zur Neige gehen.

Vielleicht würde ich diesen Moment jedoch ohnehin nicht mehr erleben. Denn plötzlich war meine Schonzeit als reiner Beobachter vorbei. Eins der klaffenden Mäuler rannte auf mich zu und gurgelte dabei siegesgewiss.

Hätte eine Welle die *Dagon* nicht just in diesem Moment aufgebäumt und damit das Deck zur Seite geneigt, hätte mir der Piranha auf zwei Beinen glatt das Gesicht weggebissen. So krachte er stattdessen neben mir gegen die Wand und musste sich wieder hochrappeln. Ich fiel vor Schreck auf meinen Hosenboden und krabbelte panisch rückwärts. Dann stand ich auf und sah mich hilfesuchend in der Kajüte um. Hier war niemand. Alle Hände waren an Deck. Mein Blick fiel auf die offene Tür, die wegen des Seegangs draußen festgekeilt war. Sie zu schließen kam ohnehin nicht mehr in Frage, da sich nun der sabbernde Piranha-Mann hindurch zog.

Mir war schlecht. So musste sich jemand fühlen, der im Meer eine Flosse sah, die auf ihn zuschwamm. Ich stolperte zur nächsten Treppe, um mich irgendwo in den Laderäumen zu verstecken.

Als ich die ersten Stufen hinuntergesprungen war, fühlte ich einen heißen Schmerz an meinem Kopf. Das Monster hatte mit seiner Krallenhand nach mir gegriffen, aber nur ein wenig Haut und Haare ergattert. Es brannte, und warmes Blut strömte mir in den Nacken. Ich schrie um Hilfe, als ich den Rest der Treppe hinuntersprang und nach einer Versteckmöglichkeit suchte.

Doch es war zu spät.

Das Ding war mir einfach zu dicht auf den Fersen und würde mich sehen. Ich rannte durch den Gang und rüttelte kurz an jeder Tür. Alle waren verschlossen. Ohne Chaions Schlüssel ging hier gar nichts. Dann war ich beim Käfig des Schlundhunds angelangt, und ein bekannter Würgereflex machte sich bemerkbar. Ich drehte mich um. Im Licht der wild baumelnden Laternen sah ich meinen Verfolger geifernd auf mich zu watscheln. Es war surreal. Sein Maul stand offen und offenbarte Reihen von Zähnen, die wie silberne Nadeln aussahen.

Meine Todesangst ließ mich eine Entscheidung fällen.

Wenn ich schon äußerst schmerzhaft sterben sollte, dann wollte ich diesen miesen Fisch-Ficker wenigstens noch mitnehmen. Der Feind meines Feindes war mein Freund … Mit einem Satz stand ich auf dem Eisenkasten, trat den Sicherungsbolzen zur Seite und riss die Schiebetür nach oben.

Der Effekt war unmittelbar und verheerend.

Als hätte ich eine Kanone abgefeuert.

Eine heulende schwarze Fellkugel flog aus dem Kasten und an die Kehle des Piranha-Manns. Der teuflische Hund war etwas kleiner, als ich ihn mir vorgestellt hatte, aber deshalb nicht weniger tödlich. Er holte den Fischmann (Oder Frau? Mir fehlte das kryptozoologische Wissen über diese Rasse.) von den Beinen und übersähte ihn mit Bissen. Es war der Kampf der Kiefer, den der Fisch außerhalb seines Elements jedoch in Sekunden verloren hatte. Sekunden, in denen ich mit rasendem Herzschlag rückwärts geschlichen und hinter einen Stapel Taue in Deckung gegangen war.

Wenn dieser Köter aus der Hölle mich riechen konnte, war ich ohnehin tot. Trotzdem kauerte ich mich zu einem möglichst kleinen Paket zusammen und versuchte trotz grauenvoller Angst, nicht laut nach Luft zu japsen.

Die Geräusche erstarben schnell. Das Strampeln des Fischwesens hatte aufgehört, und der Hund knurrte nur noch leise vor sich hin. Dann hörte ich ein plätscherndes Geräusch. Es klang, als würde der Hund aus der Blutpfütze trinken.

Ich wäre am liebsten vor Angst ohnmächtig geworden, doch das Adrenalin hielt mich gnadenlos bei Bewusstsein.

Ich wagte es nicht, mich auch nur einen Zentimeter zu bewegen. Selbst als ich außer dem Sturm und dem dumpfen Grollen draußen nichts mehr hören konnte, blieb ich noch eine Weile regungslos mit dem Gesicht nach unten in meiner Pakethaltung sitzen. Durch den übernatürlichen Gestank des Hundes und das ständige Schaukeln des Schiffes hätte ich mich gerne einfach mal übergeben, doch der Urinstinkt zu Überleben überschrieb jedes andere Bedürfnis.

Nach einer Weile wunderte ich mich, dass ich noch immer am Leben war. Mein bis zum Bersten angespannter Körper ging immer noch davon aus, jeden Moment den ersten Biss des Schlundhunds zu spüren. Doch es passierte nichts.

Dann endlich sickerte der furchtbare Gedanke in mein Bewusstsein. Wo war der Hund jetzt? Lauerte er mir irgendwo auf oder war er nach oben gelaufen? Zerfetzte er womöglich gerade Elfen und Fischmonster gleichermaßen? Da waren auch Lennox und Faye dabei! Vermutlich am Ende ihrer Kräfte und Zauber …

Aber was hätte ich machen sollen? Den furchtbaren Hund freizulassen war ein Überlebensinstinkt gewesen. Mit einer kolossalen Willensanstrengung zwang ich mich, ganz vorsichtig um die Ecke meines Tauhaufens zu schielen.

Nichts.

Da lagen die zerfledderten Überreste des Land-Piranhas, dessen einer Fuß immer noch Nachtodeszuckungen hatte, aber keine Spur vom Hund. Ich reckte meinen Hals etwas höher, um mehr sehen zu können und fror vor Schreck mitten in der Bewegung ein. Da waren zwei glühende Kohlen auf der Treppe, die in meine Richtung starrten. Ich hielt die Luft an und betete, dass ich vom Halbschatten ausreichend verborgen war, denn bewegen konnte ich mich nicht. Ich war vor Angst paralysiert. Doch das Augenpaar der Verdammnis verschwand mit seinem es umgebenden Schatten aus Fell und Horror nach oben.

Meine Schockstarre hielt noch etwas an. Keine Ahnung wie lange. Ich wagte es einfach nicht, den Rest der Crew lautstark zu warnen aus Angst, dieser Alptraum auf vier Pfoten könnte noch einmal zurückkommen und auch mich in einen Haufen Gehacktes verwandeln. Aber die Elfen waren doch sicher mehr als fähig, den Hund mit ihren Bögen an die Planken des Schiffes zu nageln, oder? Das waren doch Killer. Kranke Killer aus dem Killerwald. Vermutlich machte ich mir zu viele Sorgen. Vielleicht riss der Hund sogar vorher noch ein paar der Piranha People mit sich in die Hölle.

Egal wie angestrengt ich lauschte: Von hier unten war außer dem heulenden Wind und diffusem Kampflärm nichts zu hören. Ich stand langsam auf und griff an meinen Gürtel. Shit. Den Dolch hatte ich ja bei meiner einzigen Attacke in diesem Kampf über Bord geworfen. Nicht, dass er mir irgendwas gegen Fisch- oder Hunde-Monster genützt hätte, aber ich wollte mich an irgendwas festhalten. Ich ging vorsichtig weiter und stieg angeekelt über die Überreste des Piranha-Wesens. Von den Wänden des Ganges rann dunkles Blut. Selbst von der Decke tropfte es. Ich hielt die Luft an und versuchte, nicht auf der Blutlache auszurutschen. Beim Blick auf meine Füße kam ich jedoch nicht darum herum, mir das ganze Ausmaß der Bissspuren am Leichnam anzuschauen.

Heilige Scheiße.

Der ganze Kopf war nur noch blutiger Matsch, und ich konnte in den freiliegenden Rachen schauen. *Entsetzlich.*

Plötzlich hatte ich einen gigantischen Kloß im Hals. Sorge um Lennox und Faye schnürte mir regelrecht die Kehle zu. Ich ging vorsichtig, aber zügig die Treppe hinauf. Im Mannschaftsraum war alles unverändert. Nur die blutigen Tatzenabdrücke, die in gerader Linie nach draußen führten, waren neu. Außerdem konnte ich nun stehen, ohne mich irgendwo festhalten zu müssen. Die *Dagon* glitt ruhig über den Fluss dahin. Anscheinend hatte sich das Wetter wieder beruhigt. Auch Kampflärm war nicht mehr zu hören. Hatten wir es überstanden? Wo war der grauenvolle Köter?

Von jenseits der Tür leuchtete mir die graue Ruhe nach dem Sturm entgegen. Doch die Stille wurde jäh von einer Frauenstimme zerrissen, die mir durch Mark und Bein fuhr. *Faye*! Die Zauberin hatte gerade geschrien wie meine Frau Laura damals, als sie bei der Geburt unseres Sohnes das letzte Mal mit aller Kraft presste. *Oh fuck, was war nur passiert?*

Ich rannte hinaus in eine Wand aus kaltem Nieselregen. Zu beiden Seiten des Schiffes ragten hohe Berge auf, von denen sich niederschlagsbedingte Sturzbäche in die Tiefe ergossen. Auf dem Deck der *Dagon* schwamm ein fast lückenloser Teppich aus Fischkadavern in einer Suppe aus Flusswasser, Blut und Gedärmen. In regelmäßigen Abständen balancierten elfische Bogenschützen auf der Reling des Schiffes und suchten den Fluss nach weiteren Zeichen der Ungeheuer ab. Leider waren ein paar der Elfen auch unter den Leichen an Bord zu finden. Es tat mir in der Seele weh, Wesen auf diese Weise abgeschlachtet zu sehen, die vermutlich eine nahezu unendliche Lebenserwartung hatten.

Doch der wahre Horror offenbarte sich dort, wo Odysseus sich beim Gesang der Sirenen hatte festbinden lassen: am Hauptmast. Eine kleine Gruppe von Leuten stand im Halbkreis um diesen herum: Chaion, Lennox, Buckster, Kwikwek und zwei andere Elfen. Sie beugten sich besorgt über Faye, die mit kreidebleichem Gesicht zitternd am Mast saß und sich an Chaion und Lennox festhielt.

Ich stieg mit pochendem Herzen über die Leichen hinweg, um einen besseren Blick zu erhaschen.

Was ich sah, ließ mich erstarren.

Das durfte einfach nicht wahr sein.

Der Schlundhund lag regungslos auf Fayes Beinen. Aus seinem blutigen Fell ragten vier Pfeile, deren Federn in unterschiedliche Himmelsrichtungen zeigten. Kwikwek beugte sich herunter, krallte sich in das Fell und versuchte, den Hund von ihr wegzuziehen, was Faye schreien ließ, als hätte man ihr einen glühenden Dolch in den Fuß gerammt.

»Verflucht, du dämliches Goblin-Hirn! Ich sagte doch, das Vieh hat sich in meinem Bein festgebissen! Selbst im Tod lässt es nicht locker!«

Doch der selbst aus unzähligen Bisswunden blutende Halb-Ork hatte den Hund bereits mit Gewalt losgerissen und warf ihn wie einen alten Bettvorleger zur Seite. Dann zuckte er mit den Schultern, trank ein paar Schlucke aus einem kleinen Flachmann und machte sich daran, die Fischkadaver über Bord zu werfen. Seine eigenen klaffenden Wunden schienen ihn dabei überhaupt nicht zu interessieren. Genauso wenig wie das Gewicht der Fischmonster, die über die Reling flogen, als wären sie alte Wäsche.

Indes schüttelte Chaion, der neben Faye kniete, traurig den Kopf. »Es tut mir leid, Zauberin, das übersteigt meine Heilkräfte. Dein Bein ist zu großen Teilen gefressen worden. Wir sollten den Rest abnehmen und den Stumpf abbinden, damit du nicht verblutest.« Er griff zu seinem Schwert.

»Ha… Halt! Ich … ich habe einen Heiltrank!«, rief ich.

Ich fischte das Fläschchen aus meiner Hosentasche und hielt es in die Höhe, so wie Lennox es mit dem Zwergenschnaps gemacht hatte, als wir das erste Mal ein paar Elfen beeindrucken mussten. Köpfe drehten sich in meine Richtung. Säuerliche Mienen. Freude, den »Auserwählten« am

Leben zu sehen, sah anders aus. Ich kam näher gestolpert und hielt es die Runde.

»Wie konnte das nur passieren? Was für eine Bestie! Halt durch, Faye!«

Chaion sah mich nur mitleidig an und schüttelte den Kopf. »Der Trank vermag nur zu heilen, was noch da ist.«

Faye jammerte mitleiderregend, und ihr Stöhnen war ausnahmsweise mal furchtbar mitanzuhören.

»Aber, der Trank …«, stotterte ich, »vielleicht kann er in Kombination mit Fayes Heilzaubern …«

Doch dann fiel mein Blick nach unten. Der komplette linke Fuß fehlte und das restliche Bein war teilweise bis auf den Knochen heruntergenagt. Mir wurde anders. Das sah aus wie in einem Horrorfilm, der in einer Metzgerei spielte. Es war ein Wunder, dass Faye noch nicht bewusstlos oder sogar tot war.

Als mir der Geruch ihres Blutes in die Nase stieg, erinnerte mich mein Körper daran, dass ich heute schon öfter das Kotzen unterdrückt hatte. Es wurde Zeit. Ich fiel auf die Knie und entleerte mich auf die Leiche eines gefallenen Fischmonsters.

Als mein Kotzschwall verebbt war, schrie Faye durch das allgemeine Schweigen an Bord: »Ich kann nicht mehr! Ich helfe mir selbst! Verschwindet alle! Geht weg!«

Die Umstehenden redeten beschwichtigend auf Faye ein, doch die Zauberin brachte sie mit einem noch lauteren Schrei zum Schweigen.

»VERSCHWINDET! SOFORT!«

Sie begann mit schmerzverzerrtem Gesicht arkane Formeln zu murmeln. Schwärze flutete ihre Augen. Sie beschwor zweifelsfrei ihre Blutmagie.

»Geht von ihr weg!«, rief Lennox. »So weit weg, wie ihr könnt!«

Alle taten, wie ihnen geheißen. Selbst die Bogenschützen auf der Reling verließen ihre Posten und balancierten mit schnellen Schritten zum hinteren Teil des Schiffes. Auch ich stapfte hastig durch die Leichensuppe zurück zu den Quartieren und lugte vorsichtig aus der Tür.

Doch einer der Elfen war anscheinend mutiger und blieb in der Nähe. Er verschwand lediglich aus Fayes Blickfeld hinter den Mast, während eine morbide Faszination in seinem Gesicht leuchtete.

Fayes Beschwörungen wurden nun immer lauter und waren schnell von einem Murmeln zu Brüllen geworden. Ihre Worte klangen verzweifelt, aber auch machtvoll; sie vibrierten nur so von … mystischem Potenzial.

Es begann, als der Zauberin vor Anstrengung Blut aus der Nase lief.

Tentakel aus schwarzem Rauch erhoben sich aus Fayes Brust und krochen über das Deck. Sobald sie eine Leiche ertastet hatten, begannen sie, gierig zu pumpen. Faye war anscheinend zu einer Art Vampir-Krake mutiert, die mit ihren nebulösen Fangarmen die Gefallenen aussaugte. Ihr erkaltendes Blut? Winzige Reste von Lebensenergie? Womöglich ihre Seelen? Ich wollte es lieber nicht wissen. Der Anblick war grotesk und abstoßend.

Ein gequälter Aufschrei lenkte meine Aufmerksamkeit auf den todesmutigen Elf, der sich hinter dem Mast versteckt hatte. Er versuchte davonzustolpern, kam jedoch ins Straucheln und fiel auf die Knie. Ein schwarzer Rauchtentakel hing an seinem Rücken und pumpte rhythmisch den unsterblichen Lebenssaft zu Faye hinüber. Und während das Gesicht des vor Schmerz heulenden Elfen immer blasser wurde und wie ein alter Pfirsich verschrumpelte, wuchs Faye ein neues

Bein. Es sah aus, als würde ein Strom von unsichtbaren Nanorobotern in Sekundenbruchteilen Muskeln, Gefäße und Haut rekonstruieren.

Schließlich endete das Schauspiel so abrupt wie es begonnen hatte. Als Faye verstummte, lösten sich die schwarzen Rauchtentakel auf, und der leer gesaugte Elf fiel zur Seite wie ein Stück verschimmelter Karton. Seine Überreste sahen noch grauenvoller aus als die zerfledderte Fischleiche im Laderaum.

Was blieb, war nur das sanfte Rauschen des Flusses, gelegentlich unterbrochen vom knackenden Holz des Schiffes.

Ich stapfte vorsichtig auf Faye zu, die immer noch am Mast saß und die Augen geschlossen hatte. Durch das Blut aus ihrer Nase, das ihr bis in die Mundwinkel und übers Kinn gelaufen war, sah sie aus wie eine erschöpfte Vampirin, die sich an einem Heer von Opfern gelabt hatte.

»Bleib stehen.«

Chaions Stimme vibrierte vor Zorn. Als er mit ein paar Elfen an mir vorbeiging, konnte ich in seinem Gesicht lesen, dass er nun von jeglicher Scheiße genug hatte. Bogensehnen spannten sich und mit schwarzem Fischblut besprenkelte Elfenkrieger stellten sich im Halbkreis um Faye auf. Mir schwante Übles.

Die Hexe ignorierte die gespannten Bögen zunächst. Sie stützte sich mit dem Rücken am Mast ab, um aufzustehen und belastete probeweise ihren neuen Fuß. Der Alabaster ihrer nun wieder unversehrten Haut leuchtete unter ihrem zerfetzten Hosenbein. Mir fiel ein Stein vom Herzen. Alles schien wie neu zu sein, doch Faye fluchte und hob ihren Fuß in die Höhe.

»Schwimmhäute«, stellte sie angewidert fest.

Bei genauem Hinsehen schienen auch ihre Fußnägel spitzer geworden zu sein. Und mir fiel noch etwas ins Auge. Eine circa fingerbreite Strähne ihrer roten Haarpracht war nun schneeweiß. Ein wenig wie *Rogue* von den *X-Men* sah sie nun aus.

»Deine teuflische Magie hat einen meiner Nay'Elir in die jenseitigen Lande befördert.« Chaion wies mit dem blinkenden Stahl seiner Elfenklinge auf die bleiche Hauthülle am Boden. »An Bord der *Dagon* ist die Strafe dafür der Tod. Was hast du zu deiner Verteidigung vorzubringen, Hexe?«

Ich schluckte. Fayes Tod – da war ich mir sicher – wäre auch meiner. Nichts gegen Lennox, doch nur mit ihm an meiner Seite rechnete ich mir keine großen Chancen aus, den Turm des Erzmagiers zu erreichen. Natürlich nur gesetzt den Fall, dass ich nicht ohnehin noch den Prozess gemacht bekam und wegen des freigelassenen Schlundhunds standrechtlich erschossen wurde.

»Seid ihr noch bei Sinnen, ihr närrischen Flusspiraten?!«, rief Faye und hatte sichtbar Mühe, ihren Zorn im Zaum zu halten.

Ich hielt mir reflexartig die Hände vor den Mund, als hätte ich damit ihre Worte rückgängig machen können. Meiner bescheidenen Meinung nach sollte sie im Angesicht der Pfeilspitzen ihre Worte etwas diplomatischer und feinfühliger wählen.

Die Hexe ging im Kreis, noch etwas wackelig, und blickte jedem der Elfen tief in die Augen. »Haben wir nicht gerade Rücken an Rücken gegen eine wahre Flut von Fischmonstern gekämpft? Bestien, die ohne Zweifel Zendar persönlich aus dem Fluss gescheucht und uns allen auf den Hals gehetzt hat? Nun möchte ich wissen: Wie vielen von euch habe ich durch meine Magie das Leben gerettet, als ich mit Bucksters Hilfe *dutzende* von ihnen getötet habe? Dass einer eurer wertvollen Brüder durch seine Neugier das Leben verlor ist tragisch, aber nun auch nicht mehr zu ändern. Ihr scheint immer noch nicht zu begreifen, worum es hier geht. Als ihr euch entschieden habt, uns auf unserer Reise zu begleiten, habt ihr euch auch dafür entschieden, gegen Zendar und seine Magie anzutreten. Nun haben einige von euch ihr Leben gegen die Flussmonster verloren und einer gab sein Leben, um mir meins zu retten …«

»Waren die Holzplanken der *Dagon* dafür heute nicht genug von Blut getränkt?«, presste einer der Bogenschützen wütend hervor und ließ die Sehne seines Bogens vielsagend knarzen. »Wieso musstest du einen der Unsrigen für deine makabre Heilung missbrauchen? Warum Akai, der bei bester Gesundheit war und noch vor wenigen Augenblicken auch dein Leben beschützt hat?«

Faye verdrehte die Augen und ballte frustriert die Fäuste. »Ich kontrolliere nicht, wen die Blutmagie für die Restauration meines Körpers auswählt. Hätte ich wählen können, wäre Akai verschont geblieben. Doch das konnte ich nicht. Ich wusste ja noch nicht einmal, dass er in der Nähe war. Außerdem hätte er in Deckung gehen können, wie ihr anderen auch. Mir schwanden die Sinne vor Schmerz, und ich musste handeln. Unsere Mission ist zu wichtig. Mein Zauber war eine Art magischer Reflex. Jeder von euch hätte dasselbe getan!«

Daraufhin erfüllte ein missbilligendes Stimmgewirr das Deck, bis Chaion es übertönte und mit einem schroffen Elfenwort für Ruhe sorgte.

»Es tut mir wirklich sehr leid«, sagte Faye in die neu gewonnene Ruhe hinein. Sie sah jetzt verständnisvoller aus und hatte beschwörend die Hände gehoben. »Euer Freund ist jedoch nicht umsonst gestorben. Niemand stirbt jemals umsonst. Doch für Akai gilt dies ganz besonders, denn in gewisser Weise ist er immer noch unter uns. Ich spüre seine elfische Lebenskraft in meinen Adern, sein Vermächtnis durchströmt mich und macht mich stark. Ich möchte mir nicht ausmalen, wie mein Körper sich verändert hätte, wenn der Zauber nur mit Fischblut hätte funktionieren müssen.«

Sie angelte mit einer bedauernden Miene die weiße Strähne aus ihrem Gesicht, die ihr mit anderen Haaren ins Sichtfeld gerutscht war, und hielt sie den Umstehenden wie ein Beweisstück hin. »Seht ihr? Der Zauber hat sogar ein wenig des Blutes benutzt, das ich selbst vergossen habe, und mich altern lassen. Ohne das Blut eures Elfenfreunds wäre es sicher noch schlimmer gekommen. Wenn wir Zendar erfolgreich stoppen, dann wird Akai einen entscheidenden Beitrag dafür geleistet haben!«

»Genau!« Ich räusperte mich und einige Köpfe drehten sich in meine Richtung. »Wir … wir haben alle nur so gehandelt, wie wir handeln mussten. So, wie ich aus Notwehr diesen scheußlichen Hund befreien musste, so hatte Faye keine Wahl, als diesen Blutzauber zu wirken. Wir alle würden doch niemals …«

»Genug!« Chaions Stimme und erhobene Hand ließen mich verstummen wie einen kleinen Jungen, der seinem Vater Widerworte gegeben hatte.

Dann nahm der Käpt'n seine Hand wieder herunter und wies damit gleichzeitig die Elfen um Faye an, die Bögen zu senken. Er selbst steckte sein Schwert in die Scheide und sagte: »Es ist wahr. Wir haben uns aus freien Stücken für diese Reise mit euch entschieden. Wir hätten euch auch Boris ans Messer liefern können, doch das haben wir nicht getan. Oder genauer gesagt: *Ich* habe das nicht getan. Denn meine Gefolgsleute sind lediglich dem Ruf ihres Käpt'n gefolgt. Bisher hatte sie das meist zu Reichtum und Annehmlichkeiten geführt. Doch nun ist es anders.«

Er ging über das Deck zu einem der gefallenen Elfen. Der Regen hatte nun fast aufgehört, und die Sonnen waren bereits hinter den Baumwipfeln verschwunden. Er ging in die Hocke und strich das blutige Haar aus dem Gesicht des Elfen. Eine lange Krallenwunde hatte Augapfel und Wange gespalten.

Chaion sah auf. »Soran hier hat erst zweihundertvierzig Sonnenwanderungen gesehen. Ein Meister des geworfenen Messers und ein außerordentlich hartnäckiger Gegner im Spiel. Ich nahm ihn auf, als er gerade seine Bogenweihe abgeschlossen hatte. Seine Eltern waren einige Jahre zuvor den Drachenunruhen zum Opfer gefallen.«

Chaion schloss dem Toten die Augen. Seine Mundwinkel erhoben sich zu einem Lächeln, das jedoch sofort wieder erstarb. »Ich werde nie vergessen, wie er mich zusammen mit Yurimo aus der Ogerfeste befreit hat. Kein guter Tag für den Klan der Knochenbrecher. Zu dritt haben wir eine Schneise elfischer Wut hinterlassen, von dem sich die hässlichen Riesen der Feste sicher nie ganz erholt haben.«

Er schüttelte den Kopf. »Nichts von seinem Leben soll je vergessen werden. Er war ein verlässlicher Freund. Doch nun ist seine Rolle in diesem Spiel zu Ende, und ich frage mich: War es das wert?«

Mir wurde heiß und kalt zugleich, als Chaion mich anblickte. Das Königsblau seiner Augen verlangte nach einer Antwort. Mir war es ohnehin ein Rätsel, warum mein Kopf noch nicht von seinem Stiefel in den Blutmatsch am Boden gedrückt wurde. Immerhin hatte ich gerade seinen »vorläufigen Ruhestand« entfesselt und Fayes Bein fressen lassen. Was indirekt wiederum zum Tode eines treuen Freundes geführt hatte.

Es muss die Reizüberflutung aus Fischmonsterleichen, schwarzer Magie und wütenden Killerelfen gewesen sein, die einen wichtigen Faden in mir reißen ließ.

Denn plötzlich ballte sich in meiner Brust verwegener Trotz wie eine Faust. Nach allen Berechnungen der Wahrscheinlichkeit war ich doch sowieso so gut wie tot. Und ich hatte es gründlich satt, dass sich immer und immer wieder andere für mich den Arsch aufrissen. Ich stand sprichwörtlich bis zu den Knöcheln in Blut und Knochen, und es kam einem Wunder gleich, dass mein Körper bisher mit Kratzern, blauen Flecken und Blasen an den Füßen davongekommen war. Immerhin kühlte das kalte Flusswasser in meinen Schuhen die Blasen an meinen Füßen gerade ganz angenehm.

»Chaion, das mit eurem Gefährten tut mir aufrichtig leid. Ich bin mir sicher, jedes Elfenleben ist wie ein umfangreicher Roman – vollgestopft mit Weisheit und wertvollen Erfahrungen, die in einem einzelnen Menschenleben kaum Platz finden würden. Aus eurer Sicht muss Sorans Leben so viel mehr wiegen als das unsrige. Und deswegen hätte ich auch liebend gerne dazu beigetragen, dass er noch am Leben wäre. Was mich zu meiner Frage an euch alle bringt … Wollt ihr mich, verdammt noch mal, verarschen?«

Ich blickte in die Runde und gelangte schließlich über Lennox‘ seltsame Chamäleon-Augen zu Fayes erwartungsvollem Blick, in dessen reptilienhaftem Grün ich verharrte.

»Ich brauche endlich mal eine vernünftige Waffe! Irgendetwas, womit ich sinnvoll zu Kämpfen beitragen kann. Orientierungs- und waffenlos in euer Höllenloch von Land geworfen zu werden ist schon bescheuert genug. Dann tischt mir ein alter Mann in Titanus jede Menge mächtige, aber verfluchte Artefakte auf, von denen ich keins benutzen kann, ohne später selbst davon in den Arsch getreten zu werden. Alles, was er für mich hatte, waren ein paar Kalenderspruchweisheiten und ein paar Spielzeugflügel, um mich vom höchsten Dach der Stadt zu stürzen. Und selbst Kapitän Chaion, der vermutlich fähigste und gerissenste Schmuggler von ganz Grimora schenkt mir keine Waffe, sondern *Frodos Kettenhemd des fetten Hobbits* und noch einen Heiltrank zum Nachspülen, für alle Fälle. Ich meine, ich möchte nicht undankbar erscheinen, aber wenn ich im nächsten Kampf mal nützlich sein soll, brauche ich was mit vernünftigem *damage per second*! Es ist vielleicht nicht immer eine Kiste mit Killerhund zur Hand, wisst ihr? Und jetzt komme mir nicht wieder jemand mit *der wahre Krieger kann jeden Stock am Wegesrand zu einer tödlichen Waffe umfunktionieren*. Ich bin hier in einem Land, in dem, verflixt noch mal, Magie existiert und ihr wollt mich mit einem Buttermesser ins Rennen schicken? Echt jetzt? Was, wenn wir Zendar begegnen? Was ist dann meine Rolle? Soll ich dann nackt tanzen und hoffen, dass ihn das lange genug ablenkt, bis einer von euch glorreichen Sidekicks ihm mit Magie oder purer Heldenhaftigkeit den Arsch versohlt? Ich dachte, *ich* bin hier der Auserwählte? Ich verlange ja nicht gleich ein Vorpal Sword, Excalibur oder He-Mans Zauberschwert, aber alles wäre besser als das!«

Ich griff an meinen Gürtel, um den albernen Dolch zu präsentieren, doch ich griff natürlich ins Leere. »Und selbst mein niedliches Pfadfindermesser ist leider bei dem Versuch, eins dieser Fischmonster von Chaion abzulenken, über Bord geflogen.«

Ich trat frustriert gegen den Kopf einer schuppigen Leiche zu meinen Füßen, die daraufhin noch eine letzte Nachtodeszuckung hatte.

Fluchend sprang ich zur Seite und dann mit beiden Füßen auf ihren Kopf, wo ich so lange gewaltsam stampfte, bis ich sicher war, dass mir niemand mehr in den Knöchel beißen konnte. Meine Turnschuhe saugten dabei so viel Fischblut auf, dass sie ganz dunkel anliefen.

Frustriert zeigte ich auf den zertrümmerten Schädelmatsch unter mir und knurrte: »Waffe! Ich brauche eine Waffe!«

Chaions Gesicht blieb ausdruckslos, als er sagte: »Wenn Zendars Schwachstelle lange Monologe sind, angereichert mit Worten, die er noch nie zuvor gehört hat, dann hast du den Kampf um Grimora bereits gewonnen.«

Einer der umstehenden Bogenschützen zog einen Mundwinkel nach oben und formte damit fast so etwas wie ein schiefes, aber amüsiertes Lächeln.

Chaion bemerkte es und nickte in seine Richtung. »Gib ihm deine Waffen, Aivir, wir haben im Laderaum Ersatz.«

Der Elf trat sofort gehorsam vor und legte seine Waffen ab. Er lehnte sie gegen die Leiche eines Piranha-Manns wie ein Trödler, der seine Waren für den Publikumsverkehr drapierte.

»Nimm, was du willst, Mensch«, sagte Chaion. »Sieh, ob du einen Herzenssucherbogen der Waldelfen spannen und zur Verlängerung deines Lebens einsetzen kannst. Dazu ein hochelfisches Infanterieschwert und einen Ebertöter für den Nahkampf.«

»Ich …«, begann ich und war nicht sicher, ob ich mir wirklich all diese Waffen umschnallen wollte. Denn in Wahrheit hatte Chaion mit seiner ersten Bemerkung natürlich voll ins Schwarze getroffen: Ich war von Haus aus kein Kämpfer, sondern eine Laberbacke. Der Schnupperkurs Bogenschießen, den ich mal an der Uni belegt hatte, war schon echt lange her und um ein so großes Schwert effektiv schwingen zu können, hätte ich die Hanteln zu Hause auch mal benutzen und nicht nur zur Dekoration neben Lauras Yogamatte legen sollen. Lief es wirklich wieder nur auf den Dolch hinaus?

Doch glücklicherweise befreite mich Faye aus der peinlichen Situation. Sie hatte die ganze Zeit mit Lennox getuschelt und war zu einer ähnlichen Schlussfolgerung wie ich gelangt.

»Kai hat recht. Sein Dolch ist weg. Er braucht eine neue Waffe. Doch es muss eine sein, mit der er auch umgehen kann, weil sie wie für ihn gemacht ist. So was wie eine natürliche Verlängerung seiner selbst. Der fassbare Ausdruck der in ihm schäumenden Wut, die nach einer Schleuse verlangt. Doch ich kenne keinen Schamanen im Umkreis von einigen Tagesreisen, der mit ihm eine Seelenreise machen und ihm sein Innerstes offenbaren könnte.«

»Das ist vielleicht auch gar nicht nötig«, warf Chaion ein, der gedankenverloren das entfernte Flussufer zu betrachten schien. »Wenn mich nicht alles täuscht, befindet sich ein Al'nari ganz hier in der Nähe.«

Lennox keuchte. »Ein Elfentor?«

»Ein uralter Runenkreis meines Volkes, ja. Es gibt in ganz Grimora sieben Stück davon, und nur die ältesten Elfen kennen ihre Verstecke. Sie wurden einst von Magiern benutzt, um schnell in die sieben Kontinente zu reisen.«

»Dann sind sie also so was wie Wegpunkte?!«, rief ich aufgeregt. »Können wir damit nicht schnell zum Ziel unserer Reise springen? Oh nein, sag bitte nicht, dass es nur von einem Kreis zum anderen funktioniert.«

»Es funktioniert gar nicht mehr«, gab Chaion trocken zurück. »Das Wissen um diese Magie starb mit den ältesten Elfen im ersten großen Schattenkrieg. Doch die Runenkreise öffnen nicht nur Portale in physische Ebenen, sondern auch in *psychische*. Mein Volk hat die Kreise nach dem Krieg noch viele Zeitalter und Kriege später zur Meditation und Weissagung genutzt.«

»Wie groß wäre der Umweg?«, fragte Faye, die sich gerade ihre Haare abreisebereit zu einem Zopf gebunden hatte.

»Kaum nennenswert, weil uns der Saphir in nur wenigen Flussbiegungen an einem Pfad vorbeiführt, dem ihr nur bis zum Kreis folgen müsst. Der Weg ist für das Auge des Uneingeweihten unsichtbar, doch ich kann euch sagen, wonach ihr suchen müsst.«

Faye und Lennox machten beide eine Miene, als ob ihnen gerade ein zwielichtiger Händler eine Öllampe als magische Behausung eines Djinnis hätte verkaufen wollen.

Auch Chaion entging der offensichtliche Zweifel nicht, der auf ihren Gesichtern geschrieben stand. Wie wahrscheinlich war es auch, dass wir zufällig an einem wundersamen Elfenkreis vorbeikamen, der mir ein wichtiges Puzzlestück zu meiner »Quest« liefern würde? In jedem Buch oder Film hätte ich nun die Augen gerollt. Wer dachte sich bitte so einen Dünnpfiff aus?

Doch Chaions Gesicht blieb ruhig wie das einer Statue. Wenn er sich ertappt fühlte, ließ er sich nicht das Geringste anmerken. »Es ist die Wahrheit. Ich sehe keinen Grund, euch in die Irre zu führen. Im Gegenteil. Wie ich das sehe, würde euer von Bord gehen gleich zwei Goblins mit einem Pfeil töten: Ihr wärt für mich und meine Crew nicht länger ein Magnet für Zendars Zorn. Gleichzeitig könnte euer Auserwählter den Kreis nutzen, um den Schlüssel für sein Problem in sich selbst zu finden. Vorausgesetzt natürlich, er *kann* den Kreis benutzen.«

»Kann er«, sagte Faye einfach und nickte dabei so, als wäre nichts logischer auf dieser Welt. »Sag mir, wie wir diesen Pfad finden und du bist uns los.«

Schwein gehabt!

Bereits wenig später saßen Fay, Lennox und ich in einem Ruderboot, welches ein grimmiger Yurimo zu einer günstigen Stelle am Flussufer paddelte. Drei Rucksäcke mit Proviant und Bettrollen lagen zu unseren Füßen. Ich scannte die gesamte Überfahrt den Saphir nach verräterischen Bewegungen unter der Wasseroberfläche ab. Doch glücklicherweise schien kein blutrünstiger Schrecken in der Nähe zu sein. Die farbenfrohe *Dagon* schaukelte sanft auf der Mitte des Flusses und ließ nicht im Geringsten erahnen, welches Blutbad sich erst kürzlich auf ihren Planken zugetragen hatte. Lediglich ein bandagierter Hüne, der immer wieder große Kadaver über die Reling in den Fluss rutschen ließ, störte das friedliche Bild.

Rückblickend war mir Kwikwek der liebste Passagier auf der Elfen-Dschunke gewesen. Die Art, wie er jederzeit stoisch seinen Job machte, imponierte mir und wirkte beruhigend. Ich musste darüber schmunzeln, dass er nicht nur der Bodyguard von Chaion, sondern vor allem der Hausmeister der Elfen war, von denen sich offensichtlich niemand herabließ, dem Blutbad auch nur mit einem winzigen Schwämmchen beizukommen.

Fast bereute ich es, den Halb-Ork nicht näher kennen gelernt zu haben. Ebenso wie Buckster, den Wasser-Elementaristen, der ironischerweise niemals Wasser an seine fettigen Haare kommen ließ. Auch mit Chaion hätte ich mir noch interessante Gespräche vorstellen können, doch der rasche Angriff gegen sein Schiff, der ihn im Ganzen vier Gefolgsleute gekostet hatte, hatte die Stimmung an Bord vergiftet. Nun lehnte der Kapitän der *Dagon* Pfeife rauchend am Steuerrad und blickte uns nachdenklich hinterher.

Ein wenig wunderte es mich, dass uns auf dem breiten Fluss nur ein einziges anderes Schiff entgegengekommen war. Der kleine Einmaster war mit geblähtem Segel und mit gebührendem Abstand an der *Dagon* vorbeigeglitten. Die mollige alte Piratin, die ihn steuerte, hatte uns wachsam und vielleicht ein wenig ängstlich beäugt, jedoch keine Anstalten gemacht, zu grüßen oder Kontakt aufzunehmen. Vielleicht eilte Chaions Schiff ein gewisser Ruf voraus. Oder es war in Grimora einfach gang und gäbe, dass kleinere Boote von größeren »geschluckt« wurden. Aber vielleicht überanalysierte ich auch mal wieder alles und jeden.

Schließlich sprang Yurimo ins flache Wasser und zog unser Boot auf eine Sandbank. Endstation. Wir stiegen aus und ließen uns von ihm in den Wald führen. Faye würdigte die *Dagon* keines Blickes mehr, während Lennox die Hand zum Abschied hob. Ich tat es lieber Faye gleich, da ich nicht annahm, dass mich Chaion in sonderlich guter Erinnerung behalten würde. Das überschaubare Gewicht der sündhaft teuren Spinnenseide an meinem Körper bescherte mir nun ein schlechtes Gewissen. Ob Chaion inzwischen bereute, es mir geschenkt zu haben?

Der Wald war schon sehr dunkel, und plötzlich wünschte ich mir wieder, an Bord der Dagon zu sein. In einer behaglichen Kajüte bei einem Becher göttlichen Elfenweins als Schlummertrunk. Doch wie es aussah, würde eine Nacht unter freiem Himmel auf mich zukommen.

Yurimo blieb stehen. »Hier ist er.« Er zeigte auf einen knorrigen alten Baum, dessen üppiges Blätterdach die übrigen Baumkronen deutlich überragte. Seine gelbe Rinde leuchtete im rötlichen Abendlicht wie Gold.

»Ein Yakauri«, sagte er mit unverhohlener Bewunderung in der Stimme. »So wie sie eigentlich nur in Ulda Mun vorkommen. Er markiert den Anfang des Pfads. Sucht weitere seiner Sorte, bis ihr auf den Runenkreis stoßt. Aber passt auf … Diese Wälder hier dürften noch Grunzer-Gebiet sein.«

Mein Magen zog sich zusammen. »Oh kacke, Schweinemenschen? Wie weit ist es denn von hier bis zum Kreis? Wie viele Baumriesen? Es wird gerade dunkel …«

Der Gedanke, den Tag zu beenden wie ich ihn begonnen hatte, mit Anstrengung und Nervenkitzel, behagte mir überhaupt nicht. Ich verfluchte mich schon jetzt dafür, dass ich bezüglich meiner mageren Bewaffnung nicht den Mund gehalten hatte. Dann hätten wir ganz gemütlich mit dem Schiff in Darkon einlaufen können, anstatt uns im Dunkeln durch hungrige Tiermenschen zu kämpfen.

»Schwer zu sagen, wie viele Yakauris die Alten hier gepflanzt haben.« Yurimo legte eine Hand behutsam auf den Stamm und blickte nach oben. »Ihr könnt es herausfinden, wenn einer von euch nach ganz oben klettert. Von dort aus solltet ihr die Kronen der anderen sehen und damit auch den Ort des Runenkreises bestimmen können.«

»Meine leichteste Übung«, sagte Lennox und rieb sich beim Anblick der ausladenden Äste des alten Baumes die Hände.

Der Elf zwinkerte Lennox zu und wandte sich zum Gehen. »Viel Glück.«

»Hey Yurimo, wieso kommst du nicht mit uns?«, fragte Faye. »Einen tödlichen Bogenschützen wie dich könnten wir auf unserer Reise gut gebrauchen«. Sie lächelte warm, doch ihre Augen wirkten kalt.

Yurimo musste ahnen, dass er nur Mittel zum Zweck wäre. Faye war eine bemerkenswerte Frau mit einer unglaublichen inneren Stärke und verblüffenden Zauberkräften, doch eine gute Schauspielerin war sie nicht.

»Und wer bringt dann das Ruderboot zurück? Oder hilft dabei, die geheimen Drogen- und Schnapsvorräte des Kapitäns übersichtlich zu halten?« Er grinste. Dann ging er auf Faye und Lennox zu und legte dem Dieb eine Hand auf die Schulter. »An einem anderen Ort zu einer anderen Zeit würde ich euch begleiten. Doch meine Loyalität gilt Chaion. Und wenn der Feind in den Schatten noch mehr Monster über uns alle herfallen lässt, dann muss ich an seiner Seite sein. Um der alten Zeiten Willen.«

Faye blickte ihn säuerlich an und schwieg. Schließlich nickte sie und sagte: »Trink einen für uns mit. Und bete, dass wir es bis zum Turm schaffen. Wenn Zendar gewinnt, verlieren wir alle.«

Yurimo nickte und sagte etwas auf Elfisch, das mir Lennox später sinngemäß mit »möge euer Ziel die Reise wert sein« übersetzte. Dann verschwand er mit schnellen Schritten im roten Zwielicht zwischen den Stämmen.

Ich war enttäuscht. Nach meiner flammenden Rede zu Beginn der Schifffahrt hatte ich eigentlich damit gerechnet, für den Rest unserer Reise – also vermutlich bis zu meinem Tod – von einem Trupp Elfenkrieger begleitet zu werden. Und nun wollte uns noch nicht mal ein einziger Fernkämpfer zur Seite stehen. In einem Wald dieses gefährlichen Landes einen Elfen dabeizuhaben, wäre in Hinsicht auf Spurensuche, Kräuterkunde und anderen Pfadfinderkram sicher nützlich gewesen. Natürlich war Yurimo kein Legolas. Eher ein Alkoholiker mit einem Bogen. Doch auf dem Weg zum Turm des Magus wäre mir jede Art von Bodyguard mehr als willkommen gewesen.

Doch es nützte nichts. Wir waren wieder auf uns allein gestellt. Und wenn ich mir so ansah, wie schnell und halsbrecherisch Lennox zur Krone des goldenen Baums emporkletterte, würden wir in wenigen Sekunden nur noch zu zweit sein. Doch glücklicherweise durchbrach kein markerschütternder Schrei die abendliche Stille, und der Dieb konnte schon bald wertvolle, wenn auch etwas entmutigende Informationen liefern.

Noch drei weitere Yakauris ragten über den Wäldern auf, von denen der letzte den höchsten Punkt auf einer Anhöhe bildete. Die gute Nachricht war, dass sich der Runenkreis auf der richtigen Route zu unserem Reiseziel befand. Die schlechte war, dass wir ihn im Dunkeln erreichen würden.

»Ich finde einen Unterschlupf für uns«, sagte Lennox mit gelassener Miene. Dieser gutaussehende Don Juan der Dächer machte sich anscheinend niemals Sorgen, ganz gleich, wie düster es – im wahrsten Sinne des Wortes – aussah.

Wir beeilten uns, noch ein wenig Boden gut zu machen, bevor beide Sonnen von Grimora endgültig im Meer der Baumkronen versunken waren. Wichtiger jedoch war es, für die hereinbrechende Nacht einen Unterschlupf zu finden. Nur in unsere Schlafsäcke gerollt, würden wir ziemlich sicher als schmackhafte Burritos für das nächstbeste haarige Monster dienen. Zwar ging ich nicht davon aus, überhaupt noch lebend aus diesem Alptraum aufzuwachen, doch ich hoffte immer noch auf eine weniger grauenvolle Todesart, als genüsslich gekaut zu werden.

Als wir im Halbdunkel über Stock und Stein stolperten, schlug ich irgendwann der Länge nach hin. Meine Beine wollten nicht mehr. Die Blasen an meinen Füßen waren schon wieder aufgescheuert, und ich war müde wie Blei. Die Flucht aus Titanus, der Feenwein an Bord der *Dagon* und Unmengen Adrenalin beim Angriff der Piranha People forderten nun ihren Tribut.

Ich rieb mir den Arm, wo ich auf eine harte Wurzel geprallt war und setzte mich mühsam auf. »Ich bin durch, Freunde. Das war's für heute. Wo ist der Unterschlupf,

Lennox? Ich hatte mir eine nette kleine Waldherberge und Himmelbetten vorgestellt.«

Der Dieb lachte irgendwo in den Schatten. »Er hat recht, Faye, wir müssen jetzt unser Lager aufschlagen.«

»Ja«, stimmte die Hexe zu, die mir gerade die Hand zum Aufstehen reichte. »Vor allem, damit wir ein Feuer machen können. Die Grunzer sind zwar nur dann nachtaktiv, wenn sie tagsüber zu wenig zu fressen gefunden haben, aber ein Licht in diesen Wäldern würde sie garantiert anlocken. Wir gehen noch so weit es geht. Vielleicht finden wir doch noch eine Höhle oder zumindest einen Windschutz.«

Es war so unglaublich surreal, im lauwarmen Abendwind im dunklen Wald zu stehen und auf die Expertise von zwei Gestalten angewiesen zu sein, die vermutlich noch nicht mal existierten. Andererseits galt das für mich selbst ja auch, denn der richtige Kai lag in einem Floating Tank in einer anderen Dimension.

Wir kämpften uns also noch etwas weiter in den Wald vor. Mit dem letzten Ersterben des Lichts wurde es deutlich kühler. Und da war es endlich: das Licht am Ende des Tunnels. Oder vielmehr das Flackern von Flammen am Ende einer langen Senke. Wir robbten auf allen Vieren vor und spähten vorsichtig durch ein Gebüsch.

»Drei kleine Schweinchen«, flüsterte Faye amüsiert.

»Im Bau hinter ihnen sind vermutlich noch mehr«, zischte Lennox.

»Ich hab keinen Bock mehr«, steuerte ich bei.

Drei grunzende Schatten kauerten um ein Feuer. Einer drehte einen Spieß, der zwischen zwei dicken Stöcken über Flammen aufgehängt war. Ein weiterer goss in regelmäßigen Abständen etwas Flüssiges über den Braten. Und der Dritte grunzte erfreut, wenn es zischte und rieb sich die Hände.

Zusammen mit der Erinnerung an meine erste Begegnung mit einem dieser ekelhaften Wesen triggerte dieser Anblick sofort eine Angstattacke. Ich drückte meinen Kopf in den Waldboden, um meine Schnappatmung zu verbergen. Etwas krabbelte über meine Wange, und ich zuckte wieder hoch.

»Ruhig, alles in Ordnung«, flüsterte Faye mir ins Ohr. »Wir haben die Überraschung auf unserer Seite. Sie werden tot sein, bevor sie auch nur quieken können. Doch vorher muss Lennox das umliegende Gelände erkunden. Damit uns keine Patrouille in den Rücken fällt.«

»Klar«, keuchte ich. »Erkunden. Wegen Patrouille. Guter Mann.« Als ich nach dem Dieb neben mir tastete, war er bereits verschwunden. »Ist es für ihn allein in der Dunkelheit nicht auch gefährlich?«

»Nein.« Nach einer kurzen Pause fügte sie hinzu: »Lennox kann im Dunkeln sehen, die Schweine nicht.«

Natürlich konnte er das. Das war auch das Mindeste, was man von seinen seltsamen Chamäleon-Augen erwarten konnte, auf die ich ihn schon so lange mal ansprechen wollte. Ob er für jede Gelegenheit das richtige Paar Kontaktlinsen parat hatte? Weitsicht, Röntgenblick, Nachtsicht, Vergrößerungslupe …?

Nach einer Weile hob eins der Schweine etwas auf und hackte damit große Stücke aus dem Braten.

»Hier draußen sind nur die drei,« flüsterte Lennox zu meiner Rechten, und ich fuhr zusammen. Ich hatte ihn nicht kommen hören.

»Perfekt«, sagte die weibliche Dunkelheit zu meiner Linken. »Wir nehmen sie in die Zange. Wenn du zwei gleichzeitig übernehmen kannst, schaffen wir es vielleicht, keinen Lärm zu machen. Kai, kannst du sie ablenken, wenn wir in Position sind?«

Seid ihr nur noch behämmert?, hätte ich am liebsten gefragt, doch dann dachte ich nach. Ich hatte zwar keine Waffe, aber als Köder konnte ich zumindest *einmal* so was wie nützlich sein. Schon als Aziz durch mein unüberlegtes Handeln verletzt worden war, hatte ich mir geschworen, mich endlich mal zusammenzureißen. Jetzt war so ein Moment gekommen.

»Scheiße, okay, wie wollen wir das machen?«

Im Licht der Sterne konnte ich sehen, wie sich das makellose Weiß von Fayes Zähnen zu einem Lächeln formte.

»Zähl einfach langsam bis zwanzig. Dann spazierst du raus und machst auf dich aufmerksam. Wir werden hinter den Grunzern sein. Keine Angst, die Schweine haben keine Fernkampfwaffen. Und schnell sind sie auch nicht. Dir kann absolut nichts passieren.«

»Berühmte letzte Worte …«

»Was?«

»Nichts. Los, haut ab. Bringen wir es hinter uns.« Das war mein voller Ernst. Bevor ich es mir noch anders überlegte.

Die beiden verschwanden in der Dunkelheit, als wären sie nie da gewesen. Einen furchtbaren Moment lang beglückte mich mein dämliches Gehirn mit der Möglichkeit, dass sie nicht zurückkehren könnten und ich hier in der Dunkelheit mit den Monsterschweinen alleine war. Doch ich versuchte, diesen albernen Gedanken keine Aufmerksamkeit zu schenken und konzentrierte mich lieber darauf, möglichst gleichmäßig bis zwanzig zu zählen.

Dann stand ich auf. Durch das Adrenalin in meinen Leitungen ging das schneller und leichter, als ich gedacht hatte. Ich schritt vorsichtig in die Senke hinunter und räusperte mich lautstark.

»Jo jo joooooooo! Was geht bei meinen Schweine-Homies?«

Drei paar seelenlose Pupillen richteten sich sofort auf mich. Die Flammen des Lagerfeuers tanzten diabolisch in ihnen. Gut. Ich hatte ihre ungeteilte Aufmerksamkeit.

»Was habt ihr euch denn da Feines auf den Spieß geschoben? Wenn das ein Dönertier ist, dann …«

Ein sich wild überschlagendes Stück Metall zerschnitt die Stille über meinem Kopf und krachte hinter mir gegen einen Baum.

Ich verstummte sofort und hockte mich schockiert hin. Hatte einer dieser hässlichen Witzbolde ein Beil oder ein Filettiermesser nach mir geworfen?

Dann war endlich die Kavallerie zur Stelle.

Nasses Gurgeln bei minimalem Quieken war alles, was die drei Grunzer noch absondern konnten, bevor sie zusammensanken und zu Todeszuckungen übergingen. Ein prächtiger Pelz Rückenbehaarung ging in Flammen auf, weil eins der Schweine ungünstig gefallen war. Lennox trat die qualmenden Borsten fluchend aus.

Auch wenn es schnell ging, war ich dankbar, dass ich das Gemetzel nicht bei Tageslicht mit ansehen musste. Ein Stein fiel mir vom Herzen, und ich ging zu meinen beiden Lieblingsmetzgern hinüber.

»Geil gemacht, aber von wegen, die haben keine Fernkampf…«

»Pssssssssst«, machte Faye und sah mich mit weit aufgerissenen Augen an. In ihren Pupillen sahen die tanzenden Flammen viel lieblicher aus. »Leise, verdammt, in der Höhle könnten noch mehr sein.«

Ich schlug mir schuldbewusst eine Hand vor den Mund und war dankbar dafür, dass ich so auch gleichzeitig meine Nase zuhalten konnte. Was auch immer das Viech auf dem Spieß war – es bildete mit dem Geruch von aufgeschlitzten

Gurgeln und verbrannten Schweinehaaren etwas, das in Parfümflaschen abgefüllt sicher zur taktischen Kriegsführung taugte. Zum Kotzen.

Lennox war indessen in der Höhle verschwunden und kehrte schon wieder von seinem kurzen Abstecher zurück. »Da sind definitiv noch mehr von ihnen, ich kann sie grunzen hören. Wenn wir hier übernachten wollen, müssen wir erst … aufräumen.«

»Dann spiele ich mal Kammerjäger«, sagte Faye, »tretet zurück«.

»Was?« Ich sah Faye an. »Du allein?«

»Nicht ich. Ein Freund von mir. Weißt du, wenn du kleines Ungeziefer loswerden willst, dann bringst du einfach größeres Ungeziefer mit, das es auffrisst.«

Zu fragen, ob man dann am Ende nicht einfach nur größeres Ungeziefer hatte, verkniff ich mir und trat mit Lennox etwas zur Seite – weg vom Höhleneingang und weg von den Leichen. Letztlich wollte ich nur, dass der nächtliche Spuk zu Ende war und wir endlich schlafen konnten. Beim Anblick des Gemetzels zu meinen Füßen war mir trotz knurrendem Magen die Lust auf ein spätes Abendessen ohnehin vergangen.

Ich fragte mich, welche Art von Magie Faye beim Überfall auf das Schweine-Trio angewendet hatte. Lennox‘ Opfer hatten aufgeschlitzte Hälse, was für mich bereits ein sehr unappetitlicher Anblick war. Doch die Leiche des dritten Schweins sah geradezu alptraumhaft aus. Die Schnauze … Sein Gesicht war irgendwie … nach *innen* gefaltet. So, als wäre sein Kopf nur aus Gummi gewesen, und ein Riese mit gewaltigem Lungenvolumen hätte an einem Loch an seinem Hinterkopf gesaugt. Scheußlich.

Faye hatte sich nun vor den moosbewachsenen Schlund der Höhle gehockt. Sie schüttelte ein kleines Döschen, bis etwas zappelnd auf den Boden fiel. Bevor das Lebewesen jedoch davonkrabbeln konnte, murmelte sie leise eine Beschwörungsformel und tropfte etwas Blut aus einer ihrer winzigen Phiolen darauf. Sofort setzte ein grotesker Riesenwuchs ein, der einen schwarzen Körper anschwellen, haarige Gliedmaßen sprießen und ein Maul protestierend-zischend aufreißen ließ. Nun ragte es Faye fast bis zur Brust.

OMG WTF.

Ich trat noch einen Schritt zurück und schüttelte mich vor Ekel. Dieses haarige Ding verursachte mir Gänsehaut am ganzen Körper. Besonders, als es sich plötzlich in Bewegung setzte und von seinen vielen Beinen in die Dunkelheit des Schweinebaus getragen wurde.

Faye sah triumphierend lächelnd in unsere Richtung. Ihre Augen waren immer noch schwarz von der Beschwörung ihrer Kräfte. Jetzt sah sie selbst aus wie ein Dämon, vor dem sich nicht nur Schweinemenschen besser in Acht nehmen sollten.

Da kam mir ein beunruhigender Gedanke. »Wird dieses Vieh nun die letzten Überlebenden in der Höhle suchen und töten?« Ich war mir sicher, dass der Skorpionschwanz, der so angriffslustig hinten an seinem aufgedunsenen Körper gezuckt hatte, mit allem Widerstand kurzen Prozess machen würde. »Ich meine, auch Frauen und Kinder?«

»Frauen ja, aber keine Kinder«, sagte Lennox. »Die Grunzer vermehren sich nicht. Sie werden erschaffen.«

»Von Zendar«, ergänzte Faye.

Von wem sonst. Bilder von unterirdischen Versuchslaboren, Käfigen und frankensteinartigen Vorrichtungen flackerten vor meinem geistigen Auge auf, und ich hatte fast Mitleid mit diesen Wesen, die sich ihre Existenz scheinbar nicht ausgesucht hatten. Andererseits: Wer hatte das schon?

Ein schrilles Quieken war in der Tiefe zu hören. Die Stille der uns umgebenden Nacht verlieh dem Geräusch eine Klarheit, die mich schlucken ließ. Die von Faye beschworene Mischung aus Spinne, Skorpion und aufgedunsenem Kürbis hatte also Feindkontakt. Schnell war das entfernte Höhlensystem fast durchgängig von einem verzerrten Chorus aus Grunzen und Quieken erfüllt, bis wieder Ruhe einkehrte.

Ich hoffte nur, dass dieses »Ding«, welches Faye beschworen hatte, nun nicht kehrtmachte, um neue Opfer zu suchen. »Was ist mit deinem Wesen, wenn es seine Aufgabe erledigt hat? Ist es jetzt noch da drin? Massakriert es uns dann als Nächstes?«

Faye winkte ab. »Nein, entweder wurde es erschlagen oder es findet keine neuen Gegner und schmilzt.«

»Schmilzt? Wie Eis in der Sonne meinst du?« Ich fand die Vorstellung seltsam.

»Ja, so ähnlich.« Faye machte ein Gesicht, als hätte ich ihr gerade die Periode der Frau erklärt. »Kommt schon, gehen wir rein und erkunden den Bau.«

Die Beschwörerin von abartigen Alien-Insekten ging mit einem brennenden Scheit des ersterbenden Lagerfeuers voran, ich bildete wie gewohnt die Mitte und Lennox die Nachhut.

Das Höhlensystem hatte nur zwei Arme, die beide bergab und tiefer in die Erde führten. Der linke endete in einer Art Vorratskammer, die mit leeren Käfigen gefüllt war und nach Verwesung roch. Der Boden war mit Knochensplittern bedeckt, die man auch für bleiche Zweige oder Wurzeln hätte halten können. Ein halber Brustkorb in einem der grob gezimmerten Holzkäfige und ein großer Tierschädel räumten jedoch jeden Zweifel aus. Der zweite Gang war deutlich länger und endete in einer größeren Höhle, die von einem sanft pulsierenden grünen Licht erfüllt war.

Als wir sie betraten, ließ Faye fluchend das heruntergebrannte Stück Holz fallen und wandte sich zu Lennox um. »Ein Palacrux!«

»Den sollten wir zerstören«, sagte Lennox und zwängte sich an mir vorbei in die Höhle, die in etwa die Ausmaße einer kleinen Sporthalle hatte und komplett mit weichem Moss ausgekleidet war.

Sie hätte fast gemütlich sein können, wenn nicht drei tote Grunzer den Anblick verschandelt hätten. Auf einer der Leichen lag Fayes Spinnenmonster. Sein Körper war auf einem rostigen Kurzschwert aufgespießt und zuckte noch. Der Grunzer schien ebenfalls noch nicht vollkommen tot zu sein, da er gelben Schaum hochwürgte und die Augen verdrehte. Der Stachel des Skorpionschwanzes steckte in seiner Gurgel.

Lennox ging in gebührendem Abstand um die Grunzer herum und zog seine Dolche. Ich hätte mich am liebsten angeekelt aus der Höhle zurückgezogen, doch ich musste wissen, was Faye mit »Palacrux« meinte.

Als ich zu Lennox aufschließen wollte, hielt mich Faye zurück. »Warte mal.«

»Verflucht, hier klebt noch einer am Stein!«, rief Lennox.

Ich konnte gegen das grüne Pulsieren nur einen Schattenumriss von ihm sehen.

»Erlöse ihn bitte«, sagte Faye in einem gequälten Tonfall und schob mich etwas zur Seite, damit ich nicht auf die Idee kam, noch näherzutreten.

Ein Schrei bestätigte, dass Lennox ihrem Wunsch ohne zu zögern nachgekommen war.

Moment, ein Schrei? Das hatte sehr menschlich und überhaupt nicht nach einem von Dr. Moreaus Tiermenschen geklungen.

Ich wollte mir das ansehen, doch Faye hielt mich immer noch fest. »Schau dir das lieber nicht an. Du hast für heute genug Material für Alpträume gesammelt.«

Doch meine Neugier war stärker. Was war ein Palacrux? Und wer war da gerade *erlöst* worden? Ich nahm ihre Hand sanft, aber bestimmt von meiner Schulter und ging auf das grüne Leuchten in der Mitte der Höhle zu.

Aus der einladend weichen Moosfläche ragte ein altargroßer Felsen empor, der nach oben hin immer transparenter wurde. Er gab dieses pulsierende Licht ab, welches nun die entstellten Züge von Lennox‘ jüngstem Opfer beleuchtete.

Der Mann, der die Kleidung eines gewöhnlichen Bürgers trug, hatte den Stein anscheinend innig umarmt, denn seine Arme lagen noch immer flehentlich auf dem Kristall, als er tot daran herunterrutschte. Er hinterließ eine Blutspur am Felsen, da die beiden Dolche des Diebes von hinten seine Brust durchstoßen hatten. Das Bild war so ekelhaft, dass ich es bereute, nicht auf Faye gehört zu haben. Wie brutal und gewissenlos Lennox sein konnte! Der Tote sah gar nicht aus wie ein Grunzer, obwohl er sehr borstige Haare, jede Menge Warzen und zwei sehr markante Zähne hatte, die aus seinem Unterkiefer emporragten und seine Oberlippe verdrängten.

»Er war im Prozess der Verwandlung. Ich konnte ihn nicht mehr retten. Nur durch den Tod erlösen.«

Ich zeigte fassungslos auf das grüne Leuchten des Kristalls.

»Nicht anfassen«, warnte mich Lennox. »Ja, es ist der Stein, der ihn verwandelt hat.«

»Erkläre es ihm!«, rief Faye aus einer anderen Ecke der Höhle, »sonst löchert er uns den Rest der Nacht mit Fragen, und wir können nicht schlafen.«

»Kristallmagie, Kai. Zendar hat bei seinem ersten Erscheinen in Grimora diese pulsierenden Kristalle geschaffen, die überall aus der Erde gebrochen sind. In Gelehrtenkreisen werden sie Palacrux genannt, was so viel heißt wie *Spiegel der Qual*.« Lennox' Augenfarbe wechselte von Blau zu einem dunklen Lila. »Sie gaukeln schwachen Geistern die Erfüllung dessen vor, was sie sich am meisten wünschen. Wohlstand, Macht oder einfach nur das Gefühl von Geborgenheit.«

»Aber wie …?«, begann ich und riss meinen Blick von dem stimulierenden Glühen los.

Fühlte ich mich jetzt plötzlich auch davon angezogen?

»Es ist dieses Licht. Sie werden davon angezogen wie die Sumpfmotten. Doch das Flüstern des Steins sind Lügen, nichts als Lügen. Alles, was von Wert ist, bekommen wir nicht einfach so geschenkt. Und während sich seine Opfer an den Stein und seine Träume klammern, verwandelt der Stein sie langsam in ein Ebenbild ihrer niedersten Triebe. Wenn sie sich schließlich vom Flimmern des Kristalls lösen können, haben sie nur noch Fressen, Töten und das Befriedigen ihrer Lüste im Sinn. Oft vergewaltigen sie ihre Opfer erst, dann töten und fressen sie sie. Sie werden zu den voll ausgereiften Grunzern, die du dort vorne liegen siehst. Dumm und leicht von höheren Wesen zu kontrollieren. Eine perfekte Armee, die nur darauf wartet, dass Zendar sie für seine Zwecke einspannt.«

»Wieso hat das Licht auf uns keine Wirkung?«, wollte ich wissen und räusperte mich.

Lennox lachte. »Vermutlich sind unsere Geister zu stark für Zendars hohle Versprechungen. Außerdem ist die Kristallmagie in diesem Crux schon lange nicht mehr so stark wie sie einmal war. Die Zeit lässt alles und jeden im Strom des Kosmos versickern, sogar Zendars verabscheuungswürdige Magie. Und trotzdem scheinen noch arme Seelen über eine große Entfernung von ihr angelockt zu werden. Dieser Mann hier stammt vermutlich aus Darkon. Oder er kam über den Fluss. Es spielt keine Rolle. Ich werde den Stein unschädlich machen.«

Er kniete sich hin und holte ein paar kleine Werkzeuge heraus. Nachdem er alle sortiert hatte, setzte er einen Teil davon zu etwas zusammen, das aussah wie eine kleine Kaffeemühle. Dann presste er das spitze Ende gegen den Kristall und begann, eifrig zu drehen, so, als ob er bohren und den Stein zur Ader lassen wollte. Seltsame Prozedur.

»Du sagtest, es gäbe keine Kinder unter den Grunzern, weil sie sich nicht vermehren. Aber werden Kinder nicht auch von der verheißungsvollen Magie angezogen?«

Lennox pausierte und runzelte die Stirn, als wäre ihm diese Idee selbst noch nie gekommen. »Wird der Wolf einen Mond anheulen, den er noch nie gesehen hat?« Er lächelte. »Kinder sind vollkommen immun gegen die meisten Zauber, die den Verstand beeinflussen. Ihre Unschuld stattet sie mit einem reinen Geist aus, der keine Angriffsflächen bietet.«

Nun runzelte ich auch die Stirn. War das jetzt irgendein religiöser Bullshit?

»Geh zurück in deine Kindheit, Kai. Wer warst du, bevor dir *andere* gesagt haben, wer du bist? Bevor du die Deutungen und Meinungen anderer übergestreift hast wie ein Gewand, das du im Tode wieder ablegen musst? Du weißt es. Erinnere dich! Du *weißt*, *wer* du bist.«

»Hör auf damit«, sagte Faye rabiat, die nun wieder dicht bei uns stand und meine Verwirrung sah. »Er muss selbst darauf kommen. Wir können ihm nur die Tür zeigen, aber durchgehen muss er selber.«

Sie lächelte mich an und strich mir über die Wange. »Kinder sind wunsch- und grundlos glücklich. Magie kann ihnen nichts versprechen, was sie nicht schon haben.«

Da war wirklich etwas dran. Ich nahm mir vor, die Worte noch etwas in meinen Hirnwindungen hin und her zu schwenken, um die goldenen Nuggets zu extrahieren, doch ich wollte vor allem eins: schlafen.

Besonders, weil das Gerede über die Unschuld von Kindern mir gerade Tränen in die Augen trieb. Was wohl mein Sohn gerade tat? Ich vermisste seinen Atem auf meiner Haut, wenn er morgens in unserem Bett aufwachte. Seine kleinen Hände, die mit meinen Haaren spielten oder fasziniert über meinen Dreitagebart kratzten – irgendwann sehr energisch, damit ich aufwachte und mit ihm spielte.

Und wie ging es Laura? Wusste sie bereits von meinem Schicksal? Ich war nun immerhin schon den zweiten Tag verschwunden und ich war mir sicher, dass sie bereits wahnsinnig vor Sorge war. Vielleicht konnte ich es ja doch noch irgendwie schaffen, aus Grimora zu entkommen und Lex mit einem der Filmschwerter aus seinem Büro die Rübe runterzuschlagen. Apropos Waffe …

»Schlafen wir! Ich will morgen fit sein.«

Eins stand nach wie vor für mich fest: Ich würde nicht draufgehen, ohne wirklich alle Register gezogen zu haben. Und dafür brauchte ich in erster Linie drei Sachen: eine Mütze voll Schlaf, ein wenig übernatürliche Hilfe durch diesen Runenkreis und natürlich meine beiden Gefährten, ohne die ich schon lange ins Gras gebissen hätte.

Ich war mittlerweile derart müde, dass mich noch nicht mal die Leichen der Grunzer in der Höhle vom Schlafen abgehalten hätten. Wir wählten dennoch den Höhleneingang, den wir uns mit dem dicken Moos aus der Palacrux-Höhle einigermaßen bequem machten. Praktischerweise ließ sich das weiche Grün in großen Bahnen lösen, transportieren und am Zielort wieder ausrollen.

Lennox brachte noch den magischen Grunzer-Stein zum Erlöschen, während Faye um den Höhleneingang herumging und dabei einen Ring aus Salz auf den Boden streute.

»Schutzkreis«, sagte sie, als sie etwas von ihrem Blut darauf träufelte und das Salz mit einem glühenden Scheit entzündete. Eine blaue Flamme huschte daraufhin die Spur entlang wie auf einer Zündschnur.

Ich lag bereits in meine Decke eingerollt und bekam es nur noch am Rande mit. Auch, dass Lennox nochmal Holz im Feuer nachlegte, damit wir es einigermaßen warm hatten, nahm ich kaum noch wahr.

»Dieser Kreis kann nur von innen nach außen schadlos übertreten werden, verstanden? Andersrum bedeutet Schmerz.«

»Ja ja, wenn ich noch mal pinkeln muss, gehe ich in die Höhle.« Es hätten mich ohnehin keine zehn Pferde raus in den dunklen Wald bekommen.

Dann lagen wir endlich alle drei da wie große Raupen im Mund der Höhle und wurden von der barmherzigen Schwärze des Schlafs umfangen. Ich nun schon das zweite Mal in Grimora. Trotz der Trauer, die ich im Angesicht meines Schicksals empfand, machte sich so etwas wie trotziger Stolz in meiner Brust breit.

Schon zwei Nächte, Lex. Und du hast mir keine 24 Stunden zugetraut.

Gorlax

Der liebliche Klang einer Flöte weckte mich.

Zumindest glaubte ich, dass die himmlischen Töne einem Blasinstrument entlockt wurden, denn die gespielte Melodie – ein fröhliches Wanderlied? – war für einen Musiker aus Fleisch und Blut eigentlich viel zu perfekt. Sie wirkte wie in einem Studio abgemischt und durch etliche Filter gejagt, jede Unebenheit im Klangbild von unfehlbarer KI eingeebnet.

Aber das hier war Grimora, ein Land der Magie. Hier war nichts unmöglich. Deshalb war ich beim Öffnen meiner Augen darauf gefasst, eine ätherische Elfe über dem Boden schweben und eine winzige Panflöte spielen zu sehen. Ich blinzelte.

Doch es war nur Lennox, der im Schneidersitz im Sonnenschein saß und tatsächlich auf einer Flöte spielte. Faye hatte unterdes unsere Vorräte, die wir vorsorglich von der *Dagon* mitgenommen hatten, auf einem kleinen Tuch ausgebreitet.

Geil, Trockenfisch zum Frühstück.

Aber wenigstens auch gezuckertes Gebäck und seltsame lilafarbene Früchte, die aufgeschnitten wie regenbogenfarbenes Eis aus den 80ern aussahen. Und ragte da der Hals einer noch vollen Flasche Elfenweins aus Fayes Rucksack? Ich war bereit, zum Tagtrinker zu werden, hier und jetzt.

»Oh seht, wen wir im Land der Erwachten begrüßen dürfen!«

Faye lächelte neckisch, und Lennox nahm die Flöte von den Lippen. Als ich auf die Flasche im Rucksack zeigte, schüttelte Faye den Kopf. Dann aßen wir, und ich saugte kauend die Szenerie auf.

Die Sonnen von Grimora hatten das rötliche Mondzwielicht der Nacht vertrieben und den Wald einmal mehr in ein wucherndes, grün strahlendes Utopia verwandelt. Es hätte alles so schön sein können, wenn nicht ständig der Tod überall gelauert hätte.

Ich wandte mich voller Unbehagen zu der erloschenen Feuerstelle um, doch jemand hatte die Leichen entsorgt. »Danke, dass ihr beiden die ganze Arbeit macht und sogar die toten Grunzer aus unserem Blickfeld entfernt habt. Die waren schon etwas unappetitlich.«

»Wir haben die Leichen nicht angerührt«, sagte Lennox.

»Äh, nicht?« Ich zögerte kurz, bevor ich mir das letzte Stück Gebäck in den Mund stopfte.

War das Honig in der Cremefüllung?

»Nein«, sagte Faye. »Ein Bänderhopp war hier und hat sie gefressen. Wir haben ihn gewähren lassen, doch dann ist er aggressiv geworden.«

»Ein Bänder...was?«

»Bänderhopp«, sagte Faye. »Leichenfressende Riesen, die im Verborgenen leben.«

»Das ist ja abscheulich!«

»Was sie fressen? Ja, für uns schon. Aber eigentlich sind sie sehr nützlich. Sie räumen ganze Schlachtfelder auf, wenn sie in der Gruppe auftreten. Und lassen praktischerweise alles Wertvolle liegen. Nur leider wurden sie durch die Landkraken sehr dezimiert.«

»WAS?« Ich hustete und würgte einen Krümel Elfengebäck hoch. »Was sind denn Landkraken? Doch bitte nicht das, was ich mir darunter vorstelle, oder?«

»Doch, vermutlich schon«, sagte Lennox. »Sie sind definitiv mit den größeren Varianten weit draußen im Meer verwandt. Da sie jedoch nicht schwimmen, sind sie deutlich schlanker und haben mehr Fangarme, auf denen sie sich voranwälzen können. Deswegen findet man sie auch fast ausschließlich in tiefen Wäldern, wo sie die Stämme der Bäume zur schnelleren Fortbewegung und zum Klettern nutzen können. In Gebieten mit besonders dichtem Blätterdach lohnt es, von Zeit zu Zeit mal nach oben zu schauen, um nicht geangelt zu werden.«

»Ich möchte nach Hause.« Ich stand auf und spülte das Frühstück mit etwas Wasser runter. »Und wieso ist dieser Bänder...?«

»...hopp«, half Lennox aus.

»Ja, der. Wieso ist er aggressiv geworden?«

»Weil er zu neugierig wurde und mit einem großen Zeh gegen meinen Schutzkreis stieß«, sagte Faye und lachte. »Das hat ganz schön geknistert und gekracht. Der Arme hat gejault und ist auf einem Bein gehüpft. Lennox musste ihn weglocken, damit er uns in Ruhe gelassen hat. Schwer zu glauben, dass du bei dem Aufruhr selig weiterschlafen konntest.«

WTF, war alles, was ich denken konnte. Zuerst wollte ich empört fragen, warum mich niemand geweckt und gewarnt hatte. Doch natürlich war das albern. Was hätte ich schon beitragen können? Außer mich verängstigt tiefer in meinen Schlafsack zu verkriechen und damit zu unterstreichen wie absolut hilflos ich ohne meine beiden Aufpasser war. Es war allerhöchste Zeit, das zu ändern. Ich konnte es kaum erwarten, den mystischen Runenkreis zu finden und mir von ihm meine »Waffe der Wahl« zeigen zu lassen. Auch, wenn das eigentlich nur ernüchternd werden konnte.

Als Faye und ich unsere Rucksäcke packten, spielte Lennox erneut auf seiner Flöte. Es klang irgendwie Irisch. So mystisch. Melancholisch und fröhlich zugleich. Wie das Lied eines berühmten Skalden. Tragisch, aber auch heroisch. Auf jeden Fall schaffte es die Melodie, düstere Gedanken über

Bänderhopps und Landkraken aus meinem Geist zu vertreiben, wofür ich ihm sehr dankbar war. Er spielte auch noch weiter, als wir losmarschierten. Ich hoffte, dass er wusste, was er tat und seine fröhliche Weise nicht weniger fröhliche Gegner anlocken würde. Für mich war dieser stetig ansteigende Weg durch den Wald und seine Hindernisse schon herausfordernd genug.

Als wir an einer nackten Felswand entlanggingen, die den Flötenklängen einen besonders guten Resonanzkörper bot, fragte ich: »Wie hast du so gut Flöte spielen gelernt?«

»Was ist eine Flöte?« Lennox sah mich aufrichtig verwundert an.

»Echt jetzt? Das Ding heißt bei euch nicht Flöte?«

Lennox zog die Augenbrauen hoch und strich mit einem Finger über die Löcher seiner Flöte. »Flöte? Nein, das ist nur ein Stab mit Löchern drin. Und eigentlich ist es noch nicht mal das.« Er grinste. »Manche nennen es Umara. Ich habe die Art, eine zu schnitzen, von einem alten Freund gelernt, der leider nicht mehr lebt.«

»Hm, ich dachte Flöten wären in jedem Universum das gleiche Konzept.«

»Die Dinge sind nicht ihre Namen«, sagte Lennox. »Was macht die Flöte für dich zur Flöte?«

»Na ja, eben so ein geschnitztes Instrument, das Töne macht, wenn man reinbläst.«

»Aha, das heißt der Wind, den du hindurch bläst, ist ebenfalls Teil der Flöte, oder? Sonst würde sie ja keine Geräusche machen.«

Worauf wollte der Dieb hinaus? »Nun, wenn du es so siehst ...«

»Und wo kommt der Wind her?«, fuhr Lennox fort. »Wird er nicht durch deinen Atem erzeugt? Bist dann nicht auch du ein Teil dessen, was du Flöte nennst?«

»Nun ... na ja, also ...«

»Und was wären die Klänge der Flöte ohne die Ohren, die sie hören? Oder anders gefragt: Wo hört die Flöte auf und wo fängst du an?«

Mein Kopf drehte sich. Konnten wir nicht einmal nur von A nach B gehen, ohne dass jemand versuchte, mir philosophische Konzepte näherzubringen? Natürlich hatte Lennox recht. Die Flöte selbst wusste nichts von der Musik, die in ihr schlummerte. Es brauchte die Expertise des Musikers, um aus einem Stück Holz mit Löchern drin eine Melodie zu zaubern. Und letztlich war auch die Melodie nichts ohne die Ohren des Publikums und deren Vorstellung davon, was gute Musik war. Ja, alles hing irgendwie zusammen. Und letztlich bezeichnete das Wort Flöte weit mehr als nur ein einzelnes Ding ... Ich schaute in Lennox' regenbogenfarbene Augen, über die ich ihn auf jeden Fall als Nächstes ausfragen musste.

»Okay, eine Flöte heißt bei euch anders als bei uns, und ich glaube auch zu verstehen, was du mir sagen wolltest. Trotzdem mutet mir dein kleiner Vortrag irgendwie seltsam an. Denn meine ursprüngliche Frage, warum du so unglaublich gut spielen kannst, hast du nicht beantwortet.«

Lennox lächelte sein Perlweiß-Lächeln und gab mir die Flöte, damit ich sie näher betrachten konnte. »Ich spiele schon sehr lange darauf. Anfänglich muss es ganz furchtbar geklungen haben, denn ich bin deswegen mal für kurze Zeit im Gefängnis gelandet. Und ein anderes Mal gaben mir Leute Gold dafür, dass ich aufhörte.«

»Oh«, machte ich. Das musste wirklich ziemlich schlecht gewesen sein.

»Doch über die Jahre wuchsen die Flöte und ich immer mehr zusammen, verbunden durch meine Freude, sie zu spielen. Ich hatte gelernt, auf ihre Bedürfnisse zu hören und meinen Atem und das Spiel meiner Finger an sie anzupassen.

Nun sind wir eine untrennbare Einheit und ich nehme an, dass man das hören kann.«

Ich ließ meine Fingerspitzen das filigrane Muster lesen, bevor ich ihm das wunderschön geschnitzte Stück Holz zurückgab. »Wow, Übung macht wohl wirklich den Meister. Oder eher zum Gott. Ich habe nie jemanden so spielen hören.«

»Unweigerlich. Doch ich habe dir zu einem ganz bestimmten Zweck so viel über meine Umara oder Flöte, wie du sie nennst, erzählt. Ich wollte dich auf den Elfenkreis vorbereiten, auf die Art, wie er seine Wirkung entfaltet. Denn es ist wichtig, dass du ihm die Kontrolle überlässt und nicht versuchst, irgendetwas zu erzwingen. Sei einfach stiller Beobachter dessen, was passiert. In gewisser Weise bist du die Flöte und der magische Kreis ist der Atem. Ich bin gespannt, welche Melodie er durch dich erzeugen kann.«

»Und ich erst ...«

Lennox sah mich hoffnungsvoll an und spielte wieder auf der namenlosen Verlängerung seines Mundes.

Ich war ihm sehr dankbar dafür.

Sein Spiel war wie der Soundtrack unserer Wanderung; es ließ die Zeit wie im Flug vergehen und verdrängte für ein paar segensreiche Stunden meine lähmende Todesangst. Auch wenn mich nach Lennox' Vorrede nun fast ein etwas mulmiges Gefühl beim Gedanken an den elfischen Runenkreis beschlich. Was ich mir zunächst wie eine neue Attraktion in Disneyland vorgestellt hatte, drohte nun zu einer Art Anal-Rektal-Untersuchung im Kreis meiner Familie zu werden ...

Großartig.

Schließlich erreichten wir einen steinernen Überhang am Rand des Berges. Von diesem malerischen Aussichtspunkt konnten wir endlich die prächtige goldene Blätterkrone des finalen Yakauris sehen. Wenn ich meinen Blick die Felswand zu meiner Rechten entlangschweifen ließ, schätzte ich den letzten Aufstieg durch den Wald auf circa einen Kilometer. Dann würde sich zeigen, ob sich der Umweg mit all seinen Strapazen gelohnt hatte.

Doch augenblicklich wurde meine Aufmerksamkeit noch von einer optischen Verfehlung in Bann gezogen, die das Licht des sonnigen Tages aufsog wie ein Tumor aus Dunkelheit. Am Horizont wurde der Wald von einer schwarzen Ebene abgelöst, aus deren Mitte die gezackte Skyline einer Stadt ragte. Dunkle Gewitterwolken entleerten Regengüsse über hohen Gebäuden, die von einer Dunstglocke fast unkenntlich gemacht wurden. Gelegentlich wurde diese von einem Blitz erhellt wie eine kaputte Glühbirne in den letzten Todeszuckungen.

»Ist das da hinten Mordor?« Ich sah Faye und Lennox an, die den Kontrast von sonnigem Tag und Metropole der Dunkelheit ungerührt betrachteten.

»Das ist Darkon«, sagte Faye mit einem geringschätzigen Lächeln. »Chaion und seine Mannschaft müssten gestern noch dort eingelaufen sein. Da passt er mit seinen Schmuggler-Elfen auch gut rein, in all den Abschaum.«

»Auch Stadt des ewigen Regens genannt«, sagte Lennox. »Ich bin nicht traurig, dass wir nun einen großen Bogen um diesen deprimierenden Ort machen.«

»*Ihr* wolltet doch am Anfang dahin!«, bellte ich empört.

»Nur für eine Nacht. Oder zur Durchreise«, korrigierte Faye. »Seit vor etlichen Jahren ein Experiment mit einer dieser neuartigen Dampfmaschinen schiefgegangen ist, regnet es ununterbrochen über der Stadt. Neben dem Dampf der Maschinen staut sich nun auch noch ständig feuchter Nebel in den Straßen und lässt langsam, aber sicher alles verrotten. Die Tage der Stadt sind gezählt. Ich bin ebenfalls froh, dass wir dieses Drecksloch links liegen lassen. Wenn es in Grimora einen hellen Punkt gibt, dann bist du in Darkon am weitesten davon entfernt.«

»Aber die Bewohner machen das Beste draus«, sagte Lennox und strich sich eine vorwitzige Locke aus dem Gesicht. »Sie haben nach Anleitung der Qualmer, also der Maschinentechniker, Auffangtrichter auf ihre Dächer gebaut, die fast wie Schornsteine aussehen. Diese Regenfänger treiben nun die Zahnräder verschiedener Maschinen und Geräte in ihren Häusern an. Ich bewundere, wie stoisch und flexibel diese Leute sind.«

Fast war ich ein wenig traurig, dass wir diese Steampunk-Regen-Stadt nicht besuchten, doch wir hatten Wichtigeres zu tun. Ich nährte mich nach wie vor an der Hoffnung, dass der Erzmagier mir ein Portal nach Hause öffnen konnte. Ich musste es nur schaffen, noch ein paar wenige Tage in diesem Alptraum zu überleben …

Zum Glück dachten Lennox und Faye anscheinend immer noch, dass mein Leben besonders schützenswert sei. Ich war mir nicht sicher, wie oft ich mir noch vor Angst in die Hose machen musste, damit sie verstanden, dass ich kein Auserwählten-Material war.

Als wir den letzten Anstieg durch den Wald hinter uns gebracht hatten, war ich schon wieder fix und fertig. Ich hätte sofort das nächste Nachtlager aufschlagen können, obwohl es gerade mal Mittag war. Vor uns lag ein nur spärlich bewachsenes Plateau, das den bisher besten Ausblick über das umliegende Land bot. Unser Ziel, der riesige Yakauri, stand gefährlich nah am Abgrund. Es war anzunehmen, dass ihm die Kräfte der Erosion seinen Ausblick nicht für immer gönnen würden. Eine Schande, falls der prächtige Baum eines Tages ins Tal stürzen sollte.

Doch weit und breit war nichts von einem Steinkreis zu sehen. Stattdessen war um einen der ausladenden Äste des Baumriesen eine dicke Kette gewickelt. Daran hing ein überdimensionaler Vogelkäfig aus bläulich schimmerndem Metall. Als wir vorsichtig nähertraten, begann er zu wackeln und zu schaukeln. Ein zotteliger Umriss hatte sich darin aufgerichtet.

»Oh, haarige Mutter, ich danke dir!«, rief eine dunkle, knurrige Stimme, »ihr seht nicht aus wie Grunzer! Oder Lispler! Oder Schreihälse! Ihr seid Menschen, oder? Hier rüber!«

Wir gingen noch näher an den jetzt wild baumelnden Hängekäfig heran. Lennox und ich schielten gegen die Sonnen nach oben. Faye hingegen hielt den Blick weiter nach unten gerichtet und suchte den Boden im Schatten des Yakauris ab.

Zwei extrem behaarte Hände umgriffen die Gitterstäbe und ein obszön grinsendes Maul mit scharfen Eckzähnen presste sich dazwischen. »Hallooooo? Seid ihr da unten?«, formten die wulstigen Lippen der Kreatur, während ein zweites Paar Hände die Stäbe des Käfigs umfasste und daran rappelte.

»Ein Gorillianer!«, rief Lennox lachend.

»Oder zwei sprechende Flugaffen«, sagte Faye, ohne ihren Blick vom Boden zu lösen. Sie stieß mit der Stiefelspitze gegen eine dunkle Stelle und kniete sich hin.

»Nein, nein! Ich bin einer! Ein echter Gorillianer! Gorlax mein Name. Freut mich, euch kennen zu lernen.«

Die Kreatur streckte drei ihrer vier Hände in verschiedenen Richtungen aus dem Käfig, bereit, sie geschüttelt zu bekommen. Natürlich hing ihr Gefängnis dafür viel zu hoch und nachdem nichts passierte, zog sie die haarigen Pranken wieder ein.

»Vielleicht holt ihr mich erst mal hier runter, damit wir besser reden können? Und der Lady da draußen bei euch möchte ich sagen: Ich distanziere mich deutlich von gewöhnlichen Affen. Besonders von der magisch gezüchteten Sorte mit Flügeln. Ich will mit diesen kreischenden Idioten nichts zu tun haben. Wir sind ja noch nicht mal verwandt! Ich schwöre es! Auch, wenn die ähnlich dichte Körperbehaarung viele Grimoraner zu voreiligen Schlüssen verleitet.«

»Wurden vierarmige Gorillianer nicht auch magisch gezüchtet? Für den Krieg gegen die Echsenmenschen?«, wollte Lennox wissen, der noch immer sichtlich amüsiert war und seine Arme grinsend vor seiner durchtrainierten und halb entblößten Brust verschränkt hatte.

»Gezüchtet? Als vielarmige Waffe gegen die Lispler? Das äh ... Gerücht ... hält sich hartnäckig, ja. Wie dem auch sei, würdet ihr mich bitte befreien? Ich habe fast zwei Tage nichts gegessen. Euch schicken die Engel!«

»Scheiße!«, rief Faye, »ich habe den Kreis gefunden! Er liegt direkt unter uns. Hier ist so verdammt lange niemand mehr gewesen, dass er unter einigen Metern Erde verschüttet liegt.«

Lennox wandte sich sofort zu Faye um und runzelte nachdenklich die Stirn. Über seine Schulter in Richtung Käfig fragte er: »Kannst du dich nicht selbst befreien? Es kursieren genug Geschichten, dass Gorillianer einen ausgewachsenen Mann mit ihren vier Armen in der Luft auseinanderreißen können.«

Etwas wie heiseres Husten erklang aus dem Käfig, das wohl das Lachen des Affen war. »Ich mag euch jetzt schon! Köstlicher Humor! Ich freue mich auf unsere Zusammenarbeit! Mich selbst befreien kann ich offensichtlich nicht, sonst würde ich euch ja nicht auf Knien anflehen, mich hier rauszuholen.« Zwei seiner Hände schlugen gegen die dicken Gitterstäbe, die dabei nicht das geringste Geräusch von sich gaben. »Zwergischer Dunkelstahl. Selbst von vier starken Gorillianer-Armen nicht zu verbiegen. Noch nicht mal unter Zuhilfenahme meines dritten Armpaares, sprich, meiner Beine und Füße. Glaubt mir, ich habe wirklich alles versucht, um mich aus eigener Kraft zu befreien. Die Stäbe sind zu dick, die Kette zu weit vom Rand des Käfigdaches entfernt und wildes Schaukeln sägt auch nicht den Jahrtausende alten Arm dieses Baumriesen durch. Und *nein*, auch mein extrem säurehaltiger Urin kann das Schloss des Käfigs nicht ausreichend schmelzen, um mich rauszupinkeln, danke der Nachfrage. Ich brauche definitiv Hilfe.«

»Also, Humor hat er ja«, meldete ich mich das erste Mal zu Wort. »Vielleicht können wir ihn befreien und als Dank gibt er uns Geleitschutz bis zum Turm?«

Nach meiner Rechnung schraubte ein weiterer Tank in der Gruppe meine Überlebenswahrscheinlichkeit nach oben. Besonders, wenn so ein Meat Shield vier Arme hatte und Gegner wie Papier zerreißen konnte. So lange er das nicht mit uns vorhatte, war doch alles in Butter.

Faye schien meine Gedanken gelesen zu haben. »Wieso sollten wir dich befreien, Gorlax? Wir haben keine Ahnung, was du verbrochen hast. Irgendetwas sagt mir, dass niemand umsonst so einen Aufwand betreibt, um jemanden einzusperren, mitten im Nirgendwo an einen Ast zu hängen und dort verhungern zu lassen.«

»Ja, die Ironie mit dem Ast ist mir als Mitglied der Familie der Affen auch nicht entgangen«, sagte Gorlax in einem ärgerlichen Ton. »Doch mitten im Nirgendwo sind wir hier nicht. Darkon befindet sich hinter den Wäldern im Westen und nördlich, leider gar nicht so weit von hier, verschandelt ein Ork-Dorf den prächtigen Wald.«

»Orks?«, entfuhr es mir. Die kamen mir trotz der Halbblut-Variante, die ich schon kennengelernt hatte, für Grimora fast zu klischeehaft vor. Musste es denn in jeder Fantasywelt Orks geben? Waren die Grunzer nicht genug? Oder die Echsenmenschen, von denen ich gerade beiläufig erfahren hatte? Und sicherlich lebten in den Wäldern, Bergen und Flüssen dieses heimtückischen Landes auch noch jede Menge mehr monströse Humanoide, die sich mein Gesicht gut mit Senf zwischen zwei Brötchenhälften vorstellen konnten …

»Ja, Orks«, bestätigte Gorlax, dessen dunkel knatternde Stimme langsam einen ungeduldigen Unterton bekam. »Orks. Schreihälse. Knochenbrecher. Schädeltrinker. Pferdeficker. Kennt ihr doch sicherlich? Grün? Hässlich? Viel zu spärliche Körperbehaarung?«

»Klar, jeder kennt Orks. Nur war ich als Reisender aus einer anderen Dimension überrascht, dass sie hier auch mit in den Topf der fantastischen Rassen geworfen werden. Nicht sehr einfallsreich,« sagte ich und fügte in Gedanken *Lex* hinzu.

»Oh, Orks sind viel einfallsreicher, als ihr glaubt. Denn anstatt mich einfach zu enthaaren, zu kochen und zu essen, hängten sie mich hier auf. Vermutlich, weil sie glaubten, dass dieser Ort von Elfen verflucht wurde. Sie schienen großen Respekt davor zu haben.«

Lennox anfängliche Freude, einen Gorillianer zu treffen, schien sich etwas gelegt zu haben, denn sein Lächeln war verschwunden. »Jetzt wissen wir immer noch nicht, wie du in die Fänge der Orks geraten bist oder warum sie dich hier aufgehängt haben. Das klingt irgendwie gar nicht nach Orks.«

»Und wir haben ohnehin keine Zeit für so was!«, rief Faye, die frustriert ihren Rucksack durchsuchte und schließlich kopfüber ausleerte. »Ich habe keine passende Magie, um so viel Erde und Gestein abzutragen.«

»Oh nein!«, rief Gorlax amüsiert. »Wenn doch nur jemand in der Nähe wäre, der mit vielen starken Armen gleichzeitig graben könnte!«

Faye schnaubte verächtlich. »Solange wir nicht wissen, warum du wirklich in diesem Käfig steckst, versuchen wir es lieber ohne deine Buddelkünste. Aber danke vielmals.«

»Okay ...« Gorlax seufzte. »Was jetzt kommt, hätte ich euch lieber irgendwann mal in Ruhe und bei ein paar schäumenden Humpen *Darkon Dunkel* erzählt. Aber wenn ich hier nicht rauskomme, wird es nie dazu kommen. Also: In Wahrheit bin ich Muuk, Zauberlehrling aus Darkon. Ich studiere am Gargyl, der Akademie im Turmdistrikt, um Magus zu werden. Jetzt ahnt ihr es wahrscheinlich schon. Etwas ist schiefgelaufen ... Kürzlich ließ mich Meister Mandrak in seinem Studienzimmer allein, um im Herbarium neuen Wichtelwurz zu besorgen. Wir hatten kurz zuvor gemeinsam den letzten Rest geraucht und waren high wie die Hecke der Hochelfen in den Herzlanden.

Ich hatte den Auftrag, in seiner Abwesenheit ein paar Raben in die Transformationskammer zu bringen und alles für deren Umwandlung in dralle Nymphen vorzubereiten. Meister Mandrak benutzt gerne Raben dafür, weil sie bei den Gespielinnen glänzend schwarze Haare und stechende Augen hervorbringen. Ich kann mir vorstellen, wie ihr jetzt gerade guckt, aber wenn man einmal den Gedanken beiseitegeschoben hat, gerade einen Vogel zu vögeln, gestaltet sich der Akt wie mit jeder anderen Frau auch.«

Gorlax atmete hörbar tief ein, bevor er fortfuhr.

»Na, jedenfalls war ich schon ziemlich betäubt und euphorisch, als ich auf die *geniale* Idee kam, den Meister mit meinem raschen Studienfortschritt zu überraschen und die Verwandlung diesmal selbst vorzunehmen. Wäre doch toll gewesen, wenn in der Kisseninsel bereits die stöhnenden Weiber auf mich und Mandrak gewartet hätten, oder? Dazu musste ich nur fehlerfrei den Spruch aus dem *Mutander Morphis* aufsagen, während sich die Raben innerhalb des Zirkels aufhielten. Simple Buchmagie. Einfach nur rezitieren was da steht.

Wie hätte ich ahnen sollen, dass die Magie des alten Schinkens selbst winzige Ungenauigkeiten derart hart bestraft? *Betrunken oder benebelt ist dein Verstand geknebelt*, hatte Mandrak mir immer eingebläut. Nicht umsonst, wie ich lallender Idiot feststellen musste. Plötzlich hatte ich vier Arme, um mehr geile Rundungen gleichzeitig kneten zu können, sowie eine wirklich männliche Körperbehaarung … doch keine Sexgöttinnen, um es wertzuschätzen.

Leider funktionierte mein Verstand noch nicht richtig in der neuen Hülle, und ich muss durchgedreht sein. Vermutlich verträgt ein Gorillianer-Hirn den Wichtelwurz nicht so gut wie ein menschliches. Deswegen erinnere ich mich auch nur nebelhaft daran, dass ich durch ein Fenster gesprungen bin, raus in den ewigen Regen von Darkon. Dass ich nicht tot zwischen den Türmen des Gargyl gefunden wurde, habe ich vermutlich meiner vielarmigen Fähigkeit zum Klettern zu verdanken.

Das Nächste, woran ich mich erinnern kann, sind zerstörte Hütten im Flussdistrikt und fluchende Händler, die in dreckigen Pfützen ihre Waren aufsammelten. Scheinbar hatte da ein gewisser Affe einen gehörigen Hunger gehabt. Nur leider hatte mein animalisches Verhalten bereits die Greifer der Miliz auf den Plan gerufen. Denn als sich mein Geist endlich klärte und ich mir meiner Tat bewusstwurde, betrachtete ich die Welt schon durch die Gitterstäbe dieses Käfigs aus ausbruchsicherem Dunkelstahl.

Die Soldaten fuhren mich in einem Wagen zur Arena, wo ich aller Wahrscheinlichkeit nach als Gladiatorenfutter geendet wäre. Ich musste mir etwas einfallen lassen. Leider konnte ich den Greifern nicht die Wahrheit sagen. Das hätte mich meinen Kopf und Meister Mandrak den Lehrstuhl gekostet. Nein, ich musste entkommen und alles wieder geradebiegen. Da fiel er mir plötzlich ein. Der Notfall-Teleportationszauber, mit dem mich mein Meister magisch verankert hatte. Eigentlich war er dafür gedacht, mich bei fehlzündenden Flugzaubern, schlecht laufenden Verhandlungen auf dem Alchimistenmarkt oder einer Wichtelwurz-Razzia in Sicherheit zu bringen. Er sollte mich bei Gefahr direkt im Runenkreis in der Aula des Gargyls auftauchen lassen. Eigentlich konnte ich unmöglich diesen Ausweg wählen; zumindest nicht in einer Gestalt, die gleichermaßen von Ungehorsam und Unfähigkeit zeugte. Aber alles war besser als die Arena. Ich musste handeln.

Doch als ich das Wort mit meinem neuen Affenmaul sprach, muss der Zauber fehlerhaft funktioniert haben. Denn er hat mich nicht zur Akademie, sondern samt Käfig in die Nähe dieses Baums teleportiert. Plötzlich fiel ich herab und der Käfig raste auf die Erde zu. Glücklicherweise verfing sich die Kette im Baum und wickelte sich um diesen Ast, so dass ein unsanfter Aufprall verhindert wurde. Tja, und darum hänge ich nun hier.«

Stille.

Keiner von uns sagte etwas. Nur der Wind raschelte in den Blättern, und die Kette des Käfigs knarzte metallisch.

»Ihr wolltet es wissen.«

Ich sah von Faye zu Lennox und wieder zurück. Die beiden schienen noch den Wahrheitsgehalt seiner Worte abzuwägen.

»Ach kommt schon«, sagte ich grinsend, »der Typ ist in Ordnung, ich spüre es. Die Geschichte ist doch viel zu albern, als dass sie sich jemand ausgedacht haben könnte. Nehmen wir ihn mit. Wir können noch einen Kämpfer gebrauchen.«

»Ja, hört auf euren Freund! Ich sage die Wahrheit. Oder habt ihr schon mal einen Gorillianer getroffen, der so flüssig und in ganzen Sätzen reden konnte? Bitte! Ihr werdet es nicht bereuen!«

»Also, wenn Kai dafür ist …« Lennox zuckte mit den Schultern.

»Eben!«, rief Gorlax alias Muuk. »Wenn Kai doch schon dafür ist! Denkt nur mal an meinen Nutzen. Stark, unermüdlich, vier Arme! Ich kann für euch kämpfen, diesen Steinkreis ausbuddeln und sonst was machen. Wenn die Lady es wünscht, kann ich auch als Masseur …«

»Ruhe! Sei jetzt ruhig!« Faye sah genervt aus. »Wir erledigen jetzt erst mal, wofür wir hergekommen sind. Und dann sehen wir weiter!«

»Ja, aber bitte beeilt euch. Meine erste Geschichte mit den Orks war zwar gelogen, doch auf der anderen Seite dieses Berges ist wirklich ein großes Ork-Dorf. Seit Darkon sich nur noch mit sich selbst beschäftigt, haben einige Monsterstämme in der Umgebung Fuß gefasst. Ich wäre gerne hier weg, bevor sie auf die Idee kommen, einen Späher hier hochzuschicken.«

»Komm her, Kai«, befahl die Zauberin, deren rote Haarpracht gerade so von einem Sonnenstrahl touchiert wurde, dass sie eine Krone aus orangenem Feuer zu tragen schien.

Ich wollte meiner Königin nicht widersprechen und eilte zu ihr. Dabei schien ich eine unsichtbare Grenze überschritten zu haben, denn ich fühlte plötzlich einen unnatürlichen Sog nach unten wie ein Roboter, der auf einen riesigen Magneten getreten war.

»Wow, was ist das? Es fühlt sich an, als hätte sich die Erdanziehungskraft vervielfacht. Ich kann kaum ein Bein vor das andere setzen.«

»Dann knie dich hin«, sagte Faye und presste neckisch ihre Zunge zwischen ihren Zähnen hervor.

Ich tat, wie mir geheißen und blickte erwartungsvoll zu ihr hoch.

»Es ist, wie ich es mir dachte. Die paar Oger-Hände voll Erde vermögen so alte und mächtige Magie nicht abzuschirmen. Der Steinkreis ist genau unter uns. Schließ einfach deine Augen und höre, was er dir zu sagen hat.«

Das fiel mir nicht schwer, denn meine Augenlider waren durch die Anziehungskraft des Kreises unter mir genauso schwer wie der Rest meines Körpers. Es ziepte unangenehm in den Kniekehlen, als ich mich auf meine Fersen setzte und den daraus resultierenden Schmerz zu ignorieren versuchte. Mein Herz klopfte heftig vor Aufregung und ich zwang mich, langsam und tief zu atmen. Dann schloss ich die Augen.

Bäm!

Nichts.

Ich versuchte, meinen Geist zu leeren. Doch Gorlax‘ ungeduldiges Grunzen, das Rauschen des Waldes und das Knacken des Baumriesen über mir, stahlen immer wieder meine Aufmerksamkeit.

Als ich eine Zeit lang gesessen hatte und meine Beine langsam taub wurden, sagte ich: »Ich versuche an nichts zu denken, damit dieser Kreis seinen Job machen kann, aber irgendwie passiert nichts. Ich glaube, selbst diese seltsame Anziehungskraft ist weniger geworden …«

»Was?! Nein!«, rief Faye energisch. »Du kannst nicht aufhören zu denken, das geht automatisch. Das kommt dem Versuch gleich, ruhiges Wasser mit einer Schaufel zu glätten.« Sie seufzte. »Versuch, nicht zu kontrollieren, worüber du noch nie die Kontrolle hattest. Sei einfach nur der stille Beobachter deiner Gedanken und sieh, wohin sie dich führen. Du bist nicht deine Gedanken, sondern nur der, der sie beobachtet. *Nochmal!*«

Ich seufzte ebenfalls und ließ meine Gedanken los. Sollte mein Geist doch wie ein von der Tarantel gestochener Affe umherrennen, es war mir egal. Ich beschloss, einfach die Show zu genießen. Wie bei einem Film.

Mal sehen … Ich war doch hierhergekommen, um eine Art Waffe zu finden. Etwas, mit dem ich mich in Grimora meiner Haut erwehren konnte.

Keine Ahnung warum, doch plötzlich musste ich an die Artus-Sage denken. Wie geil wäre es bitte gewesen, anstatt dieses dämlichen Steinkreises nur einen einzigen fetten Stein mit einem magischen Schwert darin zu finden? Ich schämte mich meines ordinären Gedankens nicht. Er stammte ja ohnehin nicht von mir, sondern von meinem Gehirn. Meine gute alte Rechenmaschine aus grauem Wabbelfleisch hatte es ausgespuckt. *Ich* nahm es nur zur Kenntnis.

Schwert. Der Auserwählte. Herrin vom See. Eine Klinge. Macht. Oh ja. Gib's mir, Baby.

Und dann passierte es.

Der Kreis zog an meinem Unterbewusstsein wie eine Sirene am Fuß eines über Bord gefallenen Seemanns. Mein Körper wurde bleischwer, während mein Geist in die Erde tauchte. Ich sank in den Boden, tiefer und tiefer, bis mein geistiges Auge müde wurde von so viel Dunkelheit.

Da war etwas in der Schwärze. Eine Gestalt. Erst schimmerte sie nur sanft, doch dann wurde sie immer heller. Sie sah weiblich aus. Doch bevor ich genauer hinsehen konnte, wurde sie so gleißend, dass ich meinen imaginären Blick abwenden musste. Ich sah nur noch, wie sie etwas in die Höhe warf.

Dann spürte ich einen sanften Lufthauch und eine Erschütterung des Erdreichs vor meinen Knien. Etwas war vor mir in den Boden eingedrungen. Ich öffnete die Augen und sah.

Da bist du ja!

Gram

Eigentlich war nichts Außergewöhnliches an dem Schwert, das da vor mir aus dem Boden ragte. Bis auf einen verzierten Knauf hatte es nichts, was einem Fantasy-Nerd wie mir die Freudentränen in die Augen trieb. Es war von fast beleidigender Schlichtheit und sah doch irgendwie … unwirklich aus. Unwirklich im Sinne von perfekt, aber *zu* perfekt. Als wäre es das Resultat einer hoch komplexen mathematischen Gleichung. Fast so, als wäre es nur ein virtuelles Symbol für ein Schwert, das erst noch geschmiedet werden musste. Selbst das dunkelrote Leder um den Griff wirkte wie Plastik; makellos, jungfräulich und fabrikneu. *Made in China*?

Ich stand mit weichen Knien auf und räusperte mich. Als ich zögerlich meine Hand nach dem Griff ausstreckte, bemerkte ich eine Aura der Wärme, die meine Handfläche prickeln ließ. Lennox sah mich mit offenem Mund an, während Faye grimmig dreinblickte und mir ermunternd zunickte. Ich schluckte noch einmal und fasste zu.

Bei der Macht von Grayskull …

Nichts hätte mich darauf vorbereiten können.

Als meine Hand das warme Leder des Griffes umschloss, zerriss ein lauter Donnerknall die Stille des Waldes. Gorlax schrie dazu, als hätte ihm jemand ein Brandeisen aufgedrückt. Wie aus dem Nichts rissen starke Windböen an mir, so, als ob die Natur über meine Dreistigkeit, das Schwert zu berühren erzürnt wäre. Die Winde umkreisten mich, bis sie einen wahren Wirbelsturm um mich gebildet hatten, der Blätter und Erde gen Himmel schleuderte, hinauf in eine dunkle Donnerwolke, die über mir schwebte wie ein Raumschiff. Wolfsgeheul mischte sich unter das Tosen, und irgendwo in der Ferne brüllte etwas, das dem Klang nach, Wölfe am Stück verschlingen konnte.

Ich wollte das Schwert sofort wieder fallen lassen, doch es klebte an meiner Hand wie ein zuckendes Hochstromkabel, das ich nicht mehr loslassen konnte. Ich fühlte, wie sich das Schwert mit mir vereinigte, körperlich und geistig; als hätte es schon ewig darauf gewartet, die natürliche Verlängerung meines Arms sein zu dürfen.

Ein betörendes Gefühl von Macht breitete sich in meinem ganzen Körper aus, nicht unähnlich des Brennens, das mich der magische Stärkegürtel hatte fühlen lassen. Ich war das Auge des Sturms und hielt einen von Zeus' Blitzen in der Hand …

Gerade wollte ich mich lächelnd den anderen zuwenden, als mich ein stechender Schmerz hinter der Stirn auf die Knie sinken ließ. Mit ihm kamen Bilder von Dingen … Orten … Personen, die mir alle seltsam bekannt vorkamen.

~

Ich befinde mich in einem unterirdischen Gewölbe. Im Licht eines lodernden Feuers schlage ich einen gewaltigen Hammer auf ein Stück glühenden Stahl. Um den Schmiedeamboss herum stehen kleine Wesen, die wie alberne Heinzelmännchen aussehen, glockenhell kichern und mich wie von Sinnen anfeuern. Zwischen meinen Schlägen greifen sie in ihre ledernen Umhängebeutel und rieseln blau leuchtendes Pulver auf die Klinge. Jeder meiner Schläge lässt einen Schauer roter und blauer Funken zu Boden regnen. Als das Metall nicht mehr richtig glüht, halte ich es in die Flammen der Esse. Sofort ertönt ein zischendes Pumpgeräusch, das von einem ungehaltenen Knurren begleitet wird. Der große Schemen, den ich auf der anderen Seite der Esse nur vage durch die Flammen ausmachen kann, scheint eine Art monströser Diener zu sein, der den Blasebalg zu bedienen hat.

Schweiß rinnt mir über meine rußgeschwärzten Unterarme, als ich die glühende Klinge schließlich aus der Glut ziehe, um sie erneut mit dem Hammer zu bearbeiten. Ich sehe die kleine runde Narbe an meinem linken Arm, die mich daran erinnert, dass ich mich als Kind mal fast auf einem spitzen Zaun aufgespießt hätte. Das sind definitiv meine Arme!

Schmiede ich dieses Schwert etwa gerade wirklich selbst?

Das ist offensichtlich unmöglich und doch scheint eine Erinnerung daran in mir wachgerufen worden zu sein. Und in dieser Erinnerung bin *ich* der Schmied. Zumindest nehme ich die Welt durch seine Augen wahr.

Die Szenerie wechselt.

Ich stehe in einem lichtdurchfluteten Turmzimmer vor einem weiteren Amboss und rauche eine Pfeife. Ein mehrarmiges Wesen, eine groteske Säule aus grauem Fleisch, die aus nichts besteht als unzähligen Augen und Armen, hämmert präzise und wie besessen mit einer Vielzahl von unterschiedlichen Hämmern und Knüppeln auf den Stahl ein – der Feinschliff, bevor das blinkende Metall das letzte Mal in das blaue Hexenfeuer eines knisternden Kohlenbeckens gehalten wird.

Und wieder schiebt sich eine neue Erinnerung über die aktuelle – ganz wie bei einer psychedelischen Diashow.

Diesmal befinde ich mich auf dem Grund eines nachtschwarzen Gewässers. Ein eiförmiger Schutzschild hindert das feuchte Element daran, mich zu verschlucken und unter Tonnen von Wasser zu zerquetschen. Ich stehe in glitschigem Sand, und es riecht so intensiv nach Salz, dass ich fast würgen muss. Meine Luftblase wird sanft von den blauen Flammen ausgeleuchtet, die noch immer an der Klinge meines

Schwertes auf und ab tanzen. Außerhalb meines salzigen Heiligtums ist es jedoch alles andere als dunkel. Viel näher als mir lieb ist, schwimmen gigantische Meereswesen, die in der Dunkelheit leuchten wie die Attraktionen eines Jahrmarkts. Eine besonders große schlangenförmige Ansammlung bunter Lichter entdeckt mich und schwimmt auf mich zu. Rasch tauche ich das Schwert in die Wand aus schwarzem Wasser. Es zischt, und es ist vollbracht. Dann schließt sich ein riesiger Kiefer um meine magische Tauchglocke, doch ich bin schon wieder daraus verschwunden – durch meinen Willen von einer unsichtbaren Kraft hinfortgerissen. Denn es fehlt noch ein würdiger Griff …

Wieder verschwimmt das Bild, um einer anderen Erinnerung Platz zu machen.

Diesmal finde ich mich kniend über der Leiche eines rothäutigen Monsters wieder, das einem Minotaurus gleicht. Das Biest liegt in einem großen Pentagramm aus Blut und riecht entsetzlich nach Schwefel und … Exkrementen. Mit einem makellosen Kristalldolch, der fast schmerzhaft das Licht von unzähligen Kerzen reflektiert, schneide ich ein Viereck aus seiner dämonischen Haut. Der Gestank ist jetzt unerträglich. Den tropfenden Hautlappen halte ich an den Griff des bereitliegenden Schwertes und sehe mit Genugtuung zu, wie er sich selbst darumwickelt, einem gierigen Symbionten gleich.

Dann durchlebe ich in so rascher Abfolge halb verblichene Erinnerungen, dass ich sie kaum richtig verarbeiten kann. Ich teste die Kampftauglichkeit des Schwertes an verschiedenen Materialien und Gegnern. Doch ich bin mit dem Resultat offensichtlich nicht zufrieden.

Wieder in einer Art Werkstatt, schlage ich die Klinge wütend auf einen seltsamen roten Stein, der aus der Wand ragt und betrachte eine kaum wahrnehmbare Kerbe in der Schnittfläche. Der Zorn über diesen Makel kriecht als glühend heiße Energie aus meiner Magengegend in meine Brust hoch. Von dort lenke ich sie mit einem kurzen erbosten Schrei in die Klinge, die daraufhin zersplittert wie dünnes Fensterglas.

Nur Parier-Stange, Griff und Knauf des Schwertes sind noch übrig. Die Enttäuschung über das gescheiterte Projekt ballt sich erneut zu glühender Wut zusammen; heiß wie Lava, brennend wie Säure. Ich kann sie nicht mehr lange im Zaum halten. Sie muss kanalisiert werden, damit sie nicht meine Eingeweide frisst. Gleichzeitig ist da ein Flüstern in meinem Unterbewusstsein. Eine Gedankenmanifestation will an die Oberfläche, verlangt nach Gehör, brennt in mir. Sie sticht. Sie sticht wie ein glühender Dolch in meiner Stirn!

Dann schreie ich die Pein hinaus. Langgezogen und voller Schmerz wie eine Mutter, die ihr Kind auf die Welt presst. Und mit dem Schrei wächst ein handbreiter silberner Streifen aus dem Griff, der immer schmaler und schmaler wird, bis er schließlich mit dem heiseren Ersterben meiner Stimme zu einer nadelfeinen Spitze wird.

Die perfekte Klinge.

Aus purem Schmerz und reinem Geist geboren.

Ich weiß instinktiv, dass nichts und niemand diesem Schwert wird widerstehen können. Schließlich kann der Geist teilen, was auch immer er will.

Überraschenderweise hat die Geist-Klinge kaum Gewicht, vielleicht gar keins ... Nur der Griff des Schwertes fühlt sich in meiner Hand schwer an. Außerdem hat sich der Knauf verformt. Er sieht jetzt wie ein schreiendes Gesicht aus. Aber nicht irgendein Gesicht.

Es ist meins.

»Gram«, sagt mein Traum-Ich leise. Das scheint ein guter Name für das Schwert zu sein.

~

Ich war wieder zurück auf der Lichtung und starrte auf dieses Ding in meiner Hand, das Produkt meiner eigenen übernatürlichen Schmiedekunst.

Das ... war ... absolut ... unmöglich.

»Er erinnert sich an etwas! Ich sehe es an seinem Blick!«, rief Lennox aufgeregt.

»Was bei den verfluchten Göttern der Anderswelt ist da gerade passiert?«, grölte Gorlax aus seinem gigantischen Vogelkäfig.

»Gut«, sagte Faye einfach nur.

»Ein Scheiß ist gut!«, bellte ich zurück. »Ein verfickter Hurenarschgeigenpenisscheißdreck ist gut, verstanden?« Speichelfetzen flogen aus meinem Mund.

Ich hielt das Schwert mit der tödlichen Klinge weit von mir weg und betastete meinen Kopf. Wie war das möglich? Konnte mir die Teufelsmaschine, an der ich hing, etwa auch Erinnerungen einpflanzen? Die Implikationen ließen frostige Spinnen aus purer Angst mein Rückgrat hochkrabbeln. Ich wollte, verdammt noch mal, nur meine eigenen Erinnerungen in der Birne haben und außerdem keine permanenten Schäden davontragen!

»Hör auf, mit meinem Gehirn herumzupfuschen, du krankes Arschloch!«

Ich schrie meine Empörung in den fremden Himmel und bereute es sofort wieder. Meine Stimme wurde über den Rand des Plateaus getragen und hallte, gut hörbar für Freund und Feind, in den Bergen unter uns wider. Natürlich antwortete niemand auf meinen ungestümen Ausbruch, schon gar nicht Lex. Vermutlich konnte er mich »hier drin« ohnehin nicht hören und selbst wenn, hatte sein ursprünglicher Plan, mir das Hirn zu rösten, nach wie vor Priorität.

»Dieser Ficker meint es wirklich ernst. Er will mich töten. Und dabei noch wahnsinnig machen.« Tränen kullerten aus meinen Augen, als ich auf den am nächsten stehenden Lennox zuging.

Der Dieb wich respektvoll vor der Klinge meines neuen Schwertes zurück und hob beschwörend die Hände. »Ruhig, Kai, Zendar ist stark. Er versucht, deine eigene Waffe gegen dich zu richten. Du musst jetzt ebenfalls stark sein.«

»Lex! Verdammt nochmal! Der bekloppte Schöpfer von all dem hier heißt Lex, nicht Zendar!«

»Er hat viele Namen, Kai. Bitte beruhige dich erst mal wieder.« Lennox zeigte auf Gram und bedeutete mir mit einer Handbewegung, die Klinge etwas niedriger zu halten.

Mein verschwommener Blick suchte den der Zauberin. Ich wollte jetzt lieber ihren Beistand – ihren Trost und Rat.

»Ich sah mich das Schwert schmieden, Faye.« Ich schluckte, um meine bebende Stimme unter Kontrolle zu bekommen. »Ich meine, ich erinnere mich *wirklich* daran. So, als wäre es real. Aber das ist unmöglich, verstehst du? Ich …«

… weinte. Ein wenig schämte ich mich, obwohl ich wusste, dass es ziemlich egal war, ob ich mir vor den Programmen der Matrix eine Blöße gab oder nicht. Es brach einfach aus mir heraus. Ich war vollkommen überfordert. Kein körperlicher Schmerz und keine Anstrengung, die ich bisher in Grimora erfahren hatte, kam an das grauenvolle Gefühl heran, von fremden Gedanken heimgesucht zu werden. Ich hatte in diesem Moment mehr Angst wahnsinnig zu werden, als zu sterben.

Ich legte das Schwert erst mal vor mir auf den Boden und ließ mich entkräftet auf den Po plumpsen. Meinen Kopf vergrub ich zwischen meinen Knien wie ein Fußballspieler, der gerade den entscheidenden Elfmeter bei einer Weltmeisterschaft verschossen hatte. Dann spürte ich Fayes Arme um meine Schultern. Die Zauberin umarmte mich zärtlich von hinten und der berauschende Duft ihres Körpers vertrieb sofort die dunklen Wolken meiner Sorgen.

»Was, wenn die Erinnerungen echt sind?«, flüsterte sie. »Was, wenn du schon einmal hier warst? In Grimora, meine ich.«

»Blödsinn«, sagte ich, »ich weiß doch, wie ich hierhergekommen bin. Ich erinnere mich an meine Welt und wie ich in eure gekommen bin.«

»So, wie du dich an dieses Schwert erinnerst, Kai?«

»Hör auf!« sagte ich nun deutlich lauter und löste mich aus Fayes Umarmung. Und das, obwohl alles in mir danach schrie, mich noch tiefer in sie hineinzukuscheln. »Ich weiß nicht, was dieses Schwert hier für einen *Download* gestartet und damit meinen Kopf geschwängert hat. Aber ich werde dieser Scheiße nicht auf den Leim gehen, verstanden?«

Faye stand seufzend auf und blickte zu Lennox, der ihren enttäuschten Gesichtsausdruck spiegelte. »Dann lass uns jetzt aufbrechen. Du hast nun, wozu du gekommen bist. Eine Waffe, die deiner würdig ist und mit der du dich endlich selbst verteidigen kannst. Trotzdem müssen wir es bis heute Abend zur Teufelsklammfeste geschafft haben. Bei den Zwergen wären wir sicher. Doch sollten wir gezwungen sein, nochmal im Freien zu übernachten wird es … ungemütlich.«

»Und nicht nur wegen der Orks auf diesem Berg. Was vor uns liegt, ist Dämonen-Gebiet«, gab Lennox zu bedenken.

Gorlax brachte seinen Käfig zum Schwingen wie eine Schaukel. »Ihr wollt in die *Ramme*? Die Festung des ewigen

Krieges? Zu den lebensmüden Dämonenzwergen? Diesen Geisteskranken? Quer durch die Schlucht mit der Teufelsklamm?« Gorlax alias Muuk entfuhren ein paar schrille Töne, die wie ein wahnsinniges Kichern klangen. »Klar, ich meine, warum nicht? Ist ja nur der gefährlichste Ort auf ganz Grimora. Bin dabei.«

»Allerdings bist du das und zwar bis zum bitteren Ende!«, rief Faye, die ihren Rucksack schulterte und einen Schluck aus unserem Trinkvorrat nahm. »Denn sonst lassen wir dich einfach nicht frei. Dann kannst du versuchen, bessere Konditionen mit den Orks auszuhandeln, wenn sie dich hier oben finden.«

Ich stand auf, nahm Gram in die Hand und ging zum Käfig. »Tritt bitte von den Stäben zurück, Muuk oder Gorlax oder wie auch immer du wirklich heißt.«

Dann stellte ich mich auf die Zehenspitzen und wischte mit Gram durch die Luft, als wollte ich Spinnweben auf einem Dachboden entfernen. Wie ich es mir erhofft hatte, glitt die Schneide widerstandslos durch den Zwergenstahl. Fast hätte ich es nicht mehr geschafft, aus dem Weg zu springen, als ein schweres Metallstück aus Käfigboden und sauber durchtrennten Stangen zu Boden krachte.

Krass.

Ich schnitt noch einmal an einer anderen Stelle, um das Loch groß genug für den Gorillianer zu machen. Mein Langschwert gewordenes *Ockhams Skalpell* schnitt wieder ohne Wenn und Aber weg, was überflüssig war. Wie ein Lichtschwert durch Butter. Nur geräuschlos und ohne Schmorgeruch.

Schließlich konnte Gorlax seinen massigen Fellkörper durch die Öffnung zwängen und sich mit einem seiner vier Arme geschmeidig zu Boden sinken lassen. So stand er in seiner vollen Größe vor uns und war wirklich ein beindruckender Anblick. Bis auf sein rosiges Gesicht war sein Körper von einem langen weißen Zottelfell bedeckt. Am Bauch war die Behaarung am kürzesten und offenbarte ein beneidenswertes Sixpack. Sein Kopf ähnelte stark dem eines gewöhnlichen Gorillas, bis auf die Augen, die so blutunterlaufen waren, dass sie wie rote Rubine wirkten. Der Alpha-Gorilla reckte und streckte sich zunächst, bevor er je zwei Fäuste in zwei Handflächen schlug und sich auf eine seltsam asiatische Weise verbeugte. Seine Begrüßung wirkte vollkommen grotesk für einen Affen, was Muuks haarsträubende Verwandlungsgeschichte nun wirklich glaubwürdig erscheinen ließ.

»Habt meinen ewig währenden Dank, noble Fremde«, sagte er.

In einer Übersprungshandlung – oder aus Hunger – leckte er sich seine Hauer und blickte in die Runde. Beim Anblick von Faye zog er dämlich die Lippen auseinander und präsentierte überraschend makellose Zähne und haufenweise rosiges Zahnfleisch. Da steckte wirklich ziemlich offensichtlich ein notgeiler Zauberschüler in diesem Fell ... Als er schließlich mit einem Stirnrunzeln erst Gram und dann mich betrachtete, formte sich sein Mund zu einem perfekten runden »O«. Er machte ein paar keuchende O-Laute und warf sich vor mir auf den Boden.

»Danke, Meister! Ich werde Euch dienen, so wie ich Meister Mandrak gedient habe. Bis meine Schuld beglichen ist.«

Ich winkte ab. Es war albern, wie dieser Berg aus Fell und Muskeln vor mir auf dem Boden krauchte und dabei immer noch genauso groß war wie ich. »Bitte Muuk, nenn mich Kai. Und jetzt mal nicht so theatralisch. Um dieses Schwert zu führen, muss nun wirklich niemand ein Meister sein.«

»Nein«, er nickte zustimmend, »aber um es zu schmieden schon …«

»Verdammte Axt, ich habe Gram nicht … also ich habe das Schwert nicht wirklich …«

»Bitte nenn mich Gorlax«, warf der Gorillianer ein und richtete sich wieder auf. »Ich möchte lieber nicht mit Muuk in Verbindung gebracht werden. Zumindest nicht, bis ich einen Weg gefunden habe, mich zurück zu verwandeln. Und bis mir eine Geschichte eingefallen ist, mit der ich dem Ältestenrat des Gargyl gegenübertreten kann. Meister Mandrak geht vermutlich ohnehin davon aus, dass ich tot bin. Oder er hat einen Seher aus dem Occulum kontaktiert, um meinen Standort ausfindig zu machen. In diesem Fall wird er jedoch sehen, in welch unwürdige Umstände ich mich durch meine eigene Schuld gebracht habe und wird es als Teil meiner Ausbildung sehen, dass ich selbst eine Lösung dafür finde.«

Er seufzte. Ein Geräusch, das dank seines voluminösen Brustkorbs und seiner archaischen Stimmbänder zu einem Gänsehaut verursachenden Knurren wurde.

»Dich ausfindig zu machen ist nun wirklich kein Hexenwerk«, rief Faye amüsiert, »ein zwei Meter großes schneeweißes Monster mit vier Armen wird wahrscheinlich selbst von Ork-Spähern entdeckt, die schon ein Fass Feuerschnaps ausgesoffen haben. Ich hoffe, du hast schon gelernt, wie man im Kampf vier Fäuste gleichzeitig einsetzt.«

Der Gorillianer ballte alle seine Hände zu volleyball-großen Fäusten und schlug sich geräuschvoll gegen die Brust. »Ihr könnt auf mich zählen! Im Gegenteil: Ich mache mir eher Sorgen, dass ich irgendwann gar nicht mehr ohne vier Arme leben will. Das ist so praktisch. Hoffentlich leide ich nicht unter »Phantom-Armen« oder so was …«

Lennox lachte und wurde sofort wieder ernst. »Ich glaube, davon habe ich schon gehört. Soll unangenehm sein … Na ja, freut mich auf jeden Fall, dich kennen zu lernen, Zauberer im Körper eines Monsters! Ich bin Lennox, Überlebenskünstler, Dolch-Connaisseur und passabler Gitarren…«

»Ja ja, und ich bin Faye, Blutmagierin des vorletzten Zirkels, und ich lasse deine Körperflüssigkeiten verdampfen, wenn du irgendetwas Dummes versuchst oder uns in den Rücken fällst, verstanden?« Faye machte wieder dieses strenge Domina-Gesicht, das keine Wiederrede duldete. Sonst würde es kleine, überraschend starke Fäuste hageln. Oder Blitze.

»Unmissverständlich, Meisterin.« Gorlax verneigte sich tief, was im Rahmen seines Primatenrückrats bedeutete, dass er mit der Stirn den Boden berührte.

Ich konnte mir mit durchgedrückten Beinen noch nicht mal an die Knöchel fassen …

»Es ist mir eine Ehre, einer echten Gulayaga zu begegnen. Im Gargyl ist die Blutmagie, wie jede Art von Nekromantie oder Schwarzmagie, für Schüler verboten. Aber ich habe in Büchern gelesen, dass …«

»Es reicht!« Der Unterton in Fayes Stimme hatte jetzt von genervt zu bedrohlich gewechselt. »Mich interessiert nicht deine Adepten-Karriere in Darkon, sondern nur die Schlagkraft deiner Arme, die wir schon bald brauchen werden. Ich wette, dass der kleine Wirbelsturm auf dem Elfenkreis die Hälfte der Flusslande auf uns aufmerksam gemacht hat. Bewegt euch!«

Es gibt keine Abkürzung

Und so zogen wir weiter und ließen den prächtigen Yakauri-Baum hinter uns. Jedoch nicht, bevor wir alle ein wenig Nahrung mit Gorlax geteilt hatten, der alles gierig hinunterschlang und beteuerte, dass es reichen würde, bis er sich im Wald ein Tier gerissen hätte. Oder zehn Körbe Beeren gepflückt. Außerdem bat er mich, ihm vier lange Stangen aus dem zerstörten Käfig herauszuschneiden. Mit Schlagstöcken aus bruchsicherem Dunkelstahl bewaffnet, wollte er seine Reichweite erhöhen und scharfkantige Waffen abwehren. Zum Transport schnürte er sie aber erstmal locker mit einem Lederband zusammen. Wer auch immer von diesen +1-Brecheisen verprügelt werden würde, tat mir jetzt schon leid …

Meine Vorbereitung für den Abstieg vom Plateau reduzierten sich vor allem auf einen alles entscheidenden Test: Konnte ich mich mit Gram auch selbst verletzen? Denn dann wäre es nur eine Frage der Zeit gewesen, bis ich mich beim Rennen oder Kämpfen versehentlich selbst filetiert hätte. Es hatte einen Grund, warum nur Jedi oder Sith mit Lichtschwertern hantierten. Alle anderen besaßen entweder nicht die Macht oder waren Schaschlik.

Doch glücklicherweise hatte ich es wohl so geschmiedet, dass dies unmöglich war. Als ich mit zusammengebissenen Zähnen die Klinge des Schwertes vorsichtig an meine Fingerspitze hielt, fühlte sich Gram wie ein stumpfes Kinderspielzeug an. Ich atmete erleichtert auf. Meine Klamotten hingegen waren nicht gegen die Schärfe der Klinge gefeit, was mir einen weiteren Schnitt in meinem Lieblings-T-Shirt einbrachte. Aber es war nicht von Belang. Meine gesamte Kleidung sah ohnehin schon so aus, als wäre ich seit Jahren damit auf Welttournee. Wichtig war nur, dass Gram meinen Körper scheinbar nicht als »überflüssig« betrachtete.

Trotzdem wagte ich es nicht, mir das Schwert an die Seite oder an den Rücken zu hängen. Auch wenn Lennox mir für beides die nötigen Ledergurte von seiner eigenen Rüstung anbot und sie mit nur wenigen Handgriffen an meine Bedürfnisse anpassen wollte. Doch meine Angst, versehentlich meine zweite Haut aus Superspinnenseide zu zerstören oder im Kampf plötzlich die Hose zu verlieren, war zu real.

Deshalb nahm ich in Kauf, für den Abstieg vom Plateau nur eine Hand zum Festhalten zu haben, während die andere den »Annullierer« ehrfurchtsvoll mit der Spitze nach unten hielt. Ich wollte nicht versehentlich Bäume abrasieren und damit womöglich meine Gefährten oder mich selbst erschlagen.

»Selbst wenn wir es bis zur Festung schaffen und uns die Zwerge auch noch reinlassen, könnte es passieren, dass so viele Dämonen aus der Schlucht strömen, dass wir da tagelang festsitzen«, grollte Gorlax, als er mühelos neben Faye über einen großen Felsen hinwegsprang.

Es war unwirklich, mit diesem Riesenaffen durch den Wald zu wandern. Seine Arme und Beine stampften alles geräuschvoll in den Boden, was nicht mindestens die Konsistenz von Stein vorweisen konnte. Dicke Äste knackten, Gebüsche wurden wie Stroh komprimiert und der Boden bebte. *Was für ein Vieh!*

»Wenn wir es bis in die Festung schaffen, müssen wir uns um die Dämonen in der Schlucht keine Sorgen machen. Du glaubst doch nicht im Ernst, dass die leidenschaftlichen Tunnelgräber nicht mindestens einen geheimen Hinterausgang haben, durch den wir die Festung und das Gebirge wieder verlassen können?«, antwortete Faye und wich dabei einem haarigen Arm des Affen aus, der beim Reden wild gestikulierte und gelegentlich Gestrüpp aus dem Weg fegte.

Mir gefiel es gar nicht, dass dieses Monster Faye so nahe kam. Ich war mir ziemlich sicher, dass jede seiner vier Pranken ihr jederzeit und fast beiläufig den Kopf abreißen konnte. Egal, wie inbrünstig uns der haarige Zauberlehrling seine Dankbarkeit und Treue schwor: Wir kannten ihn kaum. Für meine Begriffe konnte er immer noch jederzeit ausrasten, uns ungespitzt in den Waldboden rammen und sich dann pfeifend durch die Baumkronen nach Darkon zurückschwingen.

Doch gleichzeitig wurde ich das Gefühl nicht los, dass wir ihn noch brauchen würden, um unser Ziel zu erreichen. Besonders, wenn hier von Orks, Dämonen und Schlimmerem die Rede war. Was blieb mir also anderes übrig, als wachsam zu sein und darauf zu vertrauen, dass es Gorlax mit seiner Hilfe ernst meinte. Und selbst wenn der wandelnde Flohteppich uns insgeheim böse gesonnen war, beruhigte mich ein wenig der Gedanke, dass der Affe zumindest einen gewissen Respekt vor meinem Killerschwert haben musste. Denn selbst wenn Fayes Magie bei einem Überraschungsangriff zu langsam war und auch der überirdisch flinke Lennox nichts gegen den Muskelberg ausrichten konnte, gab es immer noch den tödlichen Stachel namens »Gram«, der ihn nur beiläufig berühren musste. Selbst ein 1. Stufe-Normalo wie ich musste damit nur wenige Sekunden wild herumfuchteln, und der Gorillianer war Gorillianer-Matsch.

»Erst mal müssen wir es bis zur Schlucht schaffen.« Gorlax zeigte in den Wald zu unserer Linken. »Da unten, in einem großen Talkessel, ist das Ork-Dorf. Vor einigen Monaten war es laut eines Zaubers zur Ausspähung nur ein Erdwall mit ein paar Holzhütten darin. Und da sich die Schreihälse bisher nicht bis nach Darkon getraut haben, ist auch noch kein Aufräumkommando hierin entsandt worden. Was natürlich ein dämlicher Anfängerfehler ist.

Die Orks bauen ihre Waldfestung immer weiter aus und gedeihen prächtig. Es wird sich bald rächen, dieses Geschwür immer weiter wachsen zu lassen. Wer weiß, wie häuslich sie sich mittlerweile da unten eingerichtet haben … Wir sollten auf jeden Fall, so lange es das Gelände zulässt, in gebührendem Abstand zum Dorf wandern, um Späher oder Jäger zu vermeiden.«

Gorlax' Nackenfell richtete sich auf, als er nach einer kurzen Pause hinzufügte: »Bei der Magie des alten Ordens, ich verabscheue diese Warzenhäute so sehr!«

»Also, ich mag Orks«, flüsterte Lennox mir zu. Er schlenderte wie ich mit einem mehr als respektvollen Abstand hinter Faye und Gorlax her.

»Warum das?«, wollte ich verdutzt wissen.

»Weil sie auf eine charmante Weise ehrlich sind. *Ehrlich* nur auf ihren Vorteil bedacht. Ohne Hintergedanken. Einfach so. Das macht sie berechenbar und fast liebenswürdig.«

Ich wartete kurz ab, aber es kam nichts mehr.

»Echt jetzt? Du magst sie, weil sie komplett und ohne Grauzonen böse sind? Weil du sie dann ohne schlechtes Gewissen abschlachten kannst?«

Lennox Augen wechselten von Blau zu Rot, als er sich erklärte. »Nein, ganz im Gegenteil! Ich empfinde keine Genugtuung, wenn ich Leben nehmen muss. Das Konzept von »Gut und Böse« hat damit nichts zu tun. Aus der Sicht der Orks bin *ich* der Böse. Falls sie das Konzept überhaupt kennen …«

Er lächelte gedankenverloren wie jemand, der mit einer Mischung aus Überlegenheit und Mitgefühl über eine Horde unterbelichteter Schafe nachdachte. »Orks wollen einfach nur überleben. Und dazu gehört eben auch, Wesen wie mich zu fressen – sie sind schließlich Kannibalen. Doch bevor sie mich fressen, töte ich sie lieber. Ganz einfach.«

»Du findest fleischfressende Monster also liebenswürdig?«

»Nein, nur die Ehrlichkeit und die Berechenbarkeit.«

Ich schnaubte verächtlich und wollte das Gespräch mit *Okay, Alter, whatever floats your boat* beenden.

Doch Lennox insistierte: »Weißt du, Kriege, die aus idiologischen Gründen wie Glauben oder Politik geführt werden, sind selbstgerecht und sinnlos. Die Anhänger so einer selbst gewählten Überzeugung wollen Gegner, die anderer Meinung sind, komplett auslöschen. Das ist grausam und dumm.«

»Keine Frage …«

»Orks hingegen wollen einfach nur deine Frau ficken, dein Bier saufen und dein Haus als Basis benutzen. Sie würden nie wegen einer fixen Idee ganze Völker auslöschen oder Städte niederbrennen. Sie wollen die Ressourcen Fleisch und Behausungen ja selbst nutzen. Und mit dieser Art von Boshaftigkeit kann ich etwas anfangen. Das ist die Art von Ehrlichkeit, die ich meinte. Selbsterhaltungstrieb. Niemand sucht sich aus, ein Ork zu sein.«

»Wow, okay, das macht auf eine erschreckende Weise sogar Sinn … aber wäre es von den Orks nicht geschickter und schlauer, sich mit anderen Völkern auszutauschen und Bündnisse zu schließen, von denen alle gleichermaßen profitieren?«

Der Fassadenkletterer schaute mich überrascht an. Dann nickte er. »Ja natürlich, das wurde auch schon oft genug versucht. Doch mit Orks zu verhandeln, die fast immer hungrig sind, ist wirklich nicht einfach. Besonders, wenn sie einmal Menschenfleisch riechen. Da gab es schon sehr unschöne

Szenen voller Bereuen und Blut. Sie wollen uns einfach fressen, verstehst du? Das ist ihr Lebenssinn. Nichts ist befriedigender für sie. Orks ähneln in dieser Hinsicht Vampiren. Untote dieser Gattung können sich auch eine Zeit lang von Tieren ernähren. Doch der Durst nach dem süßen Lebenssaft, den nur eine menschliche Hauptschlagader löschen kann, wird dadurch nur angefacht. Gewisse Spezies stehen für sie nun mal ganz oben auf dem Speiseplan. Elfen sind das Gourmet-Essen, das fast nie auf den Tisch kommt. Menschen sind aufgrund ihrer hohen Verfügbarkeit erste Wahl, und manchmal darf es auch ein zäher Zwerg sein. Natürlich erscheint uns das wie das pure Böse.«

Ich lachte künstlich. »Klar, weil wir meist andere Zukunftspläne haben, als von einem Ork zusammen mit Frühlingszwiebeln in eine Pfanne gewürfelt zu werden.«

»Orks essen kein Gemüse. Nur, wenn sie sonst verhungern müssten. Aber ja, richtig. Das ist der Konflikt.«

Falls Lennox mich auf einen Kampf gegen Orks vorbereiten und mir vorher alle moralischen Skrupel nehmen wollte, hatte es funktioniert. Meine rechte Hand krampfte sich geradezu um den Griff meines neuen Schwertes. Ich hatte trotzdem wahnsinnig Bammel davor, diese fürchterliche Waffe gegen ein lebendes Wesen zu richten, ganz gleich, wie monströs es sich mir präsentierte. Ich konnte zu diesem Zeitpunkt noch nicht ahnen, wie leicht Töten war, wenn man sich erstmal daran gewöhnt hatte. Und dass meine Unschuld bereits auf dem Weg zum Henkerblock war.

Das Unheil nahm seinen Lauf, als wir am späten Nachmittag endlich am Fuß des Berges angekommen waren. Ich konnte kaum glauben, wie wenig ich von Stimmungsschwankungen, Muskelkater und anderen Unannehmlichkeiten gequält wurde. Entweder man gewöhnte sich schneller an ein aktives Abenteurerleben, als ich dachte oder ich war einfach zu sehr abgelenkt. Von den Gefahren … seltsamen neuen Gefährten … und der Schönheit dieser verfluchten Hexe …

Faye schirmte ihre Augen gegen die tiefer stehenden Sonnen ab und scannte das Areal. Ihre Haare leuchteten wie feuergewordenes Blut. Vor uns lag eine Schlucht, die zwischen den Bergen hindurch zur Festung der Zwerge führen sollte. Und damit auch zur Höllenklamm, einer dampfenden Spalte, die eine Verbindung zwischen Grimora und der MOTHERFUCKING HÖLLE darstellte. Eigentlich hatte ich es überhaupt nicht eilig, dorthin zu gelangen und betete, dass die legendären Dämonenzwerge den Bereich abgeriegelt und unter Kontrolle hatten wie die USA die *Area 51*.

Doch zunächst würden wir durch eine verlassene Siedlung wandern müssen, deren eng stehende Steingebäude und Gassen die Wände der Schlucht als natürliche Schutzwälle dienten. Alles war erstaunlich gut erhalten, nur vernachlässigt und größtenteils überwuchert. Eine Geisterstadt wie aus dem Bilderbuch.

Oder ein provisorisches Dorf für Atombombentests.

Ich fragte mich, ob hier überhaupt schon jemand gewohnt hatte oder ob die Einwohner vielleicht ganz plötzlich fliehen mussten. Vor einer Horde sabbernder Dämonen zum Beispiel? Vielleicht hatten sich die Baumeister der Stadt vorher ähnlich gut über Lage und Nachbarn ihrer neuen Siedlung informiert wie die *Goodbye Deutschland*-Auswanderer über Angebot und Nachfrage am Zielort für ihren neuen Spritzgebäck-Laden …

»Von dieser Siedlung wusste ich nichts«, sagte Faye in Richtung der gähnenden Fenster und offenstehenden Türen, als ob sie erwartete, dass die Gebäude ihren Fehler einsahen und sich in Rauch auflösten.

»Etwas stimmt nicht«, knurrte Gorlax, und sein Fell stellte sich auf, als wäre es frisch elektrisiert worden.

Hatten diese Gorillianer eine Art Frühwarnsystem? So was wie Spidey Senses? »Ihr glaubt doch nicht an einen Hinterhalt, oder? Es weiß doch niemand, dass wir kommen.«

»Höchstens ein Ork-Späher«, sagte Faye.

»Nein, den hätte ich auch gesehen«, sagte Lennox so bestimmt, dass ich es ihm sofort glaubte. »Außerdem hätten sie uns dann überholen und sich hier geduldig verstecken müssen. Das ist nicht gerade die Stärke der Schreihälse.«

Gorlax befreite seine Eisenstangen aus der Lederschlaufe und nahm eine in jede seiner großen Fäuste. Lennox zog seine Dolche, und ich konzentrierte mich weiter darauf, niemanden versehentlich mit Gram aufzuschlitzen.

Dann knallte es.

Wie zuvor auf der *Dagon* klang es, als wäre in ein paar Kilometern Entfernung ein wichtiger Reaktor in die Luft geflogen. Und wieder raste eine Schockwelle aus grüner Energie auf uns zu. Sie schoss durch den Canyon vor uns wie die Staubwolke eines Meteoriteneinschlags.

»Runter!«, rief Gorlax überflüssigerweise, denn wir waren alle schon reflexartig in die Hocke gegangen.

Ich stieß Gram hastig mit der Klinge tief in den Boden, damit es keinen Schaden anrichten konnte. Vermutlich hielt nur der Griff es davon ab, bis zum Erdkern durchzufallen.

Dann erreichte uns die Welle. Und obwohl wir darauf gefasst waren, wurden wir alle von den Füßen gekegelt wie von einem verheerenden Windstoß. Gorlax schrie, weil die Wucht der Welle schmerzhaft an seinen langen Haaren riss, während der Rest von uns ulkige Rückwärtspurzelbäume vollführte. Lennox gelang es, gleich wieder in den Stand zu rollen, während Faye und meine Wenigkeit uns weniger behände hochrappelten. Dank meiner Ungelenkigkeit tat mir alles weh.

»Zendar …!«

Lennox und Faye hatten den Namen gleichzeitig und gleich verächtlich ausgespuckt.

»*Der* Zendar?«, wollte Gorlax wissen. »Sagt bitte, dass die Gerüchte unter den Wichtigtuern im Gargyl nicht gestimmt haben und ihr einfach immer *Zendar* ruft, wenn etwas Unangenehmes passiert!«

Faye blickte den Affen verdrießlich an und schüttelte den Kopf.

»Also dafür habe ich aber nicht unterzeichnet! Da wäre ich ja glatt in meinem Käfig geblieben und hätte mein Glück lieber mit den Orks versucht …«, jammerte Gorlax und enthauptete trotzig mit einer seiner Eisenstangen eine Blume zu seinen Füßen.

»Keine Sorge, die Gelegenheit bekommst du noch«, sagte der Dieb mit einem prophetischen Unterton.

Lennox hatte sie natürlich als Erster erspäht: Muskulöse Wilde mit Kriegsbemalungen, Dreadlocks und scharfkantigem Unterbiss quollen aus den Gebäuden der Ruinenstadt wie aufgescheuchte Insekten. Einige von ihnen erschienen auch auf den flachen Dächern und rannten grölend über Verbindungsstege zwischen den Häusern. *Shit, das würde auch noch ein Kampf auf zwei Ebenen werden!*

Der Anblick grimoranischer Orks war … krass. Zu sagen, dass ich beeindruckt war, wäre eine alberne Untertreibung gewesen. Ich war ungefähr so verängstigt wie ein Halbfliegengewicht, das versehentlich in die Umkleide der Superschwergewichtsboxer gestolpert war. Die Schweinemenschen waren fast niedlich dagegen.

Doch leider waren nicht nur breitschultrige Orks mit Schwertern, Beilen und Knüppeln das Problem. Ein in Felle, Zähne und Knochen gekleideter Ork auf einem der Dächer war allem Anschein nach ihr Anführer und hatte – wie ich schon bald feststellen sollte – ein paar gruselige Schamanen-Tricks auf Lager.

Hinzu kam eine Art Mini-Kavallerie, auf die uns erneut Adlerauge Lennox aufmerksam machte. »Verdammt, die haben sogar einen Reitsaurier!«

»Hydrascheiße«, fiel Faye dazu sein. »Ist es ein Peitschenschwanz, ein Gifthorn oder was Schlimmeres?«

»Keine Ahnung, er hat so orangene Fächer an den Wangenknochen und …«

»… dann ist es ein Brandleger, so ein Mist.« Faye blicke hilfesuchend hinter uns und bekam große Augen.

Wir folgten ihrem Blick und sahen die dunklen Schatten zwischen den Blättern, die den Hang hinuntereilten. Da kam ganz offensichtlich Verstärkung aus dem Ork-Dorf von hinten, um uns in die Zange zu nehmen. Und da war sie auch endlich, meine Panikattacke. Ich atmete schwer und ging erneut in die Hocke. Ich durfte jetzt nicht zusammenklappen.

»Flucht nach vorne heißt es also für uns.« Die Hexe hatte bereits einen Beutel hervorgekramt und mischte das Pulver daraus in ihrer Handfläche mit etwas Blut aus ihrem Unterarm. »Alle sofort zusammenrücken! Ich schütze euch vor Feuer.« Fayes Stimme überschlug sich vor Anstrengung und Eile, als sie uns mit dem Zauberpulver bestäubte.

Es glitzerte im Sonnenlicht, bevor es sich wie magnetisch an uns heftete.

»Und dann rennen wir so schnell es geht zu diesem Reiter. Der Saurier ist unsere Gelegenheit, hier schnell wegzukommen. Lauft nicht in Sackgassen und lasst euch nicht auf unnötige Kämpfe ein. Das Ziel ist der Saurier, klar? Noch irgendwelche letzten Fragen?«

Gorlax hob einen haarigen Arm. »Kann ich vielleicht aus diesem Schlamassel doch noch austeigen?«

Die Hexe baute sich wutschäumend vor dem Gorillianer auf und wirkte dabei so zerbrechlich wie Natascha Romanov vor dem Hulk. »Du machst gefälligst deinen verdammten Job, Affenhirn! Sonst ist der nächste Käfig dein eigener Körper, verstanden? Und ja, damit meine ich deine Versteinerung durch einen Basilisken im Magiergefängnis von Darkon.«

Fayes Worte verfehlten ihre Wirkung nicht. Der Gorillianer nickte und schlug zur Bestätigung seine Eisenstangen zusammen. Dann brüllte er, dass es in meinen Ohren nur so dröhnte und setzte sich mit stampfenden Schritten in Bewegung.

Lennox rannte diagonal vor uns her zu einem kleinen Vordach. »Ich kümmere mich um den Schamanen, der ist zu gefährlich.«

Faye setzte sich ebenfalls in Bewegung und schaute mich aufmunternd an. Sie hatte ihre kleinen Fäuste erhoben, in denen sie kleine Blutfläschchen verbarg.

»Vergiss alles, Kai. Nichts ist jetzt wichtig. Schneide dir einfach nur eine Gasse durch die Orks bis zum Saurier. Aber bitte verletzte die Echse nicht, wir brauchen sie noch. Seine Flammen können dir jetzt nichts anhaben!«

Ich folgte der Zauberin. Und es wurde auch allerhöchste Zeit, denn die Schreie der Orks hinter uns im Wald wurden immer lauter.

Nun war es also soweit.

Ein richtiger Kampf.

Auf Leben und Tod.

Ich drehte die Spitze von Gram nach oben.

Was Faye mit Magie bewerkstelligte, Lennox mit übermenschlichem Geschick und Gorlax mit purer Kraft, konnte mir nun endlich durch ein göttliches Cheater-Schwert und eine undurchdringliche Rüstung aus Diamantspinnenseide gelingen. Wenn ich nur nicht so einen wahnsinnigen Schiss gehabt hätte! Obwohl ich immer noch davon überzeugt war, aus diesem ganzen Grimora-Schlamassel ohnehin nicht lebend rauszukommen, bescherten mir ursprünglichste Überlebensinstinkte Welle für Welle prickelnde, adrenalintriefende Angst. Ich atmete tief durch und versuchte, mich an all die Lektionen zu erinnern, die Alanon, Faye und Lennox mir bereits ans Herz gelegt hatten.

Ich bin nicht meine Angst.

Ich durfte sie wahrnehmen, aber ihr nicht die Zügel überlassen. Hatte nicht dieser eine Philosoph schon gesagt, dass Angst wie Feuer war? *Wenn es mich kontrolliert, verbrennt es mich. Aber wenn ich das Feuer kontrolliere, dann hält es mich wach und macht mich stark.* Das war der Schlüssel. Danke Mickey. Danke *Rocky*. Was hatte ich noch zu verlieren?

Die ersten Orks rannten schreiend auf uns zu, um uns schon vor den Gassen der Siedlung abzufangen. Der erste machte eine Seitwärts-Pirouette und spuckte Blut, als er von zwei Eisenstangen getroffen wurde, die Gorlax mit übermenschlicher Stärke geschwungen hatte. Das sinistre Murmeln von Faye mischte sich unter den Kampflärm. *Scheiße.* Wir mussten da jetzt durch, um zu den Zwergen zu gelangen.

Robert Tepper hatte recht gehabt: *There was no easy way out, there was no short cut home ...*

Ich sang die Zeilen des Songs leise wie ein Mantra vor mich hin. Das war alles nicht real. Und wenn doch, dann war es jetzt auch egal. Ich rannte los.

There is no easy way oooooooouuuuut ...!

~

Ein Schwall Blut spritzte neben mir an die Wand.

Mein Blut.

Fast wäre ich durch die Wucht des Schlags auf der Stelle ohnmächtig geworden. Doch ich blieb bei Sinnen und ließ mich geistesgegenwärtig zur Seite sinken, so dass die zweite Faust des Orks ins Mauerwerk krachte. Ich zog Gram reflexartig hoch und teilte ihn in zwei Teile. Eine Fontäne warmer Körpersäfte spritzte mir ins Gesicht, als seine linke und rechte Körperhälfte schmatzend auseinanderrissen und wie zwei Rinderhälften im Schlachthaus zu Boden fielen.

Heilige Gedärme!

Ich war nichts ohne dieses Schwert. Keine Hiebwaffe des Universums konnte es mit der magischen Schärfe von Gram aufnehmen. Es war wie der Universalschlüssel eines Programmierers, der damit beliebig Gelände, Gegenstände und Körper »verändern« konnte. Durch die Beschaffenheit der Schwertklinge bot sich dafür »Teilen« an.

Warmes Blut floss über meine Zunge. Ich ertaste eine aufgeplatzte Lippe und eine langsam anschwellende Wange. Außerdem schmerzte meine gesamte Kinnlade, wenn ich den Mund öffnete. Was ich jedoch nicht weiter testete, damit nicht noch mehr des bitter schmeckenden Ork-Blutes in meinen Mund lief. Ich hatte verdammtes Schwein gehabt. Die Faust des Orks hatte mich nur gestreift, sonst hätte sie ganz sicher meine Kinnlade abgerissen und mein Hack & Slay-Abenteuer wäre bereits vorbei gewesen.

Doch das Adrenalin hielt mich in Bewegung wie der Schlüssel im Rücken eines Aufziehmännleins. Und das war auch gut so, denn ich musste dringend weiter. Ich hatte mich in eine kleine Sackgasse manövriert und wollte wieder zurück auf die Hauptstraße, die weiter ins Gebirge führte. Zurück zu Tank und Damage Dealer Number 1: Gorlax und Faye.

Ich registrierte nur sehr rudimentär, wie am Rand meines Sichtfelds Ork-Körper durch Magie und Eisenstangen dezimiert wurden. Ich hatte einfach selbst zu viel Biomasse zu durchpflügen. Immerhin sieben oder acht Orks gingen bereits auf mein Konto, was mich von Kopf bis Fuß dunkelrot eingefärbt hatte. Der süßliche Gestank der Körpersäfte ließ mich in einer Tour würgen, doch das war nicht das Schlimmste an diesem Gemetzel …

Es fing an, Spaß zu machen.

Und ich wusste wirklich nicht, ob ich deswegen ein schlechtes Gewissen haben sollte oder nicht.

Als ich den ersten und zweiten Ork tötete, war ich noch damit beschäftigt, ihre Waffen auf Entfernung zu halten und ihnen nicht zu nahe zu kommen. Ich wusste, dass ein einziger wuchtiger Treffer mein Ende war. Superschwert hin oder her. Und meine Spinnenrüstung schützte mich auch nur vor Schnitt- und Stichschaden, nicht jedoch vor der brachialen Wucht, mit der ein muskulöser Ork-Arm jede Art von Waffe beschleunigen konnte.

Doch glücklicherweise wussten die Schreihälse nichts von der Klinge, die die Gesetze der Physik außer Acht lassen konnte. Deshalb schlugen sie ohne Sinn und Verstand auf mich ein in der festen Überzeugung, mich mitsamt meines albernen Zahnstochers in den Boden rammen zu können. Doch Gram verwandelte jede ihrer Waffen – waren sie auch noch so klobig, hart oder meisterhaft geschmiedet – in zarte Seide, die an seiner Klinge geteilt wurde. Daher musste ich das Schwert nur in einem sauberen Chūdan-no-kamae auf die Kehle der Orks zeigen lassen – so wie ich es damals im Uni-Sport beim Kendo gelernt hatte. Etwas höher natürlich, da eine Ork-Kehle deutlich höher über dem Boden schwebte, als die eines Menschen.

»Worked like a charm«, wie es so schön heißt. Die Orks vernichteten ihre Waffen an Gram und spießten sich danach selbst daran auf. Alles, was ich zu tun hatte war, ihren massigen Körpern auszuweichen, wenn sie zu großen blutigen Haufen kollabierten. Grams erstes Opfer hatte mich fast unter sich begraben.

Doch so langsam hatte ich den Dreh mit dem Schwert raus. Im wahrsten Sinne des Wortes. Denn ich wusste nun, wie ich mein Handgelenk drehen musste, um in einem heranstürmenden Körper möglichst schnell alle wichtigen Organe zu zermatschen. Wie schnell ich dadurch die Monster vor meinen Augen abarbeiten konnte, war berauschend. Und verstörend.

Kritiker meiner Welt hatten schon seit Anbeginn der Videospiele befürchtet, dass die Grafik in »Gewaltspielen« langsam aber sicher zu realistisch werden würde, und die Spieler, besonders zu junge Exemplare, dadurch emotional abstumpfen könnten. Ich hatte stets zur Fraktion der Zocker gehört, die behaupteten, dass es immer noch ein Unterschied war, einem Pixelhaufen die kaum erkennbare Rübe runterzuschlagen oder einem lebensechten Hologramm Gewalt anzutun.

Und tatsächlich: Es gab diesen Unterschied. Doch die Hemmschwelle, die durch größeren Realismus, sprich, eine größere Menge an Pixeln, erreicht wurde, bröselte erschreckend schnell dahin! Vielleicht half mir Gram dabei, die Orks als überdimensionale Sprites wahrzunehmen, weil es sie auf so unrealistische Art zu töten vermochte – so schnell und kompromisslos, wie es nur ein Gott konnte. Andererseits: War es mit einem Raketenwerfer in der »richtigen« Welt nicht dasselbe?

Doch ich hatte nicht die Zeit, gedanklich noch tiefer in die Materie einzusteigen. Ein grinsender Totenschädel, der brennend und schreiend auf mich zuflog, verlangte meine unmittelbare Aufmerksamkeit.

Was zur Hölle?

Das Ding war klein, schnell und flog in einer seltsam undulierenden Bahn; dabei heiser kreischend, als würde sein ehemaliger Besitzer noch ein letztes Mal seinen Weltschmerz hinausschreien …

Jetzt war Geschicklichkeit gefragt. Ich war ein passabler Badminton-Spieler und würde dem Spuk nun mit Gram ein Ende bereiten. Doch als ich nach dem Totenkopf schlug, explodierte er überraschend und hüllte mich kurz in eine Flammenwolke ein. Ich schloss sofort reflexartig Augen und Mund, weil ich mal in einer Doku über Stuntmen gesehen hatte, wie man sich als lebende Fackel verhalten sollte. *Wie scheiße heiß das trotzdem war!*

Doch dank Fayes Schutzzauber verbrannte ich nicht, und mein Körper blieb unversehrt. Ein kurzer Check bestätigte: keine verkohlte Kleidung oder Verbrennungen. Noch nicht mal gerötete Haut. Trotzdem sendete mein Körper nun von zwei eher ungewöhnlichen Orten Schmerzsignale an mein Gehirn. Mein rechtes Ohr brannte wie Hölle und mein linker Oberschenkel pikste, als hätte mir ein Bekloppter seinen Kugelschreiber reingerammt.

Wie sich später herausstellte, steckte ein Schädelsplitter in meinem Bein. Und ein anderes Knochenfragment hatte mich touchiert und zu einem »Schlitzohr« gemacht. Ich verwandelte beiläufig einen weiteren Ork, der neben mir in Deckung gegangen war, um nicht auch von der Schädelbombe getroffen zu werden, in einen überrascht-keuchenden Special Effekt aus auseinanderdriftendem Fleisch und platzenden Blutgefäßen. Dann suchte ich eiligst den Horizont der Gasse nach einer Quelle für das seltsame Geschoss ab.

Ich humpelte voran und blickte gehetzt in jede Seitengasse, bis ich ihn endlich erspähte. Er kauerte an der Kante eines seitlichen Daches und hielt einen Schädel in der Hand. Der Ork-Schamane, dessen Gesicht selbst weiß und grau geschminkt war, um dem eines Schädels zu gleichen, schien gerade seinen ganz privaten Hamlet-Moment zu haben. Nur, dass ich mich nicht daran erinnern konnte, dass Hamlet seinem Schädel feuriges Leben eingehaucht und ihn in die Luft geworfen hatte.

Wieder raste ein schreiender und Flammen spuckender Schädel durch die Luft, diesmal jedoch in eine andere Richtung, aus der ich das verdächtige Klirren von vierfach geschwungenem Eisen hörte.

Verdammt. Es musste einen Weg auf das Dach geben! Der Schamane fischte bereits einen weiteren Schädel aus einem Beutel und legte ihn sich infernal murmelnd auf die Handfläche. Doch gerade, als ich die Möglichkeit in Betracht zog, mit Gram einfach das ganze Gebäude zum Einsturz zu bringen, flog der Kopf des morbiden Knochen-Magiers in die Höhe, knallte einmal auf die Kante des Daches und landete wie eine haarige Bowlingkugel in einem kleinen Gebüsch in der Mitte der überwucherten Straße. Lennox, eine tropfende Ork-Klinge in der Hand, blickte kurz über die Kante und schrie irgendwas in eine kreuzende Gasse hinunter, die ich von meiner aktuellen Position nicht einsehen konnte. *Na endlich.*

Erleichtert wollte ich gerade den Namen des Diebes rufen, um ihn auf meine neue Humpel-Geschwindigkeit aufmerksam zu machen, als meine Gedanken plötzlich von einer Welle schwarzen Hasses überflutet wurden.

»Lenn…!« Ich keuchte und hätte vor Schreck fast Gram fallen lassen.

Ungebetene Bilder von Menschen, die auf blutüberströmten Altären von Ork-Schamanen gefoltert wurden, verursachten mir …

… Übelkeit.

Lähmende Trauer.

Schmerzen im ganzen Körper.

War das ein Zauber, und ich hatte gerade meinen Rettungswurf verkackt?

Ganz in der Nähe war das dunkle Lachen eines Orks zu hören, der meinem depressiven Schub scheinbar eine erheiternde Seite abgewinnen konnte.

BASTARD!

Wenigstens war seine Schadenfreude eine Brotkrumenspur, der ich folgen konnte. Jeder andere wäre unter dem geistigen Druck der furchtbaren Bilder und Gefühle sicherlich zusammengebrochen und hätte sich wie ein Embryo auf dem Boden zusammengerollt. Doch nicht Kai Winters. Ich hatte schon so viele Panikattacken und unangenehme Nervenzustände in meinem Leben überstehen müssen, dass mich der Voodoo-Mist des Schamanen nicht komplett lahmlegen konnte.

Ich distanzierte mich geistig von meinen schmerzhaften Gefühlen und schleppte mich humpelnd voran. Es dauerte nicht lange, bis ich die geifernde Fratze des Nekromanten-Orks hinter einem vergitterten Fenster gefunden hatte. Das Sonnenlicht beleuchtete in erster Linie seine grausamen Augen und eine kleine Holzfigur, an deren Kopf so etwas wie schwarzer Teer hinunterlief. Ich blickte den Nekromanten kurz trotzig an und machte dann mit Gram eine Sensenbewegung durch die Hauswand, hinter der er sich befand. Sein belustigtes Gackern verstummte augenblicklich. Er würgte Blut hoch, fiel langsam mit fragendem Blick zur Seite und verschwand in der Dunkelheit des Raumes.

Sofort hörten die Trauer und Übelkeit verursachenden Bilder in meinem Geist auf, und ich sank erschöpft mit dem Rücken gegen das vergitterte Fenster. Über meine Schulter murmelte ich noch: »Tut mir leid, Alter, geiler Zauber, aber ich meditiere neuerdings und nehme schon seit einer Ewigkeit ziemlich starke Tabletten ...«

Lange würde ich mich hier jedoch nicht ausruhen können. Der Kampf war noch in vollem Gange. Das dumpfe Grollen der Explosionen von Fayes Feuerbällen aus grün-bläulichen Hexenflammen schallte gerade über die Dächer (ihre Blitzkristalle waren seit dem Kampf gegen die Piranha-Köpfe alle). Ich war zwar einigermaßen gut versteckt in dieser schattigen Seitengasse, doch es war nur eine Frage der Zeit, wann mich ein paar Ork-Krieger finden würden. Ich konnte das Scheppern ihrer Rüstungen und ihre unablässigen Schreie aus jeder Richtung hören.

Leider war ein Zauberschwert im Kampf nicht alles. Mir ging gehörig die Pumpe, ich war erschöpft und nun humpelte ich auch noch. Es mussten nur genug Orks gleichzeitig auf mich einstürmen. Dann würde es früher oder später einer davon schaffen, durch den alles klein häckselnden Ventilator namens Gram zu springen und mich umzureißen. Und dann wäre mein kleiner Ausflug nach Grimora endlich zu Ende. Später, als Lex vorausgesagt hatte, aber doch unweigerlich vorbei ...

Nein.

Noch war ich nicht komplett am Arsch.

Ich stieß mich mit einem Stöhnen von der Wand ab und machte ein paar vorsichtige Schritte. Mein Oberschenkel beschwerte sich lautstark. Ich musste in Bewegung bleiben, damit meine Muskeln nicht kalt wurden. Fayes Briefing hatte uns den Reitsaurier als Missionsziel vorgeschrieben. Wo war das Vieh? Wie weit war ich schon in die Schlucht vorgedrungen?

Ich seufzte und humpelte so schnell ich konnte in Richtung der Hauptstraße in der Hoffnung, zu Gorlax, Faye oder Lennox aufschließen zu können. Wie waren wir nur so schnell getrennt worden? Wieso hatten wir nicht Rücken an Rücken gekämpft? Na ja, vermutlich war es auch besser gewesen, dass sich meine Gefährten von mir wild fuchtelndem *Drizzt Do'Urden* ferngehalten hatten.

Als ich auf der Hauptstraße vorsichtig um die Ecke schielte, konnte ich in Richtung der Berge den Blick auf weißes Fell erhaschen.

Da war Gorlax! Und er kämpfte noch! Wenn mich meine Augen nicht täuschten, sah sein Fell jedoch nicht mehr so makellos aus wie das eines Yetis nach Schaumwäsche und Glanzlack. Eher wie ein Krankenhausmob im OP, mit blutigen Schlieren und von Dreck verklebt. Ich biss die Zähne zusammen und humpelte so schnell ich konnte im Schatten der Gebäude auf unseren Tank zu. Gorlax hatte garantiert nicht mehr viele Trefferpunkte und konnte Beistand gebrauchen. Leider war die Straße durch die sie zurückerobernde Natur sehr unwegsam, und ich kam nicht wirklich schnell voran.

Und dann auch noch das.

Mein Herz rutschte mir in die Hose.

Zwei bullige Orks mit langen Stieläxten bogen in meine Straße ein und rannten Schulter an Schulter auf mich zu. Ich bremste ab, und ein stechender Schmerz explodierte in meinem Oberschenkel. Vor Schreck erschien mir die Szene wie in Zeitlupe, und mein Geist überschlug sich. Zwei Orks, die mich gleichzeitig angriffen, waren bei meinem aktuellen Gesundheitszustand äußerst gefährlich. Ich konnte nur einer Axt und einem anfliegenden Muskelberg effektiv ausweichen, aber nicht in doppelter Ausführung. Ich war einfach zu müde und verwundet. Panik ließ mein Herz rasen und mir den Schweiß ausbrechen.

War es jetzt zu Ende?

Bullshit! Noch atmete ich!

Ich manövrierte mich neben einen Busch, um einem der Orks den Weg zu meiner Flanke zu erschweren und machte mich bereit, wie ein Geisteskranker mit Gram um mich zu schlagen.

In Sekunden hatten die beiden grölenden Monster den Abstand zu mir schmelzen lassen. Ich konnte die gelben Zähne in ihren dunklen Mäulern sehen und die darin flatternden Zungen.

Schwarze Axtblätter waren bereits in der Fallbewegung, als die Konturen ihrer Besitzer plötzlich durch eine hell lodernde Feuersbrunst verschwammen. Die Orks jaulten in heißer Agonie und ließen taumelnd ihre Waffen fallen. Einer wankte in meine Richtung, so dass ich seine Pein mit einem schnellen Diagonalschlag abkürzen konnte. Der andere robbte noch ein wenig durch die Botanik und blieb dann qualmend liegen.

Durch die brennende Vegetation sah ich das flimmernde Bild eines grün geschuppten Reptils, das mit aufgeblähten Nüstern in meine Richtung starrte. Als es schrill kreischte wie ein heiserer Raptor, taumelte ich vor Schreck zurück und fiel auf den Hosenboden.

Doch anstatt sich über mich herzumachen, kämpfte die feuerspuckende Bestie nun mit den Zügeln in ihrem Maul: Ihr Kopf wurde ruckartig zur Seite gerissen und ich konnte den Reiter erkennen.

»Wenn du leben willst, komm mit mir!«, rief eine blutbespritzte Faye. Sie grinste mich an und deutete auf den Soziussitz hinter ihr.

~

Es war glorreich.

Faye ritt auf dem Reitsaurier wie die Amazone Tyris Flare in *Golden Axe*. Ein Traum. Es war in jeder Hinsicht berauschend, sich an der Zauberin festzuhalten und die letzten Gebäude dieser verfluchten Siedlung vorbeirauschen zu sehen.

Der von Orkhand gefertigte Sattel war mit Fellen gepolstert und bequemer, als ich dachte. Trotzdem konnte ich noch die arbeitende Arschmuskulatur des Sauriers unter mir spüren. Von außen betrachtet, gaben wir sicher ein ulkiges Bild ab, da wir auf und ab hüpften wie auf einem gigantischen Hühnchen. So musste sich auch das Reiten auf den Chocobos von *Final Fantasy* anfühlen …

In Sachen Ulk hatten den Vogel aber Gorlax und Lennox abgeschossen. Definitiv erster Preis. Der Dieb saß auf den Schultern des Gorillianers, der ihn mit seinem oberen Paar Arme Huckepack trug und den Rest seiner Extremitäten zum Rennen benutzte. Auf diese Weise kamen die beiden auf eine beachtliche Geschwindigkeit, die es fast mit dem Reitsaurier aufnehmen konnte.

Hinter uns verstummte schnell das zornige Geschrei der letzten Orks, die wir unseren Staub schmecken ließen. Ich schätzte, dass immer noch dutzende die Gassen und Dächer des grünen Dschungeldorfes nach uns absuchten. Doch ich war froh, dass dieser Kampf überstanden war.

Mehr noch: Ich konnte kaum glauben, dass ich immer noch am Leben war. Dank meines selbst geschmiedeten Schwertes (ja, ich erinnerte mich immer noch lebhaft daran) hatte ich endlich bekommen, was ich wollte: Ich hatte mich selbst behaupten können. Doch ich war rückblickend über diese Erfahrung so zwiegespalten wie die meisten meiner

Gegner. Natürlich war es ein nie gekannter Adrenalinrausch und ein betörendes Gefühl von Macht gewesen.

Aber auch *so unfair*.

Gegen Gram konnte kein Nahkämpfer bestehen, unmöglich. Andererseits waren Größe, Stärke und Widerstandsfähigkeit der Orks auch »unfair«. Im Vergleich zu den meisten anderen Völkern von Grimora zumindest.

Trotzdem war ich dankbar, dass ich das Schwert in weiser Voraussicht für mich selbst geschmiedet hatte.

Moment, was?

Würde das nicht implizieren, dass ich schon mal hier war? In Grimora? So, wie es Faye angedeutet hatte? Aber das war natürlich völliger Blödsinn. Wie auch? Verlor ich wirklich langsam meinen Verstand? Was hatte diese M.A.Y.A.-Maschine mit mir gemacht?

Ich blickte besorgt auf Grams makellose Klinge herab, die schräg von der Flanke des Sauriers abstand wie ein Stachel. Ich hatte das gefährliche Schwert so festgebunden, dass es unser Reittier bei wildem Galopp nicht versehentlich in Salami verwandeln konnte.

Nach einer Weile ritten wir um eine Biegung, wo der Canyon deutlich schmaler wurde. Bis auf die eine oder andere angefangene Baustelle gab es hier keine Gebäude mehr. Wechselnde Bodenbeschaffenheiten, verrottende Zaunreste und niedrige Steinwälle deuteten darauf hin, dass hier noch so etwas wie Ackerbau oder Plantagenwirtschaft versucht worden war. Aber mit so was kannte ich mich nicht gut aus.

Schließlich hörte jedes Zeichen von Zivilisation auf. Das graue Gebirge um uns herum wuchs stoisch an, als ob es uns heimlich einschließen wollte. Gleichzeitig wurde unser Pfad immer schmaler und wurde gelegentlich von anderen Schluchten gekreuzt. Doch meine Reiterin schien den Weg zu kennen und zögerte an den Abzweigungen keine Sekunde.

Das rasselnde Keuchen von Gorlax und das gelegentliche Fauchen unseres Sauriers hallten von den endlosen Steinmassen wider. Gelegentlich stiegen Rauchwölkchen aus den Nüstern der Echse auf, was Faye dazu nötigte, dem Tier die Wangenfächer zu streicheln und beruhigende Worte zu murmeln.

Gerade als meine vier Buchstaben durch das beständige Auf und Ab unseres schuppigen Taxis doch arg zu schmerzen begannen, hielten wir endlich an, um zu verschnaufen. An einem Gebirgsbach konnten wir unseren – im wahrsten Sinne des Wortes – qualmenden Saurier tränken und auch unsere eigenen darbenden Kehlen benetzen.

Lennox sprang mit einer anmutigen Pirouette von den Schultern des Gorillianers und begann, sich ganz in Ruhe Arme und Gesicht im Fluss zu waschen. Er wirkte kaum angestrengt oder sonderlich durstig. Der Dieb gab mir immer noch Rätsel auf …

Gorlax‘ Zunge hingegen hing ihm aus dem Maul wie einem Rassewindhund nach einem Weltmeisterschaftssprint. Er stapfte ohne Zögern in den Fluss und trank in tiefen Zügen. Ich hinkte hinterher und ließ mich trotz der klirrenden Kälte einmal vom Fluss überspülen. Das Wasser betäubte angenehm das Brennen meiner Wunden und ich begann, mich wie von Sinnen zu schrubben. Der Gestank des klebrigen Ork-Blutes an meinem ganzen Körper war schlimmer als die Kälte.

Faye beaufsichtigte zunächst unseren Saurier beim Trinken und band ihn an einem alten Baumstumpf an. Dann konnte sie endlich ebenfalls trinken und sich ausgiebig säubern. Ich sah ihr im arschkalten Wasser sitzend dabei zu und musste unwillkürlich grinsen. Sie war so schön. Wie ihre nassen Haare nun wie glattgebügelt ihr Gesicht umrahmten und wie das Wasser auf ihrer makellosen Haut glitzerte …

»Du frierst ja schon«, sagte Faye ebenfalls grinsend.

Unsere Blicke klebten aneinander.

Wie lange starrte ich sie schon an?

»Komm raus, und ich versorge deine Wunden.«

Dem Angebot kam ich wirklich gerne nach. Und während die Sonnen uns trockneten und Faye mir ihre Heilkünste angedeihen ließ, fiel mein Blick auf Gorlax, der immer noch im Fluss stand. Mit glasigem Blick tastete er mit seinen Fingern nach den Stellen, wo sich sein Fell trotz Waschen immer wieder neu rot färbte. Schließlich blickte er mit geröteten Augen auf seine blutigen Finger und fiel mit einem Stöhnen in eine sitzende Position. Der Bach staute sich und trat über die Ufer, wo der massige Zauberlehrling hingefallen war.

»Hilf erst mal ihm«, sagte ich besorgt und zeigte über Fayes Schulter.

Die Hexe hatte meine Gesichtswunden versorgt und war gerade dabei, das blutende Loch in meinem Bein zu untersuchen.

Sie blickte zu dem großen Haufen Elend namens Gorlax, nickte und ging zu ihm herüber. Durch die einzelne weiße Strähne, die der Zauberin ins Gesicht hing, sah sie nun fast ein wenig verwandt mit dem weißen Mini-*King Kong* aus.

Ich ließ mich ächzend nach hinten sinken und nutzte einen kleinen Felsen als unbequemes Kissen. Glücklicherweise blutete mein Gesicht nicht mehr. Auch wenn es immer noch pochte und juckte, hatte Faye mit ihrer Blutmagie wieder alle Risse und Löcher in meiner Haut »repariert«. Etwas Sorgen machte ich mir nur über mein Bein, das immer noch pikste, als steckte etwas tief im Fleisch. Ich drückte das Tuch, was mir Faye dafür gegeben hatte, auf das Loch. Das Hosenbein zierte bereits ein großer Blutfleck. Ironisch, wenn ich bedachte, dass meine *richtige* Hose in einem Spind bei *Satoritech* lag.

»Das Teufelszeug trinke ich ganz sicher nicht!«

Ich drehte müde den Kopf. Gorlax hatte zwei seiner Arme trotzig verschränkt, stützte sich auf einem dritten ab und zeigte Faye mit dem letzten den Vogel.

Die Hexe schien ausnahmsweise nicht genervt von Gorlax, sondern redete beschwichtigend auf ihn ein wie eine Mutter, die ihrem Kind gerne etwas Desinfektionsmittel auf eine Kniewunde sprühen würde.

»Bitte, nur ein paar Tropfen! Das Vampirblut wird deine schlimmsten Wunden heilen und dich vielleicht ein wenig in Euphorie versetzen, aber sonst passiert *wirklich* nichts!«

»Nein! Bäh!«, knurrte Gorlax und sah sich um, als ob er nach einer Fluchtmöglichkeit Ausschau halten würde. »Das ist dämonisches, böses Untoten-Blut!«

»Blödsinn! Ich meine … ja, schon, aber seine Wirkung ist gut erforscht und dokumentiert …!«

»Nein heißt Nein!«

»Bitte!«, flehte Faye. »Meine Heilkräfte reichen heute nicht mehr für die Wunden, die du erlitten hast. Du wirst ohne die Regeneration durch das Vampirblut vielleicht sterben.«

»Ach, Halbling-Heulerei! Es geht schon wieder. Gebt mir nur etwas Zeit und was zu essen und …«

»Wir haben aber keine Zeit, Muuk!« Fayes Stimmfarbe hatte ein paar freundliche Untertöne verloren. Und dass sie ihn nun bei seinem richtigen Namen nannte, war vermutlich psychologisches Kalkül.

»Glaub mir, ich würde so mächtiges Blut auch lieber für einen verheerenden Notfallzauber nutzen. Wenn du unbedingt sterben willst, bitte. Aber wir können auf keinen Fall warten, bis der Fluss deine Wunden geheilt hat.«

Der Zauberlehrling im Affenfell seufzte knurrend. »Du garantierst mir also, dass ich mich nicht in einen Vampir verwandle, nachts von meinem neuen Meister träume oder sonst irgendwelche Nebenwirkungen erleide?«

»Nein«, sagte Faye, »garantieren kann ich dir natürlich nichts. Niemand kann jemals irgendetwas garantieren in einer Welt, die sich in einem ständigen Fluss befindet, so wie dein haariger Arsch gerade. Doch mein persönlicher Erfahrungsschatz sagt mir, dass es ohne all deine Bedenken vonstattengehen müsste. Ich fürchte, das muss jetzt reichen.«

»Freunde, wir kriegen Besuch!« Lennox kam aus der Richtung gerannt, aus der wir gekommen waren und gestikulierte wild.

»Hydrasch…« Faye ballte verärgert die Fäuste. »Ich rate mal: Die Orks haben unsere Spuren verfolgt?«

»Leider ja«, bestätigte der Dieb, »darin sind sie wirklich gut«.

Bei einem Blick auf die krallenbesetzten Füße unseres Sauriers und die gewaltigen Quanten des Gorillianers war ich mir jedoch sicher, dass die Orks diesen Skill Check mit Vorteil gewürfelt hatten …

»*Mund auf*, Affe!«

Faye hatte die Phiole entkorkt und sich neben Gorlax' Kopf positioniert. Sie stand bis zu den Knien im Fluss.

Es mutete wie der Trick eines Dompteurs an, als der Gorillianer widerwillig sein vor Hauern starrendes Maul öffnete und Faye etwas düsteres Blut hineinträufelte.

»Mist!« Faye blickte die halb leere Phiole in ihrer Hand an. »Das war etwas zu viel. Egal! Viel hilft viel! Spürst du schon was?«

Gorlax Augen verfärbten sich. Von blutunterlaufend Rot zu Kohlen-Schwarz. Dann zitterte er am ganzen Körper, und

Schaum quoll aus seinem Maul. Ein vorwurfsvoller Blick zu Faye, ein letztes Knurren und er fiel hinten über.

Betretene Stille. Bis auf ein Stimmgewirr, das nun immer lauter aus der Schlucht hinter uns quoll.

Faye schlug müde eine Hand vor ihr Gesicht und schüttelte langsam den Kopf. Lennox und ich schauten nur in Bestürzung zu, wie der Fluss über Gorlax hinwegwusch, als wäre er nur irgendein grasiger Felsen, der dorthin geplumpst war.

Einfach so tot? Durch einen Dosierungsfehler von Dr. Blutrabe?

Ich hatte gerade erst angefangen, ihn zu mögen und versuchte erfolglos, einen großen Kloß in meinem Hals herunterzuschlucken.

»Lenn! Schnapp dir den Saurier und nimm Kai mit! Ich werde fliegen!«

Äh, mein Bein …! Ich rappelte mich stöhnend hoch und musste die Zähne zusammenbeißen, um nicht zu schreien. Lennox half mir, hinter ihm auf den bockenden Saurier aufzusteigen, während bereits der wohlbekannte Schrei eines weiblichen Raben über uns ertönte. Endlich saßen wir beide einigermaßen fest im Sattel und Lennox murmelte ein »du kannst das … ist wie normales Reiten, komm schon …« in seinen nicht vorhandenen Bart. Dann schaffte er es immerhin, den Saurier zu einem gelangweilten Trab anzuspornen. Keine Sekunde zu früh.

Orks strömten in die Schlucht und würden uns bald eingeholt haben, wenn Lennox unserem »Yoshi« nicht endlich mal richtig die Sporen gab.

»Dem Raben hinterher zu den Zwergen, Lennox!«, schrie ich überflüssigerweise und meine Hand tastete bereits nach dem Griff von Gram.

Die Orks waren schon am Fluss angekommen und würden uns bald am Arsch haben.

Mein Herz raste.

Doch ein ohrenbetäubendes Brüllen ließ die Schreihälse unvermittelt stehen bleiben.

Es war jedoch kein Drache oder etwas Vergleichbares mit der nötigen Brustkasten-Anatomie in der Nähe, das so einen Schrei hätte von sich geben können …

Es war Gorlax , der sich gerade langsam und bedrohlich im Fluss aufrichtete wie der *Daywalker* in einem halb leer gesoffenen See aus Blut. Sein Fell hing in nassen Strähnen an ihm herab und war wieder strahlendweiß. Als er sich mit vier Fäusten auf die Brust trommelte, schrie er noch einmal so laut, dass sich irgendwo eine Gerölllawine löste und in einer Staubwolke zu Boden hagelte.

Wenn mich meine Augen nicht täuschten, rannten vereinzelte Orks nun den Weg zurück, den sie gekommen waren. Alle anderen ignorierten uns und umkreisten den Gorillianer, dessen schwarze Augen und verlängerten Eckzähne ihn nun noch bedrohlicher wirken ließen.

Was dann folgte, hätte Neo und etliche Agent Smiths in *Matrix Reloaded* neidisch gemacht. Obwohl er keine Waffen zur Hand hatte, erledigte Gorlax die Orks innerhalb von Sekunden. Das Vampirblut hatte ihn schneller, stärker und widerstandfähiger gemacht. Er wütete unter den Orks wie ein Tornado aus Fäusten, der die Schlucht mit einer grauenvollen Melodie brechender Knochen und Schreie erfüllte. Alle scharfkantigen Waffen, die ihn dabei trafen, ignorierte er einfach, da seine Wunden anscheinend schneller heilten als die von *Wolverine*. Schließlich ging er dazu über, die Orks mit seinen vier Pranken auseinanderzureißen wie ein Gärtner Büschel von Unkraut. Arme, Beine und Köpfe flogen in die Höhe in einer grotesken Fontäne der Gewalt. Wäre ich durch

Gram nicht bereits Gedärme in Nahaufnahme gewöhnt gewesen, hätte ich spätestens jetzt im Strahl kotzen müssen.

Als die verblendeten Orks endlich merkten, dass sie selbst in deutlicher Überzahl keine Chance gegen den Gorilla auf Speed hatten, war es bereits zu spät. Nahezu alle hatten sich an der Kreissäge in ihrer Mitte aufgerieben. Den letzten Schreihals, der fliehen wollte, hatte Gorlax mit einem einzigen gewaltigen Satz eingeholt, in die Luft gehoben und in einem Blutregen gevierteilt.

Die Arme und Beine seines letzten Opfers noch immer in den Händen haltend, drehte er sich langsam zu uns um. Seine gewaltige Brust hob und senkte sich in schnellem Takt, noch immer im Kampfmodus.

Für einen langen schrecklichen Moment dachte ich, er würde in seinem Blutrausch nun auf uns zuspringen. Doch als sich seine Atmung wieder etwas normalisiert hatte, ließ er die Gliedmaßen des Orks zu Boden fallen und fragte: »Was ist? Gehen wir endlich?«

Heilige Kettensägen

Endlich saß wieder Faye vor mir auf dem Brandleger-Saurier, die ihn verblüffenderweise spielerisch zu kontrollieren und lenken wusste. (Wer einen Drachen reiten konnte, hatte mit einem entfernten Verwandten auch keine Probleme, aber das wusste ich zu diesem Zeitpunkt noch nicht.) Lennox hatte mit einem mehr als skeptischen Gesichtsausdruck wieder auf Gorlax‘ Schultern Platz genommen, der uns mehrfach versichert hatte, dass er ungefährlich wäre und sich noch nie besser gefühlt hätte – weder in seinem kurzen Gorillianer-Leben noch in dem des Zauberlehrlings vorher. Lediglich seine Aussage, dass er dringend ein Wesen seiner Größe finden müsse, um einen gewissen »Druck« abzubauen, machte mir etwas Sorgen.

»Er ist high«, raunte mir Faye über die Schulter zu und grinste. »Aber so richtig! Vampirblut, besonders, wenn der Spender schon sehr alt war, macht dich so high wie Sternendrachen. Und auch so geil.«

Ich musste mich unwillkürlich an einen ekelhaften Witz erinnern, bei dem ein Elefant mit einer Maus Sex hatte. »Mir gefällt nicht, wie er dich ansieht, Faye«, raunte ich zurück. »Wie er *jeden* von uns ansieht. Wann kommt er denn davon wieder runter?«

»Schwer zu sagen bei der Menge, die er intus hat. Aber ich hoffe bald, damit er uns bei den Zwergen nicht blamiert. Oder irgendetwas Dämliches anstellt …«

Beim Anblick des lüstern grinsenden Monsters, das neben uns herjoggte und kaum wusste, wohin mit all seiner Energie, liefen mir kalte Schauer über den Rücken. Und heiße. Und alles dazwischen. Die Bilder, wie Vampir-Gorillianer-Muuk die stämmigen Orks sprichwörtlich in der Luft zerrissen hatte, waren noch zu frisch auf meiner Netzhaut. Mein Körper war bei seinem Anblick in einem sehr unangenehmen Fight-or-Flight-Reflex gefangen, der die Innenwände meines Kopfs brennen ließ. Er musste unbedingt von dieser Droge wieder runter sein, bevor wir bei unseren potenziellen Gastgebern ankamen.

Und er hatte nicht mehr viel Zeit: Schilder tauchten nun in regelmäßigen Abständen in der Schlucht auf. Sie waren so wild verteilt, dass Faye einen wahren Slalom reiten musste. Auf dem verwitterten Holz waren krude Dämonenfratzen gemalt und eine kantige Zwergenschrift.

Lennox, unser Tausendsassa übersetzte für uns:

Sofort umkehren!

Dämonenschlucht voraus!

Letzte Wendemöglichkeit vor der Feste!

Die Zwerge der Höllenklammfeste übernehmen keine Verantwortung für den Verlust von Gesundheit, Leben oder Seele!

Händler willkommen!

Nach einer Biegung folgte ein weiterer Wald aus noch größeren Schildern, deren Bemalung mich an die abschreckenden Warnhinweise auf Zigarettenpackungen erinnerte. Mit stilisiertem Blut und Gedärmen wurde eindringlich auf die mannigfaltigen Verletzungen hingewiesen, welche von den häufigsten Dämonenarten verursacht wurden: Brandwunden durch den Cacodämon, Pfählung durch die Hörner des Minoton, aufgerissenes oder zerquetschtes Fleisch durch die Ketten oder Tentakel des Xenodämon, und natürliche fehlende Beine und Kehlen durch den Schlundhund.

Es gab noch unzählige andere Dämonenarten, die Beschwerden wie Verbrennungen, Vereisungen, Verätzungen, Knochenbrüche, Krankheiten, Vergiftungen, abgezogene

Haut, herausgerissene Organe, Seelenbrand oder gleich den Seelentod verursachen konnten.

Wer nach dieser bildreichen Auflistung noch nicht abgeschreckt war, der hatte scheinbar eine extrem ausgeprägte masochistische Ader. Hier war wirklich jeder erdenkliche Dämon und Teufel »an die Wand gemalt« worden.

Und trotzdem setzten die Zwerge noch einen drauf. Als wir schließlich auf ein gigantisches Granittor zuliefen, dessen Metallbeschläge im Licht der beiden Sonnen strahlten, waren die Felswände zu beiden Seiten mit makabren Trophäen gesäumt. Wir waren von unseren »Reittieren« abgestiegen, um uns dem Eingang zur Festung der Zwerge mit dem nötigen Respekt – und in meinem Fall humpelnd – zu nähern. Holzgerüste und Eisenketten hielten die Überreste von Dämonen aufrecht, die wie in einem Museum drapiert waren. Knochen, Chitin-Panzer und andere Körperteile, die dem Verfall besser standhielten als bloßes Fleisch, waren zu ihrer vollen Größe aufgestellt und grinsten das Laufpublikum aus den hohlen Augenlöchern grotesker Schädel an. Ob diese Knochen-Allee des Grauens dem Stolz der Zwerge oder der Abschreckung Lebensmüder diente, vermochte ich nicht zu sagen. Vermutlich beidem.

Ich war in erster Linie abgeschreckt. Meine morbide Faszination wandelte sich spätestens kurz vor dem Tor in nackte Angst um. Nämlich, als mein Blick an dem geflügelten Skelett eines gehörnten Riesendämons emporwanderte, der mich an einen gewissen Balrog erinnerte. Später erfuhr ich, dass meine Angst durchaus berechtigt war, da die Knochen dieses Anführer-Dämons auch nach dem Tod einen Teil ihrer magischen Angstaura behielten.

Ich versuchte, meine Aufmerksamkeit lieber auf das zu richten, was unmittelbar vor uns lag.

Ein hölzerner Karren, der von einem bulligen Lastpferd gezogen wurde und allerlei windschief gestapelte Kisten geladen hatte, rappelte gerade vor uns durch das Tor. Nur ein Flügel des hohen und mächtigen Steintors stand offen, was mehr als ausreichend war, um einer Kutsche samt Pferden Einlass zu gewähren. Der Fahrer winkte einen Dank zu den Wachen und verschwand mit seinem Gefährt im Innenhof. Seine hintere Radachse hatte kaum die Schwelle überfahren, als sich das Tor auch schon wieder mit einem mahlenden Geräusch in Bewegung setzte und vor unserer Nase ins Schloss fiel. Wobei »Schloss« in dem Fall vier gewaltige Dunkelstahlriegel meinte, welche ebenfalls knirschend, aber beeindruckend flüssig, vorgeschoben wurden. (Magie, durch geheime Kommandoworte ausgelöst, wie ich später erfahren sollte.)

»Bleibt stehen wo ihr seid, wenn ihr nicht in einem Bolzenhagel sterben wollt.«

Wir taten, wie uns geheißen, und blickten verdutzt auf das bronzefarbene Sprechrohr, aus dem die dunkle Stimme gekrächzt hatte. Es führte an der Seite des Portals wie eine Regenrinne hinab und öffnete sich am Ende wie eine Tuba. Die Stimme hatte daraus geklungen wie die des seltsamen Roboterauges am Tor von Jabbas Palast in *Return of the Jedi*. Ob das Knattern in der Stimme durch das Metallrohr verursacht wurde oder ob der Sprecher gerne Zigarren auf Lunge rauchte, dazu Whiskey trank und am Ende die Flasche aß, würden wir wohl noch rausfinden.

Es knatterte auch schon weiter: »Seid ihr eine Zirkustruppe? Wenn ja, so was haben wir schon probiert. Unsere Soldaten haben einfach einen anderen Humor als ihr Menschen und dergleichen. Tut mir leid.«

Wir blickten zu dem Wehrgang in schwindelerregender Höhe empor, auf dem sich ein paar gezackte Helme regten.

Faye formte einen Trichter mit ihren Händen und rief eine Antwort: »Nein, ich bin Blutrabe, ich glaube, einige von euch könnten mich kennen, und das sind meine Freunde! Wir würden gerne eure Gastfreundschaft in Anspruch nehmen. Es ist auch nur für eine Nacht! Und gleich morgen früh würden wir die Schlucht gerne auf der anderen Seite wieder verlassen!«

»Nein.«

Das Rohr hatte gesprochen.

»Einfach nein?« Faye rang um Fassung und schien ihre nächsten Worte abzuwägen.

Für meine Begriffe konnte es nicht schaden, wenn ich unterdes auch mal mein Glück versuchte. »Hört mal, verehrte Zwerge, ich habe hier ein Schwert, mit dem könnte ich einfach …«

Lennox' Hand war in Lichtgeschwindigkeit auf meinem Mund so wie sein flüsternder Mund an meinem Ohr. »Bist du von Sinnen? Kein Wort von einem Schwert, das jede Mauer hier schneiden könnte wie Pergament! Und damit auch den Stolz der Zwerge!«

Ups. Da hatte unser Dieb und Dolmetscher natürlich recht. Ein Schwert, das alle Sicherheitsvorkehrungen und Schutzmauern gegen Dämonen in Gefahr bringen konnte, war hier sicher nicht so gerne gesehen.

»Wer bist du, Bürschchen, und was ist das für ein Schwert?«

Hatte mich der verrottende Kehlkopf gerade Bürschchen genannt?

»Verzeiht seine ungebührliche Begrüßung!«, rief der Dieb. »Er kommt von weit her und kennt sich mit den Gepflogenheiten eures Volkes nicht aus.« Lennox machte eine ehrerbietende Geste, als hätte er zu einem unsichtbaren Theaterpublikum gesprochen.

»Aber was für ein Schwert meint das Bürschchen? Wollt ihr handeln?«

Diesmal antwortete Faye dem knatternden Lautsprecher. »Wir haben leider keine Güter, die zum Handeln taugen!« Sie räusperte sich kurz und schrie weiter. »Außer Geschichten natürlich! Wie würde es euch gefallen, im Tausch gegen eine einzige Übernachtung von einem Schiff Waldelfen zu hören, welches erst gestern fast von Piranha-Leuten versenkt wurde? Die Langohren sahen nicht gut dabei aus.« Nach einer Kunstpause fügte sie hinzu: »Es gab Tote.«

Offenbar berieten sich die Zwerge auf dem Tor nun, da das Sprechrohr eine Zeit lang schwieg.

Nach einer Weile ergänzte Faye in die unangenehme Stille hinein: »Bitte, Söhne und Töchter der Berge, Könige der Stollen, wir führen nichts Böses im Schilde und wollen euch nicht zur Last fallen. Bitte werdet eurem Ruf gerecht und erlaubt uns einzutreten, damit ich die Beinverletzung meines Freundes behandeln kann.«

Das Rohr blieb noch ein wenig länger stumm, und ich fragte mich, ob sich die Zwerge Popcorn und Bier geholt hatten.

Dann knatterte es plötzlich seine Zustimmung. »Okay, ihr dürft rein, aber die Echse und der Köter müssen im Vorhof übernachten.«

Gorlax, der sich die ganze Zeit gedankenverloren den Schritt gerieben hatte, blickte sich nun irritiert um. »Wen? Was? Die nennen mich Köter?«

Faye eilte sofort zur Stelle, hielt eine Hand abwehrend vor ihn und wandte sich zu den Zwergen in luftiger Höhe. »Nein, nein! Ein Missverständnis. Dieser Gorillianer hier ist eigentlich ein verzauberter Schüler aus dem Gargyl. Eine weitere interessante Geschichte, die wir gerne mit euch teilen! In seiner jetzigen Form ist er unglaublich stark und könnte als Ausgleich für seine Übernachtung – wo auch immer ihr ihn unterbringen könnt – ein paar schwere Erzsäcke für euch tragen … oder eine andere Aufgabe verrichten.«

Zu meiner Überraschung lachte das Rohr.

Dann schlitterten die gewaltigen Riegel zur Seite und ein Torflügel öffnete sich geräuschvoll.

»Haltet den Saurier an der Leine, sonst nieten wir ihn um. Das gilt für euch alle.«

Wir hatten es also tatsächlich geschafft und durften die famose Höllenklammfeste betreten. Ich war mir nicht sicher, ob ich mich darüber freuen sollte oder nicht. Mein Nacken und meine Wirbelsäule prickelten noch immer von der Angstaura der Dämonenknochen und verstärkten damit die Panik, die ohnehin in meinen Schläfen und in meiner Magengrube wütete. Ich atmete ruhig und hielt Gram möglichst beiläufig an meiner Seite.

Als wir durch den Schatten des gewaltigen Tores schritten wie *Atreju* durch das große Rätsel-Tor der Sphinxe, flüsterte ich Faye ins Ohr: »Was ist mit unseren Waffen? Werden die uns nicht filzen? Was mache ich mit Gram? Sie werden es mir doch sicher wegnehmen wollen, oder?«

»Sehr unwahrscheinlich. Für diese Zwerge sind wir ein Witz. Sonst nichts. Sie kämpfen regelmäßig gegen Horden von Dämonen, Kai. Sie trainieren ihr ganzes Leben für nichts anderes. Es ist ihnen völlig gleich, welche Waffen wir bei uns führen. Sie wissen, dass sie uns bezwingen würden. Besonders in ihrer eigenen Festung mit hunderten von ihnen. Halte Gram einfach so, als wäre es dein Gehstock oder eine Wünschelrute. Du machst das schon sehr gut. Sie werden keinen Verdacht schöpfen. Und wenn wir Glück haben, erkennt mich einer der Kriegsmeister. Ich habe einige von ihnen schon unter den Tisch getrunken.«

Die schlanke Faye trinkt fleischgewordene Bierfässer unter den Tisch? Das fiel mir wirklich schwer zu glauben. Dass die Zwerge absolut furchtlos waren, leuchtete mir schon eher ein, besonders, als wir im Hof hinter dem Tor dem ersten Trupp von ihnen begegneten.

Beim Endzeit gefickten Mad Max, waren das krasse Kanten!

Vier wandelnde Rüstungen flankierten etwas, das wie die Uhrzeitversion eines Widders mit extra langen Hörnern aussah und auf dessen Sattel ein Prachtexemplar von Kampfzwerg saß. Sie alle trugen schwarze Dunkelstahl-Vollplattenpanzer, die mit Haut und Hörnern ihrer Gegner dekoriert oder eher *modifiziert* waren. Der Helm des Anführers war zudem in einen Dämonenschädel integriert, aus dessen makabren Sehschlitzen uns Augen anstarrten, so klar und unbarmherzig wie das Herz des Winters.

Und dann ihre Waffen! Ich traute meinen Augen kaum. Zwei der Wachen trugen Kettensägen-Schwerter, deren Sägeblätter in kurzen Stößen rotierten und dabei angriffslustig Qualm ausstießen. Zwei weitere schleppten grobschlächtige Miniguns, die – wie ich später erfuhr – über die Metalltornister auf ihren Rücken mit weihwassergetränkten Bolzen gefüttert wurden. Etwas genretypischer war die massive Butterfly-Kriegsaxt auf dem Rücken ihres Anführers, deren Kanten blau glühten und dampften, als wären sie in frostiges Feuer getaucht worden.

Als uns diese »Steampunk-Endzeit-Zwerge« am Tor in Empfang genommen hatten, schwang sich der Anführer überraschend geschmeidig aus dem Sattel seines Riesenwidders und kam lächelnd auf uns zu. Einige seiner Zähne waren abgebrochen, und die Haut um seine blauen Augen sah alt und verbrannt aus.

Er nahm den Helm hab und entließ damit eine blonde, zu Zöpfen geflochtene Haarpracht in die Freiheit, die zu seinem gleichermaßen gestylten Bart passte. Die verbrannte Haut um seine Augen wurde noch in den Schatten gestellt von dem Narbenteppich, den er sein restliches Gesicht nannte. Er breitete die Arme aus.

»Komm her, mein Vögelchen!«

Faye rannte los und warf sich dem Zwerg an die Brust wie einem Ziehvater. Er war kaum kleiner als die Hexe.

Sie gluckste vor Freude und zog den Kriegsmeister liebevoll an den Zöpfen seines Schnäuzers. »Boron! Ich hätte wetten können, du bist schon lange tot!«

»Ich sehe nur so aus, mein Vögelchen, aber noch schlage ich Dämonenfressen in den Abgrund zurück.« Der vernarbte Zwerg lachte herzlich und entblößte dabei wieder diese alptraumhafte Baustelle, die jeden Zahnarzt dazu bringen würde, sein Leben zu überdenken. »Tut mir wirklich leid, dass die hohlen Humpen auf dem Tor euch nicht sofort reingelassen haben. Sie sind neu auf dem Posten und spielen noch mehr mit dem neuen Stimmverzerrer, als dass sie gute Arbeit machen.«

»Stimmverzerrer, soso … ich sehe, dass eure Zusammenarbeit mit den Gnomen mittlerweile sehr vorzeigbare Früchte trägt.« Die Hexe zeigte auf die Bolzenwerfer und Kettensägen-Schwerter, welche Borons Leibgarde nun deutlich entspannter in Händen hielten.

»Ja, ohne unsere Qualmer und Tüftelgnome sähen wir manchmal ganz schön alt aus. Die Dämonen verändern sich gelegentlich, entwickeln sich weiter, passen sich an unsere Waffen und Taktiken an. Manchmal spuckt der Schlund sogar ganz neue Arten aus. Da müssen wir uns selbst auch weiterentwickeln, verstehst du?«

»Klar verstehe ich. Das ist schlau.«

»Und wer sind deine Freunde? Und wieso hält das Bürschchen da sein Schwert, als hätte er in die Hose gekackt?«

Vögelchen? Bürschchen? Ich war einfach zu beeindruckt von diesen hammerharten Dämonenzwergen, um Boron seine ganzen Verniedlichungen krumm zu nehmen. Er meinte es sicher nicht als Beleidigung. Und wenn ich es so interpretierte, dann war es ja mein Problem und nicht die Schuld des Zwerges. Und selbst wenn er es respektlos meinte – Respekt war etwas, das man sich verdienen musste. Das wurde einem nicht in die Wiege gelegt. Seine Narben sprachen für seine Verdienste für Grimora. Mein Bierbauch nur für meinen Hang zur Selbstmedikation … Das »Bürschchen« war also voll okay. Außerdem mochte ich Zwerge. Schon immer.

»Hier haben wir Lennox, einen alten Freund aus Titanus, Gorlax alias Muuk aus Darkon und das ist Kai, der Auserwählte. Der *Eine*, von dem die Schriften sprachen. Er soll Zendar besiegen und in seinen ewigen Schlaf zurückschicken«, erklärte Faye.

Ich schluckte.

Boron räusperte sich.

Und dann lachte er. Eigentlich grölte er mehr und schlug dabei scheppernd auf seine Oberschenkel. Seine dreckige Lache hatte etwas von einem pfeifenden Teekessel, besonders, als ihm schließlich die Luft ausging. Faye stimmte in das Gelächter ein, so wie auch Lennox. Nur Gorlax blieb apathisch. Er schien lüstern den Ziegenbock zu beäugen.

»Das ist gut …«, prustete der Zwerg und trat plötzlich auf mich zu. »Ich bin Boron Grollhammer, einer der drei Kriegsmeister der Höllenklammfeste. Willkommen, Kai.« Er zog einen extrem feingliedrigen Panzerhandschuh aus und reichte mir die Hand.

»Ha…hallo, freut mich auch.«

Überflüssig zu erwähnen, dass der Händedruck des Zwergs das Wort »knallhart« neu definierte. Dem T-800 die Hand zu schütteln, konnte nicht schmerzhafter sein.

»Jetzt zeig doch mal dein feines Schwertchen her, Bürschchen. Ich mach's auch nicht kaputt.«

Ich wollte entsetzt zurückweichen, als der Zwerg meinen Arm ergriff, aber er war schneller und stärker, als ich es von einem Endzeit-Gimli erwartet hätte.

»Nein, bitte, das ist ein Erbstück und es darf nicht …«

Doch der Zwerg hatte meinen Arm bereits nach oben gebogen und mit seiner noch im Panzerhandschuh steckenden Hand nach der Klinge gegriffen. Mein Herz setzte einen Schlag aus. Ich hörte Fayes entsetzten Schrei und sah im Augenwinkel Lennox herbeispringen, der diesmal jedoch den entscheidenden Schritt zu langsam war.

SCHEIßE …

Dann klappte meine Kinnlade herunter, als Boron Gram an der Klinge aus meiner Hand nahm und so amüsiert beäugte wie ein Großvater, der das Holzschwert seines Enkels inspizierte. Er packte den Griff mit der anderen Hand und machte ein paar Probeschläge gegen imaginäre Dämonen.

»Total stumpf und auch noch schlecht ausgewogen.« Er gab mir das Schwert zurück. »Sprich gleich vor der Feste mal Forgil an. Sag, Boron schickt dich. Er soll das Ding unseren Kindern zum Spielen geben und dir dafür eine richtige Waffe in die Hand drücken.«

Ich war wie versteinert und konnte erst mal nur nicken.

»Du willst doch Faye und deine Freunde vernünftig beschützen können, oder? Waffen sind kein Witz, Bürschchen. Weder innerhalb der Feste noch außerhalb. Ein Mann muss bereit sein. Auch wenn er nur ein Mensch ist. Verstanden?«

»J…ja«, stotterte ich und hörte die anderen aufatmen. Aus Faye brach sogar ein erleichtertes Lachen hervor.

»Das mit Zendar ist uns zu Ohren gekommen. Seltsame Dinge geschehen im Land. Aber hier an der Klamm haben wir unsere eigene kleine Welt. Hier ist alles wie immer. « Boron drehte sich zu seinen vier Fußsoldaten um, die in einen seichten Plausch verfallen waren. »Oder habt ihr eine Veränderung in der Spalte bemerkt, meine Schlächter?«

»Nein, Boron, die Spalte spuckt den Rotz der Unterwelt aus. Wie immer«, sagte ein »Schwert-Schlächter« in militärischem Tonfall.

»Brennenden Rotz«, bestätigte der »Bolzenwerfer-Schlächter« neben ihm.

»Alles wie immer«, sagte ein dritter und spuckte auf den Boden.

Ich hörte sie kaum. In mir kämpften immer noch Verwirrung und Erleichterung um die Oberhand. Wie war es nur möglich, dass Boron unbeschadet Grams Klinge in die Hand nehmen konnte? Waren Grams »Batterien« alle? Funktionierte es nicht mehr? Oder, was viel besser wäre – hatte ich das Schwert gedanklich angewiesen, Boron nicht zu verletzen? Immerhin hatte ich innerlich laut und lange *NEIN* geschrien. Konnte es meine Freunde überhaupt verletzen? Hatte ich das eigentlich je getestet? Aber was, wenn der »Freundschaftsstatus« sich mal änderte? Vielleicht war Gram auch so etwas wie Thors Hammer, und jemand musste »würdig« sein, um nicht verletzt zu werden?

Borons Stimme durchbrach den Fragenhagel in meinem Kopf. »Jetzt kommt doch erstmal mit in die Feste. Ihr seht so aus, als könntet ihr Essen und ein verdammtes Bockbier gebrauchen!«

Ja, und jemand könnte endlich mein Bein reparieren. Cool, thanks!

Und Bier war natürlich ohnehin lange überfällig nach diesem Tag.

»Aber der Gorillianer ist eure Verantwortung. Wenn er sich aufspielt, werden ihn meine Schlächter um ein paar Arme erleichtern, klar? Der Saurier darf auch nur an der Leine über das Gelände geführt werden. Und deine beiden Verehrer sind dein Bier, Vögelchen.«

Boron präsentierte grinsend seine Zahnbaustelle und winkte uns, ihm zu folgen. »Aber lasst uns so düstere Gedanken wie Zendars eventuelle Rückkehr erstmal beiseite kehren und uns über Erquicklicheres unterhalten. Dein Besuch freut mich sehr, Vögelchen! Und ich möchte lieber lustige Sachen hören. Wie war das noch gleich mit dem Schiff der gescheiterten Elfen?«

Faye lachte, hakte sich bei Boron unter und begann zu erzählen, während wir eine Allee mit zwergischen Helden entlanggingen. Das frühabendliche Licht der Sonnen tauchte die riesigen Zwergenstatuen in ein warmes Licht. Sie hielten Hämmer, Äxte und Kurzschwerter in die Höhe. Einer der Hämmer wurde von ein paar zerzausten Vögeln als luftiges Familiendomizil genutzt. Sie hatten durch ihre Kacke den Armdurchmesser des Zwerges fast verdoppelt. Wenn ich die links und rechts von uns marschierenden »Schlächter« und ihre moderne Bewaffnung betrachtete, mussten die Steinmonumente Zwergenlegenden längst vergangener Zeiten sein.

Ich formte mit meinen Lippen »WAS ZUR HÖLLE?« und hielt Lennox fragend die Schneide von Gram hin. Der Dieb zuckte nur mit den Schultern und machte eine abwehrende Bewegung. Er hatte etwas Probleme, den Reitsaurier an der Leine zu führen.

»Keine Sorge, ich passe nach wie vor auf, euch nicht zu ritzen«, flüsterte ich ihm zu. Dann nickte ich in Richtung

Boron. »Was geht mit dem Elfenhass? Sind Elfen und Zwerge in Grimora wirklich so klischeehaft verfeindet?«

Lennox lächelte. »Natürlich. Das liegt in der Natur der Sache. Zwerge mögen eben alles eckig, klar geschnitten, geordnet und übersichtlich. Sie sind ja selbst fast Vierecke!« Er lachte. »Nur ihre Bierkrüge sind rund. Obwohl, nicht wirklich, es sind mehr »Vielecke.« Dann glitt sein Blick in die Ferne, als ob er im Geist an fremden Gestaden wandelte. »Elfen hingehen mögen alles rund, fließend, vage, fast chaotisch. Doch selbst sie kommen nicht ohne »Kanten« aus. Woher wüssten sie, dass ihre Häuser, Waffen und Gewänder wellenartig und geschwungen sind, wenn es nicht im Kontrast dazu ein paar Ecken und Kanten gäbe?«

»Klar, ganz ohne Ecken und Kanten geht's wohl nicht«, sagte ich.

»Genau. Im Grunde will kein Elf nur organische Formen. So wie auch kein Zwerg nur Ecken und Kanten will. Die beiden Völker haben einfach sehr starke Präferenzen. Sie machen nur gelegentlich den Fehler, die diesbezüglichen Gefühle der jeweils anderen Partei als feindselig wahrzunehmen. Würden sie erkennen, dass organische und behauene Formen einander bedingen wie Klein und Groß oder Alt und Jung, dann sähen sie den Unterschied nicht mehr als zu bewältigenden Konflikt, sondern als harmonischen Tanz!«

Recht hatte der Fassadenkletterer mal wieder. Und schön zugetextet hatte er mich bis zum Ende dieser »Zubringer-Allee«. Welche Wunder meine Augen nun schon wieder sehen durften! Es machte mich fast den Schmerz in meinem Oberschenkel vergessen.

Die Schlucht verbreiterte sich zunächst zu einem Umschlagplatz für Waren, dessen steile Felswände mit prächtigen Ständen aus Holz, Metall und farbenfrohen Planen gesäumt waren. Zwergische Händler boten hier – in der Theorie

– ihre Waren feil, doch zurzeit war nur ein Stand geöffnet, beziehungsweise bemannt, beziehungsweise … bezwergt. Der Händler, der bei unserer Ankunft vor uns durch das Tor gerollt war, war in ein hitziges Gespräch mit einem weißhaarigen Zwerg in bunter Tunika verwickelt. Das musste Forgil sein.

Nach den Sprachfetzen zu urteilen, ging es um die Menge zwergischen Biers und Schmucks, die der ältere Mann im Tausch für seine Lebensmittel erhalten sollte.

Doch mein Blick konnte und wollte nicht bei ihnen verweilen.

Im Norden wurde der Platz von einem gewaltigen Felsen gespalten, in dessen Mitte ein prächtiges goldenes Tor mit eingravierten Schlachtszenen klaffte: der Eingang in die Zwergenfeste. Rechts davon lag schillernd und himmelblau ein dampfender See, der die gesamte Schlucht auf dieser Seite ausfüllte. Links von der Festung wuchs eine bestimmt zwanzig Meter hohe Wand aus Eisen und Dornen aus dem Boden, welche die gewaltige Ebene dahinter abriegelte wie eine Zellentür. Durch die Lücken im Dunkelstahlgeflecht konnte ich in der Ferne das Flirren von heißer Luft über einem zerklüfteten Boden erkennen.

Die Höllenklamm!

Die ganze Ebene hinter dem Stahlgitter war von Gebirge eingefasst wie eine gigantische Arena … oder eben das größte Dämonengefängnis der Welt.

Über der »Gefängnistür« schwebte eine Hängebrücke, welche den Eingang ins Tal zusammenhielt wie ein loser Gürtel. Von dort oben beobachteten uns ein paar Zwergenwachen, die uns freundlich zuwinkten. Jenseits der Brücke umrundete die Arena eine Art Zuschauerempore, auf der noch mehr glitzernde Rüstungen patrouillierten. Von kleinen

Balkonen ragten Geschütze auf, große Ballisten und andere Kanonen, die mir eher Rätsel aufgaben.

»Manche von den scheiß Viechern können fliegen«, sagte Boron, der sich neben mich gestellt hatte. »Die müssen wir sofort runterholen. Nichts darf in die Welt da draußen entkommen.«

»Oh, okay … ist euch das denn schon mal passiert?«, fragte ich vorsichtig.

Boron sah mich an wie Conan, dem ich gerade gesagt hatte, dass die vier Winde über den Gott des Stahls lachen. Er zog irgendeinen Schnodder in seinem linken Nasenloch hoch und schluckte ihn runter.

»Natürlich, Bürschchen. So was kommt vor. Selten aber. Wir sind die Armee der Schlächter. Keine unfehlbaren Halbgötter.«

Ich räusperte mich und wagte eine Anschlussfrage. »Und was passiert dann? Ich meine, wenn einer der Dämonen entkommt?«

»Na was wohl, Bürschchen. Er frisst kleine Babys, bis sein Wanst so voll ist, dass er nicht mehr fliegen kann.«

Ich sah Boron entsetzt an.

Glücklicherweise lachte er und fügte hinzu: »Haha, dein Gesicht solltest du sehen! Ich spucke dir doch nur ins Bier, Bürschchen. Was soll schon passieren? Das hier ist Grimora! Da draußen gibt es Drachen, Riesen und andere Monster, die den hässlichen Vogel früher oder später auseinanderreißen wie das verfluchte Hühnchen das er ist.«

»Ah.«

Wie viele Kinder oder andere Lebewesen die Flugdämonen bis dahin gerissen hatten, schien keine Rolle zu spielen. Für die Zwerge galt wohl dasselbe wie für alle anderen Völker auch: Ein bisschen Schwund ist immer.

»Könntet ihr nicht eine Art Netz über der Ebene spannen?«

Boron hatte wieder den verächtlichen Conan-Blick aufgesetzt. »Was für ein Netz sollte das sein? Hast du eine Ahnung, wie groß das sein müsste? Fang schon mal an zu stricken! Das sind außerdem keine Moskitos aus den Trauersümpfen, Bürschchen. Das sind geflügelte Dämonen. Die schlitzen sich dadurch wie nichts. Und wenn es andere Dämonen schaffen, an das Netz zu gelangen, hangeln sie sich auf die Balkone und demolieren unsere Geschütze. Falls du noch mehr gute Tipps hast, kannst du gerne später in Trogda vorsprechen. Die Gnome haben für so was ein offenes Ohr.«

Boron zeigte auf den Berg, der von der Zwergenfeste durch die Dämonenschlucht getrennt war. Jetzt glaubte ich, auf dem Steinbalkon auch kleine Fenster zu sehen, die in regelmäßigen Abständen die Felswand perforierten wie Bullaugen.

»Und wie oft kommen Dämonen aus der Schlucht?«

Boron lächelte und nickte, als ob ich endlich anfing, die richtigen Fragen zu stellen. »Öfter, als uns lieb ist. Kann zu jeder Tages- und Nachtzeit passieren. Im Schnitt haben wir alle sechs Monde eine Dämoneneruption. Es können aber auch schon mal mehr sein.«

»Wow, *shit*.«

Der Zwerg schien meinen Kommentar zu überhören. »Ich mache das jetzt schon so lange, Bürschchen. Habe sogar schon meinen jüngeren Bruder überlebt, der von einem Cacodämon verbrannt wurde. Damals war unsere Rüstungstechnik noch nicht so weit. Möge er mit Ûr persönlich in der ewigen Halle sitzen und Met saufen.«

Er blickte in das rötliche Licht der Sonnen und wischte sich etwas Schweiß von der Stirn. »Kann gar nicht mehr zählen, wie viele Eruptionen ich schon überlebt habe. Die Zeit fliegt, wenn sich ein Zwerg amüsiert.«

»Ja, klar … Moment, *was*? Amüsiert? Hasst ihr die Dämonen nicht dafür, dass sie euch dieses grausame Leben voller Blut und Tod aufbürden?«

»Bist du verrückt? Ich hasse die Dämonen doch nicht! Ich liebe sie!«

»Du … du liebst sie?«

»Ja, Bürschchen, natürlich. Wir lieben unsere Feinde, denn sie definieren doch, wer wir sind! Wenn sie eines Tages nicht mehr angreifen, hören wir auf, die Dämonentöter zu sein. Unsere ganze Existenz hängt an ihnen. Außerdem treiben wir durch die Unholde einen profitablen Handel wie nie zuvor.«

Boron führte mich an den geschlossenen Ständen vorbei, wo der wirklich »heiße Scheiß« aufbewahrt wurde. Er öffnete sogar einige Kisten und Truhen für mich, um mir die verborgenen Schätze zu zeigen. Anscheinend konnten Dämonen wunderbar ausgeschlachtet und ihre »Teile« weiterverarbeitet werden.

Ihre Hörner, Knochen und Haut wurden zu Waffen geschmiedet oder zum Rüstungsbau verwendet. Helme oder Brustpanzer mit natürlicher Resistenz gegen Feuer, Eis oder Säure, erhöhter Reißfestigkeit oder mit schlicht außerweltlichen Eigenschaften behaftet, waren allerdings nichts für den kleinen Geldbeutel und konnten nur von speziell dafür ausgebildeten Schmieden hergestellt werden.

Haut, innere Organe und Körpersäfte waren unter Alchimisten, Magiern und einigen Gourmetköchen beliebt. Fein zerkleinert, in fast homöopathischen Dosen, konnten viele Körperteile eines Dämons sogar zur Linderung oder Heilung verschiedener Gebrechen genutzt werden. Oder natürlich als Gift bei höherer Dosierung … Blut und Sperma der Minotons wurde als Aphrodisiakum geschätzt. Sogar zu Parfüm taugten einige Drüsensekrete von Dämonen der schleimigeren Sorte, auch wenn das Resultat eher unter den Besitzern nichtmenschlicher Nasen geschätzt wurde.

»Wie du siehst …«, Boron breitete seine Arme aus und grinste breit, »wenn man tut, was man liebt, lebt man ganz automatisch in Saus und Braus.«

»Wow.« Dieser Pragmatismus raubte mir die Worte.

»Jetzt kommt ihr aber erstmal mit in die Festung. Bald verschwinden Vacca und Varna hinter den Blutzacken, und die Gnomen-Laternen gehen an. Damit endet meine Schicht. Es gelüstet den alten Boron jetzt schon nach einer daumendicken Scheibe Höhleneber mit Schmorpilzen und ein paar Humpen Triple Bock. Und dann mal sehen, was die Hauptspeise hergibt!«

Er lachte polternd und schlug sich krachend mit einer Hand auf den Magen.

Lennox und Faye hatten unterdes den Reitsaurier abgegeben, der zusammen mit Borons Schreckenswidder von ein paar Wachen fortgebracht wurde. Von hier konnte ich einen Höhleneingang zwischen zweien der Handelsstände sehen, der scheinbar zu irgendwelchen Stallungen führte. Um keine tickende Zeitbombe in das Heim der Zwerge zu führen, wurde auf Fayes Anraten auch Gorlax zunächst in eine »Ausnüchterungszelle« gebracht. Ich hoffte inständig, dass der verzauberte Gorilla auf Vampirblut nichts Dummes anstellte. Denn ich hegte nicht den geringsten Zweifel, dass die schmerzbefreiten Schlächterzwerge ihn beim geringsten feindlichen Aufbegehren mit heiligen Bolzen durchlöchern und mit Kettensägen auseinanderschneiden würden. Armer Muuk. Wenn er sich überhaupt noch für Muuk hielt …

»Da bitte nicht schwimmen, Kinder.«

Als wir einige Stufen zum Tor der Feste hochgingen, nickte Boron in Richtung des dampfenden Sees.

»Der Frostfeuersee wird von der Höllenklamm geheizt. Darin könnt ihr höchstens Eier hart kochen.«

Sein Lachen hallte von uralten Wänden wider, als wir mit ihm über die Schwelle der Feste traten. Wachen, die sich im Inneren verborgen hatten, nickten uns stoisch zu. Noch ahnte ich nicht, dass mir der bis dato surrealste »Trip« meiner Reise kurz bevorstand.

Todesbock

Kühle Dunkelheit empfing uns. Es roch nach Rauch, feuchtem Stein und uraltem Staub. Ein schmaler Weg, der von knisternden Kohlenbecken erleuchtet wurde, führte durch eine ausufernde Halle aus schwarzem Marmor. Am Ende des Pfades erwartete uns ein weiteres Portal, das hell erleuchtet und ebenfalls von Wachen flankiert war.

In diesem Moment hätte ich einfach losgehen und in die warme Geborgenheit des leuchtenden Torbogens eintauchen sollen. Doch etwas stimmte nicht. Hinter dem Schein der Kohlenbecken tasteten meine Augen vergeblich nach solidem Boden. Die Lauffläche war nur circa fünf Meter breit, bevor sie auf beiden Seiten in einem gähnenden Abgrund endete.

Was für ein beschissener Steg im Nichts!

Doch damit nicht genug.

Soweit ich erkennen konnte, waren die Wände der Halle zu einem aufwändigen Relief gehauen, auf dem Armeen von Orks, Ogern und anderen Bestien von wenigen Zwergenhelden in Schach gehalten wurden. Als mein Blick sich daran entlang nach oben hangelte, erstarrte ich in Ehrfurcht vor dem, was dort in luftiger Höhe unter der Decke hing. Grünliche Feuer beobachteten mich aus den Augen eines riesigen Widderkopfes.

»Darum wird unsere Festung auch *die Ramme* genannt«, erklärte Boron stolz. »Im unwahrscheinlichen Fall von Eindringlingen, wird dieser gigantische Rammbock ausgeklinkt. Nichts entgeht so einem brutalen Stoß. Es sei denn, es springt vom Steg in den Tod. Da geht es bis in unsere tiefsten Minen runter. Alle anderen finden sich außerhalb der Feste wieder und können ihre Knochenbrüche zählen.« Boron kicherte albern wie ein Kind, das von einer »Wassereimer über der Tür-Falle« erzählt hatte. »Und danach ist der Weg von der Ramme selbst blockiert, deren schwer zu erklimmender Rücken mit vergifteten Stacheln übersäht ist.« Er grinste zufrieden, während das feiste Axtblatt auf seinem Rücken blau leuchtete.

»Bombe! Echt toll!«, sagte ich und versuchte, die Angst zu ignorieren, die von meinem Steiß in Wellen mein Rückgrat hochgepumpt wurde.

Wie konnten Zwerge nur ruhigen Gewissens und sicheren Fußes hier aus und ein marschieren?

Der doppelte Abgrund ohne Geländer triggerte meine Höhenangst. Doch besonders die Möglichkeit, dank einer Fehlfunktion oder verrosteter Schrauben von GROND weggeballert zu werden, ließ mein Herz rasen. Ich achtete darauf, genau in der Mitte des Stegs zu gehen und nicht nach oben zu schauen. Es nützte kaum etwas. Ich wusste einfach, dass der Widder dort lauerte – wie eine Riesenspinne, die völlig ausgehungert nur diesem Moment entgegengefiebert hatte.

Als wir endlich am inneren Tor angelangt waren, machten uns Wachen in zeremoniellen Rüstungen kommentarlos den Weg frei. Die Widderköpfe auf ihren Brustpanzern blickten genauso griesgrämig drein wie sie selbst. Stundenlanges Bewachen der *Indiana Jones*-Falle im Eingangsbereich war vermutlich nicht der gefragteste Job in der Festung …

Sie grüßten Boron mit »Kriegsmeister!« und beäugten die menschlichen Neuankömmlinge misstrauisch.

»Alles fit im Schritt?« Keine Ahnung, ob meine Wortwahl angemessen war, doch ich wollte nur möglichst schnell runter von der Bowlingbahn des Todes und rein in die Festung.

»Willkommen bei den Grollhammers«, sagte Boron freundlich. »…und Feuerbarts!«, fügte er schnell hinzu, als ein Zwerg mit Pergamenten unter dem Arm in einen Nebengang abbog und ihm einen vorwurfsvollen Blick zuwarf.

Was mich hier erwartete, überraschte mich mehr als ich gedacht hatte.

Die Höllenklammfeste oder »Ramme« mochte von außen zwar nicht viel hermachen – sah sie doch in erster Linie wie ein stinknormaler Berg mit einem ungewöhnlich prunkvollen Tor aus – doch innen war das Heim der Zwerge ein Traum! Ich weiß nicht, ob ich ein düsteres Moria und klaustrophobische Minengänge erwartet hatte, doch uns empfingen hohe, gut ausgeleuchtete Räume und Gänge, die mich regelrecht aufatmen ließen. Klaustrophobie in schummrigen Kammern und die Aussicht, in einer Art Mausoleum zu übernachten, hätten mir auch gerade noch gefehlt.

Am meisten aber wunderte ich mich über die farbenfrohe Helligkeit des Ortes. Eine solche Lichtershow hätte ich eher in einem Elfenpalast erwartet. Gerade, weil es kaum offene Feuer wie Kerzen oder Fackeln gab. Das Licht wurde in erster Linie durch quasimagische Gnomen-Lampen erzeugt, die in allen erdenklichen Formen und Farben strahlten. Und um auch die letzten Schatten zu vertreiben, kamen noch Leuchtkäfer-Laternen, geschickt angelegte Beete mit fluoreszierenden Moosen sowie ein ausgeklügeltes System von Spiegeln hinzu, welches das Tageslicht über verschiedene Schächte in den Berg strahlte. Verblüffend. Oder wie kaugummikauende Zwerge gesagt hätten: AMAZING!

Vermutlich legten die Grollhammers und Feuerbarts darauf Wert, ihren Familien – besonders den Kindern, die überall in der Feste spielten – möglichst viel Licht und Farbe zu bieten … im Kontrast zu der feurigen Dunkelheit außerhalb des Berges.

Gleichermaßen hingebungsvoll hielten es die Bärtigen mit Reliefs und Verzierungen. Jede kleinste Vorratskammer der

Höllenklammfeste war ein gehämmertes Kunstwerk. Als geborene Untergrund- und Bergbewohner, sprich Stubenhocker, legten sie viel Wert auf die Attraktivität ihres Zuhauses.

Trotz aller farbenfrohen Schönheit grinsten mich allerdings auch jede Menge Dämonenfratzen von Zimmerdecken oder bunten Säulen an. Auch Flammensymbole und Krallen tanzten so selbstverständlich über die Oberflächen wie Bierkrüge oder Schmiedeblöcke. Diese Zwerge machten sich und ihren Kindern ganz offensichtlich nichts vor: Die Dämonen waren ein Teil ihres Lebens. Es gab keinen Grund, diese Schattenseite zu leugnen. Im Gegenteil, die Zwergenkinder schienen sich auf ihren baldigen Kriegsdienst zu freuen. Einige von ihnen ahmten in der Feste ganze Schlachten nach, so wie ich als Kind Räuber und Gendarm gespielt hatte. Oder Ninja und Samurai. Es gab sogar cleveres mechanisches Spielzeug aus der Gnomen-Festung Trogda, welches mich unwillkürlich an meine Masters of the Universe, Transformers und anderes 80er-Spielzeug erinnerte.

Aber auch die erwachsenen Zwerge, wie alt auch immer sie sein mochten, waren gelegentlicher Zerstreuung nicht abgeneigt. Ein Spaß für die ganze Familie war »Fang den Caco«. Dazu wurde eine kleine Blechkugel, die wie ein Cacodämon angemalt war, über einen Federantrieb aufgezogen und dann umhergeworfen. Wer Pech hatte und die Kugel gerade dann in Händen hielt, wenn das Uhrwerk durchgelaufen war, bekam einen kleinen Feuerstoß verpasst. Manche hatten Glück und das Maul des Caco war in diesem Moment gerade von ihnen weggedreht, doch darauf konnte beim Fangen nicht unbedingt geachtet werden. So oder so, die Zwerge nahmen es mit Humor. Selbst die Kinder. Die Brandwunden konnten geheilt werden und der Schmerz ließ wieder nach. Nur bei den Erwachsenen konnte es schon mal zu Bart-Unfällen kommen …

Apropos mechanisches Spielzeug.

Gleich nach unserer Ankunft hatte mich Boron in eine längliche Kammer geschickt, die besonders hell ausgeleuchtet war; »Krankenhaus-Style«. Die Wände waren bis zur Zimmerdecke mit Regalen ausgekleidet, auf denen Phiolen, Töpfe und seltsame Apparaturen standen. Ich saß auf einer mit Fellen gepolsterten Liege und hatte nur noch eine Unterhose an.

Der diensthabende Geistliche war ein glatzköpfiger Zwerg in Mönchsrobe, auf dessen Brust eine kleine Flamme in einem Kreis tanzte. Ulgrim war angewiesen worden, mir den Splitter aus dem Bein zu entfernen. Als er mir einen seltsamen Apparat auf den Oberschenkel setzte und etwas von einem Magneten sprach, sagte ich: »Knochensplitter, Herr Ulgrim. Ich denke, es ist aus Knochen.«

Der Zwerg runzelte die Stirn, nickte und drehte oben auf der Apparatur einen Schalter. »Jetzt zieht der Magnet Knochen an«.

Wie meinen? AUTSCH!

Ein kurzes, aber lautes Sirren später konnte ich den Knochensplitter in einem kleinen Glasbehälter bewundern, der unten am Apparat hing.

Als Ulgrim die Wunde verbinden wollte, erklang ein »nicht nötig« von einem Stuhl an der Wand. Faye stand auf und zupfte ihr neues Outfit zurecht. Beim Kampf mit den Orks war die Lederkleidung der Zauberin zwar kaum geritzt worden – was gut war, denn sonst wäre sie vermutlich tot gewesen – doch Schmutz und Feindesblut hatten sie genötigt, ihre Kluft zum Waschen zu geben. Nun trug sie das blaugelbe Kleid einer Zwergin, das für sie zwar in einem Minirock endete, durch die Statur des stämmigen Volkes jedoch an Brust und Hintern fast wie angegossen saß. Ihr Rabenamulett baumelte in einem tiefen Dekolleté, welches von zwergischen Runen eingefasst wurde.

Kurz: Sie sah zum Anbeißen aus.

Und da auch ihre Unterkleidung durchgeschwitzt und gerade in einem nicht-tausend Grad heißen Teil des Frostfeuersees gewaschen wurde, wusste ich, dass sie darunter splitterfasernackt war …

Nun leckte Faye genüsslich ihren Finger ab und kniete sich vor mich hin. Ich wurde ein wenig hart.

Ach ... hart ... warum soll ich lügen?

Als die Hexe die Wunde ganz zärtlich mit ihrem speichelnassen Finger umkreiste und durch ihre Blutmagie versiegelte, wurde ich *steinhart*. Faye sah es und lächelte mich herausfordernd an, während noch die Schwärze aus ihren Augen wich.

Dann stand sie wieder auf. »So gut wie neu.«

Eine seltsame Atmosphäre lag in der Luft.

Mir war, als würde mir mit Faye in Kürze etwas bevorstehen, das schon viel zu lange auf sich warten ließ.

Die Luft zwischen uns knisterte vor Spannung. Und ich fragte mich, was die Hexe vielleicht an einem Looser wie mir finden konnte …

Ulgrim räusperte sich in die seltsame Stille hinein. »Solche Magie, ist hier nicht so gerne gesehen, Mädchen.«

Faye ging einen Schritt auf den kahlen Zwerg zu, der nervös seinen blonden Bart befummelte.

»Verzeih, Blutrabe, aber deine Magie kennen die Zwerge sonst nur von den Dämonen.«

»Mach dir nicht in die Robe, mein Lieber«, raunte Faye unnötig sexy, »ich bin eine von den Guten.«

Dann zwinkerte sie mir zu und ging zur Tür, vor der Lennox auf uns wartete.

Ich zog rasch meine neue Hochwasserhose an, die mir Ulgrim spendiert hatte, sowie dicke Wollstrümpfe, die meine durchgebluteten Käsesocken ersetzen sollten. Dazu gab es noch ein paar Lederstiefel und einen neuen Umhang mit Kapuze. Beides hatte einem ehemaligen Besucher der Feste gehört und passte glücklicherweise perfekt.

»Kommst du endlich?«, säuselte Faye aus dem Türrahmen.

Wenn du wüsstest, wie sehr ich mir das wünsche, Baby.

Ich nickte, schnappte mir Gram aus dem Regal, wo ich es abgelegt hatte, und ging endlich wieder ohne Beinschmerzen auf meine Retterin zu.

»Äh, danke Ulgrim.« Die Rolle des Zwerges dabei hatte ich schon fast vergessen.

~

Endlich saßen wir wieder da, wo ich mich am wohlsten fühlte: in der Kneipe.

»Die Schwefelgrube« lag auf dem obersten Level der Höllenklammfestung und war genau nach meinem Geschmack. Urige Holzbalken, gemütliche Nischen und, durch die vielen Fenster, ein atemberaubender Blick über die »Arena«. Das hätte beinahe mein liebster Irish Pub sein können, bis auf ein paar *klitzekleine* Details …

Die Klientel in dieser Taverne war im Schnitt deutlich kleiner, stämmiger und haariger als in meiner Stammkneipe. Und das Bier, das sie aus gezimmerten Widderhumpen tranken, trug Namen wie »Bronzebart«, »Todesbock« oder »Lorenrost«. Es gab sogar ein Importbier von Vettern und Kusinen aus einem nördlichen Teil der Drachensäulen mit dem fragwürdigen Namen »Fasspisse«.

Alkoholgehalt wurde natürlich in »Bock« gerechnet. Der Doppelbock, den ich gerade trank, kam mir schon stärker vor als das gleichnamige Getränk meiner Welt, doch die meisten Schlächter hier kamen nur mit Triple- oder Vierfachbock auf ihre Umdrehungen.

Und dann war doch noch die Sache mit der mega unheimlichen Geisterbahn …

In den Irish Pubs, die ich bisher kennengelernt hatte, hingen keine ausgestopften Dämonenköpfe an den Wänden. Doch hier wurden die Gäste von den alptraumhaften Fratzen jeder nur erdenklichen Höllenkreatur angestarrt. Die Zwerge mussten wahrhaft abgebrüht sein, wenn sie dabei in Seelenruhe Würstchen und Kartöffelchen schnabulieren konnten. Besonders der »Balor-Kopf«, der mich mit seinen kränklich gelben Augen pupillenlos anstarrte, würde mir in der kommenden Nacht sicherlich noch mal in meinen Träumen »hallo« sagen. Das massive Gerät ruhte hinter dem Wirt auf der Bar und wurde mit gespannten Eisenketten an seinen Hörnern stabilisiert. Soweit ich das beurteilen konnte, sah dieser Dämonenfürst – bis auf seinen fehlenden Körper natürlich – immer noch lebensecht aus. Bisher kannte ich diese Sorte ja nur als Skelett, das mich vor dem Tor der Eingangsschlucht das Fürchten gelehrt hatte. Ich bezweifelte jedoch, dass aus dem Maul eines lebenden Exemplars ein Zapfhahn für »Todesbock« ragte. Man konnte den Zwergen einen leicht hintergründigen Galgenhumor wirklich nicht absprechen.

Glücklicherweise half mir mein Noob-Bier, ein einfacher, aber köstlich würziger Bronzebart-Bock, mein an Horror grenzendes Unbehagen inmitten dieser Freakshow unter Kontrolle zu halten. Dass Gram griffbereit in einer Wandnische neben mir lag, tat sein Übriges.

Gerade hatte ich die letzte Soße meines Höhlenebers in Senfsauce mit etwas Brot vom Teller getupft. Borons Empfehlung hatte gehalten, was sie versprach und meinen Hunger aus der Hölle zum Schweigen gebracht. Die Hydra-Eier, die sich beim Schlagen in der Pfanne vervielfältigten, hatte ich abgelehnt. Auch die Basiliskenbrust an Mykoniden-Stampf war ausgeschieden. Viel zu creepy! Mit einem wildschweinartigen Obelix-Braten konnte ich nach meiner Einschätzung am wenigsten verkehrt machen. Und der war wirklich köstlich.

Ich leckte mir den Schaum meines Bocks von der Oberlippe und blickte versöhnlich in die Runde. Faye saß in unserer gemütlichen Nische neben mir und Lennox gegenüber. Der Dämon, der mit seinen Gesichtstentakeln gelegentlich meine Haare streifte, war glücklicherweise hinter mir an die Wand genagelt und damit aus dem Sichtfeld.

Es tat so gut zu sitzen und meine schmerzenden Füße auszuruhen!

Nicht nur wegen all der Hack & Slay-Einlagen dieses Tages, sondern durch das schiere Laufpensum. Neben meinem Arsch, der vom Hopsen auf dem Reitsaurier immer noch eine einzige Prellung war, hatte spätestens das riesige, vielstöckige und labyrinthartige Zuhause der Zwerge meine Beine in Pudding verwandelt.

So viele wundersame Orte hatte es zu entdecken gegeben! Und so viele endlose Korridore, weitschweifige Hallen und steile Treppen … gekrönt von der Ansage, am späteren Abend noch Gladdys, die Königin der Zwerge, kennenzulernen. Ich hoffte inständig, dass das Audienzzimmer der Guten nicht allzu weit entfernt von uns in den Berg gehauen worden war. Und wenn doch, dass es vielleicht eine Art Aufzug gab. Oder eine Loren-Verbindung. Von mir aus auch ein bockendes Widder-Taxi …

Boron saß mit Crom, dem zweiten Kriegsmeister der Feste, an einem Tisch weiter hinten im Pub. Ein dritter Zwerg, heftig tätowiert, mit rotem Irokesenschnitt, saß bei ihnen und blickte immer wieder neugierig zu uns herüber.

Draußen war seit dem Untergang der Sonnen die grünliche Arenabeleuchtung angesprungen. Die Gnome hatten es voll drauf. Sie bot einen interessanten Kontrast zu den orange leuchtenden Fenstern drüben in Trogda und den rot beschienenen Dämpfen aus der Höllenspalte in der Mitte der Ebene. Ein warmer Wind wehte durch die Fenster herein, der mir verriet, woher die Taverne ihren Namen hatte.

Hmmm, »würzig«.

Und in diesem Moment der schwefeligen Ruhe waren sie plötzlich wieder da. Die düsteren Gedanken. An mein sehr wahrscheinliches baldiges Ableben hier. An Laura und meinen Sohn.

Was machten sie gerade? Ging es ihnen gut? Hatten sie meine Abwesenheit schon bemerkt und die Polizei verständigt? Ich war immerhin schon drei Tage in Grimora …

Oh. Verfickte. Scheiße.

Was, wenn mein Körper bereits tot und von Lex‘ Mitarbeitern entsorgt worden war? Vielleicht irrte nur noch mein Geist durch diese unglaublich reale Simulation und wartete darauf, meinem Körper zu folgen?

Ein sanfter Druck auf meinem Oberschenkel ließ mich zusammenzucken. Faye trank gerade ihren Humpen leer, während sie mit der anderen Hand mein Bein erkundete. Und einfach so erdete sie mich damit wieder im *Hier und Jetzt*. Bei allen Orks, Dämonen und Endzeitzwergen – ich hatte mir Sex mit dieser geilen Hexe so was von verdient!

Ein Schreckenswidder schien laut seine Zustimmung in eins der Fenster zu schnauben, bevor er mit einem Ruck an seinen Zügeln wieder auf Spur gebracht wurde. Vargas, dem dritten Kriegsmeister der Ramme, oblag heute die Wachpatrouille auf dem Rundweg über der Arena. Der Zwerg trug wie ein Cowboy zwei tragbare Splitterkanonen in Halftern an seinem Gürtel und wie Boron eine Frostfeueraxt auf dem Rücken. Unter seinem Stachelhelm, der seinen Kopf wie einen Seeigel aussehen ließ, quollen rabenschwarze Zöpfe hervor, in die silberne Schmuckringe integriert waren. Er nickte uns kurz zu und nahm einen Zug aus seiner Widderkopfpfeife, als er vorbeiritt.

Okay, geschnallt, ihr steht total auf Widder.

Ich wandte meine Aufmerksamkeit wieder den kraulenden Fingern einer Hand zu, die inzwischen eine Passage zu meinen Familienjuwelen entdeckt hatte.

Oh Gott.

Doch gerade, als ich mir eine Ausrede überlegte, um mit Faye verschwinden und Lennox alleine lassen zu können, polterte ein Stuhl gegen die Tischkante. Fayes Hand verschwand, und meine Gedanken schreckten aus meiner Hose hoch zurück über den Äquator der Tischkante.

»Oh, tut mir leid, so stürmisch wollte ich mich nun auch wieder nicht aufdrängen.«

Es war der sichtbar angetrunkene Irokesenzwerg vom Nachbartisch. Ein kurzer Blick bestätigte, dass Boron und der andere Kriegsmeister verschwunden waren. Da hatte anscheinend ein zurückgelassener Zwerg Langeweile …

Shit, nicht jetzt.

»Castagir mein Name.« Das erste »a« seines Namens wurde durch einen lagen Rülpser getragen. »Schlächter aus der ersten Reihe. Eissplitterbomben und Säge sind meine Spezialität. Darf ich dazustoßen?«

Für diese Art von Dreier bin ich noch nicht bereit.

Ich versuchte, mir meinen Unmut und meine Enttäuschung nicht anmerken zu lassen – immerhin waren wir zu

Gast in der Feste – und sagte: »Bitte, nehmt Platz, verehrter Castagir.«

HAU AB!, ergänzte eine Stimme in meinem Kopf.

Lennox schien ganz erfreut zu sein. Er stellte sich vor und rief nach Brom, dem Wirt.

Ach, was solls, dachte ich. *Das Herauszögern des Orgasmus ist sowieso wichtiger als der Orgasmus selbst.*

»Ich hoffe, ich störe euch nicht. Ist selten, dass wir hier Besucher haben, die nicht Kinder des Ûr sind.« Der Alkoholgestank namens Zwerg hatte sich gesetzt und starrte unverhohlen auf Fayes Brüste.

»Aber du störst doch nicht, Castagir«, sagte Faye übertrieben freundlich und verschränkte demonstrativ die Arme vor der Brust. »Wir sind jedoch halbtot von der Reise und werden uns sehr bald zurückziehen.«

Lennox grinste und starrte in seinen Humpen.

Castagir nickte und lächelte, schien jedoch die Implikationen nicht verbucht zu haben. »Und? Was sagt ihr zur Ramme? Gefällt euch das letzte und einzige Bollwerk gegen die Heerscharen des Bösen?«

Er blickte verträumt aus dem Fenster. »Das ist mein Arbeitsplatz. Hier werfen sich die heiligen Krieger des Lichts gegen die endlosen Wellen der Dunkelheit. Ist schon verrückt, dass ohne uns niemand in Grimora friedlich leben könnte.« Er blickte wieder in die Runde und verharrte bei Faye, der er ein breites Lächeln mit klaffender Zahnlücke spendierte.

Friedlich leben? Hatte Castagir schon mal einen Blick hinter die Mauern seiner heißgeliebten Dämonenhäckselmaschine geworfen? Mir gefiel nicht, wie sich der angesäuselte Sohn des Ûr jetzt vor Faye aufplusterte.

Deshalb gab ich dem Gespräch lieber eine neue Richtung. »Ja, in Schulnoten ausgedrückt, ist euer ganzer Verein hier schon *eine gute Drei.* Sagt, verehrtester Castagir, was sind das da draußen alles für Geschütze? Einige erscheinen mir recht eigenwillig in der Bauweise.«

Unser Tischgast blickte mich mit einer Mischung aus Empörung und Verwirrung an. Ich konnte das Rattern seiner Zahnräder fast hören, als er überlegte, ob ich ihn gerade gelobt oder den Grund für eine schöne Kneipenschlägerei geliefert hatte. Plötzlich wurde mir bewusst, dass ich inmitten einer Festung von durchgeknallten Dämonenkillerzwergen nicht so eine große Klappe haben sollte. Doch was soll ich sagen? Bier bringt immer meine beste Seite zum Vorschein …

Glücklicherweise knallte uns just in diesem Moment der Wirt vier schäumende Krüge auf den Tisch. »Rotes Palladium, mit freundlichen Grüßen von Gladdys.«

»Bei den eitertriefenden Eutern einer Brutmutter, *das* ist mal ein edler Trunk! Direkt aus der Hauptstadt.« Castagir schnupperte anerkennend an einem der Krüge, wobei seine Nase albern hüpfte. »Moment … Brom! Kommt das Mordsweib etwa noch persönlich vorbei?«

Doch der Wirt war bereits wieder hinter seinem Tresen verschwunden und tat so, als würde er nichts hören. Der Gedanke, dass die Königin der Zwerge zu uns in die Kneipe kommen wollte, machte sie mir jetzt schon sympathisch. Eine Frau des Volkes. Ich mochte Zwerge. Schon immer.

»Ach so, ja, die Geschütze ...« Das königliche Gesöff hatte die Laune des Zwergs offenbar in Richtung »Saufen und Quatschen« stabilisiert.

Wir stießen mit dem roten Palladium an, das mich an ein von Göttern gebrautes *Kilkenny* erinnerte, während Castagir einiges vom Stapel ließ.

»Da rechts, hinter der Balliste, das ist eine *Fräse*. Schießt Kreissägen. Perfekt, um die meisten Flugdämonen runterzuholen. Das Längliche da, ein paar Meter weiter, ist die BFG: ein Breitfächergewehr. Wir nennen sie einfach *Die Scherben-Rotze*. Das Ding ballert Schrapnelle aus allem scharfkantigen Abfall, den wir entbehren können. Zerfetzt Flügel. Auch praktisch.«

Lennox schien diesem Militärgerede nicht viel abgewinnen zu können. Oder er hatte ein wirklich großes Herz für alles, was fliegen konnte.

»Entschuldigt mich kurz«, sagte er mit emotionsloser Miene, stand auf und ging raus auf den Arenabalkon.

Castagir brachte dies, wenn überhaupt, nur Nanosekunden aus dem Takt. Seine Bierlaune ließ ihn ungebremst Anekdoten rausfeuern. »Leider will mein Sohn Schütze werden. Seit die Gnome unsere Kinder mit diesem neuen Spielzeug, diesen Pistolen mit Holzdarts, beglückt haben, redet der kleine Wirrkopf von nichts anderem mehr.«

Er seufzte rasselnd und nahm einen tiefen Zug aus seinem Humpen. Schaumfetzen flogen aus seinem Bart, als er plötzlich mit der Faust auf den Tisch schlug und bellte: »Wo ist dabei die Ehre? Sich hinter einer BFG oder einer Balliste zu verstecken? Hm?«

»Nirgends, nehme ich an …« Ich schaute Faye hilfesuchend an.

»Verdammt richtig! Nirgends!« Plötzlich bekam die Stimme des Zwergs einen weinerlichen Tonfall. »Es gibt doch genug Auswahl. Wieso kann er sich nicht für die Waffen seines Vaters begeistern? Kurzes Sägeschwert und Spuckbecken?«

»Was ist ein Spuckbecken?«, warf ich schnell ein, um Interesse zu bekunden.

Castagirs Miene hellte sich geringfügig auf. »So nennen wir unsere besonders geformten Schilde, die Feuer, Säure und Gift auffangen sollen – und was uns die Dämonenbrut sonst noch so entgegenspuckt.«

»Aha«, machte Faye und blickte demonstrativ auf ihre Fingernägel.

»Aber die meiste Scheiße landet sowieso auf dem Boden. Überall. In erster Linie natürlich die Dämonenkörper, in all ihren Größen. Aber auch die ganzen runtergekommenen Geschosse. Und manchmal leider auch die Leiche eines Waffenbruders …« Er blickte in seinen Humpen und schniefte.

Jetzt tat mir der nervende Labersack fast leid. »Tja, jede Arbeit hat ihre Schattenseiten, niemand kann nur die gute …«

Doch Castagir fiel mir ins Wort: »Also, versteht mich nicht falsch, ich *liebe* die Kämpfe! Aber immer das verfluchte Aufräumen hinterher … Die ganzen Gedärme und der Ekel-Kram. Angeblich arbeiten die Gnome an einer Art Saugroboter, der den Mist wegmachen kann. Also automatisch. Ohne, dass wir Schlächter uns die Hände dreckig machen müssen. Ich meine, ich verstehe das ja: Beim Aufräumen helfen alle mit. Unser Arbeitsplatz muss sauber sein. Schon allein, damit niemand stolpert. Aber das heißt ja nicht, dass es mir Spaß machen muss, oder?«

»Ja, verstehen wir! Es reicht!« Faye blickte den Zwerg bitterböse an, und ihre grünen Augen funkelten gefährlich.

Wenn sie sich schwarz verfärbten, hatten wir ein Problem. Doch glücklicherweise bekam sich die Hexe schnell wieder unter Kontrolle und ging zu subtileren Mitteln über, um unseren ungebetenen Gast wieder loszuwerden. Sie rutschte ganz nah an mich heran und legte ihren Kopf auf meine Schulter.

Duft von Haaren.

Ein Parfüm aus Beeren?

Ein kurviger Körper.

Im hautengen Kleid.

Ganz nah bei meinem. Mir wurde heiß.

»Ähm, tut mir leid, Castagir. Meine Gefährtin meint es nicht böse. Wir haben nur einen verdammt langen Weg hinter uns und gleich morgen schon wieder eine beschwerliche Reise vor uns. Wir hatten gehofft, noch ein wenig Ruhe zu bekommen.«

Der Zwerg sah uns an, als hätten wir ihm gerade gesagt, dass sich sein Sohn doch noch für eine Ausbildung als Held an der Säge entschieden hatte. »Aber Kinder! Wieso habt ihr das denn nicht gleich gesagt? Kann doch keiner ahnen, dass ihr verbandelt seid.«

Ja, danke, du Arschloch. Der Nerd mit einem heißen Rotschopf … das ist natürlich auch weit hergeholt.

»Zugegeben, für das Feuer der Lust seid ihr, trotz aller Hitze, nicht gerade am besten Ort angekommen. Der Geruch hier oben, die ausgestopften Bestien … und dann noch Nervensägen wie ich, was?« Er lachte und schlug mit der flachen Hand auf den Tisch.

Ich kicherte so gut ich konnte mit, während Faye weiter große Anhänglichkeit und Müdigkeit signalisierte.

Castagir leerte seinen Krug und lehnte sich lüstern schielend nach vorne. »Aber ernsthaft, bei den Elfen wärt ihr jetzt ausnahmsweise mal besser aufgehoben. Wart ihr schon mal in der Hecke?«

Die »Hecke« war tatsächlich genau das, was ich dachte. Nur viel größer. Eine gigantische Wand aus stammdicken Wurzeln und riesigen Blättern, die etwas weiter im Norden an die größte Gebirgskette Grimoras anschloss. Nach Castagirs Beschreibungen war die Hecke eine immense Auswucherung des Weltenbaums Yggdrasil, dessen Äste und Wurzeln in allen Welten zu finden waren. Darauf, oder besser *darin*, hatten die Elfen in schwindelerregender Höhe ganze Paläste und Städte gebaut. Sie nutzten riesige Salamander und Spinnen als Reittiere, um auf den verschlungenen Pfaden der Hecke voranzukommen. Das Nonplusultra der Fortbewegung waren jedoch die goldenen Reitdrachen, die der Adel schon seit ewigen Zeiten »züchtete«.

Trotz meiner latenten Höhenangst erweckten Castagirs Ausführungen Neugier, beinahe Sehnsucht, in mir. Doch leider würde ich dieses Wunder nie zu sehen bekommen. Denn entweder war ich vorher tot oder aus dieser Simulation entkommen.

Ich schwelgte eine Zeit lang in Träumen über diesen Ort und was ich in den Schlafzimmern anmutiger Elfenpaläste alles mit Faye tun konnte …

»Elfen mit ihrem schwülstigen Pathos!«, riss mich Castagir wild gestikulierend aus meinen Gedankenreisen. »Oh, ewige Liebe, oh, ich schenke dir mein unsterbliches Herz! Ha! Aber *kein* Sex, bevor du ihr nicht hundert Gedichte unter hundert Vollmonden vorgetragen hast! Wenn ihre Liebe so ätherisch und erhaben ist, warum finden sich dann in ihren Bauwerken, Waffen und Werkzeugen überall versteckte Frauenkörper? Die Langohren wollen doch auch nur das eine! Sich hingebungsvoll verschmelzen! Oder wie wir sagen würden: mal richtig die Pfanne buttern. Den Widder bei den Hörnern packen. Das tiefe Erz schürfen …«

Ich räusperte mich lautstark.

»Ist doch wahr! Wenn die Krieger der Elfen die Griffe ihrer Bögen oder Schwerter anfassen, dann ist es, als würden ihre Hände die wohlgeformten Körper junger Elfinnen verwöhnen.« Castagir griff hinter sich, zog etwas aus seinem Gürtel und knallte einen schlanken Dolch auf den Tisch.

»Den habe ich mal aus der Hecke mitgebracht.« Er zog den Dolch aus seiner verzierten Scheide und fuchtelte damit rum. »Seht doch nur, wie der Knauf geformt ist! Wer darin keine Eichel erkennt … Jetzt schaut doch, wie er meine Handfläche fickt, wenn ich meine Hand darum schließe!«

Das Fass war voll.

Faye rutschte aus unserer Sitzmulde und zog mich mit. Ich konnte gerade noch vorsichtig Gram an mich nehmen und so an Castagir vorbeiführen, dass ich ihn nicht einen Kopf kürzer machte.

»Ich brauche Luft! Jetzt sofort!« Sie zog mich mit in Richtung Balkon.

Ich sah nur entschuldigend zu dem redseligen Zwerg, der mir jedoch verständnisvoll zuzwinkerte, als ich an ihm vorbeistolperte.

Dann waren wir draußen. Und allein. So gut wie.

In der Ferne, fast an der Hängebrücke, konnte ich Lennox sehen, der mit dem diensthabenden Kriegsmeister einen Plausch hielt.

Ich ging vorsichtig näher an den Abgrund. Die Zwerge hatten glücklicherweise eine gusseiserne Brüstung um die gesamte Schlucht errichtet, die jedoch an vielen Stellen gebrochen, verätzt oder seltsam verformt war. Ich schluckte. Hier ging wohl wirklich die Post ab, wenn die Post abging …

Mein Blick fand die Zauberin. Faye hatte sich über die Brüstung gelehnt und betrachtete die seltsame dampfende Wunde, die mitten auf dem Gelände klaffte. Ihre Feuermähne, die ihr von einem schwefligen Scirocco um den Kopf geweht wurde, bildete mit den Silhouetten der retrofuturistischen Kanonen vor dem grünen Abendhimmel ein bizarres Bild. Auf der Tribüne dieser apokalyptischen Todesarena wirkte Faye in ihrem enganliegenden Zwergenkleid noch weiblicher und verlockender als ohnehin schon.

Mir stand Schweiß auf der Stirn. Es wurde Zeit, meinen »Move« zu machen.

Sorry, Laura. Streich bitte »Busty Readhead with Magical Powers« von meiner Bucket List.

Ich glitt wie ein lüsterner Schatten neben sie und räusperte mich dämlich. Mein Herz klopfte wie blöd.

Komm mal klar jetzt, du pubertierender Trottel.

Doch Faye reagierte nicht auf mich.

Ich räusperte mich erneut. »Ähm … noch mal wegen deiner Hand, die sich eben in meinen Schoß verirrt hat. Machst du das immer so? Also, dass du dir einfach nimmst …«

»Etwas stimmt nicht.« Faye deutete auf die Schlucht.

»Was meinst du?« Ich kniff meine Augen zusammen. Als ob das meine Weitsicht irgendwie hätte verbessern können.

Dämliche Gesichtszuckungen hatten Menschen manchmal …

»Ein Gnom registriert Aktivitäten in der Spalte.«

That's what she said.

Ich wollte lachen, doch erschrak stattdessen ein wenig, als sich die Hexe mit schwarzen Dämonenaugen zu mir umdrehte. Blutmagie, klar. Das erklärte, warum sie so viel mehr erkennen konnte als ich.

»Da unten halten sich gnomische Forscher auf, die Tag und Nacht die Klamm studieren. Sie nehmen Proben, analysieren Veränderungen und machen allerlei verrückten Kram. Einige von ihnen überwachen mit ellenlangen, feuerfesten Hörrohren, ob sich ein Ausbruch ankündigt.«

Mein Magen zog sich zusammen. »Und? Kündigt sich was an?«

Faye blickte wieder angestrengt nach unten. »Einer von ihnen scheint sich zumindest sehr nervös mit einem anderen Forscher auszutauschen.«

»Selbst wenn – hier oben sollten wir doch einigermaßen sicher sein, oder?«

»Einigermaßen, theoretisch, ja«, murmelte Faye, bevor es kam, wie es kommen musste.

Donner halte durch das Gebirge.

Doch ihm folgte kein Gewitter mit Wind und Regen, sondern eine uns mittlerweile wohlbekannte grüne Schockwelle.

Als sie uns erreichte, war sie durch die grünen Arenalichter kaum zu sehen. Und diesmal kegelte sie uns auch nicht von den Füßen, sondern verschwand in der Höllenklamm wie in einem gigantischen Abfluss. Einige der Forschergnome, die am falschen Ende der Spalte gestanden hatten, wurden schreiend hinabgerissen. Die anderen wurden umgeworfen, standen aber schnell wieder auf und beklagten lautstark ihre verunglückten Kollegen.

Faye und ich schauten uns nur vielsagend an.

»Scheißdreck«, sagte ich.

»Hydrascheiße«, korrigierte Faye.

Ein schriller Pfeifton erklang aus der Ebene, gefolgt von lautem Rattern, als in den Bergen Luken geöffnet und große Hörner ausgefahren wurden.

Ich sah noch, wie Vargas mit Lennox auf seinem blökenden Widder angaloppiert kam, bevor die Scheiße so richtig den Ventilator traf.

Erst brach ohrenbetäubender Alarm los.

Und dann die Hölle.

Sprichwörtlich.

In den Sturm

»Laut! Viel zu laut!«, schrie ich in das Dröhnen der Alarmhörner hinein, die garantiert von gnomischer Technik befeuert oder von versklavten Riesen geblasen wurden – so grauenvoll dröhnten sie in den Ohren.

Lennox sprang von Vargas‘ Widder, der gerade schnaubend bei uns gebremst hatte, und bellte: »Schnell rein, eine Dämoneneruption!«

Nein, wirklich?

Das musste er Faye und mir nicht zweimal sagen! Doch als wir zurück in die Taverne rennen wollten, krachte genau vor meiner Nase ein stählernes Tor herunter und blockierte den Weg. Vor Schreck sprang mir fast das Herz aus dem Mund.

Ich drehte mich, vermutlich kreidebleich, zu den anderen um und schrie: »Fuck! Das Ding hätte mich fast zermatscht!«

Einen »*Duke Nukem* Door Squish« wollte ich nicht als mein Ende akzeptieren, obwohl das bestimmt ein halbwegs schneller und gnädiger Tod war …

Es gab jedoch keine Runde Mitleid für mich, denn Faye und Lennox waren bereits zu einem der Fenster unterwegs.

Allerdings auch ohne Erfolg. Denn fast zeitgleich mit der Tür wurden auch alle Fenster automatisch verbarrikadiert. Wir waren ausgeschlossen! Jetzt sehnte ich mich geradezu nach den *ausgestopften* Dämonen der Taverne …

Ein grässlicher Schrei hallte aus der Ebene zu uns hoch. In ihm lag eine Mischung aus Qual und Zorn.

Mir lief ein kalter Schauer über den Rücken, und mein Blick fiel auf den Dosenöffner in meiner Hand. Wenn ich mit Gram nur ein ganz kleines Loch in die Tür hineinschnitt, durch das wir alle gerade so durchpassten, konnten es die Zwerge doch bestimmt recht easy wieder flicken, oder?

»Wenn ihr leben wollt, kommt mit mir!«, rief Vargas mit einer Kratzstimme, die garantiert schon etliche Jahre von Pfeifenrauch gepeinigt worden war.

Wie oft sollte ich diesen Terminator-Spruch noch hören?

Er galoppierte mit seinem Widder ein Stück in Richtung der nördlichen Balkonumrundung und verschwand in einer Felsnische. Wir rannten atemlos hinterher, während meine Augen wild in der Arena umherschweiften. *Noch* war nichts zu sehen …

Als wir endlich auch um die Ecke bogen, öffnete sich gerade eine Art Aufzug im Felsen. Er entließ eine Horde Bolzenwerfer-Zwerge, die mit brennender Mordlust in den Augen zu den Geschützen rannten. Nur eine kleine Gestalt verblieb im hinteren Teil des Aufzugs. Allem Anschein nach ein Gnom, der uns über den grün glitzernden Rand einer Schutzbrille musterte.

Vargas stieg ab und führte seinen blökenden Widder hinein. Wir folgten ihm auf dem Fuße. Als wir alle drin waren, krachte sofort das Tor herunter und schloss uns in Dunkelheit ein. Das Gefühl, lebendig in einem Mausoleum beigesetzt worden zu sein, musste ich jedoch nicht lange ertragen. Aus der Schwärze ertönte ein einrastendes Geräusch, was eine grüne Gnomen-Lampe aufleuchten und den Fahrstuhl in die Tiefe rauschen ließ. So fix, dass mein Magen in der Brust »hallo« sagte und meine Füße für den Bruchteil einer Sekunde in der Luft standen.

Der Gnom verbeugte sich formell vor uns und erklärte über entnervende Schleifgeräusche hinweg: »Meister Vargas, dies ist ein unvorhergesehener Ausbruch. Er läuft all unseren Berechnungen zuwider.«

»Was du nicht sagst, Garwin!« Vargas war bereits damit beschäftigt, seine Splitterkanonen zu entsichern und wieder in den Gürtel zurückzustecken. »Ich habe dir ja schon öfter gesagt, was ich von euren sogenannten Berechnungen halte …«

Er nahm seinen Helm ab und offenbarte eine hässliche Brandwunde, in der seine Haare eine untrennbare Liaison mit seiner Kopfhaut eingegangen waren. Er strich sich die verbliebenen Haare glatt und setzte den Stachelhelm wieder auf.

»Wo zum Teufel fahren wir hin?!«, rief Faye und nahm mir damit die Worte aus dem Mund.

Der Aufzug begann jetzt, laut zu quietschen, da er anscheinend abgebremst wurde.

»Teufel trifft es gut, Hexe. Wir sind gleich bei den Arenatoren. Militärsektor. Da seid ihr zumindest sicherer als oben. Vorsicht jetzt. Wir setzen auf. Wenn das Licht ausgeht, schaut, dass ihr sicher steht.«

Kaum hatte Vargas dies gesagt, erlosch das grüne Licht und die miserabel abgebremste Plattform setzte mit einem unsanften Knall auf. Der Widder protestierte lautstark.

Das war also die zwergische Version eines Turbolifts …

Ich fühlte mich, als wären meine Eingeweide einmal anständig komprimiert worden. Außerdem schmerzte mein Rücken, als hätte jemand mit meinem Rückgrat Ziehharmonika gespielt.

Dafür hatten die Gnome noch kein Polster oder so entwickelt?

Klirrende Ketten zogen das Tor vor uns auf, und das warme Licht unzähliger Kohlebecken strömte in unsere beschissene Disneyland-Attraktion.

Vargas rannte sofort in die riesige Halle, die eine Mischung aus Waffenkammer, Umkleide und Warteraum war. Zwischen Reihen von perfekt symmetrisch angeordneten

Waffenregalen wurde er bereits von seinem »Platoon« erwartet. Die Schlächter rissen lachend ihre Waffen in die Höhe und schienen sich zu freuen wie eine Rotte Fußballrowdys vor dem Endspiel.

Die perfekt behauene Höhle hatte auch was von einem Raumschiffhangar mit drei riesigen Gittertoren, vor denen jedoch keine Kampfjäger geparkt waren, sondern eine riesige Meute von grölenden Zwergen.

Wie uns Garwin erklärte, kamen wir gerade noch rechtzeitig zum »Ritual des Mutes«. Dieses bestand darin, dass eine in makelloses Weiß und prächtiges Gold gekleidete Zwergin mit ihren »Zofen« XXL-Trinkhörner durch die Meute wandern ließ. Die Krone in ihrer enormen blonden Lockenpracht zeichnete sie eindeutig als Gladdys aus. Die Zwergenchefin war umwerfend!

Das »Mut antrinken« diente in erster Linie dazu, die Schlächter weniger anfällig für die Angstaura verschiedener Dämonen zu machen. Als eins der Trinkhörner bei mir ankam, lehnte ich dankend ab. Ich hatte nicht vor, mich mit in die Schlacht zu werfen und dafür literweise Zwergenspeichel mit etwas Bier versetzt aus dem Horn zu trinken.

Apropos Hörner.

In jeder Ecke der riesigen Kaserne ragte eine Zwergenstatue auf, die in ein gewaltiges Horn blies.

Was da jetzt rauskam, waren jedoch keine Hornklänge, sondern melodiöse E-Gitarren mit knackiger Schlagzeuguntermalung.

Wait ... WHAT? E-Gitarren?

HOW?

»Gefällt es euch? Ist gewöhnungsbedürftig, aber die Zwerge lieben es.« Garwin hielt sich die Ohren zu, während die Zwerge die Musik als Signal auffassten, sich in ordentlichen Reihen vor den Ausgängen zu positionieren. Durch die engmaschigen Gitter der massiven Panzertüren waren bereits umherhuschende Schatten zu sehen.

Was die E-Gitarren da spielten, kam mir verdammt bekannt vor. Aber das konnte doch nicht sein!

Bevor ich fragen konnte, war Garwin ein guter Tour-Guide und erklärte von selbst weiter. Ich musste mich allerdings weit zu ihm herunterbeugen, um ihn überhaupt noch verstehen zu können:

»Ein Besucher aus einer anderen Welt ließ uns einst seinen kleinen Zauberkasten da. Der war voll mit diesen außerweltlichen Klängen. Als der Apparat jedoch eines Tages verstummte, konnten ihn unsere Forscher mit gnomischer Technik wieder zum Leben erwecken. Sie haben die kleinen Hörmuscheln abgemacht und den Kasten an die Hörner der Ramme angeschlossen.«

Gute Gnome! Wenn man einmal mit Profis arbeitet ...

Dann dämmerte es endlich. Natürlich!

Dieser Speed Metal hatte uns doch jahrelang begleitet! Er war vor, nach und manchmal sogar *während* des Rollenspiels stets unsere liebste Beschallung gewesen. Selbst Lex hatte die Truppe immer geliebt:

BLIND GUARDIAN!

Und da kreischte Hansi Kürsch auch schon die Lyrics. Es war atemberaubend, wie der Klang von der perfekt gezimmerten Akustik der Zwergenhalle getragen wurde. Es böllerte wie bei einem Livekonzert, nur besser. Als wäre Magie im Spiel.

Und dann lief mir ein Schauer über den Rücken, wie ich es noch nie erlebt hatte.

Obwohl die Zwerge ganz offensichtlich keine Ahnung hatten, was sie da grölten, sangen sie doch tatsächlich den Refrain von »Into the Storm« als ihre persönliche Kriegshymne mit.

Der absolute Wahnsinn!

Ich fragte mich allerdings, wer im Text »The One« war, für den sie immer wieder durch eine dunkle Zeit und in den Sturm aus Dämonen zogen, aber letztlich war es egal. Der angetrunkene Chor aus dunklen Zwergenstimmen, der einen meiner liebsten Blind Guardian-Songs zum Besten gab, trieb mir die Tränen in die Augen. Ich konnte nicht anders und grölte mit. Faye lächelte mich überrascht an, und Lennox stand einfach mit offenem Mund da. Seine Augen wechselten ihre Farbe im Akkord, als wären sie Effektscheinwerfer für diese abgefahrene Show.

Als der Refrain durch war, öffneten sich zügig die drei gewaltigen Gatter. Die Schlucht war bereits mit grotesken Gestalten gefüllt, die geifernd umherrannten, krochen oder schwebten, gierig nach Opfern suchend. Nun kamen die Dämonen in den Genuss der *Nightfall in Middle Earth*, als die Musik von den musizierenden Statuen unserer Halle zu den Alarmhörnern der »Arena« wechselte. Anscheinend hatte hinter den Kulissen irgendein Gnomen-DJ alles im Griff.

Auf ein geschrienes Kommando von Gladdys hin rannte die erste Welle der Zwerge los.

Zunächst die »eisernen Jungfrauen«, Zwergenkrieger in speziellen Ganzkörperstachelpanzern, in denen sich die flinken Schlundhunde selbst totbeißen sollten. Dazu wäre »Welcome to Dying« von der Scheibe *Tales from the Twilight World* vermutlich passender gewesen …

Als Nächstes stürmten die Nahkampfschlächter raus. Sie hielten ihre laufenden Kettensägenschwerter und glühenden Frostfeueräxte empor wie Rockstars ihre E-Gitarren.

Und schließlich fächerten sich die Bolzenwerfer ins Schlachtfeld hinein. Ihre Kanonen tropften bereits heiliges Wasser vor lauter Vorfreude.

Alle drei »Platoons« – von jeweils einem Kriegsmeister angeführt – rannten durch einen feinen Wassernebel in die Arena, was mich irgendwie an den Vorsprühbogen bei einer Waschanlage erinnerte.

»Heiliges Wasser«, erklärte der Gnom grinsend. »Schützt die Zwerge zusätzlich und verbrennt Dämonenhaut wie Säure.«

Kaum hatte der letzte Zwergenstiefel die Linie zur Ebene überquert, krachten die drei gewaltigen Fallgatter herunter wie die Beile von Guillotinen. Jeder Dämon, der den Versuch wagte, in die Festung zu schlüpfen, würde vermutlich enthauptet wie ein Rancor mit einem Genick aus Butter …

Es sei denn, er war ungewöhnlich klein und schnell …

Drei »Bälle« mit eben diesen Eigenschaften schossen im letzten Moment unter einem der drei Fallgitter hindurch. Wobei nur zwei von ihnen zu einer Gefahr wurden. Den dritten hatte das Fallgitter halbiert wie eine reife Melone, so dass nur eine Hälfte über die »Ziellinie« rutschte.

Es war ein Gesicht!

Das entstellte Gesicht eines Gnoms offenbar. Mit schwarzen Augen und spitzen Zähnen. Selbst im Tod und halb zermatscht lachte es noch wahnsinnig und tastete mit einer gespaltenen Zunge den Boden ab.

Mir wurde anders.

»NEUE DÄMONENART, VORSICHT!«, schrie ein Schlächter durch das Gitter und unternahm den sinnlosen Versuch, mit seinem Bolzenwerfer durch die Lücken zu zielen. »SCHÜTZT DIE KÖNIGIN!«

Dann wurde er von einem länglichen Schatten zu Boden gepeitscht.

Faye und Lennox schwärmten aus, während ich Gram vor mich hielt wie eine Fackel in der Dunkelheit.

Holy Shit. Da rollten zwei Zombieköpfe umher, die dringend einen Exorzisten brauchten. Sie brabbelten ununterbrochen Obszönitäten oder lachten ihren Wahnsinn hinaus.

Und dann dämmerte es mir.

Das mussten die armen Gnome sein, die von der grünen Welle in die Klamm geschleudert worden waren! Arme Kerlchen. Ihren Angehörigen würden die Zwerge hoffentlich eine andere Geschichte erzählen …

Die vier Zofen von Gladdys hatten inzwischen einen schützenden Kreis um ihre Königin gebildet. Sie zielten nervös mit Schrapnell-Pistolen, die ein wenig an kleine abgesägte Schrotflinten erinnerten. Auch die Königin selbst hatte eine davon unter ihrem Kleid hervorgeholt.

Wir schlichen durch die Reihen der halb leeren Ausrüstungsregale und blickten uns nervös um. Die Dinger waren immer nur wenige Augenblicke zu sehen, während sie wie ferngesteuerte, haarige Bowlingkugeln umherrollten. Faye hatte sich mit einer übriggebliebenen Axt bewaffnet, während Lennox wie gewohnt seine langen Dolche im Anschlag hatte.

Dann schoss einer der Köpfe auf die Gruppe der Zwerginnen zu. Alle fünf Revolverheldinnen ballerten ihre Ladungen auf den Boden, wo die Schrapnelle pfeifend Funken schlugen. Doch leider daneben. Der infernal gackernde Kopf sprang wie ein Flummi über die Salven hinweg und verbiss sich im Gesicht einer Zofe.

Die Arme schrie wie am Spieß und versuchte, sich den »Facehugger« herunterzureißen. Doch zu spät. Der Kopf kotzte ihr grünen Schleim ins Gesicht und fiel schon wieder von ihr ab, bevor die anderen Zwerginnen auch nur nach ihm greifen konnten. Die Zofe sank tot auf die Knie – ein zischendes Loch aus tropfender Säure, wo einmal ihr Gesicht gewesen war. Der Zombiekopf drehte sich auf der Stelle und lachte hämisch über sein Werk.

Gladdys schrie vor Zorn und Schmerz.

Sie zog zwei überraschend lange silberne Haarnadeln aus ihren üppigen Locken und warf sich mit einem Hechtsprung auf den Kopf.

Das herrenlose Haupt lachte wie verrückt, als Gladdys auf ihn einstach wie eine Furie. Doch plötzlich schrie sie schmerzerfüllt auf und rollte sich zur Seite. Ihre Hände und die Ärmel ihres Kleides dampften vom Säureblut des Scheusals.

Eine andere Zofe, deren kupferfarbene Haare in endlos viele Zöpfe geflochten waren, rannte geistesgegenwärtig nach vorne und schoss den Kopf wie einen Fußball in unsere Richtung.

»Huiiiiii …!«, schrie der Kopf, bevor er abrupt verstummte.

Er war zweigeteilt; mit einem Schnitt, der genau durch seinen Mund führte. Faye zog mit einem Stöhnen die Frostfeueraxt aus dem Granitboden und blickte grimmig zu mir herüber. »Wo ist der Letzte?«

Mittlerweile rannten drei weitere Zwerge in die Halle, während die letzten E-Gitarren-Klänge von *Into the Storm* draußen verhallten. Sie trugen Gewänder und sahen nicht gerade nach den typischen Schlächtern aus, doch der Kampf war ohnehin vorbei: Lennox hielt den dritten Kopf an einem seiner Dolche in die Höhe, aufgespießt wie ein übergroßer Marshmallow aus dem Halloweenshop. Die rechte Wange des Dolchkämpfers war von Säure entstellt. *Scheiße*. Hoffentlich konnte Faye das wieder hinbiegen …

»Das waren alle, oder?« Es war Garwin, unser Tour Guide, der sich aus einer Waffenkiste erhob. Er blickte mich entschuldigend an. »Ich bin Experte für Sprachen, angehender Zahnradtechniker und verantwortlich für den Aufzug bei Ausbrüchen …«

»Schon gut«, sagte ich. »Niemand macht dir Vorwürfe«.

Wirklich nützlich gemacht hatte ich mich in diesem Kampf ja auch nicht. Auch wenn ich mich immerhin nicht aktiv versteckt hatte …

Die drei übrig gebliebenen Zofen traten hasserfüllt die Kopfhälften der Zombiegnome zu Matsch, während Gladdys bei der gefallenen Zwergin saß und etwas murmelte. Die Zwerge in Roben hatten eine Trage organisiert und warteten geduldig darauf, dass die Königin den Leichnam freigab.

Faye hatte eine kleine grüne Flamme auf ihrer Handfläche beschworen und ging zu Lennox und seinem Schisch Kebab hinüber. Ich ging zögerlich mit, denn der Kopf schien immer noch lebendig zu sein. Wer wusste schon, wie weit er seine Säure spucken konnte?

Lennox hielt den Zombiespieß extra von uns weg, doch die Augen des Gnoms schielten so gut es ging in unsere Richtung.

»Was hast du mit dem Feuer vor, du Fotze? Hm? Du kleine stinkende Hure!«, schrie der Kopf voller Hass und spuckte dabei schwarze Schleimtröpfchen. »Ich komme aus der Hölle! Glaubst du, dass du mich damit verbrennen kannst?« Er lachte schrill. »Leg mich lieber zwischen deine Beine, dann zeige ich dir mal, wie …«

Faye hatte die Flamme bereits unter den Kopf gehalten und er begann, lichterloh zu brennen.

»Ausmachen! Sofort! Das ist kein normales Feuer! Du verfluchte Hexe!«

Er begann, sprichwörtlich wie am Spieß zu schreien, und ich wendete den Blick ab.

»Du ekelhafte Bluthexe! Ich kenne dich! Ich kenne dein Geheimnis, du dreckige Lügnerin! Du belügst all deine Freunde! In Wahrheit bist du …«

Doch dann erstarb sein Monolog und wurde von matschenden und knackenden Geräuschen verschluckt. Als ich wieder hinsah, traten Lennox und Faye den verkohlten Kopf auf dem Boden zu Brei.

»Ähm, was hat er da gesagt? Welches Geheimnis?«

Faye sah mich nur angewidert an. »Es gibt kein Geheimnis, Kai. Das hier war ein Dämon!«

Mein Gesichtsausdruck war anscheinend mehr als kritisch, denn die Hexe kam auf mich zu und starrte mich eindringlich mit ihren wunderschönen grünen Augen an.

»*Dämon*, Kai! Was machen Dämonen? Sie lügen und streuen Zwietracht!«

»Dann hättest du ihn ja noch ausreden lassen können, oder?«

Faye rollte mit den Augen. »Und wofür? Damit er dir seine Lüge in den Kopf pflanzt und wir ein noch bescheuerteres Gespräch führen müssen?«

»Ja«. Ich schluckte und konnte ihrem Blick nicht mehr standhalten. »Ich meine ja nur. Ist schon komisch, dass du ihn sofort zermatscht hast, als er anfing, diese Dinge zu sagen. Ich will ja nicht behaupten, dass du was zu verbergen …«

Warme, weiche Lippen.

Sie pressten sich auf meine und brachten mich zum Schweigen. Selbst meine Gedanken.

Ich konnte nichts anderes mehr wahrnehmen als die weichsten und süßesten Lippen, die je meine räudigen Säuferlippen berührt hatten.

Doch bevor es noch »schlüpfriger« werden konnte, löste Faye den Kuss und nahm meine Hand.

»Es gelüstet dich nach der Wahrheit? Dann komm mal mit. Dann zeige ich dir die einzige Wahrheit, die zählt.«

Transformation

Draußen war immer noch Kampflärm zu hören: Geschosse, die durch die Arena heulten, Kriegsschreie und das außerweltliche Gebrüll von Bestien, deren alptraumhafte Visagen ich gar nicht näher in Augenschein nehmen wollte. Obwohl es sicher ein unvergesslicher Anblick gewesen wäre, die durchgeknallten Heavy Metal-Zwerge dabei zu beobachten, wie sie zu *When time stands still* Dämonen die unheilige Grütze aus dem Leib prügelten.

When time stands still? Hm, falsche Reihenfolge ... war das eine Art Mix-Tape, wie ich sie auch immer gemacht hatte?

Beinahe wäre ich stehengeblieben und hätte wieder mitgesungen.

Doch ich hatte Besseres zu tun.

Viel Besseres.

Wie viel besser, hätte ich mir in meinen wildesten Träumen nicht ausmalen können. Not in a million years.

Faye zog mich auf eine große Doppeltür zu. Vorbei an der traurigen Königin, die so aussah, als hätte sie Fragen gehabt …

Ich drehte mich zu Lennox um und versuchte, eine entschuldigende Miene aufzusetzen.

Es war nicht nötig. Zu meiner Überraschung lächelte der Dieb und winkte ab. Er schien geradezu glücklich zu sein, dass Faye mit mir hinausstürmte und ihn mit seiner sicherlich schmerzhaften Säurewunde zurückließ.

Wir rannten atemlos durch die Gänge der Zwergenfestung. Erklommen Treppen und Vorsprünge, immer höher und höher. Vorbei an Zwerginnen, die mit ihren Kindern spielten und ihnen gut zuredeten, während ihre Väter Scheusale aus einer anderen Welt in Schach hielten. Vorbei auch an ein paar wenigen männlichen Wachen, die uns verdutzt anblickten, als Faye nach dem Weg zur »Quelle« fragte.

Ich blieb stehen und versuchte, zu Atem zu kommen. Dazu legte ich Gram kurz auf den Boden. Auf unserer wilden Reise von den unteren Ebenen hoch in die obersten Kammern der Feste, hatte ich bereits einer Zwergenstatue den Bart abrasiert und auf einem Podest einen tiefen Schnitt in einer Treppenstufe hinterlassen. Es war nicht gut, wenn wir mit dem *RAZOR* wie von Sinnen durch enge Gänge rannten.

»Wo willst du mit mir hin, Faye?«

»Zum höchsten Punkt natürlich.« Sie lächelte und biss sich dabei auf die Unterlippe. Am liebsten hätte ich sie sofort zu mir herangezogen und leidenschaftlich geküsst. Doch noch war es nicht soweit.

»Versuch, dranzubleiben, es ist nicht mehr weit!« Sie rannte los.

Diesmal ohne meine Hand.

Ich konnte wirklich kaum noch laufen. Meine Oberschenkel waren leer gepumpt. Meine Lunge bekam nicht genug Sauerstoff. So viele Treppen! Mit einer Dämonenschlacht in vollem Gange war leider keine einzige Aufzugs-Plattform in Betrieb. Zu diesem Zeitpunkt hätte ich wirklich gut die bionischen Schenkel von *Steve Austin* brauchen können …

Doch wie konnte es sein, dass dieser Hindernislauf meiner geilen Hexe kaum etwas ausmachte? Sie rannte vor mir her und erklomm jede Treppenflucht wie ein junges Mädchen, das die Mutter mit dem Versprechen von haufenweise Süßigkeiten gerufen hatte. Immer öfter bog ich um eine Ecke, nur, um zu sehen, wie ihr roter Haarschopf gerade um eine weitere Abzweigung verschwand.

Komm schon! Wer ficken will, muss am Ball bleiben, ermahnte ich mich. »Warte doch!«

Schließlich stolperte ich über die wulstige Kante eines prächtigen Teppichs mitten in eine noch prächtigere Säulenhalle hinein. Links oder rechts? Nachdem ich kurz nach Faye Ausschau gehalten hatte, bemerkte ich zwei Wachleute, die am fernen Ende des Ganges regungslos auf dem Boden lagen.

Ich joggte, so schnell ich es noch vermochte, zu den beiden Zwergen, die in voller Gefechtsmontur friedlich zu schnarchen schienen. Ein Schlafzauber?

Sie lagen vor einer halb geöffneten Doppeltür aus reich verziertem, hellem Holz mit goldenen Einlegearbeiten. Ein vorsichtiger Blick in die dekadent eingerichteten Räumlichkeiten dahinter beseitigte jeden Zweifel: Das waren garantiert Gladdys' Gemächer!

Was zum Teufel hatte die Hexe vor? War es wirklich nötig, es sich dafür mit der Königin persönlich zu verscherzen?

Ich seufzte, stieg vorsichtig über die bewusstlosen Plattenpanzer hinweg und ging hinein.

»Kaiiiii, wo bleibst duuuuuu?«

Fayes Stimme wies mir den Weg in Gladdys' ausuferndem Zwergen-Penthouse.

»Auserwählteeeeeeeer …!«

Ihre Stimme klang sinnlich, verführerisch, lockend – aber auch ein wenig … verhöhnend. Ich spürte einen winzigen Hauch von Trotz und Groll in mir aufsteigen. Wieso konnte sie nicht einfach auf mich warten?

Aber vermutlich war es genau diese Gefühlsregung, die mir die Kraft für den letzten Aufstieg geben sollte: Hinter einer offenstehenden Bücherregal-Geheimtür wartete eine eiserne Wendeltreppe auf mich, die am Rand des vertikalen

Tunnels entlang und zu einem runden Oberlicht aus buntem Glas führte.

Faye war natürlich schon oben und blickte zu mir herunter. Das bunte Licht hinter ihr zauberte einen sprichwörtlichen Heiligenschein aus Farben um ihre feurigen Locken.

Ich lief los.

Auf halbem Weg flog etwas an mir vorbei und streifte sanft meine Wange – beinahe wie eine seidene Liebkosung. Ein Blick nach unten bestätigte, dass Faye nun nackt war. Dort lag die Leihgabe der Zwerge mit dem tiefen Ausschnitt.

Faye war oben nicht mehr zu sehen. *Omg*. Alles, was sie jetzt noch trug, war ihr sagenumwobenes Rabenamulett. Mein Herz klopfte wie das eines Teenagers. Als läge der erste Sex meines Lebens vor mir. Und in gewisser Weise stimmte das auch.

Als ich endlich das bunte Oberlicht erreicht hatte – das von bunten Kristallen eingerahmte Gesicht einer Zwergen-Gottheit? – war ich vollkommen außer Atem. Und spitz wie das Ende von Gram.

Ich ging durch eine offenstehende Holztür, hinaus in die überraschend kalte Abendluft, die immer noch mit entferntem Kampflärm erfüllt war, und … staunte mit offenem Mund.

Bei allen Screenshot-verdächtigen Momenten meines Lebens, was für ein Ort! Dafür hätte sich auch ein noch viel längerer Aufstieg gelohnt.

Wir befanden uns hoch im Gebirge – das Fehlen von Schnee hier oben wunderte mich – und überblickten die Ebene, in die wir am nächsten Morgen aufbrechen wollten. Im unheilvollen Licht des roten Mondes, vermischt mit dem silbernen Glanz einiger Sterne, hätte ich jedoch nicht viel am Horizont entdecken können – wären da nicht die Blitze gewesen. Sie erleuchteten in regelmäßigen kurzen Abständen eine vertikale Struktur, die mich an die Burg der Skekse aus *Der dunkle Kristall* erinnerte; nur vielleicht nicht ganz so wild in angebaute Türme verzweigt, dafür aber deutlich höher.

Konnte diese Landmarke das Ziel unserer Reise sein? Der Turm des Erzmagiers?

Ich konnte kaum glauben, dass wir es schon so weit geschafft haben sollten. Doch da war er. Am Horizont noch, aber schon zum Greifen nah. Der Turm ragte aus einer Art Krater auf wie ein düsteres Phallussymbol …

Was mich wieder zu dem Hauptgrund zurückbrachte, warum ich gerade gefühlte hundert Millionen Stufen erklommen hatte: genüssliche Unzucht.

Mein Blick fiel unter mich.

Das war also die »Quelle«. Eine Art Wellnessbereich für Gladdys und andere hochrangige Zwerge der Festung.

Nur eine kleine Treppe trennte mich noch von einem großen Pool, dessen Wasser in der kühlen Luft dampfte. Seine Ränder endeten auf der Talseite in einem Abgrund, der ihm den Charme eines Infinity Pools verlieh. Auf der Bergseite hatten die Zwerge einen kleinen Säulengang aus dem Stein gehauen, mit Bänken, auf denen tagsüber die Aussicht bestimmt der helle Wahnsinn war. Ich nahm an, dass eine rotglühende Ader im hinteren Teil des Steinbeckens das Geheimnis für das warme Wasser war. Ein »höllisch« gutes Planschbecken …

Ich zuckte zusammen, als verborgene Kohlebecken um den Pool plötzlich in grünem Feuer aufflackerten.

»Zieh dich aus und geh ins Wasser.«

Das Echo von Fayes Stimme hallte im Schatten des Säulengangs wider.

Ich lief gehorsam die Stufen hinunter, verbarg Gram hinter einem Felsen und zog mich aus.

Bemerkenswerterweise schämte ich mich meines nackten Körpers überhaupt nicht. Normalerweise war ich Fremden gegenüber schon ein wenig schüchtern, zumindest, wenn diese kurz davor waren, das erste Mal meinen Urin speienden Liebeswurm in Augenschein zu nehmen. Doch zu wissen, dass meine leichte Bierplauze, erste graue Haare und auch mein Dödel nur dem Avatar dieser Spielwelt gehörten, ließ mich sie so annehmen und akzeptieren wie sie waren. Diese Hülle war ja, trotz gleichen Aussehens, ironischerweise hoffentlich nicht mein richtiger Körper …

Doch was war überhaupt »mein richtiger Körper«?

Dieser Zellhaufen, in dem unzählige Mikroorganismen dafür sorgten, dass ich überhaupt lebensfähig war? War ich die auch alle? Jede noch so hässliche Schleim verschlingende Mikrobe? Oder war ich nur die Fleischpuppe in ihrer Gesamtheit, die sich ständig veränderte und deren Baby-, Kind-, Erwachsenen- und Greisen-Form kaum Gemeinsamkeiten hatten? Welche Form davon war »ich«? Menschen waren wirklich begabte Gestaltwandler …

Allein die Tatsache, dass sich meine Grimora-Hülle exakt genauso anfühlte, wenn ich sie berührte, wie mein Erden-Körper – bis auf das kleinste Hautjucken und Rumpeln im Darm – ließ mich vermuten, dass mein Körper sehr wenig mit dem Aufenthaltsort meines Geistes zu tun hatte.

Wo also war mein Geist wirklich? Aktuell. In dem Schwamm aus Wasser, Fleisch und Elektroimpulsen, den Wissenschaftler »Hirn« getauft hatten? Oder auf der Festplatte der M.A.Y.A.?

Bevor ich jedoch in noch trübere philosophische Untiefen abdriften konnte, ließ ich lieber den Avatar namens »Kai« in das klare Wasser gleiten. Es war herrlich warm, und es gab einen Vorsprung, auf dem ich wie auf einer Stufe sitzen konnte. Jenseits dieser schien der Pool jedoch ziemlich tief zu sein. Aber ich war ja nicht zum Schwimmen hier …

Dann endlich nahmen die Dinge Gestalt an. Und zwar die Gestalt einer Göttin.

Faye trat lächelnd hinter einer Säule hervor.

Ihre makellose Haut leuchtete im Schein des grünen Hexenfeuers.

Sie ging ohne Eile am entfernten Rand des Pools entlang, damit ich ihre Weiblichkeit bewundern konnte. Perfekte Proportionen: fest, rund, wie durch Magie erschaffen.

Dann blieb sie stehen und drehte sich ganz in meine Richtung. Diese außerweltliche Schönheit! Sie wirkte da am anderen Ende des Pools wie eine bleiche Dryade, deren herbstlich rotes Haar im Wind flackerte wie eine Kerze.

Sie blickte lächelnd zu Boden, als ob sie sich ein wenig schämte und biss sich wieder so unsagbar sexy auf die Unterlippe.

Das Rabenamulett blitzte auf.

Dann vollführte sie einen mustergültigen Kopfsprung und schwamm im Licht der gezackten Glut unter Wasser auf mich zu. Sie brauchte nur zwei kräftige Schwimmzüge, um auf den steinernen Vorsprung zu gleiten, auf dem ich saß.

Die Sekunden, bevor sie auftauchte, erschienen mir wie eine Zeitlupensequenz. Ganz so, als ob ich den ganzen Abend nicht Bockbier getrunken, sondern potentes Gras geraucht hätte. Aber nicht irgendeins – mindestens G13, das genetisch konstruierte Supergras der Regierung aus *American Beauty* …

Es kitzelte angenehm, als Fayes Brüste meine Beine streiften, kurz bevor ein blutroter Schopf die oberste Membranschicht der Wasseroberfläche durchbrach.

Ich genoss jede unendliche Sekunde, in der Fayes Gesicht vor mir auftauchte; erst die grün leuchtenden Augen, später der lächelnde Mund mit den vollen Lippen.

Ihre Haare sahen nass noch besser aus als trocken und umrahmten ihr teuflisch schönes Engelsgesicht. Selbst die einzelne weiße Haarsträhne war ein gekonnter Pinselstrich im Gesamtwerk ihrer Schönheit.

Sie umarmte mich, während ich noch die Wassertropfen in ihren Wimpern und das aufgeregte Zucken ihrer niedlichen Nase bewunderte.

Dann vereinten sich unsere Münder wie zwei Magnete, die wir schon so lange und mit so viel Mühe auseinandergehalten hatten. Endlich konnten wir loslassen.

Unsere Zungen waren wir zwei Fische, die sich in einem Freudentaumel aneinander rieben und gleichzeitig das winzige Aquarium des fremden Mundes erkundeten.

Mein Geist füllte sich mit sexueller Lust wie ein ausbrechender Vulkan mit Lava. Ich wurde steinhart. Faye stöhnte, als sie es bemerkte.

Verzeih mir, Laura.

Ein Donnerschlag hallte von der fernen Ebene zu uns herüber, als sich die Hexe über mir positionierte und genüsslich in Position rutschte. Jetzt stöhnte ich auch.

»Endlich gehörst du wieder mir«, keuchte sie, »ich musste viel zu lange darauf warten.« Sie wippte langsam auf und ab, während eiskalte Regentropfen winzige Krater in den Pool malten.

Mich so in ihr zu spüren, war nicht von dieser Welt. Doch irgendwie schaffte ich es noch, im Lustrausch etwas zu entgegnen. »Was meinst du mit *endlich* und *wieder*?«

»Sei einfach still. Lass unsere Körper den Mann zurückbringen, den ich so lange entbehren musste. Ich kann nicht mehr warten.«

Dann erstickte sie jede Erwiderung, die ich hätte geben können, mit einem atemlosen Kuss. Dabei wurden ihre kreisenden Bewegungen immer schneller. Das Wasser schwappte um uns herum, während ihr Unterkörper auf meiner Erektion tobte wie eine wild gewordene Seeschlange.

Das würde ich nicht lange durchhalten …

Ihre weichen Brüste pressten sich gegen mich, und ich spürte die harten Nippel.

Blutrabe saugte und leckte und biss.

Langsam sammelten sich alle Energien in meinem Unterkörper, wurden zu einem gleißenden Plasma und würden gleich wie ein verbotener Geysir in die Zauberin emporschießen.

Faye stöhnte nun beim Küssen immer lauter, und ihre Stimmbänder hallten auch in meinem Kopf wider.

Schließlich löste sie die Lippen von meinen, und die Bewegung ihrer Hüften wurde wieder etwas langsamer. Sie hatte die Augen geschlossen, und ihre Stirn berührte meine.

Dann öffnete sie die Augen, und ich starrte in ein schwarzes Nichts. Meine Erregung war jedoch schon zu nah am Höhepunkt, als dass mich der Anblick ihrer schwarzen Augäpfel hätte erschrecken und abturnen können.

Fayes Stimme fand ihren Weg durch das Rauschen des Regens: »Komm mit mir!«

Dann bäumte sie sich mit einem Stöhnen auf, das die Grenzen zwischen Lust und Qual auflöste.

Sie kam.

Ich kam.

Und der Kai, den ich kannte, ging.

Willkommen zurück

Doch zuerst kamen *sie* zurück.

Die Erinnerungen.

Die völlige Verschmelzung mit Blutrabe brachte sie im Moment des Orgasmus zurück.

Als wären sie nie fort gewesen.

Bilder von Zärtlichkeit, Liebe und Lust, wie sie kein Sterblicher jemals erfahren kann …

~

Ich sehe Faye auf mir sitzen.

Ihre Haut wird von Feuerschein erleuchtet, während ihr Oberkörper von einem flackernden Sternenhimmel umrahmt wird. Wir lieben es, auf der obersten Plattform Sex zu haben. Unter freiem Himmel, den Wind auf unserer Haut und die weichen Felle von Eulenbären und Winterwölfen unter uns.

Plötzlich verschwimmen Fayes Konturen und ordnen sich neu. Sie wird schlanker, ihre Brüste etwas kleiner und die Nase etwas aufmüpfiger. Es ist die gülden gelockte Elfenkönigin, die nun ihren unsterblichen Arsch auf mir bewegt und dabei ihr glockenhelles Lachen erschallen lässt. Erschrocken setze ich einen Atemzug aus. Der König der Elfen, ihr durch Blutschwur angetrauter Ehemann, ist ein treuer Freund! Es ist *so* verboten mit ihr Sex zu haben wie nur irgendwas verboten sein kann! Faye weiß das natürlich. Deshalb hat sie diese Form gewählt. Beinahe komme ich durch Überraschung und verbotene Lust sofort zum Höhepunkt, doch ich blicke schnell zur Seite, um mich abzulenken.

»Gefällt dir nicht, was du siehst?« Fayes Stimme klingt nun viel dunkler.

Und nicht nur das. Sie lastet auf meinen Schenkeln, als hätte sie mindestens vierzig Kilo zugenommen. Sogar ihre Muschi fühlt sich anders an … Meine Erregung erkaltet um etliche Grade, als mein Blick auf das fette Waschweib fällt, das mich nun lächelnd küssen möchte, mit Reihen gelber und schwarzer Zähne.

Ich werfe das fleischgewordene Keuschheitsgelübde vom Bett und muss mich dazu telekinetischer Kräfte bedienen. Ich wälze mich empört zur Seite und sehe auf den Boden, wo Faye liegt und sich vor Lachen krümmt. Ich lache mit und lasse mich auf sie plumpsen. Ich will ohnehin schon länger die Stellung wechseln ...

Hach, meine Faye!

Manchmal ficken wir tage- oder wochenlang, vergessen Zeit und Raum, erneuern unsere Lust mit Magie, wenn die Erschöpfung unsere Körper zur Ruhe betten möchte.

Wir machen, was immer uns in den Kopf kommt – wo auch immer es uns in den Kopf kommt.

Ich nehme sie von hinten, während wir auf einem goldgeschuppten Drachen fliegen. Faye hält sich an den Hornfortsätzen an den Schultern unserer Drachenfreundin fest und ich mich an den weichen Hüften meiner Gespielin. Es gibt nichts Geileres, als beim adrenalinschwangeren Sturzflug in sie zu kommen, während jedes Pumpen meines Gliedes vom Schlagen der Drachenflügel begleitet wird, die uns im letzten Moment Auftrieb verschaffen und vor dem Zerschellen bewahren.

Doch nicht, dass es zu Hause langweilig wäre!

Faye wird von der langen Zunge eines Oktopus-Monsters geleckt, als ich mich in unsere Wohnstube teleportiere. Meiner süßen Zauberin ist wohl langweilig geworden ohne mich? Kurz betrachte ich kopfschüttelnd die Tentakel des

Wasserwesens, die sich ein paar Mal um ihren Po gewickelt haben und lausche erregt ihrem Stöhnen.

Dann lasse ich die Mondbeeren und den Feennektar fallen und äußere ein zorniges Wort. Sofort löst sich die dreiste Cunnilingus-Krake und fliegt kreischend aus dem Fenster, zurück in die Untiefen des Sees, aus welchem Faye sie gerufen hat.

Selbst da unten, in den Tiefen des Sees, haben wir gelegentlich Wasser wie Luft atmend langsamen, meditativen Sex, der das feuchte Element zum Brodeln bringt.

Doch nicht nur dort vereinigen wir hemmungslos unser arkanes Fleisch.

Wir probieren alles aus.

Nichts ist uns heilig.

Faye richtet sich ekstatisch seufzend auf und leckt sich das Blut von den Lippen, welches ihr in Strömen übers Kinn, den Hals hinab und um einen ihrer göttlichen Nippel fließt. Mir ist schwindelig vom Blutverlust, doch ich bin auch high von ihrem Blut, das in meinen untoten Adern pulsiert. Während sie mich weiter auf dem steinernen Sarkophag reitet, zitiert sie lautstark unheilige Reime und verjagt damit zu dieser späten Stunde die letzten Besucher des städtischen Friedhofs.

Doch Untote sind nicht die einzigen Kreaturen, die Sex auf einer anderen Bewusstseinsebene haben können … Wir wechseln beim Sex unsere Gestalt wie Normalsterbliche ihre Kleider. Gelegentlich lassen wir uns ganz neue Geschlechtsorgane wachsen, um die Freuden von multiplen Schwänzen und Mösen erleben zu können.

Während wir uns lieben, spielt nichts und niemand eine Rolle für uns. Weil wir das Wichtigste sind. Und weil uns niemand aufhalten kann.

Weil wir die Meistermagier von Grimora sind.

Meine geliebte Hexe und ich gehen durch die Welt wie Bonny und Clyde. Wir sind wie Sturm und Hagel, wie Feuer und Eis, zwei entfesselte Naturgewalten; berstende Dämme wilder, ungezügelter Magie, schillernd, überwältigend, am Rande des völligen Wahnsinns.

Wir sind Götter.

Wir sind Sex.

Wir sind eins.

~

Der Regen hatte nachgelassen. Das Wasser schwappte nur noch gemächlich über die Ränder des Pools. Faye saß noch immer auf mir und weinte. Ihr nasses Gesicht hätte es nicht verraten können, doch ihr Schluchzen tat es.

Ich blickte in ihre grünen Augen und unsere Blicke verschmolzen wie die beiden noch fehlenden Farben im Spektrum eines Regenbogens, der nun endlich wieder ein einziges, gleißendes Licht war.

Wie hatte ich nur die Liebe meines Lebens vergessen können?

Ich nahm ihren Kopf in meine Hände und küsste ihre Stirn. »Du hast mich gefunden,« sagte ich. »Es tut mir so leid. Wie konnte ich dich nur vergessen? Meine Faye … mein Blutrabe … meine Schülerin und Muse …« Die Stimme brach mir und Tränen flossen auch über meine Wangen. »Meine Geliebte! Ich liebe dich, Faye!«

»Ich dachte, ich hätte dich für immer verloren«, schluchzte sie.

»Nein … nein, ich bin zurück.«

Faye zog die Nase hoch und nahm jetzt mein Gesicht in ihre Hände. »Wer bist du?«

War das eine Fangfrage? Ich antwortete so schnell und bestimmt wie ich konnte. »Ich bin Kai, der Mann der dich liebt …«

Eine Ohrfeige klatschte in mein verdutztes Gesicht.

Faye heulte auf und sah in den Himmel. »Nein!« Ihre Finger krallten sich in meinen Haaren fest und sie schüttelte mich. »DU BIST MORDEKAI!«

Der Name durchzuckte mich wie ein Blitz. Etwas am Fundament meiner Wirbelsäule prickelte wie ein unerschlossenes Potenzial, das darauf wartete, entfesselt zu werden. Doch der Name an sich … war mir unbekannt. Nur, dass er eben auf »Kai« endete.

»Ich … es tut mir leid, aber ich kann mich nur an *dich* erinnern … und an Gram!«

Ich blickte in die Blitze am Horizont, die immer wieder eine dunkle Struktur hervorhoben. »Das ist unser Turm, oder?«

»Ja, du Affenhirn«, sagte Faye, halb lachend und halb schluchzend. »Das ist *unser* Turm. Das einzige Bauwerk in Grimora, welches aus purer Magie erschaffen wurde und dem sich kaum ein Wesen zu nähern wagt. Unser *Heim.*«

»Wieso …?« Ich schluckte. »Ich meine, wieso habe ich das alles vergessen? Was ist passiert? Ich bin völlig verwirrt.« Verzweiflung und Wut ballten sich in meiner Brust. »Verdammt, Faye, ich erinnere mich an dich. Ich weiß, wer du bist …wer *wir* sind! Aber …«

Faye machte eine traurige Miene und streichelte mir zärtlich über den Kopf, während die Worte weiter aus mir heraussprudelten.

»… da gibt es auch noch diese andere Geschichte in mir. Die steht genau daneben. Ich … ich habe auch ein Leben in der anderen Welt. Ach, was rede ich, ich weiß mehr über die andere Welt und meine Lebensgeschichte dort, als über mein

Leben hier! Ich meine, ja, du bist meine Faye. Aber deswegen sind Laura und mein Sohn nicht ausgelöscht. Mein Leben, mein Job …«

Da landete die nächste Ohrfeige in meinem Gesicht.

»Hör auf!«, schrie Faye und ihr Zorn schallte durch den Säulengang. »Du hast gerade angefangen, die Wahrheit zu sehen. Lass dich nicht wieder von der Illusion einholen! Wach endlich auf!«

Faye stieg von mir ab und setzte sich neben mich. Sie betrachtete schweigend den Mega-Monolithen am Horizont, den wir scheinbar einst unser Zuhause genannt hatten. Ich seufzte, holte Luft und tauchte unter.

Wie war mein Leben nur auf diese Weise eskaliert? Warum kämpften nun zwei Identitäten in mir um die Oberhand? War ich jetzt Kai oder Mordekai? Meine Erinnerungen mit Faye waren absolut real. Und bemerkenswerterweise beinahe ausschließlich sexueller Natur …

Die Luft wurde knapp. Ich sah den Riss, glühend und verschwommen, an der gegenüberliegenden Wand des Pools. Durch das monotone Gluckern der Wassermassen drangen allerlei dumpfe Geräusche an meine Ohren, die tief unter uns aus dem Berg kamen. Angesichts des zwergischen Termitenbaus unter unseren nackten Hintern war das wohl nicht weiter verwunderlich. Ich tauchte auf.

Meine Liebste starrte noch immer in die Nacht und malte mit einem Finger gedankenverloren Kreise auf die Wasseroberfläche.

Ich rutsche näher an sie heran und legte den Arm um sie. »Es tut mir so leid, aber ich kann nichts für meine Gedanken. Es ist wie eine partielle Amnesie. So nennen wir das in meiner … ich meine, in der *anderen* Welt. Gedächtnisverlust. Eine furchtbare Sache. Doch selbst, wenn ich mich hier an alles erinnern könnte, wäre mein anderes Leben auch noch da, verstehst du? Und dieser Kai war nun mal zuerst da …«

Faye zuckte zusammen und blickte mich verbittert an. »Wie bitte? Was für ein Blödsinn! Du warst zuerst Mordekai, bis das Schicksal deinen Namen durch grauenvolle Ereignisse verstümmelt hat. Durch Vorgaukeln einer *anderen* Welt nahm es dir den magischen Teil deines Selbst, den einzigen Teil, auf den es ankommt.«

»Grauenvolle Ereignisse? Dann erzähl mir doch davon! Fülle die Lücken für mich! Wieso denke ich, dass ich Kai Winters bin, wenn ich doch in Wahrheit dieser Mordekai sein soll?«

»Du willst es wissen? Du willst es *wirklich* wissen?« Faye stand im Wasser auf, und ich blickte an ihrem makellosen Nymphen-Körper empor.

Sie verließ den Pool und ging auf die Schatten der Säulen zu. Ich folgte ihr. Wir fröstelten im kalten Wind. Ich wünschte, ich hätte meine Liebste sofort in ein dickes warmes Handtuch wickeln können. Doch zum Glück hatten die Zwerge flauschig aussehende Decken in einer großen Kiste hinterlegt. Faye wickelte sich in eine davon und half mir in eine andere hinein. Dann setzten wir uns an eins der Kohlebecken, um uns zu wärmen. Dazu machte Faye mit einem Fingerschnippen aus der hitzelosen grünen Hexenflamme eine wärmende gelbe Feuersbrunst. Meine Schülerin war so sicher in der Ausübung ihrer Magie geworden!

Verdammt! Was waren das für Gedanken?

»Also«, begann Faye, während sie sich enger in ihre Wolldecke und näher an mich schmiegte. »Das hier wird eine Zusammenfassung. So kurz wie möglich und so lang wie nötig! Denn wir müssen bald in unsere Gemächer verschwinden, wenn wir hier in der Feste übernachten wollen. Der Schlachtlärm hat aufgehört, und die Zwerge werden unnötige Fragen stellen, wenn sie uns hier finden.« Sie lächelte kurz ihr bezauberndes Lächeln, bevor sie begann, unglaubliche Dinge zu erzählen. Ich wollte sie küssen, doch sie hielt mich zurück. Das musste jetzt warten.

»Du bist hier in Grimora als Sohn einfacher Leute aufgewachsen. Sie waren Fischer, wenn ich mich richtig erinnere. Dein Vater soll es sogar zum Leviathan-Fänger an Bord eines Nautilus-Kampfschiffs gebracht haben. Du hast mir die Geschichten selbst erzählt … vor langer Zeit. Aber das ist jetzt unerheblich. Wichtig ist nur die Gabe, die schon immer in dir schlummerte: die Macht, die Realität mit deinem Geist zu beeinflussen. Irgendwann wurde der Ruf der Gabe so laut, dass du dein Elternhaus verlassen musstest. Um durch deine unkontrollierten Manifestationen niemanden zu gefährden, suchtest du Meister Alanon auf, auf dass er dich unterweisen möge.«

»*Den* Alanon?«, keuchte ich. »Aus Titanus? Dessen Gehilfe fast wegen meiner Dummheit gestorben wäre? Der wusste die ganze Zeit, wer ich bin? Wieso hat er nicht …«

»Später! Stelle deine Fragen später!«, unterbrach mich Faye und legte dabei zärtlich eine Hand auf meinen Mund. »Hör erst mal zu. Wo war ich? Ach ja, dein Aufstieg zum mächtigsten Magier, den Grimora jemals gesehen hat. Dein Lernprozess und letztlich deine guten Taten für die Völker von Grimora sind eine ganz eigene Geschichte wert und fragmentarisch in verschiedenen Büchern festgehalten. Doch mit diesen Details sollten wir uns ebenfalls nicht aufhalten. Wenn wir Glück haben, dann wird das alles bald wieder ein Teil von dir sein. An das wichtigste Puzzlestück aus dieser Zeit kannst du dich ja schon wieder erinnern.«

Faye drehte sich zu mir um und lächelte anbetungswürdig. »Mich.«

Wieder musste ich meine gesamte Selbstbeherrschung aufbringen, um nicht sofort über die Zauberin herzufallen und dem erneuten Pulsieren zwischen meinen Beinen nachzugeben.

Doch Fayes Miene verfinsterte sich. »Leider hielt unser gemeinsames Glück nicht ewig an.«

»Zendar …«, sagte ich, und mein Blick wanderte unwillkürlich zu dem Stein, hinter dem ich Gram versteckt hatte. Ich konnte den Griff sehen, es war noch da.

Faye nickte. »Ja. Er ist ein Meister der Kristallmagie. Er brachte es auf der anderen Seite Grimoras, jenseits der Drachensäulen, zu ähnlicher Macht wie du, allerdings ohne jeden moralischen Kompass. Als seine Lehrmeister die Dunkelheit in ihm bemerkten, war es bereits zu spät. Er konnte mächtige Magie wirken und damit die Geister geringerer Wesen manipulieren. Er plante, eine gigantische Armee aufzubauen und damit erst Grimora und später andere Welten einzunehmen.«

»Ich dachte, Grimora wäre nur diese Insel und unendlich viel Wasser?«, warf ich ein.

»Ich sagte *Welten*, nicht Länder. Andere Dimensionen, Kai. Vielleicht die, aus der du nach Grimora zurückgekehrt bist.«

»Die Erde?« Ich hustete, und meine Gedanken überschlugen sich.

War das möglich? Viele Erdenbewohner des 21. Jahrhunderts stellten sich wohl darauf ein, dass eines Tages Außerirdische landen könnten. Nach Pest und anderen Pandemien schlossen viele noch nicht mal eine Zombie-Apokalypse aus. Doch einen bösen Magier mit einer Eroberungsarmee aus Monstern hatte garantiert niemand auf seinem Zettel …

»Und wieso nennst du mich immer noch Kai, wenn ich doch Mordekai bin?«

Faye rollte mit den Augen. »Weil Kai schon immer dein Spitzname war. *Mordi* wolltest du ja nicht ...«

Ich lächelte. Das konnte hinkommen. Schließlich hasste ich solche Verniedlichungen.

»So kam es, wie es kommen musste«, sagte Faye. »Ihr fandet zusammen wie die beiden Pole eines Magneten ... wie Licht und Schatten ... Liebe und Hass. Keiner konnte die Existenz des anderen ertragen.«

Sie schluckte. »Eines Tages schwebte Zendar, von unheiligen Kräften gehalten, vor unserem Turm und forderte dich heraus. Du schicktest mich weg. Ich schrie vor Empörung, doch du schriest lauter. Schließlich gehorchte ich. Nicht aus Ergebenheit, sondern aus Liebe. Weil ich wusste, dass du mich nur schützen wolltest.

Faye hielt inne und schloss die Augen. »Als es begann, war ich nur ein Rabe in den Wolken. Konnte nur zusehen; nur versuchen, nicht zwischen die titanischen Wellen eurer Magie zu geraten. Es war furchtbar.«

Sie blickte in die Dunkelheit der Ebene. Das Wetterleuchten offenbarte neue Tränen auf ihren Wangen. »Euer Kampf verdunkelte die Sonnen. Deine Vorstellungskraft war zügellos an diesem Tag. Ein einziger Feuerzauber von dir ließ unseren geliebten See verdampfen und hinterließ nur diesen Krater.«

Sie schluckte und hatte Mühe, durch ihre Tränen zu sprechen. »Doch auch Zendar war mächtig. Viel mächtiger, als wir beide es uns vorher ausgemalt hatten. Er hatte sich vorbereitet ... den Kampf von langer Hand geplant. Obwohl seine Kristallmagie deiner Geistesmagie unterlegen ist, vermochte er vulgäre und katastrophale Effekte mit ihr zu erzielen. Alle Wesen in einem Umkreis von mehreren Kilometern starben, weil ihnen vor Schreck das Herz stehen blieb.«

Faye sah nicht gut aus. Sie war kreidebleich, als sie weitererzählte. Ihre Lippen bebten, als ob sie alles noch einmal durchlebte.

»Letztlich hat dich deine Liebe zu den Bewohnern von Grimora den Sieg gekostet. Du opfertest wertvolle Sekunden, um dich und ihn in die Astralebene zu versetzen, wo eure zerstörerische Magie niemanden mehr verletzten konnte. Doch scheinbar hatte Zendar deine emotionale Reaktion vorhergesehen und eine Falle gelegt! Eine seiner Kristall-Drohnen fand deine sterbliche Form und trennte sie von der Matrix des Lebens.

Deine astrale Form, deine Essenz, konnte er jedoch nicht töten. Niemand kann das. Deswegen verbannte er dich in eine andere Dimension, in der die Gesetze der Magie nicht in die Formel der Welt geschrieben sind und keine Wirkung haben. Dein Körper in der anderen Welt hatte ganz offensichtlich keine Erinnerung an deine Identität als Mordekai, sondern ganz neue. Und selbst *wenn*, du hättest ohne Magie nicht zurückkehren können.«

Ich wusste nicht, ob ich lachen oder weinen sollte nach dieser Geschichte. Oder einfach wahnsinnig kichernd aufstehen und über den Rand des Infinity Pools ins Ungewisse springen. Jeder andere hätte ob der Absurdität des Erzählten an dieser Stelle prustend abgewunken. Doch niemand hatte *meine* Erinnerungen. An das Schmieden von Gram. Oder meine Zeit mit Faye. Sie waren so real wie die Erinnerungen an meine ganze Kindheit auf der Erde, meine Zeit mit Laura oder die Geburt meines Sohnes! Wie also hätte ich lachen sollen? Oder können?

Aber Faye war noch nicht fertig: »Doch den Nornen sei Dank war mein geliebter Mordekai auch nicht ganz auf den Kopf gefallen. Auch du hattest dich ein wenig auf eine mögliche Konfrontation mit Zendar vorbereitet.«

Sie blickte mich an und zwang ein dünnes Lächeln auf ihre Lippen. »Ich denke, Gram gehört auch zu diesen Vorkehrungen. Es wird mir gerade klar. Du hast es geschmiedet und an einem Ort versteckt, an dem es nur jemand mit einer außergewöhnlich guten Verbindung zur Geistesmagie finden kann. Für den Fall, dass du mal keine Magie hättest, verstehst du? Und vielleicht auch für den Fall, dass du etwas bräuchtest, um dich an dein wahres Ich zu erinnern.«

»Ich, oh Mann, das ist … so weit hergeholt, ich …« Mein Mund stammelte und stotterte in die warme Zwergendecke, die ich mir bis über die Nase gezogen hatte.

»Doch es ist die Wahrheit! So wahr wie die Magie, mit der du deine Rückkehr nach Grimora vorbereitet hast. Für den Fall, dass du mal in einer Welt ohne Magie stranden solltest. Ich meine, Kai, ernsthaft, die Bücher in allen Magier-Akademien in ganz Grimora sind voll mit Warnungen beim Weltenwandeln und Reisen in andere Dimensionen! Ist doch klar, dass du dich abgesichert hast. Die uralten Schwestern in den Sümpfen, die mich in deiner Abwesenheit meine Blutmagie lehrten, hatten also recht! Sie sagten, dass in Welten ohne Magie zwar kein Portal geöffnet werden kann, wohl aber hier: Ein Übergang, der sich wie ein Riss in Raum und Zeit öffnen und dich zurückbringen würde.«

»Ich muss dich enttäuschen, Faye, aber ich bin durch kein Portal oder einen Riss hierhergekommen. Mir wurde etwas injiziert, was mich einschlafen und meinen Geist hierherkommen ließ.«

»Ja eben!«, rief Faye, vermutlich lauter als beabsichtigt. »Deine Astralform! Neu inkarniert in Grimora! Welche Gestalt das Portal in deiner anderen Welt hatte, spielt doch keine Rolle! Es war nur eine optische Repräsentation auf dieser … *Erde* oder wie du sie nennst. Etwas, das *dort* Sinn gemacht hat.«

Ich war baff. »Wow, das klingt nach so einem harten Tobak …«

Und doch saß ich dort. Im Zwergen-Spa, auf der Spitze eines Berges mit meiner sexy Freundin, an die ich mich nun wieder erinnern konnte, und mit einem echt kalten Hintern auf dem Steinboden, den ich durch unsere Decken spürte.

»Aber wenn das alles die reine Wahrheit wäre … und Zendar mich besiegt hätte – wieso reden dann alle von seiner Rückkehr? Ich dachte, er hätte mich besiegt? Wo war er denn bis vor ein paar Tagen?«

»Dazu wollte ich doch jetzt kommen«, sagte Faye, die gerade ihre Tränen an der Decke abwischte, und grinste mich an. »Das war die wichtigste Sicherheitsvorkehrung, die du getroffen hattest. Wir haben lange gerätselt, warum Zendar bei deinem Verschwinden in eine winterschlafähnliche Starre fiel, die verhinderte, dass er in deiner Abwesenheit Grimora unterjochen konnte. *DU* hattest dafür gesorgt! Wie Alanon, den Ältesten des Ordens, Cura und anderen in der Kunst bewanderten Freunden bald klar wurde, hattest du deine Lebensenergie mit der von Zendar verbunden. Nur für den Fall, dass er dich eines Tages überflügeln und besiegen würde. Dann sollte dein Tod auch seiner sein. Doch da du nicht tot warst, sondern nur dein Geist abwesend, ist mit ihm dasselbe passiert. Erst als dein Geist vor ein paar Tagen nach Grimora zurückkehrte, ist auch das »Ich« in seinem Körper wiedererwacht.«

»Holy Crap!« Mehr konnte ich gerade einfach nicht zu Fayes haarsträubender Geschichte sagen.

»Donner und ein nackter Arsch auf Amboss!«, fiel einem der beiden Zwerge dazu ein, die oben an der Tür zur Treppe standen. Scheinbar waren die schwer gerüsteten Wachen nun aus ihrem magischen Schlaf erwacht. Die Zornesröte in ihren Gesichtern strahlte fast so hell wie der Höllenriss im Pool.

»Beim alles bedeckenden Barte des Ûr, seid ihr Menschenkinder noch zu retten?«

~

Ein wütender Knall, und die Tür war zu. Jede auch nur im Ansatz zartere Pforte wäre vermutlich aus den Angeln geflogen, aber nicht diese. Das war maßgeschneiderte Zwergenarbeit aus bestem Holz und Dunkelstahlschrauben.

Ich sah mich in unserem Übernachtungszimmer um. Es machte den Anschein, als hätte es kurzfristig ein paar Sterne eingebüßt. Wo vorher noch von »unverhältnismäßigem Luxus für unsere seltenen Überraschungsgäste« die Rede war, staubte mir nun die Minimalausstattung entgegen. Unter einem Fenster, das eigentlich mehr eine Schießscharte war, stand ein vollgeregneter Holztisch, der genau wie sein einsamer Hockerfreund schon ruhmvollere Tage gesehen hatte.

Daneben prahlte ein einzelnes Bett mit Schlichtheit, das kaum Platz für eine Person bot. Nach dem Pool-Erlebnis hätte ich jedoch ohnehin nicht ohne Faye in meinen Armen einschlafen wollen. Immerhin gab es einen siffigen Eimer und eine Wasserpumpe, die sogar funktionierte. Und den Gnomen sei Dank auch eine magische Lampe unter der Decke, die auf Berührung reagierte. Trotzdem waren die paar Quadratmeter um uns herum nicht viel mehr als eine Mönchskemenate, die dazu einlud, über sinnlosen Prunk nachzusinnen.

Zumindest waren wir nicht in eine Zelle geworfen worden. Oder zu Gorlax in den Stall. In dem Fall wäre jedoch jedes dunkle Loch vorzuziehen gewesen …

Ich hob unsere Klamotten vom Boden auf, die die Zwerge zusammen mit uns ins Zimmer geworfen hatten, und blickte

Faye mit einem gespielt griesgrämigen Gesicht an. Sie kicherte. Ich kam mir vor wie ein Halbstarker, der im Schullandheim beim Vögeln mit seiner ersten Freundin erwischt worden war und nun Stubenarrest hatte.

Aber gut, es war ja nicht so, als hätte ich den Unmut der Zwerge nicht verstehen können. Wir hatten wie zwei Karnickel in der Riesenbadewanne der Königin gerammelt, während ihre tapferen Dämonenschlächter in der Arena »gefickt« wurden ... Aber hey, so hatte jeder seine Aufgabe!

Wir ließen die dicken Felldecken fallen, die uns die Zwerge gnädigerweise für die kommende Nacht zum Zudecken gelassen hatten und schlüpften wieder in unsere Klamotten. Faye trug nun wieder das Zwergenkleid und würde sich später noch ihre Ledergarnitur zurückholen müssen.

Faszinierenderweise hatten die Wachen mir mein hastig aufgesammeltes Schwert abgenommen, es lachend ein paar Mal in ihre Handflächen geschlagen und mir dann zurückgegeben. Warum waren Zwerge gegen Gram immun? War es ihre tadellose Gesinnung? Es spielte keine Rolle. Ich war dankbar, dass die vertrackte Klinge niemand Unschuldigen verletzte. Ein kurzer Hieb gegen den albernen Melkschemel, der vor dem Tisch stand, versicherte mir jedoch, dass sie immer noch Saft hatte.

Faye blickte auf die sauber abgetrennten Hälften und zog anklagend eine Augenbraue hoch. »Na klar, mach auch noch das bisschen Mobiliar kaputt, das wir hier haben. Spielt keine Rolle.«

Wir lachten.

Dann klopfte es an der Tür. Zu zaghaft allerdings für einen der tobenden Zwerge. Faye war bereits an der Klinke und öffnete. Es war unser Lieblingsturner. Lennox blickte nervös von einer der beiden vor unserer Tür stationierten Wachen zur anderen und schlüpfte dann hinein. Er ließ genervtes Grummeln auf dem Gang zurück.

Seine Miene hellte sich aber sofort merklich auf, als er unsere roten Köpfe betrachtete. »Ich sehe, die Grollhammers haben euch die Königssuite anvertraut. Ach nein, wartet, die hattet ihr ja schon …«

Der Dieb präsentierte sein »Morgens-Aronal-Abends-Elmex-Lächeln«, und Faye winkte ab. Mir fiel auf, dass auf seiner Wange von der Säureverletzung keine Spur mehr zu sehen war. *Regeneration*?

»Ich soll euch beiden Liebesvögeln mitteilen, dass Gladdys nun erstmal nicht mehr an einem Treffen mit euch interessiert ist und dass wir die Feste morgen in aller Frühe verlassen müssen. Ich glaube, dass wir überhaupt noch hier nächtigen dürfen ist der Tatsache geschuldet, dass die rollenden Zombieköpfe ohne unsere Hilfe sicher noch mehr Schaden angerichtet hätten. Die arme Zofe ...« Lennox schluckte. »Neben der Zwergin sind heute Abend noch zwei weitere Schlächter in der Arena getötet worden. Das liegt wohl etwas über dem Durchschnitt von einem oder keinem Toten …«

Wir tauschten betroffene Blicke aus. Immerhin war kein Zwerg unter den Gefallenen, den wir mit Namen kannten. Das machte es etwas leichter verdaulich.

Auch Lennox wollte scheinbar die bedrückende Lebensrealität der Zwerge nicht unsere Stimmung vermiesen lassen. Er lächelte schon wieder und machte ein Gesicht, als wolle er wissen, ob eins seiner Lotterielose gewonnen hatte. »Und, hat es geklappt?«

»Teilweise«, sagte Faye und schmiegte sich an meine Seite. »Er erinnert sich zumindest wieder an ein *Uns* …«

Ich legte schelmisch grinsend meinen Arm um sie und wusste nicht, was ich dem hinzufügen sollte.

Jetzt sah Lennox enttäuscht aus. »Ich verstehe.« Er fuhr sich mit beiden Händen durch die Haare, als ob das irgendeinen Effekt auf seine immer gleich und perfekt sitzende Föhnfrisur hätte haben können. Dann deutete er mit einem Daumen über seine Schulter auf die Tür hinter sich und stammelte: »Gut … alles klar, dann werde ich noch mal nach Gorlax sehen und dann meine Matratze aufsuchen.« Er schluckte.

Hatte er wässrige Augen?

»Ich habe immerhin etwas mehr Glück gehabt als ihr. *Mein* Zimmer sieht nicht aus wie eine bessere Besenkammer. Außerdem gibt es ein kleines Bücherregal mit …«

Dann war Faye plötzlich da und schlang ihre Arme um ihn. Lennox ließ es zögerlich geschehen, bis er nicht mehr an sich halten konnte und sie ebenfalls kräftig drückte.

Ich räusperte mich und spürte einen kindischen Anflug von Eifersucht. »Erklärt mir mal bitte jemand, was hier gerade passiert?«

Die beiden blieben eng umschlungen stehen, und Faye nutzte einen Ärmel ihres Kleides, um Lennox' Tränen abzuwischen.

»Hallo!?«

Faye drehte sich zu mir um, Tränen schimmerten auch in ihren Augen. Die weiße Strähne baumelte auffällig vor ihrem Gesicht, bevor sie sie einfing und hinter ein Ohr klemmte.

»*Du* passierst gerade«, sagte meine rote Zauberin geknickt. »Oder besser gesagt, *du* passierst eben nicht genug.«

»Ich verstehe nicht.«

»Ja, genau das ist das Problem. Du bist nicht du selbst! Seit du aus der anderen Dimension, in die Zendar dich verbannt hat, zurückgekehrt bist, haben wir geduldig darauf gewartet, dass du dich wieder erinnerst. An mich …«

Sie blickte kurz zu Lennox, schloss die Augen und vergoss dabei eine dicke Träne.

»… oder an deinen besten Freund. Lennox.«

Der Kloß, den ein geistig derangierter Kobold-Magier da gerade in meinen Hals gezaubert hatte, war mindestens so groß wie der Schädel von Vecna.

»Scheiße Mann, es tut mir leid … ich …«

… wusste nicht was ich dazu sagen sollte oder konnte. Ja, irgendwie fühlte ich mich in Lennox‘ Gegenwart schon immer wohl und verstanden, doch … *mein bester Freund*? Ich hatte keinen Schimmer …

»Ist egal Mord, du kannst ja nichts dafür. Es wäre nur so toll, endlich wieder über gemeinsame Erinnerungen schmunzeln zu können. Über die Zeit *vor* Zendar. *Vor* dem Tag der Verdunkelung … Ich habe dich echt vermisst, Mann. Hätte nie gedacht, dass du überhaupt zurückkommst.«

Ich sah hilfesuchend zu Faye.

»Er nennt dich eigentlich Mord … ich nenne dich Kai …«

»Oh, nun, da finde ich Kai als Kosenamen aber schmeichelhafter. Aber das ist jetzt auch egal. Ich … es tut mir so wahnsinnig leid, Lennox … Faye … für alle, die mich scheinbar kennen. Ich mache das alles ja nicht mit Absicht. Ich weiß doch selbst überhaupt nicht mehr, wer ich bin!«

»Dann entscheide dich endlich für eine Person!«, herrschte mich Faye an, und ich konnte am Spiel ihrer Mimik erkennen, dass ihr der Ausbruch sofort wieder leidtat. »Ich meine, es würde den restlichen Erinnerungen vielleicht helfen wieder in den Vordergrund zu treten. Würde dein vollständiges Erwachen vielleicht schneller vollenden. Bitte Kai, wir brauchen dich doch! Als Liebhaber … als Freund … und als denjenigen, der sich Zendar entgegenstellt und dessen üble Machenschaften ein für alle Mal beendet. Bring zu Ende, was du vor so langer Zeit angefangen hast, Mordekai!«

»Psssst«, machte Lennox und nickte in Richtung Tür. »Trunkenheit und meisterhafte Baukunst der Zwerge sollten unsere Worte ausreichend verschleiern, aber man weiß ja nie. Besser, wir erheben unsere Stimmen nicht. Wer weiß, was die Zwerge aus unseren Gesprächen machen.«

»Liebhaber und Freund bekomme ich hin«, sagte ich in gedämpftem Tonfall, »aber wie soll ich gegen Zendar bestehen? Ich konnte ihn ja noch nicht mal besiegen, als ich auf der Höhe meiner magischen Kräfte war. Wie soll ich das ganz *ohne* Zauberei schaffen? Oder hattet ihr euch vorgestellt, dass ich bei ihm klopfe, und wenn er öffnet, springe ich aus dem Schatten hervor und ritze ihm mit Gram ein Z in die Stirn?«

Faye sah mich konsterniert an. »Keine Ahnung, was du wieder für seltsames Zeug redest, aber erstens ist Zendar selbst auch nicht auf der Höhe seiner Kräfte. Zweitens sagt doch niemand, dass wir deine Zauberkräfte nicht wieder wecken können. Und drittens hast du auch noch uns! Zur Not verschaffen wir dir die Zeit, die du brauchst, um Zendar mit Gram zu besiegen. Jedes Mittel ist recht.«

Lennox nickte zustimmend.

Ich war mehr als skeptisch. Immerhin ging es hier nicht um einen ausgeklügelten Coup von einer Bande Teenager, die den Eismann ablenken und ihn hintenrum um einen Eimer Schokoeis erleichtern wollte. Das hier war haarsträubender, unerklärlicher und, vor allem, *unberechenbarer* Magie-Scheiß, der meine Vorstellungskraft sprengte und mich am Ende ziemlich sicher ins Grab bringen würde.

Zudem wurde ich langsam hundemüde.

Zwergenbier, Hexen-Sex und Mindfuck hatten mich ausgelaugt. Ich bäumte mich geistig noch ein letztes Mal auf und sah die beiden flehentlich an. »Ich kann das einfach nicht glauben. Trotz aller Erinnerungen an Faye und Gram … ich bin einfach kein mächtiger Magier. Das ist *so weit* hergeholt! Habt ihr auch nur irgendeine Ahnung, wie vollkommen *irre* das für mich klingt?«

»Wieso ist das so schwer zu glauben?« Faye sah so hübsch aus, wenn sie wütend war. Oder lächelte. Oder einfach nur existierte. *Shit.*

»Wer bist du denn in dieser anderen Welt? Kai, der Ehegatte? Kai, der Vater? Kai, der Bewohner von *Erde*? Welcher Kai davon bist *du*? Du akzeptierst so viele Bezeichnungen, die dich beschreiben, aber eine einzige darf nicht dabei sein? Wieso schließt du Kai, den Magier, aus? Wieso ist Mordekai, Herrscher über Grimora, für dich weniger wert als all die anderen Kais?«

»Na ja weil …« Ich ballte verzweifelt die Fäuste. »Weil *Kai, der Nerd*, zuerst da war. Ich wurde als Kai Winters geboren. Und erst viel später in meinem Leben gelangte ich nach Grimora und erhielt von euch den fragwürdigen Titel eines Auserwählten … und dann auch noch den eines Zauberers …«

Faye versuchte, ruhig zu bleiben. »Was spielt die Reihenfolge deiner Titel und Fähigkeiten für eine Rolle? Du findest es wundersam, dass du einst in Grimora geboren worden sein sollst, anstatt auf dieser *Erde*? Ist nicht die Tatsache, dass du überhaupt geboren wurdest, viel wundersamer? Wer warst du *vor* deiner Geburt? *Wo* warst du vor deiner Geburt? Sag es mir. Wie wahrscheinlich war es, dass du aus der ewigen Dunkelheit des Nichts plötzlich zu flackerndem Leben erwacht bist? Welche Kerze gießt und entzündet sich selbst?

Oder …«, Faye simulierte ein überraschtes Gesicht, »… hat Wahrscheinlichkeit am Ende gar nichts damit zu tun?«

Lennox grinste ungläubig und warf ein: »Faye, ich glaube … er weiß es nicht … diese Bewohner der Erde wissen es nicht … die wissen nicht, wer sie wirklich sind … haben es wohl vergessen!« Er lachte und machte ein Gesicht, als wäre ihm just klar geworden, dass Fische im Meer vermutlich nichts davon wussten, dass noch eine Welt außerhalb des Wassers existierte.

Jetzt hatte ich Schwierigkeiten, zu folgen. Welche Art von »Mind Games« spielten die beiden hier mit mir?

»Ja, das weiß ich schon länger,« bestätigte Faye. »Kai glaubt, er wäre eine Art Geist, der in einer Fleischpuppe eingeschlossen wurde und sich nun mit den verschiedenen Ansichten und Weltanschauungen dieser identifizieren muss. Deshalb fällt es ihm so schwer, durch die Illusionen seines Verstandes zu blicken und zu erkennen, dass er selbst die Wahl hat. Dass er jederzeit selbst entscheiden kann, wer er ist.«

»Jetzt ist euch endgültig der Kompressor aus der Halterung geflogen, oder? Notstromaggregat durchgeknallt? Ende der Stange erreicht? Hirn zu Pudding, kein Save Game? Ihr seid mir ja welche ...«

Faye und Lennox starrten sich irritiert an. Doch als Faye ihren schönen Mund öffnete, um weiter auf mich einzureden, winkte ich ab. Ich war einfach zu müde.

»Ach, jetzt hört doch auf, Kinder. Wenn das alles wirklich die Wahrheit wäre, wieso hast du mir nicht einfach von Anfang an alles erzählt? Oben bei der Höhle der Pechschwinge? Wo du mit einem Blitz den ersten Schweinemenschen für mich weggezimmert hast? Hm?«

Faye lachte, laut und aufrichtig. »Und du meinst wirklich, dass du mir auch nur *ein* Wort geglaubt hättest?«

Sie wurde wieder ernst, doch ihre Stimme triefte nur so von unterdrückten Emotionen, als sie weitersprach. »Nein, Kai. Ich musste hoffen, dass deine Erinnerung von alleine zurückkommt. Durch Orte, Dinge oder Personen ... Freunde! Freunde wie Lennox. Als du dich beim Elfenkreis auf dein

Innerstes, auf dein Selbst, konzentriertest und plötzlich wieder auf alte Erinnerungen Zugriff hattest, schöpfte ich Hoffnung, dass Zendars Vergessenszauber vielleicht doch umkehrbar wäre. Jenseits der Gedanken hast du Zugriff auf alles. *Alles.*«

»Das erscheint mir wie ein Wiederspruch. Auf *alles*, obwohl ich nicht denke?«

»Ja! Denken ist doch nur ein Filter wie beim Destillieren von gnomischem Süßampfer-Schnaps! Deine Gedanken sind wie ein Kompass, der dich einen von unendlich vielen Wegen entlangführt. Ist das wirklich so schwer zu verstehen? Wenn du aber *nicht* denkst, sind alle Wege noch offen. Dann liefert dir dein Unterbewusstsein ganz automatisch, was du brauchst. Es ist so viel größer als das, was deine Eltern »Kai« genannt haben. Aber du hast nur Zugriff darauf, wenn du gedanklich still bist.«

Da fiel irgendeine Münze bei mir. »Wie beim Sex mit dir!« Ich hustete verlegen. »Also beim Orgasmus … da habe ich nichts gedacht, da war ich nur …eins … mit *dir.*«

»Und mit allem anderen auch, ja.« Faye lächelte.

»Okay, aber was nützt mir diese Einsicht? Ja, ich erinnere mich seltsamerweise an große Teile meiner Zeit mit dir, so, als wäre mir das mal in einem längeren Urlaub widerfahren, den ich verdrängt habe. Genau wie das Schmieden dieses wahnsinnigen Schwertes. Aber trotzdem fehlt noch immer ein riesiger Teil dessen, was ihr beide »Mordekai« nennt. Und das scheint wichtig zu sein, um Magie wirken zu können … denn *Kai* kann es definitiv nicht.«

»Aber was redest du denn da?« Faye trat lächelnd zu mir und streichelte mir die Wange. »Du tust es doch schon die ganze Zeit!«

»Ich tue was?«

»Magie wirken. Deine Vorstellungskraft arbeitet ständig wie eine magische Maschine. Auch wenn du es gar nicht mehr merkst, weil es automatisch geht. Es ist alles da drin.« Sie tippte mit einem Zeigefinger gegen meine Stirn.

Ich schnaubte. »Also bisher kam mir noch nichts sonderlich magisch vor, was ich hier in Grimora vom Stapel gelassen habe. Solange ich keine Blitze schießen kann wie du oder einen schönen fetten Feuerball, glaube ich nicht an meine Fähigkeit, Magie zu wirken.«

Faye rollte mit den Augen und blickte Lennox an, der sich im Schneidersitz auf unsere Pritsche gesetzt hatte und damit beschäftigt war, seine langen Dolche zu schärfen.

Als er die kurze Stille und Fayes Blick bemerkte, sagte er: »Hab Geduld. Irgendwann geht ihm ein Licht auf.«

»Wir haben aber nicht die ganze Nacht Zeit«, sagte sie gequält. »Kai, nur weil die Effekte deiner Magie noch nicht brachial oder zerstörerisch sind, heißt es nicht, dass dein Kopf nicht ständig subtile Geistesmagie webt. Der beste Beweis ist doch, dass du immer noch am Leben bist. Du hast bis jetzt alle Gefahren mit uns gemeistert.«

»Ja, mit Gram, und dabei habe ich eine Spur von Leichen hinterlassen. Ich bin mir sicher, dass meine Magie für ein Zusammentreffen mit Zendar noch nicht *zerstörerisch* genug ist.«

»Dann trainieren wir dich. Gleich morgen früh!« Faye schlug eine Faust in ihre Handfläche. »Wenn du glauben kannst, dass du Mordekai bist, ist der Grundstein gelegt. Derselbe Grundstein, der einst die Mauer deines Turms wachsen ließ, Stein um Stein um Stein …«

Ich stöhnte. »Das klingt nach Arbeit. Apropos Turm … Wenn das mein, entschuldige Süße, *unser* Turm, ist, dann war die ganze Geschichte mit dem Turm des Erzmagiers und einem Ausgang aus Grimora eine Lüge … Ich bin selbst dieser Erzmagier, nicht wahr?«

»Ja, bist du.« Faye sah ertappt aus, behielt aber die Fassung. »Es war, technisch gesehen, trotzdem keine Lüge. Der Turm ist immer noch das Ziel unserer Reise. Und es stimmt, dass dort der *Ausgang* wartet, mit dem du dich aus jeglicher Illusion befreien kannst.« Ihre Stimme klang plötzlich ganz ätherisch, als würde sie verbotenes Wissen aus einem uralten Zauberbuch zitieren. »In unserem Schlafzimmer steht ein magischer Spiegel, den du einst für nur einen einzigen Zweck gebaut hast. Ein Blick in seine unendliche Tiefe sollte dir stets dein wahres Ich offenbaren.«

»Hä? Ich dachte, damals hätte ich gewusst, wer ich bin?«

Faye lachte. »In der Theorie schon. Es ist so: Damals wusste kaum jemand, wie Mordekai wirklich aussieht. Mit deiner Geistesmagie konntest du jede Gestalt wählen, die dir gerade in den Sinn kam. Auch wenn ich mit deiner, ich nenne sie mal *Ursprungsform*, am liebsten Sex hatte.« Sie kicherte. »Doch nach so manchen Gestaltwandlungsorgien brauchtest du etwas, das dich daran erinnerte, wer du wirklich bist. Und darum hast du den Seelenspiegel gebaut.«

»Geil, wie in einem Disneyfilm. *Seelenspiegel*? Echt jetzt?«

»Gebärde dich nur, mach dich lustig, aber sein kosmisches Glas wird dir zeigen, wer du *wirklich* bist.« Sie nahm verschwörerisch mein Gesicht in ihre Hände, und ich blickte in das schaurig-schöne Feuer ihrer grünen Augen. »Ich habe nicht gelogen: Im Turm ist der Ausgang, den du suchst.« Sie küsste mich und flüsterte: »Aber nicht aus Grimora, sondern aus *deiner* Welt.«

Ich konnte nur starren, während ein kalter Schauer über meinen Rücken prickelte.

Lennox regte sich auf der Pritsche. »Das ist es! Wenn Kai in den Spiegel blickt, wird das seine ganze Macht entfesseln. Dann kann er Zendar schlagen!«

Faye nickte. »Ja, das ist möglich, vielleicht sogar *wahrscheinlich*, und genau darum wird Zendar mit aller Macht versuchen, Kai von seinem Turm fernzuhalten.«

Ich massierte mein müdes Gesicht. »Furzt er dann wieder diese grüne Wolke durchs Gelände, die uns alle anwesenden Monster auf den Hals hetzt?«

»Sehr wahrscheinlich«, bestätigte Faye, »Zendar scheint immer noch zu schwach zu sein, um selbst in Erscheinung treten zu können. Doch sein Wille manifestiert sich bereits in diesen magischen Wellen, die uns schon so häufig in große Gefahr gebracht haben.«

Ich stellte mir Zendar mittlerweile wie den Lich Acererak aus *Tomb of Horrors* vor: einen untoten Magier im Schneewittchen-Glassarg, der seine vermoderten Ausdünstungen über Grimora fegen ließ. Lecker.

»Also, alle ab ins Bett«, sagte Faye mit strenger Stimme, die mich eher wieder wach und geil machte. »Morgen wird sich das Schicksal von Grimora entscheiden. Wir müssen früh aufstehen und versuchen, Kai auf eine mögliche Konfrontation mit Zendar vorzubereiten. Ich werde die Zwerge bitten, uns vor Sonnenaufgang zu wecken. Ich denke, sie werden nichts dagegen haben, uns so schnell wie möglich wieder los zu sein.«

»Vielleicht sind sie ja auch kooperativer als die Elfen und können ein paar ihrer Arena-Helden entbehren? Ein paar Bolzenwerfer und Kettensägen-Schwerter könnten bei den nächsten Kämpfen nicht schaden.«

Meine Gefährten sahen sich an. Lennox kratzte nachdenklich seinen Ziegenbart, und Faye zuckte mit den Schultern.

Dann sagten sie fast zeitgleich: »Fragen kostet nichts.«

Sei Wasser, mein Freund

Trotz aller aufregender Strapazen und der Aussicht auf einen ganz und gar lebensbedrohlichen nächsten Tag, schlummerte ich wie ein Baby.

Eng umschlungen mit meiner zauberhaften Hexe, glitt ich schnell in einen traumlosen Schlaf. Mich mit Faye auf einer engen Bettstatt in Löffelchenstellung in den Schlaf zu vögeln – daran konnte ich mich gewöhnen.

Der Blick in Fayes grüne Augen am nächsten Morgen, während sie mich mit winzigen Küsschen weckte, war außerdem jedem schrillen Protestieren eines Weckers überlegen.

Bei einem unerwartet üppigen Frühstück aus riesigem Roc-Spiegelei, ofenwarmem Brot, Speck und »heißer Morgenröte«, einem Kaffee-Tee-Irgendwas, das wie erhitztes Malzbier schmeckte, erzählten wir dem guten Boron von unseren weiteren Plänen. Der vernarbte Kriegsführer sah müde aus, was nach dem Kampf an der Höllenklamm nicht weiter verwunderlich war. Beim Blick durch den ansonsten verwaisten Speisesaal der Zwerge war ich überrascht, dass er überhaupt so früh auf den Beinen war.

Er schob lustlos das gebratene ungeborene Leben des Riesenadlers auf seinem Teller umher und lauschte unseren Ausführungen teilnahmslos. Nach dem Verlust einiger seiner Brüder, hatte ich vollstes Verständnis für seine Laune. Insbesondere, da Zwergenlaune in ihrer Grundeinstellung ja schon mürrisch war.

Leider half das angeschlagene Mindset von Boron nicht dabei, ihn empfänglich für unsere Geschichten zu machen. Die ganze Sache mit dem erwachten Zendar schien ihn fast kalt zu lassen. Schlimmer noch: Er schien es nicht als ein

Problem der Zwerge wahrzunehmen. Vielleicht, weil er Zendars Einfluss in der Ramme noch nicht so deutlich zu spüren bekommen hatte wie wir. Die jüngste Welle von Zendars Boshaftigkeit hatten, außer den Gnomen, kaum Zwerge wahrgenommen, und die rollenden Zombieköpfe waren nur eine weitere Unannehmlichkeit aus dem Höllenriss gewesen.

Boron und seine Schlächter hatten einfach auch so schon genug Probleme. Und da es in einer Mittelalterwelt wie Grimora noch keine effizienten Kommunikationsmittel gab, bekamen die Dämonenschlächter im Mikrokosmos der Ramme kaum etwas von der Außenwelt mit.

Natürlich hätte ich Boron von mir und meiner neuen Identität erzählen können. Ihm jedoch ohne nachweisliche Kräfte weismachen zu wollen, dass ich der zurückgekehrte Supermagier war, erschien mir eher albern. Trotzdem runzelte der Zwerg besorgt seine verbrannte Stirn, als er hörte, dass wir die Feste in Richtung der Ebene der Todesgefahr zu verlassen gedachten.

Er warnte uns vor den Gefahren, die nach dem »magischen Vorfall« aka meinem Kampf mit Zendar ins Gebirge eingezogen waren. Das Riesenspiegelei auf unseren Dämonenfratzen-Tellern hatte ein paar Tage zuvor bei einer solchen »Gefahr« als Ei im Nest gelegen.

Daher erklärte sich Boron bereit, uns zumindest bis zum Rand des Kraters zu begleiten. Mir war klar, dass seine Hilfsbereitschaft Fayes Freundschaft zu ihm zu verdanken war.

Gladdys genehmigte ihm für etwaige Scharmützel ein Achtel Zwergen-Platoon bestehend aus drei Nahkämpfern und zwei Bolzenwerfern. Leider nur zwei Distanzschützen, aber Munition war teuer.

Ich war wirklich angenehm überrascht, dass die Zwerge trotz unseres Fauxpas in der Badewanne ihrer Königin immer noch deutlich kooperativer waren als die Schmuggel-Elfen von Kapitän Chaion. Zwerge waren einfach die besten. Ich mochte sie. Schon immer.

Nach dem Frühstück zeigte uns Boron die Geheimtür, die hinter der Zwergenfeste in die Ebene der Todesgefahr führte. Faye wollte zunächst alleine mit mir an die frische Luft, um eine Art grundlegendes magisches Training zu absolvieren. Erst danach sollten die Zwerge, Lennox und Gorlax zu uns stoßen. Die Rechnung ging jedoch nicht ganz auf.

Ein paar extrem schlecht gelaunte Zwerge mit Bolzenwerfern im Anschlag brachten uns Gorlax an die Tür. Der Gorillianer sah extrem ramponiert aus, quetschte sich nörgelnd und mit Strohresten überall in seinem Fell den schmalen Gang entlang. Er passte kaum durch die vergleichsweise kleine Pforte nach draußen, und für einen kurzen Moment befürchtete ich, er würde stecken bleiben. Doch dann war er durch und blinzelte verkatert in das Licht der aufgehenden Sonnen. Auf unsere Nachfrage hin gaben die Zwerge zu Protokoll, dass der vierarmige Affenmann auf Vampirblut an vielen unpassenden Stellen Ejakulat hinterlassen und einen Rieseneber beim Liebesspiel ins Jenseits befördert hatte.

Ganz großes Tennis.

Als kleine Wiedergutmachung für alle Unannehmlichkeiten schenkten wir den Zwergen den Reitsaurier, der beim kommenden Abstieg ins Tal vermutlich ohnehin in den Tod gestürzt wäre. Die Zwerge nahmen dies mit einem »Das ist ja wohl auch das Mindeste«-Grummeln zur Kenntnis und marschierten zurück.

So würde uns Gorlax bei meinem Training wohl doch Gesellschaft leisten. Ich war mir nicht sicher, ob ich »konnte«, wenn mir ein großer Affe dabei zusah …

Wir gingen auf einem schmalen Steinsims entlang. Eine Wache blieb an der Tür zurück, um uns später wieder rein-, beziehungsweise den Rest unseres Trüppchens rauszulassen.

Faye sah so *badass* aus.

Sie trug ihre frisch gewaschene, über dem Feuer getrocknete und von geschickten Zwergenhänden zusammengeflickte Ledermontur. So konnte sie wieder als meine rothaarige Rocker-Motorradbraut durchgehen. Gorlax wirkte daneben wie ein zum Leben erweckter Bettvorleger – einer, der mehrfach von Fayes imaginärem Schopper überfahren worden war. Als ich mich vorsichtig nach seiner Nacht erkundigte, hob er gleich alle vier seiner Pranken in einer abwehrenden Geste und schüttelte den Kopf.

»Das war harter Stoff, oder?«, flüsterte ich zu Faye, die uns zu einem etwas breiteren Steinsims führte. »Das Vampirblut, meine ich.«

»Ja«, sagte Faye und warf Gorlax einen entschuldigenden Blick zu. »Kann sein, dass er noch ein paar Tage oder Wochen mit den Entzugserscheinungen zu kämpfen hat. Wir beide wissen besser als jeder andere, wie sich das anfühlt.«

»Ja …« Ich erinnerte mich daran, dass wir bei unseren (S)experimenten in der Vergangenheit auch geilen Vampirsex ausprobiert hatten. Der Rausch, der aus der Mischung von Blutdurst und erotischem Verlangen entstand, war mehr, als ein Sterblicher in Worte fassen konnte. Nun jedoch vermochte ich mich kaum noch an den Effekt zu erinnern, nur sehr abstrakt. So ähnlich wie bei allen Drogen. Wirklich wissen, wie sich etwas anfühlt, ist nur im Moment des Konsums möglich. Schwer zu erklären. So wie man auch niemandem, der noch nie verliebt war, das Gefühl von Verknalltsein vermitteln kann.

»Doch im Gegensatz zu Gorlax konnten wir unsere Entzugserscheinungen durch Geistesmagie einfach unterbinden«, sagte Faye. »Was uns zum Grund dieses kleinen Ausflugs bringt.«

Meine Tutorin stand mit dem Rücken zur Ebene. Wir befanden uns etwas unterhalb von Gladdys' Infinity Pool, aber immer noch hoch genug, um über das gesamte Tal zu blicken. In der stürmischen Dunkelheit der letzten Nacht hatte ich unterschätzt, wie weit mein Turm immer noch entfernt war. Das imposante Gemäuer war leider nicht *wirklich* in greifbarer Nähe, sondern nur durch seine wahnwitzige Größe schon so gut erkennbar …

Ein haarsträubender Abstieg aus dem Gebirge mit etlichen Terrassen und Hängen lag noch vor uns. Beinahe wünschte ich mir, noch einmal Aziz‘ Flügel-Geschirr anlegen zu können. Besonders, weil uns im Tal verschieden große Maare erwarteten, deren Gewässer in verschiedenen Farben leuchteten, sowie klaffende Schluchten und andere Hindernisse. Außerdem hatte sich eine durch Magie verpestete Art der Natur viele Orte zurückerobert. Wie ich bald feststellen würde, waren viele Steine von giftigen lilafarbenen Moosen überwuchert, und einige fleischfressende Kakteen besaßen ein gruseliges Eigenleben.

Fast wie auf einem fremden Planeten.

Und selbst wenn wir uns dann endlich an all diesen Hindernissen vorbei bis zum Rand des gigantischen Kraters vorgekämpft hätten, wäre erst die Hälfte des Weges geschafft. Denn das Becken des ehemaligen Sees war riesig …

Ich atmete tief ein und wieder aus.

Die Luft war zumindest phänomenal hier oben.

Und dank der zwei Sonnen auch angenehm warm. Voller Spannung wartete ich darauf, dass Faye mir irgendwelche Anweisungen gab.

Ich BIN Mordekai. Fliegen, Feuerball, Finger des Todes … FUCK YEAH.

Mein D&D-Hirn war so was von bereit!

Faye atmete ebenfalls tief durch. Allerdings klang ihr Ausatmen wie genervtes Stöhnen. »Leider kommen wir um einen kleinen Theorieteil nicht herum. Ich versuche, mich kurz zu fassen.«

Sie lachte und schüttelte den Kopf. »Das ist so lächerlich und albern. Jetzt erzähle *ich* Mordekai nochmal das, was er einst *mir* erzählt hat. Na, was soll's. Die Zeit drängt.«

Sie kramte eine winzige Phiole hervor und hielt sie so, dass ein Sonnenstrahl das Blut darin zum Leuchten brachte. »Blut. Der Lebenssaft. Ich benutze ihn für meine Magie. Als Grundlage und Katalysator zugleich. In althergebrachter Tradition der Schwestern des ältesten Zirkels.«

Gorlax warf Faye einen skeptischen Blick zu. Der Gorillianer hatte sich an den Rand des Abgrunds gelegt und versuchte, noch etwas zu dösen. Man konnte wirklich schnell vergessen, dass sich in dem zerfransten Affenfell in Wahrheit ein Zauberlehrling versteckte, der über Fayes Vortrag sicher eine ganz eigene Meinung haben würde. Ich betete, dass er sich einfach raushielt. Gespräche von Akademikern sprich überkandidelten Fachidioten, die häufig jeden Gesamtzusammenhang aus den Augen verloren hatten, langweilten mich zu Tode. Ich musste es wissen. Ich war selbst einer …

»Wie ich«, fuhr die Hexe fort, »benötigen viele Magiekundige bestimmte Fetische, Formeln oder eine andere Form von greifbarer *Erlaubnis*, um die Realität ihrem Willen zu beugen. Manche benutzen auch Runensteine, Tieropfer oder die mystische Kraft der Elemente. Oft auch eine Kombination verschiedener Fokusse. Wieder andere glauben, dass alle Wesen und Dinge einen wahren Namen haben. Sprachmagie ist sehr weit verbreitet! Wer dir glaubt und dir Autorität einräumt, über den hast du Macht. Das ist das erste Gesetz der Magie. Nachteil: funktioniert nur bei den geistig Schwachen …«

Gorlax prustete abfällig, doch Faye ignorierte ihn.

»Sexualmagie, Ritualmagie, Naturmagie, Astralmagie … es gibt so viele Arten, Magie anzuwenden wie es Wesen gibt, die sich daran versuchen. Musik, Farben, Tiere, Jahreszeiten, einfach alles. Da Existenz an sich magisch ist – inklusive aller darin lebenden Forscher von eingeschränktem Verstand – lässt sich auch jeder Aspekt davon magisch beeinflussen. So gesehen ist jede Art von Magie *keine* Magie. Generell nennen wir alle, die die »Kunst« praktizieren, ganz gleich, welcher Hilfsmittel sie sich bedienen, »Erwachte«. Weil sie über den Rand ihrer winzigen persönlichen Wirklichkeit gespäht haben. Doch selbst unter den Erwachten, die die Welt als das erkannt haben, was sie wirklich ist, gibt es kaum jemanden, der vollkommen »erwacht« ist. Ihre jeweilige Magieform spiegelt den Teil ihres Glaubens wider, der ihnen hilft, bestimmt Naturgesetze zu umgehen, zu erweitern oder sogar zu negieren. Sie sind meist überzeugt, dass ihre Form der Magie die beste und wirksamste ist.«

Ich räusperte mich, um kurz etwas einwerfen zu können. »Klingt fast wie in einem schlechten Eastern, in dem sich irgendwelche Shaolin über die beste Kung-Fu-Technik streiten. Adler, Schlange, eiserner Affe oder … wie hieß das noch, wenn sich die Kämpfer erst so richtig mit Reiswein abschießen müssen?«

Faye zog die Augenbrauen hoch und schürzte die Lippen. »Kannst du bitte einfach nur zuhören und versuchen, das zu verstehen, was ich sage?«

Seufzend fuhr sie fort. »Der individuelle Glaube, also ihre jeweilige Überzeugung, bildet den Grundstein für ihre Realität. Haben Magiekundige einmal eine funktionierende Technik für sich entdeckt, klammern sie sich für gewöhnlich daran fest und versuchen, sie zur Perfektion zu bringen. Doch die beste Technik ist *keine Technik* …«

Ich grinste. »Völlig richtig. Bist du die Tochter von Bruce Lee oder so? Soll ich wie Wasser sein? Haha. Tut mir leid, erzähl weiter.«

»Es geht nicht weiter. *Das* war die wichtige Aussage. Der Grund, warum Mentalmagie die mächtigste Magie ist: weil sie ohne Hilfsmittel auskommt. Auch ohne Wasser. Weil sie völlig frei ist. Weil Geist keine Grenzen kennt. Wasser ist nur *eine* Sache, die Geist darstellen kann … Purer Geist ist deine Magie, Mordekai. Sie hat dich zum mächtigsten Zauberer von Grimora gemacht.«

»Geil. Jetzt musst du mir nur noch zeigen, wie ich sie anwenden kann. Dann versetze ich sofort Berge für dich, kein Thema. Dann gehen nicht wir zum Turm, dann kommt der Turm zu uns.«

»Perfekt! Wenn du das für möglich hältst, dann mach es doch einfach.«

Einfach mal machen, die hatte Nerven.

Ich sah zu Gorlax, doch der vierarmige Fransenteppich schnarchte genüsslich vor sich hin. Leider war mir mein Versuch, eine große Sonnenblume am Ufer des Saphirs mit der Kraft meiner Gedanken zu verunstalten, noch allzu gegenwärtig. Ich hatte meine Jedi-Kräfte bereits ausprobiert. Und sie waren *nicht* episch.

»Tja dann …«

Ich stellte mich so weit an den Rand zum Tal, wie ich es wagte und schloss die Augen. Dann streckte ich eine Hand nach dem Turm aus. Vielleicht konnte ich ihn einfach wie eine Kerze greifen und herholen. Ich stellte mir vor, eine Mischung aus Krabat, Magneto und Yoda zu sein. »Komm Turm! Komm zu mir! Komm Turm, komm!«

Faye lachte.

Gorlax lachte.

Klar, dass der Affe jetzt wieder wach war.

Faye grinste gnädig, aber auch eine Spur ungeduldig. »Geistesmagie, Kai, Worte sind irrelevant. Der Turm hat keine Ohren. Er wird dir nicht gehorchen.«

Ich schloss die Augen. Natürlich hatte ich auch nicht wirklich damit gerechnet, dass der Turm plötzlich wie ein Raumschiff abheben und dann vor uns landen würde. Aber vielleicht war genau *das* mein Problem? Ich hielt es nicht *wirklich* für möglich …

Darum versuchte ich, mich nun wieder in den meditativen Zustand zu versetzen, in den Alanon mich mit einer bloßen Berührung schicken konnte. Es dauerte einen Moment. Mein Gehirn plapperte unentwegt und kommentierte jeden meiner Sinneseindrücke: *Oh, Wind in meinen Haaren, Gorlax schnarcht, ich habe schon wieder Hunger, meine Füße tun weh, ich vermisse Fayes Lippen, ich könnte mal furzen ...*

Doch dann klappte es. Ich zoomte raus und eine innere Ruhe verschlang mich. *Ahhh.*

Meine Gedanken waren Wolken, die vorbeizogen.

Und ich war der ewige Himmel, der sie nur betrachtete.

In dieser mentalen Ruhe öffnete ich die Augen und blickte zum Turm, sendete einen klaren gedanklichen Befehl. *Flieg, Turm!*

Ein matschiges Knacken ließ mich zusammenzucken.

Faye hatte in einen Apfel gebissen und schaute mich unschuldig an. »Was ist los? Klappt es nicht?«

»Nein, es klappt nicht«, entgegnete ich genervt.

Faye kaute genüsslich zu Ende und warf den Rest zu Gorlax, der flehentlich eine Hand erhoben hatte. »Soll ich dir sagen, warum nicht?«

»Oh gerne, meine Liebe, wenn es keine Umstände macht!«

Faye grinste. »Du glaubst immer noch, dass der Turm da hinten von dir getrennt ist, oder?«

»Äh ja, klar …«

»Ich verstehe.« Faye sah sich um. »Das ist ein tief verwurzelter Irrglaube, der nicht so leicht durch oberflächliche Gedanken auszuschalten ist. Hier!«

Sie hatte einen großen Stein aufgehoben und versuchte, ihre Gesichtszüge vor Anstrengung nicht allzu sehr entgleisen zu lassen. »Würdest du sagen, dass dieser Stein schwer ist?« Sie kam näher und überreichte mir den leicht moosigen Fels.

Uff.

»Ja, der ist definitiv schwer.«

Faye nahm mir den Stein wieder ab und trug ihn mit beiden Händen zu Gorlax rüber, der gerade den Stiel des Apfels ausspukte. Über dem Bauch des Gorillianers ließ sie den Stein ohne Vorwarnung fallen.

»He, aua«, machte Gorlax, der den Stein von seiner Brust fischte und ihn mit fragendem Blick in die Höhe hielt.

»Ist der schwer oder leicht?«

Gorlax sah Faye an, als ob er an ihrem Verstand zweifelte. »Leicht, das ist ein Kiesel.«

»Falsch!«, rief Faye entrüstet. »Keiner von euch hat recht. Er ist weder leicht noch schwer. Es ist noch nicht mal ein Stein. Wir nennen das nur so. Dieses Ding ist alleine gar nichts. Er bekommt seine Eigenschaften nur durch euch! Für Kai ist er schwer, doch für die muskulösen Arme eines Gorillianers ist er leicht. Bevor er hochgehoben wird, ist er *gar nichts.*«

Ich kratzte eine juckende Stelle an meinem Hinterkopf. »Jo, logo, das ist alles subjektiv, natürlich.«

»Ja eben«, sagte Faye, »aber verstehst du auch wirklich, was das bedeutet?«

»Ich …«

»Du *bist* dieser Stein. So wie auch der Turm dahinten. Alles ist relativ, existiert nur in Relation zu etwas anderem.«

»Hey, ja, das hat so ein Magier von der Erde auch schon mal gesagt. Erzmagier Albertus Einstein oder so hieß der.« Jetzt grinste *ich*. Allerdings nicht nur wegen der albernen Verballhornung eines bedeutenden Wissenschaftlers, sondern weil mir gerade zum ersten Mal in meinem Leben wirklich klar wurde, was die Relativitätstheorie eigentlich besagte.

Ich hob einen kleineren Stein auf. »Hm, ganz leicht, aber nur wegen der Muskeln meines Arms. Und er ist auch nicht hart. Nur in Verbindung mit meiner weichen Haut, richtig?«

Faye lächelte, zog mich zu sich heran und drückte mir einen dicken Kuss der Anerkennung auf. »So ist es. Alles ist Geist. Nichts existiert außerhalb von Geist. Alles ist ein Austausch … eine Art Handel … zwischen dem Beobachter und dem, was beobachtet wird. Du kannst aus dieser Gleichung keine Seite entfernen, ohne dass der Austausch zusammenbricht. Sonst kommt kein Handel zu Stande. Und darum existiert der Turm dahinten auch nur, solange *du* – oder zumindest *irgendjemand* – ihn wahrnimmt. Schließt du deine Augen, verliert er sein Aussehen. Berührst du ihn nicht, verliert er seine Substanz. Hältst du dir deine Ohren zu, entlockt sein Mauerwerk dem Wind kein Heulen.«

Ich war hart geflasht.

Das war alles intuitiv logisch.

Plötzlich machten all diese Kalendersprüche der Marke *»Alles ist verbunden«* oder *»Wir sind alle Eins«* tatsächlich Sinn!

Wait a minute …

Es war *exakt* wie in einem Computerspiel! Die *World of Warcaft* zum Beispiel existierte auch nicht wirklich, nur als Daten auf einer Festplatte. Es brauchte Spieler, sprich kleine

Einheiten von Bewusstsein, die sich in Form von Avataren in der Spielwelt einfanden, um die Level, Items und Quests entstehen zu lassen. Die Avatare empfingen Datenpakete und machten sie zu 3D-Welten und anderen *Erfahrungen.* Ohne Empfänger war das Spiel nur ein konturloser Ozean aus Einsen und Nullen …

Wow. Und die »echte« Welt war genauso! Alles waren nur Daten beziehungsweise Informationen, die das Bewusstsein über die Sinne in Erfahrungen umwandelte.

Holy Shit. Es war also auch egal, ob ich mich gerade in einer Computersimulation befand oder nicht … Wo war der Unterschied zwischen der Erde und Grimora? Ob Magie möglich war, hing nur davon ab, ob dies im »Programm Code« der jeweiligen Welt vorgesehen war. Und da ich in Grimora schon selbst Zeuge von funktionierender Magie geworden war, konnte ich wohl glauben, dass ihre Ausübung funktionierte. Auch durch *mich …*

Jetzt musste ich nur noch an mich selbst glauben. Ich sah den kleinen Stein auf meiner Handfläche an. Warum auch gleich mit einem kilometerhohen Turm anfangen? Erstmal wie Luke Skywalker einen Stein zum Schweben bringen … Glücklicherweise war mein Lehrmeister nicht klein und grün.

Faye sah, wie ich mich anstrengte. »Tu es einfach! Der Stein existiert nicht. Nur relativ gesehen.«

Nicht den Löffel verbiegen, Neo, sondern dich selbst!

Etwas veränderte sich.

Durch meine neue Einsicht, dass ich mit diesem Stein verbunden war, schlich sich ein seltsamer Eindruck in meine Wahrnehmung – ganz subtil, kaum wahrnehmbar und doch … war es fast so, als ob ich den Stein spüren konnte.

»Ändere seine Farbe! Lass ihn schweben! Oder Beine haben und weglaufen! Du kannst mit deinem Geist alles manifestieren, was du willst. Das hier ist *deine* Geschichte!«

In der Tat.

Ich war das Zentrum dieser bekloppten Reise.

Und das Ding auf meiner Handfläche war ein Teil davon. Ein Teil von *mir* …

Der Stein hob ab.

»Bwahahahahahaaaaaaaa!«

Ich konnte es nicht glauben. Oder besser: Ich *konnte* es glauben. Darum hatte es funktioniert. Obwohl meine Gedanken sagten, dass es unmöglich war, hatte es eine größere Intelligenz, die irgendwo tief in mir verborgen war, abgesegnet.

Doch plötzlich zitterte der Stein, fiel auf meine Hand und titschte von dort auf den Boden.

Ein leicht betäubtes Gefühl blieb in meinem Kopf zurück. »Shit, ich … konnte ihn nicht mehr halten.«

Faye starrte mich an. Ihre grünen Augen glänzten wässrig und eine Träne floss herab. »Endlich.«

Sie umarmte mich und flüsterte mir ins Ohr. »Ein kleiner Teil von deinem früheren Selbst ist zurück. Ich liebe dich.«

»Ich dich auch …«

Faye sah mich an wie eine treusorgende Ehefrau, die nach langer Rehabilitation ihres Mannes endlich mit ansehen durfte, wie dieser aus dem Rollstuhl aufstand und einen ersten vorsichtigen Schritt tat.

Dann schubste sie mich spielerisch weg, blies ihre weiße Strähne aus dem Gesicht und klatschte in die Hände, als wollte sie einen Butler rufen. »Noch mal!«

Ich setzte mich auf den Boden und konzentrierte mich wieder auf den Stein. Ich blendete Gorlax‘ Schnarchen aus, welches in Anerkennung meines kleinen Erfolgs wieder eingesetzt hatte, und tat es noch einmal. Der Stein hob ab, und mein Kopf begann zu pochen. Jedes Mal, wenn ich es tat, fühlte es sich an, als hätte ich bereits einen ganzen Tag lang komplizierte mathematische Gleichungen gelöst. Leichte Kopfschmerzen, gepaart mit geistiger Ermüdung.

»Mehr mit dem Herzen, weniger mit dem Verstand. Am besten ohne beides«, sagte Faye. »Spielerisch.«

Die Frau hatte gut reden. Warum war das nur so anstrengend? Ich machte doch hier keine Liegestütze … Seufzend ließ ich mich nach hinten sinken und starrte in den Himmel. Geblendet vom Licht der Sonnen, eine gelb, die andere lilarot, konnte ich einen Schwarm fliegender Objekte ausmachen. Also Vögel waren das nicht. Ich wollte gar nicht so genau wissen, was da oben vorbeiflatterte und, selbst auf diese Entfernung gut erkennbar, lange umherpeitschende Schwänze besaß.

Nach einer winzigen Pause richtete ich mich wieder auf und nahm mir vor, jetzt ein paar Steine pyramidenartig aufeinanderzustapeln.

Eigentlich war es auch kein Wunder, dass ich nur so elend langsam mit dem Training vorankam – so ganz ohne Motivational Song …

In jedem guten 80er-Jahre-Actionfilm konnte ein Normalo innerhalb von wenigen Minuten mittels einer sogenannten »Montage« zum Superhelden werden. So was wäre jetzt hilfreich.

Und da war auch schon die Musik in meinem Kopf: *Burning Heart* von *Survivor*. Die hatte schon Rocky und anderen Möchtegern-Athleten gute Dienste geleistet.

Huh, schon komisch, wie der Geist Musik »hören« konnte. Ich meine, da steckte ja keine kleine 3-Wege-Box mit Subwoofer in meiner Hirnmasse, die meine Ohren von innen beschallte …

Die E-Gitarren schallten so deutlich in meinem Geist, als hätte ich einen Walkman auf den Ohren. Ja, *Walkman*. In einer zunehmend digitalen Welt fühlte ich mich wie *Star Lord*. Ich wollte an den Mix Tapes meiner Vergangenheit festhalten …

Ich starrte auf die Steine zu meinen Füßen. Durch den Song war ich motiviert und inspiriert. Jetzt würden die beiden mal sehen, wie …

Warum tippelte Faye so aufgeregt mit ihren Füßen hin und her?

Ich sah von meiner Jedi-Aufgabe hoch und keuchte.

Faye bewegte sich intuitiv zu einer Musikrichtung, die sie noch nie gehört hatte. Auch Gorlax hatte sich aufgerichtet und schaute verwirrt umher.

Die beiden konnten die Musik hören!

»Hö…hört ihr die Musik? Die aus meinem Kopf?« Es war mir schleierhaft, wie Faye sich überhaupt sinnvoll dazu bewegen konnte. Es sei denn, in den Großstädten von Grimora gab es Diskos und Barden mit fortschrittlichen gnomischen Dampf-Gitarren, von denen ich noch nichts wusste. Aber so war das eben mit dem »schönen und *emotionalen* Geschlecht«: Die meisten Frauen hatten ein angeborenes Taktgefühl und konnten immer und überall zu *allem* tanzen. Es war in ihrem Blut.

Faye machte dieses glückselige Gesicht, das tanzende Frauen immer machten, und näherte sich mir in kleinen kreisenden Bewegungen. Im letzten Moment bückte sie sich und lachte, weil sie fast von den Steinen getroffen worden wäre, die nun wie Moleküle um meinen Kopf kreisten.

WTF!?

Gerade war der Liedtext bei der Stelle angekommen, bei dem das brennende Herz zu platzen drohte…

Faye hatte recht gehabt. Gefühl war der Schlüssel!

Doch anscheinend war nicht jeder in Grimora ein 80er-Rock-Fan. Ein monströser Schrei hallte vom Tal zu uns herauf, und die Musik verstummte. Auch die Steine fielen zu Boden.

»Einerlei. Du bist bereit,« sagte Faye, die noch immer ein breites Grinsen auf dem Gesicht trug. »Ich hole die anderen. Es geht los.«

Die Ebene der Todesgefahr

In den Gesichtern der Zwerge war unmissverständlich zu lesen, dass sie sich den Tag nach der Dämoneneruption anders vorgestellt hatten. Vermutlich in den Reihen ihrer Familien. Mit Speis und Trank. Und vor allem *Ruhe*.

Sie kontrollierten ihre Waffen wie ein Trupp genervter Wehrpflichtiger auf dem Weg zum ersten Nachtlager. Selbst Boron sah immer noch ziemlich durch den Wind aus, versuchte jedoch, vor seinem Trupp Haltung zu bewahren. Jetzt war es mir ziemlich unangenehm, dass uns die Zwerge Begleitschutz gaben. Doch ich war auch dankbar, sie dabei zu haben, denn sie kannten die Berge um ihre Festung sicher besser als jeder andere. Außerdem konnten sie uns die gut getarnte Treppe ins Tal hinunterführen, die so geschickt in Felsen und Vorsprünge gehauen worden war, dass sie für das uneingeweihte Auge nahezu unsichtbar war. Clevere kleine Steinmetze …

So gingen die Schlächter voraus, gefolgt von Faye, Lennox und meiner Wenigkeit, während Gorlax nach hinten sicherte. Um die Hände frei zu haben, hatte ich mir Gram mit Hilfe eines Ledergurts auf den Rücken gebunden. Ich hoffte inständig, den gnadenlosen Schnitter überhaupt nicht mehr schwingen zu müssen. Auch wenn die Chancen dafür so kurz vor dem Ziel eher gering standen. Außerdem wollte ich im Notfall lieber meine neuentdeckten Psi-Kräfte nutzen, um Gegner mit Geröll und Unrat aller Art zu bewerfen. Vielleicht gelang es mir auch, jemandem die Hose runterzuziehen und ihn so in einen Abgrund stolpern zu lassen. Ich fühlte mich ein wenig wie Bart Simpson, als er in einer der berüchtigten *Simpsons-Treehouse of Horror*-Folgen seine Superkräfte entdeckte: *I must only use this power to annoy!*

Als das erste Drittel des beschwerlichen Abstiegs hinter uns lag, führte uns Boron für eine kurze Rast zu einem kleinen Plateau. Die Aussicht von hier war immer noch grandios. Besonders da wir nun einen besseren Blick auf die großen Bergseen hatten, an denen wir bald vorbeikommen würden. Nur ein einzelner baumstammdicker Kaktus blockierte die Sicht. Er stand am Rand der Klippe, als wäre er von einem fliegenden Postboten abgestellt worden – so deplatziert wirkte er dort.

Als sich unser Trüppchen auf dem Plateau verteilte, kam unerwartete Bewegung in das Gewächs. Der Kaktus watschelte auf kaum wahrnehmbaren Wurzeln in unsere Richtung. Und als wäre das nicht albern genug gewesen, begann er auch noch zu reden. Im oberen Teil des wuchtigen Stamms, wo er sich in zwei dünnere Ausläufer verzweigte, öffnete sich ein dornengespicktes Maul und sagte:

»Okay Leute, ihr seid mir in die Falle gegangen. Ich bin ein fleischfressender Kaktus, geboren aus chaotischer Gedankenmagie, unbesiegbar, gnadenlos und vor allem hungrig.«

Wir froren alle verdutzt dort fest, wo wir gerade standen. Boron nahm wortlos seine Frostfeueraxt vom Rücken.

»Ich spüre, dass ihr viele seid,« sagte der Kaktus etwas weniger enthusiastisch. »Mindestens eine Handvoll, verschiedene Größen. Tja, ich weiß nicht, ob ihr bewaffnet seid. Hier muss kein Blut oder kostbares Wasser vergossen werden. Ich mache euch deshalb einen Vorschlag.«

Immer noch sprach niemand. Ein labernder Kaktus schien selbst für Grimoraner zu seltsam zu sein, als dass es dafür ein Verhaltensprotokoll gäbe.

»Ich habe seit Wochen nur Mineralstoffe aus dem dämlichen Stein hier gesaugt. Der ein oder andere Vogel, den ich mit meinen Dornen abschießen konnte, bildete da die Ausnahme. Ich verzehre mich nach einem vernünftigen großen Stück Fleisch. Ich schlage deshalb vor, dass ihr jemanden aus euren Reihen auslost, der mir als Mahlzeit dienen darf. Der Rest von euch kann dann unbeschadet …

TOCKTOCKTOCKTOCKTOCKTOCKTOCK!

Eine Salve Bolzen durchlöcherte den Kaktus und beförderte seine auslaufenden Überreste über den Rand der Klippe.

»Aber … waruuuuuum?«, heulte der Stachelmann, bevor er außer Reichweite flog.

Durin, einer der Zwerge, ließ seinen Bolzenwerfer sinken und grinste zufrieden. Die anderen Schlächter nickten nur anerkennend und begannen, ihre Ausrüstung abzulegen.

»Jemand ein Stück Hartwurst?«, fragte Boron.

Ich prustete los. »Was zum Henker war das denn bitte? Und war es wirklich nötig, das Wesen sofort zu töten?«

Faye und Lennox schwiegen immer noch verwirrt.

Gorlax stand am Rand und blickte in die Tiefe. »Ich glaube, es ist nicht tot. Ich kann sein Lamentieren immer noch hören. Irgendwo da unten.«

Durin, der Zwerg mit dem nervösen Zeigefinger, streichelte liebevoll über den Lauf seiner Waffe und blickte uns skeptisch, fast vorwurfsvoll, an. »Ihr habt doch nicht etwa Mitleid mit dieser Perversion, oder? Als Nächstes hätte es eine Salve seiner giftigen Stacheln auf uns geschossen, und das hätte ins Auge gehen können. Glaubt mir, mit den sprechenden Pflanzen dieses Tals ist nicht zu scherzen. Seit zwei wahnsinnige Magier hier ihr Duell ausgefochten haben, ist jenseits der Ramme nichts mehr, wie es mal war.«

Das mit den giftigen Stacheln klang unangenehm. Vermutlich hatten die Zwerge nach dem »Vorfall« schon einige Späh- und Erkundungstrupps rausgeschickt, die sich mit der neuen Flora und Fauna besser auskannten als wir. Ich enthielt mich deshalb eines Kommentars, auch wenn ich mir fast sicher war, dass die Begegnung mit Mister Kaktus auch ohne Gewalt hätte bereinigt werden können.

Lennox hatte sich neben Gorlax gestellt und ließ seinen Blick in die Ferne schweifen. »Ich spüre, dass etwas nicht stimmt. Dieser Kaktus war nur ein Vorbote.« Er streckte seine Nase in den Wind und schnupperte. »Riecht ihr das nicht? So riecht die Ruhe vor dem Sturm.«

»Ich rieche nichts«, sagte Faye, »aber wir wissen ja, dass Zendar immer wieder seine Kräfte sammelt, um seine schädliche Energiewelle aussenden zu können. Es ist also nur eine Frage der Zeit … Wir sollten nicht *zu* lange rasten.«

Ich trat nun ebenfalls an den Rand des Plateaus, in respektvollem Abstand zum Gorillianer. »Na ja, Ruhe vor dem Sturm hin oder her – wir wollen mal nicht den Zendar an die Wand malen! Bisher ist ja alles halbwegs gut gegangen. Und selbst *wenn* seine Welle anrollt, was will unser Lieblings-Lich in dieser Ödnis schon aufscheuchen?«

Und das waren sie.

Meine berühmten letzten Worte.

Ein dumpfer Knall in der Ferne sendete eine letzte, verheerende Welle von Zendars Boshaftigkeit über das Land. Wir nahmen sie zunächst als weit entfernten Lichtblitz wahr, rechts von der Silhouette meines Turmes, weit hinter den Drachensäulen. Doch sie verbreitete sich schnell zu einer grünen Linie, die den ganzen Horizont ausfüllte und auch an Höhe gewann.

»Festhalten!«, rief Lennox.

»Auf den Boden!«, schlug Faye vor.

Und dann wurden wir auch schon alle in die Felswand hinter uns geschleudert. Ich landete schmerzhaft auf einem der gut gepanzerten Zwerge, der wiederum überrascht Bekanntschaft mit hartem Stein machte.

Ungläubiges Keuchen bei den Zwergen, wissendes Stöhnen bei uns.

Alle sammelten sich selbst und ihre Ausrüstung wieder vom Boden auf. Glücklicherweise war niemand ernstlich verletzt. Für die beinharten Dämonen-Bezwinger in ihren quasimagischen Panzerungen war die Schockwelle ohnehin kein Meckern wert.

Schon eher erwähnenswert war das erboste Heulen, dessen Echo nun aus dem Gebirge zu uns getragen wurde. Es klang nicht nur erzürnt, sondern auch so tief, dass es nur von gewaltigen Stimmbändern stammen konnte. Oder kolossalen Klöten …

Die Zwerge wechselten die Gesichtsfarbe und liefen an den Rand des Plateaus, um ihre Befürchtung bestätigt zu sehen: Riesen.

Jede Art von Riesen.

Sie steckten ihre Köpfe aus Höhlen, kletterten aus verborgenen Spalten oder kündigten durch empörte Schreie an, dass sie da waren.

Ach du dickes Ei ...

Die Wassertrolle, die den Maaren entstiegen, würden bis auf ihre Regenerationsfähigkeit hoffentlich kein großes Problem sein. Im wahrsten Sinne des Wortes. Denn die grüngrauen Warzenhäute mit ihren großen Knollennasen, die da gerade Schlingpflanzen abschüttelten und Uferschlamm spuckten, waren vielleicht einen Kopf größer als wir, zwei Köpfe größer als die Zwerge. Selbst die leichenfressenden Bänderhopps, deren klobige Gestalten nun zwischen den Felsen unter uns auftauchten, waren mehr breit als hoch.

Nein, das Problem waren die *echten* Riesen – von den Zwergen *Bergriesen* genannt. Sonnengegerbte Vollpfosten in Tierfellen oder nackt, die uns um ein Vielfaches überragten. Die männlichen Exemplare sahen aus wie bierbauchige Säufer um die Fünfzig. Die weiblichen … ebenfalls – nur mit langen Haaren. Schon ihre schmutzigen Kinder waren mehr als doppelt so groß wie wir. Weder gegen sie noch ihre Eltern würde mir mein Superschwert etwas nützen. Wessen Knüppel die Reichweite eines Baums hatte (weil sein Knüppel ein Baum war), der musste sich um mein Mini-Messer erstmal keine Gedanken machen – ganz gleich, wie unfassbar scharf es war. Hätte ich Depp mir im Elfenkreis nicht Thors Mjölnir oder eine andere Distanzwaffe wünschen können?

Ach ja, und dann war da noch dieser »Endgegner«.

Wenn uns die übrigen Riesen bis dahin nicht zu Mus geschlagen oder wie Kaugummis unter ihren Füßen kleben hatten, dann würde ER uns sicher wie lästige Mücken zwischen seinen Händen zerreiben:

Aus dem Seebecken hatten sich drei weitere Köpfe erhoben. Jede der hässlichen Fratzen mit ihren gelben Glubschaugen hatte alleine schon den Durchmesser eines Kleinwagens. Doch das dicke Ende kam erst noch: Alle drei grimmig umherschauenden Köpfe sprossen aus demselben titanischen Stiernacken empor.

Fucking Freak …!

Ich kannte *Ettins* aus englischen Volksmärchen. Meist zweiköpfige, besonders bösartige Riesen, die außer Töten und Quälen wirklich kaum andere Hobbys hatten. Und hier zog sich auch noch eine seltene dreiköpfige Variante über den Rand des Kraters.

Leck mich am Arsch …

»Die werfen alle größere Steine als du!«, rief Gorlax mir panisch über den Chor riesenhaften Aufbegehrens zu.

Ja, es wurde Zeit, meine neuen Psi-Kräfte auf Anschlag zu drehen.

Doch leider waren die Riesen nicht unser einziges Problem.

Natürlich nicht.

Von den Bergspitzen lösten sich große Schatten, deren Schwingen das Sonnenlicht verdunkelten. Ein ganzer Schwarm Rocs, fast flugzeuggroße Adler, glitten hinunter ins Tal, um dort über der aufmarschierenden Riesen-Armee zu kreisen. Ich schätzte mal, dass die uns einfach wie Mäuse greifen und in eine Schlucht werfen konnten oder als kleinen Nachmittags-Snack zu ihrer Brut ins Nest …

Einer der Bergriesen, der bisher nur den faszinierenden Geruch seiner gewaltigen Achselhöhle genossen hatte, griff sich nun überraschend agil einen großen Felsen zu seinen Füßen, und warf ihn wie ein besoffener Kugelstoßer in unsere Richtung.

Meine anfängliche Hoffnung, vielleicht noch außer Reichweite von Fernkampfangriffen zu sein, platzte mit seinem Geschoss über uns im Hang.

Einer der Nahkampfschlächter hielt sein Schild über sich, auf dem eins der Bruchstücke geräuschvoll wie auf einem Gong abprallte und Boron am Arm traf. Das Gesicht des Kriegsführers lief rot an vor Wut.

»ALLE SOFORT RUNTER VOM BERG! Distanz zu den kleineren Hûnbolgs so schnell es geht überbrücken und in den Nahkampf! Dann treffen die Geschosse der Bergriesen erst ihre kleineren Brüder!«, schrie er und deutete mit seiner glühenden Frostfeueraxt ins Tal. An Faye und mich gewandt fügte er hinzu: »Ich hoffe, eure Magie taugt zum Versohlen von riesigen Ärschen! Ich habe meiner Frau versprochen, zum Abendessen zurück zu sein.«

Vor allem hatte er vermutlich versprochen, *überhaupt* zurück zu sein …

Fayes Blick war starr auf den Schwarm der Riesenadler gerichtet als sie antwortete: »Sollte klappen«.

Ein weiterer Fels prallte rechts von uns in die Treppe und zerstörte die akribische Handwerkskunst der Zwerge. So langsam ging mir der Arsch auf Grundeis.

Wir alle rannten nun den Zwergen hinterher, und ich fragte mich, ob es wirklich so eine gute Idee war, all diesen Riesen direkt in die Arme zu laufen. Ich nahm Gram von meinem Rücken und sah im Augenwinkel, wie Faye ihre letzte Phiole Vampirblut Gorlax zuwarf. Der Riesenaffe nickte nur grimmig und kippte sie gierig herunter.

Okay, jetzt hatte die Party wirklich begonnen …

Wir kürzten die meisten Serpentinen ab und folgten den mehr auf ihren Hintern rutschenden als laufenden Zwergen in gerade Linie nach unten. Am Fuß des Berges hatten sich schon jede Menge Trolle und Bänderhopps versammelt, die uns grölend und Fäuste schwingend erwarteten. Glücklicherweise waren die Bergriesen so geschickt wie sie intelligent waren: Ihre Steine verfehlten uns meist um etliche Meter oder mehr. Bis auf diesen einen klobigen Felsen, der mich fast zermatscht hätte, wenn mein Instinkt ihn nicht wie einen Pappmaché-Felsen mit unsichtbarer Hand geschnappt und von uns fortgeschleudert hätte. Nachdem ich meinen Schock überwunden hatte, baute sich so etwas wie Zuversicht in meine Fähigkeiten auf. Die Größe der Steine war für meine neue Gabe scheinbar nicht relevant. Trotzdem kostete es mich irgendeine Art von Energie, denn ein leicht taubes Gefühl machte sich erneut hinter meiner Stirn breit.

Gorlax‘ Schrei kündigte an, dass sein Untoten-Upgrade nun fertig installiert war. Er sprang in gewaltigen Sätzen nach vorne und überholte die verdutzten Zwerge. Ich betete nur, dass er die Riesen genauso zerfetzen konnte wie die deutlich kleineren Orks zuvor.

Dann warfen die Bergriesen, die immer noch am weitesten von uns entfernt waren, wie auf Kommando keine Steine mehr nach uns. Ein Adlerschrei lieferte die Erklärung: Die Rocs waren im Anflug. Ich konnte niemanden mehr sehen außer Faye, die kurz hinter mir lief und nun stehen geblieben war.

»Oh verflucht, Faye, ich weiß nicht, ob ich die Adler alle mit Geröll weggeballert bekomme …!«

Meine Hexe hatte ihre Hände vor sich ausgestreckt und sagte voller Überzeugung: »Ich hab die Adler.«

»Was? Das sind zu viele!«

Zu allem Überfluss hörte ich nun auch noch Knurren, das von beiden Seiten näherkam. *Scheiße*. Bänderhopps hatten sich zu unserer Position hochgearbeitet und nahmen uns in die Zange.

Faye registrierte es auch. »Halt mir die Hobbs vom Hals, ich kümmere mich um die Adler. Vertrau mir, seit heute Morgen mache ich meinem Namen alle Ehre.«

Lennox, der wie aus dem Nichts plötzlich neben mir auftauchte, blickte sie besorgt an. »Mach das nicht, Blutrabe!«

»Ich werde tun, was ich tun muss, damit wir diesen Kampf gewinnen. Ich bin bereit, jedes Opfer zu bringen.«

Der erste Riesenadler setzte zum Sturzflug an. Fayes Augen verfärbten sich. Rot diesmal, nicht schwarz.

Ich verstand.

Ein roter Ball aus waberndem Plasma materialisierte sich vor Fayes Händen und begann, sich immer schneller um die eigene Achse zu drehen.

Ein heftiger Windzug.

Riesige Klauen versuchten, uns zu greifen.

Meine Geliebte schrie.

Rubinrote Strahlen der Vernichtung schossen aus der Sphäre und durchlöcherten den Roc. Im letzten Moment!

Das gigantische Tier krachte neben uns in den Felsen und begrub glücklicherweise einen der Bänderhopps unter sich.

Lennox war zur Seite getanzt, stieß sich von einem großen Stein ab und sprang wie ein todesmutiger Achilles einem weiteren Leichenfresser entgegen. Der Riese war zu überrascht, um den Stich in seine Kehle verhindern zu können. Er brach einfach Blut gurgelnd zusammen, als Lennox hinter ihm weiterlief. Doch nun war meine Initiative gefragt. Ein weiterer Bänderhopp näherte sich Faye von hinten und erhob seine monströsen Krallen zum Schlag. Es sah aus, als wollte er ein verhasstes Poster von der Wand reißen.

Ich war überfordert. Diesmal versagte meine Gabe.

Shit shit shit!

Gram flog.

Der Wurf war mehr ein Reflex.

Doch ich hatte Glück.

Das Schwert rotierte wild durch die Luft und filetierte den Hopp, wo er stand. Danach verschwand es jedoch über den Rand der Klippe.

Soviel zu meiner »Krücke«…

Nun musste ich mich ganz auf das Erbe meines wahren Ichs verlassen. Zeit, Mordekai ganz aus der Versenkung zu holen …

Währenddessen machte Faye aus jedem einzelnen Riesenadler ein Sieb.

Wow.

Frauen, die unter ihrer Periode leiden, können mitunter ja schon recht launisch sein, doch was Faye hier kanalisierte, war ein wahres Maschinengewehrfeuer weiblicher Ungehaltenheit. Also sprichwörtlich. Meine Hexe hatte ihre Hände vor sich ausgestreckt und schrie, während aus der rotierenden Sphäre unablässig Strahlen schossen wie aus einer futuristischen Gatling Gun. Sie schwenkte den Geschosse-Strahl umher, um auch die Adler zu erwischen, die unser Zwergenteam attackierten.

Die Luft war von Federn erfüllt, als ein gutes Dutzend Rocs aus dem Himmel krachte. Ihre riesigen Kadaver auf den Hängen liegen zu sehen war grauenvoll, aber auch eine große Erleichterung.

Leider hatte diese Zurschaustellung menstrueller Macht auch einen Preis.

Gerade als Faye ihre Todesstrahlen auf den ersten Bergriesen umlenkte (welcher verwirrt einen Arm vor sich hielt und dann heulend registrierte, dass dieser in Stücke geschossen wurde), erstarb ihr Schrei, und sie fiel kraftlos zu Boden.

NEIN!

Ich wollte zu ihr rennen, doch ein weiteren Bänderhopp sprang vor mich. Blutunterlaufende Augen und eitrige Mundwinkel sprachen von wirklich schlechter Ernährung. Das Monster brüllte mich an. Doch ich hatte gerade Wichtigeres zu tun, als mir in die Hose zu scheißen. Deshalb spürte ich tief in mich hinein und manifestierte den Wunsch, dass mir der Riese bitte nicht im Weg stehen, sondern von einer Steinlawine getroffen ins Tal stürzen möge.

Und das tat er dann auch. Als ihn zunächst kleine Steine am Kopf trafen, blickte er erst dümmlich nach oben, bevor ihm ein größeres Exemplar den Rest gab. Sich eine enorme Platzwunde am Kopf haltend, taumelte er nach hinten und trat ins Leere.

Endlich konnte ich Faye zur Hilfe eilen. Scheinbar ging es ihr gut. Sie lag zwar auf dem Rücken und atmete schwer, doch ihre Augen waren geöffnet, und sie lächelte mich an.

Ihre Haare waren *schneeweiß*.

Bis auf eine winzige Strähne, die rot geblieben war.

»Denen habe ich es gezeigt, oder?« sagte sie und hustete.

»Oh ja, Baby, das hast du. Wie geht's dir?«

»Ich stehe schon wieder auf, keine Sorge, nur meine Blutmagie ist für heute erschöpft, fürchte ich.«

Ich half ihr auf, während von unten Schreie und das abwechselnde Geratter der beiden Bolzenwerfer zu hören war. Feindkontakt.

Ich küsste meine Schneehexe und stütze sie ein wenig beim Gehen. Scheinbar waren keine weiteren Bänderhopps in der Nähe. Wir steuerten also wieder aufs Tal zu und blieben erschrocken stehen.

Da unten standen die Zwerge Rücken an Rücken und kämpften um ihr Überleben. Gleichzeitig mischten Gorlax und Lennox die Reihen der Gegner von hinten auf. Gerade der vierarmige Affe stellte sich erneut als Joker heraus. Während Lennox ebenfalls mehr mit Ausweichen und Überleben beschäftigt war, dünnte Gorlax die Reihen merklich aus. Seine Eisenstangen pfiffen nur so durch die Luft und schlugen, von vampirischer Stärke beschleunigt, Gliedmaßen so effektiv ab, als wären es Schwerter. Er nahm sich sogar die Zeit, jedem gefallenen Wassertroll den Kopf abzuschlagen, um dessen Regenration zu unterbinden.

Trotzdem brauchten unsere Gefährten dringend unsere Hilfe. Besonders, weil die Bergriesen nun von ihren Posten geklettert waren und sich dem Trüppchen mit langen Schritten näherten. Eins der monströsen Kinder war bereits bei Lennox und versuchte, ihn wie eine Puppe zu greifen. Er war jedoch zu schnell, entkam ihrem Griff immer wieder durch geschickte Rollen und Hechtsprünge. Doch dann versperrten ihm zu viele Trolle den Weg, und das dümmlich grinsende Riesenmädchen hielt triumphierend sein neues Spielzeug hoch.

Faye und ich schrien zugleich den Namen des Diebes, der unter dem Griff der Riesin schmerzerfüllt aufheulte. Faye durchsuchte ihre Taschen fluchend nach einem ihrer berühmten Kristalle, doch vergebens.

Lennox malträtierte nun die Hand der Riesin mit seinen Dolchen. Sie schrie beleidigt, als hätte jemand ihren Luftballon platzen lassen, und …

… warf Lennox hinter sich!

Mir rutschte das Herz in die Kniekehlen. Das konnte er unmöglich überleben! Der Dieb flog mit rudernden Armen in Richtung des nächsten Bergriesen, vor dessen Füßen er sich beim Aufprall alle Knochen brechen würde.

Verzweifelt versuchte ich, Lennox zu »erspüren« und ihn mit Hilfe meiner Telekinese sanft zu Boden gleiten zu lassen. Doch zu spät.

Lennox war … verschwunden.

Nein, nicht verschwunden.

Nur winzig!

Was einst Lennox gewesen war, hatte nun Flügel und hastete wie eine riesige Libelle davon.

»Ja, er ist ein Wandler, ein Feenwesen, um genau zu sein«, sagte Faye keuchend, »nicht stehenbleiben, wir müssen näher ran und ihm helfen!«

Ich lachte erleichtert. »Na, das hättet ihr mir ja auch mal früher sagen können!«

Deshalb hatte Lennox diese seltsamen Augen!

Er war in Wahrheit ein Botschafter der Zwielicht-Lande, der am liebsten seine Zeit in der Gestalt eines menschlichen Überlebenskünstlers namens Lennox fristete. Ich hatte ihn kennen gelernt, als ich beim Anzapfen der Magie eines Scheidewegs von einer Horde Pixies gefangen wurde. Lennox befreite mich aus dem seltsamen Käfig, den die kleinen Tunichtgute aus den Geweihen weißer Hirsche und Feenstaub konstruiert hatten.

Das Gefängnis hatte mich körperlich müde und geistig gleichgültig gemacht. Ohne Lennox wäre ich da nie rausgekommen. Er war es auch, der bei seiner Herrin Titania ein gutes Wort für mich einlegte. Ich versprach, nie mehr heilige Orte der Feen mit nicht sanktionierten Experimenten zu verderben. Seit jener Zeit waren wir dicke Freunde und erlebten so manches schräges Abenteuer!

Moment, warum wusste ich plötzlich wieder davon?

Und warum musste ausgerechnet jetzt die Erinnerung an meinen besten Freund das Geschehen vor meinen Augen so viel grausamer machen?

Der Dieb flog in seiner Feengestalt davon. Doch leider nicht schnell genug. Ein diabolisch grinsender Fleischberg mit Dreitagebart war nun bei ihm. Die Bergriesen mochten nicht die Geschicktesten sein, doch mit ihren gigantischen, haarigen Pranken mussten sie das auch nicht.

Hände, die zu Fäusten geballt Abrissbirnen waren, klatschten zusammen, und Libellen-Lennox war nicht mehr.

Nein …!

Er hatte ihn *nicht* erwischt.

Niemand konnte den flinken Lennox erwischen. Den Schatten in den Gassen. Den Wind auf den Dächern. Den Klingenwirbel im Kampf … NIEMAND!

Erste Tränen ließen meine Sicht verschwimmen. Und verwandelten sich in Sturzbäche, als der Riese dümmlich grinsend eine Hand hochhielt, um den blutigen Fleck von Lennox‘ zerquetschtem Körper zu zeigen. Die Überreste fielen von der Handfläche ab und verwandelten sich in glitzernden Staub, der vom Wind davon geweht wurde.

Faye drehte sich kraftlos zu mir um. Ihr Augen waren geschlossen, ihr Gesicht glänzte von Tränen.

Der Anblick ließ einen Knoten in mir platzen.

~

Darth Vader schrie.

Es war das langgezogene NOOOOO aus *Episode 3*, als Anakin von Padmes Tod erfährt. Nun schallte es durch die Ebene der Todesgefahr, laut wie eine Sirene.

Die meisten Riesen hielten sich die Ohren zu und blickten verwirrt umher. Eine Unachtsamkeit, die die Zwerge und Gorlax nutzten, um sie weiter zu dezimieren.

Ich heulte jetzt ganz ungeniert und zeigte auf den Bergriesen, der meinen besten Freund ermordet hatte. Ich wollte, dass das Schwein elendig verreckte. Der Bergriese kam meinem Wunsch sofort nach.

Er griff mit beiden Händen an seinen Hals und geriet ins Wanken. *Ja, so war es gut!* Er konnte nicht mehr atmen, weil er von unsichtbarem Hass gewürgt wurde. Als er schließlich auf die Knie sank, traten bereits seine Augen aus den Höhlen hervor. Eine gigantische Frau mit Hängebrüsten, die Bäume entwurzeln konnten, eilte besorgt an seine Seite. Er streckte flehentlich eine Hand in meine Richtung aus.

Wusste er, dass ich sein Peiniger war? Konnte er mich hier oben sehen?

Plötzlich wurde mir selbst ein wenig schummrig. Der Riese war kurz vor dem Erstickungstod. Sein Herz wurde schwächer. *Bumm. Bumm. Bumm.*

Sein Herzschlag wurde *mein* Herzschlag. *Bumm …*

Ich ließ ihn los und fiel auf den Hosenboden.

Der Riese rollte zur Seite und holte japsend Luft.

Ich hingegen saß dort wie ein Häufchen Elend und badete in der ausufernden Trauer über Lennox‘ Tod. Dann schrie ich.

Nein, kein Vader diesmal.

Keine Gedankenmanifestation.

Ich. MORDEKAI.

Und mit dem Schrei öffnete sich ein schwarzes Portal im Himmel wie ein wabernder Tintenfleck, in dessen Inneren Sterne leuchteten.

Es war Zeit, ein wenig Verstärkung anzufordern. Meine Trauer war wie ein Supertreibstoff, der meine Geistesmagie befeuerte. Ich wusste: Was mir auch immer in den Sinn kam, würde in Grimora manifest werden. Die Grenze war nur meine Fantasie.

Let's rock!

Die ersten Klänge von Iron Maidens *Speed Of Light* hallten mit beeindruckendem Echo von den Bergen wider, als eine Ausgeburt meiner Fantasie aus dem Portal geschwärmt kam:

Robocops und T-800-Terminatoren auf fliegenden Teppichen.

Because why not?

Sie schossen sofort mit MGs und Pistolen auf die Bergriesen. Zumindest eine kurze Salve konnten die meisten Killermaschinen abfeuern, bevor sie den Preis für ihre steifen Gelenke zahlten und von ihren Teppichen fielen. Ein absurdes Bild bot sich mir, als die ziellos umherballernden Roboter wie ein silberner Hagel aus Edelschrott in eins der großen Maare fielen und absoffen.

Soviel dazu.

Ich war so sehr davon geflasht, dass ich es *konnte*, dass ich nicht mehr darüber nachdachte, ob ich auch *sollte* …

Boron schrie. Einer seiner Nahkämpfer war gerade gestorben. Der Zwerg, am Ende seiner Kräfte, hatte die Ogerfaust eines Bänderhopps auf den Kopf bekommen. Er lag auf dem Rücken, sein Helm eingedrückt, sein Gesicht von Blut überströmt. Ich versuchte, den Kloß in meinem Hals herunterzuschlucken, doch vergeblich.

Verfluchte Scheiße!

Es war überhaupt ein Wunder, dass die Zwerge so lange gegen eine Horde von Trollen und Riesen bestehen konnten. Ohne Gorlax' Hilfe und ihre jahrzehntelange Erfahrung im Kampf gegen Dämonen hätten sie sicher alle schon lange das Schicksal ihres Kumpanen geteilt.

So oder so, ich musste die Riesen nun sofort dezimieren und schwachsinnige Experimente auf später verschieben. Besonders, da sich der Ettin mittlerweile komplett aus dem Krater gezogen und zu einem wahnwitzigen dreiköpfigen Kaiju aufgerichtet hatte.

Okay, was konnte die Riesen nun schnell und effektiv aus dieser Gleichung nehmen?

KOMM SCHON!

Ich würde mich nie mehr über das Finale von *Green Lantern* mit Ryan Reynolds lustig machen und so was äußern wie: »Echt jetzt? Zwei kleine Düsenjäger, die dich von der Anziehungskraft der Sonne und Parallax wegziehen … was Besseres fällt dir nicht ein?«

Es war nämlich gar nicht so leicht, Willenskraft zu Dingen zu formen. Der eigene Geist war durch so viele Erfahrungen und Glaubenssätze gefesselt … steckte regelrecht in einer Zwangsjacke aus allgemein anerkannten Konventionen …

Scheinbar konnte ich die Riesen auch nicht einfach verschwinden lassen. Vielleicht, weil Energie nicht zerstört, sondern nur umgewandelt werden konnte? Da gab es doch so ein Energieerhaltungsgesetz? Aber auch mein sehnsüchtiges Ersuchen, dass sich die Bergriesen bitte in Hühner oder schleimige Kröten verwandeln mochten, stellte sich als wenig fruchtbar heraus. Scheinbar hatten Objekte und Körper, die bereits manifest waren, eine gewisse Resistenz gegen meine Gedankenmagie. Und vielleicht war das auch besser so …

Denn wenn jeder meiner ständig wie Blitze über das Firmament meines Geistes zuckenden Gedanken sofort Realität würde, dann hätte ich die Welt um mich herum vermutlich schon in einen bunten Strudel des nackten Wahnsinns verwandelt.

Nein, ich musste mit Ideen haushalten, die mir als Nerd leichtfielen. Killermaschinen auf fliegenden Teppichen schienen mein Metier zu sein.

Oh Mann.

Das schwarze, von Diskolicht erfüllte Tintenloch am Himmel schloss sich wieder und zwei andere, diesmal vertikal ausgerichtete Löcher derselben Sorte, öffneten sich auf beiden Seiten des Tals.

Animalisches Kreischen war aus einem zu vernehmen, kurz bevor eine Horde T-Rex in die Ebene galoppiert kam. Klar, die Saurier waren für die Bergriesen höchstens lästige Terrier, die nach ihren Waden bissen, doch die Ninjas, die auf ihren Rücken festgeschnallt waren, hielten beeindruckende Plasmakanonen in ihren Armen. Die blauen Energiebälle, die nun auf die Riesen einhagelten, hinterließen Brandlöcher von einer Größe, die nicht ignoriert werden konnte.

Derweil rannten aus dem gegenüberliegenden Portal Star Trek-Außenteams, die fleißig mit ihren Phasern schossen. Ich hoffte nur, die Föderations-Flöten hatten ihre Waffen nicht auf »Stun« geschaltet. Die Horde Jedis, die gleichzeitig mit ihnen ankam, wurden von *Danny Trejo* angeführt, der zwei Lasermacheten in die Schlacht führte.

Was zur Hölle stimmte nicht mit mir? Konnte ich nur so einen Trash-Quatsch manifestieren?

Doch glücklicherweise schien es zu reichen. Die Riesen verloren den Kampf. Gerade fiel einer der großen Bergriesen der Länge nach hinten über, weil er auf einem lebenden Teppich aus Urzeitsauriern ins Straucheln geraten war. Die T-

Rex machten sich sofort wie ausgehungerte Piranha-Pudel über ihn her, während die Ninjas erfreut japanische Vokabeln schrien und dabei ihre scheinbar nimmer leeren Plasmakanonen feuerten. Ein weiterer Riese wurde nun schnell von Phaser-Schüssen und geschleuderten Lichtschwertern in die Knie gezwungen. Als er starb und zur Seite fiel, begrub er eine Gruppe Red Shirts unter sich.

Auch Gorlax, Boron und die verbleibenden Schlächter bekamen endlich eine Atempause. Denn viele der abgestürzten T-800 waren mittlerweile aus dem Maar gestapft und hatten die restlichen Bänderhopps und Trolle erschossen.

Eine leuchtende Frostfeueraxt hob und senkte sich unermüdlich: Boron stieg über die Leichen und enthauptete Trolle, die sich noch regten.

Nur von den Robocops war keine Spur zu sehen. Ich fürchtete, dass die futuristischen Gesetzesvollstrecker nicht für Unterwassereinsätze ausgelegt waren. Ich hatte gerade unzählige Alex Murphys ertrinken lassen …

Faye betrachtete alles mit einer Mischung aus Faszination und Entsetzen. Ich legte einen Arm um sie. Meine Hexe zitterte.

»Komm«, sagte ich, »wir gehen nach Hause.«

Faye sah mich mit ihrem tränennassen Gesicht an. Sie war ganz offensichtlich müde und am Ende ihrer Kräfte. »Aber wie kommen wir an *ihm* vorbei?«

Sie zeigte auf den Ettin, der immer noch dort stand und anscheinend auf seinen Einsatz wartete. Er kratzte abwechselnd seine drei Köpfe, die mit Wahnsinn in den Augen umherblickten und die Situation einzuschätzen versuchten. Seine gewaltigen Hände öffneten und schlossen sich in grimmiger Vorfreude.

Faye hatte recht: Gegen ihn würde selbst meine Nerd-Traum-Armee von der Erde nichts nützen.

»Ich habe bereits ein Taxi bestellt«, sagte ich und streichelte ihre Wange. »Es taucht gleich auf. Komm mit.«

Kampf der Titanen

Ich nahm Faye an die Hand und führte sie so schnell ich konnte runter zum Ufer des Maars, wo die Zwerge auf den Leichen von Riesen saßen und mit weit aufgerissenen Augen das Spektakel verfolgten.

Als wir bei ihnen waren, wurde der letzte der großen Bergriesen von Gewehrkugeln, Plasmaschüssen, Phaser-Strahlen und rotierenden Lichtschwertern zu Fall gebracht.

Die Schlacht war gewonnen.

Zumindest fast.

Der Ettin blökte einen dreifachen Kriegsschrei und setzte sich mit langsamen Schritten in Bewegung. Obwohl er dort, am anderen Ende der Ebene der Todesgefahr, noch ziemlich weit entfernt war, waren seine titanischen Schritte deutlich im Boden spürbar. Was für ein Koloss! Wir mussten uns beeilen.

In der Mitte des Maars stiegen nun riesige Luftblasen auf, und ein eiserner Steg durchbrach die Wasseroberfläche. Ich zog die verdutzte Faye hinter mir her, und wir rannten über den neuen Laufweg. Als wir an seinem Ende ungefähr im Zentrum des Sees angekommen waren, erhoben sich seltsame Antennen und Metallstreben aus dem Wasser. Wie ich es versprochen hatte: Unser Taxi tauchte auf.

Wasser perlte von der Titanstahl-Oberfläche eines gigantischen Helms ab. Ich sprang auf die überraschend rutschfeste Oberfläche, kniete mich hin und aktivierte ein Touchpad zu meinen Füßen. Es zischte, und eine kreisrunde Luke ins Innere stand einladend offen.

»Kai, was ist das? Was hast du vor?«

Fayes weißer Haarschopf, der im Wind flatterte, bildete einen pittoresken Kontrast zu den roten Flammen auf den

Leichen der Riesen. Meine Hexe wurde langsam kleiner, weil der riesige Mech, den ich beschworen hatte, weiter aus dem Wasser gefahren wurde.

»Komm jetzt! Das ist unsere Fahrkarte nach Hause. Damit können wir dem Ettin seine hässlichen Fressen polieren. Vertrau mir!«

Faye wechselte kurz in ihre Rabenform und landete neben mir. Manchmal vergaß ich, dass sie das konnte.

Um zu meinem Turm zu gelangen, wollte ich eigentlich einen flugfähigen DeLorean oder das Taxi von Korben Dallas aus dem *5. Element* manifestieren. *Michael Keatons* Batwing wäre auch nicht zu verachten gewesen …

Doch ich fürchtete, dass der Ettin einfach meinen Turm zu Klump schlagen würde, wenn wir es wagten, einfach mit rausgestreckten Zungen an ihm vorbeizufliegen. Und dann wäre der Zauberspiegel verloren. Das konnte ich nicht riskieren. Nein, zuerst mussten die drei Stooges auf dem Körper von Arnold Schwarzenegger entsorgt werden.

Ganz Gentleman, ließ ich Faye vor mir die Treppe zur Brücke des Mechs hinunterklettern und folgte ihr dann.

Während sich die Einstiegsluke hinter mir wieder schloss, blickten wir uns im Helm meines Kampfroboters um. Die gesamte Frontwand war fast vollständig transparent, so, als ob wir auf der »Spanner«-Seite eines Spionspiegels stünden. Der Mittelbereich dieses Sichtfensters war frei bis auf einen Rahmen aus Daten und Bildern, der bunt und einsatzbereit blinkte.

Eine Art Statusbildschirm mit Prozentangaben zeigte den Mech von außen. *Was für ein Gerät!*

Da hatte mein Unterbewusstsein bei der Qual der Wahl wohl einiges zusammengewürfelt …

Der Körper ging als eine Mischung aus Spidermans *Leopardon* und einem *Transformer* durch. Der Kopf mit seinen blau leuchtenden Augen ähnelte definitiv stark dem von *Optimus Prime*, hatte jedoch auch die v-förmigen Antennen des *Gundam RX-78-2*. Der glühende Reaktor in der Brust erinnerte wiederum an *Iron Man*, stammte jedoch vermutlich von *Gipsy Danger*. Insgesamt machte die Silhouette unseres »Jägers« eine ganz taugliche Figur – nicht so schlank wie eine *Evangelion*-Einheit, aber auch nicht so klobig und ungelenk wie *Mecha-Godzilla*.

Doch wichtiger war die Bewaffnung!

Die linke Faust hatte sich der Mech scheinbar bei *Voltron* geborgt, da sie wie ein Tigerkopf geformt war. Die rechte Hand war eine scharfe Kralle, aus deren Handgelenk eine goldene, von Energieblitzen umzüngelte Kettensäge ragte, vor der jede *Armee der Finsternis* schreiend Reißaus genommen hätte.

Schließlich waren noch einige große Kanonen auf den Schultern verbaut, während zahllose Klappen und Löcher am ganzen Körper weitere Waffensysteme vermuten ließen.

Alles in allem war das mehr als genug Fire Power. Der Ettin sollte keine Chance haben …

Apropos gigantisches Muskelmonster mit Aggro auf Blechmann: Das Beben wurde heftiger. Das gegnerische Kaiju war fast da! Glücklicherweise waren die Maare zu tief, als dass der Ettin einfach in gerader Linie auf uns zulaufen hätte können. Im Gegenteil: Ein Hindernisparcours aus Schluchten, Wasserlöchern und protestierenden Kaktusfeldern verschaffte uns zumindest etwas Zeit.

Trotzdem erfüllte nun das schrille Fiepen eines Proximity Alerts unsere Kommandozentrale. Mit ein paar hastigen Schritten hatte ich eine Ausbuchtung in der rückwärtigen Wand erreicht. Hier gab es ein omnidirektionales Laufband, ein Haltegeschirr und einen Helm, der darüber an Kabeln baumelte. Das war definitiv die Steuerung. Aus der Mitte des

Raums ragte zudem ein gemütlich aussehender Stuhl mit Anschnall-Korsett vor einem Pult mit jeder Menge leuchtender Tast-Felder. Vermutlich die Waffensysteme und dergleichen …

»Faye, bitte setz dich an den Kontrolltisch und schnall dich an! Ich fahre.«

Die Hexe hatte sich schnell festgezurrt und betrachtete schon neugierig ihren neuen Arbeitsplatz, als ich noch mit den Verschlüssen meines Anzugs kämpfte. Das schrille Piepen war entnervend, aber ich *musste* mich erst festmachen. Diesen Schritt zu überspringen würde riskieren, später durch den Raum geschleudert zu werden. Endlich rastete der letzte Gurt ein, und ich konnte den Helm aufsetzen …

Motherfucker ... Ready Player One!

So hatte Virtual Reality auszusehen! Ich sah nicht nur durch die Augen des Mechs. Ich *war* der Mech!

Ein paar vorsichtige Schritte auf dem Laufband, und ich war von den Socken – im wahrsten Sinne des Wortes: Die Übertragung auf den Roboter war *nahtlos*. Unser Mech stampfte ohne zu zögern von der Plattform, die ihn aus dem See gefahren hatte. Währenddessen umrundete der Ettin gerade eine letzte Kluft und streckte seine Arme aus.

Fuck, er würde versuchen, uns umzureißen!

Und dann wäre es mit der Effektivität unseres Kampfroboters vorbei. Ein wütender Ettin hätte sicher schnell sämtliche Rüstungsschichten demontiert und Kabel zerrissen.

»Faye! Drück bitte irgendeins der bunten Lichter, das nach Schießen aussieht!«

Ich hatte nun ebenfalls die Arme von Mechai ausgestreckt (Mech und Kai ergab für mich den Namen unseres Roboters: Mechai). Sollte sich der Ettin doch erstmal an unserer Kettensäge aufspießen. Diese lief zwar noch nicht, war jedoch für einen Frontalaufprall des Riesen unangenehm genug.

»Hier ist ein Bild von einem Tigerkopf, der mir bekannt vorkommt!«, rief Faye aufgeregt.

»Ja, DEN! Drück! Sofort!«

Bingo!

Ein Ansauggeräusch wie von einem blockierten Staubsaugerrohr erfüllte die Ebene, während die Augen unserer Tigerfaust grün aufleuchteten.

Kurz vor dem Explodieren des imaginären Staubsaugermotors, schoss ein grüner Energiestrahl aus dem Maul, der uns blendete.

»Warnung! Systemenergie auf 50 Prozent! Aufladung der Primärwaffe in T-60 Minuten«, sagte eine männliche Computerstimme, die mir irgendwie bekannt vorkam. War das nicht *K.I.T.T.*? Hatte Michael Knight sein Superauto zu Schrott gefahren und den Bordcomputer an die Mech-Industrie verkauft?

Wie dem auch sei, wir hatten scheinbar gerade unseren Super Move eingesetzt, der jetzt erstmal für eine Stunde auf Cooldown war.

Doch vielleicht war das auch schon alles, was es brauchte …

Der Ettin hielt sich die rechte Schulter, aus der eine groteske Blutfontäne schoss und fiel heulend auf die Knie. Ich hatte nicht gut gezielt, der Bestie aber immerhin einen Arm weggeschossen!

Yes!

Game over. Es war vorbei. Daran würde er schneller verbluten, als er »ist doch nur eine Fleischwunde« sagen konnte. Faye jubelte und lachte. Und auch mir fiel ein Kaiju-großer Stein vom Herzen.

Doch ein *so* schneller Sieg war uns nicht vergönnt.

Meine Erleichterung verwandelte sich in blankes Entsetzen, als eine gewittersturmgroße Wolke aus grüner Energie in die Ebene geschwebt kam und sich dem Ettin näherte. Noch bevor wir das Gesehene richtig verarbeiten, geschweige denn reagieren konnten, drang der grüne Nebel des Grauens in die Nasenlöcher des Ettins ein – mit verblüffendem und furchtbarem Effekt.

Jemand hatte die Kontrolle über den Fleisch-Mech übernommen. Jemand, dessen Name in Grimora nur geflüstert wurde.

Die drei Augenpaare des Ettins leuchteten grün auf, als er sich aufrichtete.

»Sei gegrüßt, Mordekai.« Zendars Stimme war aus den drei Mäulern des Ettins ein dissonantes Grollen. »Lange nicht gesehen. Gut siehst du aus!«

»Du nicht«, antwortete ich wie aus Reflex. Meine Stimme schallte robotisch dem neu beseelten Ettin entgegen. Ich war nicht sicher, ob automatisch ein Sprachkanal geöffnet wurde oder ich sie mit Hilfe von Geistesmagie projiziert hatte.

Mein Gegenüber schnaubte verächtlich. »Es wird reichen, bis ich meinen eigenen Körper wiederhabe. Doch nun wird es Zeit, deiner Reise das unrühmliche Ende zu bereiten, auf das du gewartet hast. Es ist unvermeidlich, das weißt du.« Der Ettin blickte mit einem seiner Köpfe auf den immer noch Blut pumpenden Armstumpf. Zu meinem Horror wuchs dort eine neue Extremität aus glitzernden grünen Kristallen. Anstelle einer Hand bildete sich am Ende jedoch eine große Stachelkugel, die er wie einen Streitkolben einsetzen konnte.

»Raketen! Laser! Drück ein paar Knöpfe, Faye! Und schmeiß unsere Kettensäge an!«

Ich ging vorsichtig seitwärts und blickte nach unten, um nicht über die qualmende Leiche eines Bergriesen zu stolpern.

Die drei Ettin-Köpfe hoben unterdes ihren neuen Keulenarm wertschätzend in die Höhe. Das von grünen Blitzen umzüngelte Mordwerkzeug sah wie ein grotesk riesiger Smaragd aus. Ich konnte förmlich spüren, wie die überlebenden Zwerge hinter uns vor Ehrfurcht und Gier stöhnten.

»Faye …!«

»Ja ja, ich mache ja schon …«

Meine Hexe rang sich zu einer Entscheidung durch und drückte einen Knopf. Als nichts passierte, noch einen. Und noch einen.

Dann endlich durchlief ein Schauer meine Schulterpartie und Geschütze richteten sich aus.

Gerade als sich der Ettin in Bewegung setzen wollte, flog ein Schwarm Raketen auf ihn zu. Das Monster bekam große Augen und versuchte, durch eine Körperdrehung etwas weniger Angriffsfläche zu bieten.

»Ja, NUKE! Baller ihm jedes einzelne Grinsen aus den Visagen!«, schrie ich voller Vorfreude, als der Ettin seinen verbliebenen Fleischarm schützend vor sich hielt und ein bizarres Wort äußerte.

Sofort bildete sich ein großer Rundschild aus grün-schimmernder Energie, auf dem die Sprengköpfe explodierten. Das Feuerwerk hallte von den umgebenden Gebirgsketten wider.

Ein monströses Heulen verkündete jedoch die frohe Botschaft, dass sich mindestens eine Rakete am Schild vorbeigemogelt haben musste …

Und so war es auch.

Der Ettin durchpflügte die Rauchwolken und preschte, seinen glitzernden Morgenstern schwingend, auf uns zu. Der linke Kopf, der am weitesten vom Schildradius entfernt gewesen war, hing verkohlt vornüber. Zendar nutzte die Stimmbänder seines Ettin-Avatars, um wütend zu knurren.

»Faye, er kommt, drück noch mehr Knöpfe!«

Zu spät.

Ich riss reflexartig den Arm in die Höhe, um den Keulenschlag abzufangen.

Mit schmerzhaftem Erfolg.

Ein splitterndes Geräusch, und der Tigerkopf unserer Primärwaffe war nur noch ein funkensprühender Stumpf. Ich schrie und wäre durch den gewaltigen Hammerschlag fast in die Knie gegangen. Doch wie konnte das sein? Mechai hatte doch den Schlag abbekommen und nicht Mordekai …

Trotzdem war meine Verbindung mit der Maschine scheinbar so intensiv und *direkt*, dass ich an so was wie Phantomschmerz litt.

Weiterem Nahkampfgerangel aus dem Weg zu gehen, konnte ich mir jedoch aus der Blechbirne schlagen: Wir waren im Clinch.

Ich versuchte, Zendars Smaragd-Keule mit meiner rechten Hand festzuhalten, um nicht noch mehr Schläge damit zu kassieren. Der Ettin griff grunzend mit seiner freien Hand nach meinem Arm, um ihn loszureißen.

Sein Pech: Faye hatte den Aktivator für die Kettensäge gefunden.

Ich hörte und spürte, wie in meinen stählerneren Eingeweiden Motoren ansprangen und über unzählige Zahnräder eine ausreichende Kraftübertragung aufbauten. Das Sägeblatt rotierte – schnell.

Eine Blutfontäne spritzte von außen gegen unser Cockpit.

Scheiße, hatte das Ding keine Scheibenwischer?

Doch es war nicht weiter von Belang.

Durch überraschend helles Blut, das über unser Visier lief, sahen wir den Ettin jaulend zurücktaumeln, seine Hand in Fetzen. Ich hatte seine Keule losgelassen, um nicht vom Gewicht des Muskelbergs mitgerissen zu werden.

Dann kam der Titan knurrend zurückgestapft und holte weit mit seinem Streitkolben aus … wirklich *weit*.

Also entweder war Zendar ein bemitleidenswert schlechter Nahkämpfer oder das Opfer der grobschlächtigen Ettin-Hardware, mit der er arbeiten musste …

Ich ging so weit in die Hocke, wie es meine steifen Roboterbeine erlaubten, und ließ damit den horizontalen Schwinger der Keule harmlos über mir vorbeisausen. Dann tauchte ich wieder auf und verpasste dem Monster ein paar schnelle Jabs mit meinem immer noch Elektrizität und Feuer spuckenden Armstumpf.

Die Schnittstelle zwischen meinem Geist und der Maschine war wirklich eine Freude, die Übertragung verzögerungslos und butterweich. Ruckzuck waren die beiden übrigen Ettin-Fressen verbrannt und geschwollen.

Doch nun kam die Keule mit einem Rückhandschwinger zurück, und ich war gezwungen, sie mit unserer Kettensäge abzufangen. Ein ohrenbetäubendes Kreischen war die Belohnung, als das Sägeblatt vergeblich auf der Oberfläche des grünen Kristalls rotierte und Funken schlug.

Ich biss die Zähne zusammen und hielt dem Druck stöhnend stand. Auch Zendar grunzte aus seinen verbliebenen Monstermündern.

»Kai, die meisten anderen Felder bewirken nichts, wenn ich sie berühre!«

Ja, das war in der Tat tragisch.

Immerhin hatte sie noch nicht versehentlich einen Schleudersitz aktiviert …

Zu allem Überfluss verabschiedete sich nun auch noch unser Sägeblatt in Richtung Gebirge. Der verzauberte Kristall von Zendar hatte es einfach brechen lassen.

»Du kannst nicht gewinnen, Mordekai,« sagten die beiden Ettin-Köpfe in synchronem Hass. »Dieses Eisenmonster ist dein Gefängnis und bald dein Sarg.«

Zwei hässliche Monstermünder verzogen sich vor Wut, während zwei Augenpaare grün aufleuchteten. Sie wurden immer heller, sammelten genug Potenzial …

»Faye …!«

Doch auch mein Blutrabe konnte nichts tun, als vier grüne Strahlen aus Kristallmagie und purem Hass in unserer Panzerung einschlugen.

Ich merkte förmlich, wie die Energie sich langsam durch unsere Hülle fraß und die elektrischen Systeme überlastete. Wie überreizte Nervenbahnen brannten die Leitungen in meinen Gliedmaßen, und kleine Explosionen im ganzen System verursachten mir Übelkeit. Das Reaktorherz in meiner stählernen Brust glühte, stand kurz vor dem Infarkt.

»Faye, mir wird … schwarz vor Augen …«

»Kai, halt durch! Bitte, halte durch … ich liebe dich!«

Blut lief aus meinem Mund. Ich war unfähig, meinen Roboterkörper zu bewegen. Die Kristallenergie war zu stark. Liebe war schön, aber würde mich jetzt nicht retten.

Oder doch?

Wie war das nochmal mit »Liebe deine Feinde«?

Mit Hass auf Hass zu reagieren, bedeutete nur noch mehr Hass … Doch meine *Liebe* würde das Monster nicht lange ertragen können, da war ich mir sicher.

Mit einer letzten Willensanstrengung stolperte ich dem verdutzen Ettin entgegen und umarmte ihn. Die grünen Strahlen aus seinen Augen erstarben und Zendar schrie, als sich mein glühender Reaktor in die Brust des Monsters brannte. Er wollte sich losreißen, doch ich drückte seinen Körper nur noch fester an mein strahlendes Herz.

»NEIN!«, schrie mich der mittlere Kopf an, dessen Wange gegen unser Cockpit gepresst war. Sein heißer Atem ließ die Teile der Oberfläche beschlagen, die noch nicht von seinem Blut verschmiert waren.

Schwarzer Qualm stieg aus seinem Mund hervor.

Schließlich begannen beide Ettin-Köpfe, Blut zu spucken, und der titanische Körper wurde schlaff.

Es war vorbei.

Als das Ungetüm hintenüberfiel, ließ ich es los und sackte durch den Aufprall von mehreren Gigatonnen Fleisch auf dem Boden selbst auf die Knie.

Meine Lunge brannte.

Warum brannte meine Lunge?

Ich nahm hustend den Helm ab und sah, dass Faye bereits dabei, war mich aus meinen Gurten zu befreien. Irgendwo schmorte etwas, und unsere Brücke war mit beißendem Rauch gefüllt.

»Raus hier«, sagte ich hustend, was ich der Zauberin nicht zweimal sagen musste.

Wir erklommen rasch die Treppe und fanden uns in windiger Höhe auf dem stählernen Haupt von Mechai wieder. Der Roboter kniete demütig in der Ebene und ich hoffte, dass er nicht noch zur Seite kippen würde. Ein Sturz aus dieser Höhe wäre dann doch noch das unrühmliche Ende, von dem Zendar gesprochen hatte.

Ich ging vorsichtig nach vorne und schaute an einem Ausläufer des stählernen V an der Stirn des Mechs vorbei in die Ebene vor uns.

Da lag der geschundene Ettin, einen Arm im Wasser eines Maars. Der neue Kristall-Arm hatte beim Aufprall eine Gerölllawine ausgelöst und lag unter grauem Schutt verborgen. Ein qualmender Krater klaffte in seiner Brust. Ich konnte das verbrannte Fleisch im Wind riechen.

Jetzt tat mir der Gigant fast ein wenig leid. Von Zendar aufgescheucht, als Marionette missbraucht und nun als Leiche zurückgelassen.

Was für ein Wahnsinn.

Das musste aufhören.

Ich spuckte etwas blutigen Speichel auf den Boden. Fayes Hand auf meiner Schulter ließ mich herumfahren.

Auch mit weißen Haaren war meine Hexe immer noch bezaubernd schön. Ihre grünen Augen blinzelten Tränen fort, als sie sich ein Lächeln abrang. »Geht's dir gut?«

»Ja, klar … es geht schon«, sagte ich. »Dir auch?«

»Ja.«

Wir küssten uns.

Als sich unsere Münder wieder trennten, weiteten sich Fayes Augen.

»Kai, sieh!«

Ich folgte ihrem ausgestreckten Arm und sah es.

Aus allen Löchern, die der Ettin in seinem Körper hatte, alten wie neuen, floss ein geisterhafter grüner Nebel zusammen und stieg in die Höhe.

Bei John Carpenters Eiern!

Natürlich war Zendar noch nicht tot.

Er hatte nur einen weiteren riesigen Avatar verheizt. So wie ich auch.

»Ich kann nicht mehr«, sagte ich zu Faye. Und das meinte ich in jeder Hinsicht. Mein Körper fühlte sich so geschunden an, als ob ich selbst alle Angriffe des Ettins abbekommen hätte – in gewisser Weise hatte ich das ja auch – und der Schmerz lähmte meinen Verstand. Ich versuchte, den Riesenstaubsauger aus *Spaceballs* zu manifestieren, um Zendar einfach aufzusaugen, doch vergeblich. Mein körperlicher

Schmerz und die geistige Ermüdung drängten sich derart penetrant in den Fokus meiner Wahrnehmung, dass ich der Realität gerade nicht meinen Willen aufzwingen konnte.

Doch auch Zendar schien erstmal seine Wunden lecken zu wollen, denn der grüne Nebel flog von uns weg.

»Hydrascheiße!«, rief Faye. »Er will zu unserem Turm!«

Fuck.

Ich wollte mir gar nicht ausmalen, was er da anrichten konnte, bevor wir endlich selbst dort eingetroffen waren. Wir hatten mit dem riesigen Mech leider kaum Boden gutgemacht. Und am Ende des Tals lag immer noch der tiefe Krater vor uns, der einst der See um meinen Turm gewesen war. Von hier aus konnte ich es nicht sehen, aber wer wusste schon, wie tief das leere Seebecken war? Und was sich dort vielleicht eingenistet hatte. Immerhin war ein titanischer Ettin daraus emporgeklettert …

Der Mut verließ mich.

Gleichzeitig war in der Ferne ein Schrei zu hören, ein reptilienhaftes Brüllen.

Fayes Gesichtszüge hellten sich sofort mit neuer Hoffnung auf. »Ich glaube es nicht … das ist Cass! Cass ist zu Hause!«

Da läutete irgendeine Glocke. Lennox hatte doch diesen Namen schon einmal in Alanons Kuriositätenkabinett erwähnt.

»Cass?«

»Ja, Cassiopeia! Unsere Freundin … unser Drache! Sie kann uns helfen. Sie kann uns rüberfliegen!«

Ich schluckte und hätte fast losgelacht. »Du willst mich verarschen, oder? Wir haben einen Reitdrachen und du hast ihn nicht sofort gefragt, ob er seinen Meister vielleicht nach Hause bringen möchte?«

»So einfach ist das nicht.«

»Ne, schon klar, nichts ist ja jemals einfach. Erleuchte mich!«

Faye seufzte, verlor aber nicht ihre aufgehellte Miene. »Du warst doch nicht du selbst, als du hier angekommen bist. Sogar jetzt bist du noch nicht wieder ganz dein altes Selbst. Du erinnerst dich ja noch nicht mal an den Drachen, den wir bei den Elfen in der Hecke selbst zugeritten und als Geschenk des Königs mit nach Hause genommen haben.«

»Einen der goldenen Reitdrachen, von denen Castagir in der Ramme gesprochen hatte?«

»So einer.«

»Okay, aber ich verstehe immer noch nicht, warum er uns nicht von Anfang an hätte helfen können.«

»Weil er dich einfach gefressen hätte, darum.« Faye trat auf mich zu und wischte mir verklebte Haare von der Stirn. »Nur Reiter, die absolut furchtlos sind, werden von einem goldenen Drachen akzeptiert. Wenn Cass auch nur eine Spur von Angst an dir gerochen hätte, wärst du ihre Mahlzeit geworden. Oder sie hätte dich einfach eingeäschert.«

»Aber wenn sie mich doch schon kannte …«

Faye lachte. »Sie kannte den furchtlosen Mordekai, ja, doch der weinerliche Kai von der Lichtung vor einigen Tagen wäre ihr sauer aufgestoßen.«

»Ich verstehe …«

»Du solltest doch mittlerweile begriffen haben, dass Äußerlichkeiten, Formen und Körper nur Illusionen sind. Irrelevant. Sie hätte in dein Innerstes geblickt. Und einen verängstigten kleinen Jungen gefunden. Was glaubst du, warum nur die willensstärksten Elfen mit den Drachenreitern fliegen?«

Ich schluckte schon wieder. Der Gedanke, von diesem Drachen verschlungen zu werden, stellte meine Nackenhaare auf. »Und du glaubst, dass ich jetzt furchtlos genug bin?«

Faye sah mich forschend an. »Sag du es mir.«

Ich blickte voller Unbehagen in den Luftraum zwischen unserem Kampfroboter und dem Turm. Und was ich dann sagte, konnte ich selbst kaum glauben, als es aus meinem Mund kam. »Wir haben keine Wahl. Ich muss es versuchen. Außerdem erinnere ich mich daran, dass wir beide mal etwas sehr Schönes auf Cassiopeias Rücken gemacht haben …«

»Nicht nur einmal«, sagte Faye und grinste. »Erinnere dich daran, wenn du Cass gleich das zweite Mal kennenlernst. Vertraute Bilder dieser Art könnten dein Leben retten.«

Faye wandte sich zum Gehen oder besser gesagt, zum Fliegen.

»Warte, was ist, wenn Zendar auf dich wartet?«

Die Hexe schüttelte den Kopf. »Er ist wie du noch nicht auf der Höhe seiner Kräfte. Er wird sich ebenfalls regenerieren müssen. Außerdem besitzt unser Turm Abwehrmaßnahmen.«

Das machte Sinn. In Grimora gab es genug kletternde und fliegende Fauna, die sich sogar im höchsten Turm einnisten würde, wenn nicht gewisse Abwehrmechanismen installiert waren.

»Pass trotzdem auf und beeil dich. Hier oben pfeift ein kalter Wind.«

Eine letzte Umarmung später war mein Blutrabe unterwegs. Mein Herz pochte aufgeregt, als ich ihr nachblickte.

Ich spürte es: Das finale Kapitel stand kurz bevor.

Wings of Fury

Mein Magen knurrte. Es waren nun schon einige Stunden vergangen, seit wir bei den Zwergen gefrühstückt hatten. Außerdem musste ich dringend pinkeln.

Da ein forscher Wind von meinem Turm her wehte, drehte ich mich zum Urinieren zur der Talseite um, aus der wir gekommen waren.

Dort wartete ein seltsamer Anblick.

Ich schob meine Hose eine Handbreit runter und hielt die Schlange in die Freiheit. Mein Strahl wurde sofort hinfortgepeitscht – hin zu hohen Rauchsäulen und den grotesken Fleischbergen gefallener Riesen.

Dazwischen wuselten kleine Ansammlungen von bunten Neonstrichen, die nur die Lichtschwerter der nun arbeitslosen Jedi sein konnten.

Hier und da glitzerten silbern die unzähligen Terminatoren, die sich nach der Schlacht auf Stand-by langweilten.

Von den Sauriern und Ninjas war jedoch keine Spur zu sehen. Vermutlich hatten sie schon wieder aufgesattelt und waren auf der Suche nach einem Landstrich, den sie erobern und zu ihrem neuen Zuhause erklären konnten.

Was für ein scheiß Tag das sein musste, als grimoranischer Bürger aus dem Fenster zu gucken, weil der Nachwuchs so was schrie wie: »Papa, Mama, da kommen maskierte Männer auf großen Echsen in unser Dorf geritten! Sie schießen blaue Kugeln, die gerade unseren Nachbarn aufgelöst haben!«

Worst day ever.

Auch Boron und seine verbliebenen Schlächter konnte ich nirgends ausmachen. Auf die Distanz vielleicht auch schwierig …

Entweder sie versteckten sich noch, um ihre Wunden zu lecken oder sie trugen bereits ihren toten Kameraden zurück zur Feste – wo sie dann ohne Umschweife von einem gigantischen Kristall-Morgenstern erzählen würden, der zeitnah gesprengt und abtransportiert werden musste.

Ich fragte mich, ob *Danny Trejo* noch lebte. Gerne hätte ich ein paar Worte mit ihm gewechselt und mir eine Lasermachete ausgeborgt. Ein Budget-Gram, nur für den Fall …

Ich zog meine Hose wieder hoch und setzte mich hin. Möglichst mittig auf den Roboterkopf, weil mir schwindelerregende Höhe noch immer nicht ganz geheuer war. Jetzt störten nur noch Hunger und Durst.

Komm schon, Mordekai. Du kannst alles manifestieren, was du willst, ALLES.

Der größte Zauberer des Landes würde sich ja wohl auf magische Weise einen Snack beschwören können, oder? Mein Mana-Balken hatte sich doch bestimmt schon wieder ein wenig erholt …

Das Pochen in meinen Schläfen und der Schmerz unter meiner Schädeldecke waren zumindest weniger geworden.

Ich streckte also die Hände vor mir aus, als würde ich sie über einem unsichtbaren Lagerfeuer wärmen, und beschwor die Geistesmagie.

Gedanken aus, Unterbewusstsein an, ergebnisoffen sein.

Alter, habe ich KNAST! Gib mir, was mein Herz nun am meisten begehrt!

Ein greller Lichtblitz, und es war vollendet.

Et voilà, à la table!

Ich betrachtete stirnrunzelnd das Ergebnis.

Eine Juniortüte von McDreck?

Echt jetzt?

Das war meines Herzens Begehr?

Ich wühlte in der braunen Tüte herum. Wenigstens war der Inhalt warm – standesgemäß lauwarm, um genau zu sein. Zwei Burger, Pommes und eine koffeinhaltige Brause.

Ich lachte hilflos. Was für ein Scheiß.

Früher hatte ich die Juniortüte geliebt. Die noch unerfahrenen und hoch sensiblen Geschmacksknospen eines Kindes fanden offensichtlich Gefallen an lieblos zusammengepapptem Fastfood.

Ich packte einen matschigen Fladen aus, der in erster Linie nach generischer Lebensmittelmasse plus Ketchup schmeckte.

Doch für einen Gaumen, der von Feenwein liebkost und von Zwergenbier gefickt worden war, kam das einer Folter gleich.

Egal, der Hunger trieb es rein.

Selbst früher hatte ich mir die Juniortüte in erster Linie wegen des Spielzeugs von meinen Eltern erbettelt.

Ich stellte kurz die braune Ekelbrause zur Seite, die meinen Zahnschmelz auflösen und mich näher an Diabetes Typ 2 bringen würde, und fand unter einem Haufen Servietten tatsächlich ein in Plastik eingeschweißtes Toy.

Es war eine Sammelfigur.

Aus *Maya, Überleben ist alles* – der Film.

WTF ...

Von so einem Film hatte ich noch nie gehört. Völlig lächerlicher Titel. Vielleicht ein albernes 80er-B-Movie, das mir durchgegangen war?

Ich betrachtete den schlecht angemalten Gorilla mit drehbaren Armen, der wohl Gorlax darstellen sollte. Wenn ich an einem kleinen Hebel am Rücken zog, klappte wütend der Unterkiefer herunter und die Augen wurden rot.

Den hätte ich am liebsten Connor mitgebracht.

Meinem kleinen Sohn …

DAS war nun meines Herzens Begehr.

Ich steckte die Figur in meine Hosentasche.

Das musste der Moment gewesen sein, in dem mir wieder einfiel, dass ich hier nicht auf einer Abenteuersafari war. Ich steckte tief in der Scheiße. Einer dampfenden Scheiße, die meinen Verstand sprengte und in vielen kleinen Scherben zurückließ. In erster Linie in zwei Scherben: Mordekai und Kai Winters. Ich hatte keine Ahnung mehr, wer ich wirklich war. Vermutlich keiner von beiden …

Ich warf den Kopf in den Nacken und ließ ein bellendes Lachen entweichen, während Tränen aus meinen Augenwinkeln liefen.

Plötzlich vermisste ich Laura und meinen Sohn mehr als je zuvor. Während ich mich gleichzeitig leidenschaftlich nach Faye verzehrte … Was hatte Grimora mir nur angetan?

Ich packte den ganzen Abfall zusammen und wollte die Tüte vom Mech schmeißen, hielt jedoch im letzten Moment inne. Kein Grund, auch noch zum Umweltsünder zu werden. Ich öffnete die Luke des größten Mülleimers aller Zeiten und warf die zusammengeknüllte Tüte in den nebligen Innenraum.

Dann zuckte ich zusammen, als der Wind ein drakonisches Kreischen zu mir trug.

Ich blickte erschrocken zum Turm hinüber.

Da flog sie!

Die geflügelte Schlange aus Feuer und goldenem Sonnenlicht. Eine unglaublich schöne und ehrfurchteinflößende Bestie, die mit nur wenigen Flügelschlägen die Distanz zu mir überbrückte.

Immer, wenn der Drache seine Flügel hob und dabei gleichzeitig seinen Kopf senkte, sah ich Fayes schneeweiße

Mähne, die sich im Wind aufbauschte. Meine Hexe flog Cassiopeia furchtlos und selbstverständlich.

Mein Herz raste, und mein ganzer Körper prickelte. Gleich würde ich mich der Bestie präsentieren müssen. Nur wie zum Henker sollte ich meine Angst kontrollieren?

Na, so wie immer.

So, wie ich auch den Angst- und Depressions-Dämonen die Stirn bot:

Es musste mir *egal* sein.

Ohne Widerstand – kein Kampf.

Ich musste mich dem Drachen ergeben, so wie ich Angstattacken einfach teilnahmslos über mich hinwegschwappen ließ, weil ich sie ohnehin nicht kontrollieren konnte.

Ja, fuck it, wenn er mich röstet, dann kann ich es eh nicht ändern. FUCK IT!

Das Kreischen, das jetzt in meine Ohren drang, war so nah, dass es wie flüssiges Feuer in Mark und Bein brannte.

Der Drache war zu groß, um so auf dem Kopf des Mechs zu landen, dass er mich nicht unter sich begrub. Deswegen hielt er sich an der v-förmigen Stirnantenne fest und presste sich gegen den Roboterkopf wie ein übergroßer geflügelter Salamander.

Eine kurze Erschütterung ging durch die Maschine unter uns, und metallisches Knacken jagte mir kalte Schauer über den Rücken.

Jetzt nicht doch noch umfallen, Mechai!

Intelligente, goldene Pupillen in makelloser weißer Iris musterten mich interessiert, während mir enorme Nüstern einen Schwall heißer Luft entgegenschnaubten.

»Kai, sag hallo zu Cass! Sie hat dich vermisst!«

Faye kletterte vom Rücken des Drachen, hielt sich kurz an einem ihrer majestätischen Hörner fest und sprang zu mir auf den Roboter.

Jetzt kam es drauf an.

Ich hatte nur *eine* Chance.

Meine Beine waren paralysiert.

Ich versuchte mir vorzustellen, eine verdammt große fremde Katze vor mir zu haben. Ich *musste* sie jetzt berühren, als Zeichen meiner Furchtlosigkeit, aber gleichzeitig einfühlsam sein, sonst würde sie mir einfach die Hand abbeißen.

Es war die Gradwanderung meines Lebens. Perfekte Balance würde jetzt über Leben und Tod entscheiden.

DO IT!

»Hallo, meine Liebe! Dein Herrchen war lange fort und hat viel durchgemacht.« Ich ging nach vorne und streckte wie in Zeitlupe meinen Arm aus. »Würdest du mich bitte zu meinem Turm fliegen, damit ich unserem gemeinsamen Feind die Stirn bieten kann?«

Ich fuhr sanft, aber bestimmt an der Seite ihrer Nüstern entlang. Fast hätte ich die Hand wieder zurückgezogen, weil die Berührung heiß und rau war.

Doch dann schmolz das Eis meiner Angst plötzlich dahin und machte purer Euphorie Platz.

Ich hatte einen echten Drachen berührt!

Er war so real wie mein eigener Körper.

Freudentränen liefen mir über die Wangen. »Ich habe dich auch vermisst, alte Freundin …«

Jetzt machte Cass ein knurrendes Geräusch und schloss die Augen. Ich legte mich mit meinem Oberkörper über ihre Schnauze und genoss ihre Wärme, ihre ungezügelte Kraft und ihre atemberaubende Lebensenergie. Auf der Motorhaube eines laufenden Supersportwagens zu liegen, war ein verdammter Scheiß dagegen.

»Dann steig mal auf!«, rief Faye erfreut. »Diesmal fahre ich.«

Ich löste mich von unserem geschuppten Reittier und blickte zweifelnd auf die Schulterpartie des Drachen. Wie zum Henker sollte man sich da ausreichend festhalten? Ich war ja kein verdammter Githyanki aus *Dungeons & Dragons*, der auf einem Drachen ritt wie andere Fahrrad fuhren …

»Dumme Frage vielleicht, Faye, aber wie hält man sich nochmal am besten fest, um beim turbulenten Flug auf einem Drachen nicht einfach abgeworfen zu werden?«

Faye lachte. »Das ist wie Ficken, das verlernt man nicht!«

Als mein Gesichtsausdruck ihr mitteilte, dass ich die Antwort irgendwo zwischen nicht hilfreich und bekloppt einstufte, fügte sie hinzu: »Keine Sorge. Cass ist ein magisches Wesen. Sie hält dich fest, hab Vertrauen. Wenn sie nicht will, dass du von ihrem Rücken fällst, dann kann nichts und niemand dich von ihr lösen.«

Das klang weniger erbaulich, als Faye vielleicht glaubte, doch ich musste ihr wohl oder übel vertrauen.

Ich kletterte also vorsichtig mit meiner Schneehexe auf den Rücken des unglaublichen Reptils. Die Drachenschuppen glänzten dabei abwechselnd golden und rötlich im Licht der Sonnen. Was für eine Schönheit Cassiopeia war!

Dann saßen wir. Faye auf Schuppen, ich mit meinem Arsch auf solidem Grundeis.

Faye hielt sich an spitzen Fortsätzen fest, die aus dem Schuppenkleid ragten, während ich meine Hände um ihre Hüften schlang wie ein Sozius auf dem Motorrad.

Viel Zeit, mich auf unserem Reittier zu akklimatisieren, hatte ich jedoch nicht.

Cassiopeia stieß sich rückwärts vom Mech ab und schraubte sich dabei in einer fließenden Bewegung wieder in eine aufrechte Position.

Natürlich rutschten mir dabei Herz und Magen in die Hose, doch Faye hatte die Wahrheit gesagt: Wir saßen so fest, als hätte der Drache unsichtbare Saugnäpfe auf seinem Rücken.

Auf diese Weise beruhigt, konnte ich mich verblüffend schnell ganz und gar dem Drachenflug hingeben – diesem Rausch aus Angst und Freude, der meinem Herzen Hochleistungen abverlangte. Das Erlebnis existierte jenseits von Worten. Es war im präzisesten Wortsinn unvergleichlich.

Wie hatte ich nur bisher ohne Drachen in meinem Leben existieren können?

Der Wind peitschte mir Fayes weiße Mähne ins Gesicht, und ich genoss das Kitzeln.

Die Ebene der Todesgefahr raste nur so unter uns dahin, bis wir schließlich den Krater um meinen Turm erreicht hatten. Er öffnete sich unvermittelt wie das klaffende Maul eines kosmischen Monsters, das ganze Landstriche verschlingen konnte.

Und hier, über den Schluchten aus Korallengestein und den Dächern einer ehemals versunkenen Stadt, konnte ich auch endlich die Drachenart sehen, der ich zu Beginn meiner unfreiwilligen Reise beinahe ins offene Maul spaziert war: Pechschwingen.

Jede Menge Pechschwingen.

Sie hatten sich in den Höhlen und Winkeln des trockenen Seebeckens eingenistet und stoben nun empor wie ein Schwarm aufgescheuchter Fledermäuse. Zwar waren sie deutlich kleiner als Cassiopeia und hatten auch keine nennenswerten Hörner am Kopf. Doch was sie nun in erster Linie bedrohlich machte, war das grüne Glühen, das boshaft in ihren Augen aufblitzte.

Zendar …

»Festhalten!«, schrie Faye.

Hatte sie das aus Reflex gerufen? Ich dachte, nichts könnte uns von Cass' Rücken fegen?

Doch schon bald wusste ich, was sie meinte. Es wurde *wild.*

Als uns die ersten Pechschwingen erreichten, tauchte Cass plötzlich ab und jagte durch die Schluchten des Kraters, um unsere Verfolger abzuschütteln.

Mein Unterbewusstsein ließ es sich nicht nehmen, dazu laut *Danger Zone* von Kenny Loggins von den Felswänden widerhallen zu lassen.

Ein wirklich passender Soundtrack zu unserer Verfolgungsjagd! Denn da sich die Drachen nicht gegenseitig mit ihrem Feuer verletzen konnten, mussten den Job der Gegnerdezimierung Krallen, Zähne und vor allem eng geflogene Kurven übernehmen.

Schon hechtete unser Drache im letzten Moment durch eine scharfkantige Felsspalte, während sich ein kreischender Verfolger am Rand derselbigen den Hals brach.

Ich lachte erleichtert auf, während die G-Kräfte des Manövers mir langsam das eben noch vertilgte Fast Food aus dem Magen massierten.

Atmen.

Lange würde ich das nicht aushalten.

Der Kampf gegen die schwarzen Drachen hatte gerade erst begonnen, und ich war bereits an diesem Punkt angelangt, bei dem man sich auf einer Achterbahn fragt, warum man sich diese Scheiße überhaupt antut.

Als Cass zu einem Looping ansetzte, dann jedoch mit einer Fassrolle entkam, knallten zwei weitere Pechschwingen mit einem abscheulichen Krachen von Schuppen und Knochen in vollem Flug gegeneinander.

Wahnsinn, meine Hexe hatte es voll drauf!

Allerdings war ich mir nicht ganz sicher, ob Faye mit dem Drachen flog oder der Drache mit *ihr*. Vermutlich war es eine Art mystische Symbiose … Letztlich war es mir aber auch egal, wie es die beiden Ladys bewerkstelligten, dass wir immer wieder knapp mit dem Leben davonkamen.

Nur leider stieg mir von den halsbrecherischen Flugmanövern immer weiter die Kotze hoch …

Ein paar verunglückter Drachen später war es dann soweit: Ein heißer Feuerschwall versenkte meine Haare, als eine Pechschwinge versuchte, uns im Vorbeifliegen aus dem Sattel zu brennen. Ich schrie ihr mit qualmender Frisur meinen Schmerz und halbverdaute Burger entgegen.

Cass peitschte den feindlichen Drachen mit ihrem Schwanz in einen Vorhang aus Hängepflanzen und drehte ab. Wir machten etwas Boden gut, doch die schwarze Bestie hatte sich schnell wieder befreit und nahm kreischend die Verfolgung auf.

Dann endlich war das Felsenfundament des riesigen Turms erreicht, und wir setzten zu einem steilen Aufwärtsflug an. In einer weiten Spirale passierten wir Stockwerk um Stockwerk meines Heims; vier bis fünf wild flatternde Pechschwingen im Schlepptau.

Und für einen Moment gelang es mir sogar, unsere Verfolger und meine Übelkeit auszublenden. Die Architektur des Turms verschlug mir die Sprache.

Ein verwirrendes Relief von Form und Funktion, das sich wie aus einem Guss bis in die Wolken zu erstrecken schien: Balkone, Plattformen und abzweigende Türme verschiedenster Formen und Größe. Dazwischen Verbindungsbrücken, überdachte Gehwege und Rohre, die wie die Spaßrutschen eines Schwimmbads wirkten.

Mein früheres »Ich« hatte hier anscheinend nicht nur das Domizil eines Magiers, sondern auch ein jahrmarkttaugliches Fun-House erschaffen.

Sollten wir diesen wilden Ritt überleben, konnte ich es kaum erwarten, die verschiedenen Bereiche meines Turms zu erkunden …

Die Wolkendecke kam näher.

Genau wie das erzürnte Fauchen unserer Verfolger.

Einfach in irgendeine Öffnung rein!, dachte ich.

Wo wollte Cass nur mit uns hin?

Dann endlich bremste sie ab und landete sanft auf einem großen Balkon im obersten Drittel des Turms.

Saßen wir hier nicht auf dem Präsentierteller?

Die erste Pechschwinge flatterte in Sicht.

Doch bevor sie auch nur an ihre Odemwaffe denken konnte, wurde sie von mehreren Wolken schimmernder Kälte eingehüllt. Unfähig, ihre steif gefrorenen Flügel zu schlagen, stürzte sie brüllend in die Tiefe.

Große Gargoyles, die als Pfeiler in die Brüstung des Balkons eingearbeitet waren, hatten ihren Eisodem auf den Eindringling gespuckt.

Das waren Wasser- beziehungsweise Eis-Speier nach meinem Geschmack!

Den restlichen Drachen erging es nicht besser.

Cass, Faye und ich schauten amüsiert dabei zu, wie einer nach dem anderen versuchte, der Landeplattform des Balkons näherzukommen und dabei in eine Eisskulptur verwandelt wurde.

Nur eine einzige Pechschwinge schaffte es, einen Flammenstrahl abzusondern, bevor die magischen Selbstschussanlagen sie abknallten. Doch Cass ließ die Feuersbrunst am Schuppenkleid ihres erhobenen Flügels abprallen. Ich konnte die Hitze dennoch spüren und biss die Zähne zusammen, als es kurz so heiß wurde wie in einer außer Kontrolle geratenen Sauna.

Dann zollte auch die letzte schockgefrostete Pechschwinge der Schwerkraft Tribut, und es war endlich überstanden.

Faye hüpfte freudig von Cassiopeias Rücken, die sich dafür gnädigererweise auf den Bauch legte. Ich kletterte ebenfalls von ihr herunter und fiel erstmal auf die Knie. Meine Haare-verwöhnten Hände griffen ins Leere, als ich meine verbrannte Kopfhaut betastete. Ich stöhnte gequält.

»Ein kleiner Preis für das Erreichen unseres Ziels«, sagte Faye und grinste. »Das kriege ich später wieder hin, keine Sorge.«

Cass stampfte ohne Umschweife und zufrieden knurrend auf einen großen Torbogen zu.

»Ihr Hort«, verkündete Faye gut gelaunt, »erinnerst du dich? Gleich unter unserem Schlafgemach.«

»Super«, gab ich zurück und fiel erstmal ausgelaugt auf den Rücken. Über mir waberten dünne Wolkenschleier. Meine Kopfhaut brannte wie Hölle.

Aber ich fand das *wirklich super.* Wer hatte schon einen goldenen Drachen als Fußbodenheizung?

Das torlose Tor

Ich war verblüfft, wie großzügig der Platz in dieser Etage des Turms immer noch war. Hier konnte es sich sogar ein Drache von Cassiopeias stattlicher Größe ausreichend gemütlich machen …

Was wohl die untersten, deutlich breiteren Ebenen meines Turms beherbergten? Riesige Einkaufszentren für die Riesen des Tals? Arenen und Indoor-Rennbahnen für Reitsaurier-Turniere? Kinosäle mit magischen Projektoren und Leinwänden?

Wenn der frühere Mordekai schlau gewesen war, dann gab es auf jeden Fall ein großes Erlebnisbad, in das ich von meinem Schlafzimmer aus durch 666 Stockwerke hineinrutschen konnte! Ich meine, welcher Supermagier würde das nicht in seinen Turm einbauen?

Normal.

Endlich stand ich wieder. Das Zittern in meinen Beinen hatte aufgehört, ebenso meine Übelkeit. Faye wartete schon ungeduldig.

Zu beiden Seiten der Drachenhöhle führten von bunten Kristallen erleuchtete Tunnel nach oben und unten.

»Keine Stufen, barrierefrei, gefällt mir«, sagte ich und manifestierte einen Indiana Jones-Hut auf meinem Kopf, der mit Eiswürfeln gefüllt war.

Aaaaaah …!

Faye nahm stirnrunzelnd und grinsend meine neue Kopfbedeckung zur Kenntnis und deutete in die Röhre, die nach oben führte. »Der Spiegel wartet!«

Ich folgte ihrer Aufforderung.

Auch, wenn ich am liebsten erst mal Cass in ihre schummrige Höhle gefolgt wäre. Ich wollte ihr meinen Dank ausdrücken und dabei gleichzeitig ganz ungeniert meine Neugier befriedigen.

Wie lebte sie? Schlief sie auf einem Bett aus Gold? Doch das konnte natürlich warten.

Wir betraten also den bunt schimmernden Gang, der zu meinem Schicksal führte. Er war geräumig genug, so dass wir aufrecht und nebeneinander darin gehen konnten. Nur Cass würde vermutlich steckenbleiben, wenn sie versuchte, Faye und mich im Bett zu überraschen …

Ich berührte fasziniert einige der leuchtenden Kristalle, die in Decke und Wände eingelassen waren. Sie wurden unter meiner Berührung heller, waren jedoch kühl wie Flusssteine. Noch bemerkenswerter war, dass sie ihre Farbe veränderten, als ich an ihnen vorbeiging; so, als ob sie körperliche Anwesenheit registrierten. In einem größeren Radius um mich verfärbten sich die meisten Steine in ein sattes Lila, nur hier und da von anderen Farben durchmischt. Ich blieb verdutzt stehen und blickte Faye fragend an.

»Aura-Quarz«, sagte sie. »Du hattest immer schon Lila, die Farbe der Weisheit und der Magie. Ich sehe jedoch auch andere Farbtöne, die sich daruntermischen. Das zeigt mir, dass du noch nicht wieder ganz der Alte bist. Komm!«

»Wieso verändern sich die Steine bei dir nicht?«

Faye machte ein säuerliches Gesicht, als wäre ich gerade in ein großes Fettnäpfchen getreten.

»Ich weiß es nicht«, sagte sie schließlich und nahm mich an der Hand. »Wir haben noch unendlich viel Zeit, uns über alles, was dein Herz begehrt, auszutauschen. Deine meisten Fragen werden sich hoffentlich beim Blick in den Spiegel auflösen.« Sie zog zärtlich, aber bestimmt an meinem Arm.

Jetzt wurde mir plötzlich klar, warum ich mich so hingebungsvoll mit den glühenden Kristallen beschäftigte: Ich hatte Angst.

Ich hatte eine *scheiß* Angst.

Mehr noch als vor jedem Monster, jedem Sprung in die Tiefe und selbst Zendar persönlich.

Denn nun war es soweit.

Das Ziel meiner Reise war erreicht, und ich würde herausfinden …

Ja, *was* eigentlich?

Wer ich bin?

Wer ich war?

Wer ich ab heute sein würde?

Noch vor wenigen Tagen hatte ich mich abgeschrieben. Ich war überzeugt gewesen, dass Lex gewonnen hatte und ich in Grimora das Zeitliche segnen würde. Doch wider aller Erwartungen oder Wahrscheinlichkeiten hatte ich es mit Hilfe meiner Freunde bis zum Turm des Erzmagiers geschafft. Nur, dass sich mittlerweile herausgestellt hatte, dass ich selbst dieser Erzmagier war … Und nun stand ich vielleicht kurz davor, bei einem Blick in den Seelenspiegel die ganze Wahrheit zu erfahren. Oder wahnsinnig zu werden … Vielleicht war das sogar gleichbedeutend?

»Warte, Faye, ich … ich will noch nicht.«

Jetzt sah mich meine magische Freundin mitfühlend an. »Hab keine Angst, Mordekai. Hab keine Angst davor, dein wahres *Ich* wiederzuentdecken. Deine Reise als Kai Winters geht zu Ende. *Jede* Reise geht einmal zu Ende. Nun ist die Zeit gekommen, eine neue Reise anzutreten. Mit mir! Hier! Zu Hause!«

Ich nahm Fayes Gesicht in meine Hände und blickte tief in ihre Augen. Tränen sammelten sich in meinen. »Was auch immer da oben gleich passiert, ich will, dass du weißt, dass ich dich über alles liebe. Du bist die Frau meiner Träume, und nichts und niemand kann das ändern.«

Unsere Lippen trafen sich zu einem langen Kuss, dessen zärtliche Berührung mein ganzes Wesen erschauern ließ. Ich wusste nicht warum, doch ich fühlte mich in diesem Moment wie Aragorn, der das letzte Mal Arwen, seinen Abendstern, küsste. Als sich unsere Lippen schließlich wieder trennten, strich ich Faye die weiße Mähne aus dem Gesicht. Auch sie hatte nun Tränen in den Augen. Wahnsinn, was diese Frau durchlitten hatte, damit ich nun hier mit ihr stehen konnte. Doch am schlimmsten war, dass unser gemeinsamer bester Freund Lennox sogar sein Leben dafür lassen musste.

Der Gedanke an ihn ließ trotzigen Mut in mir aufkeimen. Es war Zeit, dass ich klarkam – nein, besser: klar wurde. Gedanklich. Wie eine Schneekugel, in der sich das wirbelnde Chaos beruhigt hatte.

Mindestens ein Kai würde sich gleich für immer auflösen.

Jetzt zog ich an Fayes Hand. »Komm!«

Der Tunnel umrundete den Turm noch einmal komplett, bevor er in ein prächtiges Zimmer abzweigte. Eine würzig-süße Geruchsnote schlug mir entgegen – eine Ahnung von einstmals verbrannten Essenzen und Kräutern, die von einer Kuschel-Landschaft aus Tausendundeiner Nacht verströmt wurde. Mein Kiefer klappte runter. Sprichwörtlich.

Die gesamte Ausstattung des Schlafgemachs wirkte wie aus einem göttlichen Harem gestohlen. Oder von einem Porno-Set …

Zwischen verzierten Säulen, die im ganzen Raum verteilt waren, fanden sich Kissenhaufen, Divane und andere Möglichkeiten, Orgiengäste unterzubringen. Sogar eine ungezogen aussehende Schaukel baumelte in meiner Nähe. Scheinbar war ich ein schlimmer Finger …

Doch nichts lud so sehr zu faulem Herumlümmeln und anderen »Sportarten« ein wie das riesige Himmelbett am rechten Ende des Raumes!

Eine kissenübersäte Matratze wurde von einem Holzkonstrukt umrahmt, wie es nur Magie erschaffen konnte: Fantastische Kreaturen aller Art waren in Kampf- oder Liebesspiel – ich konnte es nicht sagen – erstarrt und bildeten so den Korpus des Bettes. Die sich umschlingenden Leiber von Seeschlangen, Drachen und Nagas bildeten Bettpfosten, die nahtlos mit Boden und Decke verschmolzen. Dementsprechend gab es keinen Baldachin, auf dem sich ein Meuchelmörder verstecken konnte. Stattdessen wölbte sich über dem Bett ein funkelnder Sternenhimmel …

Magie.

Ein kleiner Balkon im Norden sowie einige prachtvolle Kirchenfenster fluteten unseren Harem mit buntem, fast psychedelischem Licht.

Als ich diesen heiligen Ort der Schäferstündchen betrat, nahm ich unwillkürlich den Hut ab, was die Reste der Eiswürfel über mein Gesicht fließen ließ.

Und dann fiel mein Blick endlich auf den Elefanten im Raum.

Gegenüber dem Bett, am anderen Ende des Gemachs, wuchs ein massiver Spiegel aus dem Boden. Silbern, prunkvoll und rund wie ein *Stargate*. Auf dem gesamten Kreis seines verschnörkelten Rahmens leuchteten Schriftzeichen, die mit sanftem Pulsieren um meine Aufmerksamkeit bettelten.

Ich wollte wie hypnotisiert darauf zugehen, doch eine Hand an meiner Schulter ließ mich zu Faye herumfahren. Mit der roten Strähne in der schneeweißen Haarpracht und den grünen feucht-glänzenden Augen hatte sie etwas von einem Anime Girl. Sie zog meinen Kopf zu sich herunter und küsste mich leidenschaftlich. Ihre Zunge kitzelte wie eine verbotene Schlange.

»Jetzt geh«, sagte sie dann, »geh, und erinnere dich.«

Ich nickte und näherte mich dem Ungetüm von Spiegel ganz vorsichtig von der Seite. Mein Herz pochte plötzlich wieder so stark, als wäre Cass gerade einen Looping mit mir geflogen. Ein Gefühl beschlich mich, als wäre ich kurz davor, einen Blick in die Bundeslade zu werfen. Würde mein Geist diesem Basilisken-Blick standhalten?

Schließlich trat ich mit einem letzten, fast ulkig-großen Schritt vor die glänzende Scheibe und sah hinein.

Nichts.

Ich baute mich in voller Größe vor dem Spiegel auf.

Niemand.

Arme rudern, Grimassen schneiden, den kühlen Kristall berühren – es änderte nichts.

Ich sah den Raum hinter mir, hatte jedoch selbst keine Reflexion. Wie ein Vampir. Das war ein sonderbares Gefühl. Und es breitete sich in mir aus.

»Was ist mit dir?«, hörte ich die besorgte Stimme meiner Liebsten. Sie stellte sich hinter mich und blickte ebenfalls in den Spiegel.

Da ich selbst kein Spiegelbild hatte, war ich nun Faye. So wie ich jeder Grimoraner sein würde, der sich exakt hinter mich stellte …

Ohhh ...

Dann starb ich.

Natürlich nicht mein Körper, ich konnte ja noch meinen Herzschlag spüren.

Nein, in diesem Moment starb alles, was ich einmal für mich selbst gehalten hatte.

Ein Name.

Ein Körper.

Die Gedanken dieses Körpers.

Seine Gefühle.

Alles löste sich beim Blick in den Seelenspiegel auf.

Alles, was blieb, war *ich*.

Und dieses »Ich« war allumfassend.

»Kai, was ist los mit dir?« Fayes Stimme klang besorgt. »Erinnerst du dich wieder? An dein Leben hier?«

»Nein.«

»Nein?«

Ich drehte mich zu ihr um und strich ihr durch die Haare. »Ich glaube nicht mehr an die Macht der Erinnerungen. Niemand kann in Erinnerungen zurückkehren. Weil sie nicht real sind. Es sind nur Geschichten, nichts weiter. Ich kann mich in der Unendlichkeit dieses Moments immer wieder neu dafür entscheiden, wer ich bin. Ich bin Kai Winters und Mordekai … und doch keiner von beiden.«

Mein Blutrabe schien zunächst verwirrt zu sein. Doch dann beschloss sie wohl, dass meine Aussage positiv zu werten war, denn sie lächelte und begann, sich auszuziehen. »Dann lass uns doch einfach neue Erinnerungen machen. Wunderschöne. Sinnliche.« Ihre Zunge leckte betont über blutrote Lippen. »Schmutzige.«

Sie ging rückwärts zu unserem Himmelbett und verlor auf dem Weg dorthin ein Kleidungsstück nach dem anderen. Bis mich nur noch ihre Kette aus der betörenden Vollkommenheit ihrer nackten Schönheit anfunkelte.

»Warte, meine Zauberhafte … was bedeutet diese Inschrift?« Ich vollführte mit einem Zeigefinger eine kreisförmige Bewegung vor dem Spiegel, die zu meiner Überraschung die Runen kurz aufglühen ließ.

»Das ist altes Drakonisch, was außer dir niemand lesen kann, Liebster. Sag *du* es mir.«

Ich runzelte die Stirn und berührte vorsichtig eins der Reliefs. Leider konnte ich mit dieser faszinierenden Kalligrafie rein gar nichts anfangen. Die Schriftzeichen waren komplex, beinahe wie japanische, ihre Prägung im Rahmen so weich und natürlich, als hätte Wasser sie in jahrhundertelanger Erosion herausgewaschen. Keine Form von Abstraktion oder Vergleich lieferte mir auch nur eine grobe Vorstellung von ihrer Bedeutung.

»Du hast es mir mal gesagt!«, rief Faye vom Bett aus. Sie hatte sich fröstelnd in einen Kissenberg zurückgezogen. »Ich glaube, es war: Der Tod ist unausweichlich für die Lebenden. Und die Geburt ist unausweichlich für die Toten.«

»Ja, *dein* Tod ist unausweichlich!«

Ich erschrak und taumelte ein paar Schritte vom Spiegel zurück. Ein grüner Nebel hatte sich darin gebildet, der in unserem Schlafgemach jedoch ein reales Pendant vermissen ließ. Er formte sich schnell zu einer Person, die wie ein Hologramm aussah, durch das unentwegt Rauch zirkulierte. Fayes Aufschrei bestätigte das Offensichtliche: Zendar hatte einen Weg in unseren Turm gefunden. Zumindest eine Art Fenster …

Doch war es wirklich *Zendar*?

Ich hatte ja noch nie wirklich sein Gesicht gesehen. Außerdem waren die wabernden Konturen der Gestalt zu unstet, als dass ich eindeutige Gesichtszüge hätte ausmachen können. Und doch glaubte ich, hin und wieder ein bekanntes Gesicht an die Oberfläche dringen zu sehen …

War das etwa Lex?

Doch letztlich war es einerlei.

Lex, Zendar, der Grinch – ich musste schnell reagieren.

Darum manifestierte ich sofort einen Schwarm fliegender Säbel, die den Geist auf der anderen Seite des Spiegels in saubere Streifen schneiden würden – magische Waffen, bestehend aus einer Legierung von gesegnetem Silber und kaltgeschmiedetem Eisen. Mein außerweltliches Nerd-Wissen würde den Bastard nun endgültig das Leben kosten.

Doch als die Waffen ihren tödlichen Auftrag ausführten, begann das Wesen aus grünem Nebel zu lachen. Mal dunkel, mal hell, kurz heiser krächzend, dann plötzlich schallend und klar. Es klang, als würden sich mehrere Personen denselben Mund teilen, sich ständig überlagernd, um die Stimmhoheit kämpfend.

»Du Narr«, sagte mein nebulöses Spiegelbild, als es sich wieder etwas beruhigt hatte. »Die Welt hinter den Spiegeln ist selbst für dich unerreichbar, Mordekai. Du kannst mich hier nicht verletzen.«

»Was willst du?!«, schrie Faye aus dem Hintergrund. Sie war aufgesprungen und stand splitterfasernackt am Fuße des Bettes. »Du kannst uns hier drin ebenfalls nichts anhaben. Warum verschwindest du nicht einfach, du Scheusal?«

Wieder lachte der Nebel in einem Chor aus Stimmen. »Bist du dir da *sooooo* sicher, Blutrabe?« Der fluktuierende Gestaltwandler kam nun ganz nah an die unsichtbare Trennwand und fuhr tastend mit einem Finger daran entlang. Ich hielt mich bereit, um – was auch immer aus diesem Spiegel gekrochen kam – nach allen Regeln der Kunst einzustampfen. Ich würde aus den Ohren qualmen, wenn ich mit der Manifestation all meiner Gewaltfantasien fertig war …

Doch der Unhold konnte die Barriere augenscheinlich nicht überwinden. Er ging wieder einen Schritt zurück und grinste selbstgefällig, bevor er energisch die Stimme erhob.

»*Natürlich* kann ich euch etwas anhaben, Blutrabe! Du beschränkte Hochstaplerin von einer Hexe! Eure erbärmlichen Hüllen aus Fleisch, Blut und Exkrementen erreiche ich von hier aus vielleicht nicht, doch eure Gefühle sind meiner Macht schutzlos ausgeliefert. Seht selbst!«

Seine Gestalt verschwamm und machte etwas Neuem Platz. Wie in der Kugel einer Wahrsagerin hatte sich im Spiegel ein Bild geformt. Und was es zeigte, versetzte mir einen Stich ins Herz.

Boron und seine Gefährten sowie ein dreck- und blutverschmierter Gorlax waren auf dem Boden zusammengekauert. Schillernde Wesen, groß und zahlreich, die wie Smaragd-Golems oder Kristall-Elementare aussahen, umringten sie. Mutlosigkeit war in alle Gesichter geschrieben. Selbst der Kriegsmeister der Zwerge sah gebrochen aus. Die magischen Wesen bedrohten unsere Freunde mit Armen, die in rasiermesserscharfen Kristallschwertern endeten. Von meinen Jedis und Terminatoren … keine Spur.

»Wie würde es euch gefallen, wenn ich meinen treuen Drohnen den Befehl erteile, eure Freunde hinzurichten? Langsam und qualvoll. Würde euch das verletzen? Oder würdet ihr euch stöhnend auf diesem geschmacklosen Bett vergnügen, während ihre Todesschreie im Tal verhallen?«

»Du ARSCHLOCH!«

Damit hatte ich nicht gerechnet. Meine Zähne knirschten vor Anspannung. »Was willst du? Was ist der Preis für ihre Unversehrtheit?«

Die Nebelgestalt blickte mich ungerührt an. »Was wohl, Mordekai? Kapitulation und absolute Unterwerfung. Grimora soll endlich mein sein! Du wirst deinen Turm mir überlassen und ins magische Exil gehen. All dein Besitz wird auf mich übergehen.«

»Nein!«, schrie Faye, doch unser Feind winkte gelangweilt ab.

»Keine Sorge, deine Raben-Nutte kannst du mitnehmen.« Er grinste, und grüner Nebel tropfte aus seinem Mund wie Gift.

»Pass auf, was du sagst, Zendar!«

»Sonst was?« Der Spiegel zeigte erneut unsere kauernden Freunde, und der Ring aus grünen Peinigern zog sich einen Schritt enger um sie zusammen.

»Du verstehst nicht, Geistesmagier. Deine Freunde sind erst der Anfang. Ich werde nach ihrem Tod sofort in den kleinen Dörfern entlang des Saphirs weitermachen. Weißt du, wie das Heulen von Kindern klingt, denen langsam die Haut abgezogen wird?«

Ich schluckte, und mir wurde übel vor Angst und Zorn.

»Er lügt!« Faye war nun an meine Seite geeilt und packte flehentlich meine Schulter. »Es ist eine Illusion. Ich bin mir sicher, unsere Freunde sind in Sicherheit! Woher soll er auf einmal so viel Macht genommen haben, nach dem Kampf mit uns?«

»Ihr beiden habt es immer noch nicht verstanden, oder?«, fuhr Zendar dazwischen. »Mordekai ist durch den Zauber von einst immer noch an mich gebunden! Wir sind eins! Als Mordekais Zauberkraft heute erstarkte, ist auch meine Kristallmagie neu entflammt! So konnte ich den Ettin heilen und als meinen Wirt benutzen. Und so habe ich auch meine Drohnen erschaffen.«

Faye machte ein verächtliches Gesicht. »Und weißt du was? Ich glaube dir nicht!« Sie ließ ein künstliches Lachen erschallen, das jedoch weniger selbstbewusst klang, als sie vielleicht gehofft hatte. »Ich sage, du hast das letzte bisschen Zauberkraft, das dir noch geblieben ist, zusammengekratzt, um mit deiner Kristallmagie diesen Spiegel zu infiltrieren. Und jetzt zeigst du uns unsere Ängste, Meister der Illusionen.

Damit wir uns kampflos ergeben. Glaubst du allen Ernstes, dass Mordekai darauf hereinfällt?«

»Na ja…«, flüsterte ich meiner nackten Hexe zu, »aber was, wenn du dich irrst?«

»Lass dich nicht blenden!« Sie rüttelte mich, und ich sah Verzweiflung in ihrem Blick. Dann flüsterte sie mir ins Ohr: »Du musst ihn bekämpfen, Kai, hörst du? Für uns! Für Grimora!«

»Das fängt an, mich zu langweilen.« Zendars Stimme erklang aus dem Bild unserer Freunde, das nun eine dramatische Wendung zeigte: Einer der Kristall-Golems tat einen Schritt nach vorne und stach seinen Schwertarm tief in die Schulter eines Zwerges. Dessen Schmerzensschrei war gequält, aber nicht so laut wie das verzweifelte Flehen der anderen Zwerge, die nun durcheinanderbrüllten.

»Bringt es doch einfach zu Ende, ihr seelenlosen Monster!«, schrie Boron, dessen Stimme sich über die der anderen erhob wie das Grollen eines Bären über das Knurren von Wölfen. »Ûr, heiße deine Kinder in der ewigen Miene willkommen!«

»Warte«, sagte ich mit erhobenen Händen, während mein Herz mir bis zum Hals schlug.

»Nein, Kai, bitte nicht …« Faye schluchzte nun unkontrolliert.

»Was soll ich tun, Zendar?« Meine Gedanken überschlugen sich, als die Worte, von Emotionen getragen, meinen Mund verließen.

Was außer Kapitulation blieb mir übrig? Wenn ich den Kampf mit Zendar aufnahm, dann würden meine neuen Freunde sterben. Gefährten, die allesamt ihr Leben für mich riskiert und teilweise verloren hatten. Ich hatte einfach nicht die Eier, einen etwaigen Bluff bloßzustellen. Der Meister der Kristallmagie und der Illusionen war mir überlegen, ich konnte es nicht leugnen. Was ich mit eigenen Augen sah, war zu schwer anzuzweifeln …

»Kai, verflucht!« Faye ging ein paar Schritte von mir weg. Ihre Augen waren gerötet, und ihr Mund bebte. »Ich habe dich nicht bis hierhin begleitet, damit du jetzt vor unserem Erzfeind auf die Knie fällst! Erkenne die Fata Morgana, die Zendar in deinen Kopf gepflanzt hat, bitte! Ich flehe dich an!«

»Ja, tu es«, sagte Zendar und lachte. »Der Schmerz, den du dir damit aufladst, wird dich schwächen und die Grundlage meines nahenden Sieges sein. Du hast verloren. So oder so.«

»Schweig endlich!« Faye schrie den Spiegel an und ihr Kopf wurde rot vor Zorn. »Du Missgeburt aus der Höllenklamm!«

Ich war verblüfft. Geradezu schockiert, wie Hass einen Menschen entstellen konnte. Das erste Mal seit meiner Reise mit Faye hatte sich ein Schatten über ihre Reinheit gelegt, war ein Makel auf ihrer perfekten Schönheit aufgetaucht.

Tränen liefen aus meinen Augen, als ich den Mut zusammenkratzte, um das zu sagen, was gleichzeitig der Abschied von meiner geliebten Hexe sein würde. »Es tut mir leid, Faye. Ich habe schon genug auf dem Gewissen. Ich gebe auf. Ich lasse los. Ich kapituliere.«

Faye gab einen erstickten Laut von sich, als hätte jemand ihren letzten Atem gestohlen. Sie schloss die Augen und griff sich an den Hals. »Wieso ist es jemandem wie mir nicht vergönnt?« Ihre Stimme war jetzt nur noch ein bebendes Flüstern. »Wieso darf ich dich nicht behalten, mein geliebter Mordekai?«

Mit einem trotzigen Laut riss sie sich ihre funkelnde Kette ab. Das magische Schmuckstück fiel sofort zu Boden, während ein schwarzer Rabe zum Balkon hinausflog.

Mein Mund stand offen.

War denn in Grimora niemand das, was er vorgab, zu sein?

Ich blickte dem Raben fassungslos hinterher. Da flog sie hin, meine Isabeau … und wurde eins mit dem Licht der untergehenden Sonnen.

»Ja, sehr rührend, doch nun zurück zu uns.«

Ich blickte Zendars wabernde Form durchdringend an. »Ja, zurück zu uns, Motherfucker …«

Nun, da ich mit Fayes Herz auch mein eigenes gebrochen hatte, beflügelte mich ein neugefundener Trotz. Wenn Zendar meine Wortwahl irritierte, zeigte sein Nebel-Antlitz kein Zeichen davon.

»Es ging von Anfang an nur um uns, nicht wahr, Zendar? Oder solle ich lieber sagen … *Lex*?«

»Dieser Name hat keine Bedeutung für mich«, antwortete der Nebel. »Bereite dich nun darauf vor, deine magische Macht aufzugeben.«

Plötzlich kam mir ein Gedanke. Was, wenn Faye doch recht gehabt hatte und Zendar mit letzter Kraft diesen Spiegel kontrollierte? So, wie er zuvor in den Ettin eingedrungen war? Konnte ich ihn dann nicht vernichten, indem ich den Spiegel zerstörte?

Ich musste den aus dieser Einsicht resultierenden Wunsch noch nicht einmal zu einem Gedanken formen – mein Unterbewusstsein hatte ihn bereits registriert und entsprechend manifestiert:

Mjölnir lag in meiner Hand.

Seine Blitze leckten gierig am Boden und setzten ein paar in der Nähe liegende Kissen in Brand.

Die Nebelgestalt schien erschrocken aufzulodern, als ich den Hammer des nordischen Donnergottes in beide Hände nahm.

»Was zur Hölle hast du vor? Wirf die Waffe weg, Mordekai, oder ich töte deine Freunde!«

»Wenn ich dich nicht zuerst töte!«

Zendar lachte, doch mir entging nicht der nervöse Missklang, der sich daruntermischte.

»Wir sind die beiden Seiten ein und derselben Münze, Mordekai! Willst du das nicht begreifen? Wenn du mich vernichtest, dann tötest du auch dich selbst!«

Ich ging ein paar Schritte zurück und holte aus. Es wurde Zeit, die Schattenseite des Dorian Gray zu vernichten.

»NEIN!« schrie Zendar, du wirst STERBEN!«

Ich atmete tief ein und ein allerletztes Mal aus. »Was nie gelebt hat, kann nicht sterben … Hasta la Vista … Baby!«

Meine Arme schickten den Hammer in unendlicher Todesverachtung auf die Reise.

Zendars hysterischer Schrei wurde zu einem Meer aus Scherben.

Deus in Machina

Glitzernde Splitter, von einer magischen Schockwelle beschleunigt, durchschlagen meinen weichen Menschenkörper.

Für die ersten Sekundenbruchteile ist mein Gehirn von zu vielen Signalen überlastet. Jede Sektion meines Avatars sendet dasselbe Signal: kritischer Schaden, Funktion kompromittiert, Kollaps-Wahrscheinlichkeit hoch.

Erst dann geht die rote Alarmlampe an: Schmerz.

Ich registriere ihn nicht punktuell – dafür ist er zu allgegenwärtig, aus zu vielen Quellen zu einem See zusammenfließend.

Körpersäfte, allen voran Blut, die aus meinen Organen ins Gewebe und aus klaffenden Wunden sickern, nehme ich kaum wahr.

Als sich Mund, Luft- und Speiseröhre mit dem verirrten Lebenssaft füllen, ist der Mittelpunkt meiner Welt nur noch gleißender, Gedanken zu Asche verbrennender Schmerz.

Mein trübe werdender Blick wandert nach oben an die Decke des Schlafgemachs.

Ich falle und sehne den Aufprall auf dem harten Steinboden als wohltuenden Kontrast herbei.

Dann endlich schaltet eine matschige Erschütterung den Projektor meiner Wahrnehmung aus.

Der Schrei eines Raben begleitet mich in die Schwärze.

~

Hm.

So fühlte es sich also an, tot zu sein.

Das war gar nicht so übel.

Kein Schmerz.

Keine negativen Gedanken.

Im Gegenteil.

Durch das völlige Fehlen körperlicher Empfindungen, schwamm mein »Ich« in einem unendlichen Ozean grundloser Freude.

Genauer gesagt war *ich* dieser Ozean. Ein uferloses Meer aus glückseligem Bewusstsein.

DAS war also die Grundlage von allem!

Ohne das Spiel der Kontraste einer physisch greifbaren Welt war dieser Zustand das Einzige, was übrigblieb.

Vollkommenheit.

Alles und Nichts in liebevoller Umarmung.

Für immer.

Was natürlich echt lange war …

Hätte ich so etwas wie Enttäuschung fühlen können, hätte ich vielleicht das Fehlen einer majestätischen Langhütte an einem verschneiten Fjord bemängelt. Von all den albernen Vorstellungen über ein Leben nach dem Tod war mir das Schicksal der Wikinger immer schon als eins der attraktivsten erschienen.

Wer schon zu Lebzeiten Met, starke Frauen und Gesang zu schätzen wusste, der hatte prinzipiell nichts dagegen, für den Rest der Ewigkeit mit Odin an einer langen Tafel genau diesen Freuden zu frönen.

Insofern wären Walküren auf prächtigen Rössern, die mich unter schmetternden Fanfaren und Gesängen nach Walhalla trugen, überraschend, aber auch irgendwie cool gewesen.

Zumindest besser als himmlische Harfenklänge, gefolgt von Händchenhalten und Hirntod durch Langeweile. Da wäre mir das perverse Treiben der Hölle mit gelegentlich eingestreutem Schmerz noch lieber gewesen. So ein Deal war voll okay. Keine geile Party ohne den Kater am nächsten Tag …

Doch selbst das ewige Bankett mit Odin und seinen knallharten Axtwerfern würde irgendwann langweilig werden.

Die Ewigkeit hatte leider die Angewohnheit, auch die geilste Beschäftigung langsam zu zermürben wie ein Fluss die härtesten Gesteine.

Denn um überhaupt etwas als beglückend wahrnehmen zu können, musste ja auch das implizite Gegenteil existieren.

Zwangsläufig war also jedes Met-Horn irgendwann ausgetrunken, jedes Wikingerweib eingeschlafen und jeder Gesang zu Stille geworden.

Oder anders gesagt: Jeder Himmel trug die Möglichkeit einer Hölle in sich, so wie auch durch jede Hölle die Fasern des Himmels gewebt waren.

Existenz war anders schlicht unmöglich.

Was also würde dieses »aufmerksame Nichts« inszenieren, das ich war? Diese brodelnde Macht des Unendlichen, die sich alles vorstellen konnte und auch noch bis in alle Ewigkeit dafür Zeit hatte?

Klar wie Kloßbrühe!

Sie würde dafür sorgen, dass sie beschäftigt war!

In einem Spiel, dass sich selbst erneuerte und nicht langweilig wurde. In einer Welt, in der das Böse stets verlor, aber nie final geschlagen wurde, und in der das Gute immer siegreich war, aber nie den letzten Sieg errang – perfekte Cliffhanger für ein unendliches Spiel.

Und genau dieses Arrangement schien nun erneut einen Sog aufzubauen. Das Spiel wollte mich noch einmal zurück …

Denn plötzlich war ich nicht mehr nur unendlicher, sich selbst bewusster Raum.

Das Universum hatte wieder einen Puls!

Mein Herzschlag war es, der aus der unendlichen Linie der Gleichförmigkeit wieder eine Berg- und Talfahrt machte, dem Universum wieder einen Takt verlieh. Das Branden meines Blutes spiegelte sich in den Gezeiten der Meere. Mein Geist war der Raum, in dem Sterne geboren wurden und starben.

Noch ritt ich zwischen den Wellen.

Wellen aus formloser Energie.

Doch Schwarz und Weiß nahmen nun schnell wieder Gestalt an. Oben und unten, heiß und kalt. Ich und andere.

Andere …

Ich konnte nur existieren in Relation zu *anderen*!

Und, horch! Diese anderen hatten Stimmen!

Leise erst und entfernt.

Doch dann war eine ganz deutlich zu erkennen.

Eine Frau?

Eine Frau!

»Puls, sämtliche Vitalwerte, alles normal, ihm geht's gut.«

Das Geschenk

Ich konnte meine Arme nicht bewegen.

Scheinbar war ich in eine Art flauschigen Kokon gewickelt – große Frotteehandtücher, wie ich bald feststellen sollte.

Etwas piepte.

»Ein mustergültiger Ritt«, sagte die weibliche Stimme aus der Tiefe des Raums.

Diesmal bemerkte ich ihren asiatischen Akzent.

Ich schlug meine neugeborenen Augen auf.

Lex war über mich gebeugt und lächelte breit. Seine stahlblauen Augen durchdrangen mich erwartungsvoll.

Ich war anscheinend zurück.

Bei *Satoritech.*

Ich war nicht tot!

Verwirrung machte sich in meinem Kopf breit. Warum war Lex‘ Lächeln so warm? So mitfühlend? Jetzt strich er mir auch noch durch die Haare wie ein Vater, der stolz auf seinen Sohn war, weil dieser gerade das erste härtere Foul beim Fußball überstanden hatte. Ich merkte, wie sich meine Augen mit Tränen füllten.

»Das war geil, oder?« Lex biss sich vor Euphorie auf die Unterlippe. »Komm erst mal wieder klar. Bleib ruhig noch einen Moment liegen. Oh Mann … ich kann kaum abwarten, zu hören, was die M.A.Y.A. dir gezeigt hat!« Er rieb sich die Hände. »Du musst mir später alles haarklein erzählen.« Dann wollte er sich abwenden und gehen.

»DU BLÖDES ARSCHLOCH! Du …« Ich versuchte, die Worte zu sortieren, die ich als Nächstes zu sagen gedachte.

Doch dann weinte ich einfach.

Ich weinte, wie ich noch nie geweint hatte.

Es war mir noch nicht mal peinlich. Nichts auf dieser Welt war peinlich. Das wusste ich endlich.

Eine hübsche Asiatin tauchte am Rand meiner Liege auf. Sie lächelte mich warm an und nickte dann in Lex' Richtung. »Seine Erfahrung war intensiv. Es hat ihn verändert.«

Ich schluchzte immer noch, doch diese wahnwitzige Untertreibung ließ mich hilflos lachen. »NUR intensiv? Wollt ihr mich verarschen?«

Ich hörte Lex kichern, während die Asiatin ihn fragend anblickte.

»Und warum bin ich jetzt überhaupt wieder hier? Ich dachte, du willst mich tot sehen?«

Lex' wohlgelaunte Mine zeigte eine Spur von Unglauben.

»Der Schriftrollenbehälter vor der Höhle? Der Brief, den du mir hast zukommen lassen? Laura, die ich dir angeblich weggenommen habe? Na, klingelt da was?«

Jetzt war Lex sichtlich verwirrt, allerdings auch unverhohlen fasziniert. »Laura? Du meinst, *deine Frau* Laura?«

»Ja, du Laser-Hirn! Die Frau, die ich dir angeblich ausgespannt habe und die du immer noch liebst …!«

»Faszinierend«, sagte die Asiatin, nahm einen Kuli aus ihrem Kittel und machte sich auf einem kleinen Notizblock einen Vermerk.

Lex hingegen setzte zu einem Lachen an, wurde dann aber schnell wieder ernst. Nun presste er nickend die Lippen zusammen wie ein Therapeut, der gerade die Tiefe des Problems seines Patienten erkannt hatte. »Also ich glaube, ich weiß, was hier vor sich geht. Ich erinnere mich daran, dass ich mal in Laura verknallt war, als ich sie damals mit zum Rollenspiel brachte. Noch zu Unizeiten, meine ich. Erinnerst du dich?«

»Ob ich mich erinnere, du Witzbold? Du Anführer aller Witzbolde! Nur weil *du* verknallt warst, durfte ich gerade ungefähr vier Tage um mein Leben rennen, verdammte Hacke …«

»Vier Tage in 20 Minuten, verblüffend«, sagte die Frau mit dem Notizblock und schrieb wieder etwas auf.

Lex legte mir beruhigend eine Hand auf die Schulter, die ich anblickte, als hätte er eine Tarantel auf mir abgesetzt. »Alter, du bist noch etwas durch den Wind. Ich verspreche dir, dass ich dir später alles ganz genau erklären werde. Aber eins kann ich dir schon mal versichern: Das mit Laura ist eine Ewigkeit her, und ich habe mich damals für euch gefreut. Das meine ich wirklich ernst. Außerdem fände meine Frau Shakiko das sicher seltsam …«

Die Asiatin lächelte warm. »Konnichiwa, watashi wa Shakiko desu. Yoroshiku onegaishimasu.« Sie verbeugte sich höflich.

»Das … das ist deine Frau?«

Lex grinste breit. »Nein, das ist in diesem Zusammenhang nur ein Wort aus dem Beamtendeutsch. Ein Titel ohne jede Bedeutung. Shakiko ist die Tochter meines verehrten Kollegen und Geschäftspartners Takeshi. Was sie für mich ist, kann nicht so einfach in Worte gefasst werden.«

Er nahm ihre Hand und hauchte einen Kuss darauf.

Sie hielt schüchtern ihre andere Hand vor den Mund und kicherte, gewann aber schnell die Haltung wieder.

»Aber … es war alles so real.«

»Allerdings, Kumpel.« Lex zwinkerte mir zu.

»Dann, äh, wolltest du mich nie loswerden? Das war alles nur ein Spiel? Nur eine Illusion?«

Lex sah seine Ehefrau und Kollegin an. Sie sagte nichts, sondern zog nur vielsagend ihre Augenbrauen hoch.

»Jein«, sagte er schließlich und blickte auf seine Smartwatch, auf der irgendein Termin blinkte. »Bitte zieh dich erst mal wieder an und komm in mein Büro, dann erkläre ich dir alles.«

~

Es war unwirklich.

Wir saßen wieder vor der großen Panoramascheibe von Lex‘ Büro und blickten runter in die Halle seiner Tech-Jünger.

Nichts hatte sich verändert.

Als wären wir nie weg gewesen.

Vor allem *ich* nicht!

Rein faktisch waren auch nur etwas über zwei Stunden vergangen, wovon ich circa 20 Minuten an die M.A.Y.A. angeschlossen gewesen war.

Doch mein Geist hatte vier oder fünf Tage durchlebt und dabei Dinge erfahren, die mich von innen nach außen gekrempelt hatten. Und das auf eine seltsame Weise sprichwörtlich: Wenn ich nun in Lex‘ Büro umherblickte, dann kam es mir nicht mehr so vor, als wäre ich eine Person in diesem Raum, sondern, als wäre der Raum inklusive meines Körpers in *mir* – in diesem Bewusstsein, das ich *eigentlich* nur war …

Gleichzeitig explodierte mein Hirn, wenn ich über die Implikationen von Lex‘ neuer Erfindung nachdachte. Nicht nur, dass die Art, wie Menschen ihre Freizeit verbrachten, sich nun für immer verändern würde, auch ihre Lebensdauer war nun relativ geworden. Da Zeit subjektiv langsamer verging, wenn jemand in die M.A.Y.A. eingeloggt war, konnte ein Menschenleben nun wie ein Kaugummi in die Länge gezogen werden. Vielleicht sogar auf unbestimmte Zeit?

Ich war gespannt, was Lex mir gleich zu all dem erklären würde …

Doch in erster Linie war ich nun von einer großen Dankbarkeit erfüllt.

Dafür, dass ich leben durfte.

Dafür, dass ich nun doch meine Frau und meinen Sohn wiedersehen durfte!

Und dafür, dass ich nun einen neuen Plan für mein Leben hatte, einen, den mir nicht andere untergeschoben hatten. Nein, ab sofort würde ich selbst wählen, was ich tat und wer ich in dieser Welt war.

Dieser Gedanke triggerte andere Gedanken, die seit meiner Reise nach Grimora in mir abgelegt waren wie der Rogen eines Fisches. Ein Teil von mir war noch immer Mordekai. Die Erinnerungen an meine Zeit mit Faye und Lennox waren vollkommen real und lösten, gerade in Bezug auf die rothaarige Hexe, einen ebenso realen Liebeskummer aus. Das würde ich erst noch verarbeiten müssen …

»Noch etwas Wasser bitte«, sagte Lex, »sonst wäre das alles, vielen Dank.«

Ein Angestellter hatte uns gerade jeweils ein schwarzes Holzbrettchen mit Sushi auf den Tisch geschoben. Da wir auf die Mittagszeit zusteuerten, kam mir das gerade recht. Ich liebte Sushi! Die Fischsorten auf den Nigiris kamen mir allerdings überhaupt nicht bekannt vor. Ob Lex durch seine japanischen Kontakte an besonders seltene Fischsorten herankam?

»Also, mein Bester«, sagte er, als er sich mit den Fingern das erste Stück Sushi in den Mund schob und kauend fortfuhr. »Ich habe einen Erklärungsversuch für deine wilde Geschichte, der sich auf die Funktionsweise unseres Computers gründet.«

Ich hatte Lex neben meinen Mord-Befürchtungen auch bereits grob von den Stationen meiner Reise, inklusive meiner Identität als Magier, erzählt.

»Deine Befürchtung, dass ich einen Groll gegen dich hege und dich durch die Simulation um die Ecke bringen wollte …,« er lachte kurz und ließ dabei ein paar Reiskörner durch die Luft fliegen, »verzeih, aber das ist so grotesk und albern … na, jedenfalls ist das nicht weiter verwunderlich. Unsere liebe M.A.Y.A. bedient sich schonungslos an deinem Unterbewusstsein. Das Setting und die Abenteuer werden, einfach formuliert, halb aus Vorgaben generiert und halb aus deinem Unterbewusstsein gespeist. Auf diese Weise wirst du immer wieder mit deinen Urängsten, Wünschen und Träumen konfrontiert, ohne, dass dir das auf einer kognitiven Ebene bewusst ist.«

Er lehnte sich in seinem Stuhl zurück, schob sich noch ein seltsam schillerndes Stück Sushi in den Mund und blickte verträumt ins Nichts. »Ich erinnere mich noch lebhaft an mein erstes Mal. Junge, was ich alles über mich gelernt habe … Ein verrückter Ride. Im Weltraum. Besser gesagt auf einer Raumstation in einer anderen Dimension. Aber das erzähle ich dir, wenn wir mal etwas mehr Zeit haben. Oder du liest dir einfach das entsprechende Protokoll unseres Psychologen durch!«

Er lachte und schoss dabei noch ein Reiskorn durch den Raum.

»Also, verstehe ich das richtig …« Ich kostete ein Stück Sushi und schluckte es herunter, bevor ich fortfuhr.

Delicioso …

»Deine Hiobsbotschaft, die beiden anderen Spieler, sogar die Diamantweberspinnen, hat das Computersystem aus meinem Unterbewusstsein ausgelesen?«

»Ja, alles deine Ängste. Magst du keine Spinnen?« Lex lächelte amüsiert.

»Na ja, geht so. Ich hasse es zum Beispiel, wenn ich im Wald durch Spinnweben laufe und die so eklig im Gesicht hängenbleiben.«

»Et voilà!« Lex klatschte zur Untermalung seiner Worte in die Hände. »Da hast du es. Aus dieser Befürchtung hat die M.A.Y.A. im Kontext der Fantasywelt diese starken, aber gefährlichen Diamantfäden gemacht. Krass. Witzig.«

»Äh, ja, geht so witzig in dem Moment. Und alle positiven Erfahrungen wie Faye oder der Ritt auf dem Drachen …?«

»Waren deine geheimen Wünsche und Sehnsüchte, genau.«

Ich steckte wütend noch ein Maki in den Mund und schluckte es fast unzerkaut herunter. »Dann habe ich vor allem eine Frage an dich, Lex.«

Meine Fäuste waren geballt, und ich presste sie gegen meinen Mund. Vielleicht, um nicht zu schreien. »Hättest du mir das, verdammt nochmal, nicht alles im Vorfeld erklären können? Bevor du mich einfach wie den *Running Man* in so eine Kapsel steckst und durch den Hyperraum in irgendein abgefucktes Fantasyland mit durchgeknallten Killermonstern schießt?«

»Herrgott, nein!« Lex legte ein Sushi-Röllchen, das bereits im Anflug auf seinen Rachen-Hangar war, auf das Brettchen zurück und wischte sich die Finger ab.

»Auf keinen Fall. Das hätte die ganze Erfahrung negativ beeinträchtigt. Gerade beim ersten Mal ist es von enormem Vorteil, vorher nichts von der Funktionsweise der M.A.Y.A. zu wissen. Nur so konnte das Programm in deinem unvorbereiteten und jungfräulichen Unterbewusstsein wühlen und Dinge zu Tage fördern, die für dein Leben eine wichtige Rolle spielen.«

Ich beruhigte mich wieder etwas. Es machte ja wenig Sinn, sich nun über etwas aufzuregen, was ohnehin schon hinter mir lag. Etwas, das ich beim Sprung vom Dach in Titanus gelernt hatte ... »Ich verstehe. Aber traurig ist das schon irgendwie. Lennox, Faye, alle nicht real … nur … was? Meine kranke Fantasie?«

Schon wieder wollten sich ein paar Tränen in meine Augen schummeln, doch ich wischte sie mit einer raschen Handbewegung weg.

»Nun, ich würde es nicht so negativ ausdrücken. Es waren alles Manifestationen deines Selbst, fleischgewordene Aspekte deiner Persönlichkeit. Aber ist das nicht fantastisch? Ist das nicht das ultimative Spiel? In dem dir das Schicksal der anderen Wesen wirklich nahegeht und etwas bedeutet? Ist es nicht das, was auch dieses Spiel hier in der richtigen Welt ausmacht? Bist du nicht wegen Laura und deinem Sohn zurückgekommen? Weil sie dir alles bedeuten?«

»Ja.« Ich wischte mir wieder ein paar Tränen ab. »Aber auch wenn es Faye, Lennox, Alanon, Gorlax, Boron und all die anderen vielleicht nie gegeben hat, haben sie mir wirklich heftigen Kram erzählt. Also wirklich fundamentales Zeug. Über die Welt und unser Bewusstsein und so. Philosophisch, verstehst du?«

Lex grinste. »Du bist eben ein nachdenklicher Typ. Die philosophischen Gespräche waren deine eigenen Gedanken, nur von jemand anderem in Worte gefasst.«

Er kratzte sich am Kinn und räusperte sich. »Kann aber auch eine Nebenwirkung des Drogencocktails sein, den wir M.A.Y.A.-Usern einflößen. Das scheint einen Einfluss auf die Erfahrung zu haben. Wir erforschen das noch …«

»Ich war also wirklich ein Versuchskaninchen,« sagte ich und begann, gierig den Rest des Sushis zu verdrücken.

»Jein.« Lex rollte genervt mit den Augen.

»Ich hasse es, wenn ich JEIN sagen muss, was in Bezug auf die M.A.Y.A. leider ziemlich häufig vorkommt. Also: Die Technik ist ausgereift, und so viele Menschen innerhalb dieses Gebäudes haben schon so viele Reisen unternommen, das wir die Nutzung als 99 Prozent sicher einstufen können. Es ist noch nie jemand zu Schaden gekommen. Im Gegenteil. Alle berichten von positiven Veränderungen für ihr Leben. Es hat uns sogar Einsichten verschafft, die das Projekt selbst weiter vorangebracht haben. Es ist fast so, als würde sich die M.A.Y.A. durch uns selbst verbessern …«

»Das ist ein wenig creepy«, sagte ich kauend.

»Oh, du hast noch gar nichts gesehen, junger Skywalker.« Jetzt legte Lex seine Hände an den Fingerspitzen zusammen und stützte sein Kinn darauf in einem, wie ich fand, unnötigen akademischen Habitus.

»Quantenfeld. Unendliche Möglichkeiten. Schon mal damit beschäftigt? Es gibt Theorien, die besagen, dass alles, was existieren kann, das auch irgendwo tut.«

Ich hing an seinen Lippen.

»Was genau passiert, wenn dein Bewusstsein in die Welt wandert, die die M.A.Y.A. geschaffen hat? Um ehrlich zu sein, Kai, wir wissen es nicht. Weil es Fragen aufwirft, die die Wissenschaft schon seit ein paar tausend Jahren nicht erklären kann. Was ist Bewusstsein? Und, vor allem, *wo* ist Bewusstsein?«

Lex verlagerte sein Gewicht auf dem Stuhl und schlug ein Bein über das andere. »Oder ich fange mal so an: Wo bist DU, wenn du nachts träumst? Normalerweise sind deine Träume neblig, unscharf, Gedanken nur vage, in-substanziell. In Träumen ist alles zu amorph, nicht »kristallin« genug, um eine greifbare und gestochen scharfe Welt zu schaffen. Und da kommt die M.A.Y.A. ins Spiel. Sie schafft einen

Übergang, macht klar, was verschwommen, konkret, was nur angedeutet ist.«

Lex zeigte auf mich, als ob es sonst nicht klar wäre, wen er meinte. »In gewisser Weise warst du dort. Grimora existiert. Allerdings nur durch dich. Du hast es einst im Rollenspiel erfunden. Unser Supercomputer hat nur ein Tor dahin geöffnet.«

Ich schluckte.

Wie zum Henker meinte er das?

Mein Blutrabe existierte? Lennox auch? Mein Turm?

»Willst du damit andeuten, dass Grimora wirklich existiert? Also so, wie auch die Erde?«

»Jein.« Lex schob unsere leeren Sushi-Brettchen übereinander, nahm sie in die Hand und stand auf.

»Schau Kai, das ist es ja, was ich dir gerade versucht habe, zu erklären. Wir sind mit unserer neuen Technologie in Bereiche des Menschseins vorgedrungen, die für jegliche Wissenschaft noch Neuland sind. Ob Grimora real ist, fragst du? Gegenfrage: Ist das hier real?« Er blickte nach oben, als ob er eine göttliche Eingebung erwartete.

»Programm beenden.«

Lex lachte. »Das mache ich manchmal, aber das hat noch keine Gewissheit gebracht.« Er zwinkerte mir zu.

Auch ich musste über die *Star Trek*-Referenz schmunzeln.

»Und jetzt sei mir nicht böse, aber meine To-do-Liste für heute platzt immer noch aus allen Nähten. Fahr jetzt erst mal ganz entspannt nach Hause und erhol dich gedanklich von deinem Trip. Und grüß mir Laura. Ach ja und …«

Er griff in seine Gesäßtasche und faltete einen Umschlag auseinander. »Nimm das hier mit. Da sind Kopien von Einverständniserklärung und NDA drin, die du uns unterzeichnet hattest und noch ein wenig anderes Infomaterial. Außerdem die Nummer unseres Psychologen. Nur für den Fall, dass du zu den wenigen Probanden gehörst, die danach gewisse Erlebnisse aufarbeiten wollen. Ruf ihn bei Bedarf einfach an und mach einen Termin. Er drückte mir den Umschlag in die Hand und lächelte.

»Ich bringe dich noch runter.«

~

Die Mittagssonne blendete, als mir Lex die Tür zu dem Teil des Fabrikgeländes aufhielt, das als Parkplatz genutzt wurde. Es war komisch, wieder nur *einen* Feuerball am Firmament zu erblicken.

»Ach so, und wegen des Blogeintrags, den du jetzt sicherlich über unsere neue Technologie schreiben willst … Darüber reden wir noch mal in Ruhe, okay? Was du berichten darfst, was nicht, et cetera. Ich rufe dich die Tage mal an.«

Ich nickte. »Alles klar. Wobei da ein einzelner Beitrag kaum reichen wird. Vielleicht sollte ich über meine Erlebnisse lieber ein Buch schreiben.«

»Über deine Reise durch Grimora? Ja, vielleicht. Da hast du jetzt sicher mehr als genug Material.« Lex lächelte und gab mir einen freundschaftlichen Klaps auf den Rücken. »Fahr vorsichtig.«

»Alter, ich bin schon mal auf einem Drachen geritten. Ich glaube kaum, dass nun eine Autofahrt mein Ende sein wird.«

»Sowieso nicht«, sagte Lex grinsend und schloss die Metalltür mit einem satten Rums.

Würde mir überhaupt irgendwer glauben, wenn ich von der M.A.Y.A. erzählte? Wohl kaum. Nicht einem kleinen unwichtigen Blogger wie mir. Da müssten schon zeitgleich die Abendnachrichten, renommierte Universitäten und Elon Musk persönlich davon berichten …

Ich ging seufzend und wie in Trance zu meinem Auto. Noch immer konnte ich Fayes Stimme in meinem Kopf hören. Sie wurde nicht müde zu wiederholen, dass meine gesamte Existenz als Kai Winters nur eine Lüge war; nur ein komplexer Illusionszauber von Zendar.

Auch Mordekais Erinnerungen schwirrten noch durch meinen Kopf, lediglich etwas verblichen und nebulös wie ein Traum in einem Traum …

Ich stapelte Lex‘ Briefumschlag, mein Portemonnaie und mein Handy, das ich endlich zurückbekommen hatte, auf eine Handfläche. Da fehlte noch mein Autoschlüssel. Ich wühlte in meiner Hosentasche herum.

Da war er.

Und noch etwas anderes.

Ich zog den Gegenstand aus meiner Tasche und betrachtete ihn im Sonnenlicht.

Es war eine Actionfigur.

Ich betätigte den Hebel an ihrem Rücken.

Die Augen des vierarmigen Affen wurden rot, und sein Unterkiefer klappte runter.

»Oh, fuck.«

Danksagungen:

Vanessa Jeutter: Für alles.

Ivan Ertlov: Tipps für Schreiben und Selfpublishing.
Seine empfehlenswerten Bücher: ivanertlov.com

Myra Frost: Korrektorat.
Ihre Seite: https://www.facebook.com/AutorinMyraFrost/

Taire Morrigan: Fantastisches Buchcover-Design.
Seite der Künstlerin: tairelei.com

Und natürlich möchte ich auch ganz besonders dir danken, lieber Leser!

Dafür, dass du deine wertvolle Zeit geopfert hast, um mich auf diesem verrückten Roadtrip zu begleiten. Ich weiß das wirklich zu schätzen! Da die durchschnittliche Aufmerksamkeitsspanne eines Menschen im Internetzeitalter nur circa 2,7 Sekunden beträgt (habe ich gehört …), kann deine mentale Ausdauer, ein GANZES Buch zu lesen, nur als heldenhaft bezeichnet werden.

Dieser Roman ist in erster Linie der Beweis für mich selbst, dass ich ein Buch zu Ende schreiben kann. Mit einer Idee, die schon zu Schulzeiten in meinem Kopf herumspukte – lange, bevor Filme wie *Matrix* ins Kino kamen.

Wenn Du mehr von mir lesen oder über meine neuen Buchprojekte informiert sein möchtest, besuch mich gerne auf

facebook.com/thiloschreibt (Feedback/News)

nerd-wiki.de oder **facebook.com/Nerd.Wiki** (Nerdkram)

Bereit für den 2. Teil des Abenteuers?

Kai hat überlebt. Zumindest sein Körper. Und der lässt es sich jetzt richtig gut gehen. Alles in seinem Leben scheint sich zum Besseren gewandelt zu haben. Doch natürlich ist das nur die Ruhe vor dem Sturm. Denn als plötzlich ein alter Bekannter mit einer Hiobsbotschaft auf der Matte steht, wird Kais Verständnis von Wirklichkeit ein weiteres Mal auf eine schwere Probe gestellt. Wird er sich einer neuen Herausforderung stellen? Kann er überhaupt nein sagen, wenn es um das Leben seiner Familie und das Schicksal der Erde geht?

Impressum:

Text © Thilo Nemitz
Ippendorfer Allee 99
53127 Bonn
E-Mail: thilonemitz@gmail.com
Web: nerd-wiki.de

Korrektorat:
Myra Frost (https://www.facebook.com/AutorinMyraFrost/)

Buchcover-Design:
Taire Morrigan (tairelei.com)

Dieses Buch ist auch als eBook erhältlich.

Printed in Poland
by Amazon Fulfillment
Poland Sp. z o.o., Wrocław

92002436R00305